文艺美学综论

李咏吟 著

ZHEJIANG UNIVERSITY PRESS
浙江大学出版社

文艺美学综论

李咏吟 著

浙江大学出版社
ZHEJIANG UNIVERSITY PRESS

总　序

　　中学西学,致力解释,文明生活,福泽绵延。西学"解释学"一词,源于信使赫尔墨斯神之名,意为传递大神旨令,故而,解释即道说神秘,或道说神圣,在生命存在中显示中心地位。纵览历史与生活,解释成就文明,释自然而成科学,释人文而成哲学,释法治而成政治学,凡有存在,必有解释,必成体系,这是西方解释学之科学构成性功能或思想构成性功能的具体体现。中学"解释学"喜说诠释、训义、注疏等,主要是读经释典。"解释"一语,从字面上看,"解"即开,"释"即明,基于语言文字训诂,达致文化生存事实还原。许慎之《说文解字》、陆德明之《经典释文》,皆为解经学之凭据,方便经典研习,遵此传统,朱熹、王夫之、戴震,皆为一代解经学大师。西学解释学因基督神学而大畅,中学解释学因儒家经典诠释而盛行,然中学解释学之科学构成性功能或思想创制性功能,明显弱于解经之旨,思想因之停滞不前。事实上,解释学,既属科学或思想之构成学,亦属经典或文本之释义学,二者不可或缺。正是基于此种反思,我的《解释学论集》,既有经典或文本的释义学,又有科学或思想的构成学。从《解释学原则》出发,面对文学艺术与审美道德活动,在正视事实的基础上发挥主体性体验与主体性思想,相继撰成《本文解释学》《创作解释学》《诗学解释学》《文艺美学论》与《美善和谐论》。解释领域,实有局限;解释力道,未臻至境。忆及《易传》所言,"易与天地准,故能弥纶天地之道。仰以观于天文,俯以察于地理,是故知幽明之故。原始反终,故知死生之说。精气为物,游魂为变,是故知鬼神之情状"(《系辞传》上),实感吾人之解释学工作太过渺小;再思朱熹诠释仁爱之义,方知吾人之解释学工作稍有意义。朱熹有言:"仁者,心之德,爱之理。""仁是根,爱是苗,不可便唤苗做根。""仁是爱之理,爱是仁之用。未发时,只唤做仁,仁却无形影;既发后,方唤做爱,爱却有形影。""仁只是爱底道理,此所以为心之德。""心之德是统言,爱之理是就仁义礼智上分说。""爱之理是偏言则主一事,心之德是专言则包四者。故合而言之,则四者皆心之德,而仁为之主;分而言之,则仁是爱之理,义是宜之理,礼是恭敬、辞逊之理,知是分别是非之理也。"(《朱子语类》卷第二十)这些诠释足以把精神导入无限神圣而不离语言,诲人向成圣之途而不离意象。常人言,解释能显示人之权力,亦颇能显示人之智慧。宇宙深邃无限,科学复杂多变,知识传达艰难,解释学展示出无穷可能性。"我解释,我澄明",因此,这一《解释学论集》,虽专力于文学艺术和审美道德,其目的则为了有益人生与社会。事实上,"我在(je suis)比我说(je parle)更为根本","我说与我在之间存在的这种循环性,依次把创造性(initiative)赋予给象征功能及其冲动的和生存的根基","象征的存在论意义上的对神圣的回忆,幻想的病原学意义上的向被压抑的回复,这两者在解释学领域中构成了动力的两极"。(《解释的冲突》)通过语言与心理的解释,抵达生命存在之深处,让人生意义在言说中敞开,不仅需要文本之还原,而且需要光的照亮与心灵的自由想象。解释是确定的,故解释是还原,是呈现事实,是回到日常经验;解释亦是不确定的,故解释是想象,是创造,是超验之思。解释是有限的,又是无限开放的,所以,吾人之解释只是历史或思想的逗点。书之撰成与出版,端赖上海交通大学与浙江大学诸多师长和朋友的鼓励与襄助。衷心铭感,灵心嘉惠,便成解释与著述之动力。

李咏吟

2011 年夏于上海交通大学人文学院哲学系

目　录

第一章　文艺美学解释的综合性探索 ························· 1

　　第一节　文艺美学解释的思想路径及其法则 ············· 1
　　第二节　文艺美学解释与哲学思想基础探源 ············· 26
　　第三节　文艺美学解释与现代思想价值意向 ············· 54

第二章　中国文艺美学的解释学实践 ····················· 80

　　第一节　生生之德：新儒家与美学的对话 ··············· 80
　　第二节　从诗学到美学：诗意与生存之思 ··············· 103
　　第三节　诗书画一体与中国古典文艺美学 ··············· 129

第三章　西方文艺美学的解释学实践 ····················· 156

　　第一节　情理之辨：审美目的与生命指向 ··············· 156
　　第二节　创作迷狂与生命美学的体验意志 ··············· 180
　　第三节　艺术形式与审美精神的自由探索 ··············· 204
　　第四节　美是生活与物欲时代的精神现象 ··············· 224

第四章　文艺美学的诗思综合解释方法················ 255

　　第一节　诗与哲学:重建诗思的内在和谐 ············ 255

　　第二节　思之本质与美学解释的思想逻辑············ 274

　　第三节　现象学方法与文艺美学的体验观············ 294

第五章　文艺美学解释与当代思想论争················ 315

　　第一节　美学批判与美学解释学的多元化············ 315

　　第二节　马克思美学的形成及其现代影响············ 336

　　第三节　实践美学与超越实践美学的意义············ 363

　　第四节　文艺美学的解释学转向及其根源············ 391

第六章　文艺美学活动的解释学重构················ 420

　　第一节　交往对话与文艺美学的话语传统············ 420

　　第二节　艺术类型与文艺美学的感性世界············ 443

　　第三节　审美活动与生命的主体性原则············ 466

　　第四节　文艺活动与自由意志的审美表达············ 489

参考文献················ 520

索　引················ 531

后　记················ 534

第一章　文艺美学解释的综合性探索

第一节　文艺美学解释的思想路径及其法则

1. 关键概念与文艺美学的学科定位

"文艺美学",从学科意义上说,可以看作是"文艺理论"与"美学理论"的综合,或者说,它既涉及文艺理论的基本问题,又涉及美学理论的根本问题。文艺理论,通常可以具体表述为文艺学(诗学)、美术学、音乐学等;美学理论,则通常具体表述为美学、艺术哲学或审美哲学等。从价值形态或文化归属上说,文艺美学,则可以分成:基于民族文化传统的本土文艺美学,基于异文化传统或"民族—国家"意义上的国别文艺美学,以及基于政治意识形态意义上的马克思主义文艺美学。文艺美学的复杂性与多元性也因此呈现出来,在探讨文艺美学的解释学路径时,直接涉及文艺美学的学科价值定位问题,即什么是文艺美学? 或文艺美学何为?

这一问题在现代文艺理论研究和美学研究中一直有些含糊不清,在现代中国思想界,曾被热烈地讨论了两次:一次是 1985 年前后,一次是 2001 年前后。当然,其思想传统还可以追溯到 20 世纪 50 年代,朱光潜、李泽厚、王朝闻、蒋孔阳、胡经之、周来祥、曾繁仁等是其中的代表性人物。① 关于文艺美学的学科界定,主要有三种代表性看法:第一种看法是

---

① 李泽厚:《美学三书》,天津社会科学院出版社 2003 年版,第 426—433 页。

"文艺美学是一门研究文学艺术的审美特性的科学";第二种看法是"文艺美学是以体验为中心,探索文学艺术的审美特性、审美过程与审美价值的科学";第三种看法是"文艺美学是以美学的方法和原则解释文学艺术作品的审美特性的科学"。其中,富有争议的问题是:(1)文艺美学如何与具体艺术门类的美学形成区分?(2)文艺美学是否需要哲学的支持,它的学科依托是什么,它能否获得独立的学科立法?

先回答第一个问题。从文艺美学的具体形态而言,文学艺术的审美特性,表现出不同的形式特征,有其独立的艺术规范,例如,文艺学(诗学)、美术学、戏剧学与音乐学。这些文艺理论解释系统,极重视创作心理与接受心理的美感独特性地位,事实上,艺术学或文艺学,对文艺心灵的阐发极具心理学意义和美学意义。[①] 问题在于,这些具体的学科都有自己的学科法则,其解释立法皆与具体的艺术门类的语言表达形式、艺术工具和接受效果相关。能否在此基础上建立共同的"文艺美学",或者说,"文艺美学"是不是文艺学(诗学)、美术学、戏剧学和音乐学的高度理论综合? 对此,必须通过具体的思想实践才能做出解释。文艺美学显然不能直接等同于诗学、美术学与音乐学,但它又离不开诗学、美术学与音乐学,因为没有对具体艺术门类的深入理解,文艺美学就变成了一句空话。如果说,"文艺学"主要是为了系统地解释文学艺术的创作与批评以及文学艺术的功能和本质问题的科学,那么,文艺美学又该如何与文艺学形成有效的分工?

基于这些问题,在已有的思想传统资源的基础上,我们可以进行一些具体解释。"文艺学",从狭义上而言,是指"文学理论",从广义上讲,则包括"文学理论和艺术理论"。具体来说,文艺学是一门探究文学艺术的文化社会功能和创作接受规律的理论科学,它涉及心理学、美学、社会学、伦理学、文化学、哲学等学科的十分复杂的内容。显然,不能把"文艺美学"看作是文艺学的一个分支学科,因此,文艺美学与文艺学的划界,就变得

---

① 李泽厚:《美学三书》,天津社会科学院出版社 2003 年版,第 466—477 页。

模糊了起来。文艺学偏重于文学艺术创作与批评、文艺文本与文艺功能的理解，文艺美学则偏重于文学艺术的审美特性的理解，前者的思考更加全面，后者的思考则更富有特殊性。人们一般倾向于把"文艺美学"看作是美学的一个分支科学，或者说，文艺美学是根据美学观念对文学艺术审美特点的理论建构。基于此，人们进而区分出诗歌美学、小说美学、戏曲美学、绘画美学、电影美学、音乐美学、建筑美学、雕塑美学、书法美学等。① 文艺美学不应是哲学意义上的美学之具体延伸或重构，而应是对艺术问题的美学阐释和哲学证悟，即"文艺美学"应该立足于文学艺术的共同美感经验，从文学艺术的审美经验与审美形式出发，进而上升到哲学综合的思想高度进行价值反思。我的个人立场是：文艺美学必须时刻保持与文学艺术作品的活生生的联系，通过读解文学艺术作品本身获得美的思想与生命美感意识，与此同时，文艺美学必须寻求精神意义上的价值提升，与哲学、宗教、伦理保持深刻的精神联系。故此，文艺美学既是感性具体的艺术解释学，又是反思生命价值的存在解释学。

　　再回答第二个问题。针对"文艺美学"艺术化、理论化的倾向，现代学者试图调整认识方向，突出文艺美学思想本有的理论主旨，并指出："文艺美学是对文学艺术进行审美哲学思考的科学。"这一界定，显然，又涉及文艺美学与美学之间如何划界的问题，即寻求文艺美学的哲学基础，把"文艺美学"审美哲学化。实际上，这里要讨论的问题是：文艺美学如何与审美哲学形成有效分工？文艺美学不仅要具体地解释艺术的审美特性，而且要对生命存在的价值形成深刻的反思。文艺美学确实需要哲学的思考，否则，审美的人生目的与人生意义就得不到体现，这样看来，"文艺美

---

　　① 在一些人的理论思维中，大凡一门艺术，只要和美学交叉，就可形成"文艺美学"。这样的形式主义美学观，实质上相当于对某一艺术的美学思考，无非是把一些审美范畴植入具体学科之中，这就导致不同艺术门类之间审美范畴的相似性。这种推衍性的美学阐释，在现代美学中曾成为风尚，但是，这种构造方式实质上只是文艺学或艺术学的变异，即把美学与具体的艺术科学联系起来，对艺术特性进行简单归纳，却并未把艺术的审美活动上升到哲学高度并予以证悟，所以，很难说是富有真正审美精神的思想活动。

学"的界定,绝非是在文艺学、美学乃至哲学之间进行一些简单比附就可以解决的。事实上,文艺学与美学、文艺美学与文艺学之间所具有的不相容性和相容性,很难简单地调和到一起。① 文艺美学虽然要以具体的艺术门类的审美分析为基础,但是,仅有艺术的形式美学分析是不够的;文艺美学需要通过形式美学的分析进入创作心理的美感分析,进而上升到哲学的高度,对其生命意义与价值进行审美探索。这样一来,文艺美学与审美哲学具有内在的思想一致性,只不过审美哲学不像文艺美学那样必须坚持立足于艺术自身的审美分析,相反,美学或审美哲学更重视其共同性价值观念的寻求。

基于此,我们应该采取包容性的文艺美学认知观念,即对文艺美学进行基本的价值设定:文艺美学就是从文艺本身出发,体验与接受文学艺术的自由生命美感,探索文艺的审美生成过程,进而揭示人类审美活动的价值规律的人文思想活动。这就是说,文艺美学与美学之间,并没有必然的分界,只不过有其基本的规定性。这个规定性是:"文艺美学"要求从具体的文学与艺术出发,探讨艺术自身的审美问题,最后上升到生命哲学或生命美学的思想高度;"美学"则要求从思想逻辑出发,立足于揭示审美活动的内在本质,从哲学的高度解决审美活动与审美艺术的本体问题和价值问题。文艺美学与美学的根本目的应该是一致的,即通过审美的探索,不断揭示生命存在的自由价值与意义。②

我们不妨把"文艺美学"重新解构为"文艺学"和"美学"的二元组合,或者理解成"文艺学"和"美学"的感性与理性综合。通过对"文艺学"和"美学"的深入具体思考,在文艺学的基础上,对艺术创作形式和精神问题进行审美哲学与生命哲学的提升工作,即从活生生的文学艺术体验走向文艺学的审美思考,由文艺学的审美思考上升到审美哲学的理性分析与

---

① 克罗齐:《美学或艺术和语言哲学》,黄文捷译,中国社会科学出版社 1992 年版,第 1—39 页。

② 宗白华:《美学散步》,上海人民出版社 1981 年版,第 21 页。

领悟。因此,"文艺美学"必定构建出开放性学科结构体系。它不同于文艺学,只需要对艺术的形式和价值及创作规律进行理论概括,缺少美的思想意识;也不同于美学,只有关于美的思想意识的分析,而缺少对艺术的感性、丰富性的具体分析。"文艺美学"实际上是综合了文艺学与审美哲学,使之成为具有感性的丰富性和哲学的反思性的一门学科。这就是说,"文艺美学"既是关于不同艺术审美特性的阐释性科学,又是关于审美超越和审美自由的反思性科学,因此,它不仅具备艺术鉴赏和艺术实践的生动属性,而且具备艺术哲学与生命哲学的反思特性。于是,文艺美学的任务和性质,便形成了"召唤性结构",它既打破了文艺学界限,又打破了美学界限,使文艺学、美学、文化学、哲学、伦理学、宗教学、心理学等诸多学科之间具有真正交流的可能性,从而形成独有的文艺美学的交流语境。因此,文艺美学,实际上是一门交叉性学科,既带有文学艺术理论解释的任务,又带有审美哲学解释的任务。

2. 路径依赖与文艺美学的思想任务

从真正意义上说,文艺美学的具体任务是:(1)认知文学艺术的美,例如诗歌的美、音乐的美、绘画的美、戏剧的美、建筑的美等,解释艺术美是如何创造的,还要解释人们如何欣赏艺术的美,这是文艺美学的"实践性任务";(2)解释文艺美学的本质,探究文艺美学学科建构的诸多可能性,评价文艺美学建构的理论得失,清理文艺美学的民族价值观念,探讨文艺美学重建的方法论与精神可能性,这是文艺美学的"理论性任务"。文艺美学的实践性解释与理论性解释,往往很难统一在一起,只有真正明确了文艺美学的"理论性任务",文艺美学的实践性任务才可能自由完成,当然,文艺美学的实践性任务的完成,又是文艺美学理论性任务完成的前提和基础。基于此,我们在照顾文艺美学的"实践性任务"时,主要致力于文艺美学"理论性任务"的解决。

在文艺学与美学解释领域,人们尤其关注"文艺美学"的建构。究其原因,基本上都是为了寻求美学思想表达与创造的自由合法性,即通过建构自身,一方面显出个体美学思想表达的原创性价值,另一方面则形成对解释对象的深刻而独特的把握。"美学思想的价值形态",一直是人文科学的中心问题,因为对于创造者来说,文艺美学的价值形态是个体美学思想表达的逻辑结构;对于接受者而言,文艺美学的价值形态,是认知美学思想的经验归纳和价值提升。从词义上说,文艺美学的价值形态或体系(system),就是美学思想的内在逻辑结构,因为在人类思维活动中,解释学的价值形态,往往构成了美学思想的独特表达,形成了美学思想自身的内在的逻辑构造或思想自足性,它是美学思想划界的基本依据。美学思想之间的差异,往往就是通过种种不同的审美价值形态来标明,因此,为了强调美学思想的独创性,美学思想探索者非常重视思想自身的逻辑建构。①

　　确立文艺美学的思想价值形态,既要涉及它的思想论域,不然,文艺美学不知道解释什么,又要涉及它的理论目的,否则,就不知道文艺美学解释的意义和价值所在,当然,还要涉及它的解释方法和思想体系,不然,文艺美学就会显得空洞无物。这些理论本来都属于开放的文化系统,但是,在寻求理论确定性的历史过程中,许多人不自觉地把这些理论系统看作是封闭的理论体系,从而影响和限制了文艺美学对现实生活与艺术的"解释效力"。事实上,中西美学各自提出了许多独特的审美理论问题,如果把这些问题放在历史文化语境中,以开放的文化眼光去评价其在历史话语系统中的合理性和局限性,就可能使文艺美学在现代文化视野中展示新的思想创造活力。应该说,文艺美学的思想论域是不存在争议性的,这就是说,文艺美学必须要研究文学艺术的审美规律,而且,从文艺本身出发,就是文艺美学的思想价值所在。这一点不同于美学,美学往往要从"美"或"审美"出发,这实在是太宽泛了,或者说,美学需要面对广大的生命存在现象,追求生命存在的美感与自由价值。相对而言,美学的研究对象,缺乏对象的确定性,它经常被泛化,而侵入别的思想领地,结果,造成

---

　　①　李泽厚:《美学三书》,天津社会科学院出版社 2003 年版,第 416—424 页。

了美学对其他学科的依附。"文艺美学"则是要研究文学与艺术中的美是如何生成的,即文学与艺术的美感生成规律,文学与艺术的美感价值生成,这就是说,文艺美学的对象是确定的。在涉及这些问题时,文艺美学显然又不能简单地解释对象自身,它必须解释人的心理,解释艺术的功能与原因,因此,文艺美学从艺术出发,又必须超越艺术之上,回到生命与生活中去,通过"理解生命"来理解"艺术的价值",通过"理解艺术"来理解"生命的复杂性"。生命的自由与生命的苦难,生命的正义与生命的黑暗,生命的价值与生命的意义,都可以在审美艺术活动中展开,甚至可以说,只有理解了生命,才能理解艺术的价值,文艺美学的审美探索才有明确的目的性。

在理解了这些基本道理之后,如何构建对文艺美学的"理解",自然就显得特别重要,因为具有良好意愿的解释,未必能达到良好的解释效果。只有思想的自由与自由的思想,才能达成自由的意愿,开启心灵的自由。文艺美学的思想建构,实际上是历史性与创造性的统一,即个人的文艺美学思想创造,不能抛开文艺美学的历史,必须从文艺美学的历史出发,否则就成了空谈;或者说,原初解释者的情感表达或情绪宣泄,不能从理性高度说明文艺美学的思想本质。文艺美学的解释,具有大量的"历史性思想沉积",许多历史性思想,已经因为被反复谈及而形成了"思想定式",因而,文艺美学的思想发展,一方面要推陈出新,另一方面要开辟新的路径,开拓新思维,这其中充满了无穷的创造性。但是,文艺美学最根本的目的,还是对人的理解,以及对自由的理解,对美与自由、美与心灵之关系的深刻理解。①

在中国美学解释中,文艺美学的本质之争,成了文艺美学价值形态重构的核心问题。事实上,文艺美学的价值形态之争,不仅是审美观念与审美形态之争,而且是价值观念间内在冲突的必然表现。文艺美学的思想价值形态,到底应该如何构造? 实际上,涉及对现存的美学思想的价值评

---

① 宗白华:《美学散步》,上海人民出版社 1981 年版,第 68—69 页。

估与重构问题。从个体美学思想创造的意义上说,在中国哲学史和美学史上,有许多不同的审美价值形态,它们构成了无数的美学思想逻辑表现形式。这些不同的文艺美学思想之间,有一定的共同性;那些建基于汉语思维和汉语元范畴与价值取向之上的审美价值形态,往往被看成中国哲学和中国美学文化精神的体现。每一个民族都有自己独特的美学思想,每个审美解释者也有自己的审美思想认知,正是由于多元美学形态的自由表达,人们往往可以从中找到美学的独创性意义。当人们过于强调某种审美价值形态时,它本身就构成了美学思想的内在制约。对审美自由价值形态的强调,应该是对美学思想独创性的寻求,而不应是外在形式结构的语词演绎。许多美学思想探索者已经看到:对美学的思想结构形式的过分强调,往往直接阻碍了美学思想的发展。人们还发现,原初的美学思想表达多是断片的、直观的、诗性的;这种美学思想的原创性,不是外在的,而是潜藏的。因而,那种过于强调外在形式的理性思维方法,在现代美学思想视野中受到了强烈挑战。

由于思想的价值形态或体系这个概念,带有形而上学的意味,所以,在现代人的思想活动中,也就带有贬义,许多西方现代哲学家干脆"拒斥体系",称其美学思想为"非体系的",并把"反体系"视作反形而上学的重要途径。美学思想的建构,不是仅靠主观意志就能完成的,真正的美学思想的构成,是美学思想演变的历史结果。一个人的美学思想,在历史形成中是存在矛盾冲突的,由于思想价值形态往往指称一个确定性和封闭性的美学思想结构,因而,许多美学思想家,宁可使用美学思想逻辑结构,而不愿自称美学思想体系。对于中国现代文艺美学思想的建构者来说,一方面必须直面强大的古代美学思想的历史,另一方面又要受到康德以来的西方美学思想学说的深刻影响,因而,文艺美学思想的建构,一直是许多学者努力的目标。① 由于当前不少美学思想形态的建构本身缺乏原创性,而且,依照中西美学思想和模式建构起的美学,大多只有空洞的思想

---

① 　李泽厚:《美学三书》,天津社会科学院出版社 2003 年版,第 406—408 页。

观念框架,因此,现代美学思想本身,便受到不同程度的怀疑。各种僵化的美学思想,对美学思想创造的制约也非常严重,因此,对现代文艺美学进行"价值重估"就尤为必要。

3. 通往审美主体心灵的解释学路径

如果把"文艺美学"看作是开放性的思想系统,那么,它既可以思考具体的文学艺术的精神问题,又可以思考文学艺术的审美形式问题。文艺的心灵或文艺的精神,是艺术的生气灌注性,它寄寓在具体的文艺作品中,同时,又深隐在文艺作品之形象中。精神(Spirit)和心灵(Soul),是艺术家原创性的审美思想感性的具体的表达,它可以是艺术形象,也可以是生命价值体验和审美判断,它是艺术之所以具有生命价值的最关键因素。① 当然,它也可由哲学家或美学家进行理性分析和总结,从而形成理性的思想结构。艺术的精神,永远具有自己的不确定性;这种不确定性特质,需要智慧的心灵予以开掘和阐发。艺术的精神是艺术的深度思想空间所在,也是对艺术的生命观照和内在反思的目的所在。

文艺的精神是不可见的,它离不开艺术符号的具象或象征式表达;理论家的审美艺术精神表达,必须借助艺术形象自身才能获得深刻说明。在现代文艺学中,许多人在把握艺术时,总是喜欢从"内容与形式"这一概念入手去分析,但是,把文艺作品拆解成"内容和形式"总是使人难以接受,因为它不同于具体的器物,也不同于器皿的包装,有一个本体和一个外壳。文学艺术表现出来的是"艺术的精神",这种艺术精神,与艺术的语言、艺术的形象和艺术的形式不可分离;真正的艺术不是内容与形式的组合,而是精神与形式的统一。从文学艺术精神的这种不确定性可以看出,文艺美学自身具有交叉性和包容性,事实上,这也给文艺美学的发展提供

---

① 在黑格尔的《美学》中,精神或心灵主要通过理念(Zdea)和理想(Ideal)两个概念加以体现,这是黑格尔美学思想的内在灵魂。参见 Hegel, *Ästhetik*(Ⅰ—Ⅱ), Verlag das europäische Buch, Westberlin, 1985, S:155—162.

了无限可能性,它所涉及的,必然不是一些平板的问题,总会是一些新颖
而独异的思想观念。这样,"文艺美学"对文艺心灵的阐发,也就具有了沉
思性品格,同时,有关文艺心灵的证悟,也就显示出诗化哲学的意趣。这
样的美学思想理路,是极具魅力的,它比单纯意义的文艺学解释和美学解
释,更能提供给人们新异独特的美学思想启示。这种文艺美学探索,是个
体生命体验的自由开放,也是个人智慧的诗性闪光。①

　　现存的文学艺术的理论分析方法,对于重建文艺美学是具有影响的,
因为在"文学原理"之类的教科书上,有些人把语言、句法、修辞、叙事、技
巧等看作是文艺的形式,而把主题、题材、美学思想、形象看作是文艺的内
容,这似乎已经约定俗成了。显然,这种二分式归纳方法(Dichotomy)有
些牵强,因为它把艺术自身这个完整的生命整体分离开来了,事实上,可
见的艺术作品,就是生气灌注的精神与形式的统一体,这种生气灌注的形
式,蕴含着艺术的韵律,寄寓着创作主体的艺术心灵。对于接受者而言,
与艺术本体之间的交流,不仅是人对艺术符号的感知体验活动,而且是接
受主体与创作主体之间的"主体间性交流"。这种主体间的交流,就是精
神的交流,艺术符号或艺术本体,在此,变成了交流的对象和媒介,变成了
精神的对象化方式。艺术的精神具有主体性,这种文艺的主体性是艺术
的充实与空灵的表现。创作主体与接受主体之间的默契,有可能达成心
与心的交流,因而,精神与形式的统一在于:精神必须借助形式来表达,形
式必须包容生气灌注的精神,才会具有活泼的生命。可见,艺术精神的体
悟,在文艺创作中是至关重要的,文艺美学思想的构建,就在于对这种艺
术精神的深入解释。从历史本文出发,可以发现:中国文艺美学的自由思
想传统,就在于对这种艺术精神的感发和体悟。

　　回顾五四以来中国文艺美学的探索,可以看到,一方面,五四以来的
新美学继承了中国古典美学的体验精神,另一方面,又吸收了西方美学思

---

　　① 在《中国艺术精神》中,徐复观由音乐探索孔子的艺术精神,由庄子的"再发现"探讨中
国精神之主体呈现,显示了独特的思想方法。

想的结构原则和逻辑演绎的思维方式。因而,中国现代文艺美学,既有空灵充实的艺术心灵之体悟,又有富于逻辑和理性思想的深刻阐发。① 与古代美学中的直观式体悟和点评式体悟不同,现代文艺美学,不仅试图契合艺术的心灵,而且试图把艺术心灵的私密体验,以结构的方式予以分析性表达。因此,中国现代文艺美学的思想成就,实质上要高于现代中国审美哲学探索的思想成就。

　　基于精神与形式相统一的思想体验原则,现代中国文艺美学的优秀思想传统主要表现在三个方面:

　　一是由现代新儒家所开导的审美哲学证悟的精神传统。从思想传统而言,中国哲学家十分重视"诗"的学习,自从孔子奠定了诗歌与礼乐教育的核心地位以来,特别是当儒家思想获得了经典地位之后,"诗乐教化"就成了中国文化中重要的审美艺术教养方式;这种诗乐教化方式,特别注重精神与形式的统一,重视生命的艺术感通。此后,中国文化史上的伟大教育家朱熹、陆九渊、王阳明都很重视"诗教"与"乐教",因而,对于新儒家来说,作诗与论诗,乃是他们的基本思想功夫。现代新儒家的审美教化思想直接根源于原始儒家和新儒家,例如,熊十力、马一浮、牟宗三、方东美、徐复观、唐君毅皆强调诗教和写诗,正因为如此,现代新儒家与宋明新儒家一样,对诗心的证悟,也就更近了一层,这一点与西方哲人就有些不同。不过在西方哲人中,也有一些哲人很重视诗,如尼采、狄尔泰、海德格尔,另一部分则很敌视诗,如维特根斯坦、石里克。现代新儒家们,无论能诗与否,对诗歌似乎并不敌视。例如,徐复观从孔子的礼乐精神和老庄游心太玄的虚静观出发,从诗、画、乐的把握中,揭示中国艺术的生命境界,尤其是与西方诗人哲学家的对话交流,更增加了这种亲切感。② 方东美则纯粹从诗性出发,对中国哲学、德国哲学、印度哲学进行诗性阐释,生命的意趣交融于情理分析之中。牟宗三把中国哲学与德国哲学会通一处,又

　　① 　朱光潜:《朱光潜全集》第 3 卷,安徽教育出版社 1987 年版,第 322—416 页。
　　② 　徐复观:《中国艺术精神》,春风文艺出版社 1987 年版,第 39—114 页。

以康德哲学作为准绳进行系统的真美善分析,落实到"智的直觉"与中国哲学的圆融境界上,这本身就如同一曲宏大的生命交响曲。唐君毅更重视这种生命哲学的诗性体悟和阐发。冯友兰对魏晋风度与宋明理学的体悟,无处不充满诗性的光辉。因而,中国艺术精神的现代阐发,完全获得了精神与形式的统一,当然,艺术精神的把握显然高于对艺术形式的把握,因为通过哲学精神的把握,艺术似乎更容易达到天人合一的自由之境,更能体现生命和谐的自由哲学精神,这一点使中国现代文艺美学具备了生命哲学的精神品格。①

二是诗人艺术家开辟的艺术精神与形式相统一的解释传统。从诗人艺术家的人生艺术感言和思想随笔中,可以直接看到,他们强调中国艺术精神与形式相统一的生命文化理解方式,事实上,在中国现代诗人和艺术家们的"谈艺录"与"艺术情思"中,多有这种生命艺术的诗性体悟。他们不是从哲学理念出发,而是从大自然的山川草木的描绘和感悟中领略到生的意趣,他们以诗情赋予大自然以生命、以活力,这种艺术美学思想,显示了中国现代美学的独特思想创造力。应该说,这些"艺术谈",往往涉及文学艺术的根本问题,而且具有特别生动的艺术卓见。例如,就山水画与人物画的优劣,徐悲鸿谈道:"吾国绘事,首重人物。及元四家起,好言士气,尊文人画,推山水为第一位,而降花鸟于画之末。不知吾国美术,在世界最大贡献,为花鸟也。一般的收藏家,俱致山水,故四王恽吴,近至戴醇士,其画见重于人,过于徐熙黄筌。夫山水作家,如范中立米元章辈,信有极诣,高人一等,非谓凡为山水,即高品也。独不见酒肉和尚之溷迹丛林乎?坐令宋元杰构,为人辇去,而味同嚼蜡毫无感觉,一般之人造自来山水,反珍若拱璧,好恶颠倒,美丑易位,耳食之弊如此。唐宋人之为山水也,乃欲综合宇宙一切,学弘力高,野心勃勃,欲与造化齐观,故必人物宫室鸟兽草木无施不可者,乃为山水。元以后人,一无所长,吟咏诗书,独居闲暇,偶骋逸兴,以人重画,情亦可原,何至论画而贬画人,是犹尊叔孙通

---

① 宗白华:《美学散步》,上海人民出版社 1981 年版,第 25 页。

而屈樊哙也,其害遂至一无所能之画家,尤以写山水自炫,一如酸秀才之卖弄文章,骄人以地位也。故中国一切艺术之不振,山水害之,无可疑者。"①这一论述出自艺术家笔下,他对中国画的审美观点的偏颇所做的分析,确实发人深省。由于论者精研绘画,故而他的论述具有很重要的美学参考价值。

三是文艺批评家坚守的艺术精神与形式和谐的思想传统。从许多文艺批评家们的艺术鉴赏判断中可以看到,他们在艺术理解中强调诗心的证悟,由此体现出来的美学思想,富有精神与形式相统一的思想特性。他们的文艺批评话语,往往灵心独运,对中国艺术的精神做出了独有的领悟,从而形成了中国现代文艺美学的理论实绩。现代文艺美学对中国艺术精神的阐发与感悟,不仅具有民族性意义,而且具有世界性意义。这不仅由于中国现代美学家自觉地与西方文化进行精神交流,探究了人类美学的可能性,而且由于他们坚持本位文化立场,对中国古典美学思想做了创造性发挥。正是借助这种阐释,让人们充分领略到了中国艺术和西方艺术的无限的美与生命精神,人们可以在这种诗意领悟和栖居中获得审美的无限自由。例如,在评价荷尔德林的诗歌时,狄尔泰谈道:"在其最简朴最感人的形式中的抒情诗,说出一次经历所唤醒的存在感。内心活动结束在较普遍的观察中时,抒情诗提高了。个人的诗经过多种多样的阶段和过渡,走向那种大的抒情形式,它的基础是:内容越出灵魂的个人命运,取代灵魂的地位,完全地决定心境。当作家的感情被重大的客体性,被强有力的个性,各民族或人类的事业,被同我们族类的事务有关的思想,最后也是至高地被事物的最后关联推动时,这种形式就产生了。对伟大对象的感情是热情,热情在其中表达自身的形式,是有意识的伟大的艺术,它努力说出崇高感情的进程。""如此产生的荷尔德林的赞歌构成一部组诗,它被设想为对新的族类感受到的人类理想价值的宣告。这些赞歌中的每一首都有一个伟大的名称,当时,革命时期的法兰西精神把这些名

---

① 徐悲鸿:《徐悲鸿艺术随笔》,王震编,上海文艺出版社1999年版,第56页。

称变成崇拜的对象。荷尔德林也这样把一首赞歌献给人类。"①从这些解释中可以看到,艺术的精神与形式有其内在的和谐性,当精神与形式构成内在和谐时,优美深邃的艺术就具有伟大的生命力量。

中国现代文艺美学思想探索的最大特点就在于:重新返回到这种对中国艺术精神的诗性体悟和阐发上来。一是美学家对中国艺术精神和美学精神的阐发,二是现代诗人艺术家的生命感悟极富哲学意味,三是现代学者与批评家的艺术解释。不少学者从意识形态的独断论中觉醒,开始自觉地从艺术本身来理解艺术性,而且,能够从文化历史社会等多维视野去判断文学的审美价值,因而,他们的阐释真正把握了中国艺术的生命精神。② 现代文艺美学中有所成就之处,正在于这种对中国艺术精神的阐发和感悟。他们对中国艺术心灵的体悟比其生命哲学的理性思辨更具生机与活力,因此,现代文艺美学家对艺术心灵的感悟,继承了中国文艺美学思想的优秀传统,而对文艺美学之生命精神的哲学证悟,则逊色于现代新儒家。那么,现代文艺美学,除了继承现代文艺美学的生命哲学传统和艺术感悟传统以外,如何得到新的发展? 这是现代文艺美学发展的关键问题,因为未来的中国文艺美学,除了继承现代文艺美学的生命哲学传统和艺术心灵证悟的传统之外,还应融入更多的时代精神。艺术心灵的证悟与表达,仍将是未来中国文艺美学的核心问题。可以预想,未来的中国文艺美学,如能在这方面做出扎实的探索,将会无愧于民族传统,无愧于时代创新。

4. 通向文艺美学的生命哲学解释路径

文艺美学思想的内在建构,应该重视多元化的自由思想文化传统,因为只有从多元性出发,才能真正把握美学的生命文化精神。其实,艺术心灵的体认和证悟,往往不只是片断的"语录体"感言,而应是富有结构的理

---

① 狄尔泰:《体验与诗》,胡其鼎译,生活·读书·新知三联书店 2003 年版,第 299 页。
② 王昆吾:《汉唐音乐文化论集》,台湾学艺出版社 1991 年版,第 26—84 页。

性论证和演绎。衡量艺术心灵证悟和表达的一个高标准，还在于文艺美学的哲学宗教伦理意蕴的获得。如果缺乏真正的文艺美学思想的内在支撑，对艺术精神的体认和证悟实际上只能算作直观的判断。唯有在体验性与反思性的认识中，艺术的心灵才会变得博大精深。① 尽管这些体验性与反思性认识，是建立在经验的基础之上，但是，这些经验性认识，与作为最高美学范畴的道、无、有、心、性、情、理等范畴密切相关。在古典美学中，味、象、境、禅、风骨、神思、游等审美范畴本身，就具有这种思想构造力，所以，单纯地理解艺术心灵，而没有思想性的认识，是无法真正把握艺术精神的，因为这只能使艺术体验停留在艺术感觉、情绪的层次上，而不能把艺术体验上升到哲理层次上。说到底，艺术的超越性特质，不是情绪性体验所能证明的，因此，文艺美学的内在价值形态的建立十分必要。

　　生命哲学的解释路径，在文艺美学研究中应该置于最重要的地位，这是因为艺术源自人的生命创造，最终，艺术也是为了通过美感体验，让人回到生命本身，让生命获得快感，对生命提供启示。对"生生"的强调是中国古典哲学最重要的传统，在中国人的传统思维中，宇宙万物皆富有生命，特别是自然，它是活泼泼的，是人每天要与之打交道的生命对象。古代文人或艺术家的生活，颇符合今天的审美意趣，即强调生活的静雅；他们喜欢建立一个庭院，有山有水，有花有草，有竹有树，虽然天地境界不够博大，但是，他们极细心地体验松竹梅兰、闲花野草与梧桐秋雨之间的密切关联，让生命在这一自然情趣中荡漾。哲学家的生命境界，自然要比文人的意趣深邃沉静得多。在老子的学说中，天、地、人和道构成四维精神空间，"道法自然"成为生命的最高准则，所以，他才坚持："故道大，天大，地大，人亦大。域中有四大，而人居其一焉。人法地，地法天，天法道，道法自然。"②"天长地久，天地所以能长且久者，以其不自生，故能长生。"③

---

　　①　刘勰的《文心雕龙》、钟嵘的《诗品》、严羽的《沧浪诗话》和王国维的《人间词话》等，其实都可以看作是对文学的诗性认识。

　　②　《道德经》第 25 章。

　　③　《道德经》第 7 章。

不过,老子在强调自然与道的时候,始终是为德的解释做准备的,他的生命哲学是由自然及人,由人返归自然的,所以,"道"与"德"在他那里,因为自然的优先性地位获得了奇妙的和谐。"道生之,德畜之,物形之,势成之。是以万物莫不尊道而贵德。道之尊,德之贵,夫莫之命而常自然。故道生之,德畜之,长之育之,亭之毒之,养之覆之。生而不有,为而不恃,长而不宰,是为玄德。"①在此,道德构成了和谐广大的生命整体,即从"生生"出发,落实到道德,中国生命哲学因此形成了独特的审美解释体系。

西方的生命哲学解释路径与中国有所不同,中国最早的哲学即生命哲学,而西方的生命哲学的真正形成,则是 19 世纪的事,此前的西方生命哲学,或偏重伦理,或偏重宗教。应该说,尼采的艺术分析完全受制于他的生命哲学。他那狂傲的美学思想飚风,以最癫狂的酒神精神为主导,吹拂强力艺术的心灵,形成生命表达,所以,他的评述和判断,最能给予艺术家以创作启示。与此同时,也应看到,桑塔亚纳对艺术的精到感悟和他的自然主义哲学有机地统一在一起,极具思想创建性。另外,杜夫海纳在现象学美学构架中,对凡·高、对西方艺术的分析,处处充满智性的闪光,这一点在现代西方艺术哲学中有所证明。西方文艺美学的思想最为人称道的,还是那种关于文学和艺术的系统认识,这可以从康德、黑格尔、桑塔亚纳、杜夫海纳和海德格尔的文艺美学中获得证明。康德对诗、画、乐的具体作品之鉴赏力虽不地道,但他对艺术精神的总体把握显示了非凡的哲学透视力,所以,否定哲学的创建者阿多诺,在关于康德对象性概念的批评中,也不得不承认这一点。② 事实上,康德对美的分析、崇高的分析、天才的分析、艺术分类的看法,总是在感性认识中展开。艺术不再是孤立的,而是连接着哲学的精神、形式的自由、伦理的象征意味,因而,他那关于美与崇高的分析文字中,颇多灵性的闪光处。黑格尔的《美学讲演录》,

---

① 《道德经》第 51 章。
② T. W. Adorno, *Aesthetic Theory*, translation by Christian Lenhardt, London, 1984, pp. 236-237.

既有哲学背景,又有宗教背景,因而,他对尼德兰绘画的分析,对莎士比亚戏剧的分析,对希腊和印度史诗的分析,就具有一定的思想深度。黑格尔对抒情诗所表现的"神恩"的分析,对绘画的自由精神分析,往往从具体的作品感悟中升华出哲学的旋律,因而,颇能给人以理性的启迪。① 这种诗化哲学阐释方法,往往以美学思想为主导,把艺术的鉴赏和判断纳入其中,作为对美学思想的强有力的说明,从显示体验性与反思性认识的重要意义。从西方美学史的思想发展路向来看,海德格尔则有所创新,他试图以艺术分析代替并充实他的哲学表达,但不是在其哲学和表达中穿插具体作品的分析,而是以具体的艺术作品为主导,从中演绎自己的哲学美学思想,这是极其特别的诗学解释方法。在《艺术作品的本源》中,他从存在论出发,通过对凡·高作品的分析进行哲学领悟和表达。海德格尔的阐释方式,为现代文艺美学提供了一个极有价值的典范,他让里尔克、荷尔德林、凡·高等人说出了存在论哲学的深刻美学思想,这预示了文艺美学充满魅力的道路。

艺术家的美学,是通过感性具体的艺术形象来展示的,它对艺术文化精神的内在把握更为本源,所以,它需要美学家能够将这种艺术的美丽精神解释出来。由此可见,体验性与反思性认识,是文艺美学获得突破的关键。仅有具体作品的片断式感悟,而缺乏体验性与反思性认识,不可能把鉴赏判断上升到审美哲学的高度;当然,感性具体的文学艺术作品是思想形成的基础,因为思想是在这种艺术与生命体验的自由交互中形成的,因此,文艺美学的探索,也就有了确定性目标。文艺美学的思想建构绝不是凭空预设,许多人撇开了哲学探索,远离美学思想本身,而依赖于个人的艺术经验来构造文艺美学,这种"文学概论"教材式的美学之构造,我已多次进行过毫不留情的批评。② 这实质上是经验性美学,这种美学有其外在的逻辑,而没法贯彻内在的逻辑。

---

① 黑格尔:《美学》第 3 卷(下),朱光潜译,商务印书馆 1981 年版,第 105—110 页。
② 李咏吟:《交流语境与中国美学》,《学术论坛》1995 年第 4 期。

　　中国古代文艺美学,大多从经验出发。例如《文心雕龙》,就是经验论的文艺美学思想的描述和还原,尽管它有系统的分类意识,而且对文学活动也有系统的认识,但是由于它在哲学观念上没有根本性突破,所以,它的文艺美学理论,在创作论和批评论以及其文体论上有其精到的发挥,而在其文艺本质论的探索中却缺乏原创性表达,其理论,停留在经验之基地上,无法升华为理性的美学思想并形成创造性转化;相反,庄子、朱熹、王阳明的诗学观念,更能纳入宏阔的美学思想背景中。这说明,文艺美学如果没有真正的哲学探索来支撑,势必成了"无家的杂耍艺人"。可见,文艺美学,不能再局限于文艺创作规律的简单总结,而要在文艺经验总结的基础上对人类生命存在形成深刻的思想把握。①

　　作为文艺美学的探索者,你首先必须对世界、人生、自然、文化有独创性的哲学式理解,因为有了自己的哲学体悟,文艺美学才有最后的归依。现代文艺美学的虚假性在于:大多数美学探索者,没有自己的哲学观,结果,其美学建构成了经验式归纳和既定哲学原理的图解式说明。文艺美学家通过艺术的阐明,最终寄生于某一哲学之中,却缺乏对那种哲学的独创性理解,于是,所有的艺术证明,成了某种哲学的附属性说明,这样,美学的"无根基状态",在这种放逐中更加严重了。作为真正的文艺美学之建构,必须以独创性哲学之建构为前提,这是文艺美学的最高价值规范,因此,对于真正的文艺美学之建立,笔者的观点已经表明,即必须以生动的文艺作品作为出发点,以哲学之阐发为最高追求。哲学之建构绝非易事,在人类文明的继承过程中,已有一些哲学思想摆在我们面前,我们对世界和人生的理解可能与某种哲学同构,因而,这就要求文艺美学家找到相应的哲学参照系。许多美学家也能认识到这一点,但往往不加怀疑、不加证明地接受某种哲学,这样,他们只能从一些既定的哲学命题出发,而不是从自己的阐发和理解出发去探究文艺美学思想。从任何既定的哲学出发,去演绎文艺美学观念,总会显得生吞活剥,因此,对任何哲学,必须

---

　　①　徐复观:《中国艺术精神》,春风文艺出版社 1987 年版,第 41 页。

有自己的解释和证明,这种改造本身正是独创性解释的表现。同时,仅有这种哲学理解是不够的,如果对艺术本身缺乏真正的理解,就无法建构自己的文艺美学,因此,在进行美学探索时,必须对艺术有亲历性体验,只有具备真实而奇特的艺术经验,才有可能与哲学观念获得自由沟通。文艺美学的真正建立,"哲学"和"艺术"两个方面的因素,缺一不可,既要有哲学认识,又要有艺术的经验性认识,然后,在创造性视界中,把两者有机地统一起来,这是黑格尔《美学》正确实践了的文艺美学思想传统。[①]

5. 现代文艺美学与思想综合解释路径

文艺美学的解释,不能局限于经典理论家与经典思想,但必须以经典思想作为依托,如何解决这一矛盾?"思想综合的解释路径"可以从根本上弥补这一缺陷。真正的思想不必拘泥于某一思想,而是强调思想之间的共在与彼此关联,这样,就可以从多维视角分析文学艺术的美感,从多重意义上理解生命的自由。从根本上说,文艺美学思想的现代的形成或原创,取决于生命意识和现代思维的深刻革命,因为真正自由的文艺美学思想,必须深刻地解释我们的生活与艺术。事实上,无论是艺术心灵的阐发,还是文艺美学的建构,都与主体的思维方式很有关系,如果在思维方式上没有新的变化,就很难超越前人,做出有创造性的解释和发挥。就思维方式而言,我们主张建立开放性的思维网络,但是,在思维深处,往往形成了这样的定式,即在一开始就认定某种美学思想和观念是正确的,而将另一种美学思想和观念看作是错误的。这种认识是基于内在价值信仰或意识形态信仰,而不是反思性与体验性认识,更不是严格意义上的思想价值判断。研究者从政治意识形态的思维模式出发,而不是从自我证悟、自我创新、自我超越的思维方式出发去探究真理,这样思维方式是致命的,它使艺术心灵阐发和美学建构变得贫乏不堪。从既定的结构模式出发去建构文艺美学,只能是雷同的和缺乏原创性的"搭积木游戏",真正对艺术

---

① 李泽厚:《美学三书》,天津社会科学院出版社 2003 年版,第 440—456 页。

的心灵感悟和文艺美学之建立,必须有开放性思维。开放性的思维,即在历史文化视野中,在比较美学思想探索视野中,在多学科整合视野中,在世界性美学思想视野中形成批判性思维。开放性思维,实质上,就是互补式思维,因为任何思维方式和思维观念都不可能是完美无缺的,这就需要转换思维、转换观念,达成新的理解。就思维方式本身而言,有占主导性的思维方式,同时,还有许多边缘性思维方式。过去,人们往往非常重视主导性思维方式,而相对忽略了边缘性思维方式。由于主导性思维与边缘性思维的互相排斥不利于文艺美学之创新,因此,主导性思维必须与边缘性思维形成互补,这实质上可以形成传统思维与野性思维的互补。

就文艺美学而言,传统性的思维方式是这样形成的,即在探索文艺美学问题时,首先有经典性认同意识,只有这种经典性认识,才是美学发展的正道。这种传统思维方式,在认同经典时,还认同杰出美学思想家,而忽略非杰出美学思想家的探索,因而,这已经形成固定的选择模式,这种传统思维方式,还由此表现为对经典美学范畴和美学结构的认同。① 这在中国古典文艺美学的思维中,具体表现为中国文艺美学的"历史意识"。一般探讨文艺美学时,顺着历史的线索,把中国文艺美学分成秦汉阶段、魏晋阶段、隋唐阶段、宋元阶段、明清阶段、近现代阶段。每一个历史阶段,我们都能挑出一些杰出的探索者,因为这些杰出的美学思想家以他们敏锐的美学思想、批判性眼光开创了一代理论范式。"经典美学思维",总是以经典为核心,以经典阐释还原或建构其理论;这种思维方式,保证了中国古典美学思想的深刻性,与此同时,限制了中国美学思维的突破力。以前,很少有人联系道教、儒教和佛教、禅宗来解释美学,现在,许多人结合这种非经典式思维方式去解释中国美学,获得了创造性突破,这种历史

---

① 刘小枫编译了一本经典美学文选,其美学思想着眼点,就是经典美学思维方式。参见《现代性中的审美精神:经典美学文选》,学林出版社 1997 年版,第 1—5 页。

意识的复兴,对于中国美学的重建至关重要。①

　　中国文艺美学的感性美学思想意识与理性思想意识相当丰富,一般把中国美学思想分成儒、道、佛三派,或分别加以探讨,或三教合一式探索,占主导趋向的是以儒、道为中国美学思想之本。现代文艺美学对中国古典美学的阐释还是很不够的,这种情况在当前的美学思想语境中有很大的改变。由于我们在相当长的时间内因为反传统而敌视中国古典美学,故而,中国现代美学思想在很长一段时间内,其思想探索与思想批判都显得过于单调和粗浅。以孔孟为代表的儒家哲学美学思想极具伦理精神,以老庄为代表的道家哲学美学思想极具玄学特色,以禅宗为代表的禅宗美学思想极具体验精神,这些美学思想标志着古典美学的多元互补性,我们完全可以在先秦思想文化的基础上评述西方文艺美学思想,形成新的理论建构与价值判断。

　　中国文艺美学的概念意识,形成中国古代文艺美学的独特思想源泉,这也直接制约着现代中国美学思想的建立。例如,以道、玄、理、情、心、性、势、韵、味、乐等作为中心范畴,中国美学思维离不开这些美学观念。对此,有人指出:"语言的关系只是表面的,观念的关系才是深层的,而且复杂得多,尤其是,观念界总是首先产生革命,使得语言似乎不够用,这使语言进一步发展。"这种说法很有道理,因为观念界展现为一个美学思想的空间,其中,各种观念之间的复杂关系构成了观念的网络,观念网络有着无穷发展之可能性,我们所关心的问题,正是观念间的关系,观念间的可能性,甚至可以称为观念间性。"观念间性是理解美学思想的根据,因为它将揭示构造任何一个观念的有效条件,将揭示任一观念的必然性,将揭示任一观念的意义的确定性。"②中国现代文艺美学的建构,必须充分

---

　　①　在"中国美学史重要问题的初步探索"一文中,宗白华从先秦工艺美术和古代哲学文学、古代绘画美学、古代音乐美学、中国园林建筑艺术出发,对古典美学进行了系统的考察,体现了从感性艺术到理性反思的转变。参见宗白华:《美学散步》,上海人民出版社 1981 年版,第31—67 页。

　　②　赵汀阳:《走出哲学的危机》,中国社会科学出版社 1990 年版,第 16 页。

重现这种观念性作用。中国文艺美学思想构成中的"经典意识",正是从经典和圣人观念出发,所以,在中国思想中有思想崇拜的传统。相对于中国美学的经典思想而言,人们言必称孔子、庄子、刘勰、钟嵘、严羽、王国维,形成中国美学思想的经典认知方式。事实上,关于这几位杰出美学思想家的探索性著作汗牛充栋,形成集体性经典思想意识,并在解释上形成了内在的思想价值定式。

这种思想认知观念,也表现在对西方美学的认识上,在中国思想语境中,我们将西方美学分成几个时间型发展阶段。一般分为古希腊罗马时期、中世纪时期、文艺复兴时期、17世纪、18世纪、19世纪、20世纪和21世纪。这样的划界标准,在西方也几乎形成思维定式,其实,这些解释往往以偏概全,把许多重要的问题也放逐了。因此,德里达的解构理论,尤其是福科的新历史主义理论,对这种经典理论形成了强有力的冲击。福科从癫狂史、精神病史乃至浪荡子的历史入手,分析西方美学思想形成的历史过程及其存在的问题,形成了新的历史视界,这种新的历史视界,构成对西方历史的新认识。西方美学思想的主流意识,通过简化了的方式,得到了真正的强调,这主要表现在对希腊艺术理论和德国、英国、法国等话语世界的艺术理论的高度重视上。现在,人们习惯上所谈的西方美学思想,并不包括整个西方,因而,人们在使用"东方美学"和"东方文化"等概念上的慎重值得提倡。人们习惯用语中的"西方美学思想",实际上只包括英、法、德、美、俄几个民族语言意义上的美学思想,而其他西方国家的美学思想,则基本上处于边缘地位。这种主流意识形态的思维方式,虽抓住了根本问题,但无疑是不全面的,而且影响了美学思想的多元整合。西方美学的经典思想文化意识,也是根深蒂固的,但西方思想家并不简单迷信思想经典,总是在思想批判中推动思想的发展,即主要针对柏拉图、亚里士多德、康德、黑格尔、尼采、维特根斯坦和海德格尔的美学思想做解释,形成主导性美学思维定式,他们往往在美学思想认同上,以这几位大家为标准。在中国思想话语中,由于强大的经典崇拜与权威崇拜意识,有一段时间,以马克思、恩格斯、别林斯基、车尔尼雪夫斯基、列宁等革命家的美学思想为绝对主导，当前，又表现为对胡塞尔与海德格尔、德里达和福科以及后现代主义乃至后殖民主义思想的高度重视。[①] 这种思维模式，诚然是非常必要的，如果没有这种主导性思维，美学家无法获得确定性，但是，仅有这种传统思维还不够，必须具备野性思维。

野性思维是反传统式思维、反中心论思维、反理性式思维、反权威性思维；野性思维因为具有一定的反抗性，同时，也表现为独创性，这种反抗式野性思维，对于文艺美学的创新是非常关键的。必须承认，有时野性思维使美学探索偏离了正道，但野性思维往往是开创美学新思维的关键。在《谈艺录》和《管锥编》中，钱锺书就很反对经典式传统思维，他对经典性思维很不以为然，而且认为许多中国艺术论的精华，往往并不在博大的经典理论的逻辑论证中，而通常表现在一些杂书的只言片语中，因而，他主张要充分重视这种"断片式思维"。[②] 正是从这种非正统思维出发，或者说，集大成地吸收了中国点评式思维的思想成果，因而，他的后期著作类似于读书笔记，但其体验性与反思性思想建构，却又有迹可循。他所提供的就是开放性文艺美学思想，因而，对艺术、对诗文的阐发颇多会心和创造性，对于中国文化经典的解释就有所发展和创新。这不仅表现在他对中国经典的深刻阐释上，也表现在他对西方美学思想的融会贯通中，钱锺书较好地把传统思维和野性思维结合在一起，开拓了中国文艺美学的新局面。这种野性思维在后现代主义文化背景中很受重视，后现代主义美学思想家主张重新解读传统，从边缘处探索。德里达所提供的就是野性思维方法，结构主义者列维·施特劳斯所提供的也是野性思维方式：前者开导的是中心与边缘界限的消除，中心性瓦解，正史与野史的秩序颠覆；后者则开导出交叉式学科思维，使新的具有新意义，让考古学、原始文化探索代替认识论和本体论的思维模式。学科的界限被打破，历史的界限被打破，经典的界限也被打破，从而形成开放性结构，开创了西方现代美

---

① 赵一凡：《西方文论讲稿续编》，生活·读书·新知三联书店 2009 年版，第 3—5 页。
② 钱锺书：《谈艺录》，中华书局 1984 年版，第 52—57 页。

学的崭新领域。①

　　未来的文艺美学,仅仅局限于经典美学和教科书式原理是不够的,必须对文化史、风俗史、哲学史,对心理学、伦理学、文化学、宗教学、经济学、法律学、政治学、社会学有所了解。我们应从其他学科的方法学习对文艺美学的新型观照方式,应力图表现时代意义,力图抓住时代文化和时代精神的本质,这样,文艺美学才富有现实意义。这就是说,要从最普遍意义、从最现实意义上去探讨人,而不能局限于文化的人、艺术的人。因此,未来的文艺美学家,在以文艺美学问题为核心,坚守独有的美学思想视角的同时,又必须对其他的科学式思考和野性思维予以重视。只有这样,一种学科规范的建立,才有可能对其他学科产生影响,才能对现代社会、现代人和人类的未来做出创造性探索,对未来的人性做出创新性贡献。人必须面向未来,人又不得不面对现实,人必然要面对希望与绝望。未来的文艺美学,也必定面对现实、面对苦难、面对理想,这是充满探索性的崎岖的道路。

　　在这条道路上所见到的文艺美学,绝不是封闭空洞的理论系统,而是充满创造性的理论系统,这种创造性理论系统,既要有创造性的思维方法,又要有切实的人生关怀。正如赵汀阳所指出的那样:"哲学观念是内向型的纯粹观念,哲学是开辟观念间之路的活动。以观念间性为美学思想焦点的重要性在于:在不断创造出观念间的关系的同时不断面向作为可能性的观念间性,从而不断开道而行,以此来保证观念界的有限性与活力。"②文艺美学性的建构,一方面需要做好这一工作,另一方面,还必须在人生体验和审美判断上有独创性慧思,只有这样,文艺美学思想的现代建构才是有意义的。只有揭示审美意识的复杂性,未来的美学才会得到科学而又合理的深刻解释。这种关于未来文艺美学价值形态的描述,确切地说仍然是简单的。从文艺美学价值形态的本原性创造来看,分析虽

---

　　①　赵一凡:《西方文论讲稿续编》,生活·读书·新知三联书店 2009 年版,第 16—23 页。
　　②　赵汀阳:《走出哲学的危机》,中国社会科学出版社 1990 年版,第 56 页。

然涉及审美活动的诸多方面，但并未就审美活动的内在本质做出有创造性、有深度的发挥。真正的文艺美学价值形态之建构，不是这种"走马观花"和"跑马圈地"式的浮想，而是富于哲学意味的深刻阐明。真正的美学价值形态，潜藏在深刻的论述中，而不是呈现在语法的形式构造中。笔者所要说明的问题是，未来的文艺美学价值形态，必须对现代人的生存境遇有更富穿透力的体验与诗性自由的超越理想。文艺美学的自由价值形态，必将给人带来灵性的启示，它必定是指向未来的，这样的文艺美学价值形态，存在于东西方历史话语的诗性表达中，也存在于当下创造性表达和生存体验中。① 在新的时代，经过无数人的共同努力，必将建构起开放性和具有包容性的文艺美学价值形态。文艺美学的自由价值形态，标志着一个时代和无数大思想家的理论探索水平。它启示后人做出新的探索，它激发人们为了自由而战斗的信心和勇气，一方面寻找路标，一方面建立路标，这才是理论解释者的责任和使命。

最有意思的文艺美学解释，还是对具体的诗歌美学、小说美学、戏剧美学、绘画美学和音乐美学的解释，即通过对具体艺术门类的解释，还原文艺美学的丰富性和创造性，这也决定了文艺美学解释的综合性思想探索路径。必须看到，任何单一的思想或艺术观念，不可能充分揭示文学艺术的美感，可以肯定，无论是对具体的文学艺术作品的审美特性和审美价值的解释，还是对人生与世界存在的生命美感价值的解释，"文艺美学"始终需要跨学科与跨文化的综合思考。从这个意义上说，现代文艺美学，将在中西思想文化的交互中挺立，通过审美的思想综合与艺术综合，必定能够给予人们以丰富的生命启示。

---

① 李泽厚：《美学三书》，天津社会科学院出版社 2003 年版，第 548 页。

第二节 文艺美学解释与哲学思想基础探源

1. 现代哲学思想作为文艺美学的基础

在文艺美学的学科定位中,已经达成基本共识:文艺美学,不仅需要面对活生生艺术作品的感性体验,而且需要超越具体的生命艺术形式,对人生与世界形成深刻的哲学反思。现在,就需要解决这个问题,即文艺美学到底应该以什么样的哲学思想作为理论反思的基础? 就历史思想与现代思想维度而言,文艺美学的哲学基础,可以寻求现代哲学和古典哲学作为思想依托;从价值评判意义上说,可以把生命哲学与政治哲学、生态哲学与宗教伦理哲学看作是文艺美学思想解释的重要哲学基础;就具体的解释方法论而言,认识论或现象学或语言哲学的方法,是文艺美学思想建构的重要哲学基础。[①]

从现代哲学出发,可以直接使文艺美学解释具有自己的时代性与敏感性。在文艺美学建构过程中,现代哲学思想视野,相对古典哲学思想而言,更应处于优先地位,当然,这并不意味着我们否认古典哲学的价值。这里,之所以要反复强调:"现代性哲学"是现代文艺美学的基本出发点,是因为,只有这样才能保持与时代思想最亲密的接触,也最能与民族国家的发展保持紧密的思想文化联系。文艺美学的现代哲学基础,是从时代意识出发来探讨文艺美学思想的来源。相对古典哲学基础而言,现代哲学的基础,最根本的特点就在于"反形而上学传统"和"关注生存分析",事实上,现代哲学试图从形而上学的迷梦中脱逃,回到实现生活自身。现代哲学,从时间意义上说,是从 20 世纪初开始的,在西方就是唯意志论、生命哲学、新马克思主义、精神分析学说、结构主义、存在主义、现象学等思

---

① 克罗齐:《美学或艺术和语言哲学》,黄文捷译,中国社会科学出版社 1992 年版,第43—44 页。

潮组成的思想系统。现代哲学的生存分析,就在于张扬生命、强调个性,彻底反抗精神压抑,寻求自我的最大限度的解放。不过,现代哲学就其直接的思想根源而言,离不开康德与黑格尔哲学的启发。因此,我们不妨说,文艺美学的现代哲学基础,由康德与黑格尔奠基。事实上,康德和黑格尔,从他们的哲学理想出发,特别确立了美学或艺术哲学在其思想系统中的地位。①

从文艺美学而言,寻求现代哲学思想的理性主义支撑,康德与黑格尔的美学思想非常关键,康德继承了柏拉图主义思想传统,而黑格尔则继承了亚里士多德主义思想传统。前者代表了"审美哲学"的方向,后者代表了"艺术哲学"的方向,尽管美学与艺术的界线在康德、黑格尔那里仍然不是很明显。康德的美学,有机地组合在他的思想之中,他设想在自然问题和自由问题之间,有一个起桥梁作用的审美问题,即审美直接与知识领域相关,并由此过渡到道德领域。② 在康德看来,审美不是孤立的,而是自然目的论和文化目的论的构成性统一。在康德那里,自然问题,实质上是一个认识论问题,因而,需要从哲学的角度去解决;自由问题又是一个道德问题,因而,需要从实践理性的角度去把握。如果要在自然问题和自由问题之间达成自由过渡,去"构建"完整的主体性,实现"人为自然立法"和"人为道德立法",便需要审美认知与审美判断及审美创造作为过渡。康德的这种总体构想,严格地说,不是美学问题,而是人类学问题。事实上,康德有关真善美的构想,最后,也落实到了人类学上,他晚年完成的《实用

①　审美哲学与文艺美学最重要的思想,就是由康德美学与黑格尔美学奠基的。康德代表了审美哲学的基本方向,黑格尔代表了文艺美学的基本方向。康德强调从美感分析与审美目的出发理解美学的基本特性与基本价值,黑格尔强调从艺术史发展与文明形态出发理解不同民族国家的审美创造。参见 Immanuel Kant, *Kritik der Urteilskraft*, Felix Meiner Verlag 2003, S. 226. and Herausgegeben von Friedrich Bassenge, Geroge Wilhelm Friedrich Hegel, *Ästhetik*, Verlag des europäische Buch, Westberlin 1985, Band I, S. 295.

②　Kant, *Critique of Judgment*, Chicago, 1984, p. 465。

人类学》,把这一问题较好地统一起来了。① 康德的具体"美学建构",体现在他对审美心理的分析、艺术天才的分析、纯粹美和依存美的分析这三个主要环节上。可见,康德的美学摇摆于哲学和伦理学之间,也缺乏稳固的根基,他把美学研究的目的看作是哲学认识理性向实践伦理的过渡,但是,具体的美学问题又与哲学和伦理学毫无关联,这种过渡是极牵强的。当然,如果把《判断力批判》从他的哲学中孤立出来,仅仅看作是有关美学的讨论,就会发现,这部书作为美学之建构确实具有特别深远的历史意义。

康德的美学,在现代美学史上具有如此重要的地位,有时令人颇费思量,但是,我们不得不承认,康德美学解决了文艺美学几个至关紧要的问题。首先,康德解决了审美的地位问题,即在知识、情感与意志的三维结构中,审美具有过渡与综合的作用,它能弥合理性与意志间的巨大分裂。其次,康德美学实现了自然目的论与自由目的论之间的和解,通过审美目的论巧妙地统一了自然目的论与自由目的论思想,而且,把审美目的论与神学目的论也统一了起来。第三,康德美学确立了人的自由地位。康德看到了人的理性生活、意志生活与审美生活的复杂性,把"主体性觉醒"视作人的根本特性,恢复了人的自由与自主地位,生动呈现了人类生活的价值。第四,康德美学建构了"自然向文化生成",确证了人类在自身的无限丰富性想象中充实自己的问题。自然向文化生成,意味着人在改造自然世界的过程中将人的生命意志与文化意志对象化到自然世界之中。②

从康德的《判断力批判》的具体建构而言,他的美学,由四个部分构成:一是关于美的分析和崇高的分析,其中涉及审美本质、审美对象、审美方式和审美过程诸问题;二是关于趣味和天才的分析,其中涉及"趣味可以加以培养"和"天才为艺术立法"的问题;三是关于纯粹美和依存美的分

---

① 在我国,邓晓芒较早从人类学角度去解释康德美学,应该说,他的这一工作符合康德美学思想的实际。参见邓晓芒:《冥河的摆渡者》,云南人民出版社1997年版,第3—10页。

② 宗白华:《康德美学评述》,参见《美学散步》,上海人民出版社1981年版,第242—267页。

析问题,前者预示了形式主义美学的发展道路,后者预示了伦理主义美学的发展道路;四是"自然向文化生成"和"美是道德的象征"等思想的形成,不仅涉及人在认知自然改造自然中的地位,而且把自然美和艺术美的价值与人的道德生活紧密联系在一起。康德美学的人类学构想,充分体现在他的思想建构过程中,应该说,美学在康德的理论中实际发挥的作用,不是桥梁作用,而是感性与理性冲突的调和以及自由主体的真正建立。在康德的思想中,审美判断与想象力问题被特别强调。康德认为,知性与想象力协调,达成美的和谐,而理性与想象力的冲突,导致崇高观念的崛起。康德的这种表面分散的美学思想分析,暗含两大哲学问题:一是感性与理性是不可分割的,美的生成既立足于感性,又依托于理性;二是认知主体、审美主体和道德主体构成完整的自由主体性。由此可见,康德美学中蕴含着深刻的矛盾,在于他无法真正调和认识和道德之间的冲突。①不过,康德的这种美学思想,极富人文精神,而且充满强烈的人性意识和生命哲学意识。这种美学与形式化、逻辑化的经院美学相比,有很大差别,但是,康德美学的内在结构所具有的形式特征,被后来的所谓"科学的美学"的鼓吹者当作美学的不变的逻辑,如此,康德美学的本原自由精神与创造理念恰好被抛弃。应该说,这种舍本逐末的态度导致了现代美学思想的局部衰退。

相对康德美学的消极作用,黑格尔的美学则起到了补充作用,具体来说,黑格尔的美学建基于人类艺术史之反思性考察之上。艺术现象的历史的描述,冲淡了他的哲学抽象,尤其是关于审美艺术的历史描述,使他的美学思想探索实际上被艺术的历史批评代替了。黑格尔关于美的定义,关于审美对象的分析,关于艺术精神的阐释,充满了强烈的形而上学气息。他对具体的艺术,虽有精到的感悟和判断,但是,在艺术理论的归纳和演绎上,却带有一定的主观随意性。例如,他粗暴地将"自然美"驱逐出审美领域,继而又将"审美问题"心理化;他对艺术类型演进的三阶段和

---

① 李咏吟:《康德与马克思的美学革命及其思想根源》,《社会科学战线》1996 年第3 期。

艺术门类的审美特性之阐释,具有"强制性的历史归纳"倾向,而缺少严密的理论抽象,他的艺术类型进化理论与艺术解体理论,充满逻辑预设的意味,结果,想象问题、典型形象问题、内容与形式问题,完全淹没到历史描述之中。黑格尔不可能建构出纯粹的美学,对美学问题的抽象和反思,也不如康德那么深刻。但是,他对建筑、雕塑、绘画、音乐和诗的一般审美特性之分析,确实弥补了康德美学的不足。① 因此,这两大美学构成强有力的互补,推动并导致近代意义上的美学思想之形成。

从世界范围的美学历史来看,康德与黑格尔的美学思想探索与变革,显得至关重要,这是审美哲学的两大话语形态;这两大哲学形态的美学思想十分重要,因为他们不仅探讨美学问题,而且,他们所探讨的逻各斯、道、语言、体验、自由、灵性、神等问题,与美学关联那么密切,深化了对美学的认识,因而,康德美学所预示的问题极为关键。康德不将审美理论命名为《美学》,而命名为《判断力批判》,大约也正是考虑到美学与认识论、本体论、伦理学、宗教之密切关系。事实上,康德已经看到:"美学",在名义上虽可独立,但在本质上具有不可能独立的精神特性。在这一点上,黑格尔与康德不同,他公然承认美学的存在之合法性,并多次宣讲"美学",但黑格尔的美学实质上是"艺术学"或"文艺美学"。因此,从黑格尔出发,我们不仅可以把亚里士多德、贺拉斯、雪莱、莱辛、丹纳、史达尔夫人、普列汉诺夫、卡冈,甚至刘勰、王国维等,纳入这样一系思想文化传统之中予以讨论,而且,可以建构"文艺美学"在人类思想史上和艺术史上的重要位置。从文艺美学解释意义层面说,这不是哲学的分析和判断,而是艺术阐释的话语形态,他们重在探索艺术精神和艺术规律。从总体上说,康德与黑格尔的美学,成了近现代文艺美学的两大发展方向。②

哲学思想基础是文艺美学思想建构与审美价值判断的路径依赖,也是深化艺术认知与体验的重要思想保证。古代文艺美学,由于其学科的

---

① 黑格尔:《美学》第3卷(上),朱光潜译,商务印书馆1981年版,第2—5页。
② 朱光潜:《西方美学史》,人民文学出版社1979年版,第510—511页。

独立性并不明显,因此,虽然具体的艺术各有其独立的存在形式与评价尺度,但是,有关音乐、诗歌、绘画和戏剧等的艺术美学反思,并没有形成完整的学科立法。自鲍姆加登开始,美学史形成了自己的思想转折点,即美学被理解成"感性学",审美主体在传统认识论和生命哲学的基础上确立了生命感性的合法地位。其实,"生命感性",就是生命的最本原、最直观的表现形式,就是生命的日常情感体验状态,它不仅不与生命哲学相冲突,而且还能不断地修正生命哲学的理性化与科学化倾向。所以说,美学作为一门独立的学科的建立,乃是 18 世纪德国思想家的重要贡献,其标志是:鲍姆加登把美学看作专门研究感性学的一门独立学科。从思想史意义上说,这是人类思想发展史的重要事件,因为美学的确立,不仅为艺术立法找到了科学依据,而且揭示了审美心理之谜。当然,这并不是说,此前就没有实际发生的美学活动,实际上,此前不仅有深刻而独特的美学思想活动,而且有着更为本源、更为深邃的美学思想。

应该看到,学科的分化,如果没有找到真正的方法和目标,那是不幸的。由于心理学借助实验,而与精神哲学"划界",走上了科学化探索的道路,所以,人们一直寄希望于美学也能像心理学那样获得独立地位。实际的情况是,美学不是依托哲学,便是依托艺术学,真正的美学方法并未找到。① 因此,作为一门科学的美学,便"悬"在空中,几乎堕入经院主义和形式主义的逻辑空框之中,所以,美学的危机也就日益深重。鲍姆加登为美学布施洗礼,自然推动了德国美学的发展,但是,在德国,"美学"主要还是哲学思辨的问题,正如克罗齐所言:"卓越的鲍姆加登,充满热情和信念的人,在他的经院哲学的拉丁语中是如此的纯朴和灵活,在美学史上是一个可爱和值得回顾的形象,但美学仍是一门正在形成的科学,而不是已经形成的科学;美学还尚待建立,而并非已经建立起来了。"② 显然,这一工

---

① 今道友信等认为,提供的美学方法虽有 11 种之多,但是,没有哪种方法是美学所独有的,参见今道友信编:《美学方法论》,李心峰等译,文化艺术出版社 1990 年版,第 1—3 页。

② 克罗齐:《美学的历史》,王天清译,中国社会科学出版社 1984 年版,第 63 页。

作留给了在经验论和唯理论之间挣扎的思想家们。

　　现代中国文艺美学,虽然有不少思想探索特意标明是马克思主义美学,而事实上,这些思想只是在改造康德美学和黑格尔美学过程中所形成的"调和性美学"或"综合性美学",这标志着时代的理论水平。但是,我们对马克思美学的探索,从根本上说,依然缺乏对马克思哲学的全面深刻而又独到的理解。现在面临的问题是:当代马克思主义美学,如何才能获得新的发展或新的突破? 真正的美学建构必须突破那种单调的"思想性框架",不能单纯为了审美观念去"建构美学",相反,美学探索如果充分体现了人类审美精神,即使在思想表达中没有过多地分析审美观念,这种思想探索本身对美学也特别关键。19 世纪末以来,法国和德国的美学研究者中真正有独创性的哲学著作,大都可以视作蕴含美学精神的哲学著作,因为他们关心美学问题本身。在 20 世纪俄罗斯美学和中国美学中,有一派学者力图建构科学的马克思主义美学,但是,由于马克思的美学著述并不系统,结果,人们所建构的马克思主义美学往往是对主体与客体、审美关系与审美价值、艺术类型与审美活动等问题的简单说明。如何构建马克思主义美学的理论体系,就涉及"显体系"与"隐体系"之争,前者具体体现在马克思的具体理论分析与判断之中,后者则隐含在马克思的思想文本的内部或思想的内在逻辑之中。显然,这不只是要到马克思的全部学说中去找寻思想资源的问题,而且需要创造性地探索和批判性阐释美学问题的现实生活价值。在这派学者中,他们崇尚古典而反对现代,所以,他们的马克思主义美学思想,主要是对康德与黑格尔美学的改造。西方的新马克思主义者,则把马克思与弗洛伊德调和在一起,以弗洛伊德理论解释和重构马克思,缺乏对马克思哲学的真正理解,这样的解释方向无疑略显偏颇。① 当然,在西方马克思主义者中,本雅明是一个例外,他似乎独得马克思主义思想的根本精神,因为他将马克思的思想与现代社会的艺术生产、机械复制结合在一起,将马克思美学与浪漫主义的回光返照关联

---

　　① 李泽厚:《美学三书》,天津社会科学院出版社 2003 年版,第 409—416 页。

在一起,预示了现代美学的挽歌。毕竟,大多数马克思主义美学家,还是立足于资本主义生产方式的批判和认识立场,因此,这种美学的改造,在英国、美国和日本的美学研究中也有类似倾向。可以说,学院派的美学家,主要局限在思想史的本文解读和美学理论的逻辑建构之中,少有人对美学现实问题及美的文明生活价值做出说明。

这种科学的美学虚构,在中国现代美学研究中尤其突出,这也说明,当代美学思想存在内在的惰性。从《美学概论》到《美学教程》,从各种各样的美学导论、引论到各种主义的美学,从审美范畴概论到现代美学的试验,都无一例外地呈现出十足的经院主义特点。结构的高度雷同、范畴的一成不变、话语的高度近似、话题的惊人统一,显出当代中国美学繁荣假象中蕴藏的危机。为此,笔者所寻求的基本出发点是:审美哲学,是从一般理论走向具体艺术的思想建构过程;文艺美学,则是由具体艺术出发走向深入的哲学思想解释的过程。因此,文艺美学走向深度解释,自然需要哲学的思想支撑。这就陷入了思想的内在悖论,即愈是具有生命哲学和文化哲学意蕴,便愈贴近美学本身,相反,愈是以审美观念的逻辑展开作为美学探索的目的,愈缺乏审美启示性。所谓"科学的美学"是怎样的呢?从形式结构上看,是由"美的本质""美的形态""美的对象""美感""艺术美"和"美育"等环节构成。这些环节可变成审美的本质、审美主体、审美客体、审美关系、审美态度、审美教育等思想环节,相应地,还可变成审美形态、审美过程、审美心理、审美设计、审美教育、审美超越、审美体验等这样的"观念组合系统"。在许多人心目中,"美学"就是这种逻辑形式的转换,就是这种审美范畴的线性结构,显然这是对"美学思想体系"的极大曲解。

这种人为的观念组合,不是思想独创的标志,而是思想创造所呈现出的思维观念的轨迹。从西方现代哲学的原创性来看,胡塞尔的现象学是严密的科学理论,维特根斯坦的语言哲学也是严格的科学理论,但他们的思想,不是依靠观念结构来完成的,而是思想的内在发展与价值形态的反思建构。我们常常可以看到这样的情况:批评家们将思想家的理论条理化、系统化,仿佛这就是思想家的真正独创。可是,当我们去研究思想家的原著时,却发现了完全不同的东西,没有一个思想家愿意愚蠢地将自己的思想条理化、简单化,而是将复杂的思想表现在论证过程中。如果把思想体系理解成观念和形式的组合,那是对美学思想本身的极大曲解,正因为如此,"科学的美学的思想体系"应该终结。这不仅是美学本身的需要,也是现代社会发展的需要,更是现代人精神重构的需要,因为美学不可能千年不变地谈抽象的"美""美感""崇高""丑"这几个范畴或几组关系命题,而要提供新的思想。① 与此同时,后工业社会的现代生活观念,向传统价值论美学提出了全面的挑战,我们必须回应这种挑战。更深层的原因还在于,人们易于受到传播媒介的控制和操作,局限于现世的物质欲望,只能在异化处境中生存,故而,灵魂和心灵不断发出"绝望的呼救"。作为人文科学精神的守护者和美的创造者,理应创造出新的美学精神,建构起新的审美秩序,从而推动现代工业文明向审美自由超越方面转变。

美学解释与审美创造不同,审美创造是自由的,它没有固定的法规,一切取决于心灵的自由创造,即艺术家如何能够最大限度地调动接受者的想象力与生命体验,并最终达成对生命的深刻理解。艺术就是感性具体的形象创造,美学解释是理论性的思想创造,它自然不能局限于艺术自身的现象描述和说明。美学解释只有以自己的方式切入哲学的根本问题,才能真正理解生命的艺术或美学的真谛。从根本上说,美学就是哲学思想方式的直接体现,从感性体验到价值反思,从文艺认知到哲学分析,就是为了将艺术的价值、生活的价值和文明的价值进行充分而自由的论证。应该看到,"审美的构建"是理性美学思想的必然要求,一位解释者曾指出,理性对于美学思想建构具有三个方面的作用:一是建构性,即通过具体经验提出一个概念或一个观点;二是一致性,即对概念秩序的内在构造,其构建的系统必须具有内在一致性;三是相应性,即系统与外部世界

---

① 李泽厚:《美学三书》,天津社会科学院出版社 2003 年版,第 500 页。

相适应。① 由此可见，美学思想的建构，不仅要实现美学思想的内在本质要求，而且要体现思想形式上的逻辑秩序。这种思维方式，给美学思想本身提出了一个极高要求，也极大地束缚了美学思想家的原创性思想的自由表达。

强化文艺美学的现代哲学基础，特别不能忽视唯意志论的生命哲学、现象学以及存在主义哲学的中心地位，说到底，就是在评价康德与黑格尔美学思想的基础上，如何重新评价"叔本华—尼采—弗洛伊德思想"，如何重新评价"胡塞尔—海德格尔—舍勒思想"，对于文艺美学的思想发展具有重要的影响。事实上，这种倾向在后现代文化哲学美学那里已有所强化。西方现象学、存在哲学、生命哲学、精神分析学，尤其深刻地表现出这种努力，后起的新历史主义思想也表明了这种意向，单纯的美学观念必须被打破。胡塞尔重提了"体验问题"和"意向性问题"，这既承自康德、尼采，又开导出舍勒、海德格尔、梅洛·庞蒂的美学思想，故而，现象学美学自成一系。② 体验问题正反映出现代美学的综合性精神倾向，精神之间具有网络性联系，不能彼此分离。诗、语言、思，有其内在统一性，海德格尔干脆把诗歌和哲学的界限抹掉，他的存在哲学从根底上说就是"存在论的体验学说的系统证明"。他从山川万物之间去发现存在的神性之思，去把握生命体验的神圣价值，去寻求生命智慧，因而，这种美学既是人类精神危机的拯救策略，又是后工业文化向自然主义回归的价值选择。海德格尔之回归古希腊文化理想（Hellenism），其实质也正是力图以原始的自然主义和生命学说来拯救现当代人的异化处境，进一步说，他之所以倾心于尼采思想也与此相关，因此，海德格尔的哲学对现代美学启示最多。此前，狄尔泰也是试图解释人类整体历史精神的内在结构，因而也极重视体验问题，而放弃对"美""美感"概念的观念分析。可见，重新回到生命体验

---

① 成中英：《世纪之交的抉择》，上海知识出版社 1998 年版，第 5 页。

② 在《纯粹现象学通论》中，胡塞尔有关体验问题的深刻论述，是最为切实具体的话语表达。参见胡塞尔：《纯粹现象学通论》，李幼蒸译，商务印书馆 1992 年版，第 201—207 页。

的本原性和人文主义思想的综合性,重新重视精神体验的内在丰富性和统一性,这正是现代美学思想的生机所在。

2. 古典哲学思想作为文艺美学的基础

寻求文艺美学的哲学基础,实际上就是不断寻求文艺美学思想发展的自由道路与历史可能性问题。思想的寻求,不能局限于一个时间段之内,思想的历史性,即文化合理性的自然要求;思想的时代性,永远不能代替思想的历史性,同样,思想的历史性永远不能忽视思想的时代性。在现代哲学遭遇困境的地方,可能是古典哲学的思想价值闪光的地方,因而,在追寻文艺美学的现代思想基础的同时,还必须追寻文艺美学的古典哲学基础。从根本上说,哲学的思想方式就是要将天地宇宙间的问题给予最深入的解释,使之富有理性的尊严和生命的厚重力量,它基于感性,重视感知,最终总是要超越感性具体的认知对象之上,使之形成深刻的智慧说明。① 美学问题,根源于哲学问题,但哲学问题,不是抽象的概念与思想命题,而是活生生的现实体验与智慧,实际上,从美学出发,就是要对哲学进行广义的理解;美学不是屈从于某种哲学的思想说明,也不是对哲学的思想方式和哲学基本问题的迷恋,而是对存在与艺术、生命与自由的精神关注。哲学将生命的基本问题简化为许多具有高度抽象性并富有思想价值的问题或命题,例如存在、自由、美善、崇高、原罪、欲望等,美学可以在自己的视域中将这些问题予以独特的理解。

西方美学的建立,总要追溯到柏拉图、亚里士多德那里,也有人从奥古斯丁和阿奎那的思想入手。柏拉图的思想,涉及人文科学的许多方面,美学和文艺学也在他的思想眷顾之列。他关于诗与哲学之关系的论述,他的"诗人论"和他的"美论"包含的问题,确实丰富复杂,但是,他毕竟没有对美学问题进行系统思考。对此,伽达默尔认为,在柏拉图的诗论中,

---

① 徐复观:《中国艺术精神》,春风文艺出版社 1987 年版,第 116—117 页。

他对"诗人"充满了敌视,对"诗"也充满了蔑视。① 亚里士多德的诗学理论自成一派,而文艺美学则涉及他的认识论、政治学和伦理学,许多美学问题也未得到系统论述。奥古斯丁在宗教体验中把宗教心理与美感心理关联在一起,揭示美感经验的宗教神圣性,这种论述毕竟太狭隘,因为奥古斯丁把美说成是"秩序的光辉"或"神圣真理的光辉"。阿奎那则在宗教理性判断中涉及审美问题,把"上帝之光"作为美的根源,在激发美感的光中及在这种神圣之光背后,神秘主义者看到了不可思议的、比太阳还明亮的"光照"。光就是启示,就是智慧,就是认识上帝、追寻上帝的荣耀之美。在希腊自然哲学肇始时期,美学思想潜藏于三大哲学分支之中,即宇宙论、心理学和神学目的论。有其实而无其名的"美学",成了灵魂感应美的学说和关于创造美的事物之过程的理论,卓越而如痴如醉的心灵,一旦领悟到神性实体的活动,便会产生奇妙的幻想。对此,柏拉图指出:音乐和舞蹈,应该只有两种样式,Phrygian 式,模仿人们战时的威武和勇敢;Dorian 式,模仿人们和平时的智慧与温和。这样,以"爱和美"为出发点的哲学道路出现了。"已达顶端的美赋予各种低等的美以一定的意义,但是,顶端的美,只是那些能够坚持在平常的人生道路上,而又远超常人之意志与才能的人才能看到。那些拥有巨大勇气、力量、记忆和智力的人,以及那些坚持目的的人,会突然发现妙不可言的幻象。"②古代思想家坚信:美是光,它赋予认识的客体以真理,赋予认识者以认识能力,有人宣称,柏拉图的哲学,同现代的艺术美观念很少或根本没有相同之处,他的美的概念充满道德和理性的内容,更充满神学目的论与宗教神秘主义的内容。在普洛丁的形而上学中,这个超感觉的"朝圣者的行程",既说明了道德经验的重要性,也说明了审美经验的中心性;人们热切地盼望美,就是要热切地回到感性生活与神性生活的经验与想象中去,这就是说,要热爱生命的真理。普洛丁的美学思想,游移于自然美和神性美之间。文艺

---

① 伽达默尔:《伽达默尔论柏拉图》,余纪元译,光明日报出版社 1992 年版,第 43—80 页。
② 塔塔科维兹:《古代美学》,杨力等译,中国社会科学出版社 1990 年版,第 71 页。

复兴时期以来的美学家则认识到,美与其说来自上帝的恩赐,毋宁说来自人类的选择,人类从自然中所选取的是最美好、最高洁、最光辉灿烂的部分。人类意志的自由不仅作为道德的必要条件闪闪发光,而且作为艺术创造的必要基础大放异彩。可见,西方古代美学关注的问题是:精神体验,精神和谐,精神超越,等等。西方自由思想家的美学,虽然在美的范畴和美的观念上,无特别的创造,但是,有关美的种种思索,对人生的现实追求与神秘认知极有启示性。美与伦理实践,美与神性体验,美与圣洁的愉悦,如此和谐地结合在一起,显示了人类天性中"最高贵的德性和尊严"。如果说,古典哲学将美学体验与宗教神圣追求结合在一起,显示了文明生活的圣洁追求意向,那么,将美学狭隘化为感性认知,只会使美学失去力量,只要将美学与生命哲学最紧密地联系起来,就会给美学增添力量。甚至可以说,公民意识或世界公民意识的增强,使美学更具现实意义,康有为曾说道:"夫今欧美各国,法至美密而势至富强者,何哉? 皆以民为国故也。人人有议政之权,人人有忧国之责,故命之曰公民。人人皆视其国为己之家,其得失肥瘠皆有关焉。夫家人宁有长幼贵贱,而有事则必需而谋之,以同其利而共其患。"①事实上,美学的公民教育与公民的美学意识,在现代美学重建中,显得极为重要。

为了摧毁那种经院主义美学的体系性或框架性的简单思考方式,人们总是把目光投向文化哲学和历史哲学。文化哲学和历史哲学是在经院主义美学建立之前形成的思想形态,在这一形态中,美学问题处于重要地位。克罗齐就是这一理论倾向的捍卫者,在他那里,美学思想皆可追踪到古典文明的诗性理解之中,所以,克罗齐特别重视维柯的美学思想之历史地位。他把维柯称为"发现美学的革命者",在题为《维柯,美学科学的发现者》的一篇短文中,克罗齐写道:"一个把类似概念放到一边,以新方法理解幻想,洞察诗和艺术的真正本性,并在这种意义上厘定发现了美学科

---

① 康有为:《官制议》,参见《康有为全集》第 7 卷,中国人民大学出版社 2007 年版,第 267 页。

学的革命者,是维柯。"①笔者赞同克罗齐这一说法,因为真正的美学思想,必须是富于独创性的思想,思想家们对审美问题的解决,具有生命启示性和文化社会性意义。在经院主义美学终结之后,美学又该如何承担审美问题,并应该怎样去发现和解决现代审美问题? 如何才能真正解决当代中国的经院主义美学危机? 这就需要我们返回到古典哲学的思想传统中,从文明价值创造意义上,重新理解美的意义与美的生活的重要地位。美学问题所涉及的内容十分复杂,美学与哲学、美学与宗教、美学与道德、美学与文化存在多重关联。从美学史上看,西方美学所关心的问题,与伦理、宗教、哲学所关心的问题,构成了完整的思想系统,既然美学与哲学相关,那么,认识论问题和本体论便显得尤为重要。西方思想家较早地认识到人的三种认识能力,这便是知性、情感和理性,在此,知性关心纯粹分析和纯粹认识问题,情感关注意志、感知、直觉、顿悟、体验等心理问题,理性则关心存在、情操、德性、良知、道德、自律等问题。审美活动则是以情感为核心,把想象力置于中心位置,因而,它们不是孤立地把审美、认识以及意志对立起来,而是强调不同思想方式的协调与统一。这些思想构成了西方古典美学思想的重要组成部分,它们使西方美学得以不断深化,构成了独特的"审美精神现象学"。

与西方古典哲学和美学思想相比,中国古典美学最鲜明的特征就在于:美的伦理化倾向和人性的自然生命精神。由《周易》开导出来的原始道家与原始儒家的思想对生命的重视,奠定了中国古典美学或民族美学的重要思想基础。孔子论美,就是以"仁"为第一要义,在孔子那里,很早就形成了"山水比德观念",就是通过自然的生命德性比拟人的生命德性。按照儒家的生命伦理主义的美学取向,人在大自然的审美形式中,找到了德性的最好契合点。② 孔子的"大",既可以看作是伦理的高尚,意志的伟大,也可以看作是审美的崇高,他虽没有专门论美,但他所奠定的原始儒

---

① 克罗齐:《美学的历史》,王天清译,中国社会科学出版社 1984 年版,第 64 页。
② 徐复观:《中国艺术精神》,春风文艺出版社 1987 年版,第 8—16 页。

家思想所包含的审美精神,极大地高扬人的主体性和道德理性。事实上,孔子对诗的重视,对礼乐的重视,对诗性生活的崇尚,就是对美的生活与美的文明的最深刻理解。孟子在仁的基础上,融入了"义",因而,把"充实之谓美"和勇毅精神注入美的内涵之中。原始儒家和新儒家,把"仁""义""情""志"看作是美的表现和美的境界,最大限度地扩展了中国的"生生"哲学与美学传统,他们对道德体验与生命体验的强调,更充分地显示出生命与审美的内在和谐。从"生生"意义上说,儒家思想与道家思想中的体验理论极具审美意义,它们把中国人独特的生命体验精神和自由的文化追求从心理层面上予以丰富与扩大。从总体上说,中国文艺美学的重建,必须重视民族文化遗产,儒、佛、道诸家的思想精髓,具有十分强大的理论生命力。

中国古典生命哲学,重视对人本身的根本讨论。在生命体验中,体验者的内在心灵视界深刻而独异,儒家所强调的随处体认天理的格物说,具有"一内外,贯知行,黑白动静"的基本特点,例如,王阳明在天泉谈话中,对"四无""四有"的分别与解释就很有意味。在他看来,本体即指心之本体,功夫则指复其心之本体的具体实践和过程。再如,周敦颐在《太极图说》中,对"人道"之阐释也富有美学精神,他说:"惟人也,得其秀而最灵,形即生矣,神发知矣,人性感动而善恶分。""圣人定之以中正仁义而主静,立人极。"在古代哲人看来,人是由宇宙间灵秀之气构成的,"仁"在根本上是最高的精神境界,这种境界是与万物为一体的。程颢强调"不须究索"的直觉体会,强调经过"诚敬"的修养,人就会体验到超越一切对立的精神自由,进而体验到宇宙是一个不可分割的浑然整体之大成。有了这样的内心境界,自然会有大乐,才有真美,宋代哲学家在这一问题上,灵心独运,形成许多创造性的思想发明。例如,杨时指出:"夫至道之归,固非笔舌能尽也。要以身体之,心验之,雍容自尽于燕闲静一之中,默而识之,兼忘于书言意象之表,则庶乎其至矣。"①既然任何语言文字,都不可能把

---

① 《龟山集》卷十一。

"道"完全表达出来,因而,对道的把握必须超越语言和物象,即"超实绝象"。把握道的方法,应是在静中从容体验,诉诸内心直观,这种认知和体验,相当接近于对美的把握。在陆九渊看来,宇宙代表"古往今来"的恒常性,在这个意义上"宇宙便是吾心,吾心便是宇宙",正是用以显现本心的普遍性和永恒性。人的道德完善只能是每个人的自我实现,他要求人必须在个体心灵中建立起道德的自觉性。陆九渊注重本心,强调"自作主宰","祸福无不自己求之者,圣贤只道一个自字煞好"。陆九渊还指出:"人精神在外,至死也劳攘,须收拾作主宰。收得精神在内,当恻隐即恻隐,当羞恶即羞恶,谁欺得你,谁瞒得你?"①由此可见,儒家心性之学,道尽了精神体验的内在机密,这比那种审美范畴和审美观念的抽象运演,不知几千倍地激发人的心灵和智慧,这才是美学的真谛。道家美学更是如此,那种对自然主义的追求,把天道之理阐发尽微,把体验的对象和境界向整个宇宙方面拓展,这在老子、庄子和抱朴子那里表现得尤其深邃,只是到了现代,宗白华、方东美重新收拾了这种精神,返回美的本源上来。

从中西美学的历史性探索来看,"文艺美学"应与伦理学、宗教现象学和哲学重新融合,建构出综合性与现代性的思想。从中国美学的生命哲学探索里,可以看出,中国哲人所追求的那种伟大生命力量,就是对天地自然力量的追慕与崇拜;在中国生命哲学中,"天"永远高于"人",是人所效法的榜样,是万事万物的依据。应该看到,这一思想的伟大意义,即中国的生命哲学永远充满对大境界和大力量的崇尚,正因为如此,中国美学的生命哲学基础永远充满饱满而醋畅淋漓的"生命元气",与此同时,也应看到,正是由于这种对生命的自然化比拟,使我们没有把"天"与"人"真正区分开来。其实,天就是天,它永远高于人,是人遵从的对象,而不是人效法的对象,"人效法天",最终总会受到天的击打。天有天的立法,人自然不能违背,但人的立法不能等同于天,人必须有人的立法,因为人不是"天",人的立法的根本在于:"平等与自由秩序","公正与生命德性"。但

---

① 《陆九渊集》卷三十四,中华书局 1980 年版,第 454 页。

是,由于中国生命哲学将人的生命比拟于"天",结果,将"天人的等级化秩序"合理地运用于人的立法中来,人为地造成了现实与社会的等级秩序,从根本上违背了"天",而我们在精神深处并不自知。按照现代哲学的观念,"天人分离"更容易建立人的自由与平等秩序,只有改变"传统的天人观念",中国人的生命美学中才会有真正对自然与自由的尊重,才会有真正的审美自由观念出现,这是中国现代艺术与美学必须认真看待的重要问题。事实上,中国美学界也出现了这样的动向,在现代哲学界,宗白华之重视魏晋之清流,徐复观之重视儒家之体验,方东美之重视易经之生命哲学,其价值都在于:要通过生命崇尚回到美的本原性,进而从美的形式抽象系统中逃离。文化历史与生命哲学的探索,有助于改变经院主义美学研究的空洞倾向,使心灵重新充实灵性,这乃是文艺美学之奋斗目标。在后工业文明的时代,遵从自然之生命德性和无处不在的灵性体验,追求那无边的审美自由,人的精神就愈益显得睿智和纯洁,真正的现代美学也就能有机地统一起来。探索文艺美学,追寻古典哲学的自然主义传统与自由主义思想传统,可以让古典哲学在现代美学的建构中发挥更为积极的作用,因此,现代中国文艺美学的创建,必须建基于人类美学思想的历史性阐释和创造性阐释。[①]

3. 文艺美学建构:宗教伦理与生态哲学

文艺美学的精神导向,与宗教伦理密切相关,从现代意义上说,宗教伦理也涉及现代意义上的生态哲学问题。寻求文艺美学的宗教伦理基础和生态哲学基础,既是古老的玄学思想问题,又是现代的生态伦理问题,有了这些哲学思想做基础,文艺美学就有了"灵魂"。基于此,科学的美学或教科书式的美学应该终结,因为这种"美学思考"实际上只是进行知识性的简单清理或归纳,与真正的文艺美学精神与思想本质有根本性分离,从知识清理中,你理解不到生命艺术的内在震撼。如果美学不能将生命

---

① 徐复观:《中国艺术精神》,春风文艺出版社 1987 年版,第 116—118 页。

艺术所具有的那种内在的思想震撼表达出来,那么,美学知识的认知价值何在呢？我宁可要断片的能够带来思想震撼的美学解释,也不要冷冰冰的思想观念梳理,因为充满生命律动的美学解释能够唤醒主体对美的热情,对艺术的热情,对生命的深入理解,而不至于陷入冷冰冰的审美知识的历史认知系统、概念的清理以及沉睡的感情之中。

单纯的思想观念清理,不是思想的必然本质,而是思想运动过程中最枯燥的死亡方式;思想的自杀,在很大程度上,就是由于这种冷冰冰的思想清理,要知道,任何具有原创性的哲学家,在进行哲学表达时,都有着思想的生命震动;每一思想的自由表达,都凝聚着思想的全部生命投入,而不只冷冰冰的概念游戏。只有自由的思想或切入生命本身的美学思考,才能生成未来形态的美学,而这种文艺美学形态之建立,又必须以文化哲学、历史哲学和生命哲学作为依据。实际上,只有建立真正意义的未来形态的美学,才能从经院主义美学的樊笼中逃出。客观地说,美学思想史的研究、美学范畴的研究、美学话语的研究仍然必要,因为离开了美学的历史性研究,"当下性探索"便没有依据,只有"继往"才能"开来"。

文艺美学建构的宗教伦理与哲学基础,至少可以从基督教神学和佛教思想中找到根源。基督教以信仰与博爱为宗旨;佛教以宽容与仁爱作为根本宗旨,这两大宗教的根本精神有相似之处。正如赫舍尔所指出的那样:"我们现代人正在丧失赞美的能力。他寻求的不是赞美,而是逗乐与得到快活。赞美是一种主动的状态,是表达尊敬和感激的行为。得到快乐则是一种被动的状态,它是接受有趣的行为和风景所带来的满意。得到快乐是一种把集中于日常生活的精力转移和分散开去。赞美则是一种正视,是将精力集中在人的行为的超验意义上。"[1]显然,赞美是对生活、存在和美的别样理解,它将审美与幸福引向宗教领域,而宗教不是外在于生命的,而是生命的另一种呵护,为人的现实生命快乐找到了另一种途径。基于此,他还说:"赞美是表达对人所需要和敬仰的东西的尊重和

---

[1]　刘小枫主编:《二十世纪西方宗教哲学文选》(上),上海三联书店1994年版,第166页。

崇敬的行为。这个术语的现代用法使人想到表达喜悦的快乐,如唱歌、欢呼、演讲。然而,我的意思,不是指外在的仪式和公开的表现,而是内心的赞美,是赋予日常行为以精神形式。它的实质是:"注意到生活的庄重而肃穆的方面,超越于消费的界限之外。""赞美就是共同享受更大的快乐,参与到永恒的演出当中。消费活动的目的是使我们自己得到快活,而赞美活动的目的则是颂扬上帝、圣灵和恩典的源泉。"①这样的思想意向在本质上与美学的自由精神相统一,因而,文艺美学的宗教伦理思想基础有助于深化生命存在的意义与神圣价值的理解。

从宗教伦理、生态哲学和生命哲学入手去建构现代文艺美学,那么,富有思想创造性的文艺美学形态将会如何呢?必须看到,文艺美学将会是以体验为核心,以现代文化处境为根基,以自然文化和工业文明的和谐作为审美对象,以宗教伦理和政治正义为标尺而建立起的感性的生命体验和理性的文化反思的"综合性学科"。它绝不是纯粹的美学,更不是经院美学,它与哲学、心理学、宗教、伦理学、文化学、历史现象学有着十分密切的联系,我们要让哲学精神充分渗透关于美的体验过程中,或者将美的体验包容到哲学体验、宗教体验、伦理体验和文化体验之中。它让我们更注重人的当下处境,它让我们更注重反思当代社会的喧嚣和骚动,它促使人在人类精神危机和生态危机面前重新觉醒,重新唤起真正的自然意识、自我意识和主体间性意识。文艺美学既是审美化的伦理学,也是心灵化的体验哲学,它让生命给自己定位,重新选择真正自由的价值。在现代主义文化的废墟上,重新建立自由精神理念、自由价值理想的大厦,创造和谐的文明,因而,文艺美学既是充满危机性的,又是充满希望的。文艺美学将会冲破单纯的精神心理领域,它将进到外在的生活空间环境中去。富有思想创造性的文艺美学应是如此:既关心个人,又关心社会;既关心文化,又关心理想;既关心内在精神,又关心外在环境的真实的自由。文艺美学,必然要从传统美学的内在超越的樊笼中脱离出来。任何超越不

---

① 刘小枫主编:《二十世纪西方宗教哲学文选》(上),上海三联书店1994年版,第166页。

可能只是精神超越,因此,文艺美学首先要关心的问题是:人的职业空间、生活空间、文化空间、生存空间问题。空间问题比任何时候显得更为强烈,而人的生存空间越来越强烈地受到压迫,因为空气污染、水污染越来越严重,这意味着人类的生存空间显示出破碎化的图景,这种危机的现代状况正呼吁"新的审美智慧的出现"。只有具备未来的眼光,具备审美的眼光,人才能学会有限地开放和利用资源,才会从自觉自由的审美中去保护自然,拯救大地。苏博德(Gunter Seubold)在关于海德格尔晚期思想的研究中指出:"在海德格尔的思想中明显地解释了新时代的技术。"①这是人类竞争及技术、金钱至上和物欲至上的必然结果,人被物化了,只剩下一个"空心的人"。在环境保护意识日益强化的前提下,人们便会体会到自然的神秘,因此,文艺美学的精神不应再关心空洞的审美概念问题,而必须落实到对现代技术文明的审美反思上去。

按照文艺美学的"文明重建理论",同时,按照文艺美学的"诗意栖居理论","自然"正是人栖息的最好神殿,人对自然的破坏,必定受到大自然的报复。人应重新学会保护大地,保护大自然,这是自觉自由的现代文明意识与真正的人类学意识。在生态环境的保护中,法律意识是强迫性抑制人的行为,尽管必要,但是还不能构成自觉自由的理性意识,唤醒人对自然保护的自觉自由的主体性意识,比什么都显得重要。环境文化美学的兴起,其实就是面对生态危机的必然现实选择,因为它必须面对自然环境的危机,展望文明生活想象中的美丽的自然。现在,乡村城市化运动日益明显,正在兴起的特大城市群,虽然代表了经济的腾飞,但是,也让我们看到"乡村城市化"的潜在危机。"乡村城市化"是时代趋势,从追求个人幸福生活的意义上说,我们无法真正控制这一趋势。随着环境文化美学的诞生,人们应尽力利用人造公园、绿地、建筑本身的形式来创造生活的美,打破城市环境的压迫,尽力减缓这种日益加剧的"空间焦虑"。城市高

---

①　苏博德:《海德格尔分析新时代的科技》,宋祖良译,中国社会科学出版社 1993 年版,第 5 页。

楼化,遮蔽了人们的日常生活视野,审美也就变得闭塞、狭隘和百无聊赖。随着乡村人口的迁移和城市的扩张,"城市"越来越不安宁,这可以从 20 世纪 90 年代春节或节假日中国列车普通车厢的拥挤状况强烈地体现出来,还可以从车站广场的喧哗、拥挤强烈地感受到,因而,城市审美问题是无法以传统的士大夫的山水田园式温和自然的眼光来观察的。"自然"已被彻底地改变了面目,它远离了天然,外在空间装饰代替了自然山水之天然气息,视觉的眩晕成了人们的审美景观,充塞了人们的视野,茫无涯际的人流、车辆和高楼以及各种各样的杂音,成为"现代人的审美或审丑对象"。由于精神上的无形压迫日益加剧,人的视野受到阻挡,人的精神受到煎熬,虽然也有无数人在城市的喧嚣中得到肉身的快感,但身处这种审美困境,人无法以自然审美来代替它,更多的时候,人必须"默认"这种后现代美学和后工业时代的处境。①

技术的发展与传媒手段的发达,人类的审美生活将会越来越背离自然,而不得不依赖技术与图像刺激,人的异化在悄悄地影响整个人类的审美化生存选择。在异化处境中,人们以为背离自然无关紧要,相反,离开了技术和图像刺激,生命仿佛失去了光彩,所以说,人类遭遇的更强有力的审美压迫,来自精神话语方面,来自科学技术和政治经济暴力,来自国家机器及现代传播媒介的强化。在多变的现代政治格局中,如何审美,无疑也会引起人们的重视。国际战争不断,公开的或潜在的民族冲突不断加剧,人类不断地面临灾害、饥饿、战争的威胁。人的审美如何进行?人的自由从何谈起?"恶"主宰着这个世界,"奴役"就是力的象征。大国霸权主义,无时不在摧毁普通人的审美理想,民族灾难、水灾和旱灾,不断地威胁着千百万人的生存,在这种状况下,审美问题自然退居其次。如果说,政治学也有审美,那么,这种审美应该只是对自由与和平、正义与秩序的真正追求。国家内部的矛盾冲突,也以另一形式对审美构成威胁,政治稳定与不稳定决定了一个民族的文化和经济政策。要在现代文化语境中

---

① 贝尔:《资本主义文化矛盾》,严蓓雯译,江苏人民出版社 2007 年版,第 126—138 页。

谈论审美问题,必须考虑这些现实政治经济因素,而不能再像古典美学那样,把这些现实政治经济因素一律悬置起来,只关注那种心灵的真实和内在的精神超越。这种心理化倾向,或者说反现实倾向,在现代生活中必然是知识分子或审美者的心灵悲剧,审美在政治社会现实中经受着考验,政治经济社会现实对审美构成威胁,"美学"如何在这种现实思索中找到答案,显得十分关键。

技术化的世界正在改变人,而且使人愈来愈远离既有的生命本质,这是西方文化统治世界的结果,而东方文化或东方古老的文明曾经拥有自身的秩序,特别是在中国文化中,是"过分的生育观念"而不是"生命自由平等观念",导致家族主义与极端个人主义思想的泛滥,在不合理的自然生态秩序与政治秩序之中,人们艰难地选择农业化生存方式,结果,国家的自然资源稀缺,无法承受西方式的自由生命享乐需求。但是,在日益技术化的世界,西方的生命模型仿佛成了全人类的唯一生命模型,于是,西方世界通过资源掠夺更好地保持着自然面貌,而在不发达的国家,这种生存享乐方式,正在制造"人为的灾难"。技术化世界也在加速西方文化和西方人的精神异变,这种精神异变从工业革命时代就已开始。东方世界在承受西方的生命模型时,受到了"致命的危害",这种危害在东方世界似乎还没有引起人们充分的重视。事实上,在西方主导的世界秩序中,所谓的全球化浪潮,让这些东方人口大国根本无法一劳永逸地解决"人的欲望极度膨胀"的问题,私欲的膨胀,贫富悬殊的加大,生态危机与审美自由危机必然日益加剧。① 更为重要的是,东方家族伦理、宗法制度与这种对自由的要求互不相容,结果,更为恶性的自然文化秩序威胁人们的生存,不断剥夺人的审美自由,或者说,人的审美自由和古典的审美理想、审美趣味,在工业化文明的冲击下,已经日益"走向生命的反面"。这样的生命哲学,即"丑的生命哲学"和"恶的生命哲学",将会使人类生命走向突然的大衰亡。现代文明在给人类提供欲望化的生命自由哲学的同时,也为人类

①　贝尔:《资本主义文化矛盾》,严蓓雯译,江苏人民出版社 2007 年版,第 218—227 页。

的技术化、军事化的"国家哲学"敲响了丧钟。因此,"美学"表达绝望不是没有道理的,因为在现代技术条件下和全球化浪潮中,人们对技术与媒体的热衷,对军事霸权的崇拜,已经违背了"审美自由的初衷"。只有重建宗教伦理哲学和生态哲学,文艺美学的发展才可能夯实思想地基。

4. 政治哲学作为文艺美学建构的基础

文艺美学的政治哲学基础,历来为人所忽视,以为它与文艺美学无关,其实,在一切思想、艺术和文化背后,最具支配性的力量就是"政治的力量"。政治制度的理想与否,不仅决定审美的实质,而且,在根本上决定了文明的走向。事实上,有了好的政治哲学基础,文明就走向了自由的道路,反之,文明始终具有反美学的本质倾向。在非自由的政治哲学基础上建立的美学,总是异化的美学和畸形的美学,因此,有什么样的政治哲学做基础,就有什么样的文艺美学形态和思想精神。西方文明对全世界的影响,可以说是全方位的,当然,在现今主要是"美国文明模式"对世界的负面影响,即以西方价值主宰世界政治经济秩序,不断传递政治、经济、娱乐等信息,使人类得不到安宁,他们乐于操纵大型政治事件,或者,以政治经济为杠杆,以世俗享乐为实用目的,将娱乐事件审美普泛化。这种影响的最直接表现,是由科学技术主导的媒介力量日益渗透人们安宁的自由生活。现在,大众文化基本上为传媒所控制,传播媒介以强有力的手段,将商品广告渗透到你的大脑,麻醉并摧毁你的神经,让你避不开,躲不掉,除非你丧失感官或者处于感官的休克状态。这是广告的时代,是宣传的时代,是娱乐时代,更是高度物欲化的时代,也是装腔作势与厚颜无耻的时代,这说明文艺美学的现实生态被强权和享乐哲学所支配。强权和享乐、技术与掠夺、民族国家与绝对利益统治之下,"世界的价值秩序"完全被政治经济和军事所控制,人的自由,完全受制于外在的政治经济军事因素,这是西方文明作用于全世界所造成的消极后果。①

---

① 哈贝马斯:《后民族结构》,曹卫东译,上海人民出版社 2002 年版,第 84—85 页。

　　文艺美学的政治哲学思想基础,说到底就是如何安置人,如何给予人以应有的权利,如何建立人的平等自由观念。在政治哲学中,我们要建立的根本的思想观念是"正义理论"与"平等理论"。美的追求,最容易显示出个体的自由力量,人的自由力量是自然天赋的,不同的人有不同的审美力量。我们不否认人的个体自由,还要扩张人的自由,但是,从社会意义上说,人与人之间的平等最为关键,这就需要公正或正义论哲学作为支撑。西方社会的政治哲学,最核心的思想是正义问题,从柏拉图、亚里士多德、奥古斯丁、卢梭、休谟、斯密、康德、葛德文到罗尔斯,"正义论哲学"构成了最精彩的思想史线索。正义论是政治哲学讨论公正与自由、民主与平等最基本的问题。[①]"文艺美学",如果从个体生命出发,就需要强调自由、民主,如果从社会文明的意义上说,就需要强调平等、正义,有了政治哲学的思想支持,我们的人生就有了真正的安顿之所。

　　政治哲学对于文艺美学的意义在于:它能够真正解决人的法权地位问题,能真正确立人的现实自由与平等问题。西方人早就看到:"政治思想与政治生活是同步的,而政治哲学则产生于有文字记载的历史中的一种特殊的政治生活,即古希腊的政治生活。"[②]不解决政治哲学的基础问题,文艺美学必然是思想的虚构,而人的自由与平等,社会的正义与秩序就是一句空话。政治哲学并不必然能够解决自由与平等问题,但是,政治哲学必然要思考人的问题。"政治哲学"就政治历史的作用机制而言,大致可以分成两大类型:一是追求个体自由、平等的哲学,二是追求等级尊严秩序的哲学,前者立足于公民,后者立足于君王。民主、自由、平等、法权等是政治哲学的基本问题,"审美的自由"在很大程度上也是为了解决这些现实问题。没有政治哲学的视界,文艺美学就只可能永远做梦,为此,鲍桑葵展示了这一问题的复杂性,他说:"国家的目的就是社会的目的与个人的目的,由意志的基本逻辑所决定的最美好的生活。作为国家,它

---

　　①　慈继伟:《正义的两面》,生活·读书·新知三联书店2001年版,第7—9页。
　　②　施特劳斯:《政治哲学史》,李天然等译,河北人民出版社1998年版,第1页。

使用的手段总会有暴力的性质,尽管这并不排除它还有其他方面的手段。征税的目的可能是最合理的,甚至是最能为一般人所接受的,但要做到普遍公平和确有成效,也只有采取强制的办法。任何国家都不可能靠自愿缴纳来进行这项工作。也许可以说,一个普遍性的目的实际上并不仅仅是一项一般性规定,但是,没有强制推行的一般性规定,就不可能在众多成员中实现带普遍性的目的,而人类的组织从一个方面来说又总是人员众多的。"①同时,他还指出:"假定我们在其中生活的这个制度并不要求立即进行革命,那么,它就要向作为一个整体的社会显示出作为整体的公共意志和较高层次的自我,而且,只有这一点得到承认,它才能站得住脚。我们对它的忠诚使我们成为人和公民,而且是赋予我们的生活以精神意义的主要力量。但是,我们每个人都会由于对抗、不积极、无能或无知而有一些不顺从的表现,有些表现得还很多。只是对这些因素,公共权力才会作为权力通过强制或权威性意见而发挥作用。因此,当我们看到的公共意志是暴力和依靠暴力的权威,而不是我们会自动接受的社会意见时,它变成了假设的这样一种东西:它声称它就是我们自己,可是我们对它暂时还或多或少难以承认。根据在它和我们的复杂而又基本上无知的自我之间所做的调节,它可以听任我们受自动作用的摆布,也可以激起我们反抗或承认,因而,结果可能妨碍我们的更充实的生活,也可能消除对它的障碍。看来,把日常的自我和公共意志之间的关系这两种主要情况分清是有意义的。"②从这里可以看出,鲍桑葵的政治哲学是相当务实的,它厘清了人在政治生活中的真正地位,即在政治实践中,"真实的政治人"会受到哪些实际的制约。作为美学家,他对政治哲学的关注,也说明美学与政治哲学密切相关。不过,在强调这种国家政治哲学的同时,还应该强调西方思想史上自亚里士多德以来的"正义论思想"以及自卢梭以来的"平等理论"的重要意义。对此,德沃金在《至上的美德》中的思考,可以给予我

---

① 鲍桑葵:《关于国家的哲学理论》,汪淑钧译,商务印书馆1996年版,第191页。

② 鲍桑葵:《关于国家的哲学理论》,汪淑钧译,商务印书馆1996年版,第203页。

们有益的启示。他说："平等是一个饱受人喜爱又令人费解的政治理想。人们能够在某个方面变得平等（或至少是较为平等），随之而来的是在其他方面变得不平等（或更不平等）。比方说，假如人们的收入平等，那么他们从自己的生活中获得满意度几乎肯定有所不同。当然，不能就此得出结论说，平等作为一种理论毫无价值。但是，有必要比通常的意义更为确切地阐明，何种形式的平等归根到底是重要的。"[1]为此，他具体地探讨了"福利平等""资源平等""政治平等"以及"平等和良善生活"的关系，从这些分析中可以看到，政治哲学的真正建立是文艺美学的最重要思想基础，因为政治哲学中对人的自由平等有最为科学的理解，如果不以政治哲学为基础，文艺美学的科学基础就可能是歪曲的和不牢固的。

从生活现实来看，我们会遇到许多政治境遇问题，在各种各样的生活境遇中，美丑掺杂，煽情与抒情、疯狂与宁静的文化矛盾，难以调和。人如何审美？如何去领悟美的真理和生命的真理？这显然是时代交给人的精神难题。在后工业文化和后现代语境中，人所领会到的只能是"形式美"，这种形式美必然与心灵脱节，尤其是影像艺术和电视、电影的兴起，极大地控制了人的审美情绪。你无法获得某种独立性，你必须和成万上亿的人共同欣赏同一文化，按照同一价值观念和生活秩序生活。传播技术将你的全部注意力带入"经济洪流"中，使你无法保障精神的清洁性。在思想强制的时代，个人无法置之度外，思想与思想间的冲突是如此激烈，思想的确定和思想的形式又是如此复杂，极大地干扰你的神经，使你六神无主，不知所措。你无法把所有的思想融合在一起，它们不同根，也不同源，而且它们带着各自的偏见解释这个世界。"杂草式的思想"总是共同主宰并解释世界，颠覆世界，改造这个世界，甚至可以说，思想的垄断和思想的泛滥使人的心灵在古典和谐美中失衡。我们一边要面对荒诞和异化，一边又要在对话和游戏中学会容忍恶心状态和丑的体验，在强大的现实法则面前，很容易丧失生活的勇气和信心。在这样一个思想分裂的时代，审

---

① 德沃金：《至上的美德》，冯克利译，江苏人民出版社2003年版，第11页。

美也产生了多方面的分裂。这时,我们仿佛只能选择信仰,以信仰作为动力,以信仰的思想作为安身立命之本。"美学"在这种寻找和选择中是关键的,然而,这种信仰是什么呢?显然,不是已有或将有的宗教。面对这样的世界,海德格尔认为,"只有一个上帝能够救渡我们,那就是诗"①。诗能救渡我们吗?诗由谁去创造?什么精神支撑着诗去创造?这所有的问题,需要审美者做出全新的回答,以便使人的心灵重新充实而又空灵起来,使人真正在现实审美中获得自由。必须承认,只有真正的正义与普世的平等以及良好的律法,才能保证和谐自由的审美生活秩序。思想的混乱必然带来艺术的混乱,在这个时代,"艺术的大众化",艺术的"高度复制性",艺术的"高度欺骗性",它的单调性和强迫性,使人感到神经衰弱。武侠小说的重复,乡土小说的重复,性小说的重复,城市游戏生活的重复,或者金融信息时代快乐的各种重复,成了这个时代的状况。艺术家和企业家完成了不形诸文字的商业利益合谋,他们服务于企业家,借助金钱恶魔而达到自我享受的目的,艺术和批评的本来使命在后现代文化处境中完全丧失。

在后现代审美境遇中,文化的历史传承,文明的价值信守,似乎只是少数专家的事,但是,他们千方百计地复制历史文本,考证文字的用法和字源,汇编历史上的各种古典文献。面对历史文化的浩瀚,我们只能默认现实的不合理性。人们学会了遗忘历史,在古老的历史文献中获得知识,却并未在古老的心灵中获得灵性。这种时代文化精神,对于古典美学的摧毁几乎是致命的,因此,这是危机四伏的时代,是精神恐惧的时代。只要你具有真正独立的自由意识和生命意识,就会感到这无边的威胁到处存在。这似乎是一个解释的时代,而不是一个改造的时代,这正是我们的不幸。这是一个应急的时代,又是一个复古的时代,在政治文化上复古,在经济上追求高度发达和繁荣。畸形的文化经济将审美的世界挤压得不成体统,但人还得在夹缝中求生存,因此,我们必须从那种科学的美学中

---

① 孙周兴:《海德格尔选集》,熊伟译,上海三联书店1996年版,第1289—1295页。

挣脱出来,进到这种文艺美学的困境之中。只有面对现实与理想的美学,才是有生命力的美学;只有面向现实与理想的文艺美学,才是有意义的文艺美学。在呼吁并建构文艺美学形态的时候,应大力追求生命表现,追求有创造性、有价值的美学,所以说,当代美学的建构,面临重重的困难。①

　　在观念领域中建构起的自足美学,可能无法抵抗现实的冲击;纯粹解释当代文化历史的美学描述,必定软弱无力。"文艺美学"一方面必须给予人们以精神的启示,另一方面又必须指导人们面对现实、超越现实,获得审美的自由和人类精神的自由,创造新生命的神奇。任何个人皆无法预言文艺美学的发展道路,但是,文艺美学不应回避我们时代的精神难题,"哪里有危险,哪里就有可能得救"。在这种思想混乱面前,或者说,在这种纯粹政治经济的享乐哲学面前,世界已经没有安宁,一方面是对科学与军事的无限追求,它每创造一个成果,在为人类带来福音的同时,也给人类带来灾难,另一方面则是对享乐的无限追求,通过商业和利润使世界变得简单化,这种生命哲学是享乐的生命哲学和死亡的生命哲学,是放纵欲望的生命哲学,是丑的或没有节制的生命哲学,如同洪水滔天,势不可挡。它不是反思的生命哲学,也不是宁静和谐的生命哲学,更不是共生共存的和平的生命哲学,由于我们的美学的生命哲学基础已经动摇或者说已经遭破坏,因而,重建生命美学的哲学基础,自然应该回归古典和谐的生命哲学,但这样的生命哲学仿佛成了"不合时宜的绝唱"。无论如何,西方世界在竞争性地掠夺全世界自然文化资源的前提下建立的自由生命哲学或自由享乐哲学,不是"世界的福音";对于贫穷的第三世界国家来说,简单地崇尚西方的生命哲学,无疑是"美学的自杀"。正义论的思想,不能只是民族内部的,它必须是面向世界的;西方文明在探讨正义思想时,主要立足于本民族生活,他们对其他民族的侵略与征服,有时虽然以民主自由和平等正义为旗帜,但是,他们实际上做的事,则是不平等、不正义的,同时,也是对不发达民族和国家的文化压迫。西方政治力量并不能真正

---

① 李泽厚:《美学三书》,天津社会科学出版社 2003 年版,第 401—404 页。

实现正义论的民主政治理想,而捍卫自由民主、平等正义理想的,往往是艺术家与哲学家。"文艺美学"在此恰好可以发挥真正的自由道德建构作用,故文艺美学的政治哲学思想,应该指向人类的未来美好生活。总之,只有在多维或多向性的哲学思想基础上,我们才能建构富有现实思想力量并充满理想和思想活力的"现代文艺美学"。

第三节   文艺美学解释与现代思想价值意向

1. 艺术的有意味形式与生命本体追问

无限的艺术作品,就呈现在我们的面前,通过文艺美学的历史沉思,我们记住了一些经典文艺作品,但是,更多的文艺作品以自己的方式存在,等待着我们阅读和发现。对于大多数人来说,我们只是对经典有良好的感觉与记忆,从而鉴别作品并与自己心爱的作品同在,或者以自己的思想方式建立经典文艺作品观念,才是最幸福自由的事。声音的艺术与图像的艺术,其美感更为直观,也可能更易判断,实际上,真正的音乐经典和美术经典并不容易判断,但音乐与美术的有意味形式,比诗歌小说的有意味形式更容易进行审美体验与生命体验。我们在艺术中体验生命与感受自然,文艺美学就是要永远与活生生的伟大艺术同在。与此同时,艺术沉思的目标,是为了进行生命本体论的价值追问,提升艺术所具有的人类文明价值。艺术源于生命的体验与情感表达,艺术的形式与思想,是个体生命意志的对象化,所以,我们要通过艺术去理解生命并感悟生命。"生命",不只是快乐和美丽,它还有悲怆和恐惧,痛苦与绝望。生命的全部丰富性,正是生命本体论要进行的诗性回答,尽管艺术的生命沉思更多地立足于美丽与欢乐的艺术体验,其实,艺术的生命丰富性价值追问更有意义。

艺术的形式分析一直是文艺美学的中心问题,因为艺术形式具有形式客观性与理论确定性,它能够直接服务于创作本身的技艺论要求。形式分析本身是具有美感性的,而且可以呈现艺术的丰富多样的技巧。艺术形式本身,就是艺术的生命韵律,它构成了艺术自身的生命运动;离开了具体的形式和语言,艺术就没有生命存在的可能。在音乐分析中,人们重视旋律分析与结构分析;在绘画分析中,人们重视色彩与图式分析;在诗歌分析中,人们重视意象分析与韵律分析。例如,评价张大千的绘画,我们既可以进行意义分析,又可以进行形式分析。张大千对美术图式的理解,继承了中国传统的山水美学观,在山水和花卉两方面,有着特别的艺术开拓。他的山水图式与传统的山水图式,很有相关性,但是,在具体的艺术形式上,张大千的独创性特别体现为对佛教艺术形式的继承。他赋予山水的理解,也是从佛教美术色彩观念出发的。有了宗教式的色彩观念,他的山水就不同于道家的山水观或儒家的山水观,他对天蓝色彩的处理和运用,特别是天蓝色与红色的配置,极有灵性与佛性。与此同时,他对莲花与荷叶的处理,特别是绿荷与红花、焦荷与枯枝的处理,都极具形式之妙。艺术家大多并不关注思想,特别是不太具有思想性的艺术家,他们总是津津乐道于艺术形式技巧的处理,流连于形式的美妙。其实,在张大千的艺术中,也体现了极为博大的生命慈爱精神与自然仁爱思想。[①]

　　艺术的有意味形式是极重要的,但对于接受者来说,更重要的是,要对艺术进行生命本体论的价值追问。艺术本体,我们可以理解成"形式本体",也可以理解成"生命本体",更多的是要思考"存在问题"。存在的意义与存在的境遇,在海德格尔的诗思世界中溢出思想的光芒,尽管他的思想也在恐怖的时代发生了异化。他指出:"任何存在论,如果它不曾首先充分澄清存在的意义并把澄清存在的意义理解为自己的基本任务,那么,无论它具有多么丰富多么紧凑的范畴体系,归根到底它仍然是盲目的,并背离了它最本己的意图。"[②]根据海德格尔的生存论理解,存在之领会不仅一般地属于此在,而且随着此在的种种存在方式本身或成形或毁败,因

---

①　李永翘:《张大千全传》,花城出版社 1998 年版,第 123—126 页。

②　海德格尔:《存在与时间》,陈嘉映等译,生活·读书·新知三联书店 2006 年版,第 13 页。

此,可以对存在之领会做出多种解释。哲学、心理学、人类学、伦理学、政治学、诗歌、传记、历史学,一直以形形色色的方式和各种不同的规模研究此在的行止、才能、力量、可能性和盛衰。种种解释在生存意义上也许都是原始的,问题是:它们在生存论上是否也以同样原始的方式得出？生存意义上的解释,同生存论意义上的解释不一定比肩为伍,但也不互相排斥。如果哲学认识的可能性和必然性得到了理解,那么,生存意义上的解释,就会要求进行"生存论分析"。① 文艺美学的重要目标,就是要让人能够很好地欣赏"美的艺术"和"美的自然",它不应有过多的思想束缚;与此同时,文艺美学需要从感性具体的艺术上升到生命与灵性的高度并进行体味,即让感性的丰富艺术体验与生命的内在精神快乐获得高度一致。因此,文艺美学的价值形态的探索,必须回到思想本身,把活生生的艺术经验与存在论意义上的自我反思结合在一起,因为有创新的思想,是有内在价值形态追求的理论。审美自由价值形态,绝不是人们凭借经验设计或演绎出来的,文艺美学价值形态,也是思想者关于审美活动与生命活动的智慧思索。那种虚假的文艺美学价值形态,只是抽象的概念演绎,没有思想性承载的力量,显然,这种价值形态与思想创造的特质根本不相容。拒斥文艺美学的价值形态性,有可能克服文艺美学探索过程中的各种形式主义弊端,使真正的人类审美精神得以彰显。随着人们宣告经院美学的终结,新的美学就必须重建,这种新的美学不是诸如"商业美学""环境美学""小说美学""戏剧美学"的建立,而应是富有哲学意义,并具有文化、心理、精神的综合力和涵摄力的反思性美学价值形态的建构。应用性美学的建构,只能看作是经院美学的某种延伸,而具有思想性、启示性、预见性和现实性的美学,才是人所期望的真正思想突围,这就是说,要从美学的思索中获得启悟,获得发现。存在的心境能够澄明,对生命的本真把握更加切近,而这种意义上的审美思考,绝不是狭隘的经院主义美学所能承担的。经院主义美学,在关于美的界定时,在关于美的范畴之分析中,遗

---

① 海德格尔:《存在与时间》,陈嘉映等译,生活·读书·新知三联书店 2006 年版,第 19 页。

忘了美学本身,遗忘了本源,而陷入了语词的历史考古和历史思想的清理和重组之中。开放意义上的美学,必然与哲学、宗教学、伦理学、文化学、社会学、心理学一起,构成综合性的思想言说,呈现心灵的秘密,展示出精神和存在的深度。①

这就是我所认同的"未来美学",这种美学不是应用性美学,因为它与形式的分析无关,真正的美学是综合形态的审美理论,是精神现象学,是现代自由伦理思想,是心灵哲学。以人类生存经验与艺术的自由信念为宗旨,是艺术家自由地思索存在之意义的基本出发点,即人自觉地开放灵性,领悟自然奥秘,承接历史心灵,弘扬人的灵性和精神,发挥人的想象力等思想活动。回到思想本身的美学,可以让人逃离美的定义、美的类型和美育方法的纯粹技术性和知识性抽象之思。真正的美学建构,必须是关于人生的思索,关于生命意义的阐释,关于存在之真理的揭示;文艺美学的思想价值在于:它使心境变得开阔,使视野变得深邃,使解释者在文化比较和价值选择中,能够明白人类的现实存在道路和未来方向,这样的美学既可以视作历史形态的美学,也可以视作未来形态的美学。人类审美精神,实质上是人文科学未分化前就具有的精神形态。体验的内容和对智慧的反思,共同构成这种美学精神的特质,现代哲学在探究思想的本源时常须回到原初的艺术之思或诗性自由之思。② 在许多人看来,美学是从普遍意义上关于生命、人性、自由、世界、自然、存在和真理的诗性智慧,它体现了人类所独有的浪漫主义情怀。人类历史上杰出的思想家和智慧大师,同时也是杰出的诗人和美学家,例如希腊的赫拉克利特、巴门尼德、苏格拉底、柏拉图、亚里士多德等思想家。印度的吠陀哲学和佛教哲学,中国的道家、儒家和禅宗,都可以被视作这种意义上的"美学"。正因为从人类审美精神出发,美学解释者在哲学、宗教和生命伦理学中找到了依

---

① 李泽厚:《美学三书》,天津社会科学出版社 2003 年版,第 408 页。
② 维柯在这方面做了不懈的努力。参见维柯:《新科学》,朱光潜译,人民文学出版社 1987 年版,第 152—155 页。

据,自然,我们必须从这种意义上去理解美学和人类审美精神。事实上,古代美学不仅提供了这些美学思想发展和创新的基础,而且还直接与现代美学思想构成内在的关联,这就是人类审美精神所具有的历史生成性意义。从人类审美精神的历史生成性意义上出发,可以重新评价古典希腊哲学、印度哲学、中国哲学与现代东西方哲学之间的内在思想关联和价值选择。

中国古典生命哲学在相当长的时期内,由于马克思主义理论作为国家政治意识形态而具有中心性地位,故在现代美学建构过程中,它未能成为重要的思想资源,仅被当作批判借鉴的对象,并且在人们的误读中往往被看作是与现代美学格格不入的思想形态。相对说来,中国古典哲学在中国台湾、香港地区以及海外,却获得了与西方哲学自由对话的机会。20世纪80年代我国改革开放的一系列政策确立之后,现代新儒学逐渐为学界重视,人们发现中国古典哲学竟然包含十分丰富的美学思想。近几年来对道家哲学和儒家哲学的研究,充分表明传统哲学所具有的历史生成意义,因为中国古典美学从整体出发,实质上就是生命哲学。在新儒家看来,人生之向往处,即人之生命理想,也就是人生的真实意义和真实价值所在;安顿人生之生命理想,是古代儒生至当代哲人的重要价值关怀。孔孟以下儒门的基本想法是:家国天下与人生问题的解决,以个体人生的生命关怀为根本、为依据、为终始,而生命关怀则以在现世完善自身、成熟理想人格为指归。生命体验问题的提出使这种美学极具意义,因为在中国思想传统中,强调生命体验就意味着进入生命价值的自由之思中,与此在形成亲密的思想关联,通过回忆与想象、诗思与反省,将历史性生存境遇予以重温。此时,主体性心灵可以形成生存的慧悟,生活中坚执的重担可以放下,民主协商的幸福和快乐可以涌现,生活中的阴霾可能散去,幸福的阳光与自然的神思突然照亮了生活,这是生活体验与生命价值敞亮的方式。就这一点而言,新儒家的思想阐发富有启示性,例如,杜维明指出,"体会"是指经验地、似乎身临其境地理解那些将被认识的东西;"体证",不是用逻辑的推导来论证一个思想的真理性,而是应该用自己亲历的经验来证实它的真理性;同样地,"体验",是指献身于思想或真理的意愿。①
"体验",是以人的整个身心去思考,它不是去思考某些外在的真理,而是
对人的生命本质进行察、味、认、会、证、验;同样,道家的思想,也具有这样
的历史生成性,"体道",就是通过体验,由感性具体上升到玄冥之思,而玄
冥之思,实质上就是将存在的本质诗意化与空灵化。人们发现,庄子的思
索方法与孔子的儒家伦理主义不同,它是借助于形象的思索,是象征的理
论。必须承认,庄子的超越性思考方法,使他能在高妙的哲学里,与美保
持特殊的亲近,"哲学化了的这个目的,在庄子是人类精神向一的还归,是
回到绝对的一,是精神触及光本身"。② 李泽厚则干脆提出:庄子的哲学
即美学,中国古典美学,建基于人生哲学和生命美学,由于它所具有的生
命启示性,必然向未来生成。

　　现代生命美学总是在这里找到并体悟到生命本原的根据,这种思想
的历史生成性法则,还可以在现代印度哲学中找到证据。在东方思想智
慧中,中国思想强调现实的重要地位,奉"生生之德"为最高价值准则,印
度思想强调"神性"与"喜乐",将个体生命与神圣生命融为一体,把人的生
命看作是神的生命的延伸,把神的生命看作是"存在的光"和"生命的喜",
是神圣生命的最高存在。这些生命观对美学思想的创造性生成极有意
义,故而,我们应该重新评价东方美学思想的意义。例如,泰戈尔的生命
哲学和美学,正是植根于印度古老的生命哲学理论中,印度的生命哲学理
论,在泰戈尔的思想中获得了真正的延伸。泰戈尔指出:"神的显现,是在
神的创造活动中。"如果追溯到《奥义书》那里,则可以理解为:智慧、力量
和行动都是神的本性,它们不是从外面强加给神,因为神的工作是他的自
由,在他的创造中,他实现了自身。在其他地方,古典诗人用别的诗句,也
表达过同样的思想。例如,"从美中涌现出全宇宙,以美来维护生命宇宙,

---

　　① 杜维明:《人性与自我修养》,中国和平出版社 1988 年版,第 96 页。
　　② 今道友信:《东方的美学》,蒋寅等译,生活·读书·新知三联书店 1991 年版,第 117—
140 页。

向美前进,最终归入美"。泰戈尔在古典美学的感悟中形成了许多新的思想,他认为:"印度伟大的宗教圣典,对于西方学者来说,似乎只有考古的兴趣,但是,对我们却具有生活的重要性。""给予伟大心灵的体验的有生命的语言,其意义永远不会被某一逻辑阐释体系详尽无遗地阐述清楚,只能通过个别生活的经历不断予以说明,并在各自新的发现中增加它们的神秘。对我来说,奥义书的诗句和佛陀的教导,永远是我的精神财富,它赋予我无穷的生命力。"[1]这种审美精神的历史生长性,在西方现代哲学中表现得尤为突出,因为文明的历史活在心中,历史的思想获得了新的理解,生命充实了新的意义,生命价值获得了新的发现和理解,故而西方现代哲学大都可以在古希腊哲学那里找到踪影。尼采、海德格尔、桑塔亚纳如此重视古希腊传统,并做出了如此深刻的发现,与此同时,胡塞尔的现象学思想中有关体验问题的解释,显得尤为关键。塔斯科维兹的解释也很有说服力:"哲学在希腊产生于公元前六世纪,但是,它最初的范围是有限的。早期的哲学家所关注的,只是大自然的理论而不是美与艺术的理论。他们的观察和美学概括,在范围上是有限的,但在美学史上却是重要的,它们显示了当希腊人已经创造出灿烂的艺术作品时,他们是怎样对美做出反应的。"[2]在关于古希腊的研究中,大多数人都看到了希腊人的生命表现和生命理想所具有的审美意义,这些审美意义就体现在古希腊政治、音乐、诗、戏剧、建筑、雕塑艺术中。他们的日常生命方式,也具有这种审美的性质,因为早期希腊人喜欢把艺术解释成"表现性的"和"激情性的"。

从古典时期开始,多数思想家的美学思维是在哲学理论格局中进行的,柏拉图把美学连同永恒观念和绝对价值学说引入哲学。这一时期的哲学,有许多价值形态运用了许多观点,忙于许多内部争论,并把这一切都带给了美学。毕达哥拉斯学派有一个哲学观念,对于美学是十分重要的,即"世界是由数的谱系构成的"。毕达哥拉斯学派并没有认为他们所

---

[1]　泰戈尔:《人生的亲证》,宫静译,商务印书馆1992年版,第145页。

[2]　塔塔科维兹:《古代美学》,杨力等译,中国社会科学出版社1990年版,第24页。

研究的美学是一门独立的科学，在他们看来，"和谐是宇宙的属性"，由于设想每一个规则的运动都会产生一个和谐的声音，他们便认为，"整个宇宙创造了一部天体的音乐"，"一部只是由于不断发声，我们才听见的交响乐"，这样，他们认为宇宙中充满了美学，与此同时，他们在心理学的解释中也蕴含着美学思考。从审美道德的意义上说，作为美学家的苏格拉底，他的至善论美学观点标志着与绝对形式主义的毕达哥达斯学派的美的观念的分界。苏格拉底强调美与人的精神的统一，在柏拉图谈论美的对话里，美不断地被提到，柏拉图虽没有编纂出美学问题的系统原理，然而，在他的著作中几乎涉及了美学的全部问题。美不能被限定为耳目的美，它还包括思想、德行、高尚的行为和健全的法律，这种综合性的"审美精神"所具有的历史生成性意义，特别值得重视。①

古希腊的所有美学学说，在近代西方美学中又获得历史性生成价值，康德美学正是这一美学精神的自然延伸。正如前面已经谈到的那样，康德力图架起自然概念和自由概念之间的桥梁，把真善美统一起来，把哲学、美学和伦理学统一起来，把作为主体性的知、情、意统一起来。康德以认识论为根基，强调存在和体验的重要性，并把审美引向道德自律，实现"美是道德的象征"这一意图。席勒的美学，也正在于试图建立审美王国与自由王国，从批判工业文明对人性的破坏出发，他抗拒的是"单面的人"或"断片的人"，而指向整体的完整的人。这一审美取向，正是对生命的最高礼赞。如果说，这种泛美学价值形态，在德国古典美学时期不是独立倾向，那么，在现代哲学和后现代哲学和美学中，已经恢复到了自然表现状态。海德格尔、胡塞尔、舍勒、萨特、福科等，是这种泛化价值形态的开拓者，他们是现代和后现代意义上的美学家，他们一方面看到古希腊传统的现代美学意义，另一方面又看到了欧洲人的精神危机，他们将西方社会的精神分裂性极大地突出了。

文艺美学解释的现代价值意向最为显著的是：试图突破学院美学的

---

① 　W. Tatarkiewicz, *History of Aesthetics*(1)，Mouton，1970，pp. 78-167.

局限,返回古典美学的生存论思想传统之中,将美学与相关的人文社会科学联系起来,从更广阔的思想视野出发审视美学的重要问题。这种泛美学的历史生成性意义逐渐显示出来,如同尼采所理解的那样,"只要恢复古希腊的日神精神和酒神精神,这种自由美又会归来"。只有把人从压抑中解放出来,释放"力比多",人才能获得自由;只有把人从现代生存困境中解放出来,才会真正学会美的生存。因而,"哪里充满危险,哪里也就充满希望",荷尔德林所设想的"还乡",胡塞尔所发展的"体验概念",在海德格尔那里,获得了漫无边际的自由精神文化内涵。① 按照浪漫派美学的体验意向,在自然和艺术世界中,无边无际的美和生命形态使世界的一切都充满诗意。故而,技术中有美、石头、建筑、水力发电,一切的一切在甜美的诗境中,都成为人的"诗意的栖居方式",这正是古典生命美学的现代性意义的生成。正因为人类审美精神具有这种历史生成性,它才使人体会绝望或在看到危机的同时,又对未来充满信心和希望。忧患和希望并存,这正是审美思想历史生成的智慧。

2. 生活世界与精神世界的审美探索

生活世界需要美学,正如文明发展的重要评价尺度是美学一样,不论哪个国家在军事和经济上取得了多么骄人的成绩,如果没有"艺术文明"或"审美文明",这个民族还是无教养的民族,甚至可能是邪恶价值的根源,而且迟早要在历史生活世界中消失。只有创造了优美或崇高的艺术文明的国家,才会在人类历史上拥有特殊的地位,所以,"生活世界"不只是生活问题,而是"如何美丽地生活"的问题。贫穷的国家所要解决的问题往往是人的现实生存问题,即让人能有饭吃,有衣穿,但发达的文明显然不能满足于此,因为解决吃穿是一个文明国家最基本的要求。如果一个文明国家只以吃穿为目的,那么,这个文明国家离"美丽地生活"或"诗意自由的生活"就差得太远。

---

① 默里斯:《海德格尔诗学》,冯尚译,上海译文出版社 2005 年版,第 13—14 页。

　　生活世界是人们在政治经济文化条件下建构的现实生活,也是人们对美丽生活的自由向往,真正美丽的生活世界,是人们带着美的想象,对现实生活世界的美化。在美的世界中,人的生命健康快乐,自然世界处处充满富有生机的绿色,鲜花草地,清新的空气,小鸟飞翔欢鸣,儿童快乐地歌唱,处处洋溢迷人的醉意,故而,美的生活是文明自由的象征,也是美学的目的。一个民族只有以美为生命的自由目的,才会有更好的生活。"美的生活"是生活世界的真理,其实,所有的人都明白这个道理,但是,在日常生活中,由于政治自由与政治权利的不对称性,在生活世界中,只有贵族精英才有生活的美感并享受自由,而普通的人则缺乏充分领悟生活的美感与自由享受生活的闲暇,必须在最底层的生活中为简单的生存要求而不断奔忙。生活世界对于个体而言,总要以追求自由与幸福为目标,但生活世界不是某个人的世界,而是许多人的世界,因此,作为社会制度的制订和政府组织的管理,就必须追求全民的公正与平等,政府有责任和义务照顾它的每位公民,特别是需要帮助的公民。每个公民,也必须服从社会的文明美的制度与律法,遵守源于自由和美的制度律法,不能违背美的律法与自由原则。这就是说,在生活世界中,人人必须遵守美的法则生活,而美的法则,又是人人所追求的社会理想,只有这样,秩序良好的社会与美丽生存的社会才有可能形成。①

　　公平、正义、自由、平等的政治哲学理念,应该成为美学建构的基本思想依托;没有这样的政治哲学理想作为生活世界的基础,我们的生活世界就永难有美丽的生活。只有少数人享受的美丽生活,不是真正的审美理想与审美目的,相反,只有绝大多数人能够自由而美丽生活的社会,才是真正自由的美丽生活世界。美丽的生活世界,其实并非高不可求,也不是"桃花源式梦想"。美丽的生活世界,第一意味着有好的自然环境。如果每个人能生活在鲜花、绿草和林木之中,有山、有水、有美丽的草地,空气清新,人与自然友好相处,那么,我们就有了自由生活世界的基础,所以,

---

　　①　托克维尔:《论美国的民主》,董果良译,商务印书馆 1988 年版,第 548—570 页。

美丽的生活世界不是被污染的或肮脏的世界。第二,美丽的生活世界,应该是人们遵守美的生活法则的世界。美的法则,是讲究公共卫生、讲究清洁的法则,是讲究礼貌、和平相处的法则,是讲究秩序、保持安静的法则,是尊重人、尊重生命的法则。在公共生活中,如果每个人文明地遵守生活中的法则,那么,生活就充满了和谐与秩序。第三,美的生活世界,意味着浓厚的美的文化积累。在美的生活中,我们不仅要面对纯粹的自然,也要积极面对人类文明的历史性创造的成果,自然遗产与历史文化遗产,是人类共有的审美生活积淀。这就是说,不仅要有美丽的自然景观,而且需要文明的历史积淀;不仅要有美丽的古老建筑遗产,也要有美丽的宗教遗产和美丽的文学艺术遗产。第四,美的生活世界,意味着充满现代生命的活力。这是一个物质生活丰富、色彩斑斓的世界,现代生活的气息让人感到紧张,也让人感到放纵和满足,因为物质生活基础提供给人们无穷的可能性。人们能够在豪华或干净的车辆和房屋中活动,能够在饭店享受美食,能够在公共空间自由地享受音乐和舞蹈。美丽的生活世界,实际上就是自由的世界,违背美丽生活原则的世界,必定是不公道、不平等的世界,我们自然厌恶这样的世界。但是,在现实政治中却保留着这样的世界,而且,这个恐怖的世界,有时崇尚战争与暴力,崇拜霸权与压迫。美丽的世界与黑暗的世界是根本对立的,显然,我们需要的生活世界仅仅是美的生活世界。①

　　美的生活世界,并非仅靠物质力量或经济力量就可以完成,它还需要精神价值的支撑,也需要精神世界的自由建构;在美的生活世界背后,一定有一个深邃的精神生活世界。人生活在物质世界与精神世界的双重要求之中,"精神世界"就是要探索生命的自由与幸福,它要建立自由、民主、平等的生命信念,建立宗教的"实践—精神把握"的生命世界。精神生活世界的美丽与自由需要哲学与宗教、伦理与诗歌、艺术与生活的共同合作;精神世界不是固定不变的,它也需要现代人对生活理想与审美文化现

---

① 托克维尔:《论美国的民主》,董果良译,商务印书馆 1988 年版,第 470—471 页。

实的无穷探索。正因为如此,我们反对把美学仅当作专门的知识,事实上,美学知识的被动接受,只可能是僵死的观念史和范畴史,把美学思想抽象成几对范畴和几个命题,无益于"审美的心灵"。突破狭义美学的框架,而代之以人类审美精神的自由探索,这样,我们的泛美学的思考必然关涉众多的思想领域。这种思想关联性,不仅说明美学的广泛渗透性,而且也突出了美学的生命特性,只有把美学问题和伦理问题、宗教问题、思维问题和文化问题关联起来,才能把握生命的整体性,才能真正阐明人类文明的精神价值理想。

　　按照生命美学的价值阐释立场,人类审美精神的思考,实质上是从体验出发而获得对人生、自然、文化和自我的"诗性理解",这种体验的东西,必定是发自人内心的东西,也必然是来自情感意识的审美创造性冲动。因此,体验的东西有时极具丰富的启示力量,表达了人们对世界和生命的真正理解,能冲破理性的僵死结构,砸碎知识的牢固联系,建构起情感与世界中生命协调的精神网络。它让我们在感悟中生存,在想象和体验中证明自我,在沉思冥想中把握人生的全部意义。这种诗性的东西,给美学带来新鲜的刺激。当人思考宗教、道德、文化、哲学时,就会获得神性的感动,心境和思绪会敞开大门;同时,在这种诗性体验中,又可以领悟到宗教的神秘、道德的尊严、文化的灵性、哲学的抽象和超越。这就是说,人类审美文化精神的思考,需要人们把目光投向哲学、文化、宗教、道德等多重领域,借此来丰富美学的内涵与深度,这是人文科学发展的内在逻辑要求。从身心和谐意义上说,人类审美精神的思考关联着心灵哲学,对心灵哲学知之甚少,是不可能真正理解美学的。"心灵哲学"是关于心灵的哲学探讨,古希腊哲学家柏拉图就是这样的哲学大师。通常,在探讨柏拉图美学时,大多数人只考虑《大希庇阿斯篇》,其实,不理解柏拉图的心灵哲学,就无法真正洞悉柏拉图的美学思想。柏拉图的美学与他的心灵哲学,尤其是关于回忆、迷狂、模仿和爱的探讨联系在一起,心灵哲学不只是关于人心,它也关系到灵魂、宇宙和谐、创造力、天地运行等十分复杂的问题,这种思想关联使柏拉图的哲学不至于流于表面,而是植根于深度的精神文化结构中。① 从审美文化比较意义上说,先秦时期庄子的心灵哲学,也很能说明问题。庄子所建构的生命本体论,十分重视体验问题,其中,"庖丁解牛"中的"庖丁"论道,事实上就是心灵哲学和生命哲学。只有领悟到生命的真谛,才能实现真正的自由,因此,《秋水》篇中极富创见的发现"天地有大美而不言",它必然出自深度的内心体验。与此同时,《逍遥游》中的主体性自由,审美主体想象中所表现出的审美气魄和风姿神韵,也是心灵自由的审美表达,故而,精神之"游"成了自由与美的象征。其实,庄子很少确证自然与生命的诗性审美价值,事实上也没有关于美的定义,但是,由于他的心灵哲学和生命哲学处处都关涉许多美学问题,因而,许多人才认识到"庄子的哲学即美学"。② 这种心灵哲学和生命哲学,既有对心灵本身的真正探讨,又有对存在本身的深刻把握。例如,笛卡尔的"我思"问题,休谟的"怀疑"与"不可知",康德的"知性与想象力"之和谐,胡塞尔的"体验流"与"意向性",这些哲学理论无不涉及心灵的本源问题,因而,它实际上成了美学探讨和思考的基础。正因为人们把心灵哲学和生命哲学与美学问题关联起来,审美意识问题才有了出色的证明。这在中国哲学中得到了高度重视,例如,心与道,情与物,神与游,境与心,都很重视心灵问题。只要涉及心灵问题,哲学就无法逃避心灵的复杂性,而对心灵问题的探讨,恰好打开了美学的大门。因此,人类审美精神的思考离不开对纯粹心灵哲学和生命哲学的探究。

从生生之德或德性生活价值提升的意义上说,人类审美精神的思考,必然关联道德问题。道德问题与人类审美精神的思考,使人对世界充满了信心,在美德伦理和诗性伦理中,人们对生活丰富性的体验直接包含美学精神,因为在思想者看来,处处有良知,处处有仁义,这就是"诗性的世界"。古代哲学家非常强调与审美相感的道德境界,特别是"尧舜气象"和

---

① 泰勒:《柏拉图:生平及其著作》,谢随知等译,山东人民出版社 1991 年版,第 251—335 页。

② 李泽厚:《李泽厚十年集》第 1 卷,安徽文艺出版社 1994 年版,第 282—319 页。

"孔颜乐处"，历来为中国士人所称道，正如牟宗三所言："然每一圣证，虽可相视而笑，或喟然而叹，以相喻解，然而内在于各圣证之本身说，皆是一绝对之圆满，而圣人皆是无对者，永远自我作主者。即使圣人忘我，无人相，无我相，然亦永远是浑一无对，法体自尔，而此即是超然之大主。""圣人气象同天地。天地无对，决不会有一个跳出天地而外于天地之天地。"①从中国哲学对美学的把握中可以看出，中国哲学的体验精神与道德追求，本身就是哲学与美学相统一的思维。基于此，汤一介曾"借"田缅尼卡关于中国文化的论述来探讨哲学文化问题，事实上就是泛美学的思考。他说："崇尚自然，可以解释为，在中国文化中把自我看成是一和谐的整体，这说明它有追求自然和谐的观点。体证生生，可以解释为，在中国文化中，把人和自然看成是和谐的；德性实践，可以解释为，在中国文化中认为人与人之间应该是和谐的。"②这样的思考就是人类审美精神的自由表现。先秦伦理学和宋明理学，有关道德实践的看法，都可以做人类审美文化精神的理解。例如，孔子的仁与礼，孟子的义与勇，荀子的去蔽与化性去伪，朱子的德性之知与持敬之知，阳明的致良知与本体功夫，都是从生命整体出发，把美善关联在一起。

从精神生命的神性沉思中，从神圣生命的诗性价值出发，人类审美精神的思考也关涉宗教问题。宗教是关于神和信仰、灵魂与轮回的学说，这些问题都涉及神秘的内心世界，甚至涉及神话思维的问题。因此，关于宗教之思考，可以深化对美学的理解。从佛教禅思与生命哲学的比较关联中，阿部正雄指出："按照非人类中心主义观点，轮回在时间和空间上都是无穷无限的。这一无穷无限之界就是'生界'，正如'众生'一词所表示的，人和其他众生在此界内不分彼此。这意味着对人的本质拯救，佛教并没有给予人以特殊的和超越于其他众生的地位。""佛教，在这一点上与基督教迥然不同。如《创世纪》故事表明的，基督教指定人负起统治其他一切

---

① 牟宗三：《牟宗三集》，黄克剑编，群言出版社1992年版，第291页。
② 汤一介：《儒道释与内在超越问题》，江西人民出版社1991年版，第3—23页。

创造物的任务,并把这归诸只有人才具有的上帝形象,通过它人才能不像其他创造物而直接响应神谕。这里,可以看到基督教里在创造物中间的人类中心主义。"①虽然基督教和佛教都首先关切人的拯救,但是,它们关于拯救的基础是不同的:在基督教中是个人性的,在佛教中则是宇宙性的。前者,人与上帝的个人联系是轴向的,以宇宙为圆周;后者,个人的痛苦及解脱在非个人性的、无限的、宇宙论范围中,甚至连神人关系,也包含在其中。佛教的立场表明,如果人自己能解脱生灭而证悟,那么,一切众生也以同样的方式解脱生灭而证悟,这是由于人和其他生物共具的生灭本身完全被克服,真正的实在完全被揭示。一旦所有人实现了自身的可能性,即佛性,一切众生也就得到了佛性。据佛教的传说,释迦牟尼悟道时激动地说:"奇哉,奇哉,何意一切众生,同具如来智慧德性。"这种对存在的体悟,对生命的领略,因其心灵的神圣化而具有泛美学意义。严格说来,宗教哲学和心理学关于神秘体验问题的说明,以及关于圣境、关于神性的说明,皆使宗教问题本身有了美学意味,也使生命问题扩散并贯通到一切精神科学之中。

　　审美与自由相关,更与生命创造密不可分,它追踪文明的脚步,聆听文明的自由心声,故而,从文明历史意义上说,人类审美精神美学思考,也关涉文化价值和文化理想。历史、艺术、工业、语言乃至一切创造物,都可以纳入文化问题之中,尤其是民间文化,在文化学中处于特殊地位。文化问题,事实上就是人类精神文明的本质问题。维柯、谢林、卡西尔、马林诺夫斯基、弗雷泽、泰勒等在这一问题上相当有发言权,他们的解释对美学也很有启发性,事实上,在现当代美学探索中,不少思想者自觉地从这一角度进行美学思考。许多学者也注意从这一角度研究美学问题,正如卡西尔所言:"所谓的自然,是隐含在奇妙神秘文字后面的一首诗。我们若能破译这个谜,就会从中认出人类精神的奥秘,它在惊人的迷幻中追寻自己时逃离了它自身。"他还就语言、符号问题进行讨论,并指出:"神话是不

---

① 　阿部正雄:《禅与西方思想》,王雷泉等译,上海译文出版社 1989 年版,第 239—259 页。

可避免的,它是语言的内在必然性。如果我们把语言认作思想的外部形式的话,神话就是语言投在思想上的阴影。只要词语与思想没有充分相符合,这阴影将永不消失。从最高的词意上说,神话是在文化活动的每一可能领域中使语言对思想施加作用的力量。"①文化追溯,就是进入日常生活的精神世界之中,就是对古老又恒定的宗教信仰与道德信仰等精神现象的描述,也是对原始的实证的文化材料的沉思,因而,文化学提供了美学的历史背景、精神和文化维度的依据,它给美学带来了生机与活力,尤其是关于艺术和文学的思索,给予美学最亲切的关照。人类审美精神的思考,关涉十分复杂的心灵问题、生命问题和语言符号问题,它给予心灵思考最大的文化空间和历史空间。随着精神空间的扩大,人们对美学的领悟,也就会变得深邃,这种泛美学思想所具有的后现代意义,在人们对未来还缺乏信心时尤其具有启示意义。一旦人们自觉地从这些古老的心灵哲学和神秘思想中吸收一些养分,就有益于拓展新的精神空间。人类审美精神是思想的自由延伸,是生命问题的整体把握和诗意沉思,而且,人类审美文化精神之间具有广泛的联系,从存在与思想的精神考察中,可以显出美学思想发展的生机与活力。

3. 审美艺术创造与生命体验的自由

艺术在美的生活与美的世界建构过程中,发挥着重要的作用;从文明生活自由的意义上说,没有艺术的世界,是无聊的世界,因为只有艺术才能使我们的世界充满情感与思想、欢乐与美丽。艺术世界维系着生活世界,同时,又让我们在自由的艺术中重温生活世界,发掘我们所不知道的生活世界的意义,从而在美的自由生成与美的启示意义上,为我们重新理解生活世界提供了诗性想象的基础。不同的艺术带给人的快乐与幸福体验是不同的,所以,我们需要多种多样的美丽的艺术:音乐的艺术、舞蹈的艺术、诗歌的艺术、戏剧的艺术、电影的艺术、建筑的艺术、绘画的艺术,一

---

① 　卡西尔:《神话思维》,黄龙保等译,中国社会科学出版社 1992 年版,第 10—20 页。

切的艺术使我们的世界充满自由的光芒,这也显示了人对美丽生活的追求。真正的美的世界,并不过分追求物欲享受,而是更追求艺术享受,因为艺术享受是自由世界的重要法则。在我们的世界中,人们如此追求物欲的享受,是因为我们太贫穷,或者说贫穷得太久了,等到我们能够真正解决饥饿与贫困的问题,我们就会有"美的向往",就会追求真正的美的艺术的创造。我们的现代艺术还是过分追求金钱的荣耀,其实,艺术的自由精神与自由形象才是最重要的,显然,我们的许多艺术家都没有承担这个责任。如何创造美的艺术? 如何创造美的世界? 这才是我们文艺美学要思考的根本问题。"美在生命",我们应把美学看作是一门关于生命自由的学问,把美学从狭义美学中解放出来,其目的也是为了拓展美学的思维空间,使美学更具有生命启示性。富于生命启示性的美学,才是真正的美学,这种美学的创造并不容易,它不是学院式玄思所能创造的,与一切文字考古和文献编辑无关,它只能来自心灵深处的生命感受和体验,来自人的智慧,来自人的证悟和理解,来自不屈不挠的创新意志。在现代中国美学发展过程中,不少美学家从诗思入手,把德国生命哲学与中国生命哲学融贯在文艺美学的领悟中,提出了许多具有创新性的美学思想。①

　　从这种生命启示性出发,美学思想空间就显得博大而神奇,因为我们不仅可以把泰戈尔的《生命的亲证》看作这样的"诗意范本",还可以把但丁的《神曲》、莎士比亚的"诗剧"和歌德的《浮士德》看作这样的"诗意范本",甚至可以把《古兰经》《圣经》《奥义书》《道德经》《南华真经》看作这样的"诗意范本"。更具体地说,我们不仅可以把米开朗琪罗、凡·高的画,也可以把罗丹、摩尔的雕塑,毕加索、马蒂斯的绘画和雕塑,莫扎特和贝多芬的音乐看作人类审美精神自由表达的范本。诗歌、小说、剧诗、音乐、绘画、雕塑,乃至建筑学、哲学、伦理学、心理学、文化学、诗学等,皆可以视作这样的泛美学领域,只要思想本身具有生命启示性,它就具有一定的美学价值。这是艺术的美丽世界,它源于生活世界的想象,提升了生活世界的

---

①　宗白华:《艺境》,北京大学出版社 1987 年版,第 235—272 页。

价值。人类文明的历史与美的创造的历史就在于积累了无限丰富的艺术文明遗产,这些美丽的文明遗产与自然美丽世界日月同辉。

人类审美精神的生命启示性在于:它总是表达美与爱,因为美使生命充满自由的力量,爱使人对一切充满喜和欢乐。正如泰戈尔所言,在自然界中,蜜蜂只知道色与香以及显示出花蜜的踪迹的标记或地点,对于人的内心来说,美与喜是不受需求限制的,它给心灵带来了"用五彩墨水写的情书"。因此,"我告诉你,我们的行为本性在外表上无论多么繁忙,在她的内心却有个密室,在那里她来去自由,不受任何企图的牵制,所以,她工作室内的火焰,成为节日宴会上的灯光,工厂中的噪音听起来如同音乐。在大自然中,外界的因果链条发出沉重的声音,而在人类的内心,它的纯净的欢乐似乎正在回响,犹如坚强优美的弦玉"。泰戈尔基于印度传统生命哲学观念的诗意表达,就是对美与自由精神的最深刻而独特的领悟。事实上,印度人的生命观就是自然主义观念,就是博大的天人和谐的宗教精神与美学精神的体现。在《奥义书》中,古典诗人早就领悟到:"万物从喜生,依喜而养育,由喜而前进,最终归入喜。"在无数的礼物中,"爱"自然地奉献自己,如果通过这些礼物,我们没有得到奉献者所给予的爱,那么,这些礼物就失去了它们最充分的意义。"美是我们内心对无限者的追求,它不可能有其他目的,美告诉我们:无论在什么地方炫耀权力都不是创造的本意,无论哪里有一点色彩,一节歌声,有一点优美的形式,哪里就会对我们发出爱的呼唤。"①这是怎样富于诗思的美学思想表达!

人类审美精神的生命启示性,也有助于存在的诗思,在这一点上,海德格尔的诗思为现代美学解释者树立了光辉典范。列维纳斯是这样概括海德格尔的后期思想的:"重新找到世界。这就是,重新找到那以隐义方式在某地方展开的童年时代;向伟大风景的光辉,向自然的魅力,向群山的宽广的屹立而敞开;是一条在田野曲折穿过的路与桥所完成的统一,桥把一条河的两岸彼此联系起来。对建筑物的建筑风格,对一棵树的在场,

---

① 泰戈尔:《人生的亲证》,宫静译,商务印书馆1992年版,第66页。

对森林中光的作用,对诸事物的秘密,对一个壶,对一位农妇用坏的鞋,对在白桌布上的酒壶的光彩,都有感受。"这种概括比较准确地反映了海德格尔哲学诗思中的无所不在的体验意向。海德格尔的哲学话语成了他诗思体验的精神表征,因为在海德格尔看来,实物的存在本身,从这些特有的经验背后显露,只要存在将自身绽放,把自身信托给人保护,那么,人作为存在的牧人,就能从这种存在中得到自己生存的真理。看来似乎只是自然的附加物的一切东西,早已在世界的光辉中发出光芒。艺术品使这种先于人的光辉发出光彩,神话在自然中表达出来,自然被移植到本原的语言中,后者通过它的呼唤才建立"超人的语言",所以,从艺术与自然的关系中可以发现:面对自然,人应该学习。"他必须学会倾听、理解、答复,但是,这种语言的理解和答复,并不在于去探讨被发展成一个认识论的价值形态的那些逻辑思想,而在于诗意之居住,在于 Dasein,在于扎根。"①关于存在的体验,海德格尔将此发挥到了极致,因此,他的哲学在当代极受美学家重视。"存在",确实需要诗意地思,但这思不是幻想,应是展望、关怀与理解,当然,存在之思,也流露出对命运的喟叹和生存的焦虑,事实上,主体的存在体验,已经展示了人的历史处境和现实处境,并对未来充满怀疑和忧虑。

人类审美精神的生命启示性,更在于对自然生命的神性进行想象性解释,相对而言,浪漫主义与现代主义的重要分界线,就在于对神性和神恩的理解。在《荒原》中,艾略特发现,存在与生活已无"神恩"可言,而在英国浪漫主义诗人的诗篇中,"神恩和神性"依然伴随天使的飞翔而降临,那是至深的幸福。伊斯兰教十分强调神性和神恩,在《古兰经》的词句中,有许多体现神性庄严的启示语。在印度的宗教中也如此,泰戈尔自觉接受《奥义书》的启示,在他的诗歌创作与美学思考中,处处体现了这样感激自然生命的美学情感和热爱生命自由的主体性意向。例如,《奥义书》上说:"人如果在一生中能亲证至高神,他就是真实的。如果不能,对他来说

---

① 宋祖良:《拯救地球与人类未来》,中国社会科学出版社 1993 年版,第 118 页。

就是最大的灾难。"存在于宇宙中的任何东西都能被至高神所包容,任何享受都是至高神的赐予,在你的思想中,不要怀有贪图他人之财的心念,故而,在印度人的心目中,美和真理,与这种宗教意义上的神圣密不可分。在吸收古典诗人的诗性智慧的基础上,泰戈尔指出,"当你领悟到任何存在都被神所充满,你的任何财产都是神的礼物时,你就在有限中亲证了无限,在赠品中领悟了赐予者"。对于诗人来说,这种对伟大自然的感恩,是他创作的巨大精神动力,我们不能忽视这种美学思考本身的生命价值和意义。正如泰戈尔在一首诗中所描述的那样:"我感到仿佛自我出生以来,就一直凝视着你那美丽的面容,但我的眼睛仍是饥渴的。我感到仿佛把你紧抱在我的怀中已有几万年,但我的心仍不能满足。"对于具有宗教意向的诗人而言,他的美学深深扎根于这种宗教文化精神的探索之中,在他看来,人不能绝对地拥有无限的存在,它必须被体验,而且,这种体验是"无上之喜"。

　　人类审美精神的生命启示性,也自我解放的策略。在西方,马克思提供了自我解放的策略,尼采提供了自我解放的策略,弗洛伊德也提供了自我解放的策略;在中国,孔子和庄子提供了这种自我解放的策略,陆九渊与王阳明也提供了这种自我解放的策略。生命活动、生命方式、生命目的,是困惑人生的精神难题。人的一切现实行为,往往是为了精神的自我安顿,简单的吃饱穿暖,无法满足人复杂的精神需要,因此,"审美"往往成了人类自我解放的心灵途径,审美的自我解放策略本身,就是给予人以启示。自我解放与自我享受是完全能统一的,人类审美精神的生命启示性就在于生命的超越性,只有具备大智大勇,才能超越俗世的生命需要;生命的超越是精神的超越,是人的最高精神境界。儒家、道家所提倡的真人、神人、圣人,就是这种超越性的象征,没有这种超越性,就无法理解生命本身的价值。[①] 美学问题不只是知识问题,也不只是关于艺术品的现象学分析,或关于艺术目的论和文明目的论的思索,而是关于生命的学

---

① 徐复观:《中国艺术精神》,春风文艺出版社 1987 年版,第 87 页。

问。在美学思考中,我们必须学会理解生命的价值,生命的存在意义以及生命的超越意识。

举凡这一切,狭义的美学或经院美学,都无法真正解决,只有促进人类审美精神与人文主义精神的统一,现代主义美学才会具有新的生机与活力,才会成为未来的伦理学和未来的文化人类学,才会真正成为"存在的诗学"和"生命的诗学"。这种审美精神和泛美学倾向,体现了美学的根本宗旨,而这种精神意向是反体系的。如果说这样的美学思想也有价值形态可言,那么,这样的价值形态超越了美学的思想探索,是一种人类精神现象学和返回思想本身的创造性智慧。只有从这种反体系或无体系的审美精神中去领悟,才能把握生命美学和人类学美学的真谛。根据这种美学取向与美学解释方法,我们应该重新理解自然美与艺术美在文明生活世界的重要价值,因为在古典和现代的审美观念中,自然美和艺术美没有得到真正的理解,人们甚至为了加强艺术美在文明生活中的重要地位,有意排斥自然美,并且认为自然美是审美活动中的低级认知形态,体现不了人的主体性自由精神。自然美与艺术美的关系果真如此吗?显然,这需要进行新的解释,严格说来,"美的形态"可以分成"自然美"与"艺术美"两种,自然美是造化的佳作,艺术美则是人的创作的结果。自然美的广大无边和自然天成,确实要高于艺术美,而且永远是艺术美创造的生命源泉。但是,自然美不可能代替艺术美,艺术美永远具有自身的独立审美价值,而且更容易受到人的保护。因为艺术美出于人自身,它具有民族属性和文化属性。自然美永远保持自身的纯粹性,只要人不去破坏它,自然美就永远能对人产生启示;自然美在纯粹自然意义上说,是无限的,而艺术美则受到各种因素的制约,不如自然美那样永恒。但是,只要人存在,艺术美就会永远产生新鲜的内容。倒是自然美,它只能顺从四季的变化,永远重复它那独特而永恒的美。自然美虽有四季的变化,但它不像艺术美那样可以永远更新变化。从根本上说,自然美与艺术美又具有共同性,即从不同意义上表现了生命的力量、生命的价值。故而艺术美与自然美从根本意义上说都能给予人特别的生命启示。只要有生命的地方,就有自由的要求；只要有自由的地方，就有美的呈现，这就是自然与艺术的伟大本质。所以，审美从根本上说，就在于揭示这一伟大秘密。①

4. 活泼泼的艺术生命秘密与审美想象

在探讨现代文艺美学的价值意向时，我们应该特别关注文艺美学返回艺术自身的趋向，"文艺美学"不是纯粹抽象的诗思，而是对活生生的伟大艺术作品的自由理解。"艺术体验"并不是对每个人都自由的，它在很大程度上取决于人的文化教养程度。人可以顺从本能的召唤直面艺术，也可以顺从个人的喜好选择艺术，越是通俗的艺术，越不需要文化教养，它只要回应生命本能的召唤，和对生命意志的激发；越是高雅的艺术，越需要高度的文化教养，越需要自由而闲适的文化心境。民族的艺术，既需要通俗的艺术把每个人的生命意志激活，也需要高雅的艺术把生命带往美丽之地。文艺美学解释，最终不是为了远离活生生的艺术，而是为了通过对活生生的艺术的解释和反思，提升艺术的水平，深化艺术的意义，不过，从学科意义上说，我们常常在艺术的美学反思中，进入纯粹的思想世界，而与活生生的艺术分离。这是我们必须正视的危险的信号，因为思想一旦与活生生的艺术分离，就可能走上枯萎的道路，因而，艺术美学的分析，永远要与"活着的艺术"紧密关联。其实，海德格尔已经给我们提供了榜样，在《艺术作品的本源》和《荷尔德林诗的阐释》中，他充分意识到："存在的真理"始终与活生生的艺术紧密相连。他不仅始终在体验活着的艺术，而且通过存在之思把我们带到活的艺术的深处，应该说，这是文艺美学的重要思想目标。

作为自由的思想者，就是要最大限度地探索艺术、理解艺术，让艺术的自由之花在生命深处开放。艺术的理解，对于人的理智来说，往往希望通过理解生命存在的意义而认知艺术的价值，因为艺术的价值就在于：艺术的美对于生活世界具有重要的意义。美的艺术与美的诗歌，让我们的

---

① 　徐复观：《中国艺术精神》，春风文艺出版社 1987 年版，第 197 页。

生活充满了快乐。笔者一直在思考这样一个问题,就是"诗意"概念能否作为一个美感范畴。事实上,人们在理解"诗意"这个词时,就是把它当作美来理解。"诗意",就是诗的意蕴,诗的意趣,诗的特性。虽然诗歌是多种多样的,有美丽的诗歌,有丑陋的诗歌,但是,诗歌的本质意义,按照美学的理解,应该是自由美丽的。"诗歌",可以想象美丽自由的世界,可以超越现实生活而进入理想世界,它可以营造自然的诗境,让人们与神灵相伴,它可以让人们在美丽无限的生命世界中想象,它可以构造自由美丽的爱情,也可以构造伟大的神话生命自由形象。总之,诗意化的人生或诗意化的世界,就是能够让人们战胜现实超越现实的自由生命之思。"诗意"源自于诗,那么,诗是什么? 自然,诗要面对现实,但诗主要不是为了歌颂现实。从诗的意义上说,"诗意"就是要关注自然的神秘和神圣,对于诗人来说,万物的运动,不只是自然生命的现象,而且是神圣生命的现象,在万物之上皆有神圣的美,是神使自然事物具有美的力量,诗人由此可以构造富有神恩的美丽世界。[①] 从神话出发去想象自然和生活,与此同时,创造自然而美丽的诗境,在这个诗境中,人过着与自然和睦相处的生活,一切优雅而宁静,人与兽语,更与人欢,唯有欢乐和自由,颂歌与舞蹈,没有现实的严酷与痛苦,这就是诗意,也是诗人关于生命的自由诗思。诗意的生活,不是现实的生活,而是理想的生活,它召唤生命的自由。

作为美的解释者与创造者,就要善于发现诗意,理解诗意,提升诗性生活的意义,在这一点上,海德格尔给予我们许多重要而美丽的启示,例如,在《艺术作品的本源》中,海德格尔提醒我们思考:凡·高的《农靴》为何具有生命的美的力量? 作者如何创造了这一作品,这一作品有何美的价值,如何欣赏这一美的艺术,这一美的艺术与我们的存在有怎样的关系? 针对具体的艺术,海德格尔指出:"作品回归之处,作品在这种自身回归中出现的东西,我们曾称之为'大地'。大地是涌现着—庇护着的东西。大地是无所迫促的无碍无滞、不屈不挠的东西。立于大地之上并在大地

---

① 　默里斯:《海德格尔诗学》,冯尚译,上海译文出版社 2005 年版,第 77—102 页。

之中,历史性的人类建立了他们在世界之中的栖居。由于建立了一个世界,作品制造大地。在这里,我们应该在这个词的严格意义上来思考制造。"在此,海德格尔没有把诗意与自由联系在一起,而是把诗意与大地的意义,把诗意与生存联系在一起。"大地上的万物,亦即大地整体本身,汇聚于万籁共鸣之中,但这种汇聚并非消逝。在这里流动的是自身持守的河流,这河流界线的设置,把每个在场者都限制在其在场中。因此,在任何一个自行锁闭的物中,有着相同的自不相识(Sich-nicht-Kennen)。大地的本质是自行锁闭。制造大地,就是把作为自行锁闭者的大地带入敞开领域之中。"存在的诗思,与诗的存在之思,在海德格尔的解释中完全敞开。"这种对大地的制造,由作品来完成,因为作品把自身置回到大地之中,但大地的自行锁闭并非单一的、僵化的遮盖,而是自行展开其质朴的方式与形态的无限丰富性中。虽然雕塑家使用石头的方式,仿佛与泥瓦匠与石头打交道并无二致,但雕塑家并不消耗石头,除非出现败作时,才可以在某种程度上说他消耗了石头。虽然画家也使用颜料,但他的使用并不是消耗颜料,倒是使颜色得以闪耀发光。虽然诗人也使用词语,但不像通常讲话和书写的人们那样必须消耗词语,倒不如说,词语经由诗人的使用,才成为并保持为词语。"①海德格尔对诗的理解,未必符合诗人的原意,但是,他的这些诗意之思极有意义,只要思想家与艺术同在,存在的诗思就是必然发生的思想与情感。存在者或审美者要与活生生的艺术共在,但又不是描绘艺术形象自身;不是简单地重复,也不是简单地谈论自己的感受或反映,而是要进行诗思。美的理解,就是要将艺术中包含的诗性之思,将艺术中不能呈现或未能呈现的思想揭示出来,赋予作品以深刻的思想文化内涵,让接受者获得美的启示与感动,这就是审美活动本身的目的。

　　面对诗思,沉入诗思,荷尔德林的诗歌得到了充分的理解,诗与诗意,存在与诗思,水乳交融,和谐统一,所以,作为对荷尔德林诗歌的存在论解释,《荷尔德林诗的阐释》显示了海德格尔对诗歌、存在、本源、真理和美的

---

① 海德格尔:《林中路》,孙周兴译,上海译文出版社1997年版,第31页。

独特理解,是海德格尔所提供的最生动的文艺美学解释范本:它不仅呈现了文艺美学的原初之思,而且,将文艺美学的本源性存在追求及其诗意领悟的可能给我们展示了出来。海德格尔的解释主题,依然是自然、大地、天空、神圣、希腊、家园、庆典、感恩、存在,但他处处立足于诗歌本身,我们从荷尔德林的诗歌领悟出发,就能与活生生的诗歌保持最紧密的联系。他的诗歌解释性文本,其内在的灵魂,是解释者的思想,而文本的解释学结构,则是荷尔德林的诗句。这就是说,他用荷尔德林的原始诗句,构造了解释文本的诗性结构,而这一诗性解释结构,又服务于诗人的内在思想追求。与其说海德格尔在解释荷尔德林诗歌,不如说他在赋予荷尔德林诗歌以存在意义。他对荷尔德林诗歌的解释是有选择的,他是从自由选择出发,把存在之思与美的诗意联系在一起,与此同时,海德格尔根据自己的领悟,将荷尔德林诗歌与荷尔德林书信、散文的关键陈述联系起来,从表面上看,这是诗歌批评解释的历史求证,实际上却是对诗人思想的海德格尔式理解。必须承认,这种与诗歌本身建立活生生联系的解释方式,确实显示了与艺术的紧密联系,显示了艺术解释的合法性与必要性。①

诗意之思是诗歌的本质,只有真正的诗人才能真正理解诗歌的意义,普通接受者不能如此理解荷尔德林的诗歌。可以说,荷尔德林的诗歌通过海德格尔的解释而具有了特别的意义,例如,就荷尔德林的诗歌《希腊》,海德格尔特别谈到"荷尔德林的大地与天空"。他说:"荷尔德林向我们道出了个中情形。我们想倾听之,我们试图通过一首诗的草稿的沉思来倾听,这首诗题为《希腊》。可是,我们人作为终有一死者,只有当我们从自身而来对那个想对我们允许自己的东西先行道说之际,我们才能够倾听。这个被先行道说的东西,并不需要超过那个被允诺的东西,但是必须迎合后者。因此,我们坚持一点,就是要从那个在当前世界时代里与我们相关涉的东西出发来倾听这首诗。恰恰在这个时候,诗人本身在得到了清晰的分辨之后,从其本己而来向我们说话。"从这里可以看到诗与思

---

① 默里斯:《海德格尔诗学》,冯尚译,上海译文出版社 2005 年版,第 92—93 页。

之间亲密的联系，"摆在我们眼前的是《希腊》一诗的草稿，它是荷尔德林后期创作的，当时荷尔德林的漫游已经归于宁静，已经进入西方亦即傍晚之国的本己特性中了。但这时候，荷尔德林本人称之为'早晨之国'的'希腊'又如何呢？如果说，荷尔德林比从前更迫切地不管多晚还在呼唤着希腊，那么，他必定最终已经达到一种最极端地对希腊的爱慕了"①。这些诗性解释并不像某些批评家所阐释的那样，是语言的沉沦，是思想的梦呓。实质上，这是"诗与思"在文明深处和存在本源处的亲切歌吟与亲在聆听。从海德格尔的文艺美学实践中可以看出，艺术的自由美学之思，在生活世界的自由精神建构过程中具有十分关键的作用。应该指出，文艺美学不应是抽象无能的话语程式，而应该是富有思想冲击力的诗思，它必须能让人们在艺术中获得思想燃烧或思想暖流的感觉。如果艺术作品总是让人昏昏入睡，那么，人会绝望窒息。文艺美学应永葆生命的青春活力，这是一个奇妙的世界，让人自由沉醉的世界，生命可以在自由体验中享受无穷的欢乐。文艺美学对艺术的活生生的理解，既有其无限自由的敞开之域，又有其不可克服的思想局限，这就是说，文艺美学对艺术的活生生的理解并不容易。不好的艺术作品，我们自然不能很好地理解并说出它的精妙幽微，但是，好的艺术作品，我们也不能轻易说出它的优美精妙之处，如果要想真正说出其中的诗情奥妙，就需要文艺美学的训练，同时，更需要解释主体真正能够自由地体验生命和艺术的关系，体验自然与人生的关系，体验文明与心灵的关系，而这显然是开放的、无限的。②"文艺美学"必须能够有效地解释艺术作品，有效地发掘文艺作品的审美内容与审美价值，只要解释提供了关于文学艺术的自由思想与体验的文本，解释本身就获得了最大的文艺美学的探索价值。

---

① 海德格尔：《荷尔德林诗的阐释》，孙周兴译，商务印书馆 2000 年版，第 191 页。
② 吴宓：《吴宓集》，徐葆耕编，上海文艺出版社 1998 年版，第 297 页。

第二章 中国文艺美学的解释学实践

第一节 生生之德：新儒家与美学的对话

1. 儒家美学的主导地位与新儒家美学兴起

中国文艺美学的兴起，从艺术形态意义上说，起于歌，兴于诗，形于画，动于乐，立于青铜器与古建筑；从哲学形态意义上说，起于《周易》，历经《尚书》《道德经》《论语》《孟子》《庄子》等，最终形成独具特色的儒家美学和道家美学。这两种美学形态交相辉映，构成独特的审美精神，可以通过"生生之德"加以普遍表达。在理解了中国文艺美学的美感艺术形态之后，自然要深入理解原始儒家和道家的美学思想。要真正详尽地解释原始儒家和原始道家的美学思想，显然不是本书的任务，笔者更希望选择一个特殊视角考察原始儒家和道家的思想，我们可以把目光转向现代新儒家的美学思想。新儒家美学，不是单纯的原始儒家思想的现代转化，而是融入了原始儒家和道家思想，综合了东方与西方思想的现代生命价值观念，是从道德理性与生命价值入手去探究现代人的精神生活自由的哲学派别。从新儒家美学出发，我们不仅能对中国古典美学，而且能对中国现代美学形式有基本的把握。从思想史的意义上说，探讨新儒家与原始儒家、原始道家的关系以及新儒家与佛家的关系，进而探讨新儒家与西方生命哲学和现象学存在论哲学的关系，我们以此作为考察"新儒家美学"的基本出发点。"新儒家"（Neo-Confucian）这一概念，在中国哲学史上有两层意义：一是指宋明理学，即朱陆所代表的不同儒学思想；[①]二是指五四以来现代中国思想中扎根于原始儒学和宋明理学的新理论派别，人们习惯于以熊十力、梁漱溟、冯友兰、牟宗三等为其代表。为了标明这种区别，有时人们直接用"现代新儒家"这一概念以相别于宋明理学意义上的新儒家。由于新儒家在探讨哲学问题和伦理问题时，总要涉及美学问题，故而"新儒家"论诗与美的一些基本看法，从美学思想史视野来看，也不妨称之为"现代新儒家美学"。应该说，它在现代中国文化史上得到了很好的发展。事实上，现代新儒家美学如果没有受到意识形态的巨大冲击，那么很有可能成为现代中国的主流价值体系，因为它在保存儒家思想合理性的同时，对西方古典哲学思想和现代理性主义思想进行了很好的综合。新儒家美学的核心价值在于：它强化了儒家的生命哲学观念，那种与天同一的生命哲学崇拜，极大地张扬人性生命中的正面价值力量，也使个人的主体性创造的尊严在文化与社会生活中得到了很好的维护；与此同时，它们的诗性浪漫观念与礼乐和谐观念，使个体生命处于诗性自由的想象与体验之中，能够极大地张扬生命的主体性和创造性。从比较意义或文化综合意义上说，新儒家美学是充满力量与价值的现代浪漫美学。[②]

　　新儒家美学带有鲜明的文化综合与文化比较意识，例如，古今思想综合、中德思想综合、中印思想综合等。从方法上说，这种比较与综合的立场，已成为中国现代文化建设的重要选择。我们既不能完全西化，又不可能完全保持古典，那么，以古典思想为中心价值原则，融合西方的自由美学思想，就成了新儒家的正确选择。比较的目的决不应停留在平行比较、历史分析和现代综合上。"比较"就是为了在历史文化的深处寻求智慧的启示，也是为了坚定民族诗学与美学话语立场，发掘民族诗学与美学的深义，并且融合其他民族诗学与美学的智慧来丰富本民族的诗学与美学创造。新儒家美学的根本价值在于：以生命为本，以诗性为本，以中国传统

---

①　张君劢：《新儒家思想史》，中国人民大学出版社 2009 年版，第 11—12 页。

②　王月清：《东方诗哲方东美论著辑要》，南京大学出版社 2009 年版，第 3—5 页。

的儒道哲学的思想精髓为本,强调道德与理性的意义,强调生命的自由与和谐。就思想渊源而言,他们强调原始儒家思想,特别是孔子学说中的仁爱精神和孟子学说中的狂儒精神,也强调原始儒家思想与希腊思想中的自由精神、德国思想的浪漫精神之间的内在联系;就传统价值观念的重新阐释而言,他们尤其注重易学精神对生生之德和生命变易精神的影响,与此同时,他们综合儒家道德论和道家道德论的合理因素,使中国古代道德论与生命论在审美自由想象和体验中,得到包容与发展。甚至可以说,传统道德论的不利因素,在中国生命审美自由论中得到了奇妙的化解。新儒家的美学,不仅体现了中国传统文化精神,包容着中国传统审美道德思想智慧,而且在世界视野中既具有与西方生命美学相通的一面,又能弥补他们把审美与道德分离的局面。基于此,新儒家美学具有特别的思想意义。

更为重要的是:从新儒家的美学思想出发,我们能够真正理解生命概念在美学中的意义。显然,很有必要认真地探讨一下中西生命美学价值形态。"生命"这一概念,在中国古典哲学中是最核心、最基本的概念,中国文艺美学尤其重视这一问题。① 在西方文艺美学中,生命概念也有其悠久的历史渊源,然而随着现代语言哲学的兴起,"生命概念"受到不同程度的怀疑,以此为基点的美学价值形态,也就受到强烈冲击。其实,从亚里士多德到康德,从康德到席勒、叔本华,从尼采到狄尔泰、海德格尔,皆有对生命哲学精神的崇尚,也有对生命本源精神的推崇,但是,在具体的思想论证中,他们并不重视生命概念的论证,特别是在后现代主义哲学解释过程中。从存在论美学意义上说,海德格尔的生存解释就很有意味,但是,海德格尔不谈"生命"概念,也不用"体验"概念,并对狄尔泰的生命体验美学观进行了深刻的批判,他只用"此在"和"存在"。这说明,生命美学观念或生命概念,在思想的论证中有其含混不足之处,不过,在中西文化传统中,生命美学仍有强大势力,尤其是对中国人来说,一旦丢失了生命

① 李咏吟:《走向比较美学》,安徽教育出版社 2000 年版,第 10—12 页。

概念,似乎就失去了文艺美学的根本。因而,在中国文化语境中,许多理论家仍倾向于建构生命美学。

2. 生生之德:诗性与礼乐调和的情思

尽管如此,新儒家美学的生命道德观念和审美道德观念,还没有成为中国现代美学发展的价值共识,因为我们还在探讨各种各样的西方美学思潮,试图以西方美学来改变当前中国美学的思想困局。其实,中国现代美学的内在焦虑,是由于现代中国人对西方审美文化价值的认同存在具体矛盾。现代中国美学必须有自己的价值观念,也必须有自己对生命与审美的理解,新儒家美学在这方面,提供了先导性价值原则与创造规范。在当前的比较诗学与美学探索中,存在着这样的倾向:评价中西诗学与美学时,以西方当代诗学与美学作为基本尺度,以现代诗学与美学观念解释古典诗学与美学,同化古典诗学与美学,并以当代诗学与美学的西方最新解释模式来否定古典诗学与美学或传统诗学与美学。在他们看来,传统诗学与美学远离了"诗的事实本身",这种彻底摧毁传统诗学与美学的做法,实际上受到了西方理论尤其是"解构主义"思潮的影响。

新儒家美学的发展,不得不直面西方后现代主义思想的挑战,因为我们已经从观念上接纳了西方的后现代理论的影响,特别是解构主义思潮的影响。解构主义思潮可以看作是思维方式的一场革命,在德里达看来,西方传统的形而上学大厦只要他"手指"轻轻一点,顷刻就会瓦解。德里达看到了传统形而上学思维的弊端,那种理性中心主义原则、主体性立场实在过于独断,因而,他力图打破中心与边缘的界限,瓦解逻各斯中心主义,颠覆声音中心论原则,强调"在无底的棋盘上游戏"。德里达的哲学革命的确具有颠覆性,事实上,他也看到传统形而上学的症结,然而,诗学与美学的发展决不会在德里达这里止步。在瓦解了一切、颠覆了全部传统之后,人们并没有看到希望的曙光。无论是多么新异的思想,它最终必然融合到传统之中,时间能抹平人的一切蛮横、莽撞和独断,因而,在尊重解构主义,看到德里达思想之合理性的同时,也必须看到古典诗学与美学传统的合理性。①

从思想建构和独创的意义上说,否定一切是完全可能的,但是,从历史继承与古今对话的立场上看,古典的东西并不像人想象的那么容易过时,相反,在历史的作用力中,它们仍具有强大的力量。因此,在认同当代诗学与美学原则时,必须看到古典诗学与美学的合理性与生命力。对于古典诗学与美学,绝不应简单否定,古典诗学与美学的当代转换,恰好是中西比较诗学与美学的难题之一,也是未来诗学与美学重建的基本理论依据。对于现代中国美学的探索者来说,如何从中国古典美学思想中汲取资源显得更为重要,事实上,在儒家的哲学与美学视野中,儒、道、佛并非彼此对立、互不相融的思想体系,而是可以互通互渗的。在熊十力的思想中,佛、道思想对他的儒学思想解释与建构,起到了十分重要的作用。②就现代新儒家思想而言,我们并不重视思想派别之间的分歧,而是重视对生命与文化本质的深刻理解。这种开放性与综合的思想倾向,使现代新儒家思想极具包容力,而且具有饱满的思想力量,使生命本身显得恢宏博大、深邃无垠。

从话语形态意义上说,中国古代诗学与美学,近 10 年来,始终同两种诗学与美学价值形态形成思想共振:一是马克思主义诗学与美学,二是当代西方诗学与美学。马克思主义诗学与美学,基本上以西方古典诗学与美学为根本,这可以从当代马克思主义文艺理论家的参考文献中得到证明,他们对于西方现代诗学与美学,尤其是后现代主义诗学与美学,基本采取排斥否定态度。当代西方诗学与美学的中国化,则为先锋派文艺学工作者所津津乐道。先锋派文艺学处在不断转换之中,从表现主义到精神分析学,从浪漫诗学与美学到结构主义,从接受美学、阐释学到解构主义、新历史主义,从本体论立场到语言学立场。先锋派文艺学少有一刻的安定,也少有人固守某种思潮和理论,几乎与西方当代诗学与美学同步前

---

① 耿占春:《隐喻》,东方出版社 1993 年版,第 257—263 页。

② 郭齐勇:《熊十力思想研究》,天津人民出版社 1993 年版,第 3—5 页。

进。这两种诗学与美学,尽管有其同一性和可会通性,然而,在诗学与美学价值观念上的根本对立又不容忽视。无论是马克思主义诗学与美学,还是中国化的当代西方诗学与美学,都有其理论的合理性,但是,当代西方诗学与美学那种强烈反传统和追求新异独创的立场,必然推向彻底的怀疑和认同混沌、自由放任的境地。手足无措的怀疑主义和虚无主义,与中国古典诗学与美学的历史继承法则,有着根本性的冲突,因此,新儒家不愿走上这种彻底瓦解传统和怀疑一切的道路,而是寻求古今东西诗学与美学的内在合理性与思想交融性。①

就当前的诗学与美学探索而言,新儒家美学价值形态代表了中国文艺美学的现代水准,正视新儒家美学价值形态,可以克服当前比较诗学与美学探索中的混乱局面,有利于新的文艺美学系统的建构。然而,一个十分迫切的问题也横亘在我们面前,即新儒家之后中国文艺美学何为? 新儒家美学代表了中国文艺美学的确定性形态,面临如何发展的问题。在此,我们可以先就本位话语立场、含混的诗学与美学弊端做出分析,然后描述新儒家美学价值形态的基本特点,以此为基础,寻求中国文艺美学的新出路。汉语思维决定了中国诗学与美学的基本特质,也直接决定了中国诗学与美学的表述价值形态;这种思维方式本身,一方面构造出民族性诗学与美学观念,另一方面又与其他民族诗学与美学构成对抗,因此,在相当长的时期内,中西诗学与美学之间形成了彼此孤立的局面。自 18 世纪开始,中西文化交流活动蓬勃开展,无论是在政治、经济、科技方面,还是在文学、艺术、思想等方面,都形成了交往、融合、创新的格局,这种格局也使中西诗学与美学会通出现了可喜的局面。进入 20 世纪以后中西诗学与美学会通取得了巨大进步,中国学者对西方诗学、美学的译介和研究,达成了西方诗学、美学与汉语思维的沟通。西方学者对中国诗学与美学的研究和误读,也使中国诗学、美学与西方诗学、美学获得了某种一致

---

① 唐力权:《周易与怀德海之间》,辽宁大学出版社 1991 年版,第 106—109 页。

性。① 随着研究的深入,当代比较诗学与美学力图克服中西诗学与美学研究中的简单比附和笼统概括的弊端,试图超越 20 世纪 80 年代以来确立的比较诗学与美学方法和观念,寻求中西诗学与美学会通的新的可能性,这种反思无疑是非常必要的,也有利于 21 世纪中国诗学与美学的重建。

从语言本体论诗学与美学出发,就中西诗学与美学的含混、体悟、神秘这一倾向而言,现代语言哲学的立场是非常必要的。运用语言分析的哲学立场,有助于澄清语言自身的矛盾,治疗因语言而引起的思想疾病。20 世纪的语言哲学家强烈地感到必须对语言承诺负责,那种空洞、含糊的语言陈述,无助于理论本身的推展,只会引起思想的混乱,因此,在语言哲学家看来,只能言说能够言说的事物,对于不可言说者必须保持沉默,这样,语言成为理解世界的界限。在家族相似和语言游戏中,确认语言自身的意向性和意义。② 这种哲学警告对于诗学与美学的重建和发展是有重要意义的。

的确,必须通过语言清理来为思想提供清洁的场域,语言分析本身是手段,不是目的。语言分析,不是要瓦解一切语词,也不是要陷于彻底的怀疑主义中,而是要通过有效的清理,使语言的内涵清晰、准确,为语言交流提供可能性,只有在交流语境的前提下,诗学与美学之间才能形成对话,否则,只能"对牛弹琴"。语言分析是为了寻找语词的某种确定性,因此,有些人从当代西方语言学转向中看到了"思想的曙光",这是完全可以理解的。西方语言哲学家所做的细致的语言分析,使人看到了思想中的"语言疾病"。在《心的概念》中,赖尔对理解、情感、想象等语词所做的语言分析,使人看到了语言陈述中处处留下的陷阱,但是,赖尔的分析并没有使人看到某种乐观的前景,相反,"言说"因赖尔的分析而处处受阻,不知所措。究其原因在于:这种哲学立场,过于重视"语言游戏",而使人丢

---

① 刘若愚:《中国诗学》,赵帆声译,河南人民出版社 1992 年版,第 1 页。

② 穆尼茨:《当代分析哲学》,吴牟人等译,复旦大学出版社 1986 年版,第 216—258 页。

失了意义,甚至远离了意义,应该说违背了语言分析的初衷。语言分析应寻求的是语言的确定性和意向性,赖尔却让人在语言游戏中沉沦,这种立场,显然无法完成"语言治疗"的重任。事实也是如此,布勒克的《美学新解》和《原始艺术哲学》就很能说明问题。作为以分析哲学的立场来批判传统诗学与美学的实践者,布勒克对传统诗学与美学概念,例如再现、表现、形式、艺术品等的分析,通过语言的能指与所指间的混乱状态的描述,消解了这种概念自身的历史确定性,完全陷入语言自身的矛盾中。布勒克并不是为了澄清语言去确立某种意向性,而是力图陈述语言自身的破碎图像,结果这种语言分析再次使人陷入语言与概念的虚无主义中。这种语言分析是语言批判,在批判的同时,却并未建构科学的语言意义,显然,这不是我们所需要的语言批判。

在中西诗学与美学的现代思想交往对话过程中,从真正的诗学与美学意义上说,由语言通向诗学与美学的立场,实质上是海德格尔的立场。在西方语言哲学背景中,海德格尔的存在与语言之思,仍残留着形而上学的思想痕迹。在分析哲学家看来,海德格尔的语言是含混的,虽是游戏,但这种语言的游戏留下了过多的私人语言的印痕,因而,彻底的语言哲学和现象学的实践者,极为拒斥海德格尔话语,所以,海德格尔的哲学分析与理论建构,未能进入他们的视野。的确,从英美语言哲学家的立场来看,海德格尔的神秘之思、存在之思以及诗歌语言之思,是他们所无法容忍的。与之相反,许多学者高度重视海德格尔诗学与美学,在海德格尔的诗学与美学中看到了未来美学和诗学与美学重建的希望。① 为什么许多学者乐于从海德格尔的立场来建构当代诗学与美学呢? 这一立场虽与分析哲学相对立,但恰好可以与中国传统诗学、美学获得精神沟通。人们所津津乐道的那种"自然之诗",不正可以在海德格尔、老庄禅宗中找到某种思想的内在沟通吗? 当代中国诗学与美学中人们所提倡的"语言学转向",其题旨不明,与西方分析哲学的语言转向立场根本对立,这本身有违

---

① 默里斯:《海德格尔诗学》,冯尚译,上海译文出版社 2005 年版,第 178 页。

语言分析的原则,他们虽运用了英美语言哲学的一些概念,但认可的是所谓"大陆语言哲学"。从海德格尔的个别立场出发,寻求中西诗学与美学的会通,结果,构造的不是语言的诗学与美学,而是诗的玄学,这种诗学与美学探索意向,近几年出现了不少有价值的成果。

许多学者坚信,站在海德格尔的立场上来探究中西诗学与美学的共通性规律,从诗之思进入存在之思,古典诗学与美学同当代诗学与美学的沟通,就有了某种可能性。如不是站在西方分析哲学的语言立场上,而站在一般语言学的立场上来看语言学与诗学与美学的关系,这倒不失为一条有效的途径。他们对诗的思考,对艺术的思考,对当代哲学的可能性之思考,显示了当代诗学与美学和哲学的新思路,为当代诗学与美学和哲学提供了某种新异的东西,并足以丰富、修正和充实中国当代诗学与美学的缺失。从诗歌、思想和历史这三者的相互关系中,叶秀山找到了理解西方现代哲学的一条道路,虽然这并非是当代诗学与美学的唯一道路。① 在中国传统诗学与美学的根基上,与西方古典诗学与美学乃至当代诗学与美学形成交流语境,也可以找到一条融通中西的独特诗学与美学道路,这条道路,与时下人们言必称海德格尔和德里达,显然有所不同。

其实,从新儒家的诗学与美学中,容易得出这种结论,因为新儒家所信守的生命哲学立场,充分融入诗学与美学论述中,诗乃生命之诗,乃生命的感悟,乃生命的灵动飞扬。这种生命的诗意,在中国古典诗艺中,在德国现代诗艺中,在印度诗艺中,在古希腊诗艺中,皆有奇妙的呼应与沟通,因而,方东美、唐君毅、徐复观乐于从生命精神出发来阐释东西方诗艺,阐发中国和西方艺术中的生命精神,为现当代中国诗学与美学增添了奇美的风景。方东美指出:"哲学生于智慧,智慧现行又基于智慧种子,故为哲学立义谛,必须穷本返源,以智慧种子为发端。希腊人之'名理探',欧洲人之'权能欲',中国人之'爱悟心',皆为甚深甚奥之哲学源泉。""爱波罗精神,巴镂刻精神,原始儒家精神,横亘奥衍,源远流长,各为希腊人、

---

① 叶秀山:《思·史·诗》,人民出版社 1988 年版,第 2—15 页。

欧洲人、中国人生活中灵魂之灵魂。"①方东美的哲学三慧观,实际上就是从诗与哲学的关联中,找到中西诗学与美学哲学会通的可能性。如果说,钱锺书偏重于东西方诗艺的阐发和诗艺的会通,那么,新儒家们则偏重于东西方艺术精神的感通和阐释。他们站在本土文化立场上,创造了真正的当代中国诗学与美学思想,因此,当代西方诗学与美学,不足以否定中国古典诗学与美学,西方诗学与美学的中国化,也不足以真正代替中国诗学与美学的重建和重新阐释。民族文化精神是永远无法真正沟通的,因而,建基于民族文化基地的诗学与美学也是特别必要的。一味以西方当代诗学与美学观来评断中国古典诗学与美学观,建构当代和未来中国的诗学与美学观,就无法真正显示其独创性。从这一立场来说,以西方诗学与美学观念来评判中国古典诗学与美学的探索,"有违于"这种根本精神。尽管如此,系统地解释与研究西方诗学与美学仍十分必要,只是解释、引进西方理论与重建中国现代诗学、美学两者之间存在根本性困难,弄不好就滑入含混诗学与美学的歧途。

3. 浪漫之思与自然之道的审美体悟

在新儒家美学的理解中,我们的"新美学之思"显示了现代意义上的综合意识与比较意识,但是,如果没有科学的思想逻辑作为基础,我们的现代综合与比较就可能走上歧途。古典思想传统无法在现代生活中真正立足,因为意识形态已经确立了革命思想的合法性与正确性,这种意识形态的强制作用,即使它的影响力减弱,不会突然消失,但是,由于国家政治意识形态没有确立新儒家思想的合法地位,走向了边缘的古典思想自然很难回到我们的日常生活之中。于是,随着古典思想的进一步边缘化,主流意识形态的价值崩溃,人们只能盲从西方后现代主义的思想假说,似乎跟上了国际步伐与时代形势,但是,由于我们的思想无任何创造性,自然也就不能对世界做出积极的思想贡献。

---

① 方东美:《哲学之慧》,参见《生生之德》,台湾黎明文化事业公司 1979 年版,第 10—12 页。

如何理解中西诗学与美学，找到中西诗学与美学发展的合理方向，一直是新儒家的比较诗学与美学探索的道路。这一道路实质上包含了两个方面的工作：其一是对中西诗学与美学进行历史解释，进行平行比较或影响比较，确证民族诗学与美学的合理性及中西差异；其二是在历史阐释的基础上，形成圆通观照，为民族诗学与美学的创建和发展找到一条融通的道路。这就需要中西思想之间、古今思想之间进行深层对话。① "对话"，一方面需要立场与知识，另一方面则需要宽容与理解。对话，不是为了寻求思想之间的对抗，而是为了达成思想之间的共识，对生命存在与审美自由形成真正的解答。那么，从对话意义上说，中西诗学与美学比较到底应该如何展开？目前已有许多人在摸索，钱锺书应被看作一个开创者，他之所以不愿意人们把他的研究称之为比较诗学与美学，大约与他对简单比附的厌恶有关，与此同时，方东美和徐复观，以中学为本，西学为用，所走的独创性道路也令人神往，他们实质上把历史阐释和思想独创及诗学与美学重建统一了起来。他们的诗学与美学阐释，不是单纯的历史解释，而是在融通中有独创。但在中西诗学与美学比较中，大而化之，大胆假设的比较研究极为普遍。粗暴的平行比较和笼统概括，最为有害。目前流行的中西诗学与美学比较论著，一般说来都未能超出这种主观臆断，很少有人对西文文献有深入的研究，或者说，对西方文献的解释也多局限于字面之义。正是由于比较与对话过程中显现的草率态度，所以，比较研究与解释也就格外大胆。例如：把亚里士多德和刘勰平行比较，把老庄与海德格尔平行比较，把黑格尔和李渔进行平行比较，这种平行比较，满足于表面的概念解释，相对说来，"影响研究"要可靠得多。因而，当代比较诗学与美学中有关王国维、朱光潜、鲁迅的诗学与美学研究，由于以客观历史事实作基础，这种比较对于思想的解释、诗学与美学的会通，显示了许多实际意义。这种研究说明现当代诗学与美学之独创并非无源之水，无本之木，多多少少皆可找到其思想渊源，并因此有利于对其精神的把握。

---

① 唐力权：《周易与怀德海之间》，辽宁大学出版社 1991 年版，第 301—303 页。

　　无论是平行比较，还是影响比较，如果仅仅满足于思想的还原，是无法充分体现诗学与美学的创造性的，当然，平行比较和影响研究都是必要的，没有这种研究，也就谈不上创造。在比较诗学与美学的草创阶段，有人主张西方诗学与美学偏重于"再现论"，东方诗学与美学偏重于"表现论"，并就中西诗学与美学范畴进行平行比较是可以理解的。比较诗学和比较美学观，是基于平行研究，而不是影响研究，所以，这种比较本身难免有其偏颇武断之处。尽管如此，如果力图以客观文字材料为依据，不凌空分析，结论可能更不足以体现其对思想本质的把握，但是，中西思想或古今思想比较本身，却有助于理解中西诗学与美学之间的根本差异。① 按说，现在应该选择另一条更为科学的道路，以此接近中西古典诗学与美学的内在本质，但是，从目前的一些比较诗学与美学文章可见，并未克服平行研究的弊端，仍有笼而统之、大而化之的弊病。不管怎么说，这种比较本身并未真正实现精神的内在整合，相反，由于大胆假设和随意阐释，可能会陷入主观臆断的深渊，因而，这种中西诗学与美学批判，在诗学与美学理论上的诊断失误和偏颇是应该避免的。如果说传统的比较研究还能给人一些启示，那么，他们至少揭示了中西诗学与美学的某种差异，尽管这种比较并未深入诗学与美学的内在本质，而且从被误解和主观臆断的比较诗学与美学观出发，诗学与美学解释之路是充满危险的。

　　这里，我们可以通过具体的实例来加以分析。例如，有人认为，"自然之道"可以涵盖中西诗学与美学的内在本质，可以寻求中西诗学与美学的内在统一，他们认为，在自然之道的探求中，中西诗学与美学可以抹平二者之间的差异，找到创新的解释之路。事实上，不仅"自然之道"不足以涵盖中西诗学与美学，而且中西诗学与美学会通的语境，也不应只在海德格尔和老庄思想之间展开。更为重要的是，中西诗学与美学的内在沟通和可能性融合，也不是"自然之道"所能统合的。这里，可以重温一下维特根斯坦的思想，他在谈到《哲学研究》的写作情况时说："我把这些思想以断

---

① 李泽厚：《美学三书》，天津社会科学出版社 2003 年版，第 543—548 页。

想(Bemerkungen)或小段的方式写下来。有时围绕着同一题目形成了一串很长的链环,有时我却突然改变话题,从一个题目跳到另一题目。""我认识到要想把这些结果融为一个整体是永远不能成功的。我能写得最好的东西永远也不会比哲学断想好。假如我违反这些思想的自然趋向,把它们强行地扭向一个方向,那么这些思想很快便会残废。"①维特根斯坦这一思想,对于中西诗学与美学比较研究是很有启发性的。

"自然之道"这一命题本身是没有多少新意的,例如,老庄哲学和美学中对自然的阐释,魏晋美学对自然的追求,英国浪漫诗学与美学、德国浪漫诗学与美学对自然之领悟都极为详尽,而且富有深度。就自然问题所做的诗性阐释,在诗歌艺术研究和美学研究中,这些解释文本并不鲜见。在中国文化背景中,人们一提起庄周、陶渊明、王维、李白,都不免神往,因而,人们也易于把晋唐山水诗人和英国自然诗人直接关联起来,进行一些平行比较,而且仿佛颇有诗意,同时,人们也乐于把周易、老庄、禅宗、阳明心学与德国浪漫诗学与美学相会通,看到两者的内在精神的可沟通性。因而,从自然问题入手,解释中西诗歌,从自然入手,解释中西生命哲学,成了中国诗学与美学和哲学的一条充满魔力的道路。尽管如此,人们对自然的理解和把握,是从对象和生命意义上来把握的。海德格尔通过对"费西斯"(Physis)的希腊语源之考察,从存在论意义上指出:"希腊人并不是通过自然过程而获知什么是'费西斯'的,而是相反,他们必得称之为'费西斯'的东西是基于对存在的诗思的基本经验才向他们展示出来的。只有在这种展示的基础上,希腊人才能看一眼狭义的自然。因此,'费西斯'原初的意指,既是天又是地,既是岩石又是植物,既是动物又是人类与作为人和神的作品的人类历史,归根结底是处于天命之下的生灵自身。'费西斯'就是出—现(Ent-stehen),从隐秘者现出来并且才使它驻停。"②这种自然之思正本清源,令人豁然开朗。

---

① 维特根斯坦:《哲学研究》,汤潮等译,生活·读书·新知三联书店 1992 年版,第 3 页。

② 海德格尔:《形而上学导论》,熊伟等译,商务印书馆 1996 年版,第 16 页。

在诗学与美学中,自然作为对象,只能引发人们的生命本体之思,同样,自然作为生气灌注的有机生命体,不仅能引发人们的无尽情思,而且能激励人们把这种自然的灵气、淋漓的大生命作为艺术的至境。尽管中西诗学与美学中确有这么一条充满魔力的道路,但是,这条道路又根本不足以代替整体的中西诗学与美学。不要说《文心雕龙》与此不尽相符,即使是中国诗论与小说论,也并未贯彻这一精神,更不用说法国诗学与美学、俄罗斯诗学与美学在很大程度上与此相背离。因此,一些人乐于从"自然"这一维度上去解释中西诗学与美学是合理的,但是,他们这种解释只有局部的有效性,在总体上仍有笼统和主观之嫌,以这种局部有效性去解释中西诗学与美学的整体精神,就难免不出差错。任何比较研究,应该找到实实在在的地基,一旦流于主观臆断,比较的结果也就无任何意义。在比较研究中,最忌讳这种随意性解释,如果看不到这种困难,中西诗学与美学也就用不着比较。同一个"自然"概念,在理解上是具有多义性的,这是许多人都承认的,例如,"自然",对于物理世界而言,即"nature";显示事物的内在本性,即"physis";不需要人力的干预,即"freedom"。这三种含义,怎么能够胡乱地放置在一起呢? 文学是一独立的精神对象物,"自然"亦是一独立的对象物,两者在生命的层面上可以比拟,可以相互说明。中西诗学与美学的真正可沟通之处,是生命体悟、生命感受、生命之喻。文学是特殊的精神生命现象,它源于人的生命感受、生命情感和生命创造,同时,它又独立于人,成为一个完整的生命体,成了作家心智的产儿、精神的产儿。当作品这一生气灌注的生命体作用于接受者时,便能引发接受者的情感体验与生命体验。因此,中西诗学与美学中的生命之喻和生命精神的阐发,不自觉地具有浪漫而神秘的倾向,这在中国古典诗学与美学中十分突出。比较诗学与美学的探索者,在解释"自然之道"时,抓住了"自然"这一问题,而忽略了道的问题,真有点舍本逐末。如果真正阐明了"自然之道"正在于它的生命本性或生命特性,那么,就可以把一些问题统一起来。在对"自然"问题的阐释上,他们没有看到"自然"一词的复杂义,事实上,中西思想在交往对话中,就遇到了许多问题,从根本上说,我们的价值观存在本质性区别。对于西方人来说,宗教神秘主义意义上的价值观与社会正义平等意义上的价值观,乃两大思想体系,这两大价值信念,一是基于信仰,一是基于人道,两者互不相涉,共同提升人的精神生活价值。对于中国思想而言,"自然"乃神秘主义与现实主义的共同思想渊源,一方面,人们把自然看成活生生的现实,另一方面,人们又把自然的神秘看作是文化价值的根源。① 我们始终没有把人世的正义律法、自由平等以及光明正大的伦理德性作为生命价值的直接依托,所以,中国思想中的自然,在保护了生命的伟大德性的同时,也为自然等级思想或生命不平等理论,提供了思想的合法性解释,因此,我们在张扬自然的伟大生命德性的同时,也要看到这一思想的内在局限性,也就是说,我们不要只看到自然思想的诗性价值,也要看到这一思想的负面影响。

从语义学上说,作为名词而言,"自然"是外在于人的对象,是存留于人心中的某种图像;作为形容词而言,"自然"是指事物的有机生命构成和事物的生气灌注的活的特性。自然,既是本体论意义上、宇宙论意义上的天地之境,又是人们所追求的某种精神的和谐、完满和神性。很难说,这种自然能成为中西诗学与美学的共通的"道",如果把这一概念作为中西思想共同的审美基础,显然欠缺逻辑分析。人心的自然而然,是人性,是情感表现,是精神图像,是生命本性,而外在的"自然",是宇宙的气化和天地的造化。"作品"作为艺术的存在,需要人们去解读,正如人们游山川,行吟湖畔,从自然对象中读出情感和美丑一样,人们也可以从作品中读出情感和意义。这样的作品和山水,是作为对象物存在的,而一切存在的道、逻各斯、"相"是必须借助生命阐发才能实现的,因而,不必机械地以"自然"来贯彻诗学与美学的全部问题。无论从哪一方面而言,从"自然之道"来解释中西诗学与美学,不会有什么理想结果,即便梳理出了这种线索,它对当代诗学与美学的发展和重建又有何意义呢? 至多不过是对中西诗学与美学史做了平行比较和主观阐释而已。这一阐释本身既未看到

---

① 冯友兰:《贞元六书》,华东师范大学出版社 1996 年版,第 580—582 页。

中西古典诗学与美学的合理性,又未看到当代诗学与美学的缺陷,根本无法为重建中国当代诗学与美学提供某种新的视野,而且,在这种比较中,中西诗学与美学的真面目被遮蔽,因此,对于这一问题,我们的确需要更多思考。

4. 礼乐诗教与新儒家美学的思想正道

中西诗学与美学的会通与发展,需要无数学人贡献自己的智慧。笔者要讨论的问题是:是否可以找到比较阐释的方法论,同时,我们又应抱着什么样的态度进行扎扎实实、沉潜往复的解释和创造工作。面对比较诗学与美学的当前现状和当代困境,中西诗学与美学的交流、会通与发展,在什么样的前提下才真正成为可能? 从当代中西诗学与美学比较来看,那种过分切近和肤浅的比较,通常乐于"方法论之争"和"范畴之辩",对中西诗学与美学思想进行平行并举,即便是笔者现在所做的评述工作,也只能归属此类。老实说,比较诗学与美学的恶名,正源于这种旗帜鲜明的比较本身。真正的比较诗学与美学,是不大论及"比较"二字的,而且,真正的诗学与美学比较,应该是潜在的,作为方法而被自由运用。宗白华、钱锺书、牟宗三、徐复观、方东美、李泽厚都是这种意义的比较学者,他们的比较本身立足于创造性阐释,在创造的阐释中左右逢源,东西会通,这样潜在的比较视野,通常能引发一些新异的观念和思路。①

无论是哲学家、美学家、诗人,还是文艺理论家,都有融会贯通的视野,他们怀抱具体的理论问题,在理论的思辨过程中,与古代、现代的思想家交流、会通,寻找思想问题的合理解释。钱锺书的《管锥编》《谈艺录》立意于解释中国古典诗歌和散文,从表面上看,有些类似读书札记,实质上,作者就一些根本的问题,联系文艺创作实际,联类取譬,对创作中的根本问题进行深入细致的阐发,既有诗艺的分析,又有生命体验的问题。钱锺书与陈寅恪的比较诗学与美学立场很有意思:钱锺书重读经,思想从经中

---

① 徐复观:《中国艺术精神》,春风文艺出版社 1987 年版,第 65—86 页。

延伸出来;陈寅恪重读史,思想在诗史互证之中,也就是说,他既有古典生命哲学和文化哲学的立场,又有诗歌艺术形式的认识论立场。钱锺书在相对完整的艺术创造活动中把艺术的精神和形式做了精到彻底的阐释和发挥,这种阐释的比较意识在钱锺书的著述中随处可见。他有时以比较和会通代替了自己的解释,只是在最紧要关头才疏通中西诗学与美学的关节,点明关键,这种艺术比较的潜隐化方法,在《七缀集》中体现最多。从他的《诗可以怨》中,不知可以体味多少艺术的至境,因而,比较并非目的,揭示艺术的诗心和内在特质才是比较诗学与美学的归宿,这才是真正的比较。"比较"不是一门独特的科学,在钱锺书那里,只是治学的基本方法。从这一意义上,完全可以理解为什么钱锺书不同意人们把他的研究称之为"比较文学"。宗白华的《美学散步》也充分体现了比较方法的意义,他并非特地标明比较立场,但他论诗、论画、谈美,无不显示世界性诗学与美学立场。那种艺术门类之间的相互阐发,那种诗人之间的相互证明,那种生命深处的灵性体现,无不闪耀着智慧的光彩,这种诗心和艺境的阐发,才是比较的根本和关键。徐复观的《中国艺术精神》,论诗、论书、论画,既有本土文化的历时性比较,又有中西美学会通的比较。在探讨孔子的仁学和礼学对孔门诗学与美学及音乐的影响时,他极具发现性眼光。在论老庄艺术精神时,他对中国艺术"澄怀味象""高远之境"的分析,既看到老庄天人合一的审美自由所带来的艺术奇迹,又看到了德国体现美学和现象学美学所具有的深层意蕴。因而,对待中国艺术,他虽没有直接进行中西比较,但能做到处处会通中西,堪称真正的比较诗学与美学典范:既有本体论的独特阐发,又有历史维度的阐发,艺术的精神得到了淋漓尽致的发挥。方东美在探讨中西、中外艺术精神时,更注重多种精神的相互渗透,他会通中外诗学与美学、哲学的基本立场是明确的,即以东西生命哲学为根本,以生命美学的弘扬为至境,诗、理、情之互证,相生相因的智慧为目的。他的思想本身显得灵动飞扬,既有独特的个性,又无不在历史思想时空中,比较诗学与美学在满足于类比和并列时,恰好忽略了这种诗心和艺境。①

　　真正的比较美学或诗学与美学,其比较意识是不必声明的,也是不外露的,那种把学科意识极其强化的批评和比较却根本不能楔入诗心和艺境。从这些杰出的比较学者之探索中,我们看到,真正的比较诗学与美学的进行,必须依赖于作者深厚的文化素养。试想,这些杰出的比较学者,若不是兼通数国语言文字,深究过不同民族的思想原典,仅凭想当然和大而化之的做派,是无法做出这种富有启示性的比较的。当代比较之所以不能深入,大约也与这种文化素养的浅薄和精神的畸形有很大关系,因而,只有从方法上、态度上,根除那种浮躁、浅薄和狂妄的作风,才能真正进行比较诗学与美学的研究和批评,才能真正把握艺术的诗心、至境和独特的智慧风貌。确立了比较诗学与美学的一般规范和学术态度以及比较诗学与美学的创建者思想丰碑之后,所要面临的是诗艺本身,倘若没有对诗艺的真正理解,比较诗学与美学的解释完全是历史的盲动。诗学与美学不可避免地要探究两个问题:一是艺术的精神,二是艺术的智慧。实质上这要求在探究诗学与美学问题时要有两大立场:一是生命的立场,即只有站在生命的立场上,才能阐明艺术的精神;二是知识的立场,即只有站在知识的立场上,才能把握艺术的独特形式创造,把握艺术的创新智慧。就当代诗学与美学的发展状况而言,知识的立场比较易于把握,而生命的立场往往较难把握。这就导致艺术形式的探究很有实绩,而艺术精神的阐发,则往往比附于哲学和美学,少有真正意义上的慧悟和阐发,这两者同样必要,不可偏废,艺术的形式探究、创造智慧和创造技法的阐发,是十分必要的。不懂诗,何以言诗? 古代哲学家谈天论地有不少在行者,而真正谈艺的,则少有高明者,这说明:"诗艺本身"有独特性,不是思想本身所能代替的。诗艺的杰出阐发者,往往也是真正的诗学与美学家,例如刘勰的《文心雕龙》、王国维的《人间词话》,由于他们对艺术的沉潜日深,灵心

---

　　①　方东美:《生命理想与文化类型:方东美新儒学论著辑要》,蒋国保、周亚洲编,中国广播电视出版社 1993 年版,第 27—35 页。

慧悟,通常能够把握艺术独特的美。钱锺书对诗的解悟,特别为人称道,他的《宋诗选》高于一般的选本,就根源于作者在诗艺上有其独到的眼光,对诗歌的评价才会富有发现力与洞察力。当代文艺美学学人都羞于被称为鉴赏家,而诗学与美学是需要高明的鉴赏家的,正因为如此,金圣叹、张竹坡、毛宗岗、脂砚斋才显得卓尔不群,他们并没有多少系统的诗学与美学的建构,但那种沉潜诗艺的灵心慧悟,确实发人深省。①

　　毕竟,这些评点无法真正满足人们对解释的复杂渴望,因而,西方叙事学的发达,也为诗艺的会通和发展铺平了道路,正是在叙事学的支配下,当代小说评论才显出罕见的系统分析的深度。以中国古典诗学与美学的眼光看,诗论必须与诗作相互证实,空洞的演绎和证明是没有意义的,因此,王国维的《人间词话》对“有我之境”与“无我之境”的阐发,皆以诗词为例。钱锺书的《谈艺录》《七缀集》每涉理论关键,必有大量诗句证明,钱锺书对“通感”的阐发,对诗画关系的阐发,对“比喻”的阐发堪称独步,就因为他善于感悟和点染,对诗艺的体验细致入微,达到了很高的境界。这种建基于实践体验基础上的诗学与美学理论,也就格外能够引起人们的重视。通常,一个理论命题可能因一个巧妙的例证而满盘皆活,看重这种艺术的精神智慧,看重艺术的技法和灵心独运,是中国传统诗学与美学的一大特色。他们通常可以对一两个绝妙的用词赞叹不已,甚至不惜割舍全篇,虽曰“雕虫小技”,但在中国传统诗学与美学那里,这雕虫小技颇显艺术家的独创性智慧,仿佛艺术家独有的价值在于创造了这个词、这一场景、这一意境。从知识论的立场上看,中西诗学与美学各有千秋,英国诗人的“神话诗思”可能格外美,若不能悟其慧心,可能说不出,同样,晋唐诗人的“山水境致”,也非浅涉者所能把握。这种意境一直为中西诗学与美学所津津乐道,为此,也创造了相对十分复杂的诗学与美学价值形态,但是,当人们惊叹于这种诗艺的细微和独创时,通常放弃了对艺术精神的阐发。对于艺术精神的阐发,需要生命感通的大智慧,没有哲理的感

---

① 　叶朗:《中国小说美学》,北京大学出版社 1982 年版,第 3—5 页。

悟和生命的切身体验,这种艺术精神是阐释不出的。无论是中国诗学与美学,还是西方诗学与美学,关于艺术精神的阐发,总是格外富有哲学意味和美学情趣,实际上,这就需要从艺术的审美体验上升到艺术的审美思考,即由艺术的诗意领悟转向存在的诗意冥思,由情感体验向思想提升进阶。①

必须承认,这种精神的慧悟和阐发,在当代新儒家诗学与美学和文艺论述中尤显风采,他们从宇宙生命的大道出发,感悟艺术的生命私密,揭示人生艺术的命脉,极富启迪意义。中国人把艺术精神当作人格风范来称赏,大约也源于这种生命精神,在中西诗艺的阐发和中西艺术精神的抒写中,可以看到中西诗学与美学会通的可能和中西诗学与美学的未来发展道路。从新儒家的立场出发,关于诗艺的"自然神秘图像"的体悟,不仅没有过时,而且大有价值。当代人之重视海德格尔、巴赫金大约与此相关,同时,这种关于生命体验和艺术至境的体悟和阐发,不仅不是外在于语言的,而且就在语言之中。知识与生命,在相互阐发中交往、会谈和交融,大可不必像一些比较诗学与美学探险家所主张的那样:中西古典诗学与美学已走到尽头,也不可能只在"语言学转向"中看到曙光。其实,"曙光"就在这种深入的体悟、沉潜往复和相互感发之中,唯有如此,才能窥见诗学与美学的价值本身,所以,"诗思"在很大程度上守护着古往今来最具生命力也最具普遍性的艺术真理。

5. 古典生命文化价值与现代隐逸诗思

既然把新儒家美学和诗学作为现代中国文艺美学建构的基本价值立场,把新儒家美学思想作为现代中国文艺美学的核心价值原则,那么,在中西诗学与文艺美学的自由交往对话中,就需要进一步追问:新儒家之后,文艺美学何为?我们习惯于把 20 世纪思想史上那些以中国文化作为基本理论立场,融通中西诗学与美学,探究人类审美精神和人类审美文化

---

① 李泽厚:《美学三书》,天津社会科学出版社 2003 年版,第 364—365 页。

本质的思想家和学者,统称为"新儒家"。只把那些弘扬儒家哲学的现代学人称之为新儒家,这有些狭隘,在现代学者身上,东西方文化的冲突和本位话语的建构是同样激烈的。无论他们是论道、论佛还是论儒、论易,只要他们融通中西文化,建构了现代形态的具有民族文化精神的诗学、美学和哲学的学人,都可以视之为"新儒家"。新儒家的美学和诗学,具有一些什么样的特点呢? 在这里,我们可以进行历史性的描述,然后在此基础上,就中国文艺美学的发展,提出一些应对性的策略。新儒家的诗学与美学理论,代表了现当代中国美学的最高成就,其原因在于:新儒家美学不仅克服了传统中国美学的单一视野,而且也克服了现代中国美学中曾经形成的单一化西方理论观念。这就是说,新儒家美学以中国古典美学理论作为本位话语观念,同时,与东西方美学观念形成内在沟通,构成了以本位话语为核心,又能融通东西方美学和诗学的现代美学价值形态。新儒家美学,在 1949 年之前的中国学术界,有其重要的学术地位,1949 年以后,随着马克思主义美学和文艺学热潮的兴起,"新儒家美学"便被人忽视。当开放的中国需要多元美学的价值形态时,以中国本位话语为核心又能融通中西的新儒家美学价值形态,自然又获得了人们的重视。新儒家美学价值形态,代表了当代中国学者孜孜以求的学术目标,那么,新儒家美学价值形态具有哪些独特性?

新儒家美学价值形态以中国古典生命哲学为根基,强调弘扬中国美学的生命精神、中国古典思想价值形态,是一个大一统的理论价值形态。思想价值形态带有广泛的包容性,没有学科分类的价值形态建构,因此,当西方在希腊文化的根基上形成了政治学、诗学、心理学、哲学、神学等理论形态,中国文化中则只有包罗万象的思想经典。① 我们有具体的叙述形式,例如书、记、表、铭、文、诗、论,但没有独立的学科价值形态。在中国官僚文化系统中,虽有兵部、吏部、尚书府等官职,但毕竟是社会行政管理分工,并无科学的思想价值形态。因此,诗、书、画往往是古代官僚茶余饭

---

① 徐复观:《中国人性论史 • 先秦篇》,上海三联书店 2001 年版,第 57—63 页。

后的消遣物。像那种谈言论道的著作，都是闲人居士业余的乐趣，人们已经看到，中国思想文化中缺少逻辑与科学的精神，这也是中国科学得不到充分发展的原因。古代中国有实验技术，但没有科学价值形态，美学亦然，在先秦文化典籍中，不少思想价值形态都包含基本的审美态度和审美精神，但是，从来没有严格的美学思想价值形态，即便是古代诗论和文论著作，其文艺思想的根基仍立足于原初的思想表述中。因此，周易式思维和易经的"生生"观念，对于中国文化精神的形成起着十分重大的作用，这种思维方式和生命精神，是先秦思想典籍乃至中国历代思想文化的基本精神。

谈论中国文化精神，必须先正视"易"的思维方式和以"生生"观念为依托的美学与诗学传统。[①] 熊十力强调这一生命观念，方东美、冯友兰、贺麟、宗白华、牟宗三、唐君毅、徐复观、唐力权、杜维明等，都无一例外地强调这种生命大精神。而振奋这种生命大精神是中国美学的根本，正是由此出发，新儒家充分吸收了印度美学、日本美学、希腊美学、德国美学乃至现代西方美学中的生命哲学内涵，他们以现代生命文化精神来充实中国古典美学的内涵。新儒家美学强调"体验观念"，这是东方心理学的基本认知方式。强调体验，使得审美思考有一定的神秘意向，而这恰好与个体的自由和精神的自由取得了高度一致，并且与西方浪漫主义诗学与美学传统获得了强有力的呼应。忽视了体验方式，就是忽视中国美学的独有认知方式，重视体验问题，便抓住了中国美学的根本，这种体验观与本体功夫论、心性合一论、情理合一论、言志缘情论等获得了高度一致。中国美学因为体验方式的敞开，而显示了开放性的文化气度，因此，体验方式的探讨与天人合一论的解释，同中国人的独特文化精神，尤其是乐感文化精神获得了高度一致。正是由于从体验出发，先秦文学的理性主义精神、老庄哲学的自由精神、魏晋美学的玄学精神、宋明理学的心性论、气论、情志论所具有的美学精神，在新儒家美学思想价值形态中，获得了合

----

① 刘纲纪：《周易美学》，湖南教育出版社1992年版，第5—8页。

法的延伸。

新儒家美学强调了诗、书、画、乐的合一性,强调了生生、仁仁、德义、礼智的和合性和圆融性①,这样,新儒家美学价值形态就有内在的融通性。从新儒家美学出发,无论社会如何发展,科技如何进步,人内在的那种充盈的德性不应改变,保持这种和谐的圆融的美学品格,人就不至丧本,也不至丧失其自由精神。新儒家最重诗歌、音乐和绘画的启悟性境界,诗、书、画、乐的合一性,就成了中国古典文艺美学的基本特质,充满了浪漫主义和理想主义精神,自由主义和神圣主义精神。新儒家美学思想弘扬了中国古典生命美学的根本精神,又与中外文艺美学获得了深刻的一致性,所以说,新儒家美学似乎代表了当代中国美学的最高智慧。对于新儒家美学价值形态给予充分评价,对于当代思想界来说,显然准备不够。随着本位话语观念的展开和中华民族美学思想的现代建构,人们已开始认识到新儒家美学思想的重要性,所以,走向新儒家美学,追随新儒家美学,已经成为越来越多的人的自由选择。现在的问题是:在新儒家美学之后,中国美学何为? 当代中国美学到底应该如何发展? 现代美学必须正视这一严峻的问题。当马克思主义美学价值形态形成稳定性结构之后,也面临着如何发展的问题。西方的语言学美学、生命美学、现象学美学、存在主义美学、结构主义美学、弗洛伊德主义美学、解构主义美学形成一定的稳定性结构之后,也面临着如何突破和如何发展的问题。如果美学价值形态和美学思想没有新的突破,那只能视之为倒退,这在文艺美学发展过程中是一件不可思议的事,我们必须有新的探索。

在新儒家美学之后,我们不得不面临的问题是:要么在新儒家美学之后继续走新儒家之路,要么站在西方美学的立场上来改造新儒家美学,要么以马克思主义美学来改造新儒家美学。总之,在方法上,不外乎东西方美学视野的融合;在根本精神上,则不外乎生命精神的弘扬;在时代特色上,则必须把握时代文化精神的命脉。如此看来,以时代文化精神来充实

———————————

①　唐力权:《周易与怀德海之间》,辽宁大学出版社1991年版,第36—70页。

和改造新儒家美学,以东西方多元化美学价值形态来改造新儒家美学价值形态,就成了不二选择,但是,改造这一文艺美学思想价值形态的任务非常艰巨,不容乐观。① 新儒家美学虽然是本位话语,但是,他们似乎并未对中国文艺进行深刻的历史反思,那种试图包孕古今的思想倾向日见空疏。就思想立场而言,他们坚持的是文化保守主义,却无法解决现代人的生命困惑问题。因此,方东美、徐复观、牟宗三、唐君毅、杜维明、唐力权等新儒家的诗学与美学,带有一定的封闭性特征。如何理解和发展熊十力、宗白华、钱锺书的哲学、美学和诗学,可能是超越新儒家思想、创建新的思想价值形态绕不开的问题。认同多元,创造多元,守卫中国美学的根本精神,创造新的本位话语,成了当代中国文艺美学思想建构的必然选择。从中西美学与诗学的自由对话与交流而言,"生生之德"是我们最强有力捍卫的价值原则。生生之德的原则根源于周易,影响了中国诗学与美学的根本价值立场,而且,从现代生活意义上说,"生生之德"依然是不可颠覆的生命价值原则。从新儒家诗学与美学出发捍卫"生生之德",我们的美学与诗学就守住了"思想的根本"。

第二节　从诗学到美学:诗意与生存之思

1. 诗学的民族性与比较诗学的原则

诗学具有自己的民族性,因为其思想意念皆植根于本民族诗歌与思想传统之中,不同的民族,对诗本身有不同的理解。在中国传统诗学观念中,诗骚传统或唐宋诗风,一直被看作是中国传统诗歌美学的两大基本价值范式;"诗言志"与"诗缘情",则被看作是诗歌创作的根本目的与思想动力。在希腊传统诗学观念中,荷马传统或剧诗传统,一直被看作是希腊民族诗歌的基本价值范式;"诗言神"与"诗言存在",则被当作希腊民族诗歌

---

① 李幼蒸:《仁学解释学》,中国人民大学出版社 2004 年版,第 205—210 页。

与西方诗歌的创作信念。不同的民族,其诗歌观念不同,民族诗歌的美学风貌与审美价值取向各具风韵,那么,从诗学意义上是否有必要追问:民族诗歌之间具有内在的本质相似性吗? 显然,这需要引入比较诗学与美学的观念。比较诗学,如同比较文学、比较美学一样,都是 20 世纪才真正建立的理论科学,更为重要的是,这三者之间互有关联,各有侧重。① 比较诗学,是运用比较的方法探究不同民族的文艺理论之间的差异及其相互影响的理论科学,也是从本位话语出发融通东西方诗学理论寻求独特的生命表达和精神表达的人文科学;比较文学,则是从民族文学之间的影响关系或民族文学之间的相似性关系出发,寻求文学创作与文学精神的内在差异,达成文化与文明的形象学理解;比较美学,则是从不同民族的审美理想与审美精神价值的独特性与联系性出发,既从历史学维度寻求美学间的精神联系,又从人文学维度寻求美学的价值理想和生命自由原则。必须追问的根本问题是:诗学或美学之间,在诗意与生存之思方面如何显示出创造性智慧。

在此,我们重点考察中西诗学的差异,确立比较诗学的基本思想目标,寻求从诗学到美学的自然过渡,在现代文明视域中,很有必要建立比较诗学。我们之所以要建立比较诗学(Comparative Poetics)的基本原则和理想,从根本上说,就是为了确立民族诗学的自由理想,寻求民族诗学之间的诗意与生存之思的内在联系。从创作者的角度来说,诗学是主体性创作意志对文学艺术的创造性法则的自由理解;从接受者的角度来说,诗学是对文学艺术作品呈现出来的语言美感与心灵自由形象的解释。一般说来,"诗学"是有关诗歌、小说与剧诗的理论,它就是要解释语言深处的歌声,形象背后的文明,本文构成的技艺。文学源自心灵的想象与情感,诗学自然根源于对心性的自由之思,说到底,比较诗学就是要显示文学艺术创作的心灵秘密,揭示生命的神圣与自由。当然,从单一的民族诗学话语出发,不足以建构真正的诗学,相反,不同民族之间诗学话语的交

---

① 李咏吟:《走向比较美学》,安徽教育出版社 2000 年版,第 8—13 页。

流对话,对于诗学的创造就具有十分重要的意义,这就给比较诗学提供了文化合法性。

如果要深入地追问诗学的本质是什么和比较诗学的本质是什么,那么就涉及诗学与美学最为重要的联系。"诗学"从根本上说,既是诗的艺术论,又是生存诗意论,即诗学不仅要探讨文学艺术的规律和价值,更重要的是要探讨诗性自由的可能性,即诗的想象与存在之关系,诗的体验与生存之关系。从生成意义上说,比较诗学的意义在于:直接突破民族诗学思想或价值范式的局限,让我们在多元的文化视野中评判诗的意义与存在的意义,评判生命本体论与生命价值论的共性与个性,在多元综合性视野中重新理解生命文化的本质。但是,比较诗学的探究不是民族性诗学话语的平行排列,也不是各种诗学话语之间的简单比附,更不是随心所欲的拼贴和意译。比较诗学要求研究者不仅要精通比较双方的原典本义,而且要有独立的理论创新,因此,寻求比较诗学的价值坐标,就成了当代文艺理论工作者共同关心的问题。① 那么,在后现代主义诗学的话语时空中,尤其是在解构理论的敌视下,寻求比较诗学的价值坐标或深度模式是否有些不合时宜呢? 解构理论对于当代诗学的批判并不令人乐观,相反,解构理论对深度的拆解、对中心的消除以及对逻各斯的疏离,只能使他们在边缘处探索,流于生活表象的分析,从而放逐真正的人文精神。因此,诗学解释者要以人文精神为根本,面对生命世界的复杂性和文化世界的复杂性,深沉冷静地寻求比较诗学的深度模式。

诗学与文艺美学具有内在的相通性,或者说,诗学就是文艺美学的必然组成部分,不过,诗学在美学中具有中心性地位。这一方面与文学创作和文学解释的高度发达有关,另一方面,也是由于美学解释作为独特的话语方式,与诗学有亲缘的联系,它们的解释逻辑及其对诗性自由的追求,也有诸多相似之处。比较诗学与文艺美学皆是为了寻求文学艺术创作的普遍性价值,只不过,文艺美学的解释范围比诗学更广。 比较诗学的解

---

① 李咏吟:《诗学解释学》,上海人民出版社 2003 年版,第 313—330 页。

释,是现代眼光或世界眼光的具体体现,在文艺美学的对话过程中,比较的方法获得了合法性地位。从诗学比较与文化沟通意义上说,比较自身,既有中西文艺美学价值形态之间的比较,又有审美观念与审美法则的比较。比较的最大困难是:两种不同的文艺美学价值形态之间总是存在尖锐的对抗,因为民族艺术精神风范往往在文艺封闭性中或在文化主体性中才得以形成。语言不同,观念不同,思维不同,价值形态结构不同,确实很难形成平等有效的对话,弄不好,就成了拙劣的比附。"比较",不可能把两种不同的文学美学价值形态综合成新的理论价值形态;"比较",往往以文艺美学的核心问题为中心,以本源的生命体验和审美取向为线索,寻求不同文艺美学价值形态之间的相关性表达。①

在这里,我想结合现代中国诗学的实例,就比较诗学的历史、目的、方法观念和深度模式进行一些分析性阐释。从诗学的接受与创建的历史事实可以看到,现代中国诗学的研究,主要表现在对学科观念与学科话语体系的理解上,所以,新观念与新术语成为现代中国诗学的中心问题,新思想的地位高于人们对诗艺诗境的解释。事实上,中国比较诗学的形成,是19 世纪末到 20 世纪初的事情,当时,处于世纪之交的中国,一大批仁人志士赴日本和西洋寻求救国救民的真理,他们自觉、不自觉地把中西文化精神进行比较,寻求差异,进行批判性的思想建构。就诗学而言,王国维较为自觉地运用德国生命哲学理论来解释中国文学理论,特别是对《红楼梦》和中国古典诗词进行了独特且极富诗意的阐释,其中,既有文化主体性意识,又有文化他者性意识,或者说,他能自觉地运用西方的诗学思想与方法,对中国文学艺术进行别开生面的解释,而同时他的思想与立场不完全是西方的,总是充满了民族创造性。随后,鲁迅、周作人、胡适、林语堂、朱光潜、冯雪峰或翻译西方文学理论,或译介中国古典诗论,或进行中

---

① 在《走向比较美学》一书中,笔者已对比较美学的目的、方法、原则和价值观念,有比较深入的讨论,具体参见《走向比较美学》第一章。参见李咏吟:《走向比较美学》,安徽教育出版社 2000 年版。

西诗学比较,取得了扎扎实实的理论实绩。

　　就这一比较诗学思潮而言,他们的主要贡献在于:系统地译介了俄苏文艺理论,鲁迅、冯雪峰、瞿秋白等倾注大量心血翻译了普列汉诺夫、别林斯基、车尔尼雪夫斯基和卢那察尔斯基的诗学著作。虽然在今天看来,这些马克思主义文艺观点可能并不新鲜,但在当时,这些无产阶级和革命民主主义的诗学理论,对中国文学与中国革命产生了深刻的影响:打破了中国古典诗学的文化封闭性解释系统,科学地阐明了文艺与政治、文艺与生活的复杂关系,明确地提出了无产阶级文艺的任务和价值观念,直接引导了中国文艺对工人劳苦大众的生存命运的关怀。当然,这种全新的文艺理论观,并非完全与中国古典诗学根本对立。由于这些比较诗学探索者,把中国诗学的忧患传统、批判传统和现实主义传统与俄苏文艺理论结合了起来,指明了中国诗学的前进方向,所以,不仅在当时而且对以后的思想产生了划时代的影响。①

　　从科学意义上说,现代中国诗学与美学,由于一代学者的努力,确实超越了古典诗学美学思想的形象化与经验性思维,使诗学思想具有了崭新的内容。运用西方诗学模式,重建中国诗学,是现代中国比较诗学重要的贡献,胡适、冯友兰、梁实秋、朱光潜、闻一多、郭绍虞等,皆在这方面有开创之功。胡适与冯友兰的比较探索,虽主要表现在哲学方面,但他们的创造性实践,对于当时的比较诗学也是有影响的,尤其是陈寅恪和金岳霖,他们就冯友兰的《中国哲学史》所写的审查报告,无疑对中西思想交互的可能性奠定了科学方法论的基础。从现代诗学与美学史可以看到:梁实秋主要致力于西方人性论的分析和判断,提倡浪漫主义的诗学观,体现了中国士大夫的诗学理论主张;朱光潜主要致力于克罗齐的直觉理论、生命表现理论与中西诗学的融合,他的《诗论》,有关中国诗学的阐释和对陶渊明诗歌的评价,既体现了中国古典诗学的基本理论主张,又表现了西方诗学的逻辑主义立场;闻一多则借鉴西方神话理论和生命哲学原则来重

---

　　①　李何林:《近二十年中国文艺思潮论》,陕西人民出版社1981年版,第147—172页。

估先秦到汉唐的中国古典诗史,他对中国诗学的贡献在于奠定了中国神话学和生命诗学的基本原则。我们还要特别提到陈寅恪,他的《元白诗笺证稿》《柳如是别传》,充分体现了中国诗学"诗史合一"的原则,建构了传记文化心理诗学观和诗史互证的美学历史相统一的诗学原则,这种"诗史互证"具有特殊的理论意义。① 凡此种种皆说明,现代中国思想家试图逃出封闭的传统诗学思维模式,使诗学本身能够更好地与政治现实、历史生活以及文明创新等时代要求结合起来,一方面使中国传统诗学的优秀思想发扬光大,另一方面则使西方的自由诗学传统融入现代中国诗学思维,为中国人寻求自由解放提供思想与理论支撑。

由于这些比较诗学的先驱者,不仅精通中国文化而且精通西方文化,不仅具有理论创见而且具有生命哲学理想,因而他们的比较诗学探索,一开始便显示了"深度的思想意向",可见,真正了解不同民族的诗学观,是比较诗学深度模式建立的关键。就这一方面而言,海外华裔学者刘若愚和熊秉明,对中国诗学和中国书学的建构,显然是基于西方诗学与美学的基本立场,同时又真正发挥了中国古典诗学美学的思想意义,这实际上与他们面对的讲授对象有关。对于外国听众而言,讲演者必须能够提供"想象中国"的方式,"想象中国"与"亲在中国"有根本区别,这也与"想象西方"和"亲在西方"有着内外分殊一样。西方学者想象中国或中国学者想象西方,从诗学与美学意义上说,使中国文明或西方文明的诗意成分得到了更好的重视,这种探索在今天看来是具有积极意义的,在开展中西诗学的真正比较这方面,方东美、徐复观、宗白华、徐梵澄、钱锺书、朱光潜等有开创之功。②

现代中国诗学的比较意识,在方法上,不外乎影响研究和平行比较两种:一是影响研究,即必须建立在历史事实的基础上,坚持客观历史的态度就有可能做出比较深刻具体的判断;二是平行比较,即需要研究者胸有

---

① 陈寅恪:《元白诗笺证稿》,生活・读书・新知三联书店 2001 年版,第 4—20 页。

② 李咏吟:《想象中国与亲在中国:汉学与国学的内在差异》,《东南学术》2007 年第 2 期。

成竹,富有创见,必须同等地做出有深度的发现。这需要比较者的胸襟与学识超群出众,才能形成有创造性的看法,至少必须真正对比较双方的思想与文化意识能够形成通观或确立通识,因而,中西比较诗学探索极具难度。从文艺美学比较的意义上说,方东美对中国、印度、希腊、德意志文化有着深刻的理解,他的比较诗学探索既有哲理智慧的阐发,又有诗情体验的抒发,因此,他的文化哲学探索在这种比较诗学中获得了合法的延伸。徐复观则以中国诗学为本,以中国诗学精神为魂,在中西诗学的比较中,特别强调共有的生命哲学精神,并赋予中国诗学以"诗思一致"及"仁礼谐和"的审美品格。宗白华以中西诗书画的比较为基点,以中国、希腊、德国、法国文化的亲历性体验为动力,抒情地表达了中西诗学的生命文化精神。徐梵澄主要就中国、印度和德国文化进行相互阐发,把中印德三种文化中共有的浪漫精神进行诗意阐发,特别是把印度宗教神秘主义思想与中国儒家神秘体验论思想进行了相当成功的对接。钱锺书则在最广阔的中西文化诗学视野中进行诗学的建构,"比较"成了他探索的基本方法,在比较探索中形成视界的融合。现代中国诗学与美学,在这些理论家的探索下,已经不再只关心诗学方法论与文学革命的意义,而是转向对诗意与民族文学的诗性价值的理解。

　　诗意化人生,人生的诗意栖居或人生的诗化,日渐成为文艺美学与诗学的重要问题。人生如何诗化? 什么样的人生才是诗意化的人生? 这是自由派理论家思考的核心问题。"诗化",就是把生活中美的东西保存在诗里,把生活中不美的东西过滤掉,使美的东西有意向地放大。从创作意义上说,"诗化",就是诗歌的人生目的,也是诗学的审美目的。"诗意",本来应该被看作是极为重要的文艺美学范畴或生存论美学范畴,从纯诗的意义上说,诗意就是诗的效果,也是诗歌创作具体追求的审美效果。从生存论意义上说,诗意就是美的存在或自由地生存,它超越了世俗生活的羁绊,让人在世俗生活的重压下喘口气,能够真实地或想象式地体验自由的生活,使人生情感或身心体验获得最大限度的解放,得到无尽的内心欢悦。故而,"诗意"这一概念,从文艺美学意义上说,可以界定为如下价值规范:第一,"诗意"就是使日常生活诗意化与形象化,即通过形象,构造生活世界,使生活世界充满活力。第二,"诗意"就是把诗境与人生境遇打通,让人们能够自由地想象美好的生活。自然取境、音乐取境、山水画取境,作为诗境与艺术的基本构造方式,隐含着对生存的诗意之思与美丽想象。第三,"诗意"就是让生活打破常规,反抗常规,让自由的浪漫的生活景象进入诗歌。第四,"诗意"就是梦想的生活现实对象化,使生命在神性想象中飞翔。第五,"诗意"就是让幻想的生活变成诗的图像,生命快乐、长生不老、青春常在、黄鹤飞仙、圣殿佳酪、神仙爱情,成了诗意化人生的审美境界,这是诗人对人生诗意化的想象。"诗意""诗化"和"诗性",一切都是对人生的自由想象,也是对现实的自由超越。从诗歌到诗学,从诗学到美学,"诗意"与"诗化"是最重要的过渡环节。①

现代中国诗学或文艺美学解释,对"诗意"与"诗化"问题给予了特别关注,与此同时,科学理性意识也一直支配着新诗学的发展。从五四到新中国成立前这一段时间,比较诗学取得了令人瞩目的成就,新中国成立以来的当代中国诗学,一方面继承了五四时期的比较诗学传统,另一方面则由于特定的时代原因,又割断了与五四时期的比较诗学传统的联系,这就使当代比较诗学走上一条曲折性发展道路。必须看到,在五四文化精神孕育下成长起来的一代比较诗学探索者,在新中国成立后继续发挥作用,例如朱光潜、郭绍虞、郑振铎、钱锺书、季羡林、王元化等,就对现当代比较诗学做出了创造性贡献。郭绍虞对中国古典诗学的系统阐发,尤其值得重视,他把中国诗学中的志气说、神韵说等理论做了系统科学的逻辑阐释,显示了比较诗学的独到眼光。由于当代比较诗学探索者往往很难弥合中国古典诗学和西方现代诗学的历史裂痕,因而,在诗学比较中,难以避免地出现了平行比附和简单拼贴的错误,这就使当代比较诗学呈现内在的思想危机感。现当代比较诗学的这种状况,已引起许多有识之士的高度重视,在现当代比较诗学中,最令人忧虑的两种情况是:一是中外诗

---

① 宗白华:《美学散步》,上海人民出版社 1981 年版,第 72—82 页。

学范畴理论的随意比附,二是中外诗学理论家的并置分析。前一情况涉及理论话语问题,后一情况则涉及思想价值形态问题。中外诗学有其不同的理论话语,他们分属不同的语言系统,任何理论范畴倘若要进行跨语言比较,必须借助翻译才能实现,而不同语言系统中的诗学范畴倘若要获得对译是极其困难的。在现当代比较诗学中,中国语言中的"再现""表现""言志""缘情"等范畴,存在与西方语言中的诗学范畴的简单比附现象。这种比较的结果是难以令人信服的,同样,把老庄与海德格尔扯在一起,把孔子与柏拉图会合,让朱熹与黑格尔对话,让尼采与庄子对话,难免不出现问题。在比较诗学中,这种并置式分析是非常危险的,这既涉及文化语境问题,更涉及思想价值评判问题。我们要的不是这种简单比附,需要的是生存论思想深度融合,诗意思维的文化间互渗以及想象异质文明对现代中国文艺美学建设的思想意义。[①]

如果没有找到共通的生命切入点,"比较"就会流于随意性。比较诗学活动本身与单一的文本阐释与经典解读一样,它需要扎扎实实的工作,更需要宏阔的历史文化视野,因此,只有科学地探索,才会使比较诗学走上健康的道路。比较诗学存在诸多困境,并不足以否认比较活动本身,在现当代诗学的多元对话和文化整合中,比较的方法与会通的视野,比任何时候都显得迫切。这种比较不再是单一的并列式分析,更不是随意性的拼贴,而应该是以"我"为本位,以"中国文化"为本位,与外来思想交流碰撞式的多向对话语境。比较的结果应该是:深具民族文化精神特性的文艺美学或比较诗学思想的综合创造生成。

2. 诗学话语与浪漫美学精神的寻求

诗学与比较诗学,乃至美学,对诗意与诗化的强调,确实显示出浪漫主义的精神要求。诗学解释对于文艺美学的启发在于:通过诗心证悟或诗意阐发,拓展艺术家的想象世界和艺术作品的心灵世界。从文艺美学

---

① 李泽厚:《美学三书》,天津社会科学出版社 2003 年版,第 467—469 页。

的立场与眼光来看,"诗学"应特别强调诗性自由的地位,强调诗性想象的中心地位,以此代替文艺美学中的核心概念:美、美感或审美。只有在多元对话的交流语境中,比较诗学才会显示出自身的价值。文明的历史发展到今天,任何民族的单一性话语只能形成封闭性空间,因此,民族诗学的发展,必须在世界诗学的多向交流中,才能获得发展的动力。面对现当代比较诗学的状况,一方面必须回归五四比较诗学传统,另一方面则必须以时代的诗学命题为核心,寻求东西古今多元会谈格局的真正形成。①

比较诗学的深度模式是检验这一目标的理想尺度。在比较诗学中,"视界融合"作为整体性思维已被普遍接受,即不论探讨什么诗学问题,必须有历史比较视野,只有在多元整合中,才能显示出世界性眼光和历史发展眼光,但是,如何进行"视界融合",又是需要深入探讨的问题。我们不可能在混杂状态中进行视界融合,而必须有一个中心,有一个本位。唯有中心论和本位立场的建立,比较诗学的探索才能充分体现主体性创造,因此,本位话语立场,是比较诗学的思想基点。对于当代研究者来说,本位话语立场,比任何时候都更关键。何谓本位话语立场? 它就是基于民族理想生活的自由创建、诗意阐释的民族话语意识与思想价值评判意识,即文艺美学与比较诗学的创建首先不是作用于西方的,而是作用于民族的,当然,我们也需要全球文明视野,更需要现代性批判意识,因为现代西方思想文化遗产已经不只是西方思想的特权,而是人类文明创建与发展过程中的主导性思想意识。但是,对中国诗学或文艺美学的发展而言,如果我们企望对民族思想与价值理想或全球思想与价值信念有所贡献,只是与西方思想家一样进行同一性思维,那是不可能真正做出有别于西方思想家的创造性阐释的,因为我们的文化与想象世界的方式完全不同,我们虽然面对相同的问题,但是却有完全不同的思想文化遗产与民族生存价值规范,故而,本土文明立场或本位话语立场,才是保证现代中国诗学与文艺美学可以贡献于世界和促进人类文明进步的重要思想前提。在东西

① 陈跃红:《比较诗学导论》,北京大学出版社 2005 年版,第 7—15 页。

方文化中,尤其是中外文化交流活动过程中,思想的交流与文明的比较,其基本价值尺度往往是不平等的。西方中心主义论者在进行比较诗学探索时,自然较少中国诗学的本位话语立场,而盲目迷信和崇拜西方知识价值形态和文化价值形态的人,必然忽视中西文化的平等性,将中国文化置于不适宜的地位。近代中国文化运动的一大消极影响是本位话语立场的丧失,只有那些深怀文化拯救使命的中国学者,才始终保持民族文化的自信力。陈寅恪、汤用彤、胡适、冯友兰、钱锺书、宗白华、牟宗三、方东美等深谙西方文化而致力于中国文化的传播和重建,是因为他们葆有强大的民族自信力之表现。这种民族自信力使他们致力于本位话语的创造,一个民族的精神特质与另一个民族有着根本性差异,但在生命立场上又可以彼此沟通。对于中国人来说,本位话语立场,主要是汉语言立场,汉语有着悠久而古老的传统,创造了简易、深邃、古朴的语言特质。这种独特的话语表达,虽缺乏通俗的一面,但经过近一个世纪的改造,基本形成了现代汉语白话表达方法和语法价值形态,这一创造本身是文化比较和交流的结果。① 这种现代汉语语法价值形态和表达式,并不足以从根本上取代古代汉语表达式。事实证明,古代汉语表达式有独立的特质,比较诗学的本位话语,不只是包括现代汉语表达式,它同时也包括古代汉语表达式。本位话语的建立首先意味着能自由地以汉语言来思考和处理比较诗学中复杂深刻的问题。以中国文化和中国语言为本位,这并不意味着要把西方人的现代语言改造成林琴南式的古文,而是说要把西方人的诗学理论转换成汉语来表达。这里,应尽力避免翻译的生硬化,一旦以本位话语作为基本表达方式,不仅能历史地重估中国古典诗学的价值和意义,而且能够将西方话语系统纳入中国文化视野中予以比较分析。

本位话语的建立,应该从整体性意义上发掘本民族诗学理论的隐藏义和复杂义。本位话语意识,最为重要的问题还是生存论意识的积极呈现,要把诗性想象变成诗学或文艺美学思想创造的重要思想源流。对于

---

① 李泽厚:《中国近代思想史论》,人民出版社 1979 年版,第 432—433 页。

西方人而言,他们之所以不断地探讨古希腊问题,正是力图回归本源式思考,因为希腊思想家对存在的思考,对始基问题的反省诘问,对德性和智慧的追求,已经超越了狭隘的民族国家问题,这其中包含生命的普遍真理与信念。在比较诗学探索中,本位话语对于民族精神的阐发,是具有重大意义的。从现代诗学创建的本文来看,陈寅恪、宗白华、钱锺书、李泽厚、叶维廉的比较诗学观念之所以能引发人们的巨大兴趣,正在于这种本位话语观念的表达。

中国诗学与美学有没有自己的本位话语?有没有自己的浪漫派?有没有自己的对生存自由的诗意想象和诗情表达?回答是肯定的,只不过,中国人的浪漫思想是不同于西方人的,尽管在内在本质上有其一致性。中西浪漫派思想的区别,不是由诗人引起的,也不是因为诗人的生命自由理想有异,而是由于我们的民族文化传统和政治文化制度决定的。家族文化信仰和等级化的社会文化制度,使我们对"自由"的理解只关注家族的繁衍,只关注拥有现世的权力,结果,人与人之间就形成了强大的依附关系,没有真正的人格独立与尊严。原罪与赎罪、天国与永生信仰的缺乏,使我们只在意现世的幸福与现世的权力。诗人也在出世与入世之间挣扎,当他们选择出世之思时,往往具有隐逸的思想,返回自然或赋予自然以诗意和灵性,往往是其文艺美学的思想主张。中国的浪漫派根源于道家的自然主义,而不是儒家的有为主义。从思想上,可以追溯到老庄那里;在审美人格风度上,则以魏晋作风为宗旨;在文化气象上,则以盛唐文明作为价值理想。① 中国现实政治权力的君主制基础,使得帝王权力独大,在文明制度中,一切权力源自君王的赐予,这就形成了中国政治权力的从上到下的"任命模式"。权力的依附性,使得权力之间的结构,是以下对上的顺从为根本;权力的现实利益,使得权力之间充满了交换和依附关

---

① 从宗白华的《论〈世说新语〉和晋人的美》以及《唐人诗歌中所表现的民族精神》两文,即可看出中国浪漫派对唐晋文化与老庄思想的推崇。参见宗白华:《美学散步》,上海人民出版社 1981 年版,第 208—309 页。

系,最终,一切权力要以个人利益的最大满足为根本。这是丛林法则下的自然政治制度模式,不是基于公正自由与平等的文明政治模式。中国古典诗人始终走不出这个困境,他们的浪漫之思也只能在隐逸与屈服之间徘徊。现代中国诗学在面对古典中国遗产和西方文化遗产时,以扬弃中国专制文化信念为基本动力,以崇尚西方自由主义思想为旨归,形成了一些浪漫之思,显示了自己的思想取向,从而使得个性自由解放成为现代中国浪漫派的诗魂。

　　从比较诗学或文艺美学意义上说,重估陈寅恪的历史文化诗学,是当代中国诗学与美学的基本路径之一。作为历史学家,陈寅恪对诗性文化理想充满了虔诚的崇敬。也许正是看到了历史的丑恶,陈寅恪的盛世自由的历史理想,主要立足于"晋唐之思",故而,魏晋风度与盛唐气象,也是陈寅恪所认可的诗学与美学理想。陈寅恪并没明确表示对某一王朝的崇拜,也没有把某一王朝看作是现代中国自由文化制度建设的源泉,他更看重人格自由精神对于我们的文化建设的重要性。那么,陈寅恪认同什么样的人格精神呢? 从他的几部诗史著作可以看到:魏晋诗人的道教信仰,盛唐政治与诗人的壮美之思,明清之际诗人的人格精神风流,是陈寅恪所推崇的人格理想,也是他所认同的人文精神。"诗思"与"诗意"在他对白居易诗歌与元稹诗歌的分析中,得到了具体而生动的体现,从他追问"杨贵妃是否以处女入宫"讨论唐代文化习俗涉及人性自由这一思想取向即可看出,人格自由与生命美丽是他所推崇的人生信条。在他的文艺美学或诗思之趣中,最值得强调的是:他对女性的自由人格精神的想象与推崇,为中国古典文艺美学与古典人生的诗意想象注入了浪漫而美丽的内容。他的诗史观念,虽然并没有阐释自由社会,但他对自由人格的推崇,显出特别的诗性文化理想,他的诗思给我们提供了古典诗歌与文艺美学的浪漫文化谱系。同样,从魏晋精神与盛唐气象这一诗学理想或文艺美学价值风范出发,重估宗白华的诗学美学成就,也是当代诗学和美学的重要任务之一。宗白华的比较诗学,是从生命哲学出发,并处处运用感悟和体验能力,发掘艺术深处的生命象征意义。在《论中西画法的渊源与基础》中,他虽立意在比较,但最终落实到中国画对生命存在的诗性体验与创造上。"艺术本当与文化生命同向前进。中国画此后的道路,不但须恢复我国传统运笔线纹之美及伟大的表现力,尤当倾心注目于彩色流韵的真景,创造浓丽清新的色相世界,更须在现实生活的体验中表现出时代的精神节奏。"①在比较过程中的感悟与分析,表现为这种个性自由话语的生发,具有十分深刻的生命创造意义。诗与画,诗与乐,书与画,通过民族艺术的诗性之思,宗白华对我们的文化诗歌内部的诗性精神进行了生动感人的阐释,形成了贯通自然的大气派与浪漫情思。

从中西诗学会通与中国古典诗学的创造性阐释意义上说,重估钱锺书的诗学解释学成就,也是当代诗学与美学的重要论题之一。具体说来,《谈艺录》和《管锥编》之所以被称之为现代中国诗学创造的代表作,是因为其诗学和美学本位话语观的建立。在人们普遍追随时尚有口无心之时,他则沉潜于中国古代典籍,穷究原典,博览群书,与西方诗学在语言和思想层面上展开深入的对话,在文艺创作论和文学语言美感论的解释上独具一格,做出了许多富有思想创建性的诗学发明。无论在方法上,还是在阐释上,钱锺书从比较与融合的眼光入手,诗才横溢,思想精锐,言人之所未言,发人之未发,使现代中国诗学在文化诗学层面上和诗性语言创造层面上有了许多独创的思想观念。他的行文不以逻辑主义为本,而以中国古典诗歌与诗话为本,不落空谈,处处从实际出发,联类取譬,让我们在具体可感的诗句中能够领悟创作者的语言和思想秘密。这种诗话体之被人接受,正与本体话语立场相关,故而,人们特别称道他的《诗可以怨》一文。首先,钱锺书把尼采关于"诗源于痛苦"的观点和中国诗论中的"诗可以怨"关联起来,然后,在中西诗学的纵横比较中展开相关的探讨,从而对"诗可以怨"进行了透辟的阐释。他不是单一式比较,而是立体式比较,以比较分析作为理论的动力。对于比较,他说:"我们讲西洋,讲近代,也不知不觉会远及中国,上溯古代。人文科学的各个对象彼此系连,交互映

---

① 宗白华:《美学散步》,上海人民出版社 1981 年版,第 135 页。

发,不令跨越国界,衔接时代,而且贯串着不同领域。"他既不是狭隘的本位话语者,只会解释中国古典并逃不脱传统思维定式,也不是盲目的西化者,只会鹦鹉学舌,食而不化,他是真正在多元对话中,在多声部中,找到汉语诗学的独特思想意境与创作价值取向的比较诗学开创者。钱锺书很自然地体现了比较诗学的历史性原则与主体性原则的统一,而这两大原则正是诗学本位话语重建的关键。在钱锺书那里,诗性理想虽然体现得不充分,但是,他从语言上解决了浪漫派诗学的神秘文化根源。①

在相当长的时间内,我们对现代中国学者留学欧美而回归研究国学表示出崇敬态度,因为他们的思想既有西方的传统,又有中国的传统,两者的综合自然开创了中国诗学与美学思想的新局面,也容易引起国民对新思想的普遍关注。但是,在对西方思想的考察过程中,我们发现,这一结论未免过于乐观。诚然,他们游学欧美之后,使中国的现代学术具有了新精神,即以西方思想来改造中国文化,使中国文化思想获得新生。而关键问题在于:许多优秀的学者,恰恰在此忽视了对真正的西方思想的关注。即,在没有对西方思想进行审慎而严格的清理之前,而忙于西方思想与中国思想之间的综合,结果,对两种文化的内在本质都有意遮蔽,一方面对中国思想进行了过于美化的理解,突出生命美学的内容,另一方面又对西方思想进行中国化理解,以为西方思想也是儒家式的激进与圣贤意识。由此,在诗学层面上,或在文艺美学层面上,我们对专制制度、不平等的等级文化秩序和非法治秩序失去了重建的机会,于是,近现代中国思想依然使国民保留着生命美学的幻想。实际上,留学欧美的这些杰出学者,是有机会、有能力真正理解西方文化的,如果他们真正理解了西方文化,而不是满足于对西方文化的一知半解式的解读,那么,对我们的美学思想建设可能更具有积极价值。

从以上的分析可以看到,所谓本位话语,不只是用本民族的语言和话语方式去表达的问题,它还包含个人如何寻求主体性话语表达的问题,即

---

① 钱锺书:《七缀集》,上海古籍出版社 1986 年版,第 119—336 页。

本位话语的意义,不仅在于民族话语的建立和民族精神的呈示,而且也在于个人主体性话语的创造性表达。在此,生存论与文明论的阐释上升到了重要地位,个人主体性话语的创造性表达,成了比较诗学或文艺美学探索的意义所在。通常,比较诗学观念易于形成偏见,即以为比较诗学探索只需要把中外诗学理论进行历史性比较和分析。这种观念是错误的,至少是片面的,因为比较诗学探索,无论是平行比较,还是影响比较,都离不开历史性原则。在影响比较中,历史性原则体现得更充分一些,比较诗学探索,如果离开了这种历史性原则,比较自身也就是一句空话,尤其在今天,人们越来越渴望自顾自地独立言说,但除非你完全不在意别人怎么说,完全依赖于主体性经验,否则,你不可能回避历史性原则。从诗学解释或文艺美学解释自身来看,当前的诗学探索或哲学探索,总是深深扎根于历史中,无法从根本意义上遗忘古人、漠视历史,因而,即便是独立性的探索,也离不开对历史思想的重新理解。在历史思想的巨大时空中,任何判断和分析都离不开比较和选择,因此,比较探索本身离不开历史性原则。正因为如此,人们总是不断地讨论孔子、老子、庄子、刘勰、司空图、钟嵘、严羽、王国维,同时,又不断地讨论柏拉图、亚里士多德、德里达,唯有在这种东西方思想史中,本位话语才找到历史思想的根基。①

从当代比较诗学的探索来看,比较的方法对于中国诗学和美学价值形态的建构十分关键。它打破了单一的理论话语系统而形成相互渗透,使得它的内涵更加丰富,克服了西方诗学的知识论解释的单一性,现代中国诗学,则借助西方诗学的当代理论获得了新的建构。弗洛伊德的精神分析学,皮亚杰的发生认识论原理,列维·施特劳斯的结构主义理论,卡勒的结构主义诗学,巴赫金、德里达的解构理论,福科的新历史主义诗学,海德格尔的存在主义诗学,还有赛义德的东方主义和后殖民主义诗学理

---

① 张隆溪:《道与逻各斯:东西方文学阐释学》,冯川译,江苏教育出版社 2006 年版,第 5—9 页。

论,都对当代中国诗学的重建起到了一定的推动作用。① 在比较文化探索中,随着中国学者对中国古典诗学和西方现当代诗学的深入理解,真正富有创建意义的未来中国诗学的建构,越来越显出独特风貌,只要我们摆脱实用功利主义的纠缠,真正富有思想创造的现代中国诗学自然可以产生。从文化生成意义上说,中国应该产生那种对世界文化具有推动作用的诗学价值形态,唯其如此,比较才有真正的价值和意义。

任何伟大的思想家,在今天都回避不了对古代思想文化遗产的继承问题,那么,这是否意味着就根本不可能独立言说呢? 否。相反,在历史思想的重压下,更应培养特殊的批判精神,以便形成主体性本位话语创造。只要生命体验相同,就有可能形成与前人相同的看法,也有可能与后人暗合,因此,个人主体性话语创造在当前看来是新异的,说不定它已蕴含在历史思想中,只是未被发现而已。为了尽量减少这种重复,所以,我们才经常在历史思想中获得启示,历史性话语批判与本位话语表达,总是有力地构成互动,在视界融合中构成自我的生命表达,以此来确证比较诗学探索的价值。缺乏这种本位话语观念的探索者,必定在比较诗学探索中迷失方向。比较诗学最自由的方面在于:"寻求浪漫"。什么是诗学或文艺美学理解的浪漫? 实际上,就是诗人对自由的最强烈的渴望。如何最大限度地达成自由想象? 必须追踪诗人的心灵活动,例如,对于德意志诗人海涅来说,诗的浪漫,就是对民间的神话与想象性传说的诗歌表达,莱茵河的梦、莱茵河的水与莱茵河的歌声,通过诗人的语言和想象,把人们带往那美妙世界。在海涅的浪漫曲中,歌唱的是青年男女的美丽爱情,简洁而美丽的语词,伴随着丰富的形象,激活人的心灵情思,这就是浪漫性。在浪漫性中,有神话、爱情、寂静美丽的夜晚、春花烂漫的河流,一切的一切,让人们超越世俗的平庸,在纯粹的美感中升华,这就是诗歌的浪漫性。中国古典诗歌的浪漫性也离不开神话,神话与自然力量自由交融,

---

① 赵一凡:《西方文论讲稿:从胡塞尔到德里达》,生活·读书·新知三联书店 2009 年版,第 11—16 页。

不可知的事物在诗中灵光显现,人在自然的诗境中明白了生的意义,神话中的神灵,无所不能地把人的意志与欲望,把理想与现实完美地结合在一起,这就是"浪漫性",它的本质就在于把梦想、理想、幻想皆变成现实。①诗学或文艺美学所追求的诗性或浪漫性,就是要对诗歌艺术的美感重新发现;比较诗学,不仅是对古典诗学的再解释,而且是对优美诗歌的再发现。诗学或文艺美学,永远面对诗性的本文,也面对富有诗性的生存,比较诗学或文艺美学意义上的"本文之思"或"生存之思",必然能让思想充满自由与美感。

3. 诗意追求与诗学审美价值观念的确立

转向生存体验,追求诗意化人生,是现代浪漫派诗学的美学追求,所以,比较诗学对于文艺美学的极重要作用在于:为开辟生命的诗性自由理解提供一条道路。随着本位话语观的建立,个体主体性本位话语创造便作为一个重要问题被人提升到议事日程上来。这就是说,比较诗学作为知识价值形态,如何包容生命表达? 比较诗学的"本文",告诉我们:在比较诗学探索中,知识性表达易于实现,生命性表达则难以奏效,因为知识性表达只需要花费苦功夫,引经据典,旁征博引,就能达成独创性发挥。知识性表达易于开启思路,纠正偏见,洞察历史,审时度势。相对说来,生命表达则要困难得多,因此,有一部分学者极力反对在诗学探索中进行生命阐释和发挥,而力图保住纯知识性立场。如果知识不能激活人的生命,促进人的生命,相反,压抑人的生命,远离人的生命,那么,这样的知识性探索之意义和价值,很值得怀疑。在人文科学中,生命表达与生命捍卫是其本有的使命,因此,在比较诗学探索中,应当从知识性立场入手进而落实到生命性立场上来,唯有如此,知识探索与生命探索才能得到真正的

---

① 闻一多:《神话与诗》,武汉大学出版社 2009 年版,第 23—28 页。

统一。①

显然，我们可以从知识论与存在论相统一的意义上，重新评价宗白华的诗学与美学思想，这种评价本身有助于重新认识宗白华基于中国古典美学传统的诗性反思对现代诗学与文艺美学创建的思想价值。在宗白华那里，知识性立场与生命性立场高度统一了起来，例如，在《论文艺的空灵与充实》中，他不仅涉及中国艺术精神，也涉及德国艺术精神，他从中国读者论坛学中拈出了"空灵"与"充实"两大范畴，把生存的诗意与超越精神提升到新的思想高度，他说："文艺境界的广大和人生同其广大；它的深邃，和人生同其深邃，这是多么丰富、充实！"然而，"它又需超凡入圣，独立于万象之表，凭它独创的形相，范铸一个世界，冰清玉洁，脱尽尘渣"，这又是何等的空灵！他的这些主体性本位话语，并非漂浮之物，而是植根于中西生命哲学的历史话语，所以，他不仅到孟子的生命话语中寻根，而且到尼采的生命美学中去寻找根据。这样，诗学或文艺美学自身，不仅体现了本位话语观，而且体现了历史性原则与生命性原则的统一，因此，通过个体主体性生命话语的表达，充实文艺美学思想与诗学思想的丰富性，显得极其必要。

在比较诗学中，个体生命话语的表达往往受制于个人的生命体验，生命体验不同，个体主体性话语表达的方向与力度也不一样。这往往呈现出两种极境：其一，偏重于生命感性的抒发，偏重于喜乐，偏重于空灵，偏重于神性，偏重于自然，偏重于浪漫；其二，偏重于生命理性的判断，偏重于悲患，偏重于忧苦，偏重于反抗，偏重于狂傲。这两种不同的生命感受，决定了比较诗学探索者个体主体性话语表达的不同趋向。在人们的天性中，人们还是热衷于对浪漫、空灵、神性、自然、喜乐之境界的体悟、抒发。在美的追求中，他们渴望奔腾呼啸、狂傲不羁、气吞山河的生命表达，这样的反抗力量、悲剧的力量，往往是极其震撼人心的。就当代中国比较诗学

---

① 这条道路是可行的，Bernd Magnus 在《尼采的实例：哲学作为文学或哲学和文学》中，以此建立了新的比较立场，即在解构中，不确立本质观念，但是比较的对象却是可以互置的。

而言,陈鼓应对庄子与尼采的思想进行了七个方面的比较诗学探索,或许能给予我们一些启发。陈鼓应认为,浪漫主义特性是庄子与尼采沟通的方向,所以,寓言表达、对大自然的歌颂、对个性解放的要求,使中西思想之间可以形成美学的会通。他还认为,庄子的"至人"与尼采的"超人",体现了中西文明中对自由人生的不同追求。在二位诗哲那里,激情与忘情,多梦与无梦,孤独与自适,自力与安命,健康的肉体的声音与游于形骸之内,足以显示其思想与生命取向的差异。陈鼓应进而指出:尼采的投入与庄子的退隐是由其时代决定的,因而,庄子的心灵自由与尼采的精神自由,庄子的"价值转换"与尼采的"价值重估",实际上也有其思想偏向。①这种求异式比较,充分贯彻了知识性原则与生命性原则的统一,显然,浪漫之思的根本还在于生存论的体验与分析。

诗学与文艺美学的文化价值判断,必须获得切实的生命体验,唯有如此,才能在比较探索中进行生命性表达。方东美、牟宗三、宗白华、李泽厚等,都特别善于在这种比较探索中进行个体的主体性话语式生命表达。在李泽厚的著作中,到处都出现这些个体的主体性本位话语,例如,谈到中国书法风格的多样化,他写道:"他们或方或圆,或结体严正,章法紧凑而刚健,一派崇高肃毅之气;或结体沉圆,似疏似密,外柔而内刚,一派开阔宽松之容。"在他谈到《古诗十九首》时,他说:"这个核心,便是在怀疑哲学思潮下对人生的执着。表面看来似乎是如此颓废、悲观、消极的感叹中,深藏的恰恰是它的反面,是对人生、生命、命运的强烈欲求和留恋。"叶维廉也深谙此道,他的《言无言:道家知识论》和《秘响旁通:文意的派生与交相引发》充满生命体悟式本位话语,他说:"一首诗的文句,不是一个可以圈定的死义,而是面向许多既有的声音的交响、编织、叠变的意义的活动。"②由此可见,生命表达在比较诗学探索中是何等重要! 这是你的一点灵性,是你的一许深情,是你的隐藏之智慧呈现,更是你生命的亲历与

---

① 陈鼓应:《老庄新论》,中华书局 1991 年版,第 37—39 页。
② 叶维廉:《中国诗学》,生活·读书·新知三联书店 1992 年版,第 65—82 页。

亲证。诗学或文艺美学,只要能最大限度地激活接受者的思想的诗情,就是对浪漫主义精神的真正亲近,而对浪漫派精神取向的亲近正是诗学或文艺美学的自由价值所在。

从诗学到美学,或从美学到诗学,实质上就是要通过自由的诗思方式,把生命体验与存在论思想调和在一起,让诗意之思成为超越现实的独特思想方式。人生在世,会有十分复杂的生命体验,生存本身充满无数的隐喻,要用心灵去阐发和体悟那种生命智慧。就生存问题而言,许多人都高度重视闲、静、游、神思、悲剧、喜剧在中西诗学中所体现出来的意义。把知识性清理与生命性体悟结合起来,就会发现这些语词中所包含的生命意义。在怀疑主义思潮中,人们只能依赖个体的亲证与体悟来发现古典话语中所包孕的生命意义,但是,他人的判断代替不了你的思考,他人的思想只能在你的融通性视野结网,只有把生命感悟与他人话语贯通起来,才能去相信。因而,不同的范畴预示着生命意义,就情感问题而言,回忆、再现、表现、情理、原欲、创作动力等诗学观念,显然也需要获得生存性证明。回忆的目的是什么? 它难道仅仅是为了唤醒生命历史中的原始图像? 显然不是。回忆是对生命自身的反省,是重新评价个体生命史,是重新获取一次领悟生命秘密的机缘。[①] 正因为如此,浪漫主义诗人才如此重视那种原初的生命体验并对神恩充满感激,同样,从知识论立场分析中西诗学历史话语时,必须融入自我的生命精神表达,所以,应该从精神与形式两方面来界定文学,把文学看作相对完整的生命体。有生命的东西,总是呈现出生动的精神与形式,它不仅需要知识性把握,更需要生命的感悟。就人格问题而言,比较诗学所要探讨的精神问题,既有伦理本性的阐发,又有生命象征意义的阐明。例如,孟子提出的"吾善养浩然之气"和"充实之谓美"所具有的人格精神,与西方诗学中的崇高观念和人道主义精神有融通之处,就能给予人以生命的启示。就文化社会问题而言,文学价值观念、文化观念,中国古典诗学中的风、雅、颂等,只有在生存隐喻上

---

① 海德格尔:《荷尔德林诗的阐释》,孙周兴译,商务印书馆 2000 年版,第 125—127 页。

予以展开,才能获得知识性与生命性的内在沟通。中国文化的内在慧命在于:寻求真善美的内在统一,因此,比较诗学的深度模式之建立,就必须依赖于知识性原则与生命性原则的内在贯通。

在诗学或文艺美学的诗性价值原则的指引下,文明的诗性之思获得了越来越重要的意义,所以,必须超越平行比较的人为性困境,真正沉入不同民族的历史文化深处,开拓比较诗学问题所具有的独异的文化精神与生命精神。这样,比较诗学深度模式的建构就不是一句空话,而变成了实实在在的生命追求,因此,不仅不应拆解深度模式,更应花大力气建构比较诗学的深度模式,从而显出中国文化的巨大生命力、中国人的文化自信力和创造力。中国美学中不缺乏对自由美学精神和生命美学理想的想象式崇拜,关键在于:我们缺乏对宗教道德主义精神和法治理性精神的崇尚,而在西方文化中,宗教道德主义精神和法治理性精神比生命美学精神更好地护卫着西方社会的安宁、秩序和公正。由于我们从中国文化出发的一厢情愿的错解,所以,我们始终与西方的法治自由主义精神与宗教道德自由主义精神处于深度的隔膜状态,没有法治与理性,神圣与道德的保持,生命美学的纯粹自由主义思想只能是理想与空谈,只能是个人的纯粹精神自慰,而现代中国的生命美学与实践美学都没有逃脱这一困境。①

个体生命永远有自身的现实性与残酷性,它们毁灭着我们的诗性梦想,诗学则永远保持人的梦想,安顿个人的生命。追求诗的浪漫性,并不意味着放弃现实性与现代性,而是从自由劳动或异化劳动中发现生命的意义;从自由存在与异化存在中寻找希望与信念,最绝望的生活也能显现人的刚强,这就是诗的力量。"诗",不想让神话沉睡,也不想让异化力量压迫人。个人的渴望,个人的爱情,个人的强力意志,个人的诗性理想,个人的希望与信心,个人对一切残酷的反抗,都使诗歌充满自由。诗学或文艺美学,说到底,就是做生命之思,不是向现实妥协,也不是向诗人抄袭,而是像诗人一样思考,只不过诗人更追求形象的诗意,而思想者则追求诗

---

① 刘小枫:《沉重的肉身》,华夏出版社 2004 年版,第 5—9 页。

思。诗人可以自由地感动,也可以自由地思想,一切皆变成自由而美丽的心灵图景,例如,海涅的《还乡集》中的第二首诗,即著名的《罗累莱》。第一节是引子,"一个古老的童话/总萦绕在我心"。第二节,是晚风落日和莱茵河的宁静。第三节,是妙龄少女用金梳在河边把金发梳理。第四节,"她用金梳盘金发/曼声唱情歌/曲调诱人心/旋律奇妙美"。第五节,是船夫不能自主。第六节,是罗累莱的歌声与船夫死亡后亲人的哭声相伴。生命就是这样,痴心热爱美妙的一切,追寻生命的真理,不畏惧死亡。这就是生命的诗意,也是我们解释生活与艺术的意义。

4. 诗意与生存之思:审美的超越

真正意义上的诗意之思,除了诗的形象化以外,诗的哲理性探讨也显得极为重要,"诗意之思",永远与存在之思密切相关。按照存在论的思想,生存本身并不是处处诗意,我们所处的现实世界是充满烦忧的,充满了焦虑,这是存在之实际。问题在于:我们不能驻足于存在的现实境遇,而必须寻找诗意之超越。所以,海德格尔通过诗歌的解释来理解存在,对存在进行诗意之思的超越。事实上,从诗学意义上说,文艺美学必须提供生命自由想象与体验的可能,人生活在历史文化传统之中,在传统的浸润之下,我们已经形成了生命想象的价值定式,即认为此种生命是好的,而彼种生命是不好的。生命的价值与意义,表面看来是确定的,但是,真正的生命价值和意义,又始终在变化之中,人们自然感到困惑与不解,此时,艺术与诗思,就应该启迪心灵。

从文艺美学的角度而言,诗的生命体验可以在三维展开:一是传统的士大夫式宁静自然的诗趣与归隐田园的生存哲学之间的领悟,二是在现时的生命享乐与青春骚动中体验生命的反叛与不安,三是在异域的生命时尚与宗教狂欢中体验神圣与世俗的和谐。生命的自由想象,不是遵从现实,而是要无限自由地进行心灵想象。心灵的丰富性,通过语言呈现,诗思通过形象的体验而使心灵飘飘欲仙,这就是诗境与诗趣,这样,诗歌就会使生命自由飞翔，就可以使灵魂永远向自由与美好的国度上升。①
由于中西诗学的浪漫主义取向有根本区别，我们在理解中国浪漫派精神
时，需要有西方浪漫派思想的支撑，当然，从根本上说，由于中国缺乏宗教
神秘主义的诗意之思，我们的浪漫派诗人更多地把"浪漫"理解成归隐自
然、成仙得道，而不是与神同在，或者期待天国的荣耀。这种诗性之思是
我们的诗歌文明的内部追求，如果融入西方的诗性浪漫观念，我们的诗性
之思就会具有更加博大的思想艺术空间。

　　"诗性"这概念是中国文艺美学本有的美学观念，"浪漫性"或"罗曼
司"(Romance)这个概念，则来源于西方文艺美学。在现代诗学与美学的
交往对话中，西方诗学与美学中的浪漫性概念，已经成了中国诗学与美学
的核心评价范畴。浪漫性这个概念，在西方思想传统中，从词源意义上
说，可以追溯到古希腊罗马神话史诗和中世纪的传奇作品那里，但是，从
文学艺术创作的审美取向而言，则应追溯到 18 至 19 世纪的欧洲浪漫主
义文化运动的基本审美价值选择中去。从文学艺术或文艺美学的立场上
看，浪漫性具有哪些特点？我们大致可以进行三个方面的界定：一是自然
性与神秘性，从生存论意义上说，浪漫是对现实的疏离，是对神秘的追踪。
面对自然与生活世界，诗人看到了自然的无限美丽与无限神秘，因为在自
然事物的背后，我们不仅可以看到自然事物的生命，而且可以感悟这自然
生命的神圣性。是什么赋予自然事物以无限的生命与美丽，诗人和艺术
家很容易追踪到神那里去；把自然的生机与神秘表现出来，就是事物的神
秘与美丽呈现，就是事物的浪漫与传奇。二是生命性与神圣性，从创作意
义上说浪漫意味着生命与爱情，是超越现实之上的理想与伟大精神之体
现。诗人和艺术家不能仅仅满足于对现实生活的摹写，而且要表现出生
命的浪漫性，即超越现实之上的理想性。"理想"，使生命焕发光彩和自
由；"理想"，使生命充满活力与爱意。三是爱恋性与崇高性，从生命存在
意义上说，日常生活充满了世俗性，但并不是所有的人都投身于世俗，还

---

　　①　李咏吟：《诗学解释学》，上海人民出版社 2003 年版，第 139—150 页。

有超越世俗之上的人性与美丽爱情。"爱情",使诗与浪漫有了生命价值依托,它是一个生命对另一个生命的伟大奉献、牺牲和关爱,是生命的内在超越,是基于生命存在的幸福与快乐创造力量。在自然生命与现实生命活动中,爱情与恩慈,不仅有男女间的爱,也有亲人间的爱,不仅有人世间的爱,也有生物之间的爱,不仅有超越等级社会和世俗法则的爱,也有超越种族与国家意义的爱。"爱",就是超越现实与世俗价值观念的伟大生命力量,它使个体的存在意义充满光明与美丽。①

　　由以上描述可见,浪漫性或诗意性,就是诗人、艺术家和美学家对生命存在的自由想象,也是对生命存在的价值的再发现。一方面,诗人与艺术家需要面对现实生活与世俗生活,我们不能否认世俗生活的力量,也不能屈服于世俗生活的价值法则,另一方面,诗人与艺术家也需要对自由人格与美丽精神的发现与想象,我们需要创造伟大而美丽的生命形象,也需要创造平凡而美丽的生命形象,因为自由的生命形象能给我们的心灵以慰藉。这就是说,我们在审美与艺术创造之中必须相信:生命中有伟大而美丽的精神,生命中有伟大而美丽的精神形象,也有平凡而美丽的精神形象,正是由于这些美丽的生命形象,让我们能够想象神圣,想象美丽,想象自由,想象爱情,正是由于这种美丽的精神形象,我们不会在现实生活法则面前悲哀哭泣,我们会对未来的生活充满信心与希望。在现实生命之上,有伟大的神圣者关怀我们,给予我们以信心和力量;在我们平凡的生活中,有伟大的灵魂可以给我们以信靠;在关键的时刻,这些美丽的灵魂能够散发自由而美丽的光辉。美丽战胜了邪恶,高尚战胜了卑劣,纯洁战胜了脏污,神圣战胜了世俗,这就是生命的诗性与美丽。诗意与生存之思的浪漫性,就是为了我们想象的自由与自由的想象;诗性与生存之思的浪漫性,就是让我们对生活与未来,对可知与不可知的世界充满信心。有了浪漫精神的支撑,艺术就永远充满了阳光和芳香,艺术也因此永远充满神圣的美丽和生命的狂热。一切悲哀与惨淡,一切苦难与邪恶,在浪漫精神

---

　　①　舍勒:《舍勒选集》,刘小枫选编,上海三联书店1999年版,第742—743页。

面前,在诗意的阳光之下,总会遁地无形;光明正大与神圣庄严,永远在生活中向我们微笑,这就是诗学与文艺美学坚守的诗性自由信念。

从诗学到美学,或从美学到诗学,或进行诗学与美学之间的比较阐释,不只是理论问题,它更应该是具体的诗人之间和诗歌作品之间的精神联系与精神差异的分析,所以,有关诗学的生命自由想象与生命的自由体验问题,不应只停留在玄思的水平上,或者说,既要有哲学意义上的精神玄思,又要有生命美学意义的诗歌体验。严格说来,"比较诗学"应该从具体的诗人和诗作出发,由诗人诗作的比较与分析,上升到生命哲学与生命美学的高度,对人生与世界,对自然与文明进行深刻的理解。反观前面提到的实例,在现代中国文化视野中,宗白华、方东美、冯至进行过成功的比较诗学研究:宗白华以魏晋文艺、唐代诗歌为例,与德国诗歌艺术和美学进行了独具慧眼的分析;方东美从哲学高度,对中国诗歌哲学与德国诗歌哲学进行了有趣的比较分析,特别是对歌德与尼采有其深刻的解释;冯至本来在德国研究浪漫派诗歌,归国后,致力于杜甫诗歌的研究,他的诗歌比较研究,极有文艺美学的意趣。① 从生命哲学和文艺美学出发,在比较诗学境域内,有许多有价值的论题等待我们研究:一是在西方诗歌语境内的比较研究,二是在中国诗歌语境内的比较研究,三是在中西诗歌语境内的比较研究,这是对研究对象和研究语境的设定,更重要的是,我们可以从中找到中西诗歌在精神与生命层面的差异与沟通启发的可能性。

以西方古典诗歌为例,荷马与但丁之间有值得进行深入的比较美学研究,莎士比亚与希腊剧作家之间也有研究的可能性。以西方近现代诗歌为例,歌德与席勒之间,海涅与尼采之间,荷尔德林与里尔克之间,雪莱与济慈之间,华兹华斯与布莱克之间,惠特曼与艾略特之间,有的是相同大于相异之处,大多数诗人皆是相异大于相同,不过,比较之间必须建立其内在的精神联系,这是诗学比较分析研究的关键所在。在中国诗歌或中西诗歌的对比中,屈原与品达之间,陶潜与李白之间,顾城与叶赛宁之

---

① 冯至:《杜甫传》,人民文学出版社1953年版,第7—23页。

间,这都是很值得完成的题目。从文艺美学出发,诗歌比较,不应停留在诗歌的简单比附上,必须上升到诗思的高度,对诗歌与诗人之间的精神联系与价值取向进行比较分析,只有这样,才能超越形式分析而进入到精神分析的层面。基于此的浪漫主义思想理解,刘小枫做了相当深入的发挥,他的《拯救与逍遥》和《沉重的肉身》以及《走向十字架上的真》,皆探讨浪漫派的思想根源问题。刘小枫的思想路径标志着当代中国诗学与美学的根本性转向,他看到了中西诗歌的浪漫主义思想的重要意义,因为真正的浪漫派,必然在诗与神秘、现实生命与宗教体验之间寻找自由的道路。[①]存在论的语境与神义论的语境,使西方的浪漫派诗学完全不同于我们的传统,从浪漫派出发,中西诗学有其内在的超越性道路,比较诗学的意义也在于确证自由与浪漫的价值。在这些比较分析中,一些有意义的问题,可以得到自由展开。诗与存在问题,诗的本质问题,诗与自由想象问题,诗与信念问题,诗与自然问题,在比较诗学与文艺美学之思中,应处于优先位置,如果失去对这些论题的把握,解释本身也就失去了意义与价值。诗歌与诗人,提供了生命自由想象与自由体验的最大可能性,从诗学到美学,诗思与诗化、诗意化的人生与人生的诗意化就成了具有浪漫派精神想象的自由道路,这是中国现代美学寻求自由与个性解放的充满魅力的思想道路。

第三节　诗书画一体与中国古典文艺美学

1. 古典文艺美学的感性化与经验化

中国古典文艺美学思想有两种考察方式:一是从哲学和伦理学出发,通过哲学家的生命与道德之思,去理解他们对诗意存在的反思与想象,依托生命观念解释艺术的价值,确立艺术与人生的审美目的。从这一考察

---

① 刘小枫:《重启古典诗学》,华夏出版社 2010 年版,第 6—18 页。

方向可以看到,儒家和道家的美学思想与人生哲学具有独特美学意义。在儒家和道家美学中,"道"形之于玄学之思,"德"则表现在日常生活实践之中,他们通过礼乐文明教化的方式或纯粹自然审美的方式达成人生的理想实现。儒道思想系统的审美理论,既具有实践论意味,又具有本体论意味。① 从中国美学史可以看到,美学的哲学反思主要是哲学家的思想任务,但是,在具体的审美解释中,中国哲学家显然对美学提升文明的作用关注度不够。二是从经典文学和艺术作品出发,结合中国古典文艺美学的评点解释与艺术经验描述传统,去理解中国古典文艺美学的审美取向。这些思想,特别体现在各种具体艺术的评论之中,诸如诗论、乐论、书论和画论。从这一考察方向可以看到,评点与鉴赏系统的审美理论,具有独特的艺术形式美感趣味。② 应该说,中国古典文艺美学的最真实的思想活动,主要是艺术家从艺术审美活动本身出发,对艺术创作和艺术本身所进行的深入细致而独特的思考。在这里,我们不拟考察哲学家的文艺美学思考,主要致力于考察艺术家与鉴赏家的文艺美学思想。由于中国古典文艺美学,主要是立足于艺术自身活泼的理解与思考,所以,从诗书画一体这一审美观念和形态出发,讨论中国古典文艺美学的独特性,更能把握中国古典美学的精神实质。

从感性具体的文艺美学出发,深入考察中国文艺美学的审美判断与经验直观,就可以发现:这一思想系统充满强烈的文人意趣,代表了中国士大夫文化的精神趣味。这种文人趣味所表征的文艺美学特性在于强调审美的同一性和艺术的贯通性。诗乐舞相伴,诗中有画与画中有诗,特别是"诗书画一体论",就是这种艺术精神和艺术理想的系统表现。在日常生活审美实践中,"琴棋书画"历来被视作中国人的内在精神修养的方法;更远一点看,在西周教育史上,诗、书、礼、乐、御、射,就被视为"六艺",常

①　李泽厚:《华夏美学》,参见《美学三书》,天津社会出版社 2001 年版,第 264—300 页。
②　宗白华:《美学散步》,上海人民出版社 1981 年版,第 33—67 页。

被作为个人全面文化修养的内在标尺。① 诸如此类的简约表述,概括了汉文化的审美特性与自由追求。虽然这些艺术门类在不同民族中获得不同程度的重视,但是,就其内在精神而言,中国审美艺术文化则显示出独异的精神特征和审美追求。基于此,"诗书画一体论"所包含的审美趣味与审美追求,不仅体现了中国人对美的艺术的追求,而且也体现了我们对艺术相关性的自由理解。

"诗书画一体",从艺术形态上说,确实可以视作中国传统艺术文化的外在表征。何谓"诗书画一体"? 即强调诗歌、书法、绘画、雕刻乃至音乐之间的内在联系,并尝试通过视觉艺术的形式表现相关艺术的综合性特征,最终通过书法或绘画这种载体表现出来。这种独特的艺术形式与美感趣味,早就成了中国传统艺术的独特精神追求。② 这一艺术观念或实践意向,主要是通过这样几种实践形式加以具体表现:一是综合形式。即诗歌、书法、绘画表现在同一艺术空间之中,构成相互阐明的深层语境。二是关联形式。即诗歌与书法融为一体,以书法艺术占主导或以诗歌艺术占主导,至于艺术的形式,则取决于艺术家的才能偏向。书法与绘画常融为一体,"书法"融入画法,"画法"渗入书法,这是两两关联的形式。三是独立形式。诗、书、画各自以其特殊的表现符号显示美的体验和创造的匠心,这三种不同的形式,在精神呈现方式上,只遵循外显和内隐的方式,而在其根本精神上,则遵循"气化和谐原则"和"生命交融原则"。这种交融原则体现了强烈的音乐精神,因此,诗书画三门艺术之间,无论是分离还是综合,其内在精神具有强烈的互渗性和统一性,体现了艺术的内在关联性与审美统一性,这种对艺术的多维实践和综合性追求,正是中国古代艺术的特殊表现方式。诗书画一体这一审美形式,虽然契合中国人的深层文化心理和创造追求,但是,这种综合倾向的调和性,也使这种人文艺

---

① 马端临:《文献通考》,中华书局 1986 年版,第 379—382 页。

② 启功就特别关注这一文艺美学现象。参见《启功学艺录》,中国对外翻译出版公司 2000 年版,第 303—312 页。

术蕴含深刻的危机,因而,有必要根据艺术辩证法进行综合讨论。

诗书画统一的艺术方法与美学追求,尽管在西方也有其实践意向,例如雨果、布莱克、毕加索的诗书画创作达到了很高的艺术水平,但是,在表现形式上,他们或者以诗为主体,以书与画作补充解释,或者以画为主体,隐含书法与诗歌意趣。由于西方书法与中国书法有其根本差异,即符号文字与方块文字、钢笔与墨笔的表现效果之差异,因此,诗书画的真正综合性统一的表现形式,只是中国文化独有之现象,而且蕴含中国艺术文化的基本价值准则。诗书画,乃独特的视觉艺术形式,在中国它们是水墨艺术的自由表现方式,也是诗歌创作中审美主体的内在要求,是心灵的自由想象与情感的语言思维,也是为了表现人生目的的自由想象。诗是语言的内在的间接的情感表达方式,书法最初就是为了将诗歌或语言艺术以艺术的形式记录下来,后来,书法则是为了艺术地表现汉字的结构美,但它必须依托诗歌,否则就失去了自由的灵魂。书法表达了汉字的美与语词运动的力量,绘画则能将诗歌的内在意境展示出来,使之变成直观的精神图像。在传统艺术中,诗歌需要书法来表现,在许多方面,书法与绘画有可沟通性,同时,绘画的构图和意境则需要诗歌的启发。这几种艺术之间彼此相互关联,共同作用,构建出中国艺术的美丽,其实,在诗书画一体背后,流动的是宇宙的音乐,使中国艺术的综合表现精神获得了特别的生命。① 所以说,艺术作品的视觉化与图像化、诗意化与美感化,是中国古代文艺美学的内在追求。

2. 气化之道与中国文学艺术的追求

就中国艺术史的发展过程来看,诗书画合一,作为文人化艺术的独特创造形式,发端于魏晋时期,完成于宋元时期,兴盛于明清时期。在现代艺术中,只留下传统余绪,并不断地受到批判,那么,应怎样评价这一独有的艺术现象呢? 看来有必要做些寻根溯源的工作。

———————————

① 宗白华:《美学散步》,上海人民出版社 1981 年版,第 95—118 页。

从根本意义上说,艺术的外在形式,应各具独立性,相互分离,这本身就植根于艺术符号之间的巨大差异,不过,艺术的内在精神则具有统一性,这根源于生命的整体原则。在人的生命活动和审美活动中,人是以全部生命体验去感知,去认识,去创造对象,在生命的整体体验中,是不必诉诸任何语言符号的,它忠实于内在感知和想象的无言体验。这就是说,在生命的整体体验中,诗与书、书与画、画与诗之间并不存在形式分离,在主体的体验和感知之中是统一的。正是由于这种精神的统一,艺术才可以言说生命,言说对生活世界的想象和理解,一方面,生命的想象与理解,可以转变为艺术的形式符号,另一方面,艺术的形式符号,则可以转化为丰富的生命体验内容。从本原意义上说,生命与艺术之关系才是根本的。生命是感情、意念、活动、内在决断、自我感觉等心理能力的自由思想运动,忠实于自由想象原则,忠实于身心合一论。因此,不论什么艺术,从生命原则出发,他们都是贯通的,同时,也可看到不同的艺术形式,往往发自相同的生命体验与生命活动方式。① 艺术的体验状态,在创作的心理上,在内在精神原则和价值取向上,在生命的追求和渴望中具有内在的同一性,正因为如此,在不同艺术中,往往灌注着主体的生机勃勃的意气。在黑格尔看来,艺术的整体原则,就在于它的生气灌注性,即艺术的活态生命原则。② 艺术的感知体验过程是动态的、有生机的,艺术的创造过程也是活态的、有生机的,艺术的存在过程,更是活态的有机体;纯粹静止的艺术是缺乏生命力的,艺术的生命就在于艺术的内在生气灌注性。

艺术的生命原则,源于主体的生命活动本身,因为主体的生命活动投注到艺术中,艺术才具有生命性,对于主体的人来说,生命不仅意味着衣、食、住、行,而且意味着全部感觉的自由生长与无限开放。生命最基本的方式是维持生命本身的物质原料,即必须满足衣食住行,才能进行生产劳动。"食",使人的肉体得以运转存活,这是万物所需的养分,没有这养分,

---

① 小野泽精一等:《气的思想》,李庆译,上海人民出版社 1990 年版,第 344 页。

② 黑格尔:《美学》第 1 卷,朱光潜译,商务印书馆 1979 年版,第 198—199 页。

生命便会死亡。"衣"与"住",使人们抵御外来的危险并保证生命的安全,生命自由呼吸,才能生气活泼,呼吸显示出事物运动的生命秘密。人们试图通过"气"来解释艺术:气是生命的节奏,也是生命的运动;气驱动着力,力决定着人们的生产活动。在这种物质前提下,生命能自由运动;生命运动,不仅指人的五官感觉和四肢运动,而且包括心之思。人的意识活动,也是由气决定的,气是物质性的创生力量,它创造并保持万物的美。心即理,理即气,气决定着精神运动,所以,艺术的生命是浑然一体的,这说明所有的艺术都可以从气的角度予以解释。

中国古典文艺美学话语,常从生命与气化的角度去解释艺术的运动和艺术的生命。从创作的角度而言,艺术创作离不开这浑然的"气","气",就是生命内部饱满的精神力量和生命活动的充沛能量,所有的艺术都具有这种生命共同性,因此,艺术的精神不是外在形式的呈现,而是艺术生命的内在特性的显示。从外在形式入手,无法统一艺术的基本特性,只有通过这种生命原则,才能对不同艺术获得生命的阐释。从根本意义上说,艺术即源于这种生命之道,气化之道。气化之道,从创作而言,有养气、才气、文气这样内在运动的过程,这是由外而内,又由内而外的过程。① 养气,一是呼吸吐纳自然之气。吃五谷杂粮,调节人的全部欲求,从而使生命精力弥满,生机活泼。古代的道家很重视养这种气,他们选择自然圣地而栖居,通过饮食,通过"房中术",通过养自然之气而使生命葆有青春活力,这种呼吸吐纳自然之气,是中国古代道术、医学之根本精神,也是隐士学道,潜隐山林水泽的根本原因。二是养内在精神之气。孟子所谓"吾善养浩然之气",即志气、节气、骨气,是个人内在精神力量强大的标志。前一种养气方式,如果与后一种方式融合,则会带来艺术的自由和精神的自由。真正的艺术,大都在这种强盛精神和强力意志中完成,一个不会养自然之气的人,其"志气"也就不畅,因为身体状态决定着艺术状态。在很多艺术家看来,旺盛的精力,过人的体力,是艺术创作具有勃勃

---

① 祖保泉:《文心雕龙解说》,安徽教育出版社1993年版,第824—826页。

之生气的重要保证,我们看到,许多艺术家到了晚年便创作不出有生气的艺术作品。这说明:养气,既是自然之养,也是精神之养,失去任何一个方面,艺术精神便会出现变调。① 伟大的艺术,必定是这种气化的艺术;没有养气之功夫,就不会有才气。才气,本属自然天成,即艺术创作之独特禀赋,但才气之激发,离不开养气。应该说,"才气",是艺术家养气功夫的爆发和突破,而且,"才气",在一瞬间迸发如钢花焰火,造就艺术神奇;"才气",是艺术具有表现力的关键,也是对艺术家内在才学智力的综合判断。这才气必然形之于文字语言和艺术符号之中,有什么样的才气,艺术符号便会具有怎样的情感色彩,可见,气化之道是浑然统一的。这种气化之道,必然延伸到艺术符号之中,因为艺术符号的选择,是艺术才情和志气的外在表现方式。艺术符号对气化运行有一定的规范,因为每一艺术形式,都有其内在规定性和内在气化原则。

气化于诗,就带有诗的规定性,即生命之气融贯到诗之中,并与诗之审美本性结合在一起。诗的语言,是节奏的语言,情感的语言,是无声的音乐之语言,它在写作体验和阅读中呈现出的节奏原则,就是生命气化原则。这种生命气化原则,使词与词之间的联系,不是死的、沉闷的,而是鲜活的、充满强力的。文气和生命之气,使诗句之组合有了生命的跳跃性,有了形象的想象综合性,有了自然景象的联类整合性,诗的内在律动,就是这样的生命气化原则。气化,使诗句之间有了潜在的强力,从而实现感情的有节奏之抒发,气化在诗中,离不开词句,离不开意象,离不开语言的节奏。② 气化激活了诗,诗使气得以内在地沉积,富有思想的力量。自然之气和精神志气,融于诗中,使人感知到了生命的意义和价值。

气化于书,则是笔墨线条之艺术的自然灵动。笔墨之运动,是需要力

① 王夫之解释道:"养气,则有以配夫道义,而于天下之事无所惧,此其所以当大任而不动心也。""盖天地之正气,而人得以生者,其体段本如是也。"参见《船山遗书》第4卷,北京出版社1999年版,第2025页。

② 徐复观:《中国文学中的气的问题》,参见《中国文学精神》,上海书店出版社2004年版,第104—105页。

的,"力"通过"气"来调节,"力气"使书法者之"用笔"出现轻重疾徐。书法的线条,有其内在的自由变化,它应合着内心的气化节奏,从而达到精神快适与形象自由的表达,构图和线条的自由运动,使人感到了审美的自由快感。线条的自由组合,使整个书法画面具有了虚实感、空白感、运动感和旋律感,于是,书法艺术便寄托了生命,成为生命的象征。如果书写者在书写的内容上也有选择,有创新,那么,书法就成了极富意趣的思想传达过程,同时也使思想具有形象直观的审美效果。①

气化于画,一方面来源于对山川人物、花鸟草虫之俯察和生命之领悟,另一方面又来源于画家对大自然之气化运动之体察。艺术家力图以形、以色、以线条、以运动、以虚拟来表现山川万物的生命状况和运动姿态,从而把实体的生命空间内化到艺术的虚体生命空间之中。在画面的色彩和线条的展开过程中,气化原则使艺术符号具有了生命的象征意义和生命创造的激发力量,故而,绘画本身通过色彩和意境的符号,成就了大自然生命之象征形象。自然之生气与艺术家的精神之生气,充满画幅之中,则是那无形而有形、无意而有意的生命诗境,从而使人感受到自然的神奇与伟大。《孟子·公孙丑》中谈道:"夫志,气之帅也;气,体之充也。夫志,至焉;令,次焉;故曰:持其志,勿暴其气。"他还说:"吾善养浩然之气。敢问何谓浩然之气?曰:难言也。其为气也,至大至刚,以直养而无害,则塞于天地之间。"②孟子形象生动地诠释了气化原则与生命艺术的内在关联,所以,把握了气化之道,就把握了艺术的根本。

中国艺术家遵循这种生命之道和气化之道,创造了不同形式的艺术,他们写出的诗是那么富有画的运动意趣,使人体悟到艺术空间的生命灵性与虚实统一。他们的书法是那么潇洒、庄严、方正、古朴,显示了多样的生命状态;他们的画又是如此充满诗意,激发自然的诗情,因而,他们通常

---

① 宗白华:《中国书法里的美学思想》,参见《美学散步》,上海人民出版社 1981 年版,第 169 页。

② 《诸子集成》第 1 卷,上海书店出版社 1986 年版,第 115—118 页。

以"一气呵成",以"生机灌注"来形容这种最高的艺术生命状态。由于以生命之气为根本,他们在艺术实践中就获得了至高的生命乐趣。① 就个人的内在才性而言,可能亦诗、亦书、亦画,而就其艺术形式创造的可能性极限和功夫境界而言,艺术家很难在这三种不同艺术形式中"臻于极限",于是,他们或者借诗来表现书、表现画;或借书来表现诗、表现画;或借画来表现诗、表现书。总而言之,在具体的艺术创作过程中,诗书画的一体性追求,艺术家是有所侧重的。魏晋盛唐艺术家往往专攻一门而兼及其他,例如,陶渊明能诗,对书画之悟也不差;王羲之能书,其诗画功夫也不浅;谢赫能画,其诗书境界也不俗;谢灵运、顾恺之、钟繇等,各有专攻,而又能他艺。中国古代艺术家在艺术才能上的感通,根源于中国古代美学喜欢从多方面的艺术修养功夫入手来评价文艺家之成就,因而导致古代艺术家致力于各类艺术之间的沟通,这种沟通体现了艺术之间的气化之道,并未丢失艺术的自然本性。

通常,诗书画之成就和审美标尺,是各自独立的,不过,也有其内在的贯通性。中国艺术对这种通才的"全面呼唤",使得"诗书画一体"这种艺术趣味和审美取向在古代艺术创作中成了必然的价值规范和审美时尚。例如,李白、杜甫对诗画有极好的悟性和造诣,他们的诗中画和评画诗,显示出诗人在诗书画方面的卓绝成就,王维的诗、画、禅、书臻于至境,其实,就在于他很好地把握了诗书画合一之道。唐代这个天才抒发的时代,把"六艺"强调并提到了新的高点,于是在艺术中出现诗书的融合,书画的融合,诗书画的融合。② 如果说,晋唐之际把诗书画和人格风流很好地统一在艺术的自然追求之中,那么,宋代的苏轼完成了诗书画一体的综合性艺术创造,使诗书画成了文人自由人格精神追求的审美表现形式。苏轼的诗书画,皆能步入一流佳境,但以书法成就最高。明清文人画之兴起,与

---

① 徐复观:《宋代的文人画论》,参见《中国艺术精神》,九州出版社 2014 年版,第 309—332 页。

② 徐复观:《唐代山水画的发展及其画论》,参见《中国艺术精神》,九州出版社 2014 年版,第 214—236 页。

他们淡泊功名、远离政治而迹隐民间有极大关系,于是,艺术表现与政治权力之间开始分离,士大夫的纯粹艺术趣味导致文人画之兴起,诗书画在形式上真正融为一体。诗书画融为一体,以画的形式出现,以画为主导,一切都变成视觉享乐了,这成了全面衡量中国艺术家之才情的外在方式。诗书画,连同"印艺",称之为"四能"的艺术形式,常受到士大夫的高度评价。也许正是由于这种审美时尚,文人画、文人诗与文人书法才具有如此重要的地位。① 正是从诗书画合一的审美形式出发,唐伯虎、徐渭、郑板桥的风流才情,得到了历代文人学士特别的承认。无数文人墨客,先后加入这一诗书画自觉与不自觉的综合性追求之中,他们借此实现了新的生命原则,中国画的生命原则以这种综合形式表现出来,显出特有的文化追求。不过,也必须承认,在追求这种形式综合性的同时,诗书画内部的自然生命精神开始失落,艺术本有的自然生命追求受到限制。

3. 诗歌韵律与中国书法的自由舞蹈

在习惯性的称谓中,书紧接在诗之后并非毫无道理,"作诗",有一个运思的过程。"诗思",是感悟自然和人生的过程,正如钟嵘所语:"气之动物,物之感人,故摇荡性情,形诸舞咏,照烛三才,辉丽万有。""动天地,感鬼神,莫近于诗。"②诗创作是最自由、最精力弥满的创造活动,从诗的创作来看,诗的生命运动过程,首先离不开诗人的审美意识,其次取决于语言意象和声音旋律的自由组合,最后取决于诗的激情感染和歌吟。

从原始艺术出发,诗是起源最早的艺术之一,与乐、舞一起构成生命的原始艺术活动,"诗者,志之所之也,在心为志,发言为诗。情动于中而形于言,言之不足,故嗟叹之,嗟叹之不足,故永歌之,永歌之不足,不知手之舞之,足之蹈之也"。③ 可见,诗与歌的关系最为密切,这种歌,是粗犷

---

① 钱锺书:《中国诗与中国画》,参见《七级集》,上海古籍出版社 1986 年版,第 5—32 页。
② 钟嵘:《诗品集注》,曹旭集注,上海古籍出版社 1994 年版,第 1 页。
③ 《诗大序》,参见宇文所安:《中国文论:英译与评论》,王柏华、陶庆梅译,上海社会科学院出版社 2003 年版,第 41—42 页。

的呼吼和情感的抒发，诗人以宏大的声音抒发生命的内在强力，很有些接近虎吼猿鸣。在语言符号被创造出来以后，自然的生命强力的单纯抒发，便成了有意义的"情感表达"，诗人的主体地位得以确立，吟唱和歌吼是诗人的主体精神表达方式。在这种歌与唱中，诗人得到生命的安慰与满足，所以原始诗歌追求宏大粗野之力量，并不在乎节奏的优美和婉丽。诗人的感悟抒发，可以即物起兴，也可以缘情而思，天地之宏大进入了诗境，牛羊牲畜之野性进入了诗意，人世之动荡和压抑进入了诗象，感情之曲折、深沉和悲怨也进入了诗思，战争之悲壮和苦难融入了诗情，个人之遭际和悲欢离合更成了诗之主调。

　　在中国的诗歌艺术中，楚辞之出现，是惊天动地之大事，《诗经》之曲词，过于古奥，而且，句法上过于短促，虽有朴质之美，而难感悟宏大粗犷之美。楚辞则不然，"天问"式贯通古今，"离骚"式曲折断肠，"九歌"式野性和悲怆奇美，皆足以焕发奇绝之美和神秘想象，它达到了抒情的极点。[①] 诗人的审美意识，在志与情、雅与野、义与侠之间，显示出无穷的张力，大有气势磅礴之感，此后，这种雅与野、志与情、义与侠的抒情张力，一直保持在中国艺术之中。魏晋诗歌的平淡之极、美雅之极和忧愤之极，既承续了楚辞的悲旷神话又使诗思趋于平稳和内敛；盛唐之时的豪迈与喧腾、恸哭与悲凉，又创造了壮歌与悲歌之时代。宋代之后，诗歌趋于平淡，闲散，内敛，软弱，优雅，直到五四，中国艺术才再次焕发出无比的魅力。因而，志与情、雅与野、义与侠的审美取向的差异，显示出历史的顿挫曲折，诗的狭小境界和宏大境界，此消彼长，证实着中国抒情之曲折道路，这种志和情与诗的意象、曲调、词之力度和色彩有很大关系。

　　中国诗歌之意象，纯任自然，给予人以力量感，影响着诗的奇美力度。中国诗歌，在句法上，追求倒置和跳跃；句与句之间的跌宕，构成审美意象

---

　　① 王夫之说："以子属天，则为元后；以下属天，则为六寓。引而伸之，触类而长之，或积崇隆为泰华，或衍浩瀚为江海，厄业而不穷，必不背其属，无非是也。"参见《船山遗书》第7卷，第4120页。

的"极速转换"之美和"舒缓联想"之美。语言的声音规则,即所谓的格律,使诗的乐感与动感富于生命的节奏。① 可以说,一切艺术都存在着这种生命节奏,或有声,或无声,在生命的时间尺度中运行,这本身便构成了生命强力意志。这种强力抒情内化到诗歌句法和词法之中,构成生动的意象和充满玄思的意境,表现出神秘、深情、平淡、喧闹、动荡、声威之势,成了杂色的审美情感组合。这是力之美,气之美,歌之美,于是,中国古典艺术抒情便引导出源于内心深处的激情活泼和大众歌唱的狂欢。一个高亢的抒情时代和一个清纯的抒情时代,往往体现出特定的时代征候。高亢之时代,诗乐观而外向;黑暗动荡的时代,诗往往压抑悲愤;社会之剧变,必然影响着诗的感情色彩,正因为如此,诗可以视之为"词的艺术"、"歌的艺术"和"记忆的艺术"。诗从心中发出,在口头吟唱,这种抒情方式持续了许久,直到文字的发明,诗歌才获得了新的传播方式,它不再是群体间的直接交流,而成了个体与语词之间的亲密接触。

文字的发明是一件惊天动地之大事,在古人传说中,"仓颉造字"的情形是:"颉首四目,通于神明,仰观奎星圆曲之势,俯察龟文马迹之象,博采众美,合而为字。"可见,汉字创生的神奇表现力,使中国诗歌价值独异。诗词对万事万物进行诗性命名,而汉字则在于对万事万物进行线条抽象,文字的发明,使概念得以形成,使思想得以定型。诗不再具有口头歌唱的抒情意义,它还获得了文字记录的意义,"文字",作为中国特有的书写符号,成就了一门独特的书法艺术。字词是思想之记录,字词之书写,又是中国书画中独有的线条美的创造,于是,诗就不单纯是诗,诗的语言文字传达功能又转化成书法艺术。诗艺与书艺,既相关联,又各自独立,"诗"的写作离不开"书",而"书"的内容又离不开诗文,于是,"诗"与"书",这两种不同的艺术可以通观了。邓以蛰指出:"甲骨文字,其为书法纯为符号,今固难言,然就书之全体而论,一方面固纯为横竖转折之笔画所组成,若

---

① 宗白华:《唐人诗歌中所表现的民族精神》,参见《美学散步》,上海人民出版社 1981 年版,第 292 页。

后之施于真书的永字八法。""至其悬针垂韭之笔致,横直转折,安排紧凑,四方三角等之配合,空白疏密之调和,诸如此类,竟能给一段文字以全篇之美观。"①由此可见,书法的独特美的发现,正源于书法线条与造型的生命力量,诗书相关,又各自独立。诗书画,同时面对自然万象,其表现方式各有不同,诗关心自然之"名",书关心自然之"形",画关心自然之"体",音乐关心自然之"声",多种艺术合成,构成了完整的艺术整体。

就诗与书而言,它们的独立性大于相关性。诗与书,虽都关心自然形象,但诗是词与象,而书是线与形;诗是人的情思,而书则是情的符号;诗与词相关,书与文字相关。在艺术存在之中,诗书之存在,带有内在的相互依赖性和共存性,在艺术长河中,诗是一门独立艺术,书法也是一门独立艺术。尽管李白、苏轼、黄庭坚擅诗文能书法,但他们的艺术,在历史观赏中,或重于诗,如李白,或重于书,如苏、黄,可见,这两门独立艺术,各自有其内在本性,无法有机地调和在一起,尤其是印刷体的流行,切断了诗书的本源联系,或者说,本源联系只存在于创作中,他人无法观赏。虽然如此,但中国古代艺术家们力图实现诗书合一,他们追求诗书的共同美,王羲之的诗书作品,除了抄写经书之外,大都出自个人独创,自由之书乃出自自我创作,其内容也是个人的独创。书法,不只是抄写的技艺,在李白、苏轼、黄庭坚那里,诗书皆出独创,可见,在伟大的艺术家那里,力图使诗书合一,不使它们沦为纯粹的工具,这就创造了诗书二艺的内在统一。

诗之美与书之美,有其内在的可沟通性。按照宗白华的看法:"中国人这支笔,开始于一画,界破了虚空,留下了笔迹,既流出人心之美,也流出万象之美。""中国人用笔写象世界,从一笔入手,但一笔画不能摄万象,须要变动而成八法,才能尽笔画之势,以反映物象里的势。"②在书法史上,钟繇云:"笔迹者,界也;流美者,人也。"这就是说,诗美和书美,在于生命运动,在于情感变化,在于自由创造。在符号表现中,诗歌与书法能获

---

① 邓以蛰:《邓以蛰全集》,安徽教育出版社 1998 年版,第 28—36 页。
② 宗白华:《艺境》,北京大学出版社 1987 年版,第 285—286 页。

得同样的美,在主体的内心中,诗歌与书法也可获得相似的自由情感和审美快感。书顺,则诗顺,书是书写,有其法则,有其风格,如"晋人尚歌,唐人尚法,宋人尚意,明人尚态",不管如何,书的自由流动和诗情的畅通无阻,皆能统一,例如,若书滞则诗滞,同样,若诗滞则书滞,只有两者自由运动和自由想象,才能达到高度的和谐统一。这说明,诗书统一,源于情感充沛和气化谐和。具体说来,王羲之的《兰亭集序》,是这种诗书自由的象征和结晶,韩愈的《祭侄文》,也是这种诗书合一的情感晶体,苏轼的《寒食帖》,更是这种诗书自由的象征。① 古人云:"凡作字者,首写一字,其气势便能管束到底,则此一字便是通篇之领袖。"诗书二艺,都高度重视这种"始笔""始源之词"和"笔意",在许多艺术家看来,书法与诗歌创作,其开端顺畅,可能终篇自由,这是诗书的最高境界,也是中国人对诗书艺统一的最高追求。诗作于书中,成为一绝美的双重艺术品,在诗书艺术形式中,我们可以欣赏诗之美,也可以领略书之美。苏轼的诗词,也常被书法创作者在书法作品中运用,不少书法作品在表现诗词的意境内容上往往成为艺术的极品。如果孤立地看诗艺和书艺,则诗有诗之法则,书有书之法则,两种艺术的法则或不相犯,但是,如果从通才表现和创造来看,诗之法与书之法则可以合一,如能达到这种合一的程度,乃艺术的极境。随着印刷符号和诗体的分行布白的流行,这种诗书合一论,便受到极大的对抗,人们不再追求诗书合一,而是追求诗即诗,书即书。尽管这与中国古典艺术范式相对抗,但是,它毕竟体现了对艺术自身个性之独立追求。诗与书的分裂,带来它们的相互解放,自由诗之兴起和书法笔意之独立,标志现代诗歌与现代书法走上了完全不同的艺术道路,但是,在其内在生命意识和情感体验准则上,他们遵循同等的自由原则。

回顾中国艺术史,人们不得不感叹诗书合一之奇迹,在潜意识中,人们也在不断地追求这种诗书合一的境界,并成为中国人儒雅风度之象征。在客厅、在书房,如能创造奇美的诗书,无疑是对日常生活的诗性领悟,它

---

① 刘纲纪:《书法美学简论》,湖北人民出版社 1982 年版,第 8—15 页。

美化生活,洁净灵魂,成为自由心境的审美象征。诗书合一,表现为天才的奇迹,所以,中国文艺美学价值形态的感性形式始终与这种艺术特性有关。

4. 书画同源:水墨与宣纸的图式

如果说诗书合一或诗书分离多少带有艺术兼容意识,那么,书与画在中国艺术传统中,则有同源的生命亲和力。书与画,有相生与共生的关系,中国艺术的著名命题"书画同源",即是这种相生关系的高度概括。在《广川画跋》中,论者写道:"且观天地生物,特一气运化尔,其功用秘移,与物有宜,莫知为者,故能成于自然。"对此,法国画家罗丹也曾指出:一个规定的线,通贯着大宇宙而赋予了一切被创造物,它们在它里面运行着,而自觉着自由自在。"我强调最能传达我要体现的那种心理状态的各种线条。"[①]

"书画同源观"的形成有许多因由:"一笔",就是共性。在《历代名画记》中,张彦远指出:"顾恺之画迹,紧劲联绵,循环超忽,调格逸易,风趋电疾,意存笔先,画尽意在,所以全神气也。昔张芝学崔瑗、杜度草书之法,因而变之,以成今草书之势,一笔而成,气脉通连,隔行不断。唯王子敬明其深旨,故行首一字,往往继其前行,世上谓之'一笔书'。陆探微亦作'一笔画',连绵不断,故知书画用笔同法。"在《图画见闻志》中,宋人郭若虚说:"王献之能为一笔书,陆探微能为一笔画,一物之像而能一笔可就也。乃是自始及终,笔有朝揖,连绵相属,气脉不断。"这才是"一笔画"与"一笔书"的正确意义。在《画语录》中,石涛更是标明"一画"的重要性:"太古无法,太朴不散,太朴一散,而法立矣,法于何立? 立于一画。一画者,大有之本,万象之根。""人能以一画具体而微,意明笔透。腕不虚则画非是,画非是则腕不灵。动之以稳,应之以转,居之以旷,出如截,入如揭,能圆能方,能直能曲,能上能下,左右均齐,凸凹突兀,断截横斜,如水之就下,如

---

① 　罗丹:《罗丹艺术论》,沈琪译,人民美术出版社1985年版,第16页。

火之炎上,自然而不容毫发强也,用无不神而法无不贯也。理无不入而态无不尽也。信手一挥,山川,人物,鸟兽,草木,池榭,楼台,取形因势,写生揣意,运摹景显,落隐含人,不见其画之成画,不迷其心之用心,盖自太朴散而一画之法立矣。一画之法立而万物著矣。"古人探讨书与画之关系,为理解书画艺术之生命本质奠定了基础。

在艺术创造过程中,人们逐渐达成了共识,即认为中国绘画以书法为基础,中国书画的神采皆生于用笔,书法与绘画的共通之处,称之为"书画同源",主要是针对用笔、用墨、笔力、笔法而言。每一个字,占据一固定的空间,写字如同画画,即通过横、竖、撇、捺、钩、点,把笔画连接成有筋有肉有血有骨的生命单位。中国字若写得好,用笔必须得法,书法的线条自由表现,往往成为有生命、有空间立体感的艺术品。若字和字之间,行与行之间,能"偃仰顾盼,阴阳起伏,如树木之枝叶扶疏,而彼此相让,如流水之沦漪杂见,而先后相承",那么,这一幅字就是生命之流,是自由的舞蹈,是一曲流动的音乐。基于此,宗白华认为,"中国人画兰竹,他是临空地从四面八方抽取那里迎风映日偃仰婀娜的姿态,舍弃一切背景,甚至于捐弃色相,参考月下映窗的影子,融会于心,胸有成竹,然后拿点线的纵横,写字的笔法,描出它的生命神韵","构成灵的空间"。① 这种用笔与墨法上所具有的共同性,可以视之为"书画同源"之证据。自然,还可以从书画与自然景象之关系来解释书画同源观,这是因为书画具有生命共同感,书境通于画境,并且,通于音乐和舞蹈境界。这就是说,书画有生命的共通感,书法和绘画,力图把对象写成有生命的有机之整体,中国人不仅喜欢以画来表现自然物象,而且喜欢以书法来表达自然景象。王羲之观物而得自然之神韵,钟繇说:"点如山颓,摘如雨骤,纤如丝毫,轻如云雾,去若鸣凤之游云汉,来若游女之入花林。"同样,张旭见公孙大娘舞剑,因悟草书;吴道子观裴将军舞剑,而画法益进,正是在这种俯察自然物象中,中国书画不断精进。

---

① 宗白华:《艺境》,北京大学出版社1987年版,104页。

书法对自然的俯察和抽象是有限的,而绘画则是无限的。"书法",即汉字的象形创造,在远古时代即已完成,并形成形体成规,篆法、隶法、草法和楷法相继形成,不可随意更改,这是"书同文"之标尺,其目的是为了普遍的文字交流。因而,书法的抽象造型与优美范式,在书法创作的古典时代即已完成。绘画虽也有成规,但不存在书法艺术的这种定型,它是无穷无限的,永远面临着开放的生命空间。这就决定了书法与画法、画道与书道,在相互感通的同时,却表现书画内在的分离意向,不过,书法与画法、书道与画道的沟通,表现在两个方面:一是外存的笔法形式上的沟通,二是内在生命意蕴和气化之道上的沟通。前者不仅使人看到了笔法与墨法之间的共通性,还让人看到了章法与构图上的相似性,意存笔先,经营位置,在书法和绘画艺术中皆极重要;后者则使人看到乐感和舞感以及生命力感在书与画、书境和画境中的渗透和弥漫效果。这就是书画同源的内在品格,但是,书法有其独立的审美法则和精神法则,是独立的线条艺术。书法的首要法则在于对字形的把握,书源于字,要再现字、表现字的动势,而文字在平淡和稳定原则的支配下,字形构架具有统一性,这种共同性,便是今天的印刷符号之源。在"书"中,字则显示出各种各样细微之差别。字的细微差异,不仅可以显示出线条的智慧和力量,而且可以显示出构图造型之智慧,这就是说,字有着潜在的定式,这种定式只是基本的书写规定。书法家在写字时,不是满足把字写得和规范字体相像,而是力图表现汉字本身的变化:笔趣和墨趣。字与字之间相互关联,书法艺术要构成章法上的统一性,孤立地看一笔一画是没有意义的,它必须合成有机的生命体。"一笔"是特别重要的法则,"一笔"的无穷变化,则是书法美的自由组合,"书法"出来的字,使人感到动势,感到线条中寄寓的文化性格与生命力量。①

书法之间存在极大差异,书法面貌上的陌生化效果,是如何构成的呢? 在我看来,就在于字形和字意的曲折变化。字形,有大小,有放松,有

---

① 陈振濂:《书法美学教程》,中国美术出版社 1997 年版,第 26—31 页。

消闲,有草势,有隶变,书体之差异,是字的形式差异,书体之变,乃个性之表现。每一书法风格,在运笔用力上都存在着一定的法则,可以说,笔画的特殊组合,往往是风格的最小表达单位。字体的结构方式,也是重要原因,有拙朴,有清丽,有雄泻,有瘦劲,有软绵,有墨猪,有残破,有混乱,有端庄。字有字之风格,它可能受到画之启示,但是,书法规则,除了在用笔用墨功夫上可以服务于绘画以外,并无直接联系,因此,书是书,画是画,书臻于极致与画臻于极致,需耗尽一个人一生的全部心血。书法中所包含的审美意识,在历代书法评断中,得到出色的表现,甚至,由"一笔书"出发,书法美学思想还达到了一定的哲学高度。在中国古典美学中,对书画异同的强调,异大于同,人们并不否认书法与画法之联系,但是,人们强调彼此的独立创作个性,因为中国绘画的内在的规律根本不同于书法。在《古画品录》中,谢赫以"六法"名之,"六法者何:一,气韵生动是也;二,骨法用笔是也;三,应物象形是也;四,随类赋彩是也;五,经营位置是也;六,传移模写是也"。荆浩则提出六要:"一曰气,二曰韵,三曰思,四曰景,五曰笔,六曰墨。""气者,心随笔运,取象不惑;韵者,隐迹立形,备仪不俗;思者,删拔大要,凝相形物;景者,制度时因,搜妙创真;笔者,虽依法则,运转变通,不质不形,如飞如动;墨者,高低晕淡,品物浅深,文采自然,似非因笔。"由此可见,古代画家的艺术感言,都是对艺术生命的个体证悟。

　　画家的画,首要在于对形的理解,因为形所表现的生命意蕴,形色中所体现的道,是画家必须诉诸观众的主体性思想与情感,是画家的生命自由意志的艺术表达。绘画的形象,对天之神、地之神、物之神和人之神的把握,天之变化,云彩,远景,近景,天地生机,韵律,日出日落,月圆月缺,阴晴,风雨雪雾,一切都是画家必须学习之功课。中国绘画的审美创造,强调察山川地理水土之势,讲究万物相映衬,正视天空与大地之美。山势雄伟与明媚,山色之葱茏与朴拙,乃是画家创作的极大生命乐趣。① 面对

---

　　① 徐复观:《释气韵生动》,参见《中国艺术精神》,春风文艺出版社 1987 年版,第 123—190 页。

山水自然,呼吸吐纳自然气息,领悟到生命的纯粹自然之乐趣,那山光、水色和万物,在绘画构图与诗性意境中,都成了生命的象征,中国绘画艺术包容了生命之大道。物之神,有动物,有植物,那里也洋溢着生命之神韵、力量和象征情趣,但物有静、有动,通常与天地合为一体,才有纯然的大境界。人之神,是画之大主题,人的面貌、肤色神情、肉体和容颜,本身就是生命形式,它寄托着画家对人的生命之美的本原之理解。绘画,对自然之形的理解,对历史文化现实和天地自然之本质把握,往往要通过线条与墨色的自由变化和艺术表现来虚拟。中国画的无穷变化和对本原生命的直接把握,比中国书法和诗歌更为强烈,书通过条幅来展示,画亦如此。书有其线条变化和黑白效果,但视觉的快感是有限的,它所诉说的是生命情感,而不表现生命之意义,这是书的局限性。画则不然,它通过画面来表现具体的构图,具体的境界,具体的景象和物象,它不仅诉诸情感,而且诉诸生命的象征意义。关于书法的解释,则离不开线条的分析和风格的把握,带有纯粹的生命抽象意味;绘画则要复杂许多,因为绘画诉说着生命的内在强力,诉说着生命的美和万物的美,使人直观地感觉到大自然的奇美,直观地感觉到生活的艰辛与美丽,直观地感觉到色彩的狂欢与力量。中国绘画告诉我们,自然的一切,如果以画境和诗境来表达,就会显出其中高于一切的无比纯洁性,所以,中国书法和绘画里透露着生命的象征与生命的意义。

在中国古代艺术中,虽书画并举,但画艺高于书艺,书艺可以为无数人所掌握,而画艺只有少数人能掌握。画艺的复杂性超越了书艺,因此,在看到书画同源的法则时,更要领略中国人对书画的生命理解。书画作为中国文人雅士的趣味之一,成了他们生命的一种对应物,它既有纯粹艺术的追求,又有纯粹生命真意的呈示;在强调书画同源时,更应突出画优先于书的地位。画的语言,比书的语言更复杂,因为书是有限的创造,而画是无限的创造,在中国书画中,画优于书,正是这一迹象的展示。在书画独立形态中,书是书,画是画,画比书的境界深,而在书画一体中,书法只是陪衬。书艺高不一定画艺高,画艺高则必定书艺高,这大约是反证,可见,在强调中国书画合一时,又要看到中国书画的内在区别。尽管如此,"书画同源"在中国文艺美学价值形态中始终被强调。

5. 画中诗与诗中画：文人艺术趣味

如果说中国书画在形式笔法上有内在的结合倾向,而在内在精神上有境界高下之差异,那么,中国画与诗的生命空间,则能够冲破这种局限,取得共同性关注和等价地位。虽然诗歌与绘画在技法上和符号上相差如此遥远,但是,在其内在精神上如此亲近,这大约是历代批评家乐于就诗画关系大放高论之根源。画与诗的亲缘关系,无人提出强烈的反对,人们历来都赞同"画中有诗,诗中有画",即便是在后现代主义诗人和画家那里,也未从根本上破坏这一准则。"画与诗",为何有着如此密切的联系呢？这源于诗画间的精神联系,不是外在的比附,而有精神的统一。绘画与诗歌的本源精神,存在一致性,绘画是线条色彩构图的艺术,诗歌是语言歌唱的艺术。从中国绘画与诗歌相互作用的历史中,可以看出：绘画与诗歌存在多方面的内在沟通性。①

其一,绘画与诗歌的审美对象具有共通性。"自然",对于绘画和诗歌来说,皆是带有情感燃烧性的表现方式,当画家和诗人看到奇妙的自然时,都会为之感动。在西方,印象画派和后印象画派,英国浪漫主义诗人和法国象征主义诗人,在东方,中国山水田园诗和山水画,日本俳句诗与山水画等,都描绘了大自然的奇美景象。自然世界是点亮诗人和绘画之灵光的火炬,从生命表达上说,绘画和诗歌对人情之表现也具有异曲同工之妙,不过在写人方面,绘画似乎优越于诗,而等价于小说。从生命境遇上看,绘画与诗歌在造境上具有共通性,因为他们力图表现生命的虚灵境界。画面的造境是直观的,而诗歌之造境是间接的,但是,由于在人的审美心理结构之中,形象带有一定的构造性,因而在诗歌中可以呈现出画面结构,而在画面结构中,又可以呈现出诗的灵质,这种意境上的相互沟通,是诗艺与画艺的共同生命所在。

---

① 钱锺书:《中国诗与中国画》,参见《七缀集》,上海古籍出版社1986年版,第5—25页。

其二,绘画与诗歌的生命意识,都可以通过物像、词语去体味那种生机与活力。所有样式的艺术,是否只有触及"诗之本质",才能构造生命的神奇与自由的形象? 对此,可以引入外国诗人与哲人的看法以资佐证。海德格尔对这一问题有其深刻论述,他认为:"语言本身就是根本意义上的诗。但由于语言是存在者之为,存在者对人来说尚未首先在其中行以完全展开出来的那种生发,所以,诗歌,即狭义上的诗,在根本意义上则是最原始的诗。语言是诗,不是因为语言是原始诗歌;不如说,诗歌在语言中发生,因为语言保存着诗的原始本质。相反的,建筑和绘画的这种敞开仅只发生在道说和命名的敞开领域之中。它们为这种敞开所贯穿和引导,所以,它们始终是真理把自身建立于作品中的本己道路和方式。它们是存在者之澄明范围内的各种特色的诗意创作,而存在者之澄明早已不知不觉地在语言中发生了。"①这一论述运用于中国诗歌与绘画的解释也是恰如其分的,中国诗画自由沟通之秘密正在于此。在中国文人艺术中,诗画一体最能显示生命贯通的自由艺术精神,在中国画和中国诗中,似乎永远有悠扬的音乐旋律作主宰。音乐之境,是诗的无穷魅力之所在,这种生命之流,贯通诗艺和画艺,使诗画成为一个有机的生命艺术结晶体。

诗与画的关系,中西方都有深入的研究。以西方为例,波德的论诗评画,雨果的论诗评画,雪莱和华兹华斯的诗论画论,罗丹的诗论画论,莱辛的诗画界限论,叶芝和艾略特的诗画意识,布莱克、凡·高、马蒂斯、海德格尔的诗画意识,都达到了超然独绝之高度,创造了诗画合一的生命美学。以中国为例,王维、苏轼、黄庭坚、石涛、郑板桥、钱锺书、宗白华等的诗画合一论,步入了哲学澄澈之境。在论唐朝大诗人王维时,苏东坡说:"味摩诘之诗,诗中有画;观摩诘之画,画中有诗。"在《中国诗画中所表现的空间意识》中,宗白华指出:"画家以流盼的眼光绸缪于身所盘桓的形形色色,所看的不是一个透视的焦点,所采的不是一个固定的立场,所画出来的是具有音乐的节奏与和谐的境界。"在中国古典文学艺术中,宗炳把

---

① 　海德格尔:《林中路》,孙周兴译,上海译文出版社1997年版,第58页。

他画的山水悬于壁上,相对弹琴,"抚琴动操,欲令众山皆响"。"山水"对他表现出音乐的境界,就像与他同时代的嵇康,拿音乐的心灵去领悟宇宙、领悟大道。的确,中国诗人画家是用"俯仰自得的精神来欣赏宇宙,而跃入大自然的节奏里去游心太玄,用心灵的俯仰的眼睛来看空间万象,诗和画中所表现的空间意识,是俯仰自得的节奏化的、音乐化了的中国人的宇宙感"。"我们欣赏山水画,也是抬头先看见高远的山峰。然后层层向下,窥见深远是山谷;转向近景林下水边,最后横向平远的沙滩小岛。"①这样,远山与近景,构成一幅平面空间节奏,我们的视线,从上至下地流转曲折,形成有节奏的运动。宋代郭熙说:"正面溪山林木,盘折委曲,铺设其景而来,不厌其详,所以是人目之近寻也。傍过平远,峤岭重叠,钩连缥缈而去,不厌其远,所以极人目之旷望也。"显然,这是诗画合一的音乐极致,是视听觉与内心世界体验的欢乐极致。在《中国诗与中国画》中,钱锺书指出,诗画号称姐妹艺术。他认为:"诗与画,既然同是艺术,应该有共同性;它们并非同一门艺术,又应该各具特殊性。""总结起来,在中国文艺批评的传统里,相当于南宗画风的诗不是诗中高品或正宗,而相当于神韵派诗风的画却是画中高品或正宗。"中国诗画的内在精神特性的审美把握,钱锺书显然心领神会,匠心独表。②

诗与画的具体关系,在中国诗画艺术中有其主要表现形式。一是诗配画,例如唐诗画意,一页是诗,一页是画,这种诗配画,相得益彰,诗意画意俱显。二是画配诗,例如古代文人画,在主体画之空白处配上一首诗,进一步表现画家的诗性体验,点染烘托,显示了画家诗人的双重品格。在现代画家中,张大千就极注重这种"诗画合一"之境,他的诗虽有很大成就,但不足以与画相媲美。三是诗中画或画中诗,前者无迹,后者无言。诗是语言的构造,但其画意浓郁,画是线条构图色彩之艺术,但其意趣极具诗意。诗画之间的三种构成关系,包括题画诗和题诗画,都可以纳入其

---

① 宗白华:《美学散步》,上海人民出版社1981年版,第110页。

② 钱锺书:《七缀集》,上海古籍出版社1986年版,第27页。

中,看来,古人充分重视诗画之关系。必须指出,无论是诗配画,或画配诗,在中国艺术中,虽是一常见形式,但也许由于力量的分散,诗与画,在具体的艺术实践中,只能各突出某一方面。如果硬要将两者合在一起,则不仅导致诗对画的破坏,而且会导致画对诗的破坏,两败俱伤,或两相平庸,是诗画平均用力之结果。

　　诗艺和画艺的独立性不容忽视,因而,最可取的方式应该是"诗中画与画中诗"的创造性突破。关联性的探究,而不是分离性探究,是分析诗画关系之根本方法,诗中画与画中诗,所追求的是"有无之境界","有无之境"可以使诗画获得生命交融。在原初的生命意识中,生命之道可以通过不同方式去领悟,而不同存在方式之领悟,又具有生命意识的内在互补性。诗的领悟,是语言领悟,即必须借助语言感觉去领悟生命的感知,生命视野和记忆中遭遇的一切生动形象,都必须转化到生命直观之中。语言的细微触须,点拨着生命的细微律动,这种诗的细微触角,只有具备画的直观和清晰,才可能直接点燃生命的感情,因而,在诗画之自由图式中,对神的赞美,对神境之描绘,对神思之体悟,对神性之描摹,有可能显出空灵的诗意和美学意味,这就决定诗在内质上与画的沟通。天然的浪漫主义情感,使诗画在优美的方向上能够融为一体,绘画所具有的生命韵律,是通过线条的扭曲变动和色彩的大块涂抹而获得的。"色彩",在现代浪漫主义和后浪漫主义画家那里,获得了奇异的力量,就西方艺术而言,凡·高、莫奈、马蒂斯使色彩臻于表现的极致,他们让色彩疯狂地歌唱。[①]　在中国艺术中,人们大都欣赏的是"黑白艺术",当然,在中国水彩画中,中国画家的奇妙涂染所表现的色彩意趣显示出特有的生命质感。现代画家中,张大千大约是最杰出的一位山水画大师,他的《长江万里图》、《庐山图》所表现的奇妙的生命感情,借助色彩的渲染而获得无穷的生命乐趣,他的色彩本身便在唤醒着诗,唤醒着生命意识,唤醒着庞大而又惊人的宇宙境界。生命画境中,充满诗的快乐和情的浪漫,画的构象在某种意义上

---

①　拉塞尔:《现代艺术的意义》,陈世怀译,江苏美术出版社1992年版,第58—63页。

拓展了诗的眼光。诗人眼中不只是物，不只是情，而是新奇的色彩，他们为大自然的奇光异彩和山水灵秀所感染而激动，那流贯其间的是一股生命的洪流，因而，诗画的内在融合开拓了生命的新境界，这是中国古典文艺美学最值得重视的艺术现象。

诗画的关系不会终结，它展示着新生机与活力，把诗融贯在画中，把画意渗透到诗中，艺术家对原始生命和自然生命的把握，就可获得直观的力量。对于打破抽象主义和历史主义诗风与画风，诗与画的自由结合，应该具有摧枯拉朽的力量。

6. 审美混沌与诗书画一体的局限

在探讨诗与书、书与画、画与诗的圆形关系中，不可避免地要涉及"诗书画一体问题"。"诗书画一体"，在中国古典艺术中是最流行、最经典的艺术表现形式，不言诗，不言书，不言画，似乎意味着某种程度上的精神残缺和艺术生命的狭隘，因而，在中国文学艺术中，追求诗书画一体成了最突出的文人化倾向。在中国古典文艺美学中，文人诗、文人书法、文人画有其特定的意义，它直接与文人的生活相关。在中国古代生活中，文人的基本存在方式是"做官"，他们在担负朝廷公职的同时，有大量的闲暇时间，他们借此交友与交游，诗词结社、书画品鉴乃至园林生活，是其日常生活的审美趣味与审美追求。正是由于文人生活的闲适性，他们以其独特的审美趣味，承担了中国古典艺术的职业创造性的角色。在文人艺术之外就是民间艺术，但是，在古代生活中，民间艺术不能登大雅之堂，故而，文人艺术成了中国古典艺术的核心内容，他们有其独特的审美趣味，即对寒山、秋色、花鸟、山水、松竹梅兰、白鹤，对安静闲适的诗境，有着特别的偏好。① 从今天的眼光来看，这些审美趣味显示了中国古典艺术的独特魅力，但是，也应看到文人艺术的生命表现力偏重冷寂与闲适，缺乏对生命活力的热烈崇拜，与现代艺术的审美取向构成内在的对立。

---

① 徐复观：《中国艺术精神》，九州出版社 2014 年版，第 325—323 页。

　　中国艺术家为实践自我的全面修养,写书,攻诗,习画,练印,追求这种艺术的圆通,在古代艺术中是可能的,因为中国古代艺术是相对封闭、相对定型化、法则化的艺术。相对而言,诗歌作法讲究韵、律,讲究平仄,不习音律则无法作诗写词。书法讲究笔力、气力、墨法、章法、楷法、行法、草法,法是根本,虽说是"无法之法,乃为至法",但在其精神实践中,较少人能步入这样高超的艺术境界。画法讲究各种定则,树有树的画法,画兰,画竹,画梅,画山,画水,画物,都有其特殊之规定性,是不可随便造次的,因而,"诗书画一体"就是力图为了全面地展示中国文人的全面艺术修养,构成了中国艺术的多元合体。必须承认,艺术的多向思维比单向思维有可能达成创造性突破,但是,艺术的多向思维,如果受制于传统定则,而不能专攻一艺,那么,艺术独创性也势必受到减损。质的突变,并不因为量的驳杂而产生。从前文提到的多维艺术关系探讨中,可以看出,没有一种艺术能和另一艺术形成"多元合体",它们总是有其内在对抗和冲突,而且,在不同程度上,一种艺术往往构成对另一种艺术的破坏。这种破坏有时是致命的,结果,不但未达成诗书画一体化的理想效果,相反,还减损了艺术的审美力量。这种破坏,在诗书画合一的艺术中屡见不鲜,许多艺术精品因此而被破坏,在古画中尤其严重,因为不断累积的题款和题诗,占去了绘画的全部虚灵空间,结果,使绘画艺术变得滞塞。相反,那些不题诗、不写字之画却具有视通万里的虚灵而充实的美,可见,诗书画是无法完全地融为一体,若要强制沟通,必然要导致艺术形式与艺术精神之间的分裂。

　　从现代艺术或自由艺术的美学探索意义上说,诗书画一体的形式应该终结,但是,这种综合艺术方式由于文人画的兴盛而渐成大势。文人画在艺术表现上,在构图、立意和形式革新上,都受到较大束缚,于是,他们力图借助总体艺术的平衡来分散观者对绘画本身的接受。力量被抽平,结果,诗书画在欣赏上虽构成循环作用,但这种综合形式实质上只能以其中一种艺术形式为主,或诗,或书,或画。如果画突出了,书的地位和诗的地位便易于被忽视;如果以书为主体,那么,画和诗则为点缀;如果以诗为

主,书与画可能出现矛盾。① 在中国艺术史上,可以看到,中古艺术强调
形式的分离和精神的互渗,近古艺术强调形式的融合与精神的对抗,结
果,在现代艺术中,人们不断对抗近代艺术而向上古、中古靠近,并力图再
现原始的、原发性的生命力量,从诗书画一体走向诗书画分流,成为现当
代艺术的根本动向。

诗书画,在何种意义上才能获得独立? 在何种意义上又可获得沟通?
要解决这一问题,必须考察中国艺术和世界艺术的内在运动规律本身。
诗书画,必须在形式意义上寻求独立,同时,也必须在生命哲学的意义上
谋求生命情感的内在沟通,不同的形式使人领悟到生命之道,而生命之道
和审美心理结构可以表现为不同艺术,这无疑把"道的问题"置于新的高
度。艺术离不开本源性思维方式的提升,在中国艺术中,这种艺术本源性
把握便是对艺术生命秘密之揭示。如果选择了这种诗书画独立的评价道
路,那么,艺术本身的独特性便得以强化,相应地,艺术的共通性则被忽
略。从这种特殊性的眼光入手,不仅可以重新评价中国艺术,而且可以预
测中国现代艺术的民族精神之回归。从纯粹中国诗书画的眼光来看,从
纯粹生命哲学的意义入手,屈原的楚辞,陶渊明的诗歌,李白、王维的诗
歌,苏轼的书法,荆浩的山水画,范宽的山水画,石涛的书画,郑板桥的书
画,张大千的绘画,徐悲鸿的绘画,徐志摩的诗,启功的书法,顾城的诗,等
等,在中国文艺美学的新视野中,也许可以获得新评价。这种评价是基于
艺术分离和艺术独立的基础上提出的,而不是基于孤立的艺术立论,因
而,这种评价本身,一方面重视艺术间的比较,另一方面也重视艺术自身
的哲学把握。得意忘言、得意忘形、得道乐生的美学法则或启示法则,艺
术的根本在于守护生生之德,在于使人获得了本原的生命快乐。悟道通
神,使人接近了生命本身,从这种超越之境中,能真正领悟生命的意义和
生命的本真性。

---

① 徐复观:《中国画与诗的融合》,参见《中国艺术精神》,九州出版社 2014 年版,第 412—
420 页。

　　于是,诗书画的创造和领悟,从中国古典生命哲学的方向上开导出来,它既是感性的生命体验,又是理性的生命反思。为了获得生命自身的乐趣,我们不再局限于艺术符号自身,艺术的符号化作了生命的血肉,艺术的情感意义让我们接近了生命的本原,艺术的初始和终极目的必然如此,中国艺术力图在这两方面得救。中国艺术的生命意境,在相当长的时间内之所以被遮蔽,就是因为人们在艺术形式上的创新的同时,忽略了艺术精神的根本性展示。艺术形式离我们而去,生命意识则切近我们自身,于是,真正领悟中国艺术的生命意趣就变成现实。这是一股穿透宇宙、穿透历史、流贯生命全程的饱满之力,充沛精锐之力,新生命之狂欢和奔腾涌动之力,在力与美的体验和领悟中,我们才能获得内在的神性。① 尽管如此,还必须看到,中国古典文艺美学价值形态的文人趣味,极大地妨碍了中国艺术的创造性转化。正因为如此,五四以来的中国文艺美学革命才显得非常必要,新的文艺美学价值形态的建构,尤其是与西方文艺美学价值形态相交汇的新的思想建构才显得十分迫切。

---

　　①　林风眠:《林风眠艺术随笔》,朱朴编选,上海文艺出版社1999年版,第31—33页。

第三章 西方文艺美学的解释学实践①

第一节 情理之辩:审美目的与生命指向

1. 智者的情理之辩作为西方美学宗旨

从生命美学的基本立场出发,情感与理性的关系,可能是最重要的问题。在文艺美学解释中,到底是强调理性的中心地位,还是强调感性的中心地位,历来就存在巨大的分歧。过分强调感性欲望的中心地位,生命最终将会因为感性的不受限制而走向毁灭,因为感性生命在各方面都有其极限;超越生命极限,就会导致生命的衰亡,而人类在追求感性生命欲望时往往永无止境,事实上,过分的生命感性冲动已使人类充满了危险。与此同时,也应看到,理性的过度胜利往往又压抑了生命的创造力量,结果,理性使生命日渐消沉,从而失去了生命的动力。古老的美学也想解决这一问题,即如何解决感性欲望与理性价值之间的矛盾与冲突,自然,调和论的解决方式是最常见的。问题在于,人们不满足于这种调和,而是要在情理二元对抗中找到生命的自由价值归依。这就形成了著名的"情理之辩",即,"情感优先于理性,还是理性优先于情感"?

---

① 西方文艺美学存在诸多解释形态:从民族与语言的维度看,有古希腊罗马美学、意大利美学、法国美学、德国美学、英国美学等;从时间意义上说,有古代美学、中世纪美学、文艺复兴时期美学、17 世纪至 18 世纪的美学、19 世纪的美学、20 世纪的美学等;从价值形态而言,则有本体论美学、认识论美学、神学美学、形式美学、生命美学等。

在诸多的"情理之辩"中,希腊智者的思想探索最具启示性意义,他们的思想也更接近现代人的生存境遇,所以,如果从智者的情理之辩出发,就可以找到西方思想对立的两大线索之间的复杂思想纠葛。从古希腊时代的智者之辩入手,可以把智者运动以及柏拉图、亚里士多德、奥古斯汀、阿奎那、卢梭、休谟、康德、尼采、弗洛伊德、海德格尔、马尔库塞、伽达默尔、福科等人的思想置入这一文化系统中,从这些思想关系中便可以窥见西方美学的十分重要的方面,即生命情感与生命理性之间的精神冲突。①如何解决"情理冲突",恰好是美学探索的关键问题。情感与理性是有着内在矛盾的,相对而言,从情感出发,应尊重人的自然与本能的东西,也就是说,它肯定人的欲望需要,满足人的原始意志或生命意志要求。"情感",往往比较多地尊重个体,顺从生命自身的要求,它要求最大限度地满足人的主观意志。"理性",是人的高贵品质,是人具有自省能力与理智思维的基础。在古希腊人那里,人们早就发现:如果说人的内在精神结构由知性、情感和理性组成,那么理性则是自身最高贵的品质,它居于人的大脑。在人精神生活中,受理性支配与受情感支配,是完全不同的。理性原则要求人更多地要承担责任和义务,它要求人牺牲自我的情感和欲望,顺从公共价值和社会文化信念,这样,在许多方面,理性原则与情感原则相对立。情感原则与理性原则的矛盾在人的生活中,并不能轻易解决,为此,在思想史上形成了永久性争论。在西方思想史上,最早把情感与理性的矛盾加以认真争论的,就是"希腊智者"。

西方文艺美学,在试图解决这种情理冲突的价值取向上表现出不同的立场,而且,这些不同立场,构造出西方美学价值形态的复杂性。"Sophist"一词,从被译为"诡辩家"到被译为"智者"的转换,可以看作中国学术界对智者运动重新评价的趋向。② 从今天的视野来判断智者运动,依然可以获得时代性启示。智者运动所引起的争议,首先源于他们的

---

① 伽达默尔:《真理与方法》,洪汉鼎译,上海译文出版社 1999 年版,第 105—106 页。
② 汪子嵩等:《希腊哲学史》第 2 卷,人民出版社 1993 年版,第 59—108 页。

行动,他们收费授徒,传授关于辩论、诉讼、修辞的技巧以及有关城邦治理和家政管理的知识。其次,囿于他们的思想取向,他们顺应时代的潮流,提出关于人类社会、人的本性、人的价值、人神关系、个人和城邦关系以及道德评价等问题的新观念。他们的感觉主义、相对主义、个人主义和怀疑论思想,引发了现代人关于个人价值和人类本性的思考。这种关心现实的实用主义精神,势必受到理性主义者的激烈批判,因为它使人认同现实而拒斥理想,因此,智者运动的思想和行为是有代表性的,它所引发的争论是人们所无法回避的。这种外在的现实价值取向,实质上,也影响到人的内在精神价值取向,无论是智者与理性主义者之间的争辩,还是智者之间的争辩,都涉及十分重大的思想问题。这些思想争辩,已经成了近现代人性论问题,尤其是美学思考的中心,因此,把智者之辩和西方美学思维联系起来,有助于深刻把握西方美学思想的精神实质。“智者之辩”,实质上是人性之辩,是关于人的价值之辩和人的自由之辩。这一辩论的焦点,可以通过两个概念体现出来,这便是“费西斯”(Physis)和“诺摩斯”(Nomos)。① 这就是说,有关情感或欲望和理性法律之间何者优先的争辩,转变成了这两个中心性观念。智者们就是由这一问题,延伸出人和动物的区别,自然与社会的区别等基本问题。更为重要的是,人的本性问题,个人与社会的关系,个人欲望与文化律令的冲突等问题,也在这种争辩中被揭示出来了。这种争辩,在中国哲学和美学中也可以找到相应的线索,例如人性善、人性恶、人性有善有恶论,就是如此,因为这些问题,不仅涉及美学的哲学基础问题,而且涉及美学本身的思想价值和文化价值。②

在西方思想史上,特别是在希腊文化中,“费西斯”这个概念有两个基本意义:一是自然而然的意思。通常,是指依靠自己的力量而成长的东

---

① 这一译名,源于范明生。参见《西方美学通史》第 1 卷,上海文艺出版社 1999 年版,第 185 页。

② 朱熹:《朱子语类》(二),黎靖德,中华书局 1986 年版,第 635 页。

西,属于天生的和自然而然的特性;与之相对应的,则是人工制造的,如房屋、鞋子、床等。二是本性使然的和私人约定的意思。从这两个含义中,可以看到:"费西斯"概念的演化,依赖于"诺摩斯"概念的形成,通过两大相反力量的对比,于是形成了费西斯和诺摩斯之间的对立。"诺摩斯"本来指人们在社会共同体中形成的风俗习惯,在国家和法律产生以前,人和人之间、人和社会共同体之间的关系,是靠风俗习惯和未成文法来调节的,所以"诺摩斯"起到维系社会组织的纽带作用。在社会共同体中,每个社会成员按照"诺摩斯"享有公认的权威地位。但是,人们意识到:在复杂的社会矛盾面前,难以完全遵从"诺摩斯",因为"诺摩斯"是可以被重新规定的,所以,在城邦国家形成以后出现了法律,法律就是人为规定的,它是理性反思与理性判断之后形成的价值规范。人们发现,古人分不清风俗习惯、未成文法(习惯法)和法律的区别,一律用"诺摩斯"称呼。可见,"诺摩斯"是人们自己约定的,它是由外在的主体的人制定的,它本身不会生长变化,需要通过人的规定和理解来做出变更,从这一意义上说,习俗和习惯常能改变一个人的自然本性。由于人长期生活在习俗文化之中,适应了习俗,故而"习俗制约力"渐渐变成了人的新的自然属性,即作为社会的人的自然属性,例如,文明礼貌行为,由强制逐渐变成了"自然性",这一概念,也可理解成自然与社会关系的对立。凡是一切发自本能的、出自人性、情欲的,未加约束和改变的东西,都可以称之为自然的;凡是人为约定、法律规定的、控制欲望并以意志克服欲望的,都可以称之为社会的,所以,自然性与社会性的对立,也是"费西斯"和"诺摩斯"之间的对立。[①]

　　在希腊思想发展的历史过程中,智者关于费西斯和诺摩斯的辩论,引发并启导了西方思想史的中心问题,这就是说,智者所辩论的问题,也是西方思想延续到今天的基本哲学问题。从希腊哲学史的历史描述和分析中可以看到,在费西斯和诺摩斯之间,赞成什么和反对什么,可以分为两

---

　　① 皮尔逊:《尼采反卢梭:尼采的道德—政治思想研究》,宗成河等译,华夏出版社 2005年版,第 66—68 页。

大派别。就智者运动本身，赞成诺摩斯的，有普拉泰戈拉、克里底亚等智者，而反对诺摩斯的，则有高尔吉亚、希庇亚等智者。就西方思想史而言，赞成诺摩斯的，可以称之为理性主义者，而反对诺摩斯的，则可以称之为非理性主义者，因此，费西斯和诺摩斯之争可以贯通整个西方思想史。西方美学思想中的情理冲突，也可以在这一矛盾冲突的解决方式中予以确立，而且，西方美学价值形态的核心问题也在这一关系中展开。① 那么，"智者之辩"的思想依据是什么呢？在《普罗泰戈拉》中，柏拉图通过对话人普罗泰戈拉自觉地展开了费西斯和诺摩斯的讨论。他认为，按照人的本性（费西斯），为了生存，人必须依赖同类，但是，当人们聚集在一起时，又像动物一样互相残杀。神的理性规范意义在于：指导人类信守正义和相互尊重，通过制定法律（诺摩斯）来约束人的行为，使法律成为人共同遵守的规范，于是，人类才有社会生活和文化的进步。虽然费西斯和诺摩斯有相反的一面，例如，接受诺摩斯就排除了人的自然状态，按照人的费西斯选择也就没有城邦和公民生活，但是，这两者也有一致的地方。人的自卫的本性要求共同聚居，建立城邦，接受正义，相互尊重，遵守法律等，一切必须以诺摩斯作为基础。克里底亚，企图把费西斯和诺摩斯统一起来，显示了理性主义的努力，那种把诺摩斯置于一切之上的人，实质上，是以牺牲费西斯为代价。人类社会的矛盾之无法解决，大约也根源于这种冲突，人类社会得以建立，得以发展，主要是依赖诺摩斯。我们不要小看诺摩斯，它不只是简单的历史经验结晶，而是无数人的理性生活智慧形成的价值共识。

　　从希腊思想自身而言，尽管人们试图将费西斯和诺摩斯统一起来，但是，在不同程度上，费西斯仍被压抑和剥夺。只有在费西斯与诺摩斯不发生冲突的前提下，费西斯才可能被保留，但与诺摩斯发生冲突的费西斯，往往被有效地和有限地控制、压抑和削弱。在社会生活中，人类的天性受到打击，又不得不接受诺摩斯的规范，在人们看来，这正是人类精神异化

---

①　伽达默尔：《真理与方法》，洪汉鼎译，上海译文出版社 1999 年版，第 130—173 页。

之源。因此,反对诺摩斯的人便获得了充足的理由和根据,因为人生在世,不只是为了维护某种法律的规范和风俗习惯而生存,同时,也需要发挥人的生命潜能,让欲望需要得到满足。在智者之辩中,诺摩斯的反对者高尔吉亚,强调人类本性具有不可抗拒的作用,力图建立符合费西斯要求并能规范费西斯力量的"诺摩斯"。这就是说,无论是赞成诺摩斯还是反对诺摩斯,从来就少有人能真正调和诺摩斯和费西斯之间的冲突。人们力图在以诺摩斯为主导或以费西斯为主导的前提下,重建新的费西斯和诺摩斯之关系,这种努力从根本意义上说一直推动着西方政治思想与哲学思想的革命。①

既然人们合乎费西斯的行为是正当的、无可指责的,那么,与费西斯相违背的伦理规范、风俗习惯和法律命令就应被废弃。他们认为,只有费西斯以及符合费西斯的"未成文法",才是正义的。② 在安提丰看来,法律所确认的利益是自然的对立面,自然所确定的利益,都是自由自在的。于是,在这些智者看来,"诺摩斯"不仅是人为约定的,而且是费西斯的桎梏,是束缚人的自由的。"费西斯"不仅指自然而然的、必然的、本性如此的事物,而且是真实的品性。看来,坚持或反对诺摩斯,主张费西斯与诺摩斯之矛盾的合理解决方式,都有一定道理,但又无法从根本上使两者之间的关系得以调和,这正是社会矛盾的无法调和性和人性矛盾的无法调和性。智者之辩的根本立足点在于,他们看到了人性与社会规范之间的不可调和性。如果一味顺从人性的本能,那么,人类社会的社会性或文明性就无法真正得到落实,同样,如果过于强调社会性、风尚性、法律性和文明性,人所具有的原欲和渴望就会受到压抑。"智者之辩"的结果实质上预示了这样的基本问题,即人类精神的根本冲突不可调和,只能寻求自然与习俗之间的平衡。费西斯和诺摩斯的合理解决,就是保持两者的平衡,或者说,两者的平衡是社会的最高理想。正因为平衡的不易解决,因此,一旦

---

① 西瑟:《自由民主与政治学》,竺乾威译,上海人民出版社 1998 年版,第 93—100 页。

② G. B. Kerferd, *The Sophistic Movement*, Cambridge University Press, 1981, pp. 26-48。

这种平衡被打破,或有所侧重,就可能导致思想的革命,相对而言,每一次思想的真正转换,大多是对费西斯的问题有了新的解释策略。①

就西方思想史而言,柏拉图、奥古斯丁、康德和马克思等建构了诺摩斯的理想极致,他们正是借助诺摩斯来解决存在者的自然需求和自由理想的矛盾,相反,卢梭、尼采、弗洛伊德、福科等,在费西斯这条道路上迈出了关键的一步。他们正视人的原欲,恢复人的野性,解放人的压抑的内心,他们以走极端的方式显示出思想的震撼性力量,因而,这种思考本身具有深刻的美学意味。西方美学思想,并不孤立地站在某一立场上,而是力图站在客观的立场上,对人类生活与生命存在的社会境遇进行现象学还原,从而寻求新的文化解释原则。

正视费西斯和诺摩斯之间的矛盾冲突,并对人类生活境遇进行现象学还原,从而促使人们进行情感判断与美学判断,这是艺术家的自由选择方式。例如,荷马史诗中充满的关于费西斯和诺摩斯矛盾的解决策略,就具有直观启示性,每当诺摩斯与费西斯产生对抗时,荷马总是倾向于支持保护费西斯,因为只有合乎人性的东西,才能引起人们情感上的感动。②在《伊利亚特》中,阿喀琉斯的愤怒,是因为赫克托杀了他的战友;他从战场上退出,又是因为主帅阿伽门农抢了他心爱的女俘。在这种矛盾冲突中,荷马试图让情感战胜理性,让自然本性战胜社会习俗,所以,荷马在史诗中力图显示出这样的基本人生价值信念:"费西斯高于诺摩斯"。当赫克托被迫出征时,不得不与妻儿诀别,对于这个肩负家庭、民族和国家重负的人,他既受儿女私情缠绕,又受城邦责任的重压,最终,他从理性出发,让理性战胜了情感,坚决选择出征,由此,显示出崇高的理性精神力量。在这里,荷马史诗明确告诉我们:"诺摩斯高于费西斯"。谁不爱妻子和儿女,谁不爱家庭和安宁,但国家有难时,他只能挺身而出。当赫克托

---

① 皮尔逊:《尼采反卢梭:尼采的道德—政治思想研究》,宗成河等译,华夏出版社 2005年版,第 115—116 页。

② 格雷戈里·纳吉:《荷马诸问题》,巴莫曲布嫫译,广西师范大学出版社 2008 年版,第148 页。

牺牲时,阿伽门农又允许赫克托的父亲为儿子收尸,并举行盛葬,这是由于"费西斯高于诺摩斯",可见,荷马史诗创作非常重视人性自身的表现力量。他不是局限于感性和理性的一般思考,而是重视生命本身,在不同人物形象上,荷马表现了人性与习惯法则的冲突,带给人审美的快感和精神的振奋。①

对于艺术家来说,他们不需要抽象的思辨,只需要对具体环境中的具体人物进行具体的分析。在艺术家看来,人的天理良知和生命原欲总是值得重视的,是无法真正改变的。在《奥德赛》中,奥德修斯的智谋,他的意志,他的勇敢,都充分体现了费西斯和诺摩斯的冲突,奥德修斯最后杀死无赖仇敌,与妻儿团圆,正是费西斯和诺摩斯冲突的合理解决。这种冲突,在古希腊悲剧中更加突出,例如,埃斯库罗斯的《俄瑞斯特》三部曲(《阿伽门农》《奠酒人》《复仇女神》)所展示的,正是费西斯和诺摩斯之冲突。阿伽门农杀女祭神,为情理难容,才有妻子的反抗;妻子与人合谋通奸并杀害丈夫,又为情理难容,才有俄瑞斯特的报复;俄瑞斯特杀母为父报仇,也为情理难容,最后才有智慧女神雅典娜的裁决。可见,费西斯和诺摩斯的冲突,在人性深处,在人类的情感生活之中,是无时不在的,它正好反映了人生的荒诞性和困惑性。在追寻前进目标时,人们往往容易丧失自我本性,仿佛一切只取决于本能之行动,而无法获得理性的解释。索福克勒斯的《俄狄浦斯》和《安提戈涅》,将这种人性与法律之冲突,通过情节与行动描写表现到了极点。俄狄浦斯力图逃脱命运,结果还是弑父娶母,最终无法逃脱诺摩斯之制裁;在《安提戈涅》中,克瑞翁与安提戈涅的冲突,也表现为费西斯和诺摩斯之冲突,唯有费西斯才能取得最终胜利。② 我们永远无法回避这样的根本问题:即人的本性是什么? 人的本性如何得以维护? 西方艺术史,从某种意义上说,可以视作探求人性的历史,探求人与社会,人与人,人与文化,人与法律多元冲突之合理解决的历

---

①　F. Nietzsche, *Werke In Drei Bänden*(I),Consortium AG, Zürich, 1974,S. 163—164.

②　纳斯鲍姆:《善的脆弱性》,徐向东等译,译林出版社 2007 年版,第 23—35 页。

史,这种探求本身证明了人类生活与人性的复杂性。

西方思想史上的美学家对这一问题的思索悠久而深邃,显示了思想的剧烈冲突和人性问题的复杂性。从诗性意义上说,但丁显然在告诉人们:只有当费西斯与诺摩斯取得一致,灵魂才能在神圣中升华;莎士比亚显然又在形象地说明:费西斯与诺摩斯的矛盾无法调和,只有费西斯的自由表现,才会创造出"世界的美"。卢梭是那么渴望回到自然,他重视人的本性,而力图从诺摩斯中逃离,康德虽然倾心于卢梭,但他对实践理性的强调,显然重视诺摩斯对人性之调节作用。费西斯与诺摩斯的冲突展示了人类文化的复杂性,也表现了人类的潜在渴望。当人们渴望和平秩序与理想社会的创建时,又渴望人性的自由发挥;当人们渴望人性自由发挥时,又不愿人类的积极价值观念被现实生活中的欲望冲动所摧毁。① 人的问题、人的文化问题、人类社会生活的价值选择,正是如此奇妙复杂地作用于艺术家、思想家和美学家的审美意识。人的问题与生命存在的真理,这正是费西斯和诺摩斯之争的关键。费西斯和诺摩斯之争,表现了人性的全部复杂性,谁也无法回避这一问题,我们必须对这一问题做出自己的判断,只有做出了某种合理性判断,才能理解人生与人性,才能创造自由的美,建构富有启示性的生命艺术和生命美学。

2. 回到人本身:情理冲突与生命难题

从智者之辩中可以看到:费西斯和诺摩斯的矛盾,无法获得真正调和。虽然一方坚持以费西斯去克服诺摩斯对人的规范和压抑,另一方则坚持以诺摩斯去调整费西斯,但是,究其根本,这只是理论的可能性,而与现实生活有着很大差异。在这种矛盾对立中,人们所能寻求到的解决方法只能寄望于人自身,于是,"arête"是否可教的问题,在智者之辩中被不断提出。"arête"这个词,在希腊文中的意思是"德性"或"天性",即,人们

---

① 雅斯贝尔斯:《尼采其人其说》,鲁路译,社会科学文献出版社 2001 年版,第 208—209 页。

试图通过"arête"去克服费西斯和诺摩斯的矛盾，为此，智者必须回答人的本性究竟是什么以及人的才能品德能不能传授的问题。① 从希腊哲学史的历史描述和分析中，可以明白，在希腊文中，"arête"原指任何事物的特性、用处和功能，人、动物和任何自然物，都有自身所固有的而他物却没有的特性或品性。在当时的希腊人看来，"arête"就是指每种事物固有的天然的本性，他们认为，人的本性就是指人的才能、优点、特质，这是任何人都共有的德性或本性。"arête"是从优点和本性方面去看的，所以事物或人性是好是坏皆与"arête"有关，因此，所谓美与善就是守护着"arête"，所谓坏和恶就是失去"arête"。人如果失去人的"arête"，就不成其为人，但是，"arête"在历史与文明生活中逐渐获得了伦理意义，经过了文明生活的自由的发展过程。希腊人看到：人不同于动物，需要依靠共同体生活；在社会共同体中，人们就需要遵守某种共同的规范，以便确立能够得到大家赞赏的共同价值观念；这种共同价值原则，适合于人德性要求，虽然也会随时代变化，但是，总具有一定的普世价值标准。就此而言，希腊智者也找到了解决两者冲突的基本准则，因此，"arête"这一概念，由指称人的天然本性和天然功能，转向指代人的社会本性，即人的"德性"，最终，被提升到伦理学与美学的高度，赋予了它以存在学意义。

在智者之辩中，哲学家们提出了重要的问题，即美德或德性的重要性，这直接引导了后来的美学思考。美学问题与道德问题，由此出发，可以建立起十分密切的联系，这也直接影响到了苏格拉底的思索。所谓"德性"，在苏格拉底那里，不是自然概念、理论概念，也不仅是理论的知识，而是实践的概念；它不是静观的，而是能动的，在这个意义上，所谓德性就包括了人的一切优秀品质，这些品质，在现实中发挥的作用及其所具有的能动性，也可以理解为人的本质特性的显示。亚里士多德区分的理智德性与伦理德性，诸如明智、聪明、正义等一切品质，可谓集中了人之优秀品质，所以德性是人之为人的理念，这样，对于德性的知识，就是对理念的知

---

① 汪子嵩等：《希腊哲学史》第 2 卷，人民出版社 1993 年版，第 38—54 页。

识,就是人的自我认识,就是认识人自己。① 苏格拉底的讨论本身,具有明显的偏向性,即重视诺摩斯之建立,因为合乎人的德性的诺摩斯,只要不反人性,就必定有利于社会的进步和文化的进步。德性的认识,既是真理的认识目的,又是道德的实践目的。

苏格拉底的"德性与知识同一"的思想,主要规定了"德性是否可教或可学"这一问题解释的方向。讨论德性是否可教的问题,在柏拉图对话中,集中于《普罗泰戈拉》和《美诺》两篇对话中,苏格拉底的辩论,完全是针对智者学派而发。② 问题的核心是,智者学派以教授知识为业,在自然哲学方面,苏格拉底已经通过自己的切身经验表明,那些自称最有知识的人,实际上并无知识,他们自称是"智者",但不是"爱智者"。前者把知识当作现成的产品拿去出售,而后者则永远不满足于现有的知识,他对永恒确定的知识,心向往之。苏格拉底在西方人文主义者那里,一直是个理想的化身,因为他以美德来规范人性,这一美德原则的建立,需要克服人的许多原欲、战胜许多私念,因而,这种以人的本性去顺从美德的理论,受到了尼采的激烈攻击。尼采主张彻底地放纵生命欲望,因为生命欲望的表达充满了意志和力量,当然,这并不表明尼采与智者一致。智者们号称可以训练人的勇敢、公正、克制等道德品质,但并不知道"道德品质"为何物。在对话中,苏格拉底承认:"德性是可教的";在苏格拉底看来,德性的可教性在于:"美德即知识",如果德性不是知识,则就是不可教的;按照智者们的理论,德性不能是知识,他们自己对德性也并无知识,因而,在他们的学说中,德性本不可教,他们的确也不能教人以德性。在苏格拉底心目中,什么才是可教的德性? 就苏格拉底整个哲学思想倾向而言,所谓可教的知识,必定是可以普遍传达的东西。智者们所自诩的知识,在苏格拉底看来是没有普遍性的、必然性的,因此,德性作为知识就应该是可教的,也是

---

① 亚里士多德:《尼各马可伦理学》,廖申白译,商务印书馆 2010 年版,第 12—15 页。
② Platon, *Sämtliche Dialoge*, Felix Meiner Verlag, Hamburg, S. 41.

可以普遍传达的。①

　　智者的哲学出发点是感觉的人,这样的人与客观世界的关系是个别的、偶然的,他们对世界的观念是一些意见,而不是确定可靠的必然知识。从这个意义上说,这种个别的感觉式的意见,为个人所有,出于个人,但不属于个人,因而是不可教的。任何人不能强迫别人接受自己的意见,但真理却有强制性,柏拉图的《会饮篇》和《斐布斯篇》就是接着这一问题讲的。从希腊文化史的有关描述中,可以看到,"会饮"是当时希腊社会普遍流行的习俗,在宴会上通过歌颂诸神和唱颂诗歌来举行庆祝活动。柏拉图的《会饮篇》,对西方美学和文艺理论的影响是很大的。柏拉图继承苏格拉底的思想,进而认为,在一切美德中智慧是最高的,这是西方思想中理性主义的主流,但是,柏拉图也发现:在获得真理的过程中,情感和意志占有一定的地位,这就是知、情、意三者的关系问题。② 在柏拉图的对话中,他通过神话故事,完成了关于爱欲问题的解释,在对话中,斐德罗对厄罗斯的歌颂,可以分为三层。"Eros"即人的爱欲,这种爱欲,如何对人产生影响呢? 对话者认为:第一,厄罗斯在诸神中是最古老的。第二,厄罗斯是最高的幸福和善的源泉。希腊人最崇拜的是趋善避恶的英雄精神,在这里,斐德罗将这种英雄精神的产生归之于爱情的神圣力量,认为它就是人类最高的善的源泉。第三,厄罗斯还能为所爱的人提供献身的勇气和意志。人们为了爱欲不惜牺牲自己的生命,可见,爱欲是多么伟大的情感和意志,所以,对话者认为,在诸神中,厄罗斯最古老、最神圣、最值得尊敬,对于人,无论是生前还是死后,厄罗斯都能给人带来美德和幸福。其实,柏拉图并不赞成这一看法,但是,在对话中,他通过不同的人对爱欲发表的看法,揭示了理解爱欲的多种可能性。他赞赏的是精神之爱,事实上,在关于爱欲的探讨中,他涉及了不同的理论,但他自己的观点并不明确。

　　事实上,对于这一问题,古今的冲突表现在:古代的"Eros"理论重视

---

　　① 　Platon,*Sämtliche Diraloge*,BandⅡ,S. 71.
　　② 　Platon,*Sämtliche Dialoge*,BandⅢ,S. 1—78.

情,而现代的"Eros"理论则重视欲。① 寻求自我完善的动力,这一切的原因在于:原来的形式是完全的、完整的,后来,由于情理冲突而造成了思想的分裂,所以追求这种完整的力量,便叫作厄罗斯。人本来是自由的生命整体,由于自己的罪过,神将人分割开来了,所以,只有在厄罗斯的庇护中人才能得到幸福。全体人类,不论是男是女,他们的幸福就是实现爱欲,找到与自己相匹配的爱人,恢复人原来的本性,达到完整。人们必须这样做,在当前的情况下,绝好的事情便是将人的爱欲放在和人最情投意合的性质上。厄罗斯最值得尊敬,就因为他能使人恢复原来的完整状态,得到最大的幸福。继而,悲剧诗人对此也提出了自己的看法:在诸神中,厄罗斯是最值得赞美的,因为他是最美的,也是最好的。之所以说厄罗斯是最美的、最可爱的,是因为厄罗斯在诸神中是最年轻、最娇嫩、最敏感的,也是最随和的。而且厄罗斯也是最好的,是最高的善,因为厄罗斯也是正义,是自我,是勇敢,是智慧。爱欲给人带来了和平,使痛苦沉睡,也带来友好和欢乐,他是欢乐、文雅、温柔、优美、希望和热情之象征。无论是神和人都要跟随他,赞美他,歌颂他。柏拉图的对话非常有意思,实际上涉及各种爱欲观念,这些观念代表了大多数人的看法,而且具有普遍的影响力。② 从柏拉图对话中也可以看到,智者所辩论的问题在当时非常引人注目,这说明爱欲的力量高于理性的力量。

柏拉图的对话,主要说明了爱欲的两个方面:一是关于厄罗斯本身的问题,二是关于厄罗斯的对象问题。厄罗斯是爱美的主体,他热爱智慧,因为智慧是最美的东西,所以,厄罗斯必然热爱智慧,他是智慧的膜拜者。他说,在一切美的东西中,智慧是最美的,所以厄罗斯必然是智慧的爱好者,这种智慧与美、善处于同等的地位,甚至其地位更高。柏拉图将厄罗斯说成是介乎神和人之间的精灵,这正说明,自我是知、情、意相统一的自由主体。在柏拉图的理解中,"美的相"(Idea of Beauty)才是厄罗斯追求

---

① 汪子嵩等:《希腊哲学史》第 2 卷,人民出版社 1993 年版,第 166—176 页。

② Platon, *Sämtliche Dialoge*, Band Ⅱ, Felix Meiner Verlag, Hamburg, S. 118—119.

的对象。人开始爱一个美的形体，并从这个美的形体中认识到美的道理，进而认识到：一个形体的美和另一个形体的美具有一致性。在一切美的形体中，可以看到它们的共同形式，从个别的美开始，美是不断上升的，如同登梯，一级一级地逐步攀高，直到认识到最普遍的美。从一个美的形体到两个美的形体，再到每一个美的形体，从美的形体到美的制度，从美的制度到美的学问和知识，最后达到"美自身"。一个人关于美的认识，如果能这样一级一级地上升，最后便会见到奇妙无比的美，一切探求都是为了这个最后的目的。这个美，柏拉图并没有说清楚，后来，人们发现这最高的美只能是神，是人的审美认知很难把握的。

　　按照柏拉图的说法，"美的相"具有许多重要的特征：永恒，不生不灭，不增不减，绝对的，不是这部分美而另一部分丑，不是此一时美而彼一时丑。柏拉图认为，在具体事物之上，都有"相"；"相"高于具体事物，并决定具体事物，柏拉图的这一思想，值得深入而持久地讨论。应该说，柏拉图的《会饮篇》中所讲的真、善、美的统一问题，在很大程度上，推进了智者讨论的问题。① 可以说，智者讨论的问题，都是很现实的问题，思想并不深入，只涉及实际生活价值的选择问题。苏格拉底和柏拉图，显然，推进了问题的思考，把人的情欲和理性矛盾上升到存在论意义上进行思考，由此，可以看到，审美问题所涉及的核心本质，实际上就是人性如何自处的问题。柏拉图认为，只有当人通过那些可见的东西领悟于美自身时，他才能是真正的人，而且，不会被看起来似乎是美德的东西所激动。只有产生和保持美德自身的人，才能得到神的恩宠，才能获得不朽，在真正的智慧指导下，美自身和善自身结合起来才能永恒。这一思想带有强烈的神圣主义和理想主义气质，因而，柏拉图才如此受到后来思想家的重视。在《斐莱布篇》中，柏拉图进而提出，善是智慧和快乐的结合。快乐的生活与理性的生活，都不是完全自足的，它们每一个都不是善，善只是这两者的结合。希望得到快乐而不要痛苦，这是灵魂的事情，与身体无关，因为感

---

　　① Platon, *Sämtliche Dialoge*, Band Ⅲ, Felix Meiner Verlag, Hamburg, S. 70—78.

觉作用于躯体或感觉作用于记忆不同。柏拉图认为,只有在和肉体分离开的灵魂中,唤醒了灵魂和肉体共同感受到的经验,才是"回忆"。① 快乐是一种神圣的渴望,灵魂好像是一本书,感觉和记忆就像是写在书上的字;快乐和痛苦,不仅和过去与现在有关,而且是对将来的期待和希望。灵魂的欲望和身体的欲望,有时是伴随在一起的,要认识快乐的本质,只能从最大的快乐中去发现。《斐莱布篇》立论的主题是:什么是善? 它是智慧还是快乐的? 这一问题,自然,也涉及审美本质的问题,因此,柏拉图讨论这一问题,把智者争辩的问题进一步深化了。

由此可见,费西斯和诺摩斯之争,在柏拉图的审美思维中,已经被大大地拓展和加深了。在希腊思想史上,正是在柏拉图的基础上,亚里士多德提出美德、幸福、净化等审美伦理观念。在《尼各马科伦理学》、《大伦理学》、《优台谟伦理学》和《诗论》中,亚里士多德集中讨论了这些观念,他认为"德性分为两类,一类是理智的,一类是伦理的"。前者由教导而生成,后者由风俗习惯沿袭而来,在灵魂中有三者生成,这就是感受、潜能和品质。"德性",既不是感受也不是潜能,那么,只能是品质了,"快感",也可由这一问题而来。在《诗学》中,亚里士多德讨论悲剧时曾说,诗人采用的模仿形式,是人物的表演而不是叙述,通过怜悯和恐惧造成这些情感的恰当的净化,它通过疑惑、温和、笑声造成这些激情的"净化"。② 因此,塔塔科维兹认为,净化具有普遍的美学意义,因为它限定了艺术的目的和效果。不过,这一问题争论的焦点始终是:亚里士多德的"净化"(Catharsis),是指情感的净化,还是指由这些情感而带来的精神的净化,或者是这些情感的解脱? 第一种解释,指情感的净化,它长期为人们所接受,但是在美学史上,也有人对此提出质疑。第二种解释,指由情感的净化而带来精神的净化。亚里士多德不说提高和完善观众的情感,而是说悲剧释放这些情感,通过这种净化,摆脱那些困扰他的过剩情感,并求得

---

① Platon, *Sämtliche Dialoge*, Band Ⅳ, Felix Meiner Verlag, Hamburg, S. 94-95.
② 亚里士多德:《诗学》,罗念生译,人民文学出版社 1962 年版,第 19 页。

内心的平静。亚里士多德把情感的净化看作是情感的释放,看作是人的心理和生理过程,这种净化观念源于宗教仪式和毕达哥拉斯学派的观点,毕达哥拉斯学派采用净化的艺术观,伊壁鸠鲁学派则坚持享乐主义的艺术观。

　　柏拉图认为艺术可以且应该是道德主义的,亚里士多德则主张审美与道德有其内在的统一性,但这种统一性是通过平等、正义与美德等原则而确立的。[①] 的确,智者争辩的问题,可以通过美学这样来回答:艺术不仅造成情感的净化,而且还给人以愉快和快乐。审美有助于道德的完善,美好而高尚的道德,源于人们的美好而高尚的情感,艺术有助于实现人的最高目标,这个最高目标就是"幸福"。智者之辩所引发的问题,在古希腊思想家那里,获得了不同的解答,随后,奥古斯丁、阿奎拉、笛卡尔、休谟、洛克、卢梭、康德、费希特、黑格尔、谢林等,对这一生存论问题进行了不同程度的探究。可以说,智者争辩的问题,开辟了西方美学探究人性的一条崭新途径,也使美学家们能够深入地考察感性与理性之间的辩证关系。"智者之争"开导了这一问题的历史方向,并预示这一矛盾的问题值得永远论辩,因为这种争辩不会有一个简单的结论。理论上也许可以解决情理冲突,落实到现实生活法则中,则会发生变异。美学必须立足于现实而思考,因此,这种论辩展示了人之谜,也预示了美学思辨的必然性。

　　从辩证的观点看,情感与理性的矛盾并不像我们想象的那样难以解决,事实上,只要我们坚持辩证原则,就可以很好地解决情感与理性的矛盾。在尊重个性的前提下,在情感与理性之间形成思想平衡,即尊重情感,强调理性。情感是第一出发点,在保证基本生命情感的基础上,应重视理性的高尚与尊严,即通过理性约束情感,使情感在合理的思想领域发挥作用,必要时牺牲一点情感,尊重一点理性,就能让理性生发出自由的思想光芒。问题在于,情感与理性的界限在哪里? 我们没有一个必然的客观标准。有的人在强调理性的时候,只给予情感以很少的地位,或者

---

①　李咏吟:《审美与道德的本源》,上海人民出版社 2006 年版,第 23—35 页。

说,以理性来衡量情感,结果,理性压倒了情感,让人的正常生命情感没有了地位,使生命的意义走向了自己的反面。当然,有的人过分重视情感,虽然也强调理性的作用,但让理性在情感面前处于妥协状态,无法显示理性的思想与道德的尊严。在实际的生命活动中,你很难保持中庸的姿态,所以,思想史上对这些问题有着永久的争论。① 在理性获胜的时代,极端强调情感中心的思想,就会引人关注;同样,在情感泛滥的时代,极端重视理性的思想就会具有特别的价值。人类思想自由的时代,正是情感与理性平衡的时代,人类思想动荡的时代,正是理性与情感极端相互排斥的时代。只有通过情理之辩,才能真正评价审美的意义,审美就是为了寻求情感与理性之间的平衡,以走向生命的真正自由。

3. 情理谐调:审美法则优先道德法则

从美学思想发展史意义上说,智者所提出的问题,远未得到真正的解决。在理性至上或者说逻各斯中心论建立之后,理性的至高权威性实质上极大地压抑了人的自我解放要求,这就导致现当代哲学和美学中出现了激进式否定传统的思想。这种激进式否定理性思想,强调非理性的核心地位,可以看作是对理性中心话语的反抗。我们之所以要说智者所争辩的问题,永不可能获得最终圆满的解决,就是因为这一问题是由人的感性与理性冲突所决定的,或者说,是由人类的存在论困境所决定的。

智者争辩的问题,既是历史性问题,也是现代性问题,只不过在不同的历史时期,人们争辩这一个问题所使用的话语不同而已。例如,在《伯罗奔尼撒战争史》中,修昔底德笔下的雅典人认为,他们的行为准则,既合乎费西斯,又合乎诺摩斯。我们关于神的信念以及关于人的认识就是:"谁是强者,谁就是统治者",这是普遍的生活法则,是费西斯造成的。这个法则(诺摩斯),不是"我"创立的,也不是"我"第一个运用的。人们发

---

① 海德格尔:《演讲与论文集》,孙周兴译,生活·读书·新知三联书店 2005 年版,第138—141 页。

现,这个诺摩斯早就存在,我们仅仅是利用它并使之永远存在,留传后世。从生活意义上说,现在不过是按照这个诺摩斯行事,只要你们处在"我"的位置上,也会这样做的。在历史生活中,人们确实只认同这样的现实法则:弱肉强食,强者统治弱者,弱者服从强者的支配,这是古代就有的习惯性社会法则,而这种法则就是根据费西斯而确定的诺摩斯。无论是人还是神,都要遵循这个准则,凡是符合这个法则的就是正义,这是现实性法则,不是理想性法则。①

修昔底德提出的问题,在年轻一代的智者中得到了进一步的理论阐述,这就是塞拉西马柯与卡利克勒的主张。塞拉西马柯认为:"神不关心人间事务,否则,他们不会忽视关系人们的最大的事情——正义。因为人们并不践守这种美德,正义,不过是强者的利益。"②他看到了现实和理想、真理和价值、现实生活态度和伦理规范要求之间的矛盾。人的欲望和利益、情感和理智,在现实存在的法则面前,始终处于无法调和的对立状态,这种对抗在卡利克勒那里得到了解决。基于此,在《高尔吉亚篇》中,柏拉图借卡利克勒之口发表了长篇议论:苏格拉底,你自称追求真理,实际上,你却将人引入那些令人生厌的浅薄的谬误之中;我们似乎是追求美好的高尚的东西,其实,是约定的,不是自然的。一般说来,在多数情况下,费西斯和诺摩斯是彼此对立的,所以,如果一个人不敢说出自己想说的话并为此感到羞耻,他就会陷入自相矛盾之中。当人们根据诺摩斯发言时,你就狡诈地根据费西斯诘问,当他遵循费西斯原则时,你却又按诺摩斯原则发难。按照费西斯,凡是坏的与不好的,当然是可耻的;按照费西斯,人应是一个强者,有能力不受侵害,现在你被强者侵犯,说明你的费西斯缺失。按照费西斯,被欺者更可耻,而且更不光彩,但是,按照诺摩斯,行不义与欺诈才更可耻。在思想对话中,卡利克勒认为,正是大多数

---

① 列奥·施特劳斯等:《政治哲学史》,李天然等译,河北人民出版社 1998 年版,第 82—83 页。

② 汪子嵩等:《希腊哲学史》第 2 卷,人民出版社 1993 年版,第 89—90 页。

的探索者需要制定法律，为了限制强者，所以要制定诺摩斯，这件事本身就是不义的和反自然的。卡利克勒的看法是：制定诺摩斯规则是为了保护作为多数人的弱者，正是他们为了自己的利益而制定了诺摩斯，确定了赞赏和非难的标准，但是，按照以强统弱的原则，费西斯本身显然是让强者超过弱者，让一些更好的人能够主宰不好的人的利益。人们发明诺摩斯，改造人中的强者和优秀分子，像驯狮子一样驯服他们，诱惑他们就范，成为驯服的奴隶。他还宣称什么是他们必须同意平等的原则，说这是正义和公平，但是，有朝一日，这些人由于天然的天赋变得强大了，他们就要摆脱这些限制，冲决这些罗网，放纵不羁，践踏和诅咒一切纸上的协议和反自然的诺摩斯，他们行动起来，自己要做主人，虽然他们曾经做过奴隶。从这里可以看出，如果人们都遵循自然法则，弱肉强食，那么，后起的强者必然要摧毁先行的强者法则，成就新的强权法则。从自然性出发，文明的历史就是强者征服的历史，而从文明的习俗出发，则需要尊重法律、约束自然野性，使传统美德与和平理想得以延续，优良习俗与美好传统得以保存。①

　　从美学思想史出发，可以看到，智者运动所开导的"情理之辩模式"，实际上呈现出西方美学的三种选择方式。第一种选择，以理性生活为主导，崇尚理性的价值与尊严，顺从理性生活的指导，选择遵守道德的生活。当然，理性生活的选择，也可能导致极端的生活追求，事实上，在基督教信仰之下，许多人严格遵守清规戒律，绝对服从宗教的信条，按照宗教律法来制裁异教思想与异教生活方式。结果，从理性或伪理性出发，生命本有的自由和生命自身的欲望受到限制，这就是理性与神学对生命的压制，也可看作是诺摩斯对人的费西斯的控制，它最终导致了生命的异化。第二种选择，以感性自然生活为主导，强调生命的放纵，特别是为人的感性欲望和生理需要辩护。生命欲望的释放，导致审美的野性，从个体生命需要

---

　　① 列奥·施特劳斯等：《政治哲学史》，李天然等译，河北人民出版社1998年版，第650—656页。

出发,肉身生活的价值得到重视,灵魂生活的价值被贬损,人们崇拜生存活动中的强者,蔑视生存活动中的弱者。结果,社会陷入世俗生活的混乱,人的野性与暴力原则主导生活的价值秩序。第三种选择,寻求感性生活与理性生活的平衡。这就是说,感性欲求与理性尊严,都是生命的意义所在,两者之间仿佛是平行关系,然而,在实际的生活中,不是理性压倒感性,就是感性压倒理性,其实,真正的生命幸福,是感性生活与理性生活的内在和谐。应该说,"情理之辩"只有这三种解决方式,它构成了西方美学的三种基本价值选择。

在此,我要说的是:审美问题的理论解决方式与审美问题的艺术解决方式并不完全一致,应该说,艺术的解决方式更有意义。从西方艺术史的发展线索来看,有关情理冲突的解决,肉身与灵魂问题的解决,自然与律法问题的解决,实际上有两种解决方案:一是顺从世俗生活的需要,以世俗的自然要求创造艺术形象,表现生活现实;二是顺从理性生活的要求,提升理性的力量,将生命的自由尊严与生命的感性表达自由地结合在一起。在艺术创作中,完全顺从理性法则,不尊重感性生命自由的作品是不存在的,因为这种纯粹教条化的艺术没有市场,不可能具有艺术价值,因为一切艺术,必须从人的生命需要出发,以情为先,"追求情理和谐"。这一点,在西方经典作品中得到了最充分的体现。① 任何民族的艺术,经典艺术作品与通俗艺术作品,构成艺术发展的两极,但是,从艺术史观出发,只有经典艺术作品才构成文学艺术审美的主导价值系统。我们可以从西方经典文艺作品中,看到艺术的主导价值或核心价值,这个主导价值原则就是:正视生命的矛盾,从生命的矛盾出发,通过生命的自由表现,将人的生活价值向美德生活价值方向提升。这就是说,构成艺术灵魂的是:从矛盾的生命变成正义的生命,从肉身的生命转向道德的生命,从感性的欲求走向理性的尊严。应该说,这就是情理之辩的根本,或者说,这是自然本

---

① 汉斯·昆等:《诗与宗教》,李永平译,生活·读书·新知三联书店 2005 年版,第147—149 页。

性与律法要求之间的矛盾的最好艺术解决方式。在这种艺术解决方式
中,西方艺术或西方美学的主导价值原则得以呈现,这就是说:生命的欲
求和生命的意志是合理的,它有自由表达的权利。越是自由地表达生命
的本质力量,越能显示生命的美丽,但是,个体生命欲求与自由意志,个人
对自由与幸福的追求不能损害他人的利益,不能损害社会的公共价值,这
样,在保全个体生命自由的同时,并没有降低人类公共生活的自由价值标
准。正是从这一基本价值立场出发,我们可以从西方美学史上的情理冲
突和情理之辨中看到审美的真正目的所在,在费西斯与诺摩斯之争中,维
护德性生活的重要地位,就不会偏离内在生活的伟大价值目标。①

　　从思想史意义上说,反诺摩斯的倾向,事实上在卡列克勒这里有了良
好的开端,它显示了一股新的潮流和文化精神。欲望崇拜者要推倒传统
的法律、伦理规范和一切生活的准则,重新制定适合费西斯的诺摩斯,赋
予纵欲、强权、追逐权力和财富以合理又合法的形式。反诺摩斯的人,不
是全然不要诺摩斯,正如当代尼采的非道德主义并非不要道德规范一样。
他们对费西斯和诺摩斯有比较深刻的认识,需要辩明的是:如何全新地判
断和调节人与人的关系、规范人与社会的关系。反诺摩斯运动,在漫长的
中世纪和理性主义时代并未走向极端,而是与费西斯取得了和谐一致。
反诺摩斯运动,只是到了 19 世纪,才走向了真正的思想极端,发生了暴力
革命。在中世纪,神学规范是以诺摩斯的面目出现的。人的原欲和自由
受到极大束缚,对神学的批判,从某种意义上说就是对这种神圣的诺摩斯
的反抗,也是对人的本性(费西斯)的再次强调。西方文艺美学从这种本
体论承诺中,获得了对审美目的论的深刻说明。自 18 世纪以来,怀疑主
义与否定主义思潮盛行,从生命的本源性出发,从生命的反叛性出发,重
估一切价值的生存意志支配着思想界,因此,思想史上出现了一大批叛逆
者,他们直接推动了现代思想革命。在这一革命思潮中,马克思、尼采、弗

---

　　① 列奥·施特劳斯等:《政治哲学史》,李天然等译,河北人民出版社 1998 年版,第 133—
136 页。

洛伊德、马尔库塞、福科等人的思想具有典范性的革命意义。

马克思针对异化劳动,对社会异化现象提出了批判,从而确立了工人阶级审美解放的人类学目的;人的本质力量对象化和人的生命的自由表现,成为追寻自然本性的新的目标。马克思对费西斯和诺摩斯冲突的解决思路很有启示性,因为他是在批判传统的、过时的、落后保守的诺摩斯的前提下,要求生命必须顺应费西斯,尤其是工人阶级的"费西斯",从而建构了新的规范、新的理想。共产主义理想,也许是最合乎费西斯规范和目标的社会理想,因为在共产主义前提下,人们有了自由时间,可以自由支配自己的自由时间,进行自由的劳动和审美的创造。在生命表现过程中,可以确定自我的生命本质力量,在对象化过程中,自我生命的本质力量也能得以自由表现。在这里,旧的规则已被打破,人们完全生活在自由状态中,不妨说,这是富有号召力的革命性审美理想。① 尼采的生命哲学可看作是对人的本性自由解放的高度强调,如果说,马克思针对阶级间的关系确立了人的审美本质的自由表现意义,那么,尼采则针对个人强调生命解放的意义。尼采力图把个人的生命强力意志、把个人欲望的满足和个人意志的强力发挥推到思想的极端,许多想法虽然可以在古希腊思想家那里找到回声,但他总有新的创造。尼采的思想对于艺术家来说,具有特别的生命启示意义;在艺术中,艺术家需要酒神精神,需要最大限度地解放自己,表现自我的生命本质力量。但是,也应看到,尼采的思想并不能适应现实社会生活的实际情况,尼采只能导致"精神上的革命",他不可能像马克思那样导致社会的革命。②

弗洛伊德的性欲解放理论和本能升华理论,之所以产生划时代的影响,就是因为他从人的潜意识出发,通过解放人的潜意识,让爱欲得到合法的地位。在他看来,在人的潜在压抑和变异中,只有原欲能够激活人的创造力,特别是性欲的升华,可以极大地调动人的精神想象力、艺术的巨

---

① 《马克思恩格斯全集》第 42 卷,人民出版社 1979 年版,第 155 页。

② 雅斯贝尔斯:《尼采其人其说》,鲁路译,社会科学文献出版社 2001 年版,第 272 页。

大表现力。这种原始的本能的欲望,具有颠覆性的力量,因为人的缺陷、人的困惑,在很大程度上就是由于人的原欲被压抑,才导致社会的畸变,这显然不是充满希望的社会理想和人文理想。弗洛伊德的理论是具有现实意义的,因为在所有的压抑中,性压抑是最根本性的,它比其他生理欲望显得更为突出。这一理论有其片面性,但是,由于它极端强调费西斯的意义,所以,它产生了划时代的革命性影响。① 马尔库塞的爱欲理论所具有的现代意义,在《单面人》和《爱欲与文明》中得到了充分表达,显示了古代思想与现代思想的综合论倾向。他试图调和马克思主义、弗洛伊德主义和存在主义,预示了人性与社会规范之间必然冲突的现代解决方法。他的这种思维方法,是充满强烈的辩证法精神的,即在对立、对抗中寻找关系的平衡。他力图调和马克思与弗洛伊德,在现实与理想之间,使现实具有理想性,使理想具有现实性,这多多少少是对马克思理论的曲解,因为在共产主义理想社会,人的欲望可以得到自由满足。私有财产被扬弃,人能够在自由的社会中生活,不可能存在过多的压抑,生理欲望可以在共产主义社会自由表现,人们可以在对象化活动中,通过对象化了的本质力量,创造生活与生命的奇迹。②

福科通过解构的立场,力图弘扬新的历史主义观念,他试图恢复那些被压抑了的边缘历史,让那些被放逐了的历史境遇中存在者的生命存在意义,在历史反思中,重新得以确认。他揭示了习俗对于人类本性的巨大制约性,而且指明人类往往因话语权力掩盖了事实的真相,所以福科认为:"我们必须写癫狂的另一种形式的历史。出于这种癫狂,人们以纯粹的理性为理由禁闭他们的邻居,用冷酷无情的非癫狂语言互相认识。我们还必须在这种共谋关系中在事实性范畴牢固地建立之前,在它被抗议的激情所振奋之前,确定共谋的时间。我们必须设法在历史上回到癫狂发展过程的起点,那时,癫狂是尚未显示出差别的体验,分裂本身是尚未

---

① 弗洛伊德:《精神分析引论》,高觉敷译,商务印书馆1984年版,第16—20页。
② 马尔库塞:《爱欲与文明》,黄勇等译,上海译文出版社1987年版,第129页。

被分裂的体验。我们必须从它的运动轨迹的起点来描写另一种形式。这一形式把理性抛向其运动的一边,把癫狂抛向另一边,使它们此后互不相关,听不到对方的声音,就好像彼此相对的一方已经死亡。"①这些激进的存在论思维方式,事实上开拓了审美领域的全新方向,也间接说明费西斯与诺摩斯的矛盾并非轻易可以解决。西方激进主义思想家为此付出的巨大努力构成思想的内在动力,可见,这些思想策略不仅具有历史主义意义,而且具有现实主义意义。西方美学思维将费西斯和诺摩斯之争,巧妙地纳入美学之中,揭示了西方美学发展的重要理论线索,具有美学本体论意义。西方美学价值形态,一旦超越了观念形式,便落实到了这种生命本体论的探究上来,只有解决了这一问题,才能真正理解审美目的论的真正意义。

　　从审美创造与审美表现意义上说,理性与情感的矛盾,只有通过审美道德论思想,才能寻找到真正的平衡。按照审美道德论的原理,审美处于优先地位,道德理性尊严是审美的目的,康德与尼采代表着理性与情感的两个极端,虽然他们都重视审美在情感与理性之间的重要作用,但是,两者的区别是明显的。康德试图通过审美的道路,让纯粹知识与实践理性之间达到平衡,把美看作是道德的象征。在探索情感服务于理性方面,他确立了严格的思想原则,即道德理性的优先性与至上原则,使康德的美学具有特别的道德内容,义务与责任显示出康德美学的取向,与情感自由相比,显然,康德更重视理性的尊严。尼采则强调生命意志的伟大力量,他重视生命意志的原始力量,即要像酒神沉醉般的热爱生命和放纵生命,像日神灿烂般地张扬生命和赞颂生命,生命推展到思想的极端,他歌颂春天与沉醉,歌颂爱情与性,歌颂阳光与神圣,只让个体生命极端放纵沉醉。②应该看到,在不危害他人的前提下,放纵生命未尝不是人生的梦想,但是,将个体生命置于一切之上时,我们看到的是生命的放纵而不是生命的自

---

①　福科:《癫狂与文明》,孙淑强等译,浙江人民出版社 1990 年版,第 1 页。

②　F. Nierzsche, *Werke In Drei Bände*(I),Consortium AG, Zürich, 1974, S. 196—198.

律,而生命的放纵必然会导致生命的毁灭。过分的生命约束会毒害生命,过分的生命放纵也会摧残生命,这就给西方美学提出了新的任务,即从生命存在意义上说,情感与理性必然找到内在的和谐之路。只有在审美的自由与理性的自由的和谐中,才有生命的灿烂,情理之辩的意义正在于此。

第二节　创作迷狂与生命美学的体验意志

1. 生命迷狂:文艺美学的神秘思想根源

在西方文艺美学中,独具特色的美学价值取向在于:解释者对审美的神秘宗教思想根源的强调,这种神秘的宗教思想取向,基于古希腊罗马多神论思想传统与基督教的一神论思想传统。无论是多神论传统,还是一神论传统,都有对"生命迷狂"的强调,从比较意义上说,宗教迷狂与创作迷狂现象,可能是最早被关注的问题。"迷狂"(Intoxicate),是对忘我与痴迷的生命状态的描述,也是对生命内在力量自由迸发方式的渴望。对于诗家和哲人来说,他们很早就在追问这样的问题:是什么使诗人在创作时陷入神思妙想之境? 是什么使我们在美的创造时狂欢极乐? 在狂欢极乐状态下创作,人的理性与感性如何相互作用? 关于此问题的回答,实际上就是美学与诗学的解释。生命美学(Aesthetics of Life)的解释,最初即可追溯至此,虽然这一概念只是在 20 世纪尼采的美学中才真正出现,但是,就生命美学所涉及的问题而言,它早就发端于古希腊文明之中。在古希腊文明中,人们优先思考的问题是:万物的本源是什么? 何谓幸福? 何谓正义? 生命的神秘、生命的幸福、生命的满足、生命的公正如何可能实现? 在生命存在与生命神秘的探索中,他们把神圣与迷狂看作是生命诗学与美学的中心问题。在诗人的想象中,"迷狂"是最激动人心的状态,在此,生命乐而忘忧,如醉如痴,人与自然一体,人与神一体,欢歌与舞蹈,诗赋与天才,生命处于淋漓尽致的自由发挥状态。这也是人们梦想的审美状态与自由状态,在此,生命的审美本质得到了呈现,所以要想追溯西方生命美学的源头,就必须驻足于此。

就希腊文明而言,"迷狂"先是宗教精神问题,后来才成为诗学的创作自由问题。就前一思路入手,迷狂状态大致可分成:"日神状态"与"酒神状态"。按照尼采的认知:日神状态展示出生命的梦幻般迷狂,属于"梦境";酒神状态展示生命的放纵式狂欢,属于"醉境"。生命的梦境是迷狂,醉境亦是迷狂;"梦"与"醉",不仅成了生命的两种极端快乐状态,而且,形成了现代生命美学的两个美学范畴。① 从后一思路入手,柏拉图的迷狂论创作观念更值得重视。事实上,在《伊安篇》中,柏拉图所讨论的"迷狂"问题,不仅源自于他对希腊日常宗教生活的观察,也源自于他对希腊史诗朗诵诗人的创作状态的体验性描述。对此,柏拉图写道:"诗神就像这块磁石,她首先给人灵感,得到这灵感的人又把它传递给旁人,让旁人接上他们,悬成一条锁链。凡是高明的诗人,无论在史诗或抒情诗方面,都不是凭技艺做出他们的优美的诗歌,而是因为他们得到了灵感,由神灵凭附着。科里班特巫师们在舞蹈时,心理都受一种迷狂支配;抒情诗人们在作诗时也是如此。他们一旦受到音乐和韵律力量的支配,就感到酒神的狂欢。由于这种灵感的影响,他们正如酒神的女信徒们受酒神凭附,可以从河水中吸取乳蜜,这是她们在神志清醒时所不能做的事。抒情诗人们的心灵也正像这样,他们自己也说他们像酿蜜,飞到诗神的园里,从流蜜的泉源吸取精英,来酿成他们的诗歌。他们这番话是不错的,因为诗人是一种轻飘的长着羽翼的神明的东西,不得到灵感,不失去平常理智而陷入迷狂,就没有能力创造,就不能作诗或代神说话。"②在这里,柏拉图谈到了诗人与诗神、理智与迷狂、灵感与创作等问题,"迷狂"在这里,就是创作自由状态,当然,"灵感"就是诗人的生命美学创造状态。

从生命美学意义上说,美学思想阐释必须建立在生命哲学的地基之

---

① F. Nietzsche, *Werke in Drei Bänden* (I), Consortium AG, Zürich, 1974, S. 99.

② 柏拉图:《柏拉图文艺对话集》,朱光潜译,人民文学出版社 1988 年版,第 8 页。

上,所以,在言说中,审美问题始终与生命问题相关。审美与生命到底是什么样的关系?为了解决这一问题,有人试图建构生命美学价值形态,当然,这一理论意向并非盲动,因为在东西方美学思想史上确实存在着生命美学式思考。从迷狂说入手,探究西方生命美学的本来意义,可以揭开西方美学史的大幕。在西方文艺美学中,迷狂说很有影响,这一由柏拉图奠基的理论,在西方文艺美学的发展过程中形成了两种对立的评说:一种意见认为,"迷狂说"深刻地揭示了创作活动中的神秘心理,对作家的创作灵感和创作冲动给予了合理解释,例如,英国与德国的浪漫派诗人就主张从这一角度去理解诗歌创作的生命意义,雪莱在《为诗辩护》中也谈到这一点;另一种意见则认为,"迷狂说"有意夸大了作家的天才和创作的神秘,不符合理性主义和科学主义的思想逻辑,例如,俄国的马克思主义者卢那察尔斯基。这两种看法,对我国学者颇有影响,坚持浪漫主义文学观的学者乐于认同"迷狂说",另外一些学者则认为"迷狂说"大有倡导神秘主义和非理性主义之嫌。任何事物都不应予以简单判断,而应看到它的合理性,并予以科学的解释,因此,有必要对"迷狂说"进行重估,为重建生命美学的价值形态提供思想资源。

从叔本华与尼采的思想上说,西方生命美学的核心问题,即在于对迷狂的关注。"迷狂"(Mania)是人的自我精神的彻底解放状态与表现,这一点是不会有人反对的。所谓迷狂,是指作为个体的人因为狂欢(Carnival)、狂喜、神情专一、超然物外而陷入物我两忘的极度迷醉之中,由此表现出强大的生命力量。① 在迷狂状态中,一个人有可能出其不意地完成平常状态中所无法实现的事情,这种奇异状态是许多作家所盼望并曾获得过的具体的审美经验。例如,福楼拜写作时服药的个体经验,巴尔扎克刻画"骂人者"时的自言自语等传奇细节,皆可以视作对迷狂的注释。简单地说,"迷狂"是创作主体在强烈的生命体验中所陷入的迷醉状态,迷狂并非创作时独有,这一点必须特别强调。

---

① 海德格尔:《尼采》(上),孙周兴译,商务印书馆 2002 年版,第 68 页。

　　从西方生命美学讨论的问题来看,对迷狂现象的深入解释涉及迷狂的类型、迷狂的起因、迷狂的得失等重要问题。一般说来,文艺美学中的迷狂说,主要针对创作心理而言,而忽略了其他方面的因素,所以需要对这一问题进行全面认识。就希腊美学史而言,柏拉图关于迷狂的原本解释是很全面的,这也反映了古希腊文化中的神秘主义和心灵主义倾向。事实上,在科学不太发达的古希腊时代,迷狂现象大量存在,这可以通过原始文化、原始崇拜、原始宗教、原始艺术和原始思维等精神现象获得充分说明。在《斐德诺篇》中,柏拉图借苏格拉底之口指出:"神灵凭附的迷狂,我们分成四种:预言的,教仪的,诗歌的,爱情的。"①"每一种都由天神主宰,预言由阿波罗,教仪由狄俄倪索斯,诗歌由缪斯姐妹们,爱情由阿佛洛狄特和爱若斯。"②在这四种迷狂中,预言的迷狂由巫师所承担,传说巫师在迷狂状态中有沟通鬼神的能力,从而能够正确预卜吉凶。在正常人看来,巫师的迷狂状态确有奇异感,对于精神上的安慰极有助益,这种预言式迷狂,之所以为人们所信仰,是因为人们无法预见未来,也无法把握命运,而只能求得巫师的迷狂体验达成心理的平衡。宗教的迷狂,尤其表现出虔信,即对上帝和神灵的虔信,使他们有时能神驰物外,体验到神灵赐福的欢悦。如果宗教缺乏这种迷狂功能,它是很难有其感召力的,因而,大多数宗教领袖力图强化神灵的无处不在或佛法无边感,这种弥漫的体验,使信徒有归依与神秘崇拜意向。这种巫术的迷狂和宗教的迷狂通常被相互吸收,预言的迷狂与教仪的迷狂与希腊宗教信仰有关,祭司在预言时必须陷入迷狂状态,才能与神合体,这样其预言仿佛更能得神意之助。实际上,祭司的迷狂并不是真正的迷狂,而是人为的表演状态。教仪的迷狂之所以具有一定的真实性,是因为在教仪中,人们在各种条件的作用下,极易陷入迷狂之境。诗歌的迷狂与爱情的迷狂,属于日常生活中的迷狂,诗人朗诵诗篇或创作诗篇,具有迷狂精神。爱情的迷狂,是恋人特

---

①　柏拉图:《柏拉图文艺对话集》,朱光潜译,人民文学出版社 1988 年版,第 151 页。

②　柏拉图:《柏拉图文艺对话集》,朱光潜译,人民文学出版社 1988 年版,第 152 页。

有的精神状态,所有的迷狂皆与两种状态有关,一是梦幻,二是醉酒,没有外力的作用,人很难由日常理智状态进入迷狂状态,所以,"催眠"与"饮酒",在导入迷狂状态方面最具有效性。

生命存在体验中呈现出来的这种迷狂状态,对人的心理之潜在影响广大而深远。柏拉图所指出的爱情迷狂和诗歌迷狂,显然,在实际功效和影响上,不如巫术迷狂和宗教迷狂那样具有普遍意义,但是,在这四种迷狂中,柏拉图最为重视"爱情迷狂"。朱光潜将"Eros"译成"爱情",严格说来,这种迷狂译成"爱欲迷狂"似乎更有深意。爱情一词,被流俗所用,似乎专指男欢女爱,"爱欲"则具有更为深广之意义。柏拉图的"Eros"即人对爱欲的探讨和思索,因为在人类的情感深处,爱欲占据着主导地位。柏拉图的"迷狂"理论,主要不是为了文艺问题而提出的,而是为爱欲问题而提出的,柏拉图这种思想重心的倾斜,与他对人的关怀有着重大关系。柏拉图力图通过爱欲理论揭示人性深层的问题,从这种人性的爱欲倾向出发,顺导人性,使重建理想国成为可能。

对此,伽达默尔认为:"柏拉图的神话内容,关于神的形象,彼岸世界以及死后生活的想象都严格拘守《国家篇》中所提出的神学,但柏拉图所依靠的力量及他用新的神话之光来指控以往的神话主题时所应用的方法是富有意义的。他的神话内容并不是要变得逐渐消失在原初时代的壮丽曙光中,也不是要关闭在一个不可思议的、就像一个异化的真理主宰着灵魂的世界中。""事实上,它是从戏剧中表现出来的苏格拉底的真理自身的中心中生长出来的,在这个戏剧中,灵魂认识了自己,认识到灵魂最确信的真理。它的幸福只是在于正义。这是从它所传播到的全部遥远的地平线上清楚地回响给灵魂的。""因此,从本质上说,灵魂并没有从它自身之外获得任何新的真理。因此,如果说神话意味着古代信仰的不可解释的真理,诗意味着灵魂在一个高贵的实在中表现自身,那么,柏拉图的神话,既不是神话,也不是诗。""因为在这里由神话构成的世界,根本不是一个世界,而是灵魂在'逻各斯'中解释自身的特征于宇宙中的投影。柏拉图的神话,不能作为把一个人引渡到另一个世界的入迷状态来体验。"①这就是说,柏拉图的迷狂学说展示了灵魂世界的精神复杂性,只有在他的灵魂学说的思想背景下,才能真正理解生命的诗性想象与宗教体验。

就文艺美学而言,无论是巫术迷狂、宗教迷狂,还是诗歌迷狂、爱欲迷狂,皆可以成为文艺表现的对象,也足以激发文艺创作的迷狂体验。前几种迷狂方式的体验,对于创作来说是极为重要的,它能使人预见到生命的某种深度和神秘倾向。"迷狂的表现"与"迷狂的实质",这两个问题不宜混淆。在诗歌的迷狂中,迷狂的状态与迷狂的内质也是不一样的,柏拉图所概括的迷狂,展示了迷狂的四种状态,而他并未揭示出迷狂的实质内容。在《伊安篇》中,柏拉图不仅揭示了诗的迷狂,而且揭示了诗性迷狂的根源、动力、功能、价值和意义。因为巫术迷狂、宗教迷狂和爱欲迷狂都是生命的狂喜状态,是生命的直接活动方式,都不涉及艺术创造的问题,诗歌迷狂显然涉及创造问题。这种着眼点,使柏拉图的"迷狂说"具有了独特的文艺美学意义。

在文艺创作中,"进入迷狂状态"与"未进入迷狂状态"的实质区分显然是人们所特别关注的问题。"进入迷狂状态",想象力被激活,精神表达极度自由,人的精神处于膨胀状态,创造力得到自由发挥;未进入迷狂状态,人主要受制于理性认识,创作本身是认真的,但很难找到那种表达时的自由心态。进入迷狂状态与未进入迷狂状态,完全是个体的经验,是个体生命艺术创作或审美活动中的投入状态,是审美主体的忘我状态和超越功利的自由程度。想象力的激活与迷狂式体验,往往也是从正常状态开始,只是在一定的时候才达到巅峰状态。在《伊安篇》中,柏拉图所描述的"诗性迷狂",既包含着表演的成分,又包含着创作的成分。柏拉图借伊安之口描述着,"我在朗诵哀怜事迹时,就满眼是泪;在朗诵恐怖事迹时,就毛骨悚然,心也跳动。"②塔塔科维兹指出:"柏拉图发现,并非所有的

---

① 伽达默尔:《伽达默尔论柏拉图》,余纪元译,光明日报出版社1992年版,第75页。
② 柏拉图:《柏拉图文艺对话集》,朱光潜译,人民文学出版社1988年版,第10页。

诗,都是灵感作用的结果,还有一些按常规准则写作的诗人。有疯狂的诗,产生自诗人的迷狂(Poetic Ecstasy),同时,有技术的诗,源于写作中的技巧。这两种诗,具有不同的价值。柏拉图认为,第一种是人的高级行动,第二种是像其他任何活动一样的技术。"①在艺术表演中,这种迷狂状态极为重要。如果观众看到的不是剧中人,而想到的是演员,这种表演一定十分糟糕。大多数演员都能忘记自我,而处处体验角色的心理和生命意识,这种迷狂式体验和注意力高度集中状态是艺术感染力形成的前提,因而,表演中的迷狂比较易于理解,而创作中的迷狂则颇难界定。创作迷狂是私人经验,那种即兴作诗,即兴作画,其实都是应景式的表演,少有真正的作品诞生。创作迷狂更多的时候是在创作过程中,在创作的巅峰状态中表现出来的,因为只有在这些情景下,创作者才达到了彻底的放松和自由。凭技艺知识写作与凭冲动、灵感和激情写作,其艺术形式是截然不同的。

因此,只要不对"迷狂"现象进行神秘主义解释,把"迷狂"看作是艺术创作的自由表现,那么,正视迷狂现象是极有意义的。研究这种迷狂现象,对于拓展艺术理解的深度和创作自由问题,显然极有意义。在西方文化中,"迷狂"受到了不同程度的关注:柏拉图很重视这一着魔入神状态,奥古斯丁则很重视那种与神交流和沟通时的迷狂状态,尼采非常重视酒神狂欢时的迷狂状态,弗洛伊德则很重视性冲动的迷狂状态,福科很重视癫痫病人的迷狂状态……所有的"迷狂理论",都是描述生命的彻底放纵状态,这所有的迷狂状态是谈不上理性的,尼采把迷狂活动的本质称之为"酒神精神",认为这种"迷狂"有极大的力量,可见,西方生命美学对迷狂的解释,实质上,往往特别关心创作和审美中的异常状态或超常状态。

2. 神秘的力与美及审美的创作动因

"迷狂现象"在创作活动中确实存在,产生这种迷狂状态的本质力量

---

①   Wladyslaw Tatarkiewica, *The History of Aesthetics*(1),Mouton,1970,p. 120.

是什么？也许只有理解了这种迷狂的本原意义，才能真正给予合理的解释。柏拉图看到了迷狂的价值和意义，但是，他认为这种迷狂源于神力，而不是源于人力，事实上这种解释把迷狂的本源问题混淆了，在知识、技艺与力量、灵感之间，柏拉图借苏格拉底之口指出："有神力存在"。他认为，人力无法达成迷狂状态，而是神力使诗人达成迷狂状态，他所找到的形象譬喻是"磁石"。"像一块磁石，它首先给人灵感，得到这灵感的人又把它传递给旁人，让旁人接上他们，悬成一条锁链。"柏拉图借这个譬喻，无非要说明的问题是："优美的诗歌"本质上不是人的而是神的，不是人的制作而是神的诏语，诗人只是神的代言人，由神凭附着。① 按照伽达默尔的解释，柏拉图对诗人迷狂状态的描述和讨论，虽不乏戏谑和嘲笑，但他的确发现并承认了迷狂状态这一事实。柏拉图对迷狂的解释，受制于它所处时代的文化氛围，是完全合理的。从今天的眼光来看，关于迷狂的本源之阐释，有必要从"人力"入手来说明；只有从"人力"入手，迷狂的本源问题才能得以澄明。

诗歌源于神力的迷狂，这与西方诗歌的独特发展道路有关，如果说，中国古典诗歌很早就发展了写实的民间歌唱传统，那么，西方诗歌很早就奠定了颂神的民间宗教歌唱传统。反观西方民歌和古典诗歌，许多诗歌皆与颂神有关，在诗歌中，歌唱日常生活的诗篇经常让位于"歌唱神灵"，所以，在西方人的信仰中，歌唱的才能与神灵的赐予有关。在这一思想背景下，柏拉图认为诗歌的创作与歌唱才能源于神力、源于记忆女神的恩赐，是非常自然的说法。从理性主义思想出发，"迷狂"的本源问题，既具有生命本体论意义，又具有审美体验论意义。离开了个体的生命体验、生命创造和审美体验、审美创造，"迷狂说"不会获得当代性评价。

"迷狂"，源于主体性的生命创造力和生命表现力；"迷狂"，就是力量状态，它源于狂喜、狂欢，源于大激情或大冲动。没有强烈的情感力量，没有深邃的创造力量，就无法真正遁入迷狂的状态。"迷狂"，是创造者的瞬

---

① 柏拉图：《柏拉图文艺对话集》，朱光潜译，人民文学出版社 1988 年版，第 9 页。

间体验和情感巅峰状态,它使人们的想象力自由,而且使人具有艺术创造的力量。情感之潮的涌动,强烈而有力量,震撼有节奏。"迷狂"不仅是人们在生命过程中所渴望达到的巅峰状态,更是艺术家所渴望达到的创作状态;进入这种创作状态,必然有好作品诞生。[①] 在许多人看来,人生活在日常社会文化中,受到许许多多习俗的束缚,缺乏超越习俗的力量,结果,人们往往因为顺从习性而丧失了审美创造力。

"迷狂"所具有的生命本体论意义在于:一方面,迷狂是生命创造力和生命内驱力所产生的必然结果,另一方面,迷狂又激活了艺术家的生命创造和生命发现。艺术家应该具有强大的创造力,这种强大的创造力,虽然与作家的体力和智力密切相关,但更主要的是感悟力和精神生殖力的表现。艺术家的这种力量是极其敏锐、强大而又不可遏止的,没有强力的艺术,必定是平庸的艺术,不能感发人的情志之艺术。艺术家的这种强力,在感悟和生殖的过程中得到极度表现,对于艺术家来说,这种感悟力与想象力,特别表现在对大自然和对生命个体的体察上。人与大自然的关系以及人性间强烈冲突与搏斗的主题,在荷马史诗和希腊悲剧中,曾有出色的表现,陷入迷狂的诗人,必定对此有敏锐的洞察。艺术家在面对自然时,通常无法遏制那奇异的创造力,例如,荷马的《奥德赛》,在表现人与自然之关系时,极具强力意志;面对自然的神奇、灿烂、博大,人们极易生出敬畏感、神奇感与崇高感。艺术家闭塞在温室中,是无法具有这样的迷狂力的,最高明的迷狂术(Manike)皆无法使人获得亲历大自然的神奇所获得的精神力量。正因为个体的生命强力在与大自然的冲突关系中异常猛烈,因而,艺术家往往在面对大自然的神奇、变幻莫测时,极易生出崇高感和感奋的心情。

真正的迷狂艺术都是那么热爱自然,"自然"成了世界文学的最伟大表现力的最佳主题。荷马赋予自然以神奇,但丁、莎士比亚也赋予大自然以绝妙的神奇,华兹华斯、济慈、雪莱同样赋予大自然以神奇,艾略特也赋

---

① 海德格尔:《尼采》(上),孙周兴译,商务印书馆 2002 年版,第 106—116 页。

予自然以极度神奇，当然，赋予大自然以神奇力量的，不仅是诗人，还有音乐家、画家。这种神奇的力量，是他们在大自然面前不能自制的迷狂力的表现，是他们在迷狂状态下的"精神生殖"。对此，席勒提出了不同的看法，他认为："表现单纯的热情（不论是肉欲的还是痛苦的）而不表现感觉的反抗力量，叫作庸俗地行动；当他考虑到原则而服从于他的本能时，他就是合式地行动；当他仅仅服从于他的理性而不考虑他的本能时，他就是高尚地行动。"①席勒的这种理解方式过于强调理性的作用，与艺术家的迷狂体验并不完全一致，因为在迷狂体验中，理性被贯穿到激情之中，成为激情的构成因素，并不占主导地位。一切强调浪漫主义和生命哲学的艺术家，特别愿意表现大自然的神奇力量，事实上华兹华斯、济慈、叶芝、惠特曼、艾略特等，在面对大自然的神奇时，都特别强调内心那种不断扩张的力量，强调内心那种神一般的欢喜和神异的心理。从大自然中，他们发现了一切，他们能发现理智状态中人们所无法察知的美，因而，大自然在他们的笔下变得极具生命象征意义，大自然的一切活体，有机物、无机物都与诗人的心灵相感通，相生发，相交流，这种感悟大自然所置身的迷狂状态，这种感悟大自然所具有的奇异精神生殖力，正是源于诗人的强大生命体验或生命迷狂力量。

　　浪漫主义诗哲尼采，之所以特别强调这种生命体验的意义，正是他对生命迷狂精神的重视。他的《查拉图斯特拉如是说》以及《强力意志》，大多是在精神迷狂状态中写成。据说，他喜欢在湖畔行吟，与大自然亲切交谈和体悟，从中所生发出的奇异创造力和精神生殖力主导了他的哲学诗篇的创作。事实上，尼采的全部思想，充分表现了他对生命迷狂状态的极度崇拜，其实，他之所以认为精神生殖力优越于躯体生殖力，是因为对迷狂的高度重视。② 面对自然的神奇，诗人、画家、音乐家无法控制内在的生命体验，想象力极其发达，精神生殖力异常旺盛，那么，面对个体生命的

---

　　① 　席勒：《论激情》，参见《秀美与尊严》，张玉能译，文化艺术出版社1996年版，第160页。

　　② 　F. Nietzsche, *Werke in Drei Bänden* (I), Consortium AG, Zürich, 1974, S. 182—183.

强大,面对人类爱情、爱欲的神奇,艺术家的体验状况又是如何呢? 在现代艺术家看来,这也足以使人陷入极度迷狂中,如果艺术失去了这一主旋律,就不足以体现出"迷狂"的神奇与强大;大多数艺术家在创作时,十分重视人的伟大和神奇,这不仅表现在英雄主义式的迷狂体验中,也表现在感伤主义的迷狂体验中。值得重视的是,西方现代艺术,由积极意义上的人性表现和爱欲表现,转向荒诞意义上的残酷表现和丑恶表现,仍然强调这种迷狂心态。华兹华斯、济慈的浪漫主义的迷狂体验及其对人性和谐与崇高的表现,是以生命本体体验为主导,也必须承认,普鲁斯特、乔伊斯、伍尔夫、福克纳的现代意识流的表现和体验,也具有特殊的迷狂心理经验。只不过,这种迷狂心理不再以积极的、和谐的、诗性的、浪漫的美的因素为主导,而是以荒诞、无聊、厌倦、错位、无序、混乱、抽象的因素为主导。现代主义艺术家对这种反美学因素的迷狂体验,其实仍是以生命本体状态为依据,否则,普鲁斯特绝对完成不了洋洋洒洒七大卷《追忆逝水年华》。在他的叙述之中,时间空间关系、人性关系、人类意识状态全部发生了彻底的转变。[①] 人性问题与自然问题的分离、异化状态的强调和摄入,使人的迷狂心态被绝望因素所主导,而不再被希望和美所激发。

　　只有置身于迷狂中,才有这种生命本体论的发现。尼采是如此看,波德莱尔又何尝不是如此看,正如尼采所指出的那样:"内心种种激情的角逐,最后,激情支配了理智。"[②]波德莱尔也提出:"应该永远陶醉。全部根结在此,这是唯一的力量。为了感觉不到那压垮您的肩膀和使您向地面垂倾的时间重复,您应该无休止地陶醉。"[③]艺术家的创作,在很大程度上,就是要安置生命,发掘生命,表现生命的不羁的力量。当艺术能放射出璀璨的生命光芒的时候,艺术也就获得了特殊的生命观照力量。这就是说,在艺术创作中,艺术家不能受制于日常生活中清醒的经验理智,要

---

① 普鲁斯特:《驳圣伯夫》,王道乾译,百花洲文艺出版社 1992 年版,第 8—12 页。

② Nietzsche, *The Will of Power*, New York, 1976, No. 613.

③ 夏尔·波德莱尔:《波德莱尔散文选》,怀宇译,百花文艺出版社 1992 年版,第 93 页。

从日常生活的许多清规戒律中解放出来。人越是最大限度地释放自我的潜能,他就越能表现出自我的超群想象力,因为这种潜能既有个人本能的思想与想象,也有个人理性的觉悟与情思,它源自于个体自身的独立思想意志。不过,尼采并没有明确说明,艺术家的迷狂创作到底是应该表现正价值的创造力量,还是负价值的毁灭力量?

就生命本体论意义而言,人的生命本体力量确有积极的神圣的力量,也有消极的邪恶的力量。强调迷狂,强调人的力量,应该从积极的神圣意义上去把握,正因为如此,我们往往把荷马、但丁、莎士比亚、陀思妥耶夫斯基、托尔斯泰、惠特曼、加缪等看作是伟大的作家。可是,在尼采、波德莱尔乃至非理性主义哲学家和作家看来,要达到对生命本源的把握,要构造诗性迷狂的力量,必须借助恶、强力意志、残忍等因素去表现,要从本质上拒绝道德、和平、善良,显然,这种极端的观点使"迷狂说"蒙上了不祥的阴影。因此,必须抵制这种极端的具有毁灭性功效的观点,使迷狂说获得诗意的、浪漫的和积极的解释,只要这样,就能体现迷狂说的生命本体论意义。① 那么,迷狂说的审美体验论意义何在呢? 这一方面可以从艺术鉴赏来把握,另一方面又必须从审美创造和审美感悟来把握。一旦从后一立场上来把握迷狂说的审美体验论意义或审美本体论意义,实质上,也就回到了生命本体论立场。至此,迷狂说的美学意义已经昭明:"迷狂说"一方面科学地建构了人与自然、人与人、人与生命本身的动态关系,另一方面则揭示了作为创造主体的人的精神感悟力和精神生殖力所依托的力量源泉。这就是说,要最大限度地发挥人的创作潜力,发挥人的想象力,使人们臻于审美自由状态,臻于狂醉和快感状态,让崇高和美的特质获得诗性表达。西方生命美学对此所进行的系统阐发,极大地振奋了艺术家的心灵,应该高度评价这一生命美学价值形态的启示意义。

---

① 海德格尔:《尼采》(上),孙周兴译,商务印书馆 2002 年版,第 126 页。

3. 生命原始力量与文艺美学的确证

"迷狂论"思想一直主导着西方文艺美学与诗学思想,从柏拉图到奥古斯丁,从叔本华到尼采,从雪莱到波德莱尔,从弗洛伊德到巴赫金,迷狂论美学与诗学始终具有思想召唤力。实际上,迷狂论美学与诗学并不是统一的,有的基于宗教激情立论,有的基于生命激情立论,有的基于狂欢庆典立论。在讨论了宗教迷狂之后,就可以重点讨论生命迷狂问题,从宗教迷狂转向生命迷狂,从神力体验转向人力体验,这正是西方文艺美学思想的现代转折。从现代审美观念出发,迷狂源于"人力",源于人的生命想象力和自由创造力,而不是源于"神力"。这一点,几乎不存在根本性分歧。但是,强调迷狂源于"人力",也不足以从根本上解决迷狂说的困境。正如笔者在前文所指出的那样,人力有美的积极的有价值的力量,也有恶的残忍的消极的毁灭性的力量。有人认为,只有前一力量才能从根本上激活艺术家的想象力,并具有决定性的审美价值,但也有人认为,只有后一力量对艺术家最终进入迷狂境界才是至关重要的,才具有决定性的意义,至少,尼采、波德莱尔和毕加索代表着后一观点。这后一观点是极其可怕的,它是使艺术走向毁灭、走向危机的不祥预兆;这种观点,对现代主义乃至后现代主义艺术产生的消极影响,在今天变得越来越明显,这实质上是"迷狂的误置",因此,必须进行深刻的批判和分析。

现代迷狂论美学与诗学,是由三大力量推动的:一是叔本华与尼采的生命哲学,二是弗洛伊德的精神分析学,三是诗人艺术家的现代性生命体验。在现代文艺美学中,越来越多的人坚信:白日梦、性刺激、大麻、精神病、暴力、个体的极度自由以及恶魔精神,对于艺术创作和创作迷狂是极其重要的。这种观念的产生,并非毫无现实依据。弗洛伊德就很重视白日梦与文学创作的关系,在弗洛伊德看来,人被压抑的欲望通过艺术获得释放,在白日梦状态中,创作者会获得精神上的满足。例如,俄狄浦斯情结就与儿童的"恋母倾向"相关,于是,弗洛伊德找出大量的例证,从达·芬奇、陀思妥耶夫斯基病态心理和犯罪因素中,找出他们艺术创作的原动力,找出他们陷入创作迷狂的内在症结。对此,刘小枫指出:"弗洛伊德谈到任何东西都不免要与原欲牵扯上,好像那是唯一的动因。说他是泛性者,一点不偏。当他把一切解释都上溯到原欲时,本来包含着一定合理因素的解释也成为谬误推论。不管是生物还原论,还是生物升华论,显然都不足以解释人的行动动因。"①从性刺激的意义上说,毕加索的支持者们就极端重视性刺激对于毕加索创作的影响,并在他的全部作品中找出诸多的性暗示及其性错乱现象,以此解释他的艺术表现力。

波德莱尔一直在创作实践或生命活动中探讨生命迷狂问题,即如何让自己获得最大限度的思想解放,如何让自己获得最大限度的生命快乐。波德莱尔并没有选择圣人所走的路,即在信仰中实现自由与狂欢,而是选择了叛逆者所走的社会生活道路,即通过吸毒和性放纵来达到压抑生命的排解和幸福快乐的体验。在《葡萄酒》和《印度大麻》中,他谈到了这种药物刺激对于创作的影响,波德莱尔拟人化地写道:"我将落入你胸怀的深处,就像精美的植物食品。我将是使痛苦地被犁开的犁沟变得肥沃的种子。我们的亲密结合将创造出诗。以我们两个,我们可以组成一位上帝,我们将向无限飞去,像鸟,像蝴蝶,像圣母之子,像香气和所有带翅的东西。"②在《印度大麻》中,他写道:"幻觉开始出现,外部事物披上奇形怪状的外表。它们呈现在您面前的形状,是您以前所不曾见过的形状。接着,它们扭曲,变化,最后进入您自身之中,或者您进入它们之中。于是,便出现了最为古怪的模糊性,最难解释的观念搬移。"③从波德莱尔的自述中可以看到,迷狂体验已带有野性、残忍、原欲和无耻的特征。在这种迷狂体验中,人类的一切文明面纱都被撕破。应该指出:人的生命力强大与否,在很大程度上与个人的爱欲意志、性力和生命活动力确有密切关系,一个生命力健旺的人,其对生命的乐观态度与对世俗传统的破坏力自

---

① 刘小枫:《个体信仰与文化理论》,四川人民出版社 1988 年版,第 122 页。

② 夏尔·波德莱尔:《波德莱尔散文选》,怀宇译,百花文艺出版社 1992 年版,第 142 页。

③ 夏尔·波德莱尔:《波德莱尔散文选》,怀宇译,百花文艺出版社 1992 年版,第 157 页。

然更大,他们所建构和表现的生命观念也更富激进思想。

在文艺批评史上,不少解释者把癫疯病和精神病看作是陀思妥耶夫斯基和荷尔德林创作的内在动力,这些精神因素对他们的创作确实具有影响,不过,是否具有决定性影响,其实很有探究之必要。在这种病态的迷狂本源观和迷狂解释观的支配下,尼采早期的日神观念和酒神观念似乎不为人重视,而后期思想中的极端主义,特别是对罪恶、对性欲、对残忍、对道德的批判则被人特别重视。这种评价恰好是从生命本体论观念的消极因素入手,相对忽略了生命本体论的积极意义。不错,在《权力意志》和《查拉图斯特拉如是说》中,尼采不止一次地说过:"想在善和恶中作造物主的人,必须首先是个破坏者,并砸烂一切价值。也就是说,最大的恶属于最高的善。"①尼采的思想本身是十分复杂、充满矛盾的,因而,我们必须辩证地分析,看到其合理性,而扬弃其极端性,这样才能给予诗性迷狂以真正的生命美学的阐释。

我们把创作迷狂中的消极因素予以极端强调,甚至因此取代了积极因素本身,这种状况是美学的误置,对于真正合理的解释来说,应该强调积极的进步的方面。正是从这一立场出发,我们有必要强化马克思的美学观念乃至马克思主义的美学观念。在许多人看来,马克思的文艺观和美学观,似乎是反"迷狂说"的,其实不然。马克思在阅读莎士比亚作品时不止一次获得了奇特的审美快感,当然,马克思更多的是从莎士比亚、巴尔扎克的作品中看到这些伟大作家对人类社会生活现象的本质把握。例如,莎士比亚对金钱的嘲弄就深得马克思的欣赏,马克思在评价作品时不可避免地带有职业革命家的眼光,但是,马克思对创作的特殊理解也是不应被忽略的。"对于没有音乐感的耳朵说来,最美的音乐也毫无意义,不是对象,因为我的对象只能是我的一种本质力量的确证,也就是说,它只能像我的本质力量作为一种主体能力自为地存在着那样对我存在,因为任何一个对象对我的意义(它只是对那个与它相适应的感觉说来才有意

---

① 尼采:《权力意志》,张念东、凌素心译,商务印书馆 1990 年版,第 100 页。

义)都以我的感觉所及的程度为限。"①因为音乐不是这个审美主体的对象,所以他就不能获得美感体验,更不会隐入创作迷狂中去。在《1844 经济学—哲学手稿》中,马克思不止一次地阐释人的生命活动和生命表现所具有的审美意义。马克思写道:"我们看到,工业历史和工业的已经产生的对象性存在,是一本打开了的关于人的本质力量的书,是感性地摆在我们面前的人的心理学。"②如果把马克思的这种观念运用到迷狂问题上来,就可以看到,"迷狂",既不是源于神力,也不是源于恶的力量,而是源于人的本质力量,源于实践,源于人的社会心理体验。在马克思主义者看来,人类的最崇高最神圣的事业,必定给人们带来大欢喜,必然给人带来迷狂式体验,必然给人带来心灵的解放和自由。

从以上分析中可以看到,"迷狂说的误置",实质上关涉人们对个体心理与社会心理、个体生命与社会生命的把握。在神秘主义者和非理性主义者看来,个体心理在个体生命中似乎是可以孤立存在的,因此,他们把个体的需要、个体的欲望、个体的创造看得特别重要,仿佛个体可以脱离群体而存在,个体与社会无关。就创作而言,个体创造只要表达出内在的欲望、冲动和需要,表达出个体的体验、价值和心理,构成病态的迷狂和病态的极乐,就足以创造出艺术的大生命,创造出艺术的大奇迹。他们仿佛不考虑艺术创造的社会意义,把个体的真实当作社会的真实,把个体的需要看作是社会的需要,把个体的潜在压抑看作是整个社会的潜在欲望,这就必然使艺术创造中不断呈现病态的东西,而放逐美好的东西。这种病态的释放,不仅不能使个体获得审美解放,而且会使人类精神充满危机,使人类充满恐惧和异化感。这种个体的体验强化了人与社会之间的异化,强化了人与自然、人与人之间的疏离,结果,创作的迷狂体验几乎完全被病态因素所主宰。事实上,这种迷狂体验的病态因素,也是在特殊语境中成立的,与作家真实的生命仿佛也"隔着三层",因此,对迷狂的强调,笔

① 《马克思恩格斯全集》第 42 卷,人民出版社 1979 年版,第 126 页。
② 《马克思恩格斯全集》第 42 卷,人民出版社 1979 年版,第 96 页。

者不赞同仅在这种个体生命原欲意义上来立论。

　　如果从理性意义上说,迷狂也是人类生活中应该追求的幸福与美感体验,其实,从社会文化入手,也可以看到狂欢化的社会体验更具生命普遍意义,这就需要我们从个体生命的消极快乐中抽身,回到社会化文化性狂欢庆典与节日欢乐之中。从这个意义上看待迷狂论美学与诗学,就应该重视民族文化生活中的庆典式狂欢、节日式狂欢、民众式狂欢,也包括普遍意义上的体育竞技和节日文艺表演。这才是自由的狂欢,这才是审美的狂欢,此前,迷狂论诗学与美学很少关注节日狂欢式迷狂,而过多地关注生命个体的放纵式狂欢或宗教神秘主义的狂欢体验。其实,任何狂欢,既是个体迷狂组成的群体狂欢,也是群体狂欢中的个体迷狂,关键在于:如何处理个体与群体的关系?事实上,站在不同的立场上,对个体与群体迷狂的不同强调,其美学与诗学指向还是有区别的。我们不应把这两种迷狂对立起来,而应该强调两者的互补性,所以巴赫金指出:"节日成了既有的、获胜的、占统治地位的真理庆功式,这种真理是以永恒的、不变的和不可违背的真理姿态出现的。同时,官方节日的气氛也只能是死板严肃的,诙谐因素同它的本性格格不入。正因如此,官方节日违反人类节庆性的真正本性,歪曲这种本性。但是,这种真正的节庆性是不可消灭的,因此官方不得不予以容忍,甚至在节日的官方部分之外,部分地把它合理化,把民间广场让给它。""与官方节日相对立,狂欢节仿佛是庆祝暂时摆脱占有统治地位的真理和现有的制度,庆祝暂时取消一切等级关系、特权、规范和禁令。这是真正的时间节日,不断生成、更替和更新的节日。它同一切永恒化,一切完成和终结相敌对。这是面向永远无限的未来的。"①巴赫金的狂欢化理论,真正揭示了创作迷狂和生命迷狂的美学本质和自由本质,这种迷狂观念是符合马克思主义文化理论的,是站在广泛的民众性立场上的审美文化理论创建。在这种狂欢语境中,创作迷狂说似乎更有意义,即个体创造者在艺术创作中获得了审美的狂喜,获得了生

---

① 巴赫金:《巴赫金文论选》,佟景韩译,中国社会科学出版社 1996 年版,第 105 页。

命发现的狂喜,获得了神性生命的狂喜,获得了人类理想至境的实现和民族被拯救及个体被拯救的狂喜。这些看法从积极意义上把握到了"迷狂说"的实质,一个作家只要把个体和人类结合在一起,把美与崇高结合在一起,把荒诞、绝望和希望结合在一起,他的迷狂体验就不会是消极的、邪恶的、罪感的,而是美的、和谐的、自由的。

对于"迷狂说"的这种重估,使柏拉图的迷狂说乃至尼采的迷狂说获得了新的意义。如果说,"迷狂源于神力,乃神力依附"这一观念包含了过多的神秘主义和唯灵主义色彩,那么,"迷狂源于人力,是生命力量的最高表现和自由表现"则带有生命本体论意义。如果说,尼采、弗洛伊德、毕加索的生命本体论的迷狂说还包含着消极因素的话,那么,马克思与巴赫金的生命美学观,则完全由积极意义所支撑,因而,在强调柏拉图、尼采的迷狂说之合理性的同时,更应该站在马克思的立场上,给予迷狂说以生命自由和人类解放意义的解释。这种狂喜状态,这种自由创造状态,不是马克思所预言的共产主义社会的人类心态吗?人之自由发展和人在创造过程中所达成的狂喜状态必然是对迷狂说的崭新解释,正如尼采所言:"每个事实,每种工作给予每个时代和每种新人新的信念。历史总是讲述新奇的真理。""迷狂说"亦应作如是观,事实上走向未来的生命美学话语,应该是充满生命力的美学话语,应该是真正关注民众的生命体验、民众的生命自由和民众的生命激情的美学,我们需要这种民众性意义上的生命美学。

4. 生命美学的重建与文艺美学的意义

如何重建生命美学是未来美学发展的重要方向之一,事实上,了解西方的生命美学,在很大程度上也是为了建立我们的"生命美学",中外生命美学有不少可沟通之处。关于生命美学的建立,首要的事情是:建立政治自由与自由政治的真正宪政基础。在《政治学》中,亚里士多德考察了几种政治体制,并认为共和政制是比较好的政治选择,政治体制的理解在很大程度上影响了我们对美学与诗学思想的新认识。实际上,政治体制从根本上说,就是为了保护人的权力及社会分配法则的基础。① 不同的政治体制所保护的对象和规定的权力基础是不同的,在西方思想传统中,可以发现这样的思想逻辑:伦理学是法律学的基础,法律学是政治学的基础,政治学则是美学的基础,只有在这种相互作用的思想体系中,审美的自由体验与自由创造力才能得到保证。

我们必须全面地理解生命哲学理论,这就需要具备伦理学、法学和哲学思想基础。如果说,伦理学是人的一切正确思想形成的基础,那么,伦理学是如何建立的? 它源自人的理性实践与共同理想,其基本目的就是为了保证人的尊严平等与自由,在伦理学中,立法者确立了人类的高贵德性的地位。人有人的德性,人的美德得到肯定,恶德得到抑制,这本身就来自于人的生活智慧与生活经验。伦理学规定了人在公共生活中的美德伦理,也规定了人在私人生活中的美德伦理,美德与恶德之间形成了明确的界划,人们必须遵从这一文化习俗或价值约定。西方伦理学在希腊时代,由于城邦文化的影响,最初就不受王权的影响,没有建立在等级制上,或者说,是为自由民确立的伦理准则。虽然希腊人没有把奴隶看作是真正意义上的人,但是,在后来的思想文化视野中,奴隶制消除之后,最初为自由民立法的伦理准则,也就对所有的人皆有效。既然伦理要保护美德与公正,那么,法律就不能与之违背。在伦理学类型中,有规范伦理和美德伦理,也有义务制裁伦理与非义务非制裁的伦理观念,从美学意义上说,美德伦理与无义务无制裁的伦理的统一,有利于生命的自由发挥。②

创作迷狂作为生命美学与诗学的核心问题,旨在解决文艺创作中的自我解放问题,也是为了让生命的本源创造力不受约束地自由开放。在创作迷狂状态中,人的创造力真的如同鲜花怒放一样自然。创作迷狂,实际上,涉及"集体迷狂"与"个人迷狂"的问题,集体迷狂比个人迷狂更为原

---

① 亚里士多德:《政治学》,吴寿彭译,商务印书馆1965年版,第148页。
② 居友:《无义务无制裁的道德概论》,余涌译,中国社会科学出版社1994年版,第84—85页。

始。在古希腊文化中，人们为了陷入集体迷狂，早就设计了宗教节日和文化庆典，这说明迷狂是人类生命活动中最重要的需要，唯有通过迷狂的节日庆典，人们才能真正享受幸福与自由。在宗教迷狂与节日庆典中，一切都是合乎生命伦理的，这说明，人在迷狂状态中，生命中的善良体现得更为充分。人皆不愿故意为恶，或者说，"人无意主观为恶"，在迷狂中，人们变得更为本源和亲善，不再以日常生活中的禁忌原则来对待别人。文化庆典与生命迷狂的关系最为本源，但是柏拉图没有强调文化庆典对于创作的影响，而是讨论在文化庆典中诗人的迷狂表演问题。柏拉图重视的是个体迷狂与创作的关系问题，诗人不陷入迷狂就不能自由地创作，诗人陷入迷狂则是神灵凭附，这就突出了神对诗人创作之影响。在古希腊人那里，迷狂就是与神交流，就是"与神同在"，所以，柏拉图的观念与古希腊的文化庆典对迷狂的理解基本上是一致的，只不过，柏拉图突出了个人迷狂在创作中的重要性。① 只有在迷狂中，诗人才能最自由地表演，这是创作学上最有意思的生命文化现象，这种生命现象符合伦理学的生命自由原则，是生命的极境状态，直接体现了伦理学与美学的统一。

西方的法律，特别是罗马法直接规定了人的私有权力，私人财产神圣不可侵犯，这一立法基础不断得到完善，同时，西方的政治革命，特别是法国大革命本身也在不断地探索生命自由的可能性。总体上说，伦理学、法律学和政治学都是规范性科学，规范人的行为与权利，规范社会的理性原则，有了这个规范，社会的自由从理论意义上说，就得到了基本的保证。但是，应该看到，任何规范皆是对感性的剥夺，因此，从美学意义上说，理性与规范，即使对人的生命自由权力有了真正的保证，但是，它对个体的感性自由仍有不同程度上的压迫，因而，美学一方面从伦理性、法律学和政治学获得了自由的授权，另一方面，又要不断地解放感性，为感性的自由立法。重新理解生命美学或迷狂论的美学，公民观念是我们不可忽视的，亚里士多德给公民的定义是："公民就是具有立法、司法与行政权利的

---

① 柏拉图:《柏拉图文艺对话集》，朱光潜译，人民文学出版社 1988 年版，第 36—42 页。

自由人。"①没有政治学的人的自由的理解，就不可能真正理解美学的自由与生命的自由问题。说到底，迷狂论美学与诗学，实际上，就是讨论人的自由与人的狂欢放纵问题，但是，涉及人的狂欢放纵，就有法律学与政治学的考量。没有政治考量的诗学与美学，或者反政治的诗学与美学，都是不现实的幻想，人的真正解放源自于政治上的解放，人的审美自由，也只有在政治解放意义上才具有普遍意义。

"法律"，从根本上说是理性的，而美学则是感性的，法律与美学之间虽然有所对立，但是，从人的自由生活意义上说，两者并不矛盾。没有法律的自由保证，美学的感性自由可能是放荡不羁的；在法律公正与自由的基础上，美学的感性自由更能放射出自由创造的光芒。② 就法律与美学的关系，我们可以进一步讨论"迷狂的原因"和"追求迷狂的目的"。每个人都渴望生活的狂欢与生命的迷狂，为何渴望迷狂？这与我们生活的日常理性要求有关，因为生活毕竟是严肃的事情，我们需要劳动，也需要承担责任，为了生存下去而服务于国家律法。这种生活让人们的情感得不到自由释放，人们更多的是为了劳动而生活，但宗教庆典与文化节日就不是这样，它让人们在节日狂欢中体验到了欢乐与自由。人们突然彻底放松了自己，个人的生命表现力与艺术创造力能够得到超强发挥，此时，生活的责任与义务被抛开，只有生命的快乐，这就是艺术与宗教、节日与庆典的功效。对此，尼采从生命迷狂中形成的个人狂欢化理论，遵循的是"个体性原理"，即生命迷狂是为了个人的自由与解放，人越是最大限度地释放生命创造的潜能，越需要自由狂欢。巴赫金则从文化庆典中形成了集体狂欢理论，遵循的是"平等性原则"，即在狂欢庆典中，人们依靠面具，暂时消灭了等级与尊严，让人感到真正的自由。尼采的生命狂欢理论，强调的是个体生命意志在创作中的自由呈现，它需要打破生活与法律的禁忌；巴赫金的生命狂欢理论，强调的是狂欢仪式化，它打消了所有人的假

---

① 亚里士多德：《政治学》，吴寿彭译，商务印书馆 1965 年版，第 113 页。

② 海德格尔：《尼采》(上)，孙周兴译，商务印书馆 2002 年版，第 95 页。

面需要,让人真正在狂欢面具中或在狂欢表演中实现了精神平等。所以,世俗法律对审美快感的影响是不言而喻的,但基于民主、自由与平等的法律,是服务于美学的共同目标。

西方的生命美学,既有宗教的思考,又有法权政治的思考,更有生命哲学意义上的自由思考,它不是对某一现实政治的挑战,不是对某一专制权力的挑战,而是对文化的挑战,对理性的挑战,与我们对生命美学的理解有很大不同。西方美学思想史上对感性的挑战,源于理性与规范的强大约束,规范与理性对社会是有利的,但在遵守任何理性法则的同时,也给人们的感性自由带来了约束。审美或生命,首先就是要彻底地解放感性,人的感性意志中充满巨大的创造力,它是双重的,既有审美的自由创造力,也有感性的巨大破坏力。感性的作用是双重的,它与意志密切相关,事实上,西方的生命美学具有双重的创造力,它既有自由的思想创造力,又要有思想的破坏力。生命意志在生命美学创造中得到了最好的体现。其实,即使是生命美学的创造,它也不完全是反理性的,只不过它既不遵从理性的无限权力,也不遵从理性的合法性与权威性。此时,在生命美学的创造中,感性生命体验的地位高于理性生命反思的地位,它既包容理性又反理性,它既纵容感性又限制感性,总之,从感性与意志出发,生命美学的立法具有自身的原创性。相对说来,越是有创造力的天才,对理性与规范的反抗,对既定的价值体系的破坏越强大,越是平凡的艺术创造,越是尊重传统。①

在西方美学史上,希腊人的生命美学立场体现得最为充分,相对而言,基督教的理性信仰原则,在很大程度上约束和压制了希腊意义上的生命美学创造,所以,西方的生命美学创造,总是要回归到希腊意义上重建新美学,为生命欲望和感性自由确立新法则。在西方生命美学的自由解放中,卢梭、尼采、波德莱尔、弗洛伊德、福科是最有代表性的生命美学思想家。卢梭为感性自由立法,为自然立法,从自然意义上恢复人被剥夺的

---

① 　叔本华:《作为意志和表象的世界》,石冲白译,商务印书馆 1987 年版,第 275 页。

感性,从自然意义上重建审美的自由,这是最具希腊意义的"审美恢复"。尼采则强调酒神精神,给予生命意志与生命原欲的地位以特别强调,他把一切有助于生命解放的东西,特别是性欲对于艺术创造的意义重新加以肯定,只有在生命的自由中不受传统伦理的约束,艺术才能更加放射出生命的自由光彩。波德莱尔不仅从理论上确证了感性自由的意义,而且为丑和放纵赢得生命狂放的合法地位,所以,在他那里,感性的极大解放使生命的自由达到了极点。弗洛伊德从心理学意义上确立了性欲在艺术创造中的科学地位,他的生命美学具有科学的尊严,而不仅是感情的诗性表达,这是不同于任何生命美学家的。福科进一步解放了感性,但他的生存美学通过权力的考察更重视生命的负面价值,把感性意志推到了毁灭的边缘。自由的艺术家是遵从生命感性的,他们的想象力得到了彻底解放,但生命美学同时也带来了艺术的大破坏和生命的大灾难,因为"感性的极大解放"就是恶魔性的极大释放,实际上,理性与感性就是天使与恶魔的伟大较量。①

西方生命美学对于我们的启示在于:中国的生命美学从来不会导致感性的巨大解放,因为我们的哲学传统,对生命的重视以自然为依据,即只有源于自然的生命力量是值得肯定的,所以,在我们的传统中,生命是道法自然的问题,不是伦理性、法律学和政治学的统一,这就是说,我们的道德伦理不是法律学的基础,基于公正与自由的政治学也没有建立,因为我们的伦理学、法律学和政治学具有与西方完全不同的思想基础。我们的思想基础是自然世界,人对自然世界的理解不是理性的,而是感性的、经验的、模仿的;西方的政治学、法律学和伦理学与自然界没有关系,他们不是通过自然来确立人的生命法则,而是通过人的理性价值与理想生命原则来确立伦理学。我们相信天道公正,西方只相信美德公正,这是人的行为体现出来的,人的行为不符合美德公正,就要受到制裁,而不必等待上帝的审判。我们的生命美学,虽重视自然生命精神的恢复,但相当漠视

---

① 海德格尔:《尼采》(上),孙周兴译,商务印书馆 2002 年版,第 275—277 页。

政治平等与自由意义上的生命探讨,因而,我们的生命美学只是自然意义上的"生命幻象",还不是真正意义上的对生命自由的沉思。所以,虽然有狂欢庆典的民族思想文化传统,但是,由于我们的生命狂欢理论比较重视庆典的文化公共性,而排斥生命狂欢的个体选择,个体的自由生命表现常常被排斥,所以,在某种程度上我们也排斥了审美自由与狂欢精神。

从美学意义上说,我们的生命美学强调弘扬自然的伟大生命精神,这是极有意义的,也是极为宏大的思想境界,但是,由于我们没有从根本上解决自由的政治学基础问题,因而,一切源于自然的生命力量,最后只是变成了圣人自夸的把戏,真正伟大的自然生命力量不会变成人的力量,人的感性自由表达没有合法地位。艺术只是虚假地张扬伟大的自然生命力量,而人自身的生命力量,特别是自我的生命原欲被压抑,因此,我们的生命美学带有理想的特质,也带有自欺的特质。如果以西方生命美学为基础,同时张扬中国古典生命美学精神,那么现代意义上的生命美学可能更具真正的美学意义。因为西方生命美学在张扬感性的同时,也为人的恶性意志找到了庇护所,这是极为可怕的,因为生命美学如果对魔性与罪恶,对暴力、苦难、残忍和恐惧过于热衷,人类必将陷入另一种灾难,事实上,中国传统艺术的生命美学精神从来不叫人绝望,而我们从西方生命美学那里除了继承感性的自由与生命原欲自由的合法性传统之外,也从西方生命美学那里习得了"绝望与恐惧",而这一点对于我们的生命美学观念是致命的。① 从比较中可以发现,"迷狂"与"狂欢"还是有一些区别的,"迷狂"是对生命状态的描述,"狂欢"则是对文化现象的描述,但从本质意义上说,迷狂与狂欢有其一致性,那就是对生命快乐、生命自由、生命表现与生命意志的积极肯定,所以,"迷狂理论"显示了西方生命诗学与美学的独特追求。

———————————

① 阿伦特:《尼采对意志的拒斥》,袁霁译,参见汪民安等:《尼采的幽灵》,社会科学文献出版社 2001 年版,第 76—78 页。

第三节　艺术形式与审美精神的自由探索

1. 形式的本质与艺术的有意味形式

"形式",是艺术思想的独特载体,也是艺术思想的外在呈现方式,从艺术史或艺术传统意义上说,它有其共同性,也有其特殊性,它给每个创造者提供了自由的想象与表现空间。艺术的形式具有二重特征:一是形式的共性,我们可以从理论上把握某一艺术的基本特性;二是形式的个性,即在每一共同形式的背后,皆是艺术家自由个性的表演。例如,音乐的共同形式,是它的音色、旋律和曲式,但是,在这些共性背后,则是每个艺术家所赋予的独特个性,是艺术家精神个性的自我确证。再如,绘画的共同形式是它的图像、线条、色彩,在这些共同性因素背后,则是艺术家所赋予的具有个性情感的人物或事物图像、构图和色彩使用。艺术家所赋予的极具个性的形式符号,表达着独特的思想与情感,是艺术美最根本的东西,它是艺术意义的最具体体现。艺术的有意味形式,实际上,就是指艺术家所赋予形式的独特思想与情感,克罗齐说:"艺术是作为由感伤或热情材料所构成的一种直觉形式。"①

西方形式论美学的兴起,可以追溯到古希腊时期,例如,毕达哥拉斯学派的美学观,与他们的宇宙论学说和数学几何理论有十分密切的关系,特别是黄金分割律、数字观念和几何形式深深地影响着人们的审美思维,甚至可以看作是形式论美学的思想基础。② 后来,人们运用这样的美学观念去探索中世纪宗教艺术的审美形式,也用这样的审美观念去创造绘画等艺术样式。在中世纪建筑艺术中,建筑创造的空间表征着天地人的无限和谐,那种尖顶的教堂外观,圆形的教堂穹窿,三角形的建筑形式界

---

① 克罗齐:《美学原理　美学纲要》,朱光潜译,外国文学出版社 1983 年版,第 253 页。
② Wladyslaw Tatarkiewicz, *History of Aesthetics* (1),Mouton,1979, pp. 80-88。

面,都给予人们的视觉体验以无限快感与神圣力量。这种形式美学观极大地影响了绘画艺术、建筑艺术、雕塑艺术等造型性艺术。在先锋艺术形式中,这种数学与立体的和谐成了艺术的最高表现手段,康定斯基、毕加索、塞尚等都创造了这种极致的形式美,因而,形式论美学自成某种价值形态。这种形式论美学蕴含无限的音乐美学精神,给予人们的视觉思维以无限遐想。在东方文化中,这种形式论美学观也极受重视,印度的宗教艺术,中国的建筑艺术、绘画艺术、雕塑艺术和民间艺术,无不强调这种形式主义美学思想。艺术形式不是空洞的形式,而是艺术思想或艺术精神的自由表达;艺术形式只有成为最完善、最具个性的生命精神的表达,才能使艺术本身获得巨大成功。无论是在中国,还是在西方,形式论美学思想,都有其不好的影响,因为形式论美学有其适用性范围,它把精神与形式剥离开来,很难简单地把形式的价值扩展到所有艺术中。对于非视觉性艺术,片面追求形式化的倾向只会导致艺术的衰退、艺术的退化和艺术的空洞。因此,强调形式论美学,本来无可厚非,但是,重建形式论美学则应尽量避免一些流行的抽象倾向,把形式美学原则简单地移植到所有艺术中只会导致艺术的平面化。在这里,我们试图探究形式论美学的适用范围、合理性及其理论缺陷。

从形式的角度理解美和领悟美,在造型艺术研究中最具典型意义,因为任何艺术都可以进行形式论美学的研究,但并非任何艺术都适宜于形式论美学的把握。造型艺术的形式,即语言;形式本体,即艺术本身。理解造型艺术实际上就是要理解形式语言所要表达的生命内涵。此外,在造型艺术中,形式语言的把握,首先是语言技术化过程。在古希腊艺术中,造型艺术者即工匠(Craft),工匠的制造不是创造,而是技术,在希腊人的思想观念中,诗人的创造是由神灵凭附的迷狂式歌唱,因而,朗诵诗歌需要技术,创造诗歌需要天才。[1]"艺术的运动"是精神运动的最自由的

---

[1]　塔塔科维兹:《西方六大美学观念史》,刘文潭译,上海译文出版社 2008 年版,第 41—48 页。

表现形式,仿佛是纯粹精神与心灵的活动,不过,落实到具体的艺术创作中就会发现,精神或心灵是潜存着的,看不见摸不着的,它是艺术家最隐秘的心智,是只作用于艺术家、任何他者都无法把握艺术家的纯粹而独立的精神活动。在艺术解释中,对精神与心灵的推崇,不是因为艺术精神是明证的,而是因为从艺术作品还原艺术家的心智活动过程或精神秘密,是最有意思的事件。对于艺术家来说,精神是自由的也是内在的,但是,如何表达这种精神,则需要对外在事物和形式的模仿。只有构造出独特的形式,才能表现自由而独立的精神,精神的自由与心灵的自由,通过艺术的形式可以得到最好的表达,所以,艺术的形式,实质上就是艺术的精神运动过程,也是艺术精神的生命载体,是艺术与人自由交流的符号形式。基于此,强调艺术的形式,符合艺术的精神运动法则。

形式论美学价值形态,在东西方文化中都有比较悠久的历史。"形式论",有其特殊的指代意义,最初它是相对思想而言的,因为人的思想与情感需要通过语言和艺术的方式给予表达,事实上,人们很早就意识到了"精神与形式"的关系。例如,在先秦诗论中,人们经常讨论质与文的关系,质是对艺术精神特质的把握,文则是对形式规则的把握,前者是内在的,后者是外在的。形式的把握尽管是外在的,但毕竟有其客观性与确定性,所以有人侧重于形式的把握,有人侧重于精神的把握,也有人强调精神与形式的统一性。正因为如此,在文艺美学史上,就形式与精神的关系而言,历来存在着不同的审美价值取向,形式论的价值取向决定了形式论美学的基本特征。形式论美学的基本特点在于:追求纯粹艺术性的探讨,从技术的角度去总结艺术的规律,体现科学主义的审美态度,相对忽视艺术的社会价值和精神价值。

正如前面已经提到的那样,早在古希腊时期,希腊人便很看重"形式的美",如果没有对形式美的关注,那么,古希腊的艺术文明也不会如此发达。首先,表现在视觉艺术上。古希腊建筑艺术形式,可以视作这种艺术形式美的象征。从宗教思想与建筑形式的关系来看,阿波罗神庙、古希腊剧场的设计都体现了对形式美的最高追求;他们的圆柱设计、圆形剧场设计,既体现了视觉的美,又达到了审美的最大和谐,古希腊雕塑更能体现这种艺术形式美的曲折变化。[①]　其次,表现在视听艺术上。如果说视觉艺术的形式是直接的可触摸的,那么,视听艺术的形式则有其空间的可感性和时间的内在性。例如,古希腊戏剧的分场、分幕、场景的变换、服饰、语言、剧本、情节冲突,都是这种艺术形式美的外在显现。最后,希腊人还把这形式美的体验运用到整个天文学和地理学的解释上。毕达哥拉斯借助数发现了宇宙内在秩序与外在秩序的和谐统一,希腊几何学和数学的发达,也与这种形式美的直观很有关系。外在艺术形式与内在艺术形式,其实皆在艺术家的自由把握之中。[②]

这种对形式美的追求,无论是西方还是东方,都可以寻求到永不中断的历史踪迹。中世纪的建筑美与绘画艺术,近代的浪漫主义艺术和现代的抽象艺术,与这种对形式美的理解有极大关系。中国古代艺术家创造的工艺品、建筑、笔墨意趣,都最大限度地体现了对形式美的深刻理解,事实上,文化和艺术的发展历史告诉我们,没有对形式的理解,就不会有真正美的创造。形式是人掌握世界、创造世界的媒介和凭证,是万物存在的呈现方式,没有形式,就无从实现自我的意图,也无法表现自我的本质力量。形式尽管如此重要,但是,不能把它理解成死的东西,也不能把形式理解成抽象空洞的形式,更不是一尊无用的躯壳。形式之所以成为形式,在于它是有生命的,当人面对艺术的形式时,形式本身所具有的表情功能、表意功能、符号象征功能,就会向主体的人言说。贝尔认为,"艺术是有意味的形式",正是从这个意义上立论的,也只有从这个意义上去理解,才能真正揭示贝尔形式论美学观的精神实质。从美学意义上说,通过视觉、听觉乃至全部感官去理解形式所包含的复杂意义,领悟形式本身所给予的生命的启示。形式不是空洞的,而是有生命力的,艺术总是以某种形

---

①　科尔宾斯基等:《希腊罗马美术》,严摩罕译,人民美术出版社 1983 年版,第 4—27 页。

②　塔塔科维兹:《西方六大美学观念史》,刘文潭译,上海译文出版社 2008 年版,第 75—86 页。

式向我们倾诉。事实上,艺术的审美意义就在于:通过理解形式,从而真正理解形式美的内涵、价值和意义。正如人是有机的生命整体一样,艺术形式也是有机的生命整体,人的审美观、生命观、价值观,都在这个有机的生命整体内部发展。生命的秘密是无法直观的,只有通过人的生命活动,通过人的创造才能理解。仅凭生理的分析,仅凭视觉与听觉的掌握是不够的,即使是画家,虽然他必须表现人的外部面貌和神情,但是通过这种形式的表现,他把握了人的内在精神,把握并达到了灵魂的深度,从而引起心灵的震撼。人的美丽而动人的外貌是有生命力的,人的微笑、眼神和庄严肃穆的神情也蕴含极丰厚的精神内涵,所以,单纯的形式把握是不够的,必须从形式到达心灵的深度。① 形式美是生命美的有机组成部分,可以通过形式美把握内在精神的美,把握内在的精神价值,从而显出生命的整体和谐,这种理解可以视作对形式美的真正理解。

然而,对于形式的这种理解,人们往往总是通过内容与形式的辩证关系来解释。形式与内容的二分法,导致人们各执一端或对艺术进行硬性分解,人们把形式与内容看作是对立的东西,当一些人强调内容的价值和意义时,另一些人则坚持形式所具有的决定性意义。这种二分法不仅是历史现象,也是现代形式论美学危机的根源,因为内容这一概念,在艺术中往往不易直接把握,它是艺术形式和艺术符号作用于人的心灵的结果,其实,形式与内容的二分完全是人为的结果。的确,在一个特定时期内,坚持内容或坚持形式,对艺术的发展具有一定的积极意义,但真正的艺术创作不会把艺术的内容与形式分开。艺术以整体的形式向我们倾诉,我们从整体出发去理解艺术,尽管可以对艺术进行解构,但任何局部的艺术形式都无法构造真正的艺术品,对于艺术形式本身的分析最多也只有局部性意义。某一具体的艺术形式是无法获得永久生命的,它总要被新的艺术形式所取代;关于艺术形式的分析,只不过为理解艺术作品打开了其

---

① 克罗齐说:"心灵的活动就是能化杂多印象于一个有机整体的那种作用。"参见《美学原理 美学纲要》,朱光潜译,外国文学出版社1983年版,第27页。

中一个通道,并使艺术思维朝某个方向发展。

艺术形式论的极端强调是艺术欣赏拒绝深度的根源,它虽提供了新的观照视野,洞察了艺术形式的特殊美,并有助于艺术的审美理解,但是,这种片面强调形式的行为,给人造成了思想的错觉,有人以为艺术的创造,就是这种抽象空洞形式的游戏。显然,这种思想错觉会把主体的艺术美感创造带向空洞的形式深渊。同样,在审美认识功能和教育功能的强化下,人们力图返璞归真,从形式的变革中退回,力图回到内容上来,将主体的内在精神加以凸现和强化。为了强调内容的重要性,有人不在乎外在的形式,而力图把主观的意图和强烈的审美意识以朴素的形式加以表达,所谓"质而无文"就是如此。这种对内容的过分强调,势必让人追求古典的形式,并遵循习惯的原则。对内容的强调显然极有意义,例如,对艺术中的意识形态的强化,对美的原则的强化,对理想主义和古典艺术精神的强化,都可能在固有的形式中获得新意义,但是,对这种固有形式的认同,对价值观念以及思想原则的强化,势必导致精神与形式的不相适应,因为真正新奇的思想观念,无法容纳到固有的形式中去,同样,新的形式也无法与固有的审美价值观念相协调。①

这种各执一端的美学取向,势必造成文艺创造上的畸形,理论中的这种困境反映在艺术实践中,有时会在艺术实践中自行获得解决。例如,抽象画在形式上的过分追求与在内容上的空疏抽象,造成内容与形式两者之间的不协调,结果艺术的形式与精神都失去了意义指向,这是因为精神与形式相分离;同样,西方玄学诗由于在形式上过于古板,结果富有理性和悟性的诗句也就无法获得普遍意义,这是形式不能适应内容。因此,我们不必陷入精神与形式或内容与形式这种二分法的困境中,而要学会把艺术形式及其意义视作有机的生命整体。

---

① 桑塔亚那:《美感》,参见缪灵珠:《缪灵珠美学译文集》第4卷,章安祺编订,中国人民大学出版社1998年版,第242页。

2. 极端或辩证:重新理解美的形式

由于艺术形式在文艺创作中确实具有中心地位,因此,大多数艺术家感到,在自己的创作中,不是没有思想,也不是没有情感,而是困惑于思想与情感找不到合适的艺术形式来表达。许多艺术家感到,找到了自由的形式,艺术就获得了思想的力量与独创性的力量,在精神与形式的实际探索中,形式仿佛无处不在,它自然就在文艺创作中占据了上风。从表面上看,我们的思想与情感表达遇到了形式的束缚问题,实际上,艺术形式的不自由,从根本上说还是艺术思想与情感的狭隘。没有活跃而自由的思想与情感,在对形式的理解上就意味着"形式只是形式"。如果有自由的思想与情感,形式就只是外在而僵硬的传达方式。思想的自由与深邃比形式更为重要,但是,现代形式论美学思潮仍无法克服这种二分法的困境,人们只好偏执一端。在西方美学思想史上,这两种趋向各有势力,相互对抗,共同推进了美学思想的发展。当一种美学观取得主导地位时,另一种美学观便试图取代它,这样,美学思想的更替保证了艺术创造中的对立与平衡。桑塔亚那提出:"美学上最显著最有特色的问题是形式美的问题。"①贝尔、康定斯基、什克洛夫斯基之过于强调形式,卢卡契、卢那察尔斯基之过分强调内容,都无法真正走出这种两难困境,但是,马克思、尼采、胡塞尔、海德格尔、杜夫海纳、萨特、昆德拉等,却找到了从生存论出发或从生命整体论出发拯救形式论美学危机的良方。单纯强调内容或单纯强调形式,都存在无法克服的美学缺陷,只有把两者统一起来,从生命本体论的立场出发,才能真正理解审美的真谛和艺术的真理。

现代形式论美学的兴起,与他们对艺术形式革命的理解有关,现代艺术革命的提倡者们极力主张:在表达新思想时必须有新的表现形式。毕加索选择抽象形式,坚持立体主义;马蒂斯选择色彩变幻,坚持野兽主义;

---

① 桑塔亚那:《美感》,参见《缪灵珠美学译文集》第 4 卷,章安祺编订,中国人民大学出版社 1998 年版,第 225 页。

马奈选择色彩印象,坚持印象主义;马尔克斯选择变形夸张的神话,坚持魔幻现实主义;贝克特选择荒诞的真实和象征,坚持荒诞主义;普鲁斯特选择语言的错乱,坚持意识流创作;摩尔选择抽象雕塑,坚持艺术的构成主义。这些思想主张给形式论美学的现代与后现代突围提供了客观依据,也造成了美学阐释错觉,结果,有人只把这些现代艺术大师当作形式革新家。其实,根本不是如此,这些现代艺术大师提供了全新的艺术观念和生命价值观念。他们通过这种形式上的精神探索或形式上的视觉革命,把存在与此在的本真状态独立而自由地呈现出来,随着"上帝之死"和"人之死"的体验的深化,现代艺术根本无法迁就古典的艺术观念。现代形式论美学相信视觉表现的意义,他们试图通过形式的变异,强化现代文化精神和现代人孤独绝望的生命处境。①

正是从现代艺术的形式革命出发,不少美学家过于强调形式的纯粹美学价值。例如,贝尔和康定斯基相信视觉形式所具有的意味,什克洛夫斯基等则相信语言陌生化与句法结构生成所具有的意味,他们重视这种视觉形式如何构成陌生化效果。其实,他们也认识到了形式的生命意义,只是有意回避并尽力不去强调它,康定斯基在早期论文中指出:"精神生活可以用一个巨大的锐角三角形来表示,并将它用水平线分割成不同的若干部分。""整个三角形缓慢地几乎不为人们觉察地向前和向上运动。""三角形的顶端上,经常站立着一个人。他欢快的眼光,是他内心忧伤的标记。""人们愤怒地骂他是骗子、疯子。"②"在这场精神探索过程中,文学、音乐、绘画是很敏感的区域,它们反映了现实的黑暗面,最初展示了只为少数人所洞察然而却意义重大的微光。""塞尚把一个茶杯表现为一个具有生命的东西,或者说得更确切点,他用一个茶杯表现了某种活生生的东西的存在。""他使静物上升到具有生命的境界。"③当康定斯基思考精

---

① 霍克海姆等:《启蒙辩证法》,渠敬东等译,上海人民出版社 2006 年版,第 156—158 页。
② 康定斯基:《论艺术的精神》,查立译,中国社会科学出版社 1987 年版,第 17 页。
③ 康定斯基:《论艺术的精神》,查立译,中国社会科学出版社 1987 年版,第 29 页。

神问题时,他坚持这种生命形式论,当他分析绘画作品时,便陷入抽象形式主义之中,且走向极端。这种对艺术形式的极端强调心理是可以理解的,但作为美学思想必然产生内在的缺陷,我们必须对抽象形式的适用语境保持警惕。在绘画或其他美术作品中,抽象艺术的形式作为艺术的形式特性,仍有其生命的象征意味,但在语言艺术和视听艺术中,纯粹抽象的形式就缺乏真正的生命表现力。在艺术形式与精神分析中,卢卡契和卢那察尔斯基由于过于强调内容的作用,相对强调艺术的认识和教育作用,而忽视了形式创造的生命意义,结果,他们对新的艺术形式和艺术创造表现出深刻的对抗性。① 他们在坚持现实主义的同时,极力反抗现代主义艺术运动,这显然是不恰当的策略,因此,片面强调艺术的意识形态性、认识性和教育性也是不科学的。从这里可以看到,形式论美学与反形式论美学的对抗,事实上是美学家在理论探索中无法克服内容与形式的二分法所造成的内在矛盾,因此,片面强调形式和片面强调意义,都不能适应艺术的发展。

作为美学价值形态,偏执一端,显示自己的独创性,这在美学史上并不鲜见,然而,作为真正的形式论美学的重建者,必须充分正视内容与形式二分法的人为困境。只有从生命活动出发,从生命的创造出发,把艺术视作一个有生命的整体,才能理解生命形式论或生命本体论的艺术。只有这样,才能以整体观念去理解艺术和解释艺术,自古至今,有生命的艺术总是具有独立的形式特征,通过这种形式,艺术家表达了十分复杂的生命意义。当面对浩瀚博大、深邃神秘的大自然时,我们无不为世界的有生命的形式所感动,这就是艺术创造的本源和内在动力。在人与对象的关系中,主体的内心世界与对象的精神世界相互敞开,正是在这心灵的倾诉与交流中获得生存的勇气和生命的力量,并借助这种力量战胜困难而获得审美自由。

---

① 卢卡契在分析现代主义艺术时所表现的极端片面性就是明证,见《卢卡契美学论文集》第 1 卷,张玉书译,中国社会科学出版社 1983 年版,第 241—249 页。

3. 纯粹形式分析与形式美学的价值

形式论美学的探索,必须以深刻的生命哲学体验为依据。不强调艺术的精神,单纯强调艺术的形式,片面强调艺术的客观性特征,并以归纳法作为基本的审美认知方法,势必把形式论美学引入歧途。对于艺术的学徒来说,大多数人乐于接受"画法指南""写作指南""诗词格律"等为题的著作,因为这些形式的解说给他们提供了仰取俯拾的摹本,他们可以照着样子描红。然而,对于真正的创作者来说,形式的探究固然重要,但形式本身总是不确定的,形式一直在变化,而且形式具有无穷变化的可能性。甚至可以说,创作者总是受到形式的束缚,在纯形式论思想的支配下,总难找到自由的形式,但是,只有自由的形式才能表达自由的精神。独立的个人情感和精神,一旦遇到形式的抗拒,就会产生拙劣的效果,因而强调形式的同时,也应该强调精神与情感的重要意义。①

在当代美学研究中,形式论美学的最大弊端就在于"哲学的贫困"。如果说单纯的形式归纳和形式论的解释,对于艺术创作还有一定的价值和意义的话,那么,以形式来推导美学价值形态,必然会产生思想的畸变。形式论美学必须与生命哲学相融合,从这种形式论美学观念出发,才能够认同形式论美学的合理重建。例如,巴赫金的《陀思妥耶夫斯基的诗学问题》就是形式论美学的合理重建,这种形式论美学的合理重建之价值,不仅在于他发现了形式的意义,而且在于他深入到这种形式的文化意义、生命意义和历史意义;昆德拉的《小说的艺术》也可以作如是观;康定斯基的《论艺术的精神》更是这种形式论美学合理重建的典范。在现代西方美学家中,也有不少人从事这种形式论美学的合理重建工作,并取得了一定成绩,但是,在这种形式论美学的重建过程中,也出现了一些逻辑和思想上的混乱。在西方文艺美学中,纯粹形式论的思想产生的消极影响也不容忽视,达达主义、野兽主义、超现实主义、魔幻现实主义等,与其说是艺术

---

① 尼采:《瓦格纳事件》,卫茂平译,华东师范大学出版社 2007 年版,第 122—125 页。

形式论,不如说是艺术思想的自由表达。

审美对象是有定形性的,但审美体验则是无定形性的,从审美共通感出发,美仍然是可能被定性的,因此,人们千方百计寻求审美客体不变的规律,于是,人们便把审美思维转向艺术形式的探索上。无论是自然形式,还是艺术形式,一个有生命的对象性形式,总能激起人们丰富的情感体验,这种激起情感体验的因素,具有相对的恒定性,例如,对称、平衡、协调、曲线、空白、虚实、错觉、空间的延展、立体感,这诸多的形式规律适宜于审美感情的激发。康德曾指出:自然分送给我们如此多的美,装饰我们的舞台,大自然的合目的性形式,就是"给予人的好意"。这可以看作是对艺术的形式意味和艺术形式的生命表现力的最好理解,因为思想与情感总需要找到自由而美丽的自然表现形式。同样,我们可以发现,我国古代文艺美学思想中的"山水比德观念",正是从自然的有生命力的形式中获得了生命的启迪,然而,对象总是以整体或以生命的姿态形式走向生活世界,因此,审美对象是不能区分为有用事物和无用事物的,只要对象能激起丰富的情感,使人获得审美的体验,它就具有美的属性。这种美的属性,不仅包括正价值的优美和崇高,也包括负价值的丑感和怪诞,这种广义的审美属性,正是恢复了鲍姆加登的感性学意义上的文艺美学思想观念。如果对丑的属性加以排除,对美的属性加以保护,那么,审美体验就变得单一了,审美对象也就只剩下古典艺术了。① 在判断对象的美时,必须极力拒斥这种所谓"有用事物"的概念,否则,审美就成了公鸡式的实用主义和老牛式的机械主义了。

如何判定艺术作品的形式与内容? 如何确立艺术形式与内容在创作中的真正意义? 此前,笔者已分析了形式与内容二分法所构成的人为困境,因为无法将有生命的对象物分成形式与内容两个部分。在传统观念中,仿佛形式是可以直观,可以目见的,而内容则看不见摸不着,只能通过

---

① 克罗齐指出:"丑先要被征服,才能收容于艺术"。参见《美学原理 美学纲要》,朱光潜译,外国文学出版社 1983 年版,第 98 页。

精神体验来获得的,其实,无论是大自然的物体,还是人类精神世界的产品,都不能以这种机械的观念加以划分。桌子的形式与内容该怎么判别,不可能说四方形是形式,木料是内容。其实,这种二元对立观,在柏拉图那里,就曾千方百计去克服它。柏拉图指出的"理念"与"形式",并不能等同于内容与形式。理念即相,这种"相"是先天的直观的把握,相是超验的,"美的理念"与"美的女人",不是一回事。在判定一个女人的美时,是通过她的身材、面容、表情、礼仪、习性等生命性特征加以综合判定的,这种判定和评价的结果,就是生命的体验过程,而不是内容与形式的分析过程。亚里士多德所分析的质料和形式,也不等同于内容与形式。质料是本原的形式,即自然形式,不带人的主观意图,而形式则是人们有意识地对质料的改造,质料所具有的潜能,是构造某种形式的必然条件,许多人以此作为内容与形式二分的起源,显然是缺少依据的。在黑格尔那里,内容与形式区分为二,但是,黑格尔是从生命整体出发来判断艺术的形式和意义的。这就是说,所谓的内容和形式,只能在一个有机的生命整体中加以把握,绝对不能将之分解开来,更不可以"可见"与"不可见"作为划分内容与形式的依据。① 由于未能克服这种二元化矛盾,人们将艺术作品简单区分为内容与形式两个部分,结果,这种二分法使美学理论产生了一系列矛盾,所以,严格地说,文艺创作的内容与形式二分法区分是机械的,没有实际意义。

如何理解美的精神与形式,人们往往采用分析的方法,即通过艺术的精神分析理解艺术的审美本质。康德的美学分析建立在逻辑分类之上,他从质、量、关系、模态四个方面分析美的逻辑定性。黑格尔关于美的定义,建立在理性的直观之上;克罗齐关于美的定义,建立在理论规定和逻辑推论之上;车尔尼雪夫斯基关于美的定义,建立在政治社会学的评判上,这些美的本质分析方法,都有一定的逻辑依据或哲学依据。虽然现代文艺美学不时出现重建形式论美学、实践论美学、本体论美学的努力,但

---

① 黑格尔:《美学》第 1 卷,朱光潜译,商务印书馆 1979 年版,第 28—35 页。

是,大多数学者并未找到严格的文艺美学建构的逻辑方法论。因此,在探讨文艺美学问题时,人们必然只能留于表面,或停步在所谓美学的起点、美的起源、美的定义和美学价值形态这些基本问题之上。从当代美学重建工作的危机性和媚俗性来看,必须探究重建未来美学的方法论,同时,又要不满足于这种方法论,并由这种方法论出发,去深究中国美学和西方美学的历史难题和现实难题。① 从目前最紧迫的问题来看,必须冲破美学重建工作的思想困难和逻辑困难。所谓思想困难,是指惯于作单一的思维,把中国美学范畴、西方美学范畴和马克思美学范畴做对等的对立的处理,这样的对立处理,从表面上看是辩证法,事实上则是形而上学。所谓的逻辑困难,是指人们惯于三段论思维,但这种逻辑必然要适应现代逻辑的发展,尤其是必须遵循人文科学的逻辑,事实上,卡西尔在这方面已经为我们敲响了警钟,唯有如此,合理重建工作才能顺利进行。

4. 形式美学的局限与纯粹形式的象征

从形式论美学的哲学贫困和关于形式论美学合理重建的方法论的分析中,可以充分体会到:形式论美学,唯有进行有效性探索,才能做出富有创见的成果。如何有效地探索形式论美学,人们看到:规定形式论美学的适用性范围不失为一条有效途径。形式论美学,特别适用于造型艺术的美学阐释,而对于语言艺术和其他视听艺术的抽象形式,就必须充分体现出深刻的生命精神。人审美地艺术地"掌握世界",必定有某种精神依托,可以就形式论美学的适用性范围问题,从现当代形式论美学思想出发做出比较深入的分析。

显然,形式论美学的适用性范围不能无限扩张,形式论美学的建构,主要建立在对造型艺术的审美特性的综合上。西方影响最大的几种形式论美学价值形态,都是以造型艺术作为基本依据。贝尔(Clive Bell)的《艺术》建构的形式论美学价值形态,以造型艺术的特性为依据,他的"艺

---

① 李泽厚:《美学三书》,天津社会科学出版社 2003 年版,第 455—456 页。

术乃有意味的形式"的命题,成了现代派美术理论的基础。贝尔的形式论美学价值形态,直接与塞尚以来的后期印象派,以及以毕加索为代表的立体主义等艺术创作倾向相呼应。贝尔指出:"它一步步地前进,最后终于充分揭示出形式的深远意味,但他需要有具体的东西作为起点。正因为塞尚是通过他所见到的东西来达到现实的境界,所以他从未发明过纯抽象的形式。""他关心的不是作画,而是要表现他对形式的意味感。"①对此,贝尔进而指出:"艺术品中的每一个形式,都得让它有审美的意味,而且,每一个形式也都得成为一个有意味的整体的组成部分,因为,按照一般情况,把各个部分结合成为一个整体的价值,要比各部分相加之和的价值大得多。对于把各种形式组织成有意味的整体的活动,我们称之为构图。"②由此可见,贝尔的形式论美学价值形态的建构,基本上是以绘画、雕塑造型艺术形式的审美经验作为依据。一旦把这种建立在造型艺术基础上的形式论美学观运用到其他艺术领域,就会发现这种形式论美学思想的局限性。

康定斯基对形式的理解与贝尔的"有意味的形式"这一美学思想很相似。康定斯基认为,形式有两个特性:一是形式的外在特性,二是形式的内在特性,他认为:"狭义地说,形式就是一个面与另一个面之间的边线,这是它的外在含义。但是,它另有一个千差万别的内在涵义,确切地说,形式是内在含义的外现。"③康定斯基对形式的理解建立在视觉直观的基础上,他认为,形式的两个特性决定了它的两个目的,要么把形式理解为二维空间的具体对象,要么把形式作为一个纯抽象的实体而继续存在下去。这种本身具有生命的抽象实体,可以是一个正方形、一个圆形、一个三角形、一个菱形等,其中很大一部分非常复杂,以至用数学公式也无法表示它们。所有这些形式在抽象领域里都享有同等的地位,在这两个有

①　贝尔:《艺术》,周金环等译,中国文联出版公司 1984 年版,第 143 页。
②　贝尔:《艺术》,周金环等译,中国文联出版公司 1984 年版,第 156 页。
③　康定斯基:《论艺术的精神》,查立译,中国社会科学出版社 1987 年版,第 37 页。

限的范围之内,存在无数具备这些要素的形式。在这些形式中,不是抽象成分占主导地位,就是具体成分占主导地位。① 可见,形式论美学价值形态的建立,绝对不能离开对直观艺术或形式的分析,特别是对绘画和雕塑艺术的分析。在绘画艺术中,无论是具体形式,还是抽象形式,都是可以直观的,如果把形式论美学观念无限扩展,就有可能为了形式而牺牲其他艺术的文化精神。形式论美学的价值形态与思想力量特别重要的价值在于:对形式的直观分析,可以把这些形式与具体的绘画、雕塑和建筑艺术结合,用于解释这些艺术的根本特性。与此同时,艺术家和接受者在对形式的观照过程中,往往能够赋予形式以一定的艺术精神。

从文艺美学意义上说,造型艺术实践离不开对形式的把握和思考。任何艺术在构思阶段都有对艺术结构和艺术形式的思考。这种艺术的原初过程,事实上就是对艺术的抽象。借助这种基本的艺术形式结构,创作主体建构起完整的艺术作品观念,即由感性的丰富到艺术的抽象思考,落实到具体的艺术实践过程中,构成浑然的艺术作品整体。对于接受者而言,观照的是一个混沌的艺术整体,这个艺术整体唤醒了原初的艺术感觉,恢复了艺术的生活样态,从而对艺术的整体有总体把握和抽象理解。在非造型性艺术中,形式的把握则是思想内在的过程;艺术的精神则寄寓在对文本的解读过程中。形式的抽象与精神的贯通,构成了完整的艺术生命整体,在非造型性艺术中,一旦离开艺术精神来谈艺术形式,则变得毫无意义,或者只是技巧的炫耀。在造型艺术中则并非如此,造型艺术的形式掌握本身,就是艺术的目的,这些艺术就是通过形式来表现的。这些形式作为自然物象的抽象,不仅能唤醒原初的直观的生命感觉,而且能够激活关于形式的想象。一幢建筑的设计,表现在形式的创造中;一幅画的创制,表现在对自然物象的抽象、隐喻和直观中;一幅雕塑作品的构建,也表现在对自然的形式模拟中。这些造型艺术形式,始终与色彩一起构成艺术家对事物的原初生命感觉,体现了艺术家的思想与精神意向。基于

---

① 康定斯基:《论艺术的精神》,查立译,中国社会科学出版社 1987 年版,第 38 页。

此,康定斯基曾指出:"色彩和形式之间的必然联系,向我们提出了形式对色彩的作用问题。形式即使是抽象的几何图形,也有自己的内在反响,这是一个精神实体,它的特性与形式是一致的。一个三角形,就是这种具有特殊精神感染力的实体。"①在绘画美学、雕塑美学和建筑美学中,对形式的美学思考和分析十分重要,它本身构成了艺术生命的整体表现与艺术精神自由的重要组成部分。形式就是本体,离开了对形式的分析,实质上就是消解了造型艺术本身。艺术的生命精神必然通过艺术形式表现出来。过去,人们常把材料与形式混淆在一起,例如,文学的形式与文学的材料不是同一回事,语词是文学的材料,结构才是文学的形式,这种结构还必须通过内在综合才能抽象把握。文学的精神和形式的统一是通过文学的材料实现的,材料的运用和组合本身构成精神与形式的运动,同样,在绘画中,画布、画纸、墨、油彩等只是绘画的材料。任何艺术的表现,都不能离开艺术材料,而艺术材料是大自然赋予人类的,但艺术材料只是表达艺术精神和构成艺术形式的媒介。材料不等于艺术本身,材料的运用必须借助艺术家的想象和才能去完成。在造型艺术中,形式能够直观,而在非造型艺术中,形式不能直观,所以,如果把艺术看作是审美的形式,将"艺术是有意味的形式"这一理论扩而大之,用于解释一切艺术,就会出现人为的困境。显然,在思考形式论美学时,必须考虑它的适用性领域。

　　就造型艺术本身而言,艺术品本身以直观的形式向我们倾诉着艺术的思想与精神,而这种艺术形式的直观,对于每个心灵的回响又是不一样的。这种形式的不确定性,使艺术形式本身具有无穷的意味,所以,绘画、雕塑艺术家们总是乐于通过形式的体验倾诉内心的艺术精神。② 勃里昂自己曾说:"绘画是内心生活的表达,同时,又是宇宙活动的组成。它比知觉所能感觉的东西还要多得多,它完全可以说成是魔术,它超越了眼睛所

①　康定斯基:《论艺术的精神》,查立译,中国社会科学出版社 1987 年版,第 37 页。
②　费德勒说过:"我在创作中所追求的东西,乃是色彩形式的集中记载。经过许多次的反复试验之后,使我在创作中得了可靠的保证。"参见瑟福:《抽象绘画词典》,王昭仁译,人民美术出版社 1991 年版,第 177 页。

能看到的一切,也超越了内在视力所能达到的一切。绘画不仅是一件具有明显形式和色彩的作品,而且是对最内在的生活经历的叙述,是对精神和物质相互关系的表达。"①显然,画家力图超越对形式本身的关注,而达成对生命本质的把握和透视。形式论美学,如果关注造型艺术本身,它的理论建构显然具有重大价值,它是对造型艺术形式和艺术精神的独特理解。如果把这一理论无限扩展到其他领域,就会忽视其他艺术形式的独特性,从而使形式论美学暴露出自身的困境。在当代文艺美学探索中,一些文艺美学工作者,试图把形式论美学思想用于理解文学、音乐,尤其是用于对诗和小说的解读,结果形式的读解使文学艺术变成毫无意义的抽象形式构造,而且丢失了文学艺术的根本精神,这显然是不恰当的运用。因此,建构形式论美学价值形态,必须限定形式论美学的适用性领域,如此,形式论美学思想才能得到健康发展。

5. 形式美学与文艺美学的自由观念

从现代文艺美学发展的意义上说,形式论美学需要合理地重建,这是美学和艺术发展的必然要求。且不说 20 世纪艺术革命所取得的巨大成就,单说当代先锋艺术和实验艺术的兴起,现代派与伪现代派的论争,复古与创新界限的消逝,这种形式论美学的合理重建工作就是有意义的。如果说,合理重建文艺美学,必须有严密的科学的方法论,那么,形式论美学的合理重建工作,则必须借鉴现象学的方法、生命哲学的方法和审美目的论方法。这些美学解释方法,从根本上说,不是为了艺术的形式的呈现,而是为了对艺术形式进行深入的体验,即把艺术的形式与艺术的精神密切联系在一起,这显然是极有意义的思路。

基于现代性思想考察,现象学的美学思想观念,能够克服形式美学的局限,拯救形式美学的内在危机。在前面,笔者已专门讨论现象学方法在文艺美学建设中的重要作用,在此,我只想简单地探讨现象学方法对形式

---

① 瑟福:《抽象绘画词典》,王昭仁译,人民美术出版社 1991 年版,第 141 页。

主义美学弊端的有效克服。现象学对现代哲学和美学有多方面的广泛影响，它不仅直接引导了现象学美学，杜夫海纳和茵伽登的现象学美学著作证明了这一点，同时它也影响到海德格尔、萨特、海洛·庞蒂的美学理论学说，因而，现象学与存在哲学一起构成了现代美学的辉煌景观，展示了美学的最佳可能性。有学者发现："现象学的宗师胡塞尔，没有对美学问题本身作过理论性探讨，但他的现象学却为美学研究提供了极其重要的方法和立场，可以说现象学暗中蕴含了新的美学研究的可能性。"①杜夫海纳早就看到："用审美经验来界定审美对象，又用审美对象来界定审美经验。这个循环集中了主体—客体关系的全部问题。现象学接受这种循环，用以界定意向性并描述意识活动和意识对象的相互关联。"②正是从这种现象学观念出发，这些思想方法为建构形式论美学打下了有力的基础。思想需要自由的形式，只有这样，思想才能得到最好的呈现，思想与情感才能得到最自由的表达。现象学方法是描述的方法，这种方法使人正视审美对象本身，自然、艺术的复杂精神现象，构造了审美世界的生动性和复杂性。人类只要遵循令人肃然起敬的传统所提供的途径，就可获得审美对象和审美经验的最可靠的引导，即关注艺术作品本身。艺术的形式和精神创造特性，使意向性意识形成主体间的自由美感交流，从而为达成同艺术精神的内在沟通奠定了基础。杜夫海纳认为，给美下定义可以采用现象学的方法："这种方式，能同时建立客观的美学，这种美学，不会陷于无休止的辩论以支持自己的价值判断。在这种情况下，美学研究指的是内在对象并证明其自身存在的价值。"赵汀阳也发现："根据胡塞尔的现象学方法，可以断言，对艺术品的理解不只是一个主观活动过程本身，而是一个关于艺术品的（Noema）知觉的含义，或者说，是客观的绝对的含义。而意向性的分析则进一步使我们发现，对艺术品的理解是属于

---

① 赵汀阳：《美学与未来美学：批评与展望》，中国社会科学出版社 1990 年版，第 76 页。
② 杜夫海纳：《审美经验现象学》，韩树站译，文化艺术出版社 1996 年版，第 4 页。

知觉领域的。"①现象学的方法把审美主体和审美对象密切关联在一起，强调通过审美对象的中介，建立主体间性关系，这样，审美理解就变得具体而真实，由此，就可以克服形式论美学的片面性。现象学的方法，即面对艺术品本身，描述艺术品给予人的具体审美经验，这为形式论美学的重建提供了重要的客观依据和具体的审美对象。

生命哲学的体验观念，也能够克服形式美学的内在局限，使形式美学具有丰富的思想内涵。按照生命哲学的理解，"体验"是把艺术品看作有机生动的艺术整体，也是主体进入艺术世界的投入方式。胡塞尔指出，"每一体验本身是一生成流，是不可能变化的本质型的原初生成中所是的东西，它是以本身流动的原初体验的实显的现在，是相对于其在前和在后被意识的"；另一方面，"每一体验，在不同的再生形式中，都有其平行物，后者可被看作原初体验的，在观念上运作的转换"。"每一体验都在回忆中，以及在可能的预期记忆中，在可能的纯想象中"，"因为诸平行体验应当被意识为同一意向对象"。② 体验的方法，实际上，是心理学方法与生命哲学的方法。它关注审美心理本身，通过对审美心理的分析，建构起主体与对象的审美关系。在审美体验和感悟中，发掘出情感和想象世界的全部复杂性。体验建构起复杂的历史性结构，在过去、现在和未来的三维时间结构中，体验者领悟到生命和艺术的全部秘密。体验打开了艺术世界的门户，体验将艺术形式的生命蕴涵全部开发了出来，因此，体验作为艺术形式与艺术美感精神的反思与想象，作为对有生命的艺术品的认知和思索，它是审美主体的激动而神秘的历险活动。

审美目的论观念的提出，自然也可以克服形式美学的内在危机，使形式服务于人文思想的自由表达，推进形式论美学的合理重建。形式论美学重建的目的：一方面力图理解艺术形式的内在结构，另一方面也是为了高度重视艺术本体，理解和正视艺术的创造性智慧本身。在建构美学时，

---

① 赵汀阳：《美学与未来美学：批评与展望》，中国社会科学出版社 1990 年版，第 78 页。
② 胡塞尔：《纯粹现象学通论》，李幼蒸译，商务印书馆 1992 年版，第 191 页。

我们较少考虑这种建构本身的目的,或者说,这种目的不明确。人们大多把美学的目的论混同于美学学科的目的论,其实,这是两个根本不同的问题,后者对前者有极大的干扰,因此,必须从目的论的方法入手,为形式论美学的合理重建奠定牢固的地基。只有这样,形式论美学才是有生命力的美学价值形态,而不是纯粹抽象的形式美学表达形式。方法论是合理重建形式论美学的前提,形式论美学的合理重建,有赖于生命创造意识的全面贯通。回避给美下定义,实质上打开了审美的生命空间,在确立了方法论之后,重建形式论美学就有了可靠而明确的方向。从这个意义上说,西方形式论美学的困难与危险,通过生命价值论美学的自由价值选择得到了纠正,而西方生命价值论美学的纯粹思辨倾向,又通过形式论美学的分析得到了纠正,这说明文艺美学的多元价值取向是合理的。如何赋予形式论美学以独特的生命精神,是我们在评判西方形式论美学时得到的有益启示。西方形式论美学虽然表面上强调形式的特殊地位,但是在对艺术的形式进行分析时,无不融贯于对艺术的文化精神与生命精神的自由理解。从这个意义上说,形式与精神,生命与形式,文化与生命,本身就是相互联系的,把握了这一点,也就把握了形式论美学的精神实质。从根本上说,发展形式论美学的思想或拯救形式论美学的思想危机,不能来自形式论本身,而必须来自形式论思想的外部,从艺术创造的内在过程而言,思想寻求形式的表达是必然的过程,也是最本源、最亲切的生命创造活动。

第四节　美是生活与物欲时代的精神现象

1."美是生活"与文明生活的审美价值

对于现代人来说,永远解决不了的肉身享受问题,永远满足不了的肉身欲望,永远处置不当的肉身与精神关系,都使得"美是生活"这一美学观念充满巨大的挑战。"美是生活"的观念,是由车尔尼雪夫斯基在他的学位论文《艺术对现实的美学关系》(或《生活与美学》)中明确提出的。他说:"美就是生活;任何本质,凡是我们在其中能看到依照我们的概念应当如此生活的,那就是美的;任何事物,凡是自身表现生活或者是使人忆起生活的,那就是美的。"①正如车尔尼雪夫斯基在对这篇学位论文的自评中所谈到的那样:他主张"美是生活",其根本目的就是要反击那种认为"美是幻想"的主张。事实上,西方美学史上的主导性理论,大多强调美是心灵的幻象,或美是形式的自由,尽管在具体的审美创造中,人们已经赋予美是生活的理解。从理论主张上明确提出"美是生活"的观点,显然具有重大的现实意义,这就是说,创造美的生活比创造美的艺术更具普遍意义,尽管美的艺术也是美的生活的重要组成部分。美学很难从关注艺术完全转向关注生活,因为人们在关注生活时可能更强调对肉身需要的满足,忽视美在生活中的重要推动作用。"美是生活"是初步的要求,最终的目的应该是"生活是美"。美是生活,重点在强调生活,其实,生活本身有美也有不美,永远是美丑并存;生活是美,重点在强调美,这样,生活应该"追求美"而"扬弃不美",只有美的城市、美的山川、美的国家、美的艺术、美的生命,才能突出"美是生活"的意义。普列汉诺夫早就看到:"车尔尼雪夫斯基正确地把艺术称为'生活'的再现。但是,正因为艺术再现'生

---

①　缪灵珠:《缪灵珠美学译文集》第 3 卷,章安祺编订,中国人民大学出版社 1998 年版,第273 页。

活',所以,科学的美学,更确切地说,正确的艺术学说,只有当正确的'生活'学说产生的时候,才能站在牢固的基础上。"①我们在车尔尼雪夫斯基"美是生活"主张的基础上,可以进一步把"美是生活"演绎成"美是生命"和"美是文明",这样才能更好地理解美在生活与文明创建中的重要作用。

　　应该说,"美是生活"是一个好主张,问题在于,许多人把"美是生活"理解成艺术家必须投入生活、深入生活并再现生活,即生活是什么样,就去再现生活的原样。这是相当有问题的看法,在相当长的时期里,它影响了我们对艺术审美创造的认识,按照这个观点,我们更多的是把艺术理解成历史学,把生活历史现实还原并理解成艺术创作。从现代中国美学对这一理论主张的理解来看,"美是生活"是有一定偏见的看法;"生活是美",则是要求艺术家去发现和选择。生活是永远的,只要有人,生活就将继续,生活就会永远沸腾。如何从生活出发去理解美的本质? 西方人很早就形成了自己独特的看法,通俗地说,他们既从艺术自由出发去理解美的本质,又从生活自身出发去实践美的追求。说到底,就是注重从审美的功能价值入手,去探索美的本质,从而服务于生命的自由想象和生命的诗意存在。我们不论是在理解自己的审美传统,还是在理解西方的审美传统上,很早就形成了"思维认知定式"。在人们的认知定式中,已经出现审美价值理解的偏差,即把审美理解成艺术创作的事情,把审美看作是个人心性自由的事情。应该说,这一理解只对了一半,但审美活动显然有更高的价值,这就是对生命存在本身的最高审美追求。

　　美不只是艺术的事,尽管在艺术中,美得到了淋漓尽致的体现,美更应该回到生活中来,而不应停留在艺术中,美停留在艺术中在很大程度上就是由于生活中或生命中"美的缺失"。我们既要重视艺术中的美,更应重视生活中的美,而现实生活中的美,给国民带来生活的幸福与富足,艺术中的美则显示了民族智慧的无穷自由力量。由于在第二章中,笔者已

---

　　①　普列汉诺夫:《普列汉诺夫哲学著作选集》第 5 卷,曹葆华译,生活·读书·新知三联书店 1984 年版,第 302 页。

经谈到了艺术作为审美自由表达所具有的生命存在意义,所以,在这里,我们要特别谈到生活中美的价值。在这一点上,西方人比我们认识得更为清楚,西方文明的历史尽管也充满了苦难与斗争,但西方文明的本质是自由与开放的。从比较意义上说,西方文明是把神圣生活与世俗生命进行认真区分的文明,中国文明则由于过于漫长的皇权观念以及专制等级制度,使得我们的文明充满了不平等与动荡感,充满了内在的压抑,也充满了乡土区隔感和多元性,特别强调世俗生活的价值,相对忽视了神圣生活的价值。①

　　西方人对"美是生活"的理解,就是把生命放置到至高无上的地位。"美的生活追求"是常识,是希腊人的最自然的日常生活意识,这一理论的真正提出者是车尔尼雪夫斯基,他当时就已经认识到人们只重视艺术的美而忽视了现实生活的美,在对艺术的理解中,西方思想长期停留在贵族意识范围内,而忽视了对普通劳动者的审美价值与生命价值创造的探索,更忽视了对生活美本身的探索,马克思主义美学的唯物论思想指向,使得西方美学重新从天上回到了地上。西方思想中存在重视"美的生活"的传统,这与希腊人的伟大贡献有关,西方人对美的生活的理解与他们对生活与艺术的理解有关。在他们看来,生命的快乐是根本,他们对生活的理解,首先就在于重视财富积累与权力的获得。公共权利与公共道德的建立,是他们的美的生活之最重要的保证,因此,他们认为家庭与公共事务具有同样重要地位。他们通过解放个人,确立了个人财富的独特地位,然后,又通过税收来确立公共事务的重要性。在这种社会文化政治生活制度的支配下,人的自由生活追求与自由权利运用,真正对文明产生了巨大作用。② 他们的公共生活追求美,还因为他们具有充裕的财富,他们修建神圣庙宇、公共广场、运动场所、露天剧场、码头港口,举办酒神节、公共大祭,举办体育竞技、戏剧竞赛、史诗朗诵,他们个人的自由生活在公共自由

---

① 林风眠:《林风眠艺术随笔》,朱朴编选,上海文艺出版社 1999 年版,第 77 页。
② 施勒格尔:《浪漫派风格》,李伯杰译,华夏出版社 2005 年版,第 115 页。

生活中得到了最大限度的延展。虽然中国文化中的市镇或乡村文化中也有狂欢节和公共事务，但大多是村民自发的行为，不是政治文化生活的常态。

美的自由与人的存在的自由一样，需要开明而自由的政治制度来保障，只有政治制度对人的自由进行充分保证，才能建立自由、民主的美丽生活，这就是"美是生活"的本质。在西方古典生活中，罗马传统更加重视法律的地位和人民的权利，公民的社会财富不断增加，他们更加重视辩论和公共事务的讨论和公共权力的分配，因此，罗马文明在"艺术是自由"与"美是生活"方面的考虑，日渐让位于现实政治权力的争夺，罗马文化使希腊文化精神与传统得以扩展，但罗马人的务实精神使得他们更为关注国家与个人的政治经济和军事实力，因此，罗马人不再通过艺术，而是通过法律来维护和保持军事和经济实力。正是希腊罗马文化推动了西方文明的发展，奠定了西方文明的基础，随后，基督教传统的信仰与想象，既在美的精神扩展方面，又在生活的神圣化方面达到了自由的思想高度。

这就是西方文明中"美是生活"的精神传统，这种传统一直延伸到现在。当然，西方文明中的现代审美文化观念有了巨大的变化，这特别体现在审美文化观念上，从"美是生活"转向"审美文化"或"文化是审美"，西方人对美是生活的理解，越来越带有现实主义的文化变革色彩。审美文化是生活的时尚，本来不用解释，但是在现代美学研究中，人文学者以解释生活为时尚，以追赶生活潮流为时尚，在承认"美是生活"的现实力量、认同审美文化生活力量的同时，恰好缺乏必要的审美价值反思，其实时尚未必是合理的，也未必是对人有利的。人类在感性生活与理性生活的冲击下，已经形成判断生活自由价值的新趋向，即只有追求时尚，刺激生命，才能更好地保证生命的快乐，事实上，这也是近代以来反叛式哲学思想的必然产物。我们应该重新思考生活的价值，"美是生活"，这是极有意义的问题,但是,在中西文化语境中,这一论题本身可能获得完全相反的理解。[1]从中国文化的历史可以看出,中国传统的等级化社会制度及其固有的矛盾,始终没有找到好的解决方法,因而,强调"美是生活",可能只在局部获得了理解,因经济发展的不平衡,我们的文明在局部上建立了"美是生活"的雅致生命观念,但是,在总体上,由于过于功利的现实主义享乐价值观,导致美是生活信念的庸俗化,结果,真正的"美的生活信念"不仅没有建立,而且已有的美的生活也被破坏。

美的生活,首先是建立在人对美的理解与追求之上。什么才是美的生活?"美的生活",应该由物质生活与精神生活两方面来构成,这两方面不是彼此对立的,而是密切联系在一起的,甚至可以说,两者相互作用,相得益彰。美的生活的基础在于:所有人对美的共同理解、想象与追求。有了对美的理解与追求之后,就必须发展物质财富来充实和完善美,也就是说要建设美,在经济发展的基础上创造美。美不是先天不变的,美需要理解,更需要建设。"美的建设"离不开人的心灵想象与自由理解。美不是简单的享受问题,许多人把美的享受只理解成生理欲望的满足与生理的巨大刺激,这显然是误解了"美"。美要解放生命原欲,但不以生命原欲解放为目的,对美的生命自由想象,可能是在对生命领悟与创造过程中完成的。不同的民族对美的理解有很大差异,这在很大程度上取决于美的奠基者的创造性贡献。[2] 每一文化或每一地域,皆有美的奠基者,有了奠基者之后,人民就有对美的模仿和对美的自觉追求,当然,如果奠基者的审美想象不足,或者说创造美的生活的条件不足,就可能导致低俗化的模仿或追求。

美的想象与创造,受地域与自然条件的限制,大自然是非常公平的,它给世界以不同的美,并且赐予世界以创造美的不同条件。我们可以利

---

① 在《美术的杭州》中,林风眠谈到聘请海内外艺术名家,从事"美的杭州"之设计。参见《林风眠艺术随笔》,上海文艺出版社 1999 年版,第 121—131 页。

② 赫尔德:《赫尔德美学文选》,张玉能译,同济大学出版社 2007 年版,第 103 页。

用大自然提供的审美创造条件,关键在于人如何利用美的条件,自由地创造美的形式与精神,自由地创造美的艺术与生活。这些条件是:自然的美,如山水风光、宗教文化、人的意志,只要很好地利用自然给予的条件,就可以创造自身的物质生活与精神生活。物质生活的创造,离不开房屋建筑、服饰设计、宗教圣地、公共艺术与政治文化空间、人体健美与节日庆典、经济生活模式;精神生活的创造,离不开诗歌、音乐、美术,离不开人际礼仪、情感关系、精神价值信仰、宗教文化。① 民族的意志与人民的意志,对于美的创造具有重要的意义,从总体上说,宗教与政治在很大程度上决定了美的文化创造。宗教与政治决定了公共生活的美的理想,所以神庙建筑与色彩成了美的象征形式。

就笔者个人的理解而言,美的物质文化生活的创造要优先于美的精神生活创造,至少美的物质生活创造与美的精神生活创造,必须保持同步。在中国文化传统中,我们过分强调美的精神生活创造,结果由于美的物质文化生活的落后,导致美的精神生活创造也发生了畸变。这是由于美的物质生活创造落后于美的精神生活创造,或者说,美的物质生活创造不适应于美的精神生活创造。在美的物质生活创造中,审美者在物质生活享受中,对美的理解更加亲切,当然,在美的物质生活创造中,建筑应处于最优先的地位,因为建筑是民族文化与精神生活的灵魂。建筑有公共建筑与私人建筑之分:公共建筑,包括自由的空间与神圣的庙宇,艺术空间、体育空间、议会大厦,艺术、政治、体育、宗教生活决定了公共建筑的四大空间形式。私人建筑,则包括庭园、居室、装饰、草地、池塘等。无论是公共建筑,还是私人建筑,建筑的外在形式皆显得极其重要,当然,建筑材料与建筑技术更为重要,因为它决定了建筑的历史延续性价值。建筑还在很大程度上决定了城市文明与乡村文明的价值,它是文明的最重要组成部分,它涉及生活规划和发展、自由与公共生活。有了美的物质生活,就必须要有美的精神生活的自由发展。从美的发展的真切现实来说,美

---

① 赫尔德:《赫尔德美学文选》,张玉能译,同济大学出版社2007年版,第141—142页。

的精神生活的发展绝对先于美的物质生活的发展,但是,美的精神生活有不同的创造与表现形式,有的美的精神生活能够直接促进美的物质生活发展,有的则相反。[①] 中国传统文化的美的精神生活的发展长期处于畸形状态,结果,美的精神生活的发展严重阻碍了美的物质生活的发展,这就导致中国审美文化建设长期处于变异状态,即只有富裕阶层的物质生活的审美建设与精神生活的审美建设,没有贫穷阶层的审美建设,因为他们必须为温饱而打拼。

"美是生命与文明的自由象征",这既是对美的要求,也是对美的历史评价。生活自身,从一般意义上说,包括物质生活与精神生活,前者指人的吃穿住用等一切物质生存需要,后者则指人的审美追求、宗教信仰和伦理生活;从实际意义上说,审美生活还包括社会生活与科学生活,前者是指人的社会交往和社会需要,是人际关系中的生活,后者则指人的生产劳动和为了生存所承担的社会角色与社会分工。社会生活需要遵循社会生活的一切规则,科学生活则为了发展基本的生存技能,从事基本的生产劳动实践活动。生活最初都是以实用为目的,但是,在社会发展到一定阶段之后,社会生活必须追求"美的优化",而不能停留在简单低级的生活状态之中。[②] 在不发达的国家,许多生活理念是在贫穷生活境遇中形成的,在贫穷而不自由的生活境遇中形成的价值观念,存在很大的缺陷,它是不美的,尽管在贫穷的生活中,人们也有美的追求,但是,由于生活的低级存在状态,我们对审美的追求,没有达到真正的"美的优化"。人们总有美的追求,在不同的阶段,对美的要求是不一样的,对美的优化理解需要社会与文明发展到一定高度之后才能完成,只有在文明生活中,才能形成对人的尊重,形成对自然价值的高度尊重。美的生活是自由想象的结果,也是自由文化政治制度作用的结果,因为只有在自由状态中,人们的想象力和审美力才会得到自由的解放。"美是生活",不仅是物质生活高度发展的状

---

① 亚里士多德:《政治学》,吴寿彭译,商务印书馆 1965 年版,第 421 页。
② 卡莱尔:《文明的忧思》,宁小银译,中国档案出版社 1999 年版,第 67—77 页。

态,还是人的宗教伦理精神发展的必然结果,只有在建立人的宗教伦理与政治伦理观念和法律伦理观念之后,自由和谐的社会与文明才可能出现。"美的精神生活的自由",取决于公共政治的自由信念,如果没有公共政治的自由信念,美的自由生活就不可能真正诞生。是的,"美是生活",它既不是我们当前理解的物欲生活的极大个人享受,也不是吃喝玩乐,更不是追求精神刺激与游戏狂欢。"美是生活",就是要追求美的生活的自由与文明价值。① 只有理解了美是生活的本质,我们才可能真正重建美的生活,没有美的生活的信念,我们的审美建设只会导致"美的贫困"。事实上,现代城市建设越来越体现出美的自由的精神生活的精神贫困。重新理解"美是生活",就是要给自然与人性以更大的思想空间与文化空间。

2. 传统价值理想解构与审美生活危机

西方审美文化的过分物质化的结果,就是技术的高度发展与快速进步,这就带来了社会发展与文明发展过程中的许多新问题。人们越来越依赖于技术,这就使得技术对文明的生活形成了强大的控制,它加深了人类文明自身的危机,结果越来越背离自然文化的自由本质。现代审美文化在日益解放人的生活享受的同时,也让人们形成了强烈的物质文化生活焦虑,因为少数人的物质生活享受,往往成为公共生活的最高自由价值理想,于是,在经济分配不平衡的情况下,人类生活必然形成巨大的危机。经济与财富,政治与财富,传媒与财富,成了人们最为关注的问题。从艺术走向生活,原来似乎是说说而已,因为生活与艺术之间有着明显的分界,但是,自从开放的中国试图全面推行市场经济时,以消费为主导的日常生活形式突然在我们的生活中获得了特别重要的位置,甚至可以说,物质生活享受,即最大限度地拥有权力与金钱,成了生活的最高价值原则。基于经济的享乐仿佛是真正的生活,而基于精神观念与理想、特别是基于意识形态的种种假说,仿佛与生活没有一点关系。因此,从事文艺美学研

---

① 卡莱尔:《文明的忧思》,宁小银译,中国档案出版社1999年版,第88页。

究的人突然惊呼,而审美必须转向这种基于经济运动的时尚文化研究仿佛成了美学的当代使命。

这直接带来了传统美学体系的解体。由于中国思想中向来强调正统与主流意识的合法地位、进行偏爱正确与错误的时尚判断,因此,当人们承认审美文化研究的合法性的同时,不自觉地否定了传统美学研究的诗性原则和意义。在现代文化视野中和审美文化观念中,"诗性"成了首要解体的对象。只要从价值形态这一观念出发去思考审美问题,那么,由此而建立的美学几乎不可能逃离传统美学的范围。传统美学,特别是基于生命德性和理想的美学传统,是古往今来人类伟大思想家对审美活动的理性思维成果。传统美学作为文化中心主义的价值范式,主张对审美感性现象的抽象和超越,反对审美生活现象描述和文化时尚追求,因此,以传统美学思想来解释当代文化的审美性质注定会以失败而告终。越来越多的人强烈地感到:后工业文化价值形态或后现代主义文化价值形态对传统美学的强烈挑战。古典审美理想与当代审美时尚格格不入,这是传统美学与后现代文化的冲突,也是理论与现实的冲突。① 审美生活与生活美学的内容并不完全一致,前者强调审美的感性化,强调主体的感性体验与身体享受,追求生命的解放与生命的快感,后者则强调优美的生活秩序,强调美好生活的自由价值。"美是生活"的观点要求将"美感"与"自由"作为生活的基本品格,"美是生活"成为生命存在者的根本目的,这是把"美"当作生活的灵魂,把"生活"看作是美的本体存在之域。

在当代文艺美学思潮中,审美文化问题的提出和研究,标志着当代美学向现实生活倾斜。至于什么是"审美文化",许多人实际上倾向于"模糊一点没关系"的态度,但是,从人们习见的美学话语中可以看到:所谓审美文化研究,即以探究和解释当代文化时尚、审美趣味、新的生活价值准则、文化复制、艺术生产过程、文艺消费等为目的而形成的思想取向与批评策略。20 世纪 90 年代以来的文艺美学话语以审美文化的讨论为主调,从

---

① 霍克海默等:《启蒙的辩证法》,渠敬东等译,上海人民出版社 2006 年版,第 182—185 页。

这些审美话语中,可以看到的是与古典美学完全相异的文化精神。当代审美文化,显然重视美的生活与生活的美,问题在于我们所理解的审美文化,好像只重视"享乐的生活",把商业文化看得至高无上,处处重视物质财富与物质享受,精神生活的自由与艺术的自由被商业文化的兴盛所遮蔽,所以,在对新潮文化的现象描述中,人们有意无意地涉及"视觉隐喻"问题。只有把握当代审美文化的视觉隐喻本质,才能真正评断当代审美文化,事实上,视觉刺激和视觉隐喻在当代审美文化中变得格外重要。后现代建筑、城市环境空间、商业购物中心、灯光模拟的繁华夜市、巨型广告、现代装饰艺术、消费型影视剧、服装流行色、现代技术的旅游景观、具有象征地位的饭店、娱乐场最恣意的刺激等,这一切无不需要借助视觉刺激去进行信息加工从而引起感官愉悦。用眼睛去看,然后再说,几乎成了审美文化言说的既定方式。对视觉刺激、视觉想象、视觉隐喻的重视,必然要求主体从内心退出而投入外向性物质生活消费与享乐中去,这就要求我们以公共媒介为中心,参与消费,参与建设,参与广告,参与放纵,参与沉沦。面对这种当代审美文化现象,应该如何解释呢? 对此,时代的乐观主义者与悲观主义者展开了激烈的较量,他们试图在这种思想的尖锐对抗中找到某种合理的解释。事实上,在现象的描述和评断中,他们做出了属于自己的选择。当代中国的审美文化建设,是对此前的文化封闭政策的真正彻底的反叛,是为生命存在的感性享受正名,是对人的自由权利的真正正视。当然,审美文化的过度肉欲化与享乐化,在一定程度上丢失了审美的自由精神与理性品格,这是必须保持警惕的地方。

当代审美文化的探究的确是一场思想革命,在传统美学那里,审美对象局限于自然领域和艺术领域,审美话语的言说,局限于审美心理的分析,局限于对不可知的神秘领域的臆想与追问。对于纯粹自然领域的美和艺术领域的美,人们一直怀抱着诗性的乐趣。因此,虚拟、幻想、体验、迷狂、神性、自由、浪漫、主体、天才、趣味始终作为传统美学的主题性话语。神秘主义和浪漫主义思想一直作为传统美学的圣殿,在根本观念上,传统美学拒斥市民社会和世俗主义。民间艺术的审美时尚、宫廷艺术的虚华气息、市民社会的商业氛围一直被看作是与诗性审美观念格格不入的事物。对心灵的高度强调与对视觉现实的天然漠视,成了传统美学的虚玄之境,因而,对于内心的私密经验和超验的道境体悟,成了传统美学的优越方式,与大众文化和大众心理形成根本的疏离与对抗。① 人们发现,当代审美文化问题中"最现实、最突出的方面,就是与大众文化相联系","审美文化研究,事实上研究已经超出了传统美学的范畴"。② 因此,当代审美文化探究是反传统美学的探索,是面对日常生活享乐与日常生活解释的美学思想,与传统美学相对抗,审美文化理论试图开拓出面向现实的新的话语空间和交流语义场,这种对审美现实的关注,是有切实意义的,显示了当代审美文化话语的时代性魅力。当代审美文化话语,虽未否定传统美学,但它所具有的全新的思维方式、全新的审美景观、全新的时代价值观念,显示了当代美学的创造性及其文化阐释的现实意义。

价值定式、价值颠覆、价值包容是非常有意思的问题,封闭的文化系统或等级制文化系统,往往强调"价值认知定式",它相应地也培植了它的反面:价值消解。既有价值定式,必有价值颠覆。在自由的文化系统中,我们应该强调文化包容,即不同形态的文化,在自由选择中并存。对待审美文化,自然应该采取包容的态度,不过,由于审美文化解释者主张颠覆传统美学,所以,对此进行价值批判是合理的。审美文化的根本问题,就是让美学四处流浪,随波逐流,这样,美学永远没有自身的解释对象与解释领域。跨越解释领域的思考,最终必定使解释变得毫无意义。视觉隐喻观的觉醒,对于当代审美文化观的兴起具有决定性作用,五光十色的世界的飞速变化,逃不脱人们敏锐的眼睛。昔日的墓地和原野,在经历了喧嚣无度的动荡不安之后,呈现在人们眼前的竟然是无法想像的楼群、炫目的色调、忙碌的市民、奢华的景象。视觉景观突然为之一变,这不知引起了多少人的好奇和神往,所谓的特区,便开启了工业技术时代的当代神

---

① 霍克海默等:《启蒙辩证法》,渠敬东等译,上海人民出版社 2006 年版,第 158—159 页。
② 陈晓明:《填平鸿沟,划清界限》,参见《文艺研究》1994 年第 1 期。

话。人们的神态,已不再是那种散步式的悠闲,而是对交通安全的高度注意及对交通提示灯的快速认同,在瞬间的视觉转移中,巨型广告便获得普遍的情感性认同。视觉的辉煌享受与个人的生命警惕,构成当代人特有的警觉;视觉提示人们进行信息加工,视觉挑逗人们奔向现代文明。视觉享乐、视觉快感取代了内心体验和神性愉悦;视觉享乐割断了人的内心反思和悲悯回忆的联系,它提醒人紧紧抓住当前。视觉成了价值判断的第一依据,高楼、别墅的美在于:它是否装潢考究和气派;现代旅游景观的美在于:它是否让人们在现代工业设施中获得高峰体验和震惊发现;人际交往的美在于:人的服饰举止是否能显示富贵的气魄;影视表演的美在于:那私密的性爱场景能否获得癫狂式的刺激性表现。一切传统审美观念,在这种后现代文明和后工业境遇中被颠覆,这种视觉快感是工业文明初来时给予人们的新鲜感,因为人们不满足于农业文明的自然纯朴与乡村野趣,审美文化解释者没有注意到,他们正在捍卫并与之欢呼的审美文化,正在摧毁生活自由本身。现代生活的疯狂,或现代美学的疯狂,就在于对肉身生活的高度认同,对精神生活的彻底背离。①

　　人们越来越倾向于视觉快感化,而抗拒那种清醒的内心灵性和理性,那种个人独有的生存观念,必然随着后现代视觉隐喻而趋向于先锋化,这是现代人生命价值的视觉证明,于是,人的视觉景观变得复杂而新异。人人都力图以炫目的刺激来证明自身,这样,视觉表征便形成多元化拼贴和魔方化变异,这正是当代人的视觉境遇。广告以各种新奇的手段制造出神奇而独异的效果,视听一体化,更使视觉刺激效果发挥到极致。在千方百计地尝试了女性裸体形象的创造性变异之后,儿童与名人的声音画面,也就获得了欺骗性效果。欺骗性广告艺术,获得了公开表演的权利,广告制造了出新出奇的戏剧效果,在视觉媒介刺激中,车水马龙中,楚楚衣冠和性感服饰者招摇过市,让你体味到神奇的现代生活的拼贴与变异。你无法整体地洞悉,仿佛唯有这种现代视觉享受才能满足先锋快感与生命

---

　　①　霍克海默:《启蒙辩证法》,渠敬东等译,上海人民出版社 2006 年版,第 162—165 页。

美感。当代审美文化的先导者们,试图从艺术美和自然美中逃离,投入日常生活的焦点时刻中去。审美文化探险者,让人们去向往和享受现代式生活环境,当代科学技术对声光化电的神话式处理,让大众惊叹于物体形状的创新匠心和对象色调的超自然式心理契合。视觉变得炫目而兴奋,刺激而疲惫,永不餍足而永久好奇,人们模模糊糊的内心感受与内心反省都消解在这种视觉享受之中了。都市生活环境破坏了自然的宁静与美丽,终日喧嚣的城市仿佛就是现代生活的真实美感状态。审美研究仿佛只需要认同基于经济运动本质的文化趣味,根本回避纯粹精神的自由思想或诗性精神。欲望化的美学获得了特别的胜利,心灵化的美学在肉身享乐中尴尬退场。① 这是外在神奇对人的召唤,也是视觉兴奋对外在环境的适应,于是,当代审美文化的视觉隐喻呈现出实用性、现实性、商业性、刺激性特征,这种视觉表征正是当代审美文化的视觉隐喻指向。

自塑形象是后现代生活中个体自由表现的最迫切需要。人们惧于自己的话语权和中心聚焦权被剥夺,所以要永远制造新闻或丑闻,让媒体对之保持高度关注,好像这就是时代生活的中心事件,他们认为,只有这种中心事件,才能构成历史并书写历史。在后现代和后工业的商业性竞争社会,自塑形象显得高度重要,这种"自塑形象"必然呈现为外在标志,商标、企业标志、公司标志、个人包装、招牌等,就是这种形象自塑的产物,他们不惜耗时费力,强化这种外在包装效果。在语言符号上,西式译名应运而生,语言命名大有外来化趋向,夸张的中文则获得巅峰效果。市民越来越迷信和认同名牌的视觉享乐者,他们用视觉生活图像,构造出现代工业和商业的欺骗性神话。真实、老实和本色的原则被彻底摒弃,炫目的刺激以视觉为中心,成了这种时尚性审美文化或先锋美学的标志。在视觉神话中,大厦以向高空发展为神奇,自塑的形象以炫目为极致,影视的性刺激与惊心动魄的暴力和残忍景象达成"视觉癫狂",个人的自我推销以占据传播媒介的中心为目的。那些现代中国的新型商人,以贵族和帝王的

---

① 霍克海默等:《启蒙辩证法》,渠敬东等译,上海人民出版社 2006 年版,第 156 页。

作风君临天下,那种最富有的个人享乐之标志,成为放纵无度和目空一切的资本。视觉的癫狂,使贫穷者感到自身的卑微,生成满腔的愤怒,使暴富者享受无尽的荣光和神仙般的感觉。后现代工业文明的直接结果是:反对个人的静思,生命的情感与美感尽在公共生活的新闻关注焦点之下。它如同洪流,席卷每个人与之同行,这是欲望被特别强调之后的刺激性快感,它使人精神空虚,欲壑难填。

行动的预设也是商业社会生活表演与渴望成功的需要。在大众文化的视觉隐喻背后,人们潜在地看见了商业文化的神秘,现代商业文化非常强调"行动的预设",这就使一切视觉表征带有表演性意味。那种土洋结合的开业典礼,那种新闻发布式采访,那种滑稽的广告表演和商品销售活动,那种现代化剪辑技术,都使行动的预设富有视觉隐喻的表演性特征。在视觉文化享乐中,人们越来越远离真实的生命,而不自觉地进入了商业化自由运行轨道。商业社会使人的一切活动皆带上商业的目的,而且,在商业利润的刺激下,人们的行动速度加快,没有安宁与悠闲,只知把握生活享受,没有对心灵自由的展望,更没有对欲望的节制。[①] 这种商业文化与政治选举一起构成了现代人的全部感官生活,在电视传媒之中,战争、暴力更是将细节无限真实地滚动式展示。一体化消费也使现代审美文化具有单一性和肉身性特征。人们的视觉享乐已不再局限于单一的刺激,在大众文化中,更严格地说,在商业文化中,吃穿住用玩已高度一体化。只要有钱,你可以吃到最鲜美的食品和贵族餐,味觉的真实享受早就屈服于视觉的享受快感。在高档而奢华的服饰中,畸形者也变得有精神,"总统套间"已不再是平民的神话,那种高级按摩和内部电视录像以及各种球类健身运动,已使新型商人体会到了神仙般的生活。一切都可以因为金钱而颠倒,金钱成了大众文化的最高主宰和飞黄腾达的标志,一体化消费使当代的视觉快感在声色香艳中浮沉。越是强调欲望自由的社会,在经济发生变化之后,对消费越是变得没有节制。

---

① 胡德:《图像的艺术》,彭勃等译,上海人民出版社 2004 年版,第 35—45 页。

"合谋的庄严"在意志与利益的驱动下变得冠冕堂皇,在习以为常的欺骗性游戏中,当代人已体会到了"合谋的庄严",人们不再对伪装和欺骗、丑与美、善与恶的界限过于执着。新的时代规范打破了传统的偶像观和价值观,人们在明目张胆地制造虚拟的神话,知识分子在尴尬处境中,也学会了"犹抱琵琶半遮面",欺骗者与诚实者已成为朋友。一切适应商业化运作,无法抗拒现代化传播手段,它抓住了人的本能和原欲,理想和法治不可避免地在本能和原欲中被遗忘。因此,后现代工业文明和商业文明构造了视觉的奇迹和视觉的快感极境,这是眼见为实的诱惑。人们经不住诱惑,投身一场场生命的赌博,揭示了这种视觉隐喻的本义。在这种文化前提下,谈生命理性、宗教情怀、生命理想和献身精神,显得极度不合时宜。传统美学范畴已无法解释这些审美现象,新的美学价值形态无法建立,传统美学价值形态失灵。人们陷入暂时的沉醉,在后现代审美价值准则之下,人们把生命享乐置于神圣生命之上,一切都可能被颠覆和消解。① 审美文化的过度,在很大程度上是由于经济与文化的密切联系、享乐与娱乐的内在联姻。当审美主体最大限度地追求生命快乐时,审美文化生产与消费必然追求最大限度的感官解放,它的极度发展可能造成生命的衰败或颓废。

时代的乐观主义者和悲观主义者对此形成了针锋相对的判断。在乐观主义者看来,这种视觉表征和视觉隐喻,正是后工业时代的文化象征。金钱作为人类生存的杠杆,彻底解放了人的原欲,达成了私人欲望的冒险式满足,喻示了命运的神奇偶然性。乐观主义文化者在此看到了生命的欢乐和审美的自由,人性顺从自然欲望而抗拒文化理性本身,成了生命的合理解放之路。在悲观主义者看来,这种后现代文化的纵欲无度和工业神话,使人性异化,使人伦扭曲,预示着人类精神生活的深度危机。悲观主义者不仅在地球环境污染中看到了世界的危机,而且从大国霸权和军备竞赛中看到了人类的末日图景,同时,悲观主义者不仅从人性异化的荒

---

① 霍克海默等:《启蒙辩证法》,渠敬东等译,上海人民出版社 2006 年版,第 171—175 页。

诞处境中看到了人的悲哀,而且从现代商业文明中看到了原始欲望对人性的摧毁。因此,面对后现代社会的商业文明,他们在听到欢歌时也听到了恸哭,在看到繁华时又看到了欺诈,在看到忙碌时也看到了疲惫,人们只有在视觉狂欢中遗忘一切。面对当代审美文化的视觉表征,做一名悲观主义者似乎又过于不合时宜,做一名乐观主义者又似乎有违本心。当代审美文化的视觉表征是客观的现实景象,人类精神发展和物质创造行进到这一步,是谁也无法阻挡的趋势和潮流。① 时代由先锋和浪子构成破坏与重建的景观,因而,我们不可能选择做一个真正的文化守护主义者而抵抗进步,越来越多的诗人选择自杀正是这种对抗的悲剧结局,唯一的选择应是对当代审美文化景观保持必要的警惕。自然,我们不能过于乐观主义,因为历史毕竟需要守住灵性的警觉者。必要的警觉会对当代审美文化景观保持真正的判断力,谁也无法真正遁入野蛮,回归自然,那只是原始而空洞的意念。在欲望与理性之间,生命不可能彻底倾斜,但总应找到某个平衡点,当代审美文化批评者是否应对审美文化潮流保持必要的警觉,是当前审美文化葆有健全的精神之关键。正因为审美文化传播者和批评者的误导,当代审美文化的视觉表征才日益呈现出离奇的色彩,因而,面对拼贴和变异的当代审美文化现象,理论工作者有必要保持必要的警觉。

3. 快感与沉沦:审美文化的意志放纵

当代审美文化的视觉表征,也应被视作当代人情感状态的外在呈现。由于人们以外在的视觉评判代替内心的道德自律,因而,就情感状态而言,人们越来越受到外在潮流的裹挟,固守自我的阵地则越来越困难。在历史生活和历史话语中培养的深沉坚定的情感,面对日新月异的视觉景观而不断发生震动,以自然界的地震来形容人们的情感状态,显然毫不为过。当新异的视觉景观呈现时,人们一开始有本能的抗拒,随之而学会了

---

① 霍克海默等:《启蒙辩证法》,渠敬东等译,上海人民出版社 2006 年版,第 182—186 页。

认同,无论是服装新潮还是裸体形象,无论是新型商人的飞黄腾达还是社会的贪污腐败,人们的情感状态逐渐趋向于两极化。审美文化的快感追求与生命沉沦状态,使得物质化的审美生活成为许多人的基本生活目标。诚然,物质化的审美生活能够直接给主体提供生命快感,服饰的美感可以给人带来心情的愉悦,饮食的美感可以给人以感官的享乐,建筑与居家的美感可以带来优雅的生活,音乐与舞蹈的生活带来生命的解放,但是,身体的解放是永无止境的,许多人最终不得不寻求大麻与毒品的刺激,正是这种单纯追求物质化审美生活的结果。更为重要的是,物质化的审美生活需要金钱的支持,需要富足的财富创造力保证,当生活主体无法创造丰裕的生活、无法得到更多的金钱支持时,生命的天平极易失衡,最终导致生命的毁灭。因此,美是生活的主张,要求在物质化的审美生活追求与精神化的审美生活追求之间必须获得真正的平衡,"生活主体"必须根据生活的创造力与主体的财富积累,调适个体的审美生活节律,在自由的审美创造中,赋予审美生活无限多样的形式。审美生活从来没有单一的模式,贵族有贵族的审美生活模式,平民有平民的审美生活模式,不同的审美生活模式完全可以带来不同的审美快感,赋予人类生活以独特的存在价值。

在审美文化的探索中,传统美学的体验精神被不断地放逐。在传统美学那里,颇有神秘意趣的浪漫抒情和爱恋情感,很快被粗暴、野蛮的两性故事所取代;极具英雄主义的牺牲精神的动人故事,被新型商人的冒险和多维婚恋所置换;那种很有批判现实主义精神的平凡故事,被新写实主义的无可奈何的碎片所替代。总之,人们好不容易建构起来的生存信念,都面临自我批判、自我否定、自我放逐的境遇。老年人后悔自己那漫长的牺牲,年轻人不甘于忍受,几乎是"人同此心,心同此理"地奔向富裕和感官享乐之路。[①] 人们如梦初醒似地贪恋金钱:村民走出卑微和贫穷,到特区、富庶之地去淘金打工;学者走出书斋,去开拓第二职业。一切都被颠

---

① 韦伯:《新教伦理与资本主义精神》,于晓、陈维纲等译,陕西师范大学出版社 2002 年版,第 44—46 页。

倒,死守传统被视为过时,新型商人享受到从未有过的踏实和开心。贝尔指出:"后现代主义反对美学对生活的证明,结果便是它对本能的完全依赖。对它来说,只有冲动和乐趣才是真实和肯定的生活,其余无非是精神病和死亡,另外,传统现代主义不管有多么大胆,也只在想象中表现其冲动,而不逾越艺术的界限。它的狂想是恶魔也罢,凶杀也罢,均通过审美形式的有序原则来加以表现。因此,艺术即使对社会起颠覆作用,它仍然站在秩序这一边,并在暗地赞同形式的合理性。后现代主义溢出了艺术的容器。它抹杀了事物的界限,坚持认为行动本身就是获得知识的途径。"①这种倾向不应被歌颂,而应该引起高度警惕。

在现实生活世界中,人们抵挡不住这外在的视觉刺激:在饮食方面,非得到最气派的名店去享受;在服饰上,非得追求皮尔卡丹式的新潮;在居室上,非得追求现代装饰艺术创造的舒适;在一切交往活动中,非得炫耀那种发迹的荣光。这种视觉享乐几乎主宰着人们最根本的情感,这就是"进步",这就是当下的情感状态。西方人因为两次世界大战真正体会了生死极境,中国人因为改革开放而体会了生死极境,从审美文化现实取向来看,当代人对审美文化的追求以视觉刺激与感官享乐为极境,仿佛这就是主宰情感的最高价值准则。只要不违背这种视觉刺激和感官快乐的准则,一切价值原则似乎都可以被颠覆和置换。② 当代人这种屈服于视觉刺激和感官快乐的情感状态,可以从如下几个方面予以剖析。

首先,趋附新潮成为享乐性个人意志与叛逆性意志的最粗鄙的表达。新闻视野的高度现代化和广播、电视、广告、报刊的立体式传播,城镇村落、大街小巷的外观式呈现,你会强烈地感受到现代生活的新潮节奏。那些不愿落伍的现代生活者,几乎毫无例外地追求新潮,社会建设和等级特权也推动这种新潮的节奏,最有名望的人必定是最新潮的。无数人都熟练地操纵着经济杠杆,新潮人物以消费手段构成原动力,否定过去,认同

---

① 王岳川等:《后现代主义文化与美学》,赵一凡译,北京大学出版社 1992 年版,第 7—8 页。
② 霍克海默等:《启蒙辩证法》,渠敬东等译,上海人民出版社 2006 年版,第 159 页。

现实,相信眼睛,放逐心灵,新潮成为当代审美文化的奇妙景观,它使人们看到新生活的视觉律动。改变自我,适应新潮,不在公共价值准则中落伍,成了人们迫切的愿望,在视觉文化氛围中,人们必须不断地改变自我,否则就跟不上时代的步伐。改变自我,是对自身生存结构的全面调整和改变。职业的重新选择,事业的重新摸索,地域的重新跳跃,观念的重新建构,一切要以新的方式来适应。成功的变换者尝到了生活的新鲜与快乐,志得意满愿望;艰难的选择者,则背负沉重的精神压力,在焦虑和恐惧中,应付时代的变迁。① 当代人的心灵经历如此巨大的震撼与动荡,反映了时代特有的气息。改变自我也许是新生,也许是邯郸学步,改变自我,可能找到了真正的自我,也可能丢失了真正的自我。一切都以视觉刺激和感官享乐作为证明,所以,生命的自由价值评判,实质上没有依据,也找不到依据,我们谁也不知道社会生活或精神生活的真正价值准则是什么,因为在权力与金钱面前,一切神圣的价值原则或生命的自由原则变得虚无缥缈。有人欢喜有人愁,当代审美文化对个人的影响值得深思。

其次,关心实惠成为生活肉身化信仰与道德伦理解构的最直接表达。观念的变革,使人不再斤斤计较于职业的高低贵贱。从事高科技事业并不比日常的服务行业高贵,站在大学的讲坛上传播知识并不比小学毕业的新型商人光荣,一切工作都无高低贵贱之分,只有实惠的大旗高悬。友谊以实惠维持,创造以实惠回报,劳动以实惠支付,政绩以实惠衡定,这是新型的劳动价值观。金钱崇高论的魔影,在中国现实生活中具有特别的力量,诗性价值体系与诗性生活方式,在现实欲望至上者看来,全是不合时宜的思想。于是,人们只能沉醉在欲望和强力冲动之中。逃避牺牲,膜拜享受成了人们最实惠的追求,不想念牺牲的价值,只崇尚肉身享乐与金钱权力带来的荣耀与尊严。② 在当代审美文化中,一切新的观念,仿佛皆与牺牲观念相对立;在传统文化价值之中,牺牲必须以信念作为支撑,牺

---

① 霍克海默等:《启蒙辩证法》,渠敬东等译,上海人民出版社 2006 年版,第 156—157 页。
② 卡莱尔:《文明的忧思》,宁小银译,中国档案出版社 1999 年版,第 49—53 页。

性必须以未来作为承诺,牺牲必须以英雄作为典范。在当代审美文化中,"名流即英雄","名流"不是因为牺牲成为英雄,而是因为财富而成为英雄,因为只有创造财富才能成为英雄,那种古典式的牺牲观念,是被极力抗拒的。

第三,隐蔽感情成为现代人在工业化生活漩涡中无法自处的必然选择。正如"莫斯科不相信眼泪",当代社会也不相信眼泪,"被人同情"成了生命没落的象征或无能的象征,因而,在情感表现上,人们总是喜欢隐蔽。你无法真正透视他的心灵,每个人都学会了独立自主,大家都适应了放纵或压抑情感。这是没有信仰的时代,这是相信视觉快感的时代。也许正因为人们追求视觉刺激和感官愉悦,在情感体验上,人们尽量回避那种孤独式体验。在忙碌的视觉感受中享受生存的欢乐,在新异的视觉刺激中拒斥痛苦乃至绝望的反思,因而,在视觉文化占主导的时代,心灵的信仰和存在的依据被挤到角落里。① 当代审美文化研究注重现象的描述而避免简单的判断,正是看到了当代人情感状态的复杂性。从生命的真理来看,切不能以简单化评判代替那种深度的复杂分析,正因为如此,在把握了当代审美文化的外在表征时,切不可简单地做出评判。人的情感状态并不像物质景观那样直接可触,因而,视觉隐喻对人的情感状态的把握,必须选择强有力的艺术中介。当代文学、绘画、雕塑、电影、电视成为这种观照当代人情感状态的主要媒介。正如乐观主义者和悲观主义者对当代文化的视觉表征所做出的判断那样,当代文学艺术或审美创造在表现当代人的情感状态时,也显示了乐观主义者与悲观主义者的对立。乐观主义者的艺术形式,以喜剧情调强化视觉隐喻,而悲观主义者的艺术形式,则以悲剧精神强化视觉隐喻。在各种艺术形式中,电影、电视艺术最具这种视觉的象征意义,在当代中国电影中,这种喜剧情调或喜剧变调的作品展示了当代人的情感状态。王朔的小说和电视剧之所以格外引人注目,就在于他捕捉到了当代生活和当代人情感状态所具有的喜剧情调,在平

---

① 霍克海默等:《启蒙辩证法》,渠敬东等译,上海人民出版社 2006 年版,第 157 页。

凡、忙碌而又无聊的生活中,他看到了那种道德的闪光和甜蜜的烦恼以及新潮的潇洒。当代中国少有真正具有深度的批判性影片,即便是张艺谋的电影,也不过是千方百计地制造这种喜剧性的变调效果以满足大众的世俗需求。无论是高粱地的"野合",《菊豆》中的"偷窥",还是《大红灯笼高高挂》中的"妒忌",都充塞着争风吃醋而又无能为力的喜剧性变调。他以中国的原始、愚昧的成见作为电影视觉图像的基调,他以渲染中国文化的原始、落后、愚昧作为图像的基调,迎合西方人对中国文化原始、落后、愚昧的成见。以性本能为题材,结果既无真正的批判性,也无真正的喜剧性,那种本质的喜剧性精神在《秋菊打官司》中发挥得淋漓尽致。王朔风格、张艺谋风格,乃至各种各样的变异,显出当代中国电影的喜剧性变调,少有真正批判性意义的悲剧作品。①

在以视觉享乐为极境的接受者那里,他们从根本意义上拒绝悲剧。当代中国对西方电影电视的译制中,一方面,很重视喜剧性的警匪片和家族财产纠纷的娱乐片,译制的电视剧几乎以此为主调,中国观众在视觉享受中认同了西方文化的喜剧性;另一方面,也很重视批判性的生存状态片和人性异化片,译制的电影大都以此为基调,尤其是以表现压抑性和悲剧性的题材为主导。实质上这反映了当代审美文化的创造者对当代人的情感状态所做的两种不同解读。早在 20 世纪 60 年代,奥尔特曼以富于动感、转换流畅、衔接自然的剪辑,以不断变化的画面内部运动,在观众面前呈现出疯狂的世界。"影片中的声带错位,汽车碰撞,飞机轰鸣,乐队边行进边演奏,电视新闻记者的聒噪不休,汇成一片嗡嗡声。"②其实,这种喧闹正是现代生活的本质,像《教父》《外星人》《金色池塘》《克雷默夫妇》等影片,既表现了现代人的处境,又在票房上取得巨大成功,这一事实本身也说明:艺术在观照现实的同时,又屈从于现实,艺术家在憎恶冷漠而荒诞的人性的同时,又屈服于人性的异化。这是当代人所无法摆脱的困境,

---

① 王一川:《中国形象诗学》,上海三联书店 1998 年版,第 56—77 页。
② 夸特:《当代美国电影》,杜淑英等译,中国广播电视出版社 1992 年版,第 140 页。

也反映了当代人无可奈何的情感状态。

当代审美文化的探索,不可能为传统美学体验再唱抒情的歌谣,必然试图为当前纷乱的生活现象做出某种回答,寻找某种合理的解释。萨特对现代艺术的评断就很有启示性,他认为,贾科梅蒂的艺术和魔术师的技巧相似,人们既是他的受骗者又是他的同谋者。假若没有热情,没有情感的轻信,没有感官易于受骗的习性和知觉的矛盾特征,他就永远不能赋予他的人物图像以活泼的生命。"他们在我们身上唤起了那种通常只有在现实人生面前出现的情感和态度。"①当代人就隐于这种无可奈何的情感状态中,当代审美文化的视觉隐喻分明表明:"艺术的表现对象仍然是世界,神已经离开了这个世界,只剩下可见之物,因为颠倒了有限事物和无限事物的关系。""富裕制造了人的愚蠢和脆弱。在今天,脆弱成了唯一财富,成了唯一的实在之物。""无论是在生命体的外部还是在生命体的内部,无限都只是空虚,黑暗。"②当代人的情感的不确定性,当代审美文化的茫然感,皆预示着人的问题并未终结。简单解释是无效的,必须认同人的复杂性,在这样的时代文化状态下,传统美学的理论话语是何等软弱无力,因为当代人根本就不信奉那种古典的静穆理想。

4. 文化积淀:文明生活的世俗和神圣冲突

当代审美文化的视觉表征和情感状态,总是多多少少地折射出当代人的审美取向,这种当代取向与传统美学的取向,必然有很大程度上的背离。自然与反自然,人性与反人性,扩张与束缚,自动化与机械化,无不可为与无所可为的矛盾对立,美与丑之经典界限的消失,真与假之既定界限的混淆,善与恶之情感尺度的模糊,已使当代审美文化取向变得杂乱无序、自由放任、散漫无度。在这种当代审美文化取向中,人们总是看到了神圣主义与世俗主义的对立,并预言未来形态的美学解决,必定是神圣主

---

① 萨特:《萨特论艺术》,冯黎明等译,巴斯金编,上海人民美术出版社 1993 年版,第 57 页。

② 萨特:《萨特论艺术》,冯黎明等译,巴斯金编,上海人民美术出版社 1993 年版,第 33 页。

义与世俗主义的和解,这是深刻的错觉。无论就历史而言,还是就当下而言,审美文化取向从未在真正意义上表现为世俗主义与神圣主义的对立,恰好是神圣主义与世俗主义的合一。神圣主义总是在世俗主义那里找到合适的据点,从西方文化史可以看到,原始宗教与原始人的生活是融为一体的。自从基督教广为传播之后,神圣主义更是与世俗主义融为一体,教堂建在市民的生活区中心,教堂的礼拜与信徒的施舍,正是以金钱来维持,建筑史上奇迹般的教堂穹窿结构,正好表达世俗社会的神秘信念。东方文化也莫不如此,印度的辉煌建筑,正是神圣主义与世俗主义合谋的产物,在中国文化中,佛殿或圣所正是有钱人舍财消灾、超度亡灵、祈求护佑之地,似乎越富有越易受到神灵的护佑,不义、残暴和诈骗正好可以在宗教的护佑中消灾免祸。在当代审美文化中,神圣主义与世俗主义再次奇妙地融为一体。① 似乎愈是富有,愈对宗教虔敬,对神明虔信,在神与人之间以信仰作为桥梁,而在人与人之间以强力作为桥梁,这正是神圣主义和世俗主义合一的产物。在当代审美文化中,真正与之抗衡的力量是理想主义。因为理想主义既反神圣主义又反世俗主义,现实中的自由精神也许只有在理想主义那里,才把美、自由、崇高看得无比重要。

在东西方美学史上不乏这种理想主义的美学家。苏格拉底、柏拉图所追求的理想国,亚里士多德所倡导的伦理快感,康德所阐明的认识、审美和道德的主体性统一,尼采所主张的酒神精神与日神精神合成的"超人"之境,皆带有理想主义的气质,更不用说马克思所倡导的思想,即从劳动中获得自由解放,在对象化活动中确证人的本质力量,正是理想主义光辉的。在中国文化中,理想主义的美学精神一直与神圣主义和世俗主义相对抗,真正的儒家不断践履着理想主义精神。儒家的克己复礼、修身养性、兼济天下、内圣外王,极具理想主义美学风范,只是由于"伪儒家"和"空谈家"的泛滥,才使这种理想主义精神在与神圣主义、世俗主义的对抗中沉沦。中国审美文化的本质,体现在神圣主义和世俗主义审美取向中,

---

① 霍克海默等:《启蒙辩证法》,渠敬东等译,上海人民出版社 2006 年版,第 150—151 页。

并被发挥得淋漓尽致。当代审美文化既可以被视作古典审美文化的复活，又可以被视作西方审美文化的畸形再生，带有中西神圣主义和世俗主义合流的性质。熊十力所弘扬的大生命精神，牟宗三所倡导的道德理想主义和方东美所探究的东西方生命哲学，在当代审美文化处境中，仿佛是一曲曲理想主义审美的挽歌。① 正因为神圣主义与世俗主义的合流，当代审美文化才呈现出如此复杂的视觉隐喻。

神圣主义与世俗主义的合流，奠定了当代审美文化取向的基本特征。在传统美学中，宗教的至上地位以及人们对宗教神秘主义的敬畏，使得神圣主义压倒了世俗主义。人们对精神的追求超越了对世俗生活的享受，现代审美文化则强调世俗生活的享乐，消解了神圣主义的影响，宗教神秘信仰不是人们的必然的生活法则，而是人们的随意选择。商业文化创造着巨大财富，财富支配着权力，权力反过来又追求财富，权力与财富一同支配着艺术文化与娱乐文化，支配着日常生活文化与政治文化。世俗生活在现代与后现代文明的商业光照下，披上了别样的色彩，对象征性建筑的追求，对及时享乐原则的推崇，对虚无主义的信仰，在此，"美是生活"，仿佛变成了地地道道的生活享乐的辩护词。②

首先，建筑成为当代审美文化在城市物质文化生活追求中的外在目标。无论是在神圣主义者那里，还是在世俗主义者那里，他们相信唯有建筑才会不朽。世俗主义者的最大心愿是：拥有华厦美居，还有坚固堂皇的墓地。这样，生前可以享受视觉快感，死后亦可享受不朽的安宁，因而，屋宇和墓地，总是作为不朽的凭证，代表了肉身化审美价值观的生存取向，也代表了世俗化的审美价值取向。在个人那里，这是荣华富贵的外在象征，在国家和执政者那里，则是民族的光荣和政绩的辉煌，于是，千百万人都竭力扩张这种建立不朽建筑物的雄心。他们既在历史时空中选择金字塔、长城作为证明，又在当代时空中选择埃菲尔铁塔、悉尼歌剧院作为证

---

① 唐君毅：《文化意识宇宙的探索》，中国广播电视出版社1992年版，第423—470页。
② 霍克海默等：《启蒙辩证法》，渠敬东等译，上海人民出版社2006年版，第159页。

明。古典建筑和后现代建筑,都以巨大的形象刺激来实现那种通天塔的梦想和野心,正如罗伯特·休斯所言:"对法国人,总之对欧洲人来说,这种改变意向的最大隐喻就是埃菲尔铁塔。"①你无法躲开这座铁塔,它过去是,现在仍然是唯一的建筑物,从巴黎的每个角落都能看到它,这道出了欧洲统治阶级对技术的指望。事实上,当代城市的住宅已非常类似于一座巨型机器人,当代中国审美文化的最明显的变化,正是建筑业所创造的工业神话。未来乌托邦的工业材料,正是钢筋混凝土,它媲美于古代的大理石,这是最外在的审美取向,神圣主义者和世俗主义者在此获得了巨大狂欢。祈求神灵又是奇妙的妥协术,由于人们越来越被视觉隐喻所控制,回避内省,在杂乱无序而又尖锐对立的话语空间找不到根基,因而,当代人在忙碌的生活间歇去祈求神灵。对神灵的祈求,在高贵者看来可以保官运亨通和财源滚滚,在贫寒者看来可以救治苦难和抚慰心灵。祈求神灵获得了意想不到的效果,尽管神性隐去,上帝退出了人们的心灵,但人们还是愿意在这种游戏中延续自己的生命,在感性生活世界中,欲望与意志,求生与畏死,享乐与永恒,呈现出纷繁的现实样式。

其次,及时享乐成为现代人在日常审美生活中的价值放纵性追求。既然人们并没有潜在的信仰,只有对个人生命的某种忧虑,那么,人们有理由越来越放纵自己,及时享乐的审美取向是世俗主义文化的本质体现,及时享乐,使人们无暇去洞悉视觉背后的隐喻,"你可以说,我不自由,但是我才不为此担忧"。人们在那种视觉的信念背后,坚持认为:奇异的东西总是美丽的,任何奇异的东西都是美丽的,只有奇异的东西才是美丽的。在自得其乐和自我享受中,人们坚信自己正在享受那种自由的权利,一切禁忌都可被打破,一切冒险都可以尝试。人们在无边无际中发泄着躯体的潜能和欲望,在身体的极端性发泄中享受着生命的原欲与狂欢,于是,自古以来世俗主义者和浪荡主义者所信奉的一切教条,都开始被当代人所信奉,这种信奉以性神话的兴起而臻于巅峰。"人们在倾听一位美妙

---

① 休斯:《新艺术的震撼》,刘萍君等译,上海人民美术出版社 1989 年版,第 2 页。

歌女歌唱爱情,人们同时在观赏。""歌女总是打扮得十分性感,在这个情境中,观赏压倒了倾听,情感的外表退去,她的性感形象规定了观赏效果。"①在这种视觉放纵、肉身放纵和信念放逐以及情欲放纵中,人们享受醉生梦死的快乐,并渴望在这种快乐的巅峰状态中永生,这种及时享乐的审美取向,使当代审美文化的视觉隐喻在性神话中显露无遗。认同混沌,又使这种日常生活的享乐变成唯一可以把握的真理,这种认同使理性最终屈从于感性,在感性活动中放逐理性。当代审美文化取向,已很少感觉到理性所具有的力量,理性已被漠然地放逐,谁也不愿去追究那个背后的深意。日常生活的杂乱无章,仿佛与己无关,街头和市面发生的一切,仿佛都与我无关,人们不知道自己承担着什么角色,也不在乎别人的角色变迁。妒忌已变得毫无力量,它只会增添自身的烦恼,有人可以胡作非为,不知道他从哪里获得特权,也不知他那盘根错节的关系网伸展得多么深广。混沌本身便是强权秩序与自由秩序的失衡,因为理性不能主导生活秩序,不能够回忆过去,只能正视现在。对于未来,是好是坏,只等着它自身向我走来,因此,在当代人的审美取向中,呈现无奈、无聊、压抑、愤恨的情调。

最后,虚无主义使审美本身的绝望感被强化。现代与后现代艺术的审美取向,最终都可以追溯到虚无主义这一思想源头,个人的力量在后现代工业文明中越来越微不足道,个人的精神指向在后现代文化中越来越显得卑贱。在后现代文化中,没有权威的声音,只有绝望的喊叫或者无聊的喟叹,在历史、现实、未来的三维时空中,人们仿佛什么也抓不住,仿佛只有虚无。既然一切价值可以重估,既然历史被颠来倒去,既然信仰可有可无,那么,当代人还能在哪里找到一个精神据点呢?历史本身就是如此,一切都带有末日的意味。在冷静的深思中反顾历史,反顾人生,的确荒诞不经,可叹可笑,《红楼梦》里智者的唱笑,揭示了当代人的命运,老庄哲学,佛禅玄理,也预言了这种生命困境。如果人类一任这样无为,一任

---

①　陈晓明:《填平鸿沟,划清界限》,参见《文艺研究》1994 年第 1 期。

这样任意的流动,个人意志和自由意志束手就擒,那么,人本身的目的又是什么呢?虚无主义是当代审美文化的可憎的魔鬼。神圣主义者和世俗主义者找到了他们的通道,在自欺与幻觉中打发一生,只有理想主义者永远孤独,永远反抗,永远流浪。① 在当代审美文化中,给予了神圣主义者和世俗主义者应有的地位,故而有必要重新评价理想主义者。人类不能没有理想主义者,正是理想主义者的坚强意志、巨大勇气和牺牲精神,才构成审美文化的某种反作用力,他使人类的精神道路和现实道路充满现实色彩和悲剧性力感。正如埃尔所指出的那样:决定教育观念及教育职能的人类概念,包含一个基本的价值——自由,正是自由构成了大革命的时代特征。"但是,自由不同于成熟的思想果实:它需要不断地斗争。文化也是如此,它并不单纯是一份必须加以保护,并在可能的情况下凭着管理人的善良愿望就能扩大和充实的遗产,它同样需要斗争。"②的确,大众文化或当代审美文化具有双重作用,传播媒介最大限度地刺激和满足大多数人的文化需要,这是技术与政治联手造成的文化事实。工业化国家的社会,在致力于消费的同时,也不可避免地造成浪费,人们渐渐地感到:除了物质利益,人剥削人和滥用自然资源之外,其他的道德标准和生活方式,无论是对于个人生存还是对于人类社会的世俗命运,都是重要的。因此,理想主义者还应存在,他们针对这个时代的文化危机而发言,针对这个时代的审美堕落而呐喊,理想主义者是葆有自由的操守而渴求身心和谐统一的人,也是执着追求自由之美和崇高之美的人。

在这个时代,理想主义者的审美取向与神圣主义者、世俗主义者相比,可能不合时宜,但时代拥有这种孤立自守的反抗者,将会是莫大的幸运。"事实上,文化(Culture)和崇拜(Cult),是同属于一个动词的两个名词(Colo,Colui,Cultum)。这个动词的意思,是耕种、照料、保护、关心

---

① 弗洛姆:《为自己的人》,孙依依译,生活·读书·新知三联书店1988年版,第40—41页。

② 埃尔:《文化概念》,康新文译,上海人民出版社1988年版,第56页。

等。""保护的概念,是与文化概念的客观意义相关的遗产概念所固有的。"①理想主义者就是自由主义美学、心灵美学的守护者,大地的守护者,人类道德情感的哨兵。在神圣主义和世俗主义喧嚣无度的时代,在当代审美文化五彩缤纷的时代景观中,人们一方面可以深刻地体会到现实力量的不可逆转性,另一方面,又特别地渴望理想主义者能在对抗和斗争中获得些微的胜利。作为美学探究者,必须面对当代审美文化现象并给予合理的解释,不可在极端贬抑或极端乐观中求得简单的回答,同时,又必须葆有清醒的理性,捍卫理想主义的合法性。在无为与有为之间,在无限与有限之际,在历史与未来之中,世俗主义审美文化有其必然的惯性,理想主义者的审美想象有其独有的价值。历史就在这种对抗中前进,文化就在这种对抗中发展,需要指出的是,在世俗主义与理想主义的搏击中,我们必须采取多元化价值观,人们不能以理想主义来消解世俗主义,也不能以世俗主义来消解理想主义,应该保持理想主义与世俗主义之间的平衡。对此,阿多诺的审美理论特别值得重视,他并不坚持古典美学立场,而是试图在古典与现代之间找到一条创造性的道路,这一思维方法体现了美学研究者的稳健姿态。② 任何胜利都是暂时的,必须具有历史的眼光,这大约是当代审美文化所包含的"双重视觉隐喻"。

　　既然已经明了这种审美文化的实质,那么,如何重现并建构属于未来的文艺美学价值形态呢?唯有回到心灵,回到精神,回到神圣,回到美,才能真正拯救人,拯救后现代主义文化。一切喧哗无度都是人为的,历史总是在重复中;在历史的一片忙乱中,偏见、盲目、莽撞都是可能的;只是在大灾难之后,人们才学会了反思,因此拥护神圣,热爱自然,珍重生命,减少仇恨,反抗压迫,回到古典审美理想中去。当代审美文化时尚是暂时的,要想获得得救的启示,未来的文艺美学价值形态之建构和人类审美精神的弘扬,已迫在眉睫。美学必须保持自身的哲学品格,不能在现象描述

---

　　① 埃尔:《文化概念》,康新文译,上海人民出版社 1988 年版,第 38 页。
　　② T. Adorno, *Aesthetic Theory*, London, 1984, pp. 1-22.

和感觉主义中沉沦,失去理性主义的价值标尺,人们为审美文化欢呼,就是为金钱欢呼,就是为欲望欢呼。当代审美文化,说到底就是工业文明的艺术文化,即通过技术的方式构建艺术,一切为了欲望现实,同时也是为了最大限度地构建新财富。艺术的任何行为背后都是"金钱","金钱"构成了审美文化创作的直接动力,"金钱"也是审美文化成功的标志。尤其在美国,好莱坞法则变得十分合理,相反,不按照这种法则生存,艺术可能处于死亡或寂寞状态之中。当代审美文化的本质,就是欲望,就是金钱,通过金钱来制造刺激,通过刺激创造更多的商业利润。就这样周而复始,一切变得暴力而冲动,人们不再满足于诗性的和谐,只有那些成熟安宁的文化,保持着自己的富贵与幸福,而落后的文化或先锋文化,都处于这种基于金钱的梦想与狂躁之中。当代审美文化表现方式,作为不肖子的方式,谋杀滋养过自己的艺术之父与艺术之母。我们赞同走向生活,但是,我们必须对生活的过分技术化保持警惕,西方文化的高度发展,已经导致全球文明的巨大危机,在保证个体生命自由,在保全"民族—国家"的自然文化遗产时,它必然要侵害别的文明,才能保证它生存理想的全部资源。"为了美的生活",这可以成为文明的动力,但也正是文明冲突的根源,如何保持美的生活,又不损害文明的健康发展,是现代美学面临的崭新课题。①

严格说来,审美生活的时尚化是生活主体的必然价值追求,当生存主体追求生命快感与生活的新奇时,时尚情调就构成了生命存在者的主旋律。实际上,正是这些时尚审美情调掩盖了传统审美情调的价值,但是,这并不影响传统审美情调的存在,在相当长的历史中,时尚审美情调与传统审美情调,共同构成了生活的优美与生命的自由秩序。因此,"美是生活"的观念,从未来意义上说,我们必须对此进行反思。"美是生活"不只是纯粹感官享受的生活,更是理性生活的自由追求,还是道德生活与文明生活的价值实践。现代文明的过度物质化和技术化,现代审美文化的过

---

① 米勒:《文明的共存》,郦江等译,新华出版社 2002 年版,第 297—298 页。

分奢华倾向，已经使人类日渐背离文明的自然本质，人们需要通过过度的消费来刺激生产，结果，人类的自然资源被不断破坏。文明自身需要新的审美要求，当西方文明先于其他文明得以在全世界传播和发展时，它消解了别的文明的价值准则，当其他文明不自觉地认同它的审美价值准则时，人类文明模式的一元化必然导致文明内部的紧张。文明的内在本质，不是通过物质生活就可以解决的，我们需要重新探讨"精神生活的本义"，特别是人文主义生活理想的价值。是的，我们要追求西方意义上的审美文化，但是，当人类的文明资源日渐稀少，我们如何保证人类对文明的美的要求？这是摆在美学思想者面前的新任务。回归宁静与朴素，可能不是人们自愿的选择，但它必然是人类文明应有的选择，人类文明不能过分地追求消费和极端的物质享乐，技术对人类的危害正在加剧，诗似乎不可能拯救这个世界。①

"美是生活"的观念，揭示了文明的本质，但是，"美是生活"的观念为何使人类生命更加紧张，人类生命存在的危险为害进一步加强？这是美学自身无法回答的问题，显然，我们需要新的美学观念。在世界发展不平等的情况下，任何消极的美学观念，只能保持世界的不平衡性，无助于自由与平等的获得。现在的问题，可能不是贫穷世界如何学习审美的问题，而是富裕世界如何不过分贪婪的问题，或者说，穷人需要学习生命的审美，而富人需要学习生命的朴素。发达国家需要在美的生活中保持节制，不发达国家需要在美的生活或不美的生活中保持振奋，因为美的生活不仅是物质的自由支配和物质的丰富，也是精神自由与精神富足的生活。创造美的生活，需要科学技术，更需要哲学、美学、宗教的智慧，这样才能

---

① 弗里德曼指出："自由主义哲学的核心是：相信个人的尊严，相信根据他自己的意志来尽量发挥他的能力和机会，只要不妨碍别人进行同样的活动的话。在一种意义上，这意味着人与人之间平等的信念；在另一种意义上，意味着人与人之间不平等的信念。每个人都有强烈自由的平等权利。"参见弗里德曼：《资本主义与自由》，张瑞玉译，商务印书馆 2001 年版，第 187—188 页。

创造美的生活。① 在保证基本的物质生活同时,最大限度地创造公共的美的生活,才是人类生活的福祉所在。正因为我们的世界是不一样的世界,所以,就需要对美有不同的理解。同一种美学观念,只会使世界充满不公正和不平等,美学已经遇见全新的问题,多元化的美学观念实在太重要了。我们不能把"美是生活"只理解成现代工业文化生活的富足,其实,"美是生活"的观念,应该包括生活的全部,不仅有现实生活,也有理想生活,不仅有物质生活,也有精神生活,恢复生活的全部丰富性和复杂性,才能真正理解"美是生活"的文化内涵,甚至可以说,从积极的意义上理解"美是生活",更能把握生活的真谛。按照马克思的理想,"美是生活"应该造就全面发展的人,只有健全的人才能创造真正"美的生活"。真正的美的生活,充满文明深处的思想与精神力量,是人们对理性与道德生活的追求,是人们对自然、美丽、安宁生活的自由追求,也是人的自由价值目标的实践。

---

① 亨廷顿:《文明的冲突与世界秩序的重建》,周琪等译,新华出版社 1999 年版,第 368—372 页。

第四章　文艺美学的诗思综合解释方法

第一节　诗与哲学:重建诗思的内在和谐

1. 以诗性思维为中心的审美解释要求

文艺美学解释可以选择多种方法,无论选择什么方法,最根本的目的还是在于:揭示文学艺术审美活动与日常生活审美活动的自由与美感经验。这本身就是感性与理性相统一、诗与哲思相统一的活动,离开其中任何一方面,都无法把握生命与文艺的美感。"诗思综合解释方法"是文艺美学的重要解释方法之一,其主要特征是:以诗的自由精神进入艺术的审美体验中,追求艺术的自由精神与美感快乐;通过诗性的语言传达独特的审美体验,使人认识到审美本身所具有的诗性文化意义。[①] 但是,这诗性又不是单纯的感性经验,而是融合了哲思的诗性经验,即将感性体验与理性反思有机地结合在一起的审美实践。诗与哲学会通是文艺美学诗思综合解释方法的最集中体现。为了建构真正的文艺美学价值形态,或者说为了寻求真正的人文精神,无数智者为此付出了艰辛的努力。从存在的反思意义上说,人的生命本质和人类审美精神,确实需要艰难的求索。这是人的局限,也是人的丰功伟绩,尽管人一思考,上帝就发笑,但是,人类

[①]　李咏吟:《文学的诗性综合解释方法的理论价值》,《东疆学刊》2003 年第 4 期。

从未因此失去探索的信心和勇气。在人类审美精神的求索者之中,哲人和诗人是最杰出的代表,他们所建构的自由文艺美学价值形态和审美理想,代表着人类文化的基本精神。因此,哲人与诗人、哲学和诗学在文艺美学价值形态创造中的意义,必须给予充分的评估。

哲学与诗,一向被视作思想与想象的两种极致:哲人以智慧启悟人生,诗人以心以情震撼人心。从最高意义上而言,哲人即诗人,诗人即哲人。在中国文化语境中,哲人很少在真正意义上拒斥诗人,诗人也很少拒斥真正的哲人,因而,中国哲学和诗歌最优秀的部分都蕴含着审美自由精神。但是,在西方文化语境中,哲人与诗人有其明确界限,尽管一些大哲学家可以被称为"诗人哲学家",但真正意义上的诗歌,从来不曾出自哲人笔下。① 近代以来,西方这一精神传播到中国,形成了哲学与诗歌的潜在对抗,以西方哲学为标尺的现代中国哲学很少富有诗意,而以中国哲学为根本并会通中西哲学的新儒家却极富诗性精神。诗与哲学的对抗与融合极具现实意义,从方法论意义上说,阐释哲人与诗人对抗的根由以及消解这种对抗的意义,对于当代文艺美学价值形态的建构具有启示意义。

在这里,我实际上不自觉地淡化了美学的科学解释方法与历史解释方法,因为知识的确定性可以满足人们智性的要求,达成智性的快乐,但是,这种言说本身必然远离真正的美感。究其原因,就是因为哲思中没有诗意,甚至可以说哲思排斥诗意。从中西思想的起源追踪,我们可以看到,最初的思想就是诗歌,诗歌承载着思想,神秘主义的诗性精神统帅着一切。在思想与艺术没有分化的时代,诗与哲学密切地关联在一起,对此,维柯就说过:"希腊世界中最初的哲人们都是些神学诗人。这批神学诗人的兴旺时期一定早于英雄诗人们,正如天帝约夫是赫库勒斯的父亲。"②维柯确实说出了一个事实,即诗歌先于哲学而诞生,原初的诗就是

---

① 罗森(Stanley Rosen)就西方思想界关于诗与哲学之争进行了富有成效的考察,他的思想支点是"从柏拉图到尼采、海德格尔",参见《诗与哲学之争》,张辉译,华夏出版社 2004 年版,第 1—3 页。

② 维柯:《新科学》,朱光潜译,人民文学出版社 1987 年版,第 101 页。

哲学,从希腊早期思想史中,可以看到诗与哲学有十分密切的关系。最初的哲人即诗人,他们的思想表述方式也是诗意化的,例如巴门尼德、赫拉克利特。正是由于诗与哲学的密切关联,希腊早期思想断片才成为18世纪以来德国哲学家关注的一个重要问题。同样,我国古代哲人非常关注诗,重视诗教,他们也常用诗来思考,来抒情。诗与哲学之关联,可以把哲学提升到特殊的精神层面上来。哲学表达中有诗情和诗意,更能给予人以启示,正如前文所指出的那样,在现代新儒家中,一些哲人所走的就是诗与哲学会通的道路。20世纪80年代以来,刘小枫在东西方思想背景中,通过对德国浪漫派美学的探讨,重新提出了诗与哲学之关系问题,这引起了人们对诗与哲学之关系的持久关注,甚至可以说,这也是20世纪后期现代中国美学的最大收获。

我们必须看到:诗与哲学并非总是处于亲缘性的互相激励之中,在科学兴起之后,哲学与诗开始形成对抗。早在古希腊时期,亚里士多德就已经给诗与哲学划清了界限。但是,随后人们在高扬理性与科学时,便开始忽视诗,只有在重视审美与情感的关联时,才重新回到诗。卢梭、叔本华、尼采和海德格尔等人的思想道路表明:哲学从诗中逃离,又让思想重新回到诗,这是人类思想的自由求索之路,显示了人类精神探索的困惑。因而,诗与哲学,无论是对抗还是融合,对于美学思考都具有切实的意义。诗化哲学试图调和诗人与哲人的矛盾,寻求人类精神最灵性的表达。在西方文化语境中,哲学(Philosophy),是一门爱智慧的学问,以探究事物的本质为目的,关涉许多复杂的问题,不仅关涉逻辑问题,也关涉科学、形而上学与日常伦理政治问题。在哲人看来,人的最重要的能力是他的"理智",只有通过观察和实践把握的真理,才更高贵、更基本,这就是哲人所说的"智性直观"或"生命直观"。由此可见,哲人在一开始所设置的语言规则、思维方法、研究原则、理论途径,与诗人之思有根本性的对立。在诗人看来,"源于伟大心灵的体验的有生命的语言,其意义永远不会被某一逻辑阐释体系详尽无遗地阐述清楚,只能通过个别生活的经历不断予以说明并在各自新的发现中增加它们的神秘"①。于是,哲人鄙薄诗人的语言浮华、情感混乱、道德退化、思想蛊惑,诗人则鄙薄哲人缺乏感情、好谈玄理、搬弄是非、空谈价值形态。哲人与诗人的两种不同的精神活动方式,在相互的敌视中显出各自的缺陷,这种缺陷本身是由于学科自身的特性所决定的。艾略特相信,诗与哲学是同一世界的不同语言,而列维·施特劳斯则认为,两种语言之间具有不可调和的紧张关系。

　　如果哲学不是借助逻辑的语言去揭示世界的结构,建构理论的价值形态,那么哲学就不成其为哲学;同样,诗人如果不以狂热的情感去拥抱世界万物,就不会具有浩荡的激情、放纵的意绪、漂浮的幻觉、浪漫的信念。哲人与诗人显示自身独特品质的实践活动本身,恰好在观念上形成了根本性的对抗。这一传统导致许多哲人与诗人形成天然的漠视,少有对话的可能,导致激进式偏见,偏见的存在使哲人与诗人之间的相互理解成了困难的事情。其实,再伟大的哲人,无论他的思想多么深刻,相对于宇宙之神秘而言,也有无法克服的局限性。世界上没有一部哲学著作可以包罗万象、参透天地,同样,再伟大的诗人也无法表达最深邃、最隐秘的感情。诗人与哲人的号召力和启示力很不相同,很难分出高下优劣,那些鄙薄诗人的哲人极端狭隘,那些鄙薄哲人的诗人则相当无知。世界充满了偏见,由于职业和学科的分工,人与人之间的相互理解变得越来越困难。这仿佛是命定的悲剧,偏见导致互不理解,进而导致相互间的对抗与仇视。《圣经》上所讲述的"巴别塔悲剧"昭示人类:在伟大理想的追求过程中,语言的迷乱不只是语言造成的误会与难解,更为重要的是由此带来思想与思想之间的根本对立。思想偏见使人们对陌生事物缺乏同情和理解,进而做出虚妄的判断;偏见带来了思想的弊端,思想自身只能不断努力拯救语言和思想自身的疾病。

　　哲人试图通过语言治疗来救治思想的疾病,结果只获得表面的效果,而在思想深处仍存在片面和对立,因而,思想的偏见绝非理清形式语法的

---

① 泰戈尔:《人生的亲证》,宫静译,商务印书馆 1992 年版,第 1 页。

合规则性与有效性就可以纠正。这种偏见与对立带来了哲人与诗人间的互相漠视与互相指责。这一误解的线索在人类文化史上留下了不可磨灭的痕迹,我们也可以从历史上哲人对诗人的矛盾态度中看出这种误解。从中西文化历史语境中,我们可以发现,中西文化传统教育皆很重视"诗教"。维柯早就指出"荷马是全希腊人的导师",孔子则更明确地指出"不学诗,无以言",席勒也认为,"审美的修养是以牺牲性格的潜力为代价而换来的,而这种性格的潜力是促成人类一切伟大和卓越的最有力的原动力,倘若缺少了它,一切别的,即使是同样伟大的优点也不能顶替"①。诗教不是随意的,诗教必须规定诗的内容。诗的内容是否合乎社会道德规范往往是"选诗"的关键。因而,只有那些合乎道德规范的诗作,才能成为教育者愿意选择和接受的材料,至于那些不合乎道德规范的诗,则必须拒绝。诗教本身虽照顾到情与理之关系,着力情理冲突的合法解决,但是,"循理之情"是被束缚了的情,被控制了的情,它所规定的情感释放方向经常与诗歌接受者的选择相矛盾。显然,这种从伦理尺度出发予以规定的"情"是诗人所不能满意的,诗人渴望生命的彻底放纵与自由解放。因而,诗人所表达的情,既有合乎伦理的地方,又有反伦理的地方,它可能更合乎人的本性。如果遵循传统的道德原则,那么哲人与诗人之间势必形成精神的内在冲突。

在古希腊时代,苏格拉底就曾指出文章写作本身没有什么可耻之处,写得坏才可耻。但苏格拉底又认为文章是哑口的,你不能和它对质,使人易于养成思想的懒惰。在古人看来,最好的文章是哲思性智慧的表达,是人格自由精神的表现。道德与理性,在哲人看来是诗歌好坏的关键,所以在对待诗人的问题上,柏拉图比苏格拉底的态度要激烈得多。柏拉图从道德影响的角度来分析荷马史诗,把史诗中的神和英雄的爱欲与任性视作平常人所犯的罪恶,进而把神与神之间互相争吵、互相陷害、说谎哄人、奸淫掳掠、贪图享乐等观念,看作是极其危险的事情。生命实践的非伦理

---

① 席勒:《审美教育书简》,冯至等译,北京大学出版社 1985 年版,第 53 页。

倾向,可能影响共和国公民的自由心智,所以柏拉图认为应把诗人驱逐,永远离开理想国。对此,伽达默尔评价道:"柏拉图对诗歌的审查,似乎表现出一个纯理智主义者的道德成见,因为这里给了诗歌一个它不可能负担也不需要负担的包袱。它的内容被净化了,以至它能靠自身达到教育的影响。通过表现,它应当反复向青年人的灵魂灌输真诚的信念,并且是由于自身这样做的,因为在青年人和老年人的公共生活中并没有现成的信念引导并且规定诗的影响。这个任务是诗歌教育功能的过重负担。这个过重的负担,只有通过柏拉图所说内容背后的批判动机才能得到说明。"①伽达默尔的评价相当精辟,显然他是站在辩证的思想立场上来看待诗歌的价值或审美艺术所应具有的本源价值。

对于诗人而言,他们必须全面地理解人的感性欲求,通常不是带着道德评判的眼光去看待生活,而是带着同情和理解的眼光去表现生活,因而,人的原欲或本能,总能在诗人和艺术家那里获得生动的表现。当然,这并不是说诗人可以自由地表达混乱的思想情感,更不是允许一些艺术家的放纵,绝非如此。哲人对诗歌的道德理性要求并非没有道理,关键在于如何把握这个"尺度",因为如果按照哲学家的纯粹理性要求,诗人是创作不出富有生命美感的艺术作品来的。在哲人看来,艺术家必须带着美的理想去表现生活,去赞美生活。从这一目的出发,丑恶的东西,就不应是客观表现的对象,更不应成为艺术的内容,因为艺术既能表现人格,又能影响人格。艺术家应以道德伦理的眼光,以审美理想去雕塑人的心灵,改造人的心灵,使人类趋于美好,但一切必须基于诗性为主导的自由想象,而不是基于理性反思的抽象思考。在哲人的想象中,只有富有道德正义感的艺术,才能使人们走向和谐与自由。在柏拉图看来,诗人应该创造的是美的艺术、美的人格、美的社会,这些美的东西皆源于道德理性,而当时的诗人所创造的艺术,肯定不符合哲人所要求的道德伦理,更不用说诗人在创作中那些放纵人的私欲情感的自由表达,因此,诗人在柏拉图的心

---

① 伽达默尔:《伽达默尔论柏拉图》,余纪元译,光明日报出版社 1992 年版,第 55 页。

目中自然地位不高。

许多哲人都像柏拉图那样看待艺术,看待诗人,而诗人则从来不习惯于受哲人的这种指派和安排。从艺术史上也可以看到,真正合乎抽象道德规范的诗,恰好在艺术上缺乏感染力。诗人并非有意反对美善的自由结合,关键在于:美善在创作过程中何者应处于优先地位的问题,相对而言,美善之和谐,在审美创造中应强调"审美优先、道德殿后"。① 事实上,伟大的诗人总是极力歌颂美善和自由,但是,他们总是在张扬生命欲望的基础上歌赞善良,而不是处处以善良为标尺来衡量生活。他们在歌颂美善和自由时,表现人类感性的巨大胜利,因而,伟大的艺术家从来都不回避人类本有的欲望和情感,并对爱情、友谊写下绝美的诗篇。诗人很少顺着哲人的思路去进行创作,在许多哲人看来,诗和艺术应服务于思想或政治,结果,艺术本身的使命在这种服务中沦丧。诗人内在地遵从个人的情感律令和生命意志,而不屈从于哲人的道德律令和政治律令;哲人对诗人的思想规范或道德批判,从来就是无效的,虽然在特定的时代,这种批判让诗人抬不起头。诗绝不会因为颂赞生命而被人厌弃,相反,只有远离生命的作品,才会被人们拒斥。当伪艺术横行时,更加强了人们对那些赞美生命的诗歌艺术的无限渴求。

在东方文化语境中,儒家的诗教观颇类似于柏拉图学说。在孔子看来,"诗三百,一言以蔽之,曰:'思无邪'"。"无邪"即思想纯正,合乎道德礼教。中国儒家哲人,总是以这种"合乎情,止乎礼"的标尺去评判诗歌或创作诗歌。"诗言志"所言之志,是儒家救国救民之志、建功立业之志,也是完善自我、强化道德修养、克制私欲之志。诗所言之"志",较少有高远超越的意趣,更少有消极颓废的思想情绪,而是严格受制于礼的训导。"诗言志",由于必须追求士大夫气概,在一定程度上恰好压抑了个人自由的情感,压抑了生命的内在欲求。有时,诗所言之"志",从根本上排斥了

---

① 对此,我在《审美道德论的理性价值反思》一文中有系统论述,参见《审美与道德的本源》,上海人民出版社 2006 年版,第 2—30 页。

对爱情、对个体生命的礼赞。因而,从中国诗歌的历史来看,儒家所言之
"志"与所"缘"之情,受制于忧患感、功名欲、悲悯感,那种自由奔放式的野
性想象较少得到具体贯彻,即便是伟大的"屈原赋",在儒家视野中,向来
也是"离骚"第一。其实,在现代人看来,《九歌》的神话思维和奔放自由的
神秘情感,比《离骚》更具开放性。① 正因为此,在儒家心目中,杜甫的地
位总是高于李白,因为李白那种放纵的情感是道德化哲人所无法承受的。
相对来说,中国道家哲人对诗的体悟与亲近,诗人对道家思想的读解和亲
证,更具有生命意义。

　　中西思想文化中的这种审美价值规范、社会规范意识、道德伦理意识
以及政治意识,随着宗教意识的强化,具有了某种神秘感,由此诗人与哲
人的内在对抗也增加了神秘感。一方面,哲人在生死轮回中悟透生死,因
而极力抗拒现世社会的感官享乐,力图在神性沉醉中获得"灵魂的安宁",
使诗与哲学间的对抗更加突出,因为天国的安宁与感官愉悦相互排斥。
另一方面,哲人在心灵体悟中逐渐抛弃言辞的语法和逻辑形式,力图从信
仰出发,反抗现世的社会变革与科学变革,在心灵世界中虚构自由之美。
他们虽从根本上排斥了肉身的享乐,但极大地扩展了精神的乐趣,使诗与
哲学获得了内在的沟通与融合,为诗与哲学、诗人与哲人之间的对抗与和
解指明了道路。因而,诗人与哲人的潜在对抗,在现实社会中虽无法和
解,但在心灵世界中却又预示了某种和解的可能。刘小枫指出:"世界本
身的确无意义可言,但世界的虚无恰恰是应该被否定的对象。必须使虚
无的现实世界充满意义,这正是诗存在的意义,正是诗人存在的使命。诗
人存在的价值就在于:他必须主动为世界提供意义。正因为如此,人们才
常常说,一个没有诗的世界,不是属于人的世界。人多少是靠诗活着的,
靠诗来确立温暖的爱,来消除世界对人的揶揄,是诗才把世界的一切转化
为属人的亲切的形态。"②可见,形式语法、概念逻辑与伦理情感的对立,

---

① 张炜:《楚辞笔记》,上海三联书店 2006 年版,第 50—51 页。
② 刘小枫:《拯救与逍遥》,上海人民出版社 1988 年版,第 55 页。

经验与超验、证明与抒情的区分,并不足以从根本上隔断诗与哲学间的联系。

形式法则虽导致诗与哲学的内在对抗,但在精神领域内,诗人与哲人借助体验却具有了某种沟通的可能,这是消解对抗的关键。所以,诗思综合的原则与方法,要求生命体验者与审美者,通过呼唤生命的方式回到心灵的自由遐想中去。文艺美学解释方法,最核心的信念就在于守住这种"诗思统一性",只有在诗思和谐中,生命与审美才能达到自由之境。由此出发去理解中西文艺美学价值形态,我们才能真正领略生命创造与审美创造的乐趣。

2. 消除诗与哲学的边界并寻求沟通

哲学与诗,作为两种不同的言说方式,其间的差别是无法忽略的,其实也用不着混淆这种差别。诗与哲学各行其道,将会在不同的精神旅途中发挥作用,但是在精神深处,人们渴望这两种不同的言说方式能够产生共鸣,诗歌与哲学也应形成"亲密的交流"。正如海德格尔所言:"思就是为诗,虽然不仅仅是诗歌意义上的诗。存在之思,是为诗的原始方式,语言在思中才始成其为语言,才始进入自己的本质存在。"寻求诗与哲学的和解之路,在东西方早期哲学那里,就已做过艰难的探索。赫拉克利特的诗即哲学,他的哲学言说也就是诗,早期希腊哲人热衷于采用诗体来进行哲学表达。基于此,桑塔耶纳认为卢克莱修、但丁和歌德是三位最杰出的哲人,桑塔耶纳的美学解释与哲学解释,不仅是在寻求哲学与诗歌的合流,更为重要的是,他已经看到,诗人与哲人早在远古时代就出现过和解的趋向。这可能是带有普遍性的诗思谐和倾向,因为印度的吠陀诗和文化史诗中也包含深刻的哲学,例如《奥义书》,既有深刻的哲学问题,又有独具诗性的表达。在中国早期思想史上,老子与庄子,更是以诗的方式来表达独有的哲学精神。因而,我们并不需要强硬地寻求哲学与诗之间的和解,也不必设想诗与哲学这两种不同言说方式真正能够同一,而是应该重视人类思想史上本有的"诗化哲学"和"哲学诗化"的历史思路与致思方向,借此去领悟宇宙生命的美感与人类生命的诗意。

哲学的诗化和诗化的哲学,使诗与思真正能够形成沟通,所以,即便是海德格尔,也从来不曾理清诗与思的本质区别。在他看来,与其说两者相同,不如说两者相邻:"诗和思地北天南而在这遥遥相隔中紧邻。它们的邻近当然不是说互相笨手笨脚地借用词句。诗和思是两条平行线,互相超越,又在无穷处相切。"①所以,陈嘉映才把海德格尔的诗思观解释为:"诗人直接迎听诸神的问候而以之成诗,思者慧心于诗之所言而解释并守护诗之言。""诗人把存在的寂静之音形于音响,而思者则把有声之词引回存在默默无语的聚集处。存在的意义形诸语言,复归于意义的了悟。"②因此,诗人与哲人和解的可能,是由于诗歌与哲学作为独特的言说方式存在。这种独特言说的内在精神,超越了形式句法而获得清明澄澈之境,因而,诗人与哲人的和解,实质上是在心灵王国中共同谛听和亲证生命的奥秘。这种和解是诗与哲学的双重超越,那么,诗与哲学、诗人与哲人之间的和解究竟是建立在什么样的地基之上? 对此,我们可以从以下几个认知视角去理解。

认同神秘或对神秘的诗性体悟,可能是诗与哲学的第一重契合关系。随着科学的发达,建立在科学地基上的认识论哲学,尤其反对神秘,在许多哲学家看来,世界就是生存的世界,这个世界是没有神秘的。对于一些现实主义诗人来说,也用不着关心神秘,在唯物主义者的心目中,唯心主义是极易被证伪的。否定神秘、反抗神秘,事实上切断了诗与哲学、诗人与哲人的本质联系,而认同神秘,则提供了诗与哲学、诗人与哲人和解的契机。谢林指出:"艺术,对于哲学家来说,就是最崇高的东西,因为艺术好像给哲学家打开了至圣所,在这里,在永恒的、原始的统一中,已经在自然和历史里分离的东西和必须永远在生命、行动和思维里躲避的东西,仿佛都燃烧成了一道火焰。哲学家关于自然界人为地构成的见解,对艺术

① 陈嘉映:《海德格尔哲学概论》,生活·读书·新知三联书店 1994 年版,第 321 页。
② 陈嘉映:《海德格尔哲学概论》,生活·读书·新知三联书店 1994 年版,第 322 页。

来说是原始的、天然的见解。所谓的自然界,就是一部写在神奇奥秘、严加封存、无人知晓的书卷里的诗。要是真能揭开这个谜,会从中认出精神的奥德赛。"①在诗人哲学家看来,世界充满了神秘,只能以有限的能力去把握无限的神秘,因而,心境之博大无边,正如这神秘莫测的世界。人们不得不认同世界的神秘,最直接的原因是:存在的神秘与生命的神秘,是人的认知遭遇的巨大困惑。对此,梅特林克说:"我们生活在隐形人中,即生活在我们不再看见的生命中,生活在我们仍未看见的生命之中,生活在我们永远不会看见的生命之中。"②铃木大拙则说:"在生命的真实生活中,没有逻辑,因为生命超越了逻辑。我们幻想逻辑影响着生命。事实上,人并不像我们想象的那样理解生命,当然,他会推理,但是,他并未纯粹奉行推理的结果。"③世界并不像我们所想象的那般富于科学的逻辑,许多生命现象是无法用逻辑和言词来解释的,在生命的每一瞬间,皆充满无限的神圣感,我们只能去凝视或倾听。例如,北方的原野,显得特别开阔,北方的天宇,也显得特别辽远,那草原无边的律动,诉说着什么样的生命话语,只有默默无语,认同神秘。在南方的山野,在山川和密林乃至小镇的多雨季节,在醉人的夜晚,你能感到生命的哪些迹象呢? 人无法解释生活,也无法预知生命的未来。诗人必须永远面对自然、生命和自身的丰富情感,他只能通过意象和意境创造性地表达自由的生命情感与想象,没有抽象的思想任务。哲人则不同,他永远不能满足于自然景象的描绘,不能就事论事,也不能停留在人类认知的感性基础之上,当然,他也不能脱离感性实在。但是,他必须从感性实在中提升,在理性反思的高度下论证,在澄明的天空冷静地审察芸芸众生,达观地看待古往今来,在跨越时空的生命旅程中,把握本质,观照存在,领悟死生。生命本身就是奇迹,生命就是矛盾,因为生命的复杂性是人所无法彻底洞悉的,因而,在现代,东

---

① 谢林:《先验唯心论体系》,梁志学等译,商务印书馆 1976 年版,第 276 页。
② 梅特林克等:《沙漏》,田智等译,生活・读书・新知三联书店 1992 年版,第 27 页。
③ 梅特林克等:《沙漏》,田智等译,生活・读书・新知三联书店 1992 年版,第 118 页。

方式体悟似乎更能激活心灵的想象力。在诗人的表述里,蕴含神秘性与宗教感,对此,罗丹曾指出:"好的作品是人类智慧与真诚的崇高的证据,说出一切人对于人类和世界所要说的话,然后又使人懂得,世界上还有别的东西是不可知的。"①伟大的诗人和哲人,总能看到世界的神秘,进而潜入内心去聆听那万事万物的神圣,因而,神秘、浪漫、隐喻、象征、抒情这几个因素,总是在诗人和哲人的精神深处潜藏着。

重视内心体验与内心反思,可能是诗与哲学的第二重契合关系。体验是诗人与哲人洞悉神秘的最本原方式,谈到体验问题,人们都能把握其时间性特质。正如胡塞尔所指出的那样:"时间性一词所表示的一般体验的这个本质特性,不仅指普遍属于每一单一体验的东西,而且也是把体验和体验结合起来的必然形式。""每一现实的体验都必然是持续的体验。""它必然有一个全面的,被无限充实的时间边缘域。""它属于一个无限的体验流。"②体验的流向,连着过去、现在与未来;体验的流转,使人的心灵活泼自由;体验的流行,使心灵的空间深邃博大,因而,最伟大的诗人和哲人,都高度重视这种生命的体认和证悟。生命的大精神,正是在体认和证悟中获得某种坚定的指向,海德格尔已经为现代诗人和哲人提供了亲近的路标。他说:"作为终有一死者,诗人庄严地吟唱着酒神,追踪着远逝的诸神的踪迹,盘桓在诸神的踪迹那里,从而为其终有一死的同类追寻那通达转向的道路。然而,诸神唯在天穹之中才是诸神,天穹乃诸神之神性。这种天穹的要素是神圣,在其中才有神性。对于远逝的诸神之到达而言,即对于神圣而言,天穹之要素乃是远逝的诸神之踪迹。但谁能追寻这种踪迹呢? 踪迹往往隐而不显,往往是那几乎不可预料的指示之遗留。在贫困时代里作为诗人意味着,吟唱着去摸索远逝诸神之踪迹,因此诗人能在世界黑夜的时代里道说神圣。"③诗人与哲人的伟大之处正在于:它构

---

① 罗丹:《罗丹艺术论》,沈琪译,人民美术出版社 1985 年版,第 93 页。
② 胡塞尔:《纯粹现象学通论》,李幼蒸译,商务印书馆 1992 年版,第 205 页。
③ 海德格尔:《林中路》,孙周兴译,上海译文出版社 1997 年版,第 276 页。

筑了自由美妙的体验世界,构造了诗思相互激活的美丽世界,只要诗意存在,人们就能在任何情况下体验到。在诗人与哲人的语言表达中,时刻都能感到体验的意趣,体验是心灵的敞开,唯有体验,那种心灵的才性和神性方始能够言说。当寂然地与物面对时,我们似乎有许多话要说。大自然的任何一个场地,只要你从未到达,那里就充满了奇迹,山林、笙歌、泉水、鸟语、人声,通常总能构造出别样的景致。那青翠欲滴的树叶,在绿叶中运行的美妙的光线,那清新凉爽的空气,仿佛构成了气韵生动、天人合一之境。对这种纯粹自由而又赏心悦目的生命情境或艺术至境进行体验,会感受到生命自身的欢乐。生命在这种体悟的神圣中获得神性的宁静,宗教体验通常最易达成这种审美至乐。西方人与东方人,对于宗教体验的想象和创造有所不同:东方人习惯于在山野寺庙中,与天地亲近,从而达成天地神人的沉醉之境;西方人则利用建筑物、绘画和音乐,尤其是音乐艺术,达成天地神人的合一之境。外在的方式并不影响内在的体验和交流,诗人与哲人,正是基于此而能在自然万象的凝视和聆听中得以神奇地会通。

强力抒情与诗性之思构成强大的思想与情感力量,是诗与哲学的第三重精神契合关系。强力抒情对于诗人与哲人的和解极为关键,因为面对大自然时,一切浪漫主义诗人总是倾向于强力式的抒情。强力抒情使人超越了语言的障碍,语言以它自身的审美特性而渗入人们的心灵深处。没有内心的充实,没有想象力的奇美,没有智慧的灵性,强力抒情都是不可能的,强力抒情者必定是内心丰富者和生命雄健者。对于诗人和哲人而言,强力抒情使他们的精神为之振奋,在体验的巅峰时刻,强力抒情成为他们唯一的选择。正如方东美所指出的那样,"整个宇宙乃由一以贯之的生命之流所旁通统贯,它从何处来,或到何处去,固然属于神秘的领域,永远隐秘难知,然而,生命本身就是无限的延伸。"诗人哲学家似乎都特别善于做强力抒情,尼采、桑塔耶纳、叶芝、泰戈尔,莫不将人带入沉醉的境界。强力抒情是诗人与哲人生命力强旺的表现,正因为如此,它就超越了一般诗歌的平淡,超越了普通哲学的枯涩而有了新异的灵性,从而振奋人心,使人获得生命的癫狂和审美的体验。诗人和哲人正是这样获得了相互的信赖,他们不再把自身的表述方式看得特殊或唯一,也不再凌驾于他者之上。诗人与哲人以各自独立的方式唱出醉人的欢歌,消解了文艺美学价值形态的人为对立,创造着自由的文艺美学精神。

3. 在诗思中享受自由并展望生命的浪漫

诗人与哲人的和解,使人类艺术史变成一次"浪漫的长旅"。诗人与哲人,穿行在林中,飞越雪峰和草原,渡过河流与湖泊,游荡在碧波万顷的大海之上,从而使人类精神充满审美的力量。从历史维度来看,诗人与哲人的和解,具有强烈的时代精神,带有鲜明的文化印迹。正如爱默生所言,"能让我回返自身的事物总是最美好之物。""那些神圣的吟游诗人是我美德的朋友,是我智慧的朋友,是我力量的朋友"①。的确,世界上最美好之物与历史上最闪光之物,就是那些天才创造者的心灵智慧所创造出来的精神产品。诗人与哲人给我们的历史留下了闪亮的光点,诗人与哲人以他们的心灵慧悟装点了我们的世界,诗人与哲人以他们的作品构造了这个世界的美。读那些美妙的诗篇,人们就会获得精神上的振奋,想象的翅膀便会在精神的天空自由飞翔;体悟那至理的箴言,便会领略生命的智慧,葆有生命的尊严。因而,诗人与哲人共同创造的历史思想时空,是最富于启示的天地,是最富于自由的天地。文艺美学的追寻或梦幻旅程,就是追随诗人与哲人的脚步,踏上历史生命的旅途,踏上浪漫的精神旅途。

从历史的体认中,我们可以发现,诗人与哲人的和解带有鲜明的时代特色。时代不同,诗人与哲人的和解方式也有所不同,诗人与哲人总是面对时代,面对精神现实,做出自己独有的选择,进行深刻的内心对话,以此来救渡人类。从一般历史原则看,诗人与哲人的和解与交流方式,有三种基本形态,即古典的凝重、近代的空灵与现代的虚妄。

---

① 爱默生:《爱默生集》,赵一凡等译,生活·读书·新知三联书店 1993 年版,第 93 页。

"古典的凝重",即古典时期,诗人与哲人之间的思想方式的共同性,特别表现为对英雄主义和神秘主义精神的崇尚。古代诗人和哲人以直觉体悟的方式把握世界,因此,他们的思想具有断片性特点。思想断片本身就是抒情诗句,例如,赫拉克利特指出:"闪闪发光的是干燥的灵魂,它是最智慧、最优秀的。"这本身便具有诗的特点。"神是日又是夜,是冬又是夏,是战争又是和平,是饱满又是饥饿,它像火一样变化着,当火和各种香料混合时,便按照那香料的气味而命名。"①在古代诗人和哲人那里,他们不习惯详述和论证,也不习惯于申辩,像《荷马史诗》《罗摩衍那》《摩诃婆罗多》等长篇史诗,都是建立在口头传说之基础上。对于荷马的长篇叙述,赫拉克利特明显表示轻视,因为古代哲人更愿意以极其简朴的方式表达他们对世界的理解,原初而且富有诗性,隐晦而又充满神秘。因此,古代诗人与哲人的文献作为最古老、最原始的创造,总是不断地激发着后人去破解其中之谜。《道德经》五千言,不知包含了多么深邃的精神。《周易》更是一部充满神秘象征意味的生命诗篇,是伟大君子的诗情理想,是宇宙之诗,是诗的宇宙。同样,《吠陀赞歌》包含许多神秘的诗句,例如"最初,爱欲出现于其上,它是心意的最初种子。智者以智慧在心中探索,有的联系在无中被发现",这诗句本身就是神秘的哲学体悟,不是聪慧的哲人写不出这样的诗句,不是高明的诗人达不到这种悟性。在印度的《奥义书》中,诗哲写道:"这是我心中的阿特曼,小于米粒或麦粒,小于芥子黍粒或黍粒核。这是我心中的阿特曼,大于地,大于气,大于天,大于这些世界。"②古代诗人与哲人正是如此揭示神秘,诗人与哲人有本源的亲缘关系,他们共同创造了古代文化的奇迹。随着宗教的盛行和宗教精神潜在的影响,古代质朴的诗与思也具有了宗教性体验之内涵。这种古典文艺美学精神,虽然显现了人类古典文明的丰富与美丽,但是,其中毕竟更多

---

　　①　赫拉克利特:《论自然》残篇 67,参见北京大学哲学系外国哲学史教研室编译:《古希腊罗马哲学》,生活·读书·新知三联书店 1957 年版,第 25 页。

　　②　《五十奥义书》,徐梵澄译,中国社会科学出版社 1995 年版,第 70—87 页。

的是对神的崇拜,较少对人的主体自由本质的关怀。因此,诗思谐和的古典审美精神在近代发生了根本性转换。

"近代的空灵"是指近代时期诗人与哲人在主体性精神的支配下,通过浪漫主义的缅怀方式对人的价值进行重新肯定。基督教文化、人文主义思潮、儒道佛的合流,显示了中西文化的新品格,所以,宗教对于诗人和哲人的巨大影响是无法漠视的。且不说陶渊明、李白对道家文化的深刻体悟,或佛禅对于王维诗艺空灵境界形成的关键意义,也不论"梵"的品格对于泰戈尔的决定性影响,单说西方浪漫主义诗歌传统,就能把握宗教体验对于现代诗人和哲人的关键意义。罗丹说:"宗教不等于不清不楚地念些经文。宗教是对世界上一切未曾解释的,而且毫无疑问不能解释的事物的感情。是维护宇宙法则、保存万物的不可知的力量的崇拜,是对自然中我们的官能不能感觉到的,我们的肉眼甚至灵眼无法得见的广泛事物的疑惑,又是我们心灵的飞跃,向着无限、永恒,向着知识与无尽的爱。"①罗丹的神秘体验,很能代表近代艺术家的审美体验精神。黑格尔也曾指出:"艺术理想的本质就在于这样使外在的事物还原到具有心灵性的事物,因而使外在的现象符合心灵,成为心灵的表现。但是,这种内在生活的还原,却不是回到抽象形式的普遍性,不是回到抽象思考的极端,而是停留在中途一个点上,在这个点上,纯然外在的因素与纯然内在的因素能互相调和。因此,理想就是从一大堆个别偶然的东西之中所捡回来的现实,因为内在因素在这种与抽象普遍性相对立的外在形象里显现为活的个性。"②这一论述显然有其历史指代性,从浪漫派诗人的创作来看,雪莱、济慈、华兹华斯的诗,确实激荡着自由主义精神,同时也包含希腊和希伯来意义上的宗教精神,宗教体验与人生体验的交融,使得诗人的诗篇显出空灵的美感,也显示了近代西方对神性恩典的泛自然主义式想象。在近代文化中,诗人与哲人之间有亲切的情感交流,他们在抒情和自由想象

---

① 罗丹:《罗丹艺术论》,沈琪译,人民美术出版社 1985 年版,第 90 页。

② 黑格尔:《美学》第 1 卷,朱光潜译,商务印书馆 1979 年版,第 201 页。

中体味生命的欢欣和喜乐。如果把古代诗歌、哲学与近代诗歌、哲学做一比较,那么,我们会强烈地感受到这种空灵自由的浪漫主义精神。施莱格尔曾就近代神话与古典神话进行比较,以阐明近代浪漫主义自由精神,他认为,古代神话里到处是"青春想象绽放的花朵",古代神话与感性世界中最直接、最生动的事物联系在一起,依照它们来塑造形象。现代神话则相反,它必须产生于精神最内在的深处。"现代神话必须是所有艺术作品中最人为的,因为它要包容其他一切艺术作品,它将成为载负诗的古老而永恒的源泉的容器,它本身就是那首揭示所有其他诗的起因的无限的诗。"①施莱格尔的内在把握,的确穿透了近代艺术的根本精神。在中国诗歌和哲学中,禅宗的体悟与道玄式证悟本身也极富诗性,魏晋诗歌和唐宋诗歌,都深受宗教精神之影响。事实上,宗教体悟、天地境界、山川万物极具自由体验精神,最能契合诗思的自由与灵性追求。

"现代的虚妄",是指在现代生活中,诗人与哲人对人的主体性与神的崇高性产生了双重的怀疑,从而对生命的存在形成虚妄和荒诞的认识。20世纪的到来,东西方诗人和哲人面临从未有过的困境。尼采宣布"上帝死了",神在人们心中动摇了,古典神话又在现代科学技术的打击下不再具有亲切的诗意。这双重的打击使现代人不知所措,人们走入了"精神的荒原",不仅面临信仰危机,而且面临全球性生存危机。战争、疾病、核能全面威胁着人类,法西斯主义更使人感到深重的绝望与恐惧。面对现代文明的危机和生存信仰的缺失,诗人试图寻找精神的圣杯、荒漠的甘泉,因此,艾略特的《荒原》颇具代表性。在诗人的心中,一切都充满无奈感、无聊感,男女间的性爱也成了例行公事,人们徒劳地在工作中挣扎。寻找圣杯者找不到目标,不仅有肉身的苦熬,而且有精神的苦熬:在肉身的苦熬中丧失了生存的信心,在身心的疲惫中体会不到生活自身所具有的乐趣,在精神的煎熬中不仅经受道德的折磨,而且经受信仰的折磨。人们力图明了生活的意义,却在生命的泥淖中挣扎,在生命的荒漠中挣扎,

---

① 刘小枫:《人类困境中的审美精神》,上海知识出版社1990年版,第93页。

怎么也破解不了生活自身的秘密。没有信仰，精神无据；背负信仰，精神又疲惫不堪；担当历史，无法改变它；正视存在，却无法忍受荒诞与烦忧；在历史与现实之间一筹莫展，在现实与未来之间所见的是虚无。这种现代人独有的处境，使诗人与哲人形成激烈的对抗。正如海德格尔所言："我们心灵的所有勇气，是对存在第一声呼唤的回声，存在的呼唤，将我们之思汇入世界的游戏。"在后现代主义氛围中，写诗的人越来越少，运思的人也越来越少。诗意与哲学的求真精神，只能在荒诞与苦闷中被放逐，刘小枫指出："诗对虚无世界的意义填充有赖于诗人的活动。正是通过诗人的吟咏歌唱，才把信念、救恩和爱赋予世界。诗人是何许人也？诗人是懂得世界没有意义的人，他们与常人不同，首先在于，他们是通过主动赋予世界以意义来向世界索求意义的。意义和真实价值，不是世界的本然因素和自然构成，但它必须成为构成世界的要素。""诗的活动由此而成为生存世界的扩展，这种扩展，表现为人的生活经验的诗意的扩展。诗重构人的世界经验，经过重构的经验就是诗的经验，它使人置身于世界之中却能用另一种眼光来看世界。"①因此，只要还有诗人与哲人，这个世界就不会消亡。从诗人与哲人的和解中，可以充分体认创造性的文艺美学精神所具有的根本价值。人类审美精神的艰难求索，也再次证明文艺美学价值形态重建的困难和希望。人类审美文化精神，在未来的文艺美学价值形态中，预示积极健康而自由的创造性品格，由此，展示了文艺美学的诗性力量。在诗与哲学的沟通中，生存的本质和存在的真理在向我们敞开，文艺美学价值形态建构的目标，也离我们不再遥远。

如何在诗思中享受思想的自由并展望生命的浪漫？这是摆在诗人与哲人面前的重要任务，只是诗歌与哲学从未像现在这样对立。从当前的格局来看，诗歌与哲学已成为完全不同的独立学科，诗人与哲人不再像从前那样相互欣赏。一个冷酷的自然世界和现实的生活世界展现在我们面前：一方面，人类日益追求技术的现代化，不断挑战人类的智力与思想极

---

① 刘小枫：《拯救与逍遥》，上海人民出版社 1988 年版，第 57 页。

限;另一方面,人类在日益异化与技术化的生存环境中求活,心灵发生畸变,不断背离诗性浪漫精神。或者说,诗性生活日益离我们远去,技术化生存又使我们的世界变得特别强横和危险。这是诗与思的分离,更是技术与理性向诗性与感性发出的挑战,这是我们不能不面对的问题。诗与哲学从根本上说是两种不同的思维方式,文艺美学解释,为什么必须既是诗的又是思的? 因为仅有诗,文学美学缺少科学与理性的品质,仅有哲学,文艺美学则缺少自由与感性的特质。诗歌与哲学,走上了不同的路径,它们具有自身的思想立法,人类思想的目的日趋迷茫,因而,需要重新反省思想与艺术的目的。思想的目的,应该是为了更好更自由地生活,当思想变成工具,只能服务于一部分人的思想意志时,回到本源的思想目标,就显得极为重要,此时,诗人与哲人,构想人生的和谐就依然具有意义。诗歌展望最理想的生活与理想的世界,哲学理性地评判人性的本质,重新反省生活的意义,这就决定了哲学不能是过于现实的、冷酷的,因为过于理性地评价生活,就只会看到世界的绝望。为了让世界不致使人绝望,就必须走向诗,因而,文艺美学的诗思综合解释方法,不仅是为了保护美,保护诗性之思,更重要的是,为了保护人类的美好理想,使我们的世界仍然充满自由与希望。① 从文艺美学的诗思综合解释实践中,可以看出诗思是可能的,也是充满魅力的。问题在于:诗思需要想象性体验,更需要存在式反思。无论是生命的自由想象,还是生命的深度反思,都需要以生命的自由意识为根本,即让我们更深入地沉醉到自然生命存在的诗境之中,更深入地体验自然生命的美感与强力意志艺术的无限冲动。总之,在诗思综合性解释中,让生命放射出无限的光华,无数美学家的诗思不断地证明着这一点。既然诗与哲学的融通是文艺美学生命之思的前提,那么,坚守文艺美学的诗思综合解释方法就变得非常关键。

---

① 海德格尔指出:"让值得思的东西向我们道说,这意味着思(Denken)。""在倾听诗歌之际,我们思考诗(Dichten)。以这种方式存在,即是:诗与思。""思与诗的相互归属渊源深远。当我们回首思入此种渊源,我们便直面那古老的从未获得充分思考的值得思的东西。"参见《林中路》,第 202 页。

第二节　思之本质与美学解释的存在论意向

1. 思想方法：惯性思维与可能性变革

文艺美学解释方法的寻求，从根本上说不只是方法论问题，也是思想深度的触摸问题，即怎样才能更本质地回到事物自身。笔者反复强调诗思和谐的方法，即以诗性综合解释为中心的方法，能够比较好地保护思想的诗性，但是，只有纯粹哲学的方法，才能更好地把握审美活动的本质。诗可以激活人的生命想象，调动人的生命情感，唯有哲学才能使人充满理性与反思精神地去探索存在的秘密，因为哲学的反思，即对人的生命存在进行普遍意义上的深入思索。按照黑格尔的理解，"哲学反思"是在前之思，也是在后之思，前者是对生命存在价值与意义的预见性，后者则是对生命存在复杂性的理性归纳与总结，带有历史透视性特点。这就是说，在人们还没有充分思考之前，"哲学反思"使得思想本身具有存在的预见性，与此同时，在事情发生之后，哲学能进行深入反思，把握生命存在的本质。唯有哲学反思，才能"思向本源"，"思出"存在的意义和存在的秘密。思想者离不开"思"，思是放任自由的，但思出水平，思出智慧，绝非一件轻而易举的事。① "平常心"保证了思想的朴素性，规定了思想的意义，促使人认同性地接受而缺乏反思判断力，"异常思"则是为了发现新意，从怀疑入手进入真理的澄明之境。要学会"平常心，异常思"，对于心智就是一大考验，因为"异常思"与人的个性、意志和心智水平紧密关联。"哲学反思"，即由"平常思"出发，寻找"异常思"，又由"异常思"，回到日常生活，使异常思在日常生活中获得意义和光亮。

在特定的时期，"平常思"也可能得势一时，但真正推动思想历史进步

---

① "平常思"是可能的，"异常思"后面跟随的都是平常的思，不过，有人认为，从事哲学研究要有"平常心，异常思"，参见赵汀阳：《哲学操作》，《社会科学战线》1996 年第 1 期。

的,还是"异常思"。"异常思"有两大方向:一是激进地探索性的思,二是批判地怀疑性的思。前者往往成为生活理想或社会理想的展望,这种"异常思"是前无古人的,是希望与理想的思想表达;后者则往往成为怀疑的力量,具有破坏性作用,让人们从"平常思"中幡然省悟。在中国当代思想论坛上,这两种"异常思"都存在,但强大的"平常思"势力压倒或淹没了这两种"异常思",所以,这些"异常思者"往往等待真正的觉醒者。在后现代主义文化处境中,"异常思"确实需要具备特殊的胆识,在"异常思者"那里,我们能感到的是肌肉撕裂的痛楚,是披肝沥胆式的质问与怀疑。无论是"平常思",还是"异常思",人总难逃脱思想的锁链,唯有挣脱思想的锁链的"异常思",才有可能让思想本身放射出自由的光芒。就此而言,美学解释学的构建必然无法圆满,这种不圆满性又是思的永久动力所在。我们可能理解了生活的基本意义,但人的迷失,让我们永远需要思考,哪怕是在极其平常的生活中。当然,更多的时候,是要让思想适应日益变化的生活,守住生活的真正意义。

　　人在思考过程中,有时百思不得其解,难以穿透习惯势力的艰硬外壳。面对思想自身,面对人生困境,人在思想历险中所受到的约束力永远大于思想的解放性要求,这一思想状况被形容为"思想的锁链"。以美学创造为例,对于人生之美,每个人皆有自己的见解,故而,对于同一个问题,在历史维度中总有其"观念群"。要想调节文艺美学观念之间的冲突,就可能面临许多约束,那么,思想如何形成这诸多困境?难道思想就无法获得真正的自由?思想的锁链,既是人为的,又是必然的;思想的自由,是相对的,而不是绝对的。在人类思想史上,每个有独立创造性的思想家,其思想本身是相对自由的,这源于他们对自我观念的自信和坚信。一旦他们对自我的思想产生怀疑,乃至否定,就陷入思想的锁链之中。对于某个哲学家来说是自由和自信的观念,对于另一个体来说,则可能就是锁链,因而,"异常思"少有可沟通之处,甚至存在尖锐的对立。例如,黑格尔美学与尼采美学,康德美学与马克思美学,维特根斯坦美学与海德格尔美学,德里达美学与伽达默尔美学,等等,因为这些哲学家都坚守了美学的

"异常思"，所以没有内在的可沟通性，不过，他们的思想主题却有内在的一致性。因此，思想自身只有相对的自由，而且在很大程度上是建立在信仰的根基上，因为唯有建立在信仰的根基上，思想才会强大而深刻。

　　思想的锁链，由人自身形成，因为我们受制于意识形态观念本身，而它是构成我们生活的意义基础，影响着我们的生活价值判断。我们知道，人文科学的思想与自然科学的思想，存在根本性差异。[①] 以人文科学的思想形成为例，它的思想发展不是直线式的进步状态，后来的思想与先前的思想有根本性差异。在思想史上，思想的深刻性不能以历史性时间为尺度加以评价，思想史上的常例是：后来的思想不如先前的思想深刻。过去的思想可能具有永久的魅力，今天的思想可能在历史的长河中构成新的启示，因此，思想本身有时是无法替代、无法真正超越的。人文科学的思想，往往皆具独立的个性，表明独特的思想方式和思想力度，不可重复，不可再生。人的思想成长与生命的成长非常相似，它必须经历幼稚、肤浅、创新、深刻、成熟、定型这样几个阶段，因而，思想有高潮，也有衰落。正因为思想要经历一个与生命相似的成长阶段，因而，思想自身总是要经历模仿、怀疑、否定、创新这样的历程。自然科学的思想，需要站在前人的肩膀上前进，但是，一旦前进了，就不可能倒退，也就是说"最新的就是最好的"。科学的思想在特定的历史时期所具有的发现性意义，随即就会被扬弃；人文科学思想则永远独一无二，不可重复，即便是混乱的思想价值形态，你在其中仍可能找到某种思想的闪光，只要它扎根于人的生活经验和存在之中。个人不可替代的独特体验，往往决定了思想的特殊表达，因此，人文科学思想永远是"类似于生命发展"的生长与变化过程，正因为如此，思想自身难免走弯路，难免受到束缚。[②] 相对于个体而言，从怀疑、否定中成熟，有可能创造出属于自我的思想价值形态，因为人自身的智慧生长受到生命生长与成长的阶段性局限，因而，人文思想与个体生命史之间

---

① 卡西尔：《人文科学的逻辑》，沉晖等译，中国人民大学出版社1991年版，第3—18页。
② 哈克：《理性地捍卫科学》，曾国屏等译，中国人民大学出版社2008年版，第11页。

总是具有"内在的锁链关系"。

由于在历史中，人自身作为历史活动的链条，构成历史的中间环节，所以，思想自身不可能完全放任地想象。一方面，思想自身受到个体心智的束缚，另一方面，又不得不接受它所置身其中的文化力量的熏陶，因而，在思想成长中，人不自觉地接受了他人的思想。对于他人思想的接受极具偶然性，它可能受到文化环境的制约，也可能受到时尚的影响。只要我们不是自觉地在人类思想史长河中跋涉，任何自发的思想探索，都难免受到偶然因素的影响，这些偶然因素，有些是外在于人的，可能因为特殊的境遇，个体受到某种思想的感染。一旦生存境遇发生变化，人的思想就会发生变化；思想本身是最不牢固的，它经受不住怀疑和反思，因此，在自发的思考状态中，人可能受到这些偶然性因素的影响，思想就带上了某种时尚性和主观偏爱性。这种时尚与偏爱对于自由的思考而言，也是精神的锁链。

那么，在自由的思考状态下，情况又会如何呢？在思想长河中自由跋涉，必然接受各种思想、各种观念，一旦人失去了独立的判断力和选择力，就会在思想的长河中淹没。各种不同的思想观念犹如漩涡和暗礁，个体思想的航船很容易置身于危险之中。杰出的哲人往往从自我思想出发，在思想的历史长河中选择一两家与自我思想接近的思想系统作为对话的基础，他们从某一思想观念或主题出发，以此为基点，否定和批判那些与之相对立的观念，在批判和否定中确立新的思想，让经典思想在探索和创造中延伸，于是，做到了"古为今用、洋为中用"。尼采对古希腊哲学的创造性阐释和批判很能说明这一问题，他曾指出："我将概述那些哲学家的历史，我想在每个体系中仅仅提取一点，它是所谓个性的一个片断，因而是历史理应加以保存的那种不容反驳、不容争辩的东西。这是一个起点，其目标是通过比较来重获和创造那些远古的名声，让希腊天性的复调音乐有朝一日再度响起。任务是阐明我们必定永远喜爱、永远敬重的东西，那是后来的认识不能从我们心中夺走的东西,那就是伟大的人。"①这就是尼采"带着思想的锁链跳舞"而能具有自由思想智慧的根源。在思想的长河跋涉中,必须有巨大而独立的思想勇气,否则,就会在思想长河中淹没。锁链是必然的,但是,任何锁链又是人为的,个体唯有冲破锁链才能获得自由。

思想的锁链还可能源于文化的、政治的禁忌,因为思想的自由永远是相对的。在人类文化中,在社会政治中,总有一些思想秘密不能道破,因为这些思想对于文化和政治生活来说,具有极大的破坏作用。无论是在历史文化中,还是在政治现实中,到处都存在这些禁忌。就文化禁忌而言,如祖宗崇拜、宗教信仰、性禁忌、风俗禁忌,都使思想本身不能获得自由;社会政治的禁忌,也使思想的自由受到很大的限制,真正像卢梭那样写作和忏悔的思想巨人极少。康德是杰出的思想者,但在他的时代,其思想也受制于很多宗教禁忌,他曾发誓不再讲有关否定宗教的言论,实质上就是对宗教禁忌的妥协。类似这种文化禁忌和宗教禁忌,对于思想的约束的例子不胜枚举,人类思想史因此而带有悲惨或悲壮的色彩,只有那些叛逆的思想家,才敢于冲破禁忌,以"异常思"启人心智,唤醒人们的良知和自由。卢梭、马克思、尼采、弗洛伊德等,都是这样的启蒙者。卢梭冲破资产阶级的禁忌,公然袒露内心的隐秘,揭示人类不平等的起源,宣示社会契约的自由公正本质,并以自然人性为生命的价值目标,正因为具有这种叛逆精神,他的思想放射出自由主义和人道主义的光芒;马克思揭露资产阶级剥削的秘密,通过剩余价值理论的发现,公然与资产阶级政治势力相抗衡,为无产阶级革命指明方向;尼采对基督教进行最大胆的批判,摧毁了宗教禁忌的防线,预示了新时代的到来;弗洛伊德则冲破了性禁忌,大胆地揭示人类的潜意识心理与性压抑的关系,为性解放与生命自由奠定了文化心理基础。任何大胆的思想宣言,必将带来人类思想的真正革命。思想受制于文化禁忌和政治禁忌等锁链,因而导致"思想的曲笔"和

---

① 尼采:《希腊悲剧时代的哲学》,周国平译,商务印书馆 1994 年版,第 2 页。

"思想的知识化",这是自由的变相投影。

思想的锁链也可能源于民族语言之间的不可沟通性,因为思想是个人的思考,也是语言的表达,语言总是民族的语言,正如康德所言,"一切语言都是思想的标记,反之,思想标记的最优越的方式,就是运用语言这种最广泛的工具来了解自己和别人。思索就是和自己说话,当然也就是在内心倾听"①。语言自身,对于思想来说,既是自由工具,又是锁链,语言的问题之所以成为现代哲学的中心问题,正是因为语言自身的特性。在《汉语言的能说与应说》中,张志扬指出:"近现代史上,中国较之世界,其痛苦的经历,唯犹太民族可比。但察其表达痛苦的文字,诚如鲁迅所言,多在激动得快,消失得也快之间,不过哀其不幸、怒其不争之类的道德文章而已,它并非某一个性所为,而是一个民族所为,尤其是这民族的汉文学所为。于是有问:痛苦向文字转换为何失重?"基于此,他进而对汉语言做了这样的剖析,"如此天理人伦的自然之道,一入诗思文运和象征比兴,当然也同步封闭于语言功能的上限与下限,即上没有了超验彼岸的无限大阻隔,不能逼出语言越界的自确证逻辑抽象;下没有了实体结构的无限小聚合,不能逼出语言晶化的自确证的逻辑具象"。② 张志扬以 20 世纪"启蒙思想与创伤记忆"作为思考的主题,反省汉语言哲学的现代性维度、条件及其特质,为重建汉语言哲学的工作奠定了新的思想基础。由此可见,语言成为思想的锁链及其对思想深度的影响是显然的,在思想的原创性表达受限时,是否可以通过转译其他民族的思想突破民族文化的屏障? 这是一个很值得思考的问题。从历史实践中,我们也只是单纯地接纳别人的思想观念,并未形成真正独立的原创思想。事实上,在当代思想语境中,如何以汉语来转译德国哲学及其诗思、印度哲学及其诗思、法国哲学及其诗思,依然是个复杂而艰巨的问题。人们模仿哈姆雷特的话说,"译还是不译,这是个问题",这说明思想的单向性与语言的锁闭性有很大

---

① 康德:《实用人类学》,邓晓芒译,重庆出版社 1987 年版,第 5 页。
② 张志扬:《缺席的权利》,上海人民出版社 1996 年版,第 139 页。

关系。虽然每个人都拥有自己的母语,但真正能够用自己的母语来表达深刻的思想,却不是每个人都能做到的;同样是汉语,孔子、孟子、老子、庄子、张子、朱子、章太炎、鲁迅等大家的思想表达,就颇具力度,而在许多作家和思想家那里,汉语却失去了思想的力度。

思想表达受制于语言,必须冲破语言的锁链,最大限度地凸现思想的力量,这使现代人面临深刻的思想困难,因而,在思想史的演进过程中,每前进一步,都是艰难的挣扎。挣扎本身是为了寻求思想的自由,而思想的自由又成了新的锁链;人在语言的牢笼中,又在思想的牢笼中;思想本身的锁链,决定了美学创造的限度与存在论思想的限度。不过,我们也应看到,美学的价值形态建构因为那些具有创造的思想而具有探索的张力,因而,我们无法找到兼容并包、绝对自由的思想价值形态。① 思想价值形态本身的破碎,决定了新的探索之必要,问题是如何做出属于这个时代、启人心智的回答,这才是价值形态建构与批判的关键。

2. 存在制约:思想解释的自由与超越

思想扎根在历史中,人们可以从生活自身或从生命经验中获得鲜活的思想,但更多的时候,我们需要从历史文化传统中学习思想,接受前人的思想经验,聆听同时代人的呼喊。传统的制约,既是有形的,又是无形的。它在无形中存在,对我们的生活信念形成价值约束;它在有形中存在,作为经典构成我们学习的文本。无数的语词和概念,思想演绎的逻辑,需要我们耐心学习,构成思想训练的强制性。② 人类的全部思想就是真正的思想史,思想史就是人的全部生活的复杂体现,故而,思想只有活在历史中,才能发挥作用。与此同时,人们只有接受智慧的思想才会变得自由,原始的思想只能让人永远停留在原始状态之中。思想永远有自己的积累过程,它来源于生活,又回到生活,指导我们的生命实践。人们往

---

① 柯拉柯夫斯基:《形而上学的恐怖》,生活·读书·新知三联书店 1999 年版,第 12 页。
② 陈永国编译:《游牧思想》,吉林人民出版社 2003 年版,第 27—29 页。

往只关心思想的结果,而对于思想自身的状态如何则很少关注。思想的冲突与思想的锁链,在很大程度上与思想的状态有关。思想的当前状态可能是稳定的,但思想的发展状态往往是不稳定的、变动的;在历史维度中,人有时根本无法对自己的思想负责,事情过后,往往以此一时彼一时来搪塞,"身不由己"成为思想不能独立存在的理由。思想者可能已经觉醒,但其行动恰好与思想相悖;在思想上反抗政治文化禁忌,而在行动上则屈服于政治文化禁忌,因而,思想自身的矛盾是不可避免的。就外因而言,思想与行动无法统一;就内因而言,思想与行动无法真正独立。由于思想本身的特点,导致思想产生锁链及对思想本身的损害,我想从几个方面对此进行分析。

首先,思想具有流动性与停滞性。思想是运动的,又是间歇的,思想是心灵的活动,又是对人自身及其周围世界的关注和判断。只要人活着,就必须思考,思想的初始状态往往混乱不堪,缺乏某种定向性。人在自然环境中,往往被周围的事物牵制,通常由周围的人和事、现实的人和事触动其思考,人的现实环境变化万千,思想活动也就变化万千。对于思想者来说,不可能总停留在这种情绪状态之中,必须从情绪中脱身,而专注某一事物、某一主题。思想是变动的,对于同一问题、同一事物,异时异地的思考往往有很大差异。人无法控制自己不思考,在思考者的大脑中装满了各种各样的观念,思考在很大程度上会受到这些观念的束缚。在思考过程中,人们往往考虑多种思想观点的调和问题。假定每一种学说皆有其合理性,如果站在同情和理解的立场上,那么,思考往往会因时因地发生很大的变化。思想如大海,潮涨潮落,思想如流水,奔腾向前,不可终止,同时,又迂回曲折。思想的间歇性与重复性,是不可忽略的,在某个环节上往往会发生冲突,可能会暂时中止问题的思考,思想的间歇性有时妨碍思想的完整性,有时则不妨碍思想的连续性,一旦重新思索某一问题,思想又可以继续。①

正因为思想有运动和间歇,因而,思想的重复有时就不可避免。当人习惯于从同一思路去接近问题时,对其他问题的思考往往也遵循同一路径,这样,就不可避免地出现重复。思想的价值形态,在很大程度上就与这种思想状态相关。当人用相同的思路去分析所有问题时,实质上形成了封闭性思想结构;人不可能调和多种思想,只能站在自己的立场上去思考。独立思考有其独创性,这种思想的价值形态往往因分析的独特而具有魅力,同时,也因为思想的定式而具有某种锁闭性,所以,换位思考的方式就显得比较重要。思想的个人重复,构成思想的个性化价值形态;思想在运动过程中自我否定、自我肯定,有时在情绪化运动中,思想自身构成了肯定、否定、再肯定、再否定的圆圈。人得益于这种思维的独特性同时,也损害了这种独特性的价值,这就是思想自身构造的锁链。

其次,思想具有依附性与反叛性。正因为思想是反情绪化活动,探索一个问题或一个事件,往往需要复杂而缜密的思考,因而,思想的逻辑往往是思想者的首要功课,"不学逻辑,无以言思想",德国的大哲学家往往是杰出的逻辑学家。逻辑是思想价值形态具有确定性特征的必要保证,也是思想可传达、可交流的重要依据。只要你思想,就必须遵循思想的逻辑规则,维特根斯坦把它称为"游戏规则"。如果说思想是语言游戏,那么,它就必须遵循语言游戏的规则,康德指出:"不是就单纯的形式,而是就质料而言,逻辑是一门理性的科学,是一门思维的必然法则的先天的科学,但不是关于特殊对象的,而是关于一切一般对象的;逻辑因此是一般知性和理性的正确使用的科学,但不是主观地使用,亦即根据知性是怎样思维经验原理使用,而是客观地使用,亦即根据知性应当怎样思维先天原理使用。"②正因为以逻辑作为思想的基本准则,因而,东西方哲学的历史

---

① 柯拉柯夫斯基:《形而上学的恐怖》,唐少杰译,生活·读书·新知三联书店1999年版,第8—9页。

② 康德:《逻辑学讲义》,许景行译,商务印书馆1991年版,第6页。

和美学的历史,大致具有某种共通性的存在论主题,这使得东西方美学思想的交流成为可能。你要思想,就必须遵循这种思想的逻辑,否则,你的思想就会无人理会,这使得思想的创造有一定的准则,所以,人很难获得思想的绝对独立性。正因为如此,思想方法的突破,往往就决定了思想的突破。对于大多数人来说,在思考之前,就有大量的思想存放在思想库里,这或者是现实法则,或者是习俗经验,或者是文化惯性。所以,对于一些人来说,用不着独立地思考,只需到思想的宝库中去取出某种思想。从思想的历史或历史的思想出发,就有了"思想的信托",思想的锁链必然构成思想的惰性,人云亦云也就成为必然。思想的依附性使人们在思想状态中失去了思想创造的动力。古今中外,历来有"重圣典"和"尊先王"的传统,因而,思想的依附性更受到了合法的保护,人类思想驳杂不堪,思想的进步亦非常缓慢。因此,思想的叛逆性就显得非常重要,古往今来,思想叛逆者都有共同的特点,即反流俗观念,从生活自身进行思考,具有保护原初的生命力和本真个体的思想意向。他们在思想上不具依附性,而具有独立性,这种独立性往往通过大胆的宣言,大胆的批判,或怀疑权威的思想而体现。思想本身,在依附和反叛中具有创造性的张力。

　　思想的反叛性,特别体现了怀疑主义精神,而怀疑有时是非常恐怖的。接受流俗的思想,人云亦云是最轻松不过的美差,许多思想者以三寸不烂之舌,传播各种流俗的思想,有时还能博得人们的夸奖与喝彩。流俗思想的破坏者和怀疑者,可能并不急于建构思想价值形态,而热衷于思想的怀疑。以怀疑的立场重新估价思想本身,结果,他们在流俗的思想中只看到了虚无的倾向。其实,从思想史上看,怀疑论者把我们引向怀疑一切的虚无主义境地。怀疑者那种披肝沥胆的陈述会使人浑身战栗,找不到归依,他们在思想的破坏中,树立起独立的旗帜。这种新的思想道路可能非常坎坷,但是充满了希望,这符合康德关于哲学创造的概念。康德认为:"真正的哲学家必须成为自由自主的自由思维者,而不能奴隶般地模仿使用他的理性。但是,也不能辩证地使用,也就是不能这样使用,即旨在给诸知识以真理和智慧的假象。这是纯粹诡辩者的事业,与作为智慧专家和教师的哲学家尊严绝不相容。"①尼采的思想就是这种反流俗观念、怀疑一切的范例。当然,怀疑是必要的,但怀疑又是非常艰难的。社会的相对稳固性,就是因为流俗观念具有强大的影响力,"反叛性观念",可以构成思想的革命,推动社会的进步,但它被广泛认同总要经历相当长的时间,由此可见,思想自身的矛盾性也导致了思想的锁链。

第三,思想具有启示性与局限性。许多思想者坚信,思想本身具有无穷的启示性,因而,思想探索是非常必要的。人的生存活动,在很大程度上受制于不同的生存观念,这就给思想家提供了机会。思想家就是生存观念的设计者,从现实生活出发,生存观念是多种多样的:实用主义的生存观念,有时以谚语和顺口溜的形式呈现,例如,"人生在世,吃喝二字",这种生存观念决定了许多人的生活方式;宗教主义的生存观念广为流传,例如,世界上的一切都是神创造的,人们必须敬畏神、崇拜神,在神的恩典中救赎自己,这种生存观念是许多信徒的强大心理依据;理想主义的生存观念同样被一些人奉为信条,他们认为,人活着就是为了某种理想,人因为有理想,才成为万物的灵长,因而,为了理想,人应该舍身求义。当然,还有消极避世的生存观念、虚无主义生存观念,总之,有什么样的生活方式,就有什么样的生存观念,可见,观念对人的制约力非常强大。

思想的启示性在于:思想者所提供的一套生存观念能为大多数人所接受,成为生存论意义上的内在真理。一旦这种思想观念为人接受,它就会发挥很大的威力,宗教运动、无产阶级革命运动的巨大影响,往往就是思想者的思想观念具有特别的号召力。尽管如此,思想有时是非常无能的,在很大程度上人们总是屈服于现实生存的压力,在生存面前,任何理想主义和理性主义观念都会显得苍白无力。在思想者那里,激进的思想可能发挥了巨大作用,许多思想者也因此特别看重尼采等哲人的思想影响力。以鲁迅为例,他的思想揭示了中国文化的存在秘密,具有尖锐的批判性,然而,在中国的现实生活中,他的思想又有多少号召力,谁会真正去

①　康德:《逻辑学讲义》,许景行译,商务印书馆1991年版,第16页。

实践他的思想？他那种置身于沙漠与旷野的孤独感，就是思想无力的证明和绝望情绪的体现。思想只对那些信仰者具有特殊的力量，对于非信仰者来说，即使思想富有启示性也是无益的，所以，思想家只对那些虔信者发言。对于缺乏怀疑能力和屈服于世俗生存惯性的人来说，思想的启示性是不存在的。对于激进者而言，它是最进步的思想，而对于世俗者来说，则是无用的絮说。思想与音乐相似，只对那些有思想感受力的心灵才有效，因而，思想自身的这种困境，也决定了思想的相对有效性。正因为如此，美学探讨，对于现实生活的改变，往往劳而无功。马克思的美学思想，之所以不同于一般的美学思想，就是因为它具有特别的现实批判力量，它能够推动社会的变革和进步，因而，相对于其他的美学价值形态而言，马克思主义美学的价值形态最具现实感召力。① 明确思想自身的诸多困境，也就没有必要去建构空洞的美学价值形态，我们需要千方百计地把美学落实到现实生活中去，从而使美学思想的革命真正能够推动社会的进步。了解了思想的运动形式，我们就不要再奢求思想的确定性。人生就是如此奇怪：没有确定性的价值观，我们找不到思想的归途；遵循某种确定的价值观，我们又可能误入歧途。思想的独创性永远是首要的，任何人的思想只能提供参照，但是，他们不能代替我们思考。这就是思想的自由运动，这就是思想对存在的影响，人就处在这样的永恒的拷问之中。

3. 思想守护与哲学解释方法的理性启示

哲学的方法是美学的最重要方法，没有哲学方法的运用，美学解释就永远停留在感性层面上，所以，哲学方法是美学走向深刻的关键性因素之一。思想自身的诸多困境，决定了美学价值形态无法圆满，尽管无法找到圆满的思想价值形态，但是，我们又不得不承认，古今中外的思想史上，有许多不同的美学价值形态。正如笔者在这本书中已经提到的那样，每一种美学价值形态都有其自身的合理性和局限性，不可简单地评判某种美

---

① 李咏吟：《审美解放与人的解放：马克思的立场》，《文艺评论》2013 年第 7 期。

学价值形态的优劣。

美学价值形态建构的真正意义,不在于纯粹知识性地理解这个世界和人类审美心理,而在于通过审美的阐释来守护生命的自由。守护人类生命的自由或美的现实生活的自我确证,应该是美学的价值所在。"美学",既涉及个人,又涉及文明。从个体出发,美的追求可以使我们的生命充满美感;从文明出发,美的追求可以使我们的文明具有共同的审美价值观,反过来,它又促进我们每个人的自由。康德很早就意识到了这一问题的重要性,他说:"在这种世界公民的意义上,哲学领域提出了下列问题:我能知道什么?我应当做什么?我可以期待什么?人是什么?"在此基础上,他给科学做了一个分工,"形而上学回答第一个问题,伦理学回答第二个问题,宗教回答第三个问题,人类学回答第四个问题。但是,从根本说来,可以把这一切都归结为人类学,因为前三个问题都与最后一个问题有关系"。① 因而,美学价值形态的建构,归根结底,还是守护人类生命神性的问题。东西方的美学价值形态,正如人们走过的不同道路,有林中路、乡村小路、城市大道、水路、空中道路,每一条道路都有其自身存在的合理性。"条条大路通罗马",只要是通向守护生命的道路,就会具有特别的意义。在东西方美学价值形态的窥视中,寻找守护人类生命的思想启示,比如康德的思索就是对道路的追求,它启示我们可以通过什么样的道路通往生命存在的美丽与自由。

哲学关于美的意义与价值反思,具体说来,就是要在对人的现实关怀中守护人类生命。马克思主义美学的价值形态,就是这样充满创造力的思想价值形态,因为马克思讨论美学较少分析和使用空洞的美学概念,总是从生产劳动出发,关心人的现实生存处境。在他看来,异化劳动是人的生命自由的天敌,在异化劳动中,"劳动创造了美,却使工人变成了畸形"。从劳动自由的角度,马克思确定了审美创造的首要条件,即自由劳动时间的获得,只有在自由劳动的前提条件下,美的创造才会成为人的本质力量

---

① 康德:《逻辑学讲义》,许景行译,商务印书馆 1991 年版,第 15 页。

的对象化,才会成为生命的自由表现。在马克思看来,不仅艺术生产可以创造美,而且所有的劳动都可能创造美,这一思想价值形态从政治经济学和人类劳动生产实践的高度揭示了美的生成本质,具有特别的启示意义,也为美学思想价值形态落到实处打下了牢固的基础。

进一步说,就是要在道德关怀中守护人类生命。对此,康德的美学思想价值形态和中国儒家美学思想价值形态可以形成一些内在的沟通,事实上,牟宗三正是从康德的三大批判出发,建构了属于他自己的"新儒家哲学"。在康德看来,人的自由取决于人的道德自律,一个道德高尚的人,其生命的德性放射出美的光辉,所以,道德自由体验成了审美自由体验的同义词。康德之所以特别推崇"崇高"这一美学范畴,正是由于他把个人"充盈的德性"和"内心的光辉"视作生命存在的美感极致。在强调伦理主义美学观的同时,康德还特别强调艺术天才的自由表现,这种艺术天才的表现,尽管并没有充满道德的内容,但是,天才的生命艺术创作本身与道德理想并不矛盾,这好像是"大自然给予人的好意",处处合乎人的情感和伦理关怀。同样,儒家的"山水比德"观,正是把这种自然美、自由表现的美与伦理主义精神相统一,这一思想价值形态也具有实际生活的现实指导意义。① 它也可以从道德领域延伸到宗教思想领域,从神圣意义上说,即从灵性关怀上守护人类生命,这是宗教泛神论和宗教神秘主义的观念在美学上的表现。在泛神论者和宗教神秘主义者看来,人的肉身永远不能获得自由,而且人常常受到各种幻相的诱惑,误入歧途,唯有一心向神,才能获得心灵的自由。宗教泛神论思想和宗教神秘主义思想,把灵性的解放和个人的皈依、生命的救赎看成是自由的极致,因此,他们认为,人只有接受神的启示,才能真正走上自由之路。诗的途径,音乐的途径,绘画的途径,也很接近这种泛神论思想和宗教神秘主义思想,因此,宗教美学家讨论的核心问题就具有特殊的生命启示意义。这一途径具有超越性意义,显示了东西方美学价值形态的重要思想维度。面对思的困境,我们尽

---

① 李泽厚:《美学三书》,天津社会科学出版社 2003 年版,第 249—250 页。

管无法建构完美的美学价值形态,但是,只要未来的美学具有这种生命的启示性,人们就不会抛弃它,必定会皈依于它。从现实出发,从伦理自由出发,从宗教关怀出发,美学的文化视野仍是博大精深的。

假定美学成了人们对自由与文明、生活与生命的基本价值理想追求,那么,这样的美学思想价值形态就接近于"智慧之爱",正如尼采所云:"智慧最重要的特性是,它使人不必受'一时'的支配。因此,它并不具有'新闻价值'。使人能够以同样的坚定面对一切命运的狂风暴雨并在任何时候都不离开它,乃是智慧的使命所在。"为此,尼采还指出:"证明某种意义的存在有时是极其困难的,因为虽然名称常存不变和总是若有所指,它却在其中不知历尽了怎样的沧桑和被弱化淡化了多少倍。今天所谓的哲学真的是对智慧的爱吗?智慧在今天还能找到什么知己吗?如果索性就是以'智慧之爱'代替'哲学',那么,就会看清它们是不是同一回事。"①"美学体系"是一个为人执着又为人厌恶的词,波德莱尔说过:"一个体系就是一道诅咒,永远地将我们放逐;我们总不得不创造另一体系,这番劳苦是最残酷的惩罚。"现在,我们也可以乐观地说一句:超越美学价值形态之争,守护人类生命,美学创造将显出气势磅礴的生命力量。

4. 哲学的存在论反思与美学解释的力量

"哲学反思",从根本上说,即关注人的存在,体察生命,反省生命,解释生命,张扬生命。如果没有对日常生活等存在状态的细致体察,就不会有美学思想意义上的真正发现。"思想",从科学意义上说,就是回到生存本身,生存是我们需要关注的重要问题,一切科学都是为了更好地生存。人类生存,既有肉身的考虑,又有灵魂的困惑,事实上,肉身需要是存在意志的最大动力所在,如果肉身需要得不到满足,人就无法得到安宁。人在肉身需要得到满足之后,就有精神上的追求,它涉及荣誉与尊严、价值与生命,所以,人们总要在思想中寻求生存的意义,确立生存的信念。"美

---

① 尼采:《哲学与真理》,田立年译,上海社会科学出版社 1993 年版,第 136 页。

学"，是人类精神生活意义寻求的智慧之路，它是开启生命自由与幸福之路，也是开启文明进步的智慧之门。从精神层面上说，本体论关怀是形而上学问题，也是美学的超越性价值问题。存在论的意义在美学中获得了特别的理解，存在主义美学的价值也在于此。存在论或本体论如何成为美学的根本问题？从哲学意义上说，"美学"如果不关注存在论，就失去了真正的思想力量。存在论是西方哲学思想的最重要的传统之一，它的立论与解决途径，完全不同于中国哲学的思考。西方的存在论大致经历了几个阶段：一是古希腊意义上的存在论思想，二是基督教意义上的存在论证明，三是近代意义上的存在论反思，四是现代意义上的存在论新解。从存在论的历史来看，有关存在论的思想，最具代表性的人物是柏拉图、亚里士多德、奥古斯丁、阿奎那、笛卡尔、康德、海德格尔、萨特等。

西方的存在论是如何起源的呢？从源头上追溯，还是要回到宗教那里。在远古宗教信仰之中，存在问题是神学想象问题，而不是生存哲学问题。神与存在统一，神决定并创造了万物的存在，神的存在与自然的存在，有其思想的统一性。在希腊宗教那里，神的存在是不容置疑的事情，但是，哲学和科学则把"存在"当作值得悬疑的重要问题。希腊哲学最初有关的存在问题的思考是："万物的始基是什么？"他们既找到实体性的水、土、火、气，又保留了神，所以，希腊哲学的本源之争，将实体存在与虚灵存在并列在一起，开启了存在的双重路径。存在与非存在问题，是很重要的问题，但是，仅仅关注存在问题的思辨，就会遗忘日常生活的意义。

柏拉图的存在论之思，对神的存在有不同于神话的解释，他的存在论的核心观念，不是存在（Being），而是理念（Idea），后者还成了柏拉图存在论思想的中心问题。这说明，他的存在论不是物质实在问题，主要还是精神信念问题。亚里士多德则承续希腊存在论的另一传统，承认存在论的实体地位。亚里士多德更多的是讨论实体问题，存在与运动、存在与动者、存在与不动者，也就是说，亚里士多德由实体的存在观念出发，最后进入虚灵的存在问题，因为他真正要探讨的最初存在问题不是感官能够把握的,而是理性的必然选择,是理性思考的必然结果。① 希腊存在论有其独特的文化传统,但是,它没有真正解决信仰与宗教问题,或者说,为宗教和信仰留下了充分的发展空间。在公元纪年前后,宗教问题依然是文明生活的根本问题,社会与科学技术文化的发展,还没有达到消解或削弱宗教影响力的地步。基督教的发展,需要从理性出发证明上帝的存在,而上帝的存在作为信仰问题与作为理性的思想问题,有其本质区别。上帝作为信仰问题是不用解决的问题,上帝作为存在问题,则需要进行理性证明,奥古斯丁对柏拉图的思想有所发展,阿奎那则直接把亚里士多德的思想神学化,这是神学存在论证明的最重大事件。在基督教思想传统中,上帝存在论对人的信仰与理性产生了强制性作用,人的地位被削弱了,近代哲学的兴起,则把"我思问题"与"实体问题"并列加以讨论,脱离了基督教神学背景,唯物论与唯理论的二元对抗的格局得以形成。笛卡尔的"我思"问题,重新把存在纳入柏拉图的思想轨道,"我思故我在",从精神或虚灵意义上确认存在的重要意义,这为人的主体性或精神的主体性奠定了新的思想基础。康德在此基础上回归理性,为理性立法,把存在问题引入自由之路。从康德开始,哲学不再总是围绕"存在"这个词,而开始讨论知性与理性、感觉与知觉、时间与空间等问题。

真正把存在问题从现代思想意义上展开的,是海德格尔的《存在与时间》。虽然海德格尔对存在问题的关注,是从布伦塔诺的论文受到启发,而且与神学存在论有密切关系,但是,他更重视生存的日常经验与历史经验分析,把存在论问题日常生活化与心理体验化,不仅在存在论历史中展开相关探讨,而且在存在论的现实语境中凸显问题本身的时代意义。他将存在论探索的双重任务确定为:"此在的存在论分析"和"解析存在论的历史",正是从这两项任务出发,他把自己的存在论研究分成了两个部分:一是依时间性阐释此在,解说时间之为存在问题的超越的境域,二是依时间状态为指导线索对此在论历史进行现象学解析。在存在论的历史分析

---

① 诺夫乔伊:《存在巨链》,张传有等译,江西教育出版社 2002 年版,第 25—75 页。

中,他由近往远追溯,主要探索康德的图型说和时间学说,笛卡尔的我思我在的存在论基础以及"能思之物"这一提法对中世纪存在论的继承,最后追溯到亚里士多德,即古代存在论的现象基础和界限判别。① 这一历史线索分析,与哲学的存在论历史发展线索相一致。由于海德格尔在存在论上的重要地位,所以,现代美学的存在论之思,应在海德格尔思想的基础上加以展开。海德格尔的存在之思的时间维度,特别让人着迷,存在论如何是一个时间问题? 从通常意义上说,时间是在三维基础上展开的,即存在的历史、存在的当下、存在的未来。其实,存在的未来是不可探讨的问题,直面存在的历史性与当下性,实际上就是为存在的未来奠基。因而,存在的时间性,实质上就是两个问题:即"存在的历史性"与"存在的当下性"。对存在的历史性与当下性的体验与反思,使存在的这个静态性问题,变成生存论这个动态性问题,为此,海德格尔引入"人生在世"这个问题。人在世界中,即让人体验存在、感悟存在、想象存在,既是个人的独在,又是与他人共在,至此,存在论就不是简单的生存问题,而是存在意志与存在信仰问题。"存在",作为事实,无可思索,但是,存在作为意志,是意志的定在,充满矛盾与冲突。生存的公平与正义,善良与邪恶,美丽与丑陋,涉及价值评判与意志自由,这一问题并不好解决,特别是从现实情境出发,海德格尔采取的是神秘主义或诗性体验之思,显然,它不同于现实主义的解决思路。存在论由存在问题转入生存论问题,它的美学意义就得到了特别的凸显,海德格尔谈道:"就积极的样式来看,烦神有两种极端的可能性。烦神可能从他人身上仿佛拿过烦来而且在烦忙中自己去代替他,为他代庖,这种烦神是为他人把有待于烦忙之事承担下来。"②"与此对立的,还有另一种烦神的可能性,这种烦神不见得是为他人代庖,而毋宁是对他人在其生存的能在中争先,不是要从他那里拿过烦来,而是要把烦第一次真正作为烦给予他。这种烦神本质上涉及本真的烦,也就是

---

① 海德格尔:《存在与时间》,陈嘉映等译,生活·读书·新知三联书店 1987 年版,第 49 页。
② 海德格尔:《存在与时间》,陈嘉映等译,生活·读书·新知三联书店 1987 年版,第 150 页。

说,涉及人的生存,而不是涉及他人所烦忙的'什么'。这种烦神有助于他人在他的烦中把自身看透并使自己为烦而自由。"①"烦忙是揭示上手者的方式,寻视就是属于作为这种方式的烦忙,与此相仿,烦神就是由照顾的顾惜来指引的。二者都与烦神相应,有各自的一系列的残缺和淡漠的样式,其中也包括一无顾惜与由淡漠引导的熟视无睹。"②通过这一大段文字的引证,我们不难理解海德格尔的存在论探索的意义,"存在问题",说到底就是生存的自由体验,就是人类生命意志的自我正视。存在论问题是永远缠绕我们生命的本源性问题,关键是如何从存在论的泥淖或存在论的深渊中获救? 对此,美学、哲学、伦理学与宗教学提供了丰富的思想资源。

关注人的存在状态,这是真正有意义的存在论问题,它给体验打开了大门。从古代存在论到现代存在论,由存在论的凝思到生存论的分析,存在问题获得了全新的言说形式。对于美学而言,关心人的意义问题,就是要立足于存在问题,所以存在论给予美学以重要的思想智慧。存在论对于美学的意义,首先在于存在论使美学之思关联实存问题与精神问题,使人的存在意义不仅在实存层面获得理解,而且能在精神层面得到理解。其次,存在论给予体验问题合法地位,也就是说,体验的生存心理问题在美学中获得了极大的丰富,它最接近美学思考与审美创造的本源状态。最后,存在论对生存意义的苦恼做了丰富的呈现,特别是现代意义上的存在论,不再关注神的存在问题。神的存在问题从美学视野中退场,在很大程度上把浪漫主义诗思逼入了绝境。人的存在问题不再给人以浪漫的想象,而是充满了生存者的烦神、畏惧。不过,笔者要说的是,存在论的当下语境已经把审美问题和审美创造带向"无意义之域",这是很危险的。人们不再相信确定性与美好的事物的价值,这并不符合人类的审美目的论的思想取向,所以,在关注存在论的同时,我们必须关注目的论。从康德

---

① 海德格尔:《存在与时间》,陈嘉映等译,生活·读书·新知三联书店 1987 年版,第 150 页。
② 海德格尔:《存在与时间》,陈嘉映等译,生活·读书·新知三联书店 1987 年版,第 151 页。

意义上的目的论说,"自然向文化生成",审美也可以向文化生成,这就要求发挥审美在生活创造中的积极作用,把审美价值原则看作是文明的核心,看作是文明的价值目标和原则;这样,每一种文明在面对生存论困境时,它们同时也有"光荣的期待",它的物质文明与精神文明,显示着民族创造的巨大力量。在人类文明发展不平等的时代,在人类的文明价值准则未获得共识的时代,只有美才能给予人类以启示。它会把我们的存在之思引向目的论之思,这样,我们就会看到文明的历史进步,不再对存在的当下或历史状态太过绝望,这正是美学必须承载的历史重任。①

存在论与目的论,审美论与真理论,哲学解释或哲学反思,在人类思想史上有许多路径,东方的与西方的,古代的与现代的,人类思想史就是由纷繁复杂的哲学著作和致思路径组成的,它总要回到人本身,基于人的困惑和无知,基于人的茫然和绝望。存在本身是由无数的时空境遇构成的,也是由无数的生命存在选择构成的。有时生命富有诗意,有时生命充满苦涩。它需要我们凭借无数艺术经验去重构,也需要无数审美者去理解。哲学的庄严就在于:它从神圣存在出发,又从自然事物出发,它从个体主体性出发,又从主体性的毁灭出发。无数的生命境遇,在哲学的自由反思与艺术和美学的自由呈现中充满了无穷的魅力,这就是文艺美学诗思综合解释方法应有的理论视野。

---

① 卢梭:《论人与人之间不平等的起因和基础》,李平沤译,商务印书馆 2007 年版,第 136—137 页。

第三节　现象学方法与文艺美学的体验观

1. 现象学方法与文艺美学解释的有效性

在确立了诗思谐和的方法与哲学反思的方法之后,我们可以发现,在文艺美学解释中,它们能够比较有效地保证诗性和智性的优先地位,但还不足以呈现审美活动丰富复杂的审美经验。文艺美学的诗思综合解释方法,不仅要考虑诗与哲学、思与存在、人文社会科学之间的关联,而且要考虑最大限度地呈现生命经验与审美经验,因此还需要探索更具体的文艺美学解释方法。如何呈现丰富复杂的审美经验,并且使生命意识活动得到清晰理性的分析? 在此,借鉴胡塞尔所开创的现象学方法显得极为重要。文艺美学的诗思综合解释方法,必须重视现象学的解释方法以及现象学的价值理想。按照胡塞尔的解释:"现象学,标志着一种在上世纪末、本世纪初,在哲学中得以突破的新型描述方法,以及从这种方法产生的先天科学;这种方法和这门科学的职能在于,为一门严格的科学的哲学提供原则性的工具,并且通过它们始终一贯的影响,使所有科学有可能进行一次方法上的变革。"①在此,胡塞尔表明了现象学方法对严格的科学的哲学之建立的重要性。但是,从胡塞尔对纯粹现象学的描述来看,这一方法更能揭示生命意识活动或人的意向性活动的秘密,因此,现象学对于美学的意义显得更为关键。在具体分析现象学方法对于文艺美学的重要性之前,有必要讨论文艺美学解释方法的多样性,然后通过多种方法的比较,确立现象学方法在文艺美学解释活动中的有效地位。既然人的话语活动都是对生命存在的自由解释,那么,解释本身和解释方法,就是思想的必然。由于解释对象具有多样性,故而必然造成解释方法的多样性,在思想的历史发展过程中,解释学方法与解释学主题有一个历史积累的过程。

---

① 胡塞尔:《胡塞尔选集》,倪梁康选编,上海三联书店 1997 年版,第 341 页。

从学科发展的意义上说，我们提倡多元的解释学方法，进而形成多元的审美价值取向。

　　文艺美学解释的方法是在历史中形成的，从当代流行的文艺美学方法中，大致可以归纳出以下几种有影响的方法：(1)社会的历史的方法。这一方法偏重从社会历史事实出发，强调审美与现实历史生活的内在联系；(2)心理描述的方法。这一方法偏重描述人的各种审美心理活动，由于心理学的多样性，普通心理学、变态心理学、精神分析心理学方法都可以用于文艺美学解释；(3)文化人类学的方法。这一方法偏重从人类学和文化学的视角，把人的审美活动与原始文化经验联系在一起，对审美发生进行新的解释；(4)审美鉴赏的方法。这一方法立足于具体的艺术作品，通过对具体作品的品鉴获得美感享受；(5)哲学逻辑的方法。这一方法偏重概念的分析，同时把审美活动的诸环节按照逻辑学原则进行分析论证；(6)科学分析的方法。这一方法强调运用新的科学观念，从科学的思维出发，去解释人的现实审美活动，包括工业化的审美制造活动。这些方法都具有一定的思想效力，如果要真正形成思想综合的观念，笔者还是主张"诗性综合的解释方法"，因为"诗性综合的解释方法"完全可以包容以上这些思想方法。① 对于学者来说，选择"诗性综合的解释方法"是比较中庸的方法，但是对于思想者来说，他们宁可极端，也不愿选择思想综合的方法，他们要开创新方法，带来新观念，而不是综合调和已有的方法。事实上，在美学思想史上，很少有人采取综合调和的方法，大多是以个人的方法原创性来表达新的思想观念。"诗性综合解释方法"，从根本上说是接近现象学的方法，为了更深刻地理解文艺美学活动的价值，笔者在这一方法的基础上形成了文艺美学的"诗思综合解释方法"。

　　西方文艺美学思想史是方法论寻求的历史，也是方法论开创的历史。不过，现象学之前的西方文艺美学思想局限于哲学心理的方法与诗思同一的方法，而真正赋予这两种方法以科学特色的就是"现象学的方法"。

---

　　① 李咏吟：《文学的诗性综合解释方法的理论价值》，《东疆学刊》2003 年第 4 期。

为什么说现象学的方法是能够充分自由运用的文艺美学解释方法？我们不妨进行方法论的思想史寻踪，首先要明白的是：诗学、艺术学或美学到底要寻求什么？诗学，在很大程度上就是为了解释诗歌的思想与形式，规范诗歌的意义与价值，寻求诗歌的合理解释与真正理解；艺术学的功能也是一样，因为它们的对象就是为了解释文学艺术，故而，思想方法具有确定性，即"以诗解诗"，以诗思综合的解释方法最能深刻地理解文学艺术的全部价值。虽然诗学史上的解释方法各执一词，但是诗思综合解释方法的包容性决定了诗性解释与思想解释的根本地位。美学的对象，类似于诗学和艺术学的对象，但是美学承担着思的任务，它的解释对象不是单一的，它的任务是思想美的价值与意义，思想美的创造与精神。美与存在一样，是生活的本质，与自然、真理一样，也是思想的任务，只不过对美的思考不如"真"和"善"那样具有功利的价值；对美的思考，更多的是为了自由的价值。通过美学的系统反思，人们越来越意识到：美学绝对不是简单的艺术认识和判断问题，虽然艺术认识与判断在美学中具有重要的地位，"审美解释学"更应是关于生命价值与文明价值的反思与判断问题。

正因为如此，美学方法就不能是外在的解释方法，而必须涉及存在论的根本问题。柏拉图、亚里士多德、奥古斯丁、阿奎那、康德、黑格尔、马克思、尼采等，一直在寻找美学解释的根本方法，或者说，他们并没有专门为美学寻求什么特殊的方法。他们就是从哲学高度来探索美学，哲学的方法就是美学的方法，反过来说，美学的方法也就是哲学的方法，这一发现本身应该给予我们一些启发。美学是关于"思"的问题，这是哲学解释方法的基本选择。真善美是思想的根本问题，与自由、平等、正义一同构成人类的"六大基本概念"。① 从西方思想史来看，真善美有两条解释道路：一是哲学的解释道路，一是宗教的解释道路。对于哲学家来说，美是其思想的重要组成部分，但是他们主要致力于"美的分析"，而没有涉及美的创造和美的体验问题，其实，这也是"美"有别于"真"和"善"之处。"真"是科

---

① 艾德勒：《六大观念》，陈德中译，重庆出版社 2005 年版，第 2—3 页。

学的问题,它不需要哲学家的创造;"善"是实践伦理问题,它是每个人的生命信念,也不用哲学家的实践。相对而言,"美"的创造既涉及个体自身的修养问题,也涉及自由创造问题,它不像科学创造那样难,也不像伦理实践那样严格,所以不进入美的实践中去,就不可能真正理解美。美不仅要求人们解释和创造,更要把它看作是文明自身的本质追求。

这一方面对传统美学方法提出了挑战,另一方面也需要我们对美学进行新的反思。事实上,从美学意义上说,仅有对美的分析与解释是不够的,甚至可以说,"一千次审美解释比不上一次审美创造",审美创造更能传达美,理解美,言说美的本质。"柏拉图—康德"的美学把分析与理解作为美学的根本任务,但是这样仅有对美的分析与思辨,而没有对美的真正创造。黑格尔对艺术的美有自由的理解,但他又把美学只看成是艺术,这严重影响美的真正价值的发掘。"柏拉图—康德"的思想是正确的,美涉及至善的问题,也涉及自然与自由的问题,他们从本体论上确认美的意义。但是,他们的目的论还是较多地考虑形而上学的目的问题,当然,康德也涉及了审美的人类学目的,他把"审美向文化生成"和"自然向文化生成"看作是审美的根本目的所在。诚然,康德的思路是正确的,但他未能考察美的体验与创造问题,也就是说,他从理性上对美的本质进行了深刻把握,依然与真正的美的创造保持距离;或者,美的丰富复杂的内涵需要更深入具体地探索,这就需要方法论上的变革。无论是神学方法,还是思辨哲学的方法,无论是认识论的方法,还是本体论的方法,都有不可避免的局限性。具体说来,文艺美学解释方法既要揭示心理活动,又要探索本体存在,既要面对审美对象,又要直面审美本体,这可能不只是美的问题,也是探索真善美的共同问题。现象学方法的形成开辟了崭新的思想路径,因为文艺美学从根本上说就是审美体验问题,也是生命价值确证问题,涉及心理经验的诗意描述,所以现象学具有得天独厚的优势。

从胡塞尔的立场上说,现象学主要致力于解决几个根本性问题,即把现象学看作是纯粹心理学,确立它的经验领域、它的方法和它的作用。它寻求纯粹的自然科学和纯粹的心理学之间的类比,"将经验的目光朝向我们的心灵之物,这种朝向必然是作为反思,作为对原先朝向其他事物的目光的转向来进行的"。更为重要的是,"通过反思,我们不是去把握事情、价值、目的、有用性,而是去把握它们在其中被我们'意识到',对我们在最广泛意义上'显示出来'的那些相应的主观体验"。①"我们不仅可以通过自身经验,也可以通过陌生经验来了解心灵生活。这个新鲜的经验来源,不仅提供与自身经验类似的东西,而且还提供新的东西,只要它合乎意识地论证'自身之物'与'陌生之物'的区别,以及论证对我们所有人而言的共同生活,特别是经验。恰恰是这种论证,为人们提出了一项任务,即从现象学上根据所有相关的意向性来说明共同生活。"②在这里,胡塞尔对主观体验的重视,强调了个人性经验的特殊地位,同时也强调意向性问题的重要地位,即从意向性出发理解共同生活的价值,意向性是现象学的根本。正视个人经验,为共同性寻求价值支撑,这正是现象学方法的意义。从审美实践意义上说,它有助于建立文艺美学的思想立法,因为立足于个人性并能寻求共同性的现象学方法,正是文艺美学所需要的,也是文艺美学解释的价值所在。

现象学相对设定了纯粹心理之物的封闭领域:"现象学还原"和"真正的内在经验"。胡塞尔指出,"现象学的心理学的观念,是包含在整个产生于自身经验以及产生于奠基于自身经验之上的陌生经验的任务范围中","人们需要有一种能通向现象学领域的方法。这种'现象学还原'的方法,因而是纯粹心理学的基本方法,是现象学心理学所具有的所有特殊理论方法的前提"。③"每个心灵,不仅包含着它的杂多意向生活的统一,而且包含它作为一个客观朝向的所有那些不可分割的意义统一。与这个生活不可分割地结合在一起的,是在这个生活中体验着的自我主体,它是一个同一的、集中了所有特殊意向性的'自我极',是它在这个生活中形成的各

---

① 胡塞尔:《胡塞尔选集》,倪梁康选编,上海三联书店 1997 年版,第 343 页。
② 胡塞尔:《胡塞尔选集》,倪梁康选编,上海三联书店 1997 年版,第 344 页。
③ 胡塞尔:《胡塞尔选集》,倪梁康选编,上海三联书店 1997 年版,第 345 页。

种习惯的载体。"①"如果现象学的还原,已打开了通向现实的以及可能的内在经验'现象'的通道,那么,奠基在这经验之上的'本质还原'的方法,便打开了通向纯粹心灵的总领域的不变本质形态的通道。"②显然,胡塞尔对现象学方法的强调,涉及交互主体性、意向性活动、体验时间域等基本问题,他正视了审美意识活动的这些基本问题。

按照胡塞尔的理解,现象学的纯粹心理学系统的建立,包括以下几点:(1)描述那些包含在一个意向体验的本质中的诸统一,包括综合的最一般的规律。在此,意向性活动或审美活动的规律可以得到理解与说明。(2)研究意向性与意识活动,即研究那些带着本质必然性,必然或者可能在一个心灵中出现的意向体验的个别形态;与此一致,研究与此相关的综合类型论,包括连续或不连续的综合,有限封闭的或在开放的无限中持续的综合。在此,意识的活动与意识的中断,意识活动与意向性对象的关系,也可以得到深入解释。(3)对整个心灵生活的总体形态进行指明,并进行本质描述。这个总体形态,是指总的"意识流"的本质类型。由此,可以将人的体验活动与意识活动进行具体描述和深入体验。(4)"自我"这个称号。就其所包含的"习惯"的本质形式来看,它标志着一个新的研究方向,即自我作为恒常的信念(存在信念、价值信念、意愿决定等)的主体,作为具有习惯、具有良好的知识、具有性格特征的个人的主体,由此,可以突出审美主体在现象学认知中的重要地位。说到底,就是对意向体验的共同性与个别性、意识流活动的全过程、自我意识活动进行反省,这几个问题都是文艺美学研究所无法回避的。

从胡塞尔的理论实践,可以看出现象学特别关注现象学的心理学和先验的现象学。按照胡塞尔的理解,"先验问题的本质意义中,包含着它的普遍性,世界以及所有研究这个世界的科学,在这个普遍性中成为可能。先验问题产生于对那种'自然观点'的普遍改造,现在整个日常生活

---

① 胡塞尔:《胡塞尔选集》,倪梁康选编,上海三联书店1997年版,第347页。
② 胡塞尔:《胡塞尔选集》,倪梁康选编,上海三联书店1997年版,第348页。

和实证科学,都仍停留在这种观点之中"。① 先验问题虽然带有一定的神秘性,但是它也揭示了以下这一点:在审美活动中,个体经验固然重要,不过审美活动的普遍共同性原则还是可以建立的,它不以个体意志与个体选择为转移。"如果我们在自由想象中变更我们的事实世界,将它过渡到任意的可想象的诸世界中,那么,我们也就不可避免地要变更我们自己,因为这个世界是我们的周围世界;我们将自己变为一种可能的主体性,它的周围世界,便是被想象的那个世界,这个世界,是可能的经验、可能的理论明证性的世界,是这个被想象的主体性的可能实际生活世界。这个变动,显然,没有触动那些纯粹观念的世界,即存在于本质一般性之中、其本质包含着不变性的那些世界;但是,认识着这些同一性的主体的可能可变性却表明,这个世界的可认识性,即它们的意向关联,不仅仅涉及我们的事实的主体性。"②意向关联与意向主体性得到充分的理解,审美现象学经验就能得到自由地描述。

　　如何理解审美心理活动,揭示审美心理的基本精神结构,现象学方法也给我们提供了支持。胡塞尔说:"我们在这里将引入'先验的还原',它们是比心理学还高一层次的还原,心理学的还原是随时可以进行的,并且,同样借助于悬搁来进行的纯化,先验还原是在此纯化之后进一步的纯化。先验还原完全是普遍悬搁的一个结果,而普遍悬搁则包含在先验问题的意义中。如果每个可能世界的先验相对性都要求对这些世界进行普遍'加括号',那么,它也要求对纯粹心灵和心灵相关有关的纯粹现象学的心理学加括号。通过这种方式,纯粹变成了先验的现象。"③这一方法本来是为了获得哲学的纯粹性,但是用于美学分析中,它可以让我们超越具体的个人经验,使审美活动的纯粹心理结构呈现出来。它能够让我们从普遍意义上理解人的审美活动,这样,审美共同性与文明的审美共同性要

① 胡塞尔:《胡塞尔选集》,倪梁康选编,上海三联书店 1997 年版,第 351 页。
② 胡塞尔:《胡塞尔选集》,倪梁康选编,上海三联书店 1997 年版,第 353 页。
③ 胡塞尔:《胡塞尔选集》,倪梁康选编,上海三联书店 1997 年版,第 356 页。

求就可以得到合法的说明。当然,胡塞尔对现象学方法也许过于乐观了,他说:"在现象学的系统的、从直观被给予性向抽象高度不断迈进的工作中,古代遗留下来的模糊的哲学立场对立,如理性主义与经验主义的对立,相对主义与绝对主义的对立,主观主义与客观主义的对立,实证主义与形而上学的对立,目的论与因果性的世界观对立,等等,这些对立都自身得以消解,同时,不需要任何论证性的辩论艺术的帮助,不需要任何虚弱的努力和妥协。"①实际上,现象学对所有这些哲学对立的解决并不容易,它的得心应手之处就在于它能够呈现人丰富的生命经验,将人的审美意识活动具体化,而审美的价值或审美的目的,并不是现象学方法关注的核心问题。"方法意向的纯粹作用结果,这意味着现象学具有现实的方法,这种方法,可以将问题放到具体的切实可行的探讨轨道上来。这是真正科学的轨道,是无限的轨道。因此,现象学要求现象学家们放弃建立一个哲学体系的理想,作为一个谦逊的研究者,与其他人一起,共同地为一门永恒的哲学而生活。"②胡塞尔的纯粹现象学,对描述心理学与经验心理学的内容并不排斥,同时他又要使这些主观经验变成科学理解的内容,不受个人主观性干扰,以保证哲学科学的严格性,为生活世界建立真正坚实的思想基地,这无疑是乐观的看法。就文艺美学而言,我们显然无法追求这样的纯粹,那么,为什么还要重视现象学方法呢?因为胡塞尔对体验流的重视,对意向对象与意向作用的意向性分析,对交互主体性的解释,以及对生活世界的展望,都是审美解释学的根本问题。胡塞尔对纯粹现象学的科学追求,不仅能使哲学变得更加严格科学,而且能使文艺美学的建构更具科学合理性。更重要的是,它可以自由而美丽地展示人类审美意识活动的丰富复杂性和自由创造的价值。

2. 意向性理论与审美对象的重新理解

从根本上说,现象学的解释方法具有诗思综合解释的基本特征,它能

---

① 胡塞尔:《胡塞尔选集》,倪梁康选编,上海三联书店 1997 年版,第 363 页。
② 胡塞尔:《胡塞尔选集》,倪梁康选编,上海三联书店 1997 年版,第 364 页。

满足文艺美学的体验性要求与价值阐释要求。从文艺美学入手，可以看到，现象学方法是一种谦卑的解释方法，即尊重对象并描述对象。在文艺美学的具体实践中，现象学方法的重要性主要表现在两个方面：一是现象学强调经验描述的重要性。实际上，文艺创作在很大程度上就是对作家自身感觉经验与生命经验的重现，只不过，感觉经验不只是客观的还原，它还要求想象与理解参与其中。二是现象学强调体验的中心地位。"体验"实际上就是自我经验的生命反思活动，也是审美主体关注审美对象，与审美对象交互作用的过程。所以人们总是强调现象学方法就是回到事物本身，直面对象，"不要想，而要看"。这些原则在很大程度上保护了审美活动的真实性与创造性，对美学研究具有特别的意义。体验观念与意向作用、意向性理论密切相关，这是现象学的体验论思想的中心所在，理解了这些问题，文艺审美活动的心理复杂性与神秘性也就迎刃而解。

意向性作为现象学的首要主题，胡塞尔总是给予特别强调。他说："意向性是一般体验领域的一个本质特性，因为一切体验在某种方式上均参与了它，尽管我们不能在同一意义上说，每一体验具有意向性，就如我们可能（例如）就每一个作为客体进入可能的反思目光的体验——即使它是一个抽象的体验因素——说它具有的时间性因素一样。"他进而明确指出："意向性，是在严格意义上说明意识特性的东西，而且，同时也有理由把整个体验流称作意识流和一个意识统一体。"①这里，胡塞尔已经讲得相当明白，他在不同场合反复强调，我们把意向性理解成体验的特性，即"作为对某物的意识"。在明确的"我思"中，人们常常遇到这个令人惊异的特性，而且一切理论和形而上学的谜团都归因于这一特性。从现象学的眼光来看，一个知觉是对一个物体的知觉；一个判断是对某一事态的判断；一个评价是对某一价值事态的评价；一个愿望是对某一事态的愿望，等等。这就是说行为与动作（Handlung）有关，做事（Tun）与举动（Tat）有关，爱与被爱有关，高兴与令人高兴之物有关，等等。在每一活动的"我

---

① 胡塞尔：《纯粹现象学通论》，李幼蒸译，商务印书馆 1992 年版，第 210 页。

思"之中,从纯粹自我射出的目光,总是指向该意识相关物的"对象",指向物体,指向事态等。

对于意向活动与知觉体验问题,胡塞尔还指出,"虽然我们现在朝向'我思'样式中的那个纯粹对象,但各种对象都在'显现',它们是直观地'被意识的',都被汇入一个被意识的对象场的直观统一体中","它是一种潜在的知觉场,其意义是,一个特殊的知觉(一个知觉着的我思),可朝向如此显现的每一物;但不是在这样的意义上,好像在体验中出现的感觉侧显,例如,视觉侧显和在视觉场统一体中展开的侧显,欠缺任何对象的把握,而且,只是由于目光朝向对象,直观显现一般说来才被构成"。① 在把体验流刻画为意识的统一体时,胡塞尔就已经看到"意向性",除了它令人困惑的形式和层级以外,也像是一种普遍中介物(Medium),它最终在自身内包含着一切体验,甚至那些本身不被刻画为意向性的体验。这个层级,不是下降到组成一切体验时间性的最终意识的晦暗深处,而是把体验看作在反思中呈现的统一时间过程。这些思想非常深刻,可以直接指导我们对文艺美学进行体验性认知,深刻地揭示审美意识活动的内在发生和发展过程。正因为如此,胡塞尔充满自信地看到,"在我们的论述中,现象学显示为一门开创中的科学","只有未来可以告诉人们,这里的分析,会给我们带来多少确定的成果。当然,我们所做的很多描述,本质上,将可能以另外一种方式进行。但有一件事是我们可能和必须追求的,即在每一阶段,我们都忠实地去描述那些按我们的观点和经极严格的研究之后实际得到的东西。我们的途径就是一个穿过未知世界地域的求知探险家的旅程,并仔细地描述着在无人走过的地段上所呈现出来的东西,这个探索旅程将永远不会是一条捷径。这样一位探险家可满怀这样的自信,即他在某一时刻、某一条件下,说出了必须被说出的东西,而且,因为他是对亲见事物的忠实描述,从而将永远保持其价值"。② 在此,胡塞尔

---

① 胡塞尔:《纯粹现象学通论》,李幼蒸译,商务印书馆1992年版,第211页。
② 胡塞尔:《纯粹现象学通论》,李幼蒸译,商务印书馆1992年版,第244页。

不仅揭示了体验活动的本质,而且把体验者和探险者的地位予以特别的确证。体验与体验者的探索意向,体验者的探索与体验的价值,就形成了本质关联。

由于意向性是体验活动的根本问题所在,故而胡塞尔在不同的场合反复解释意向性问题,事实上他对意向性的一般界定最具启示性。他说:"意向性,是在严格意义上说明意识特性的东西,而且,同时也有理由把整个体验流称作意识流和一个意识统一体。"①"当我们让一种自我的注意目光指向意识对象时,这就变得更清楚了。于是,自我目光贯穿过了诸层级序列的意向对象——直到最高层级的客体,它没有贯穿每个最终层级客体,而是固定于其上。然而,目光也可以从一个层级移向另一个层级,它不是贯穿一切层级,而是可以指向每一层级上的所与物,并固定于其上,或者说,在直接的或反思的目光方向上。"在此,胡塞尔特别强调意向认知和意向作用中的"自我目光",为此他提出了"目光射线"和"旋转目光"等有意思的观念。他还指出:"这种多样性目光的可能方向,本质上属于彼此相关的和互为根基的意向关系多重体;而且,每当我们发现类似的根基作用时,就会产生变化的反思和类似的可能性。"②这种清晰生动的描述,把意向性活动的自由变化的本质特征生动地呈现出来。

按照现象学的理解,"意向性"就是主体的意识活动的主观指向性。无论是在审美活动中,还是在日常生活中,我们的意向性不论指向什么对象,都会形成感知意识。问题在于:审美活动的对象指向不会是浅层的或随意的意识转向,即不是简单随意的日常意识。审美意识活动,总需要长久地关注审美对象,与审美对象形成牢固的意向关系,此时,生命情感与价值意识,就充满了审美主体的心灵,它会使审美体验与审美创造活动充满新意。回到对象本身是最简单的思想文化活动,也是人们为了避免方法论的纠缠,直面审美对象的正确选择。现象学方法可以避免审美解释

---

① 胡塞尔:《纯粹现象学通论》,李幼蒸译,商务印书馆 1992 年版,第 210 页。
② 胡塞尔:《纯粹现象学通论》,李幼蒸译,商务印书馆 1992 年版,第 256 页。

本身因失去与对象本身的亲密的接触机会,而陷于理论的空谈的错误。不过,回归对象本身也是不容易的,因为什么是审美的对象,至今依然是困难的问题。此前,比较严格区分的自然美与艺术美界限正在消失,或者被艺术家有意混淆,即使是有确定性的艺术美,也是不断变动的观念。我们熟悉古典艺术的美,能够面对古典艺术对象,未必能自由地接受新的艺术对象。艺术的审美趣味培养,往往就是这样:当你刚刚习惯某种艺术对象时,正在发展的艺术创作,又在瓦解着你的审美能力。这就是说,艺术对象在胡塞尔那里是不断发展变化的概念,是不确定的,是无限生成的,即只要创造者存在,艺术对象就永无终结之时,这就使得我们的审美解释方法与审美观念必须不断变化。回到审美对象,一方面要面对具有历史确定性的艺术对象,另一方面则要面对正在生成的艺术对象,这就要求我们在进行艺术解释时不要企求对艺术对象进行一劳永逸的全方位把握,只能寻求对艺术的历史阶段式把握,即如何理解已经出现的各种艺术,但不能将已有艺术的审美经验普遍化,只能寻求对已有艺术经验的历史性把握。艺术永远具有开放性,回到审美对象本身,就是要与艺术的开放性和艺术的无穷生成性同在。

不过,随之也带来一个问题:在拥有一种审美经验与审美观念时,如何对另一种艺术和审美观念进行价值判断? 在审美实践中,可以发现有些审美判断者可以适应任何类型的艺术,并对任何类型的艺术进行评价,成了所谓的"职业评价者",这如同演员塑造多重角色。笔者很难想象一个美学家,如何能够同时对无限的艺术对象与审美类型形成多元评判,那么确定的价值信仰何在? 因为多元艺术不是相互并存的,而是在观念上彼此对立甚至对抗的。我们可以认同不同类型的审美批评家之间的对抗,但是无法认同同一艺术家在不同的相互对抗的审美活动中的"自由包容"。如何评判不同艺术对象的价值? 如何对待艺术审美观念的对立与冲突? 这是审美解释者需要优先解决的问题。相对而言,内行的解释者只能在自己有限的领域进行发言或艺术批评,对于不熟悉的领域或在观念上对抗的艺术,则保持沉默。但是问题在于:对待一些艺术,如果你保持沉默，就不能及时进行批评。文艺批评解释，永远落后于文艺创作，因而批评并不决定艺术的前途。面对艺术理解，艺术创造就成了需要优先解决的问题，只要面对艺术作品，就可以对艺术进行真正的审美评价。

在确立意向性的中心地位之后，审美对象问题就成为关键问题。审美对象，大致可以分为日常审美对象与艺术审美对象。这两类审美对象并无高下之分，但是审美意向性作用的目的有所不同。审美本身就与我们的生活相关，或者说审美并不是为了学习许多知识，审美是为了生命的自由与升华，因此我们可以通过两种审美意向性作用方式来充实我们的人生体验。日常审美对象无处不在，无论是在室外，还是在室内，只要我们善于发现，总有美的事物在闪光，总有美的事物给我们带来快感。日常生活审美对象，可以是自然，也可以是我们的生活情景，它可以运用艺术的眼光去把握，也可以运用散步的方式去理解。日常生活的审美对象，最适合以"散步的方式"去理解。当我们欣赏天光日影时，当我们在故乡或美丽的城镇漫步时，到处都可以看到美的事物，享受美的事物所给予的快感。① 日常生活的审美对象，就是要让我们与日常生活建立美的意向性联系，它不会直接促进美的艺术创造，也不会直接决定美的艺术品的诞生，但是当你用艺术的眼光来看待日常生命事物时，美的创造冲动就可能形成。艺术的审美对象则是有选择性的，因为当我们面对艺术的审美对象时，先就有一个"前定的概念"，这就是艺术作品。这种先定性是艺术审美对象的基本设定，不管我们怎么评价这个艺术品，必须先承认它是"艺术品"。既然是艺术，我们就要按照艺术的理解方式去欣赏和体验，艺术的审美对象，有其审美形式的确定性，又有其艺术意义的价值评判尺度。我们的意向性体验，在民族话语系统中，总是顺着艺术价值的基本设定完成着意向性体验活动，从而赋予艺术审美对象以生命文化意义。意向性与意向体验，意向内容和体验流，决定了审美活动的自由展开，所以现象学的方法就在于打开这扇神秘美丽的大门。

---

① 宗白华：《美学散步》，上海人民出版社 1981 年版，第 1 页。

3. 意向性体验与体验流的三维时空

从文艺美学的角度来说,日常审美对象与日常审美活动虽然重要,但是我们的主要目标还是要面对艺术审美对象与艺术审美活动。我们不能回避艺术的审美理解与审美创造问题,或者说忽视了艺术问题,文艺美学也就失去了根本价值。在多元化的审美需求支配下,审美批评家通过文学艺术之间的交流,能够建立长期的历史观念和多民族的文化独立观念,从中找出艺术包容和艺术进步的合理法则。如果没有对艺术的民族观念与生命价值的正确理解,放任艺术的无限自由创作,可能会失去对正确价值观念的依赖,事实上总有正确的观念支配文学艺术的审美接受本身。就文艺美学的体验观念而言,与对象同在是理解艺术的最好方式。与对象同在有两个意思:一是与艺术对象同在,一是与艺术所表现的原初生活同在;这就是说,当审美者一面连接着艺术作品,一面又与本原的生活或生命存在保持着紧密联系时,审美活动与生命活动本身,就可以获得特别的观照。① 意向性理论与体验流观念,把文艺美学的中心问题做了特别强调,这说明现象学方法在文艺美学解释中确实具有特殊的意义。从意向性体验出发,直面解释对象,从解释的对象自身中获得生命美感,是文艺美学活动的重要目的。因为一切解释都是为了深化艺术理解,回归生命艺术本身,而不是远离艺术作品;当然,仅仅立足于艺术作品也无法真正理解艺术,从思想入手是为了更好地理解艺术。审美现象学就是为了更好地让艺术的思想文化意蕴能够得到最大限度的展开。就审美体验和艺术理解而言,现象学意义上的时间意识与艺术真理观念具有特殊的地位。

无论是意向活动还是意向体验,虽然都是心理活动,但它们也是时间性活动。如前文对现象学的时间意识所描述的那样,我们一般把时间分成三维,即过去、现在和将来,时间的这三维特性在文艺美学的现象学解

---

① 杜夫海纳:《审美经验现象学》,韩树站译,文化艺术出版社 1996 年版,第 86—89 页。

释中依然有效。不过,在现象学的体验中,时间的三维不是线索分明的时间标尺,而是在时间的整体性中呈现出来的"三个片断",更重要的是,这三个片断是联系在一起的,可以随时中断,也可以随时继续。当然,在宏大的历史时间视野中,这个三维关系有明确区分,在心理意识活动层面,特别是自我的主观体验,对这三维关系的意识则是可以颠倒的,这进而说明,外在的历史时间意识与内在主体时间体验有明确区分,但是内在时间意识与外在时间意识之间又有其必然关联。内在时间意识是对外在时间意识的自由综合与心理变形,按照胡塞尔的理解,时间的三维是彼此关联的,不能对其进行清晰的划界,现象学的时间不是客观时间,而是心理时间,它可以随时开始,也可以随时中断,"在前的时间边缘域"与"在后的时间边缘域"之间,由于体验流的延伸而具有描述心理学意义。胡塞尔指出:"现象学的素材是时间立义(Zeitauffassung),是客观意义上的时间之物显现于其中的体验。现象学,被给予我们的还有体验因素,它们特殊地奠定了时间立义本身的基础,这些体验因素,也可能是特殊时间性的立义内容(即被温和的先天论称之为原初的时间之物的东西)。但是,在这些因素中,没有任何东西是客观的,现象学的分析,不会给人们带来丝毫对客观时间的发现。"①正因为现象学对心理时间的重视,所以才把客观时间在体验中的意义予以降低。

现象学的时间界划,用胡塞尔的描述语言可以得到形象生动的说明。他说:"时间性一词所表示的一般体验的这个本质特性,不仅指普遍属于每一单一体验的东西,而且也是把体验与体验结合在一起的一种必然形式。"胡塞尔进而指出:"每一现实的体验(我们根据一种体验现实的明晰直观进行这一明证),都必然是一种持续的体验,而且,它随此绵延存于一种无限的绵延连续体中———一种被充实的连续体中。它必然有一个全面的、被无限充实的时间边缘域。同时,这就是说,它属于一个无限的'体验流'。每一单一的体验,如喜悦体验,均可开始和结束,因此界定了其绵

---

① 胡塞尔:《生活世界现象学》,倪梁康等译,上海译文出版社 2002 年版,第 73 页。

延,但是,体验流不可能有开始和结束。每一作为时间性存在的体验,都是其纯粹自我的体验。""它必然有如下的可能性,即自我使其纯粹自我目光指向此体验,并将体验把握为在现象学时间中现实存在的或绵延的东西。"①基于此,胡塞尔把现象学体验意义上的时间观念做了更加生动的解释。他说:"这意味着,每一现在体验,都具有一个体验边缘域,它也具有同样的'现在'原初性形式,并这样构成了纯粹自我的一个原初性边缘域,即它的完全原初性的现在意识。""自我,可以从'其'任何一个体验出发,按在前、在后和同时这三个维度来穿越这一领域;或者,换句话说,我们有整个的、本质上统一的和严格封闭的体验时间统一流。""一个纯粹自我——一个在全部三维上被充实的,在此充实中本质上相联结的和在其内容连续体中进行的体验流:它们是必然的相关物。"②从现象学意义上说,每一体验都是影响其他体验的(明亮的或晦暗的)光晕。③ 这种关于体验的认知以及对内在时间意识的描述,相当真实生动,它能够最深刻地描述审美主体的审美创造和体验反思活动的内在本质过程。

"体验流"概念的提出,是现象学方法对文艺美学思想的重要贡献。人们时时刻刻都在感知与体验,只要我们的意向性活动不中止,"体验流"就不会停止,无限的"体验流",让我们的生命经验在心灵世界中显得无限充实。我们与对象世界的接触,就是"体验流"的展开。"体验流"也是经验的累积过程,从前的"体验流"可能在此刻被唤起当下的"体验流",也可能沉入历史的记忆中。体验流就是生命的活跃状态,它是艺术创作与审美活动的根本特性;离开了体验流,我们审美过程中的美感意识与生命意愿,就无从理解。"体验流"是主体性世界中生命的无限敞开状态;"现象学"正视了体验流的活动状态,并没有涉及体验流的具体内容,这就为每个审美主体的体验开辟了自由路径。这就是说,我们的经验无论多么复

---

① 胡塞尔:《纯粹现象学通论》,李幼蒸译,商务印书馆1992年版,第204—205页。

② 胡塞尔:《纯粹现象学通论》,李幼蒸译,商务印书馆1992年版,第207页。

③ 胡塞尔:《纯粹现象学通论》,李幼蒸译,商务印书馆1992年版,第209页。

杂独特,但是从体验的精神结构来看,不外乎意向性与意向作用,意向对象与体验流的关系无疑为我们理解审美意识活动的复杂性提供了方便。更为重要的是,个体性的丰富意识内容的呈现,不会受到意向性与体验流的影响,这就打开了审美活动的自由通道。我们只要对日常生活中的审美经验与艺术活动中的审美经验重新进行反省,生命的体验与自由想象就会给予我们以独特的美感与快感,显然,这对于文艺美学来说是最重要的。

4. 审美体验与生活世界的文明价值反思

现象学在提供了意向活动与体验流的方法原则之后,并没有忽视生活世界意义问题的寻求。通过欧洲科学的危机以及科学对生活世界的压迫,胡塞尔对人的生活世界的价值与意义进行了反思。胡塞尔的纯粹现象学建构之后,海德格尔通过"此在现象学"的拓展,舍勒则通过对"价值现象学"的研究,对人的价值和存在价值体验,特别是对情感问题给予独特的关注,这无疑是对胡塞尔"生活世界理论"的进一步延伸。现象学家都很重视体验问题,海德格尔从艺术与存在的关系出发,把体验看作是存在意义的升华。在他那里,"世界"意味着天地神人四维关系的建立,"世界的意义"就是通过天地神人的自由之思为人的生命存在找到一条路径。胡塞尔为了寻求作为严格的科学的哲学,他是从理性出发,而不是从诗性出发去寻求生存的意义,因而,生活世界与文明危机问题显得更为重要一些。舍勒对爱与怨恨、友谊与忠诚、信仰与怀疑等情感进行价值分析,既有伦理宗教的分析,又有审美文化的思考,将生活世界的价值体验完全具体化,这是否符合胡塞尔的现象学对伦理学和美学的关注,从现象学意义上说值得进一步思考。[①] 审美方法的探讨,从根本上说不能不考虑人类文明与民族文明的问题,"审美"构成了民族文化与人类文化发展的最根本问题。无论是艺术创造还是美学思考,在我看来,问题在于:人类文明

---

① 舍勒:《舍勒选集》,刘小枫选编,倪梁康等译,上海三联书店 1999 年版,第 401—403 页。

的美的本质如何体现？民族文明的内在自由本质如何体现？如何防范对人类文明的自由美的本质和民族文明的自由美的本质的破坏？这是现代文艺美学必须仲裁的问题。

从现象学意义上说，"生活世界理论"与"欧洲文明的危机"具有特别的意义。人类文明面临太多的困境：民族发展与世界发展的矛盾，资源需求、经济发展与环境保护的矛盾，人类文明的多样性与民族文化的强势性之间的矛盾，人的个体自由与整个人类的自由之间的矛盾。美学应该教会人们自由地生活，而不是教会人们痛苦地忍受，那么，没有掌握政治权力、自然力量或科学力量的美学，如何才能确保人的审美自由、民族的审美自由与文明的审美自由？这是个极为剧烈的矛盾。"文艺美学"如果不从解决问题出发，只是立足于解释美自身，那么美学可能变成乌托邦的形上之思。美的信念，应该成为生命的自由实践理想；美的信念，应该成为人类的自由和解之路。我们必须认识到，人类愚昧的力量要大于人类自由探索的力量。或者说，这两种力量始终构成冲突，恶的力量时刻对人的文明构成破坏，关键在于人类的审美力量、道德力量与理性力量如何制服恶的力量，使它不致毁坏人类文明，因为人类只有具备保护和发展人类文明的力量，才是最值得自豪的。

必须承认，并不是每一种文明都具有自由与美的本质，当然，每一种文明都有美与自由的力量，但文明的主导力量并不一定是自由与美。有些古老的文明曾经创造了灿烂的文明形式，但是由于这些文明对自由与美丽的本质的理解存在"先天的缺陷"，即对人的自由、平等和正义有不同于现代文明的理解，等级观念和极权意识长期以来制约人的思维，阻碍了人们对自由、平等与正义的追求，因而文明自身发展的历史与价值信仰虽然也创造了美，但从根本上却阻碍了美的自由发展。其实，这种状况在每一种文明的内部不同程度地存在，只是有的文明较好地刺激和保护了美的创造，有的文明则限制美的发展与创造。从审美自由与文明进步的意义上说，我们就要看哪一个民族对人类文明贡献了更多的"自由与美丽"的思想与形象。现在的文明理论最大的缺陷在于只有民族国家利益的思考,缺少对人类共同利益的思考,或者说真正自由与美丽的文明理论还停留在口头上。现象学对欧洲文明的本质反思能给予我们一些有益的启发,黑尔德指出:"在胡塞尔对生活世界的思索中,包含着对现代科学精神的彻底批判,然而,奇特的是,这个批判,并不是从根本原则上否定科学。相反,胡塞尔所关心的只是对科学和作为科学一般基础的哲学的更新。所以,他对生活世界的思索,可以有助于防止如今日趋常见的对科学和文明的厌倦,不至于转变为某种为年轻人所容易接受的、浪漫主义的、向完全前科学的和前技术世界的回返。"①

黑尔德所做的发挥,把握了胡塞尔现象学的生活世界理论的中心思想,所以黑尔德这样评价胡塞尔的"生活世界"理论:"这个包罗万象的视域"。在胡塞尔那里,有别于那种作为科学研究对象的一般的世界,有别于近代的科学化世界,胡塞尔将它称为"生活世界"。通过现代的科学世界在其初创时所获得的意义,即它是绝对的与主体无关的世界,现代科学世界指明了前科学的生活世界。如果不与这个主观——相对的世界相对照,现代科学世界便会悬在空中。"在此意义上,科学客观之物的新的超越性,始终是与主观的活动进行相联系的。这个超越,也不会摆脱对象性与在被给予方式中的主观的、境遇的显现之间的普全关系,因此,超越了生活世界视域的主观相对性的科学世界,还是会被这种主观相对性所赶上。科学的对象是意义构成物,它的存在,要归功于一种特有的理论——逻辑实践的主要成就,而这种实践本身,就包含在生活世界的生活中。"②黑尔德对生活世界与科学的反思评价,正视了胡塞尔现象学的意义,同时也给文艺美学的现代价值追求提供了思想支撑。

从现象学意义上说,这个世界是在前科学的日常的感性经验中被主观地、相对地给予的,我们每个人都拥有自己的显现,每个人都把自己的显现看作是现实存在。我们在互相的交往中,早就察觉到了我们的存在

① 胡塞尔:《生活世界现象学》,倪梁康等译,上海译文出版社 2002 年版,第 1—2 页。
② 胡塞尔:《生活世界现象学》,倪梁康等译,上海译文出版社 2002 年版,第 41 页。

有效性(Seinsgeltung)之间的差异,但是我们并不因此而认为存在许多世界。我们必然相信这个世界为同一世界,尽管这同一世界对我们来说,只是各种不同的显现着的事物。①"生活世界是原始明见性的一个领域。依照不同的情况,明见的被给予之物要么在感知中'它本身'是在直接的在场中所经验到的东西,要么在回忆中它本身是所回忆的东西;直观的任何一种别的什么方式,是一种使它本身当下化的东西;每一种间接的认识,也都属于这个领域,广义地说,每一种归纳方式,都有一种可直观之物的归纳的意义,即都有对某种以可能方式作为它本身可感知的东西,或作为被感知的可回忆的东西等进行归纳的意义。一切可想到的证实,都要回溯到这种明见性的样式,因为它本身(即每一种明见性样式本身),就是作为交互主体的现实的可经验之物和可证实之物而存在于这些直观本身中的,并且,'它本身'并没有什么想象中的一个基底。一般说来,如果它要求真理的话,那么它恰好只有通过与这样一些明见性的关联才能够具有真理。"②当然,现象学所勾画的"生活世界理论",我们还不能简单地用于文艺美学的解释,但是这一理论给文艺美学的解释指明了方向。我们在关注体验问题时,一定要有"生活世界"的观念,这个"生活世界"是先于我们的美学解释而存在的,所以我们不能不对生活世界的法则有所回应。"生活世界"有其严酷的法则,同时"生活世界"也有其温情的一面,我们不致于在生活世界面前倒下。一个生活世界陷入危机,并不意味着所有的生活世界都是一片黑暗。生活世界因为文化、政治的分隔,而具有无限多样性。从文艺美学的眼光来看,每一个生活世界都是由自然和人以及人的生活所构成,由于人对生活世界资源的占有,而使得生活世界呈现各种危机。"文艺美学"在体验和记录生活世界的历史的同时,更重视生活世界的意义与美丽的发现。生活世界的美是美学最具价值的共同法则,一个文明,一个世界,如果以美的法则生活,就会充满希望和力量。把握了

---

① 胡塞尔:《生活世界现象学》,第 208 页。
② 胡塞尔:《生活世界现象学》,第 265—266 页。

体验问题,就把握了文艺美学的根本,而把握了价值问题,就把握了文艺美学的目的所在。① "现象学方法"不仅能深入探讨体验问题,而且能够深入思考生活世界的价值,进而涉及文明与美的自由生活本质,因而它在文艺美学中具有重要的方法论意义。严格说来,生活世界的价值可以通过审美的方式予以确证,人在生活世界中不断确证自我的审美本质力量,生活世界就会日见精彩,这正是现象学方法与现象学价值观给予文艺美学的有益启示。

---

① 　今道友信:《美的相位与艺术》,周浙平等译,中国文联出版公司 1988 年版,第 8 页。

第五章　文艺美学解释与
当代思想论争

第一节　美学批判与美学解释学的多元化

1. 美学的历史批判与美学解释学展望

"美学批判"是方法论的批判,也是价值论的批判。人类的思想因各种原因必然呈现多元化趋向,不同的思想解释之间总会有根本性的冲突,所以美学对话与美学批判,往往直接推动美学的发展。美学思想发展的路径是这样的:文艺美学的解释学呈现,必须构成独立的思想取向与思想形态;文艺美学解释的独立探索,必然构成美学解释学的多元化。在这些杂多的美学解释学形态中,不同美学观念之间必然构成激烈的思想交锋;当某一美学解释形态成为主导性解释形态时,就会引发持续的美学争论;与此同时,当某一美学解释形态不符合主导性美学解释形态时,往往也会受到激烈的思想批判。应该承认,这都是文艺美学思想发展过程中的正常思想现象。正如我已经反复提到的那样:文艺美学思想,在现代中国的学术语境中,通常被理解成"文艺学""美学"和"文艺美学"三门学科,事实上这三门学科之间彼此关联,并无严格的分界,因而,在现代中国的美学批判中,文学理论问题的讨论与美学理论问题的讨论总是密切相关,它们共同促进了文艺美学的繁荣。①

把美学批判与美学解释学关联在一起,就是为了寻求美学思想的原创性与科学性。过去,人们很少把美学理论的建构看作是解释学的工作,在此,我将美学理论的全部解释视作"美学解释学"的自由思想表达。美学解释学就是要从科学与理性出发,面对审美主体与审美活动,面对审美对象与审美意识,对美学思想与审美活动进行深入而独特的解释。这里既涉及美学的学科特性,也涉及美学的对象以及审美活动的发生与发展。美学解释学,既有它的客观性,又有它的主观性,所以美学解释学从来就包容多元化的美学观,为多元化的美学思想之创建提供合法性的保证。美学解释学,需要美学思想的建构,也需要美学思想的批判,批判与建构构成了美学解释学的内在思想动力。就中国当代文艺美学而言,我们可以对"美学批判"这一概念进行双重理解:一是从思想意义上说,美学思想的交锋离不开主导性美学解释与异端性美学之间的相互批判,其目的是为了更好地接近对真理的认识;二是从历史意义上说,是指对特定历史时期美学思想解释之间激烈交锋的历史事实的描述和重新评价。在这里,既要照顾一般思想意义上的美学批判概念,又要照顾特定历史意义上的美学批判概念。从现代中国美学思想的历史事实出发,可以看到,盛行于20世纪五六十年代和盛行于20世纪八九十年代的美学思想批判,为中国文艺美学的未来发展积累了丰富的思想文化经验,总结这些美学批判的经验,能够更好地展望未来中国美学思想发展的可能性。

严格说来,文艺美学价值形态的真正批判,必须具备历史主义、理性主义与科学主义的思想立场,批判(Critique)这一概念包含复杂的意义。英文词典的释义是:对一篇文章、一本书的批评;评论某事,诸如对作家作品的评论。德文"批判"(Kritisieren)一词的基本意思有两个:一是对艺术的评论,二是对某人某事的批评和指责。没有真正思想意义上的文化交锋与学术批判,美学解释学就不能获得进步,从真正意义上说,批判是对

---

① 李泽厚:《美学三书》,天津社会科学出版社 2003 年版,第 400—105 页。

局限和错误的超越。正因为现代中国学者在学术讨论上过于粗暴,即从政治意识形态出发,对美学思想建构进行简单的是非正误判断,因而,理论的自由建构就受到不同程度的影响。真正的批判,应该是在批判中建构,在建构中批判,以建构代替批判。批判的本义的确立,首先必须在政治语境和学术语境两者之间进行划界。尽管学术批判难免涉及人身攻击、嘲讽、挖苦,但这恰好不是学术批判的本义,一旦学术批判意气用事,充满挖苦、讽刺、丑化、打击的意味,批判的本真意义也就丧失殆尽。在特定的历史时期内,这种极富讽刺力、丑化力和打击力的学术批判,可能引起轰动,但学术思想史本身必将把这种批判方式予以扬弃。批判者在回避学术本身以及针对他人人格的批判时,其自身也受到历史的嘲弄,因此,一旦将批判的这些负面意义,从批判的复杂意义中剔除,就可能具有真正的批判精神。现代美学的发展,需要真正的批判精神。在德国近代文化传统中,哲学和美学的自由发展正是以"批判"为真正动力。在《纯粹理性批判》《实践理性批判》《判断力批判》中,康德特别标明了思想批判的基本立场。通过对思想史的历史反思,康德认识到了经验论与唯理论的思想局限,于是他企图通过先验逻辑的建立,对经验论与唯理论实施批判,建立先验哲学。杜兰特说:"批判确切地说并不就是批评,乃是批判性的分析。"他还说:"康德的伟大成就在于:一劳永逸地证明外在世界只是作为感觉才被我们认识的;心灵并不仅仅是无能为力的白纸,是被动接受感觉的牺牲品,而是一个积极的动因,经验到来就进行选择和整理。"因为人的心灵并不是被动的唱片,经验和感觉可以在上面灌上它们绝对的、反复无常的意志;它也不仅仅是一连串或一簇心理状态的抽象名称,它是能动的器官,"它把感觉塑造、配置成观念,把混乱不堪、纷繁复杂的经验转变成秩序井然的思想统一体"①。因此,康德的哲学批判推进了德国近代思想的真正发展,一个民族倘若缺少这种精神,思想就不可能获得自由发展,这种批判绝不是粗暴的否定。由康德、费希特、谢林、黑格尔、费尔巴

———————————

① 杜兰特:《哲学的故事》,金发燊等译,生活·读书·新知三联书店1997年版,第17页。

哈、叔本华、狄尔泰、尼采、胡塞尔、海德格尔、伽达默尔等构成的德国美学批判的传统,在根本性问题上确立了思想的逻辑方法与理性原则,建立了时代哲学的路标。

本真意义上的批判是"深刻的反思",对此,黑格尔指出:"因为哲学的事实已经是现成的知识,而哲学的认识方式只是反思,意指跟随在事实后面的反复思考。""批判即需要普遍意义上的反思,但那无批判的知性,证实它自身既不忠实于对特定的已说出的理念的赤裸裸的认识,而且它对于它所包含的固定的前提也缺乏怀疑能力,所以,它更不能重述哲学理念的单纯事实。"①黑格尔的论述富于启示性,因为反思是用思想的关系来规定事物的真正本质。尽管黑格尔认为"后思"比"反思"优越,但是,"反思"实质上也是后思,是历史性思考、整体性思考、实践理性的思考,因为后思是对感觉、表象中的内容加以反复思考之意。在《逻辑学》中,黑格尔把"纯粹的反思"分成"设定的反思""外在的反思"和"规定的反思"三个阶段:设定的反思,是把表层看成底层,把差异看成同一的思考方法;"外在的反思",是把两者看成彼此独立、互不发生关联的对立性的领域;"规定的反思",则把两者看成既有区别又有内在联系的事物。黑格尔关于反思的理论充满辩证法的意味,对于批判的本义之理解是非常有意义的,因为批判确实是十分复杂的思维活动。

就美学批判而言,批判者必须把批判的对象置入历史语境,只有在历史性的把握中,才能对理论自身进行真正的批判,因为任何思想都有其历史性渊源,在历史性把握中才能真正把握美学的实质。例如,在现代文艺美学批判中,人们针对李泽厚文艺美学思想的批判,缺少这种历史性把握。李泽厚的美学思想有其历史性根源,在中外美学史的整体观照中,可以看到李泽厚美学的综合性和包容性特质,如果孤立地从政治意识形态的高度来批判李泽厚美学,就不会得到某种实际的结果。在历史性的反

---

① 黑格尔:《小逻辑》,贺麟译,商务印书馆 1980 年版,第 7 页。

思中,可以看到李泽厚美学的内在思想律动。① 要想深刻地理解和批评李泽厚的美学,就必须理解其思想形成的文化根源。李泽厚始终致力于个体生命与个体自由的美学与哲学思考,他与中国古典思想传统、中国近代革命思想传统、西方近代思想传统和马克思主义思想传统等保持着紧密联系,他的思想呈现多元性和不确定性,出思想的内在矛盾,甚至可以说,他为了个体的自由解放而思考,但始终找不到现实自由之路。因此,不能简单地否定李泽厚美学,应该给予他的美学以某种合法的解释。当然,对李泽厚美学本身的批判是无可厚非的,关键是在批判李泽厚美学时,批判者必须有其独立的思想建构,不能"为了批判而批判"。而且,这种批判显然不应停留在 20 世纪 50 年代有关"美的本质观念"的争论上。近 20 年来,我们有关文艺美学的思想批判,总是呈现为单一性文化语境,似乎习惯于对当前一些有影响的美学思想进行批判,而忽视了对历史语境的美学思想和其他民族的美学思想的反思性批判。

　　"美学批判",如果总是停留在美学批评和意识形态式否定之基础上,那么,美学批判自身永难获得其独立性,因此,仅有历史性的把握是不够的,还必须看到批判性反思的整体预见性。批判性反思,不仅要有其历史根基,而且要在人类思想的整体性观照中做出某种有预见性的发现。② 这一意义上的美学批判,在现代中国美学中尤其缺乏,相反,在西方美学中,这一有预见性的美学发现则真正推动了美学的发展。德里达的解构主义理论、维特根斯坦的语言分析批判及其对美学的治疗,还有法兰克福学派,他们贯通马克思主义、弗洛伊德主义、存在主义和现代语言哲学所做的努力,正体现了对未来美学发展的预见性。法兰克福学派关于"文化工业""审美文化""日常生活交往"以及"审美解放"的理论,从思想发展的路径来看都极具预见性,展示了现代人类"希望与绝望"并存的深渊心理。

---

　　① 李泽厚:《美学三书》,天津社会科学出版社 2003 年版,第 2 页。
　　② 黑尔德:《世界现象学》,倪梁康等译,生活·读书·新知三联书店 2003 年版,第 278—280 页。

这种富有预见性的批判性反思,是现代西方美学得以发展的基本动力,也是美学解释学创新形态的思想证明。

正如前文所述,"美学批判"不仅意味着对错误观念的克服,也意味着对经典思想的超越,所以新的美学解释学往往要在真正的否定和破坏中重建。只要客观地评价一下中西美学史,就会清楚地看到这样的基本事实,即以孔子为代表的儒家思想和以亚里士多德为代表的形而上学,在东西方思想史上具有持久性影响。一旦某种思想解释形态形成权威话语形态,就势必成为其他理论话语生长的潜在威胁。在单一、贫乏的思想空间中,思想自身的生命力也会枯萎和异化,因而,对待美学历史本身,必须有清醒的批判力;这种清醒的批判力,有可能找到权威思想话语的致命缺陷,为真正自由并富有生命力的新的理论话语之生长提供契机。正是从这一意义上说,五四新美学话语的产生,不仅根源于对西方美学的有力借鉴,而且也是因为对中国古典美学进行的深刻批判,才显示了美学解释学思想的巨大力量。现代美学思想的批判,对于马克思主义美学理论话语的生成也起到积极作用,同时,它也对中国美学革命产生了根本性影响,这一美学批判本身意味着新美学的真正建构。① 五四时期对中国传统美学的批判,是由特定的历史时代氛围决定的,今天的美学建构,有必要对中国古典美学进行重估,这样,中西交融的新美学的生成才有可能。否定性批判、价值重估与重建,是新美学理论生成所应具备的基本要素,因此,现代美学的批判与重建正致力于把东西古今的美学纳入同一性视野中,试图为未来美学的建构寻求合法的道路。这种历史性价值重估的精神活动本身,体现了美学批判的本原意义,真正的美学批判对于美学的发展具有决定性意义。"在探究真理时不断变换姿势是很重要的,这样可以避免一只脚因站立太久而僵硬。"②因此,美学批判是非常必要的,实际上,"美学批判"就是为了对旧的美学解释学进行思想解构,为新美学解释学奠定

---

① 李泽厚:《美学三书》,天津社会科学出版社 2003 年版,第 381—384 页。

② 维特根斯坦:《文化和价值》,黄正东等译,清华大学出版社 1987 年版,第 38 页。

思想基础。

正如前文所言,这种真正意义上的美学批判范式,在德国美学中体现得尤其充分,德国哲学与美学所体现的批判性范式,是推动美学乃至哲学发展的根本动力。康德是最完整地赋予批判以科学意义的哲学家,在康德看来,"我们这个时代可以称为批判的时代。没有什么东西能够逃避这个批判的。宗教企图躲在神灵的后面,法律企图躲在尊严的后面,而结果正引起人们对它们的怀疑,并失去人们对它们真诚尊敬的地位,因为只有经得起理性的自由、公开检查的东西才能博得理性的尊敬"。① 康德的批判哲学包含美学的批判,康德的批判活动从严格意义上说是认真的探索活动,是将旧的形而上学夷为平地,重建未来形而上学的探索性活动,因此康德的美学批判不是针对某些人,而是针对美学的普遍性困境而做出的深刻解释。康德是从真正意义上赋予美学以科学价值形态,并确立了美学在人类精神活动中的合法地位的哲学家。这样的批判不是个别观点之间的争辩,而是对审美活动本身进行真正的人道解释,特别值得指出的是,他对天才和艺术的解释,为审美主体性与人类主体性的合法地位奠定了牢固的思想基础。其实,简单的争辩或胜负式的争辩,在他的批判中没有任何地位,因为"争辩"易于为了保卫自己的观点而形成"诡辩"。康德所确立的范式是批判意义上的探索,他那特殊的逻辑分析方法使他的美学独具一格。他从质、量、关系、模态这四个维度,对审美本质的深刻的阐明极有意义;他把美的分析和崇高的分析,置于知性、想象力与理性的逻辑关系中,不仅看到了认识论与想象力之间的关联,而且看到了想象力与道德理性之间的关联。这样,在纯粹理性、实践理性和判断力批判中,康德确立了美学的应有地位,揭示了美学的内在生命结构。②

康德的这一美学批判范式,在席勒美学、谢林美学、费希特美学、费尔巴哈美学中得到了有力延伸,同时,这一美学价值形态对叔本华、海德格

---

① 康德:《纯粹理性批判》,蓝公武译,商务印书馆1982年版,第3页。
② 阿利森:《康德的自由理论》,陈虎平译,辽宁教育出版社2001年版,第269—276页。

尔、伽达默尔的美学又形成了有力的推动。可见,真正的美学批判范式,不是某种私人观点的争辩,不是某种私人权威的维护,不是某种私人语言的表白,更不是某种私人感情的发泄。总而言之,真正意义上的美学批判范式是大无畏的探索,真正意义上的美学批判范式,不迷从权威,不屈服世俗成见,是不急功近利的探索性建构。如果现代中国美学批判回归到这一批判的本原意义上来,回归到真正的美学建构上来,那么,中国美学才有可能真正超越派别之争和私人成见而走向思辨建构之路。不过,中国美学的两次复兴与两次表面繁荣,却都是基于意识形态的美学批判而形成的。

任何学科的发展,都会经历批判、否定与重建的历史过程,美学也不例外。对于美学工作者来说,美学价值形态的批判与重建是十分艰难的工作,因为美学价值形态的批判,实际上是对美学史进行价值重估,是在美学解释学的多元化话语系统中寻求美学发展的可能性。在特定的历史时期,有的美学价值形态处于主流地位,有的美学价值形态则处于非主流位置。美学批判,往往在于对主流地位的美学思想进行深刻的反思,对非主流地位的美学思想进行价值重估。现代美学必须获得真正的思想批判意识,因为任何一门学科的发展都离不开真正的批判。美学批判可以使现代美学的核心问题得以澄明,可以使不同的观念形成激烈的交锋,反思现代美学批判的历史,可以找到现代美学批判的确定性范式。美学批判范式有其特定的历史意义,随着时代的发展,美学批判和美学探索就需要确立新的范式,换言之,现代中国美学批判的范式应该产生新的转换。唯有实现新的转换,现代美学批判才不至于陷入历史的循环,才有可能找到当前美学发展的自由之路。真正的美学解释学,具有新的方法和新的价值观念的自由思想建构过程,因而批判性的美学解释学往往可以给美学本身带来革命性的变化。如果说,康德的美学解释学,通过对审美主体性的强调而获得了革命性影响,那么,马克思与新马克思主义的美学,则通过对工人阶级的异化劳动与资本主义社会生产关系的分析,指明了美学革命的社会文化目的。在美学解释学中,康德从理论上要求人的主体性得到张扬,马克思则从实践意义上要求审美必须服务于整个人类的解放事业。从美学自身发展的历史可以看到:美学解释学,不应仅仅停留在纯粹思想领域,更需要在现代社会生活中产生实际影响,这正是马克思主义美学所指明的理论方向。

2. 美学批判的意识形态取向及其偏颇

现代中国的美学思想批判,在我国港台地区基本上局限于"学院之争",美学从没有上升到政治意识形态的高度;而从大陆范围来看,现代美学批判,不自觉地与政治意识形态密切相关,即国家的全部政治、经济与文化活动皆由政府主管,如果不符合国家意识形态的思想取向,就较难得到传播和发表的机会,因此,从政治意识形态出发,对人文社会科学中的"异端思想"的批判,也就成了非常自然的事。从思想运动意义上说,现代中国美学批判带来了现代中国美学的两次高潮,这两次美学批判都在不同程度上受制于政治意识形态。第一次是 20 世纪 50 年代的美学大论辩,第二次是 20 世纪 80 年代以来的美学大论辩。第一次美学大论辩,在论题上局限于美的本质与美感的本质之论争;第二次美学大论辩,则突破了政治意识形态的限制,思想交锋之间,不是甲对乙错的批判模式,而是通过文化价值反思,对人的社会生活与意义,对美的生成的社会文化价值的深入反思,这是不同意识形态之间的交锋,而不是主流意识形态对非主流意识形态的否定。尽管在主导价值取向上,依然是马克思主义美学与非马克思主义美学思想之间的交锋,但是与第一次美学大论辩相比,第二次美学大论辩在视野和方法上更具现代文化意义。① 当然,20 世纪 90 年代以来的美学争辩已经脱离了意识形态权威的支配,更重视审美与生活、文化之间的时代联系。这一转变的后果是:许多学者力图以文化研究代替文学艺术研究,把文学艺术的审美解释置于时代审美文化生活现象的描述之下。

---

① 李泽厚:《美学三书》,天津社会科学出版社 2003 年版,第 409—412 页。

从现有的历史文献可以看到：现代中国美学思想的两次大辩论，或者说，两次"美学批判"在讨论的问题上有许多共同性。具体说来，就是："美的本质是什么"，"什么是美学"，"美学到底应该如何建构"，"马克思主义美学的核心思想是什么"，"如何理解实践在美学中的地位"，"如何批判性地吸收中西美学思想的资源"，"文艺的本质是什么"，"文艺美学的学科形态是否可以无限扩张"，"美学与文艺美学的关系"，"新的美学是否意味着美学与其他科学的交叉"，等等。这其中既有价值立场的论争，又有学科方法的论争。从思想形态上说，美学论争，肯定能够促进美学的发展；当然，从创作实践而言，美学论争可能会阻碍艺术的发展，因为艺术的发展，在很大程度上不依赖于观念的争论，而是其本身的独立探索。① 现代中国美学批判范式的确立，是新中国建立以来所出现的独有的意识形态现象，也是五四以来中西文化论争以及马克思主义思想与非马克思主义论争的必然延续，但是五四时期的思想论争与新中国成立后的思想论争，有本质区别。五四时期的思想论争，是外来思想或中国革命思想与传统思想、保守主义思想之间的较量。新中国成立后的思想论争，则是马克思主义与非马克思主义思想的论争，是主流意识形态与非主流意识形态之间的价值冲突。新中国的意识形态以马克思主义思想为根本，在理论上具有自己鲜明的价值取向，在实践上具有自己革命的思想意志，因而，这种理论取向与中国古典哲学美学思想、欧美哲学美学思想有一定差异，这种价值冲突和精神差异很难简单地调和。马克思主义美学的理论取向，是在特定时期政治家在思想意识形态上的当然选择和唯一选择，是苏俄马列主义思想价值形态的中国化创造。毛泽东以政治家和哲学家的战略眼光，运用马克思主义的基本理论有效地改造了中国传统哲学，使之成为马克思主义的中国式发展纲领。这一理论范式的确立，从某种意义上说规定了现代中国美学论争的道路，所以现代中国美学在 20 世纪 50 年代的大辩论，基本上是以马克思主义思想为武器，相对忽略了中国传统哲学思

---

① 李泽厚：《美学三书》，天津社会科学出版社 2003 年版，第 414—415 页。

想和西方现代哲学思想的积极意义。从思想取向上说，这是政治解释学权威对美学解释学的革命性决定，并不是美学解释学自身理论发展的必然选择。①

　　在现代美学研究中，人们总是不自觉地形成思想比较视野，即便是美学批判也是如此，如果把现代中国美学批判的范式与德国美学批判的范式加以比较，就很容易看到现代中国美学批判范式的局限性。现代美学批判的范式是"争辩模式"，批判者陷于一些基本命题之中，进行喋喋不休的讨论，是为了形成"我对你错"的结论。争辩的内容都是针对性的辩驳和否定，少有真正意义上的建构。值得庆幸的是，在现代美学批判中，尽管也存在人格讥讽和谩骂现象，但这一倾向在现代美学批判中不占主导内容，大多数美学批判还是局限于学术思想的辩驳和探讨。从总体上看，现代中国美学批判的范式以辩驳争鸣为主导，批判者力图取得论辩的决胜权。不可忽视的是，在简单的美学争鸣处于话语狂欢之时，处于边缘地位的"新儒家美学"，则颇具德国美学的文化批判与重建功能，它建构了审美与生命之间的根本联系，在熊十力、牟宗三、唐君毅、张君劢、徐复观和方东美的探索中，呈现了极为强烈的生命价值反思趋向，因此，它在现代美学批判中显得充满生机与力量。我们在看到现代中国美学批判范式局限性同时，必须看到现代新儒家美学所具有的建设性意义。

　　美学论争与美学批判，虽在马克思主义理论的指导下进行，但由于缺乏理论参照系，同时，由于许多美学工作者照搬经典，不能做出创造性阐释，还由于当时美学研究者的马克思主义理论水平不高，因而美学的批判局限于一些基本问题，这也是可以理解的。应该说，现代中国美学大辩论的思想根源是马克思主义的意识形态观念。在美学辩论中，政治意识形态对美学解释的探索，既有积极意义，又有消极作用。积极意义在于：由于美学批判基于意识形态立场，这就使得美学解释者相当关注审美的社会价值与文化价值，使美学与时代和生活紧密联系在一起；消极之处在

---

　　①　李泽厚：《美学三书》，天津社会科学出版社 2003 年版，第 413—415 页。

于:由于政治意识形态在美学辩论中处于支配性地位,这就使得美学论争很难形成真正的百家争鸣的局面,一些激进的思想因为与意识形态不符而被直接看作是错误的思想,即预先假定了政治意识形态的正确性,政治意识形态成为真理评判的基本标尺。一些有其自身价值的美学思想,可能因此就处于边缘地位。

在 20 世纪 50 年代的美学大争论中,争论的双方虽然可以分成主观派、客观派和主客观统一派,但是美学批判的主要对象是朱光潜的美学思想。由朱光潜的美学思想批判,延伸出朱光潜与蔡仪的思想争论,李泽厚与朱光潜的思想论争,高尔泰与宗白华的思想论争。为了弄清马克思美学的原义,朱光潜花了大力气研究马克思的德文原著和马克思的哲学思想,重译了马克思有关美学的著述,更为重要的是,把马克思主义美学重要思想来源的“经典”译成了汉语,这就是黑格尔的《美学》。正是在此基础上,他提出了马克思主义的实践美学思想主张。朱光潜力图通过主体与客体关系的解释,强调美既不在主观,又不在客观,而在于主客观的统一性。[①] 这种主客观相统一的美学本质解释,源于黑格尔的美学思想,基本上符合马克思主义的美学基本原则,人们也将之看作是马克思主义美学的基本原则。问题在于:如何理解主客观相统一的原则? 是偏向主观,还是偏向客观? 由此很快引发一场美学大讨论。朱光潜在强调主客观相统一的原则时,重点强调审美的主观性特点;蔡仪则在强调主客观相统一的原则时,重点强调美在客观;李泽厚强调主观性与社会性的统一,不是把主观性理解成纯粹的主观性,而是把主观性理解成融入了社会性内容的主观,即没有纯粹的主观性内容;高尔泰则从艺术创作出发,强调生命意志与主观性体验在艺术创作中的重要性,否认社会性内容对艺术家的巨大制约作用。由于高尔泰是从个体生命体验出发去理解马克思主义美学的实践观念与自由观念,因而他较少从辩证法的高度来探讨美的本质问题,而是从生命直观出发,强调美的直观性和美感的主观性,他的这一

[①] 朱光潜:《朱光潜全集》第 5 卷,安徽教育出版社 1987 年版,第 27—38 页。

理论,与当时的意识形态形成了较大的精神差异,因而他很快便从这场论辩中失声。实际上,这也是由于政治解释学权威在美学批判中所具有的决定性力量造成的,真正自由的美学解释学语境并没有形成,这也使得美学批判的表面多元化中潜含的实质性内容相当简单粗糙,甚至可以说,当时的美学批判主要停留在对简单意识形态观念的图解上,并没有真正触及美学与审美活动的生命文化意义。

　　真正在 20 世纪 50 年代美学大讨论中占主导地位的,实际上只有朱光潜、蔡仪和李泽厚所代表的三大派别。这三者的基本观点相互对立,因而三者的批判实质上是"循环批判"。蔡仪的观点,是从唯物主义思想上直接延伸出来的,因而他强调美在客观。朱光潜强调主观与客观的统一,但重点落实在审美主体之上。李泽厚则试图把社会性和文化性因素纳入主客体关系之中去,因而他所讨论的主观,就不是纯粹意义上的认知主体,而是带有社会性和文化性烙印的审美主体。而且,他较早地把马克思《1844 年经济学—哲学手稿》中的审美思想和苏俄社会文化学派的思想精神融化到一起,找到了一条与文化社会历史相沟通的审美认识道路。因而,朱光潜、蔡仪和李泽厚的美学思想,形成了三足鼎立的审美理论格局。在批判的范式上,他们基本上都是以争辩为主,争辩中包含了一些理论建构,这一场美学讨论基本上是在马克思主义意识形态的范围内展开的,因而在今天的思想视野中,我们看不出真正的思想观念和价值立场的原创。他们的思想批判的哲学基础,其实只是唯物论与唯心论之论争的延伸。只有那种与新美学观构成根本性冲突,与唯物主义辩证法不相容的"主观论美学",才受到政治意识形态意义上的否定。尽管"美学大讨论"留下了许多文献,但是这一美学批判的范式还谈不上真正意义上的创造,许多争辩本身陷入无意义的重复。① 实际上,正是这一美学解释学倾

_____

　　① 在《美学问题讨论集》(2)(作家出版社 1957 年版)中,收录了 13 篇美学论辩文章,基本代表了 20 世纪 50 年代中国美学研究的水平,不过,这些论辩大多只是审美立场的争鸣,并无实质性的思想建设。

向,才真正触及了文艺美学思想的根本,在政治解释学处于决定性地位时,美学解释学的自由讨论就成了一句空话。总之,没有人真正能够跳出政治意识形态的框架,对美学进行独立解释,所以"美学大讨论"给人造成这样的印象:凡是美学,必须讨论美学的政治意识形态性;凡是美学,只能在主客观相统一的思想中找到美学的根本路径;凡是美学,必须就美的本质进行价值判断。这些美学讨论的思想狭隘性是显而易见的,因为审美目的论早就让位于审美政治论,人的价值与生命意义被简单、粗暴地放逐了,当然,如果没有这一场美学大讨论,现代中国美学也不会如此受重视,如此具有影响力。

这一状况在 20 世纪 80 年代的美学大讨论中延续,而在 80 年代以来的美学批判中则得到了克服。20 世纪 80 年代以来的中国美学处于新的历史时期。朱光潜主要以美学名著的译介和美学思想的通俗传播为主导,通过译介西方经典美学著作,让我们在广阔的比较文化视野中更深刻地理解美学解释的多元性;蔡仪则进一步针对李泽厚美学中的问题进行争辩,同时,力图更有创见地改写《新美学》,他在译介新的美学思想和传递开放的审美意识方面基本上未发挥重大作用。在 20 世纪 80 年代的美学论争中,新一代美学思想者占据了中心位置,新生代敢于冲破意识形态的樊篱,从现代西方美学思想中汲取资源,对审美问题进行大胆而新颖的讨论,而每一种新思想的传播,在当时都是富有挑战性的。这一历史时期的中心人物还是李泽厚。李泽厚之所以成为 20 世纪 80 年代美学讨论的核心人物,一方面与李泽厚的《美的历程》《美学论集》《华夏美学》《美学四讲》的传播有关,另一方面则与他的中国思想史批判系列丛书和《批判哲学的批判》受关注相关。更为重要的是,他组织翻译了大量的西方现代美学著述,这对于开启现代美学的多元性思维方式具有决定性影响。李泽厚不再简单停留在 20 世纪 50 年代的美学讨论上,而是更加关注个体生命存在与个体审美自由的价值,他对这一时期的美学讨论的特殊贡献在于:不再单纯地讨论美学问题,而是把美学问题和哲学问题以及思想史问题关联在一起。他重提主体性问题和实践问题,把美学研究引入马克思哲学和康德哲学的思想语境中,重提审美自由和"积淀说",把美学研究引入中国古典美学和现代审美心理学的理论语境。① 一方面这与他对康德哲学的系统批判相关,他从马克思哲学思想入手重估康德的批判哲学,找到了康德的主体性论题,建构了认知主体、实践主体和审美主体的统一,并赋予主体性理论以时代意义;另一方面,对中国传统哲学和美学的深刻反思,使李泽厚不仅与新儒家美学思想接轨,而且还创造性地把马克思主义美学、西方美学和中国古典美学纳入综合性或多元性的思想架构。因而,他的思想批判一方面具有历史文化精神,具有独特的中国美学的精神特质;另一方面又具有现代自由精神,他把个体的实践、思想自由、个性解放、情欲表现在人性探索中的意义推到了一个新高度。

与此同时,李泽厚的美学建构不自觉地形成了"思想的内在分裂"。分裂着的李泽厚,一只手以古典精神来拯救现代危机,另一只手则以现代个性解放来拯救古代理想主义精神。李泽厚在中国传统礼乐精神和西方自由主义精神之间栖身,这就使得他不如新儒家那样洒脱,又不如古典美学的保卫者那样自持。他陷入文化综合造成的文化冲突之中,他那独创性的心灵因此而封闭,事实上,任何综合都不免四面讨好,真正独异的思想必定有极端化倾向,唯有极端性强调,方显理论本色,因此,李泽厚等所代表的这种现代中国美学的批判范式,也面临变革问题。必须承认,李泽厚思想存在内部矛盾,一方面可能是由于思想的多元取向造成,另一方面是其思想的不彻底性所造成。其实,李泽厚相当智慧,并极富思想叛逆精神,在内心深处,他追求个性自由与思想独立,能从古代中国的思想经典、近代中国革命和西方思想的现代指向中,发掘哲学的时代主题,问题在于:他不敢坚持对自由、正义、平等和独立人格等主题的深入探讨,更没有由此出发建构自己的哲学思想。应该说,李泽厚的美学思想有正确的价值论基础,但是他总在思想的关键处逃遁,他总是在真正的思想建构面前退缩,结果又变成了思想史家,所以从李泽厚的美学探索出发,寻求现代

---

① 李泽厚:《美学三书》,天津社会科学出版社 2003 年版,第 511—538 页。

中国美学的根本出路,显然是不够的。① 如果不从真正意义上去探究美学问题,则有可能倒退到 20 世纪 50 年代的争辩范式之中,而充满希望的道路应是具有创见的道路。事实上,美学解释学只有在这一前提下才能焕发生机。

第二次美学大讨论更多的是美学工作者的自觉行为,而不是政治意识形态推动的结果,所以它影响了现代中国美学解释学多向性理论格局之形成,因而,在美学解释学多元化格局形成之后,人们普遍期待真正意义上的新美学的创建。尽管如此,中国的美学讨论还未取得真正意义上的突破,在批判的范式上,当前的美学论争并未真正超越 20 世纪 50 年代的美学争辩的范式,所以我们很有必要对现代中国美学批判范式进行重新估价。通过对其代表性人物与代表性著作的考察,我们发现,李泽厚的美学思想探索在现代中国美学的批判与重建中,显出特殊的思想史价值。李泽厚在新的历史时期做了一些富有创造性的批判工作,克服了 20 世纪 50 年代的简单论辩作风,对于针对他的美学批判,他基本采取不回应的态度。依笔者看来,20 世纪 80 年代以来的美学批判范式,虽然较 20 世纪 50 年代有所改观,但是,这些美学批判者注重对一些理论原则的捍卫,却并未真正推进美学本身的思考,因为他们的美学观念虽都有一定的思想依托,但缺乏真正的文化哲学根基。相反,由于新的美学思想需要不断更新观念,需要不断拓展自身的美学建构,这使得新的美学解释学具有一定的思想综合性或思想依赖性。这就使人重新想起了"现代新儒家",新儒家所构建的现代美学批判范式是以生命哲学和文化哲学为根本,融通希腊文化、德国文化、印度文化与中国文化而构成新的生命哲学和新的自由精神。熊十力的本体论意义上的生命哲学,力图重振中国文化的雄强精神;方东美的比较美学则力图构造出诗性与理性相统一的自由的中国文化理想;牟宗三则力图在德国哲学与中国哲学之间,找到新生命与新理性谐和的自由伦理精神;徐复观则在存在哲学、现象学和老庄孔孟哲学

---

① 李泽厚:《美学三书》,天津社会科学出版社 2003 年版,第 500 页。

中,找到了礼乐精神和审美自由之路。这样的构想是否能使未来中国美学走上健康自由之路呢? 我们不得不承认,中国美学的发展,还需要这样的思想范式。① 在中西思想的对话与交流过程中,美学解释学在方法论上需要新的思想提供启示,在价值论上则需要以生命为基点的哲学思想提供强有力的支撑。我们一方面需要面对美学解释学之间所构成的激烈的思想冲突,另一方面则要消除表面的思想矛盾,回到人的生命存在与价值反思中来。显然,这条道路充满曲折与艰辛。

3. 真正的美学批判与多元的生命理想

中国美学如何走向未来,这正是许多有识之士在当下思考的一个关键问题。美学不是一门空洞的学科,不是学者玩弄语词游戏的学科,也不是虚假的价值形态的陈设,更不是个人价值立场之间的争吵。美学是关涉生命价值、生命自由和生命存在的思考,是文明重建和文明认知的最重要的思想途径之一,是关于人的感性自由和个性解放的抒情表达,也是穿透民族历史文化精神,获取文化自信力的精神实践,还可以被视为蔑视丑恶、鄙弃卑贱而争获自由的壮烈战斗。因而,美学是关涉切实的生存、关怀苦难与自由的一门学科。

也许正是从这一观念出发,许多美学研究者从新儒家美学的探索道路中看到了未来中国美学的新方向。越来越多的人开始重新解读《周易》《道德经》《论语》《孟子》《庄子》《荀子》和《礼记》,乃至宋明理学的经典著作,这一回到历史经典的解读过程,使现代中国美学工作者重新恢复了对传统美学的信心。刘纲纪指出:"周易将美与'发挥事业'相连,就将给人以味、色、声的愉悦和享受的生命之美推展到了使人能够获得这种美的社会性的活动和创造上去了。与此同时,由于周易认为人的社会政治伦理活动都是效法自然,与自然生命的活动、表现相通与一致,因此,生命的美不只在给人以味、色、声的愉悦和享受,而具有了超出感官的更深层的伦

---

① 唐君毅:《文化意识宇宙的探索》,中国广播电视出版社 1992 年版,第 464—465 页。

理道德意义。至此,给人以感官愉悦和享受的生命之美与道德的美合而为一,但在这里,天地与生命终究不是它的最基本最重要的观念,因此,就美学而论,生命之美的观念在周易中是居于主导地位的。"①大多数美学工作者,正是从这一立场去探究中国美学精神,建构中国文艺美的价值形态。美学解释学虽然具有普遍性的价值准则,但是在实际的思想解释过程中,总是需要民族精神智慧的滋润,因此,回归民族的生命哲学的思想价值立场,不仅可以与一切源于生命自由的思想形成对话,而且可以凸显民族的心性、智慧与审美理想。

从古典美学思想出发,认识中国古典思想的特殊性,很容易获得民族情感的亲切回应。现代新儒家思想,虽然还存在这样或那样的精神缺陷,但是我们还是有必要回到新儒家的道路上来,因为美学的真正价值在于生命的有效性解释与文化价值的捍卫。我们必须把反省中国美学与西方美学作为基本的立场,这本身也可以很好地说明:为什么深深受惠于中国传统文化,并且以重建中国哲学为使命的哲学家,在留学欧美之后,却反转回来探究中国哲学和文化的内蕴?从今天的实用主义者眼光看来,胡适的中国哲学史观念、冯友兰的人生哲学比较研究、汤用彤的佛教观、金岳霖的论道、刘述先的宋明理学思想、杜维明的心学体验观念,在西方文化语境中仿佛都有走捷径的倾向。实则不然,对游学欧美的中国哲学家试图找回并重建真正的中国精神之思想实践意向,不仅不能加以嘲讽,相反应致以真正的敬意,因为他们从新的意义上推进了中国哲学的发展。在与西方文化的心灵对白中,他们获得了重建中国哲学和美学的勇气,所以必须深刻地理解现代新儒家在改造印度哲学和西方哲学时所具有的精神探索勇气。梁漱溟和熊十力都试图以印度哲学来改造中国哲学,他们并没有从根本意义上消解中国哲学,而是返本归宗,从真正意义上领悟中国哲学的思想智慧。因而,熊十力晚年的忧患之作,对中国生命精神的倡导颇具审美意义。这种生命哲学的体悟和发掘,不仅试图还原生命哲学

---

① 刘纲纪:《周易美学》,湖南教育出版社 1992 年版,第 77 页。

的本义,而且试图表现生命哲学的创造性意义。熊十力指出,"余少时读《中庸》天命之谓性,而于命字觉得朱注有宗教意义","王阳明说:命者,流行义。余因悟天是流行不已的,故曰天命。吾人禀天命以有生,此理无疑。但吾人是从流行的全体中得其一小分欤？阳明未有说。余怀疑年久,四十岁后玩大易,始决定如今说"。① 这一点在当前的美学批判中缺少真正的继承者。中国古典美学的现代阐释者们总是力图还原古典美学的本义,因而,他们力图抓住古典美学命题,在古典美学语境中予以历史性阐释,结果,他们在还原古典美学的本义时,却并未发现古典美学的新义,这样的美学阐释普遍缺乏批判性的探索。从这个意义上说,牟宗三的哲学与美学探索具有深刻的意义,不仅因为牟宗三所开导的美学精神范式具有未来意义,而且因为他在历史、政治、伦理、认识和审美之间的跨越性思考,预见了未来中国美学的许多实质性问题。

　　牟宗三曾指出,中国文化从其发展的历史来看,是独特的文化系统。这个特有的文化生命的最初表现,与西方文化生命源泉之一的希腊不同的地方在于:它首先把握"生命",而希腊首先把握"自然"。在如何守护、安顿生命这一点上,中国文化开辟了自身的精神领域、心灵世界和价值世界。在牟宗三那些不是专论审美问题的著作中,却蕴含着丰富的自由美学思想,他对中国哲学和美学的独特基质的强调富有深义。他曾指出:中国的传统精神,儒教立教的中心和重心,是落在如何体现"天道"上。在如何体现天道上,最重要的是"尽性",因此人性问题成了儒教的中心问题。就孟子性善说而论,性就是内在的最高道德性。据此,人人皆可成为圣人,人人都是平等的,人的尊严由此建立,但事实上人不可能都成为圣人,于是天启的意识自然地隐伏其中。"天启的先天和定然,转而为才性的先天与定然。"从这里讲,人是不平等的,"这两方面结合起来,一方面保住了人的尊严、平等性、理想性,一方面也保住了人的差异性和异质性。"②基

---

① 熊十力:《体用论》,参见《熊十力论著集》第 2 册,中华书局 1994 年版,第 276 页。

② 牟宗三:《牟宗三集》,黄克剑编,中国广播电视出版社 1993 年版,第 277 页。

于此,我们可以看出,人的自由与不自由获得了广阔的精神反思背景,于是美学批判与文化批判、伦理批判关联起来,这是未来中国美学所必然涉及的问题。基于民族古典价值传统的美学解释学,在思想意向上最能对民族的接受者构成亲切的思想召唤。

新儒家的美学解释学思想范式,在西方美学批判观念的冲击下,似乎显出其形而上学的特点。以西方美学为本位的现代美学批判,激烈地反对"形而上学传统",在这一点上,有的学者试图寻找新的解决办法,赵汀阳认为:"美学是形而上学和主观主义的双重牺牲品。形而上学的方法使美学变得不切艺术文明的实际,只对某个根本不存在的领域进行劳而无功的研究;而主观主义则把美学命题变成对私人性的断言而丧失了作为理论研究的理由。"①这一思想批判意向是相当严肃的。重建美学或开辟美学解释学的新思维,决不能在旧立场和旧方法上修补,而需要对旧立场和旧方法进行批判:"这种批判不是消极的破坏,而是为了新的开始而进行的积极的破坏。"这种美学批判范式,透露了新美学的可能,实际上,他是运用西方的美学解释学的新方法论原则,作为重建中国美学解释学的思想基础。他在康德、胡塞尔和维特根斯坦的基础上来思考美学问题,因此,一开始他就将其批判范式定位在西方纯粹的哲学方法论之基础上,这就使得他对现代美学的思考,不仅具有语言分析哲学的批判眼光,而且还具有现象学的批判眼光。他的美学解释学批判,建立在严格的逻辑经验主义与现象学的基地上,因而,他的美学批判就较少语言问题上的缺失。在这种新的美学解释学实践中,无意义的空洞语言随着他的美学批判而有可能被清理干净,他对传统美学观念进行了有针对性的批判,并在此基础上规定了美学的主要任务,即美学批判和美学重建应以探索艺术文明为目标。因而,在赵汀阳看来,美学的任务"是对艺术品的纯粹现象学的分析和解释"。必须承认,他的美学批判范式超越了当前中国美学的一般困境而显出全新的境界,但是,他对美学这一思想的特殊规定也把美学的

---

① 赵汀阳:《美学和未来美学:批评与展望》,中国社会科学出版社1990年版,第2—8页。

功能和作用限制在较小的领域内。他所引导的美学的最终方向是文艺解释学或文艺现象学,这一方向本身恰好回避了美学对人类生命的直接关怀,因此,在看到这一科学范式的积极意义时,我们又不得不重新反思其关于美学的限定。赵汀阳关于美学的界定,恢复了美学作为艺术哲学的意义,而恰好剥夺了美学作为一门精神科学所具有的生命存在反思的意义。划界本身是有意义的,但这些回避生命问题和体验问题的美学批判,只会把美学引到纯粹知识领域。在知识与生命之间,笔者觉得美学在不反对知识学的前提下,更应为生命而歌唱。当前美学批判的范式始终面临这样的困境:一方面,承认新儒家美学的积极意义,又不得不面对逻辑经验主义的诘难;另一方面,承认文艺现象学或艺术哲学批判的逻辑意义,又不得不面对生命哲学的叩问。在方法论与生命本质意义的探索两者之间,只能力求诗性与生命性的历史统一。未来中国美学的批判范式,应该是历史主义的解释范式与逻辑主义的建构范式的综合与统一,同时也应该是生命哲学与文明理论的创造性融合。超越个别观点的争辩,而切入生命美学的深处,超越个人话语的驳诘,而走向生命诗情的抒发,这大概是未来中国美学的理想范式。①

　　在确立了新儒家美学解释学的基本范式之后,我们将面临新的问题:中国美学在新儒家美学之后何为? 在恢复了新儒家美学价值形态的合法地位之后,如何调节新儒家美学价值形态、马克思主义美学价值形态、西方美学价值形态、中国古典美学价值形态和东方美学价值形态的冲突? 这些问题把我们逼上了思想的绝境,逼迫我们思索美学的出路。美学探索,决不可就此终止,谢林曾指出,"所有的艺术家都说,他们是心不由主被驱使着创造自己的作品的,他们创造作品,仅仅是满足了他们天赋本质中的不可抗拒的冲动,从这些言论中,即可正确推知:一切美感创造活动,都是以活动的对立为依据的。这是因为,如果一切冲动都以矛盾为出发

---

　　① 方东美:《生命理想与文化类型——方东美新儒学论著辑要》,蒋国保、周亚洲编,中国广播电视出版社 1992 年版,第 64—84 页。

点,以至矛盾设置起来了,自由活动就会成为不由自主的活动,那么,艺术家的冲动也只能是起源于内在矛盾的这样感受。但这个矛盾,既然会使整个的人全力以赴地行动起来,那么,无疑是抓住了他的生命的矛盾,是他的整个生存的根本",在最罕见的,真正优于其他艺术家的人们当中,那种为全部生存所依托的不变的同一体仿佛脱掉了束缚着其他艺术家的外壳,像直接受到事物的影响一样,也直接反作用于一切事物。因此,激起艺术家的冲动的,只能是自由行动中有意识事物与无意识事物之间的矛盾,同样,能满足我们的无穷渴望和解决关乎我们生死存亡的矛盾,也只有艺术"。① 在此,谢林显然为美学提供了另一个探索方向。美学确实应该"关注艺术",但艺术的根本目的还在于"生命与文明"的探索,只有培植伟大而强健的生命个体,才能构建自由而健康的文明,因而美的最高目的应该指向"人的生命",指向由人的生命健康状态所构建的"文明"。中国美学需要发展,这不是由某一种批判性范式决定的,中国美学的发展需要真正的创新。我们目前能够想象的路径是"综合与创造",因为当我们不能找到某种新方法可以为美学解释学带来革命性贡献的时候,唯有综合吸收人类美学思想史上一切有创造性的思想观念,以此为我们的生命存在和我们的文明的审美追求,提供基本的思想保证。② 这才是美学批判的根本目的,也应该是美学批判的本然意义所在。

第二节　马克思美学的形成及其现代影响

1. 马克思美学的历史形成及思想特征

　　根据学者们的考证,马克思本人有丰富的美学实践活动,牛津大学古典学教授琼斯在评价柏拉威尔的《马克思与世界文学》时指出:"在马克思

---

① 谢林:《先验唯心论体系》,梁志学等译,商务印书馆 1977 年版,第 266 页。
② 李咏吟:《价值论美学》,浙江大学出版社 2008 年版,第 462—463 页。

的整个学说中,美学占一席重要地位。对马克思来说,艺术家就是视工作本身为乐事的那一类人,而现代工业资本主义却令人可怖地使大多数人的生活远离了这一理想。"①事实上,马克思除了大量阅读和欣赏西方经典文艺作品外,还致力于文学创作与批评实践,显出对审美和艺术问题的深刻理解。② 客观地说,马克思那并没有系统完整的美学著作和文艺学著作,而且马克思的主要贡献在经济学和哲学方面,所以一些学者以此为依据,否认马克思美学自成体系。当然,也有学者坚持认为:马克思美学思想有其独创性的观念体系,这个观念体系是潜隐的价值形态,而不是外显的价值形态,这无疑给予我们以解释的自由。

马克思美学的形成,有一个历史发展的过程。大致说来,马克思的美学活动可以分成三个时期:第一个时期,从青少年时代到大学博士论文完成之际。在从事古希腊晚期哲学思想研究时,马克思主要研究西方经典艺术作品和希腊神话思想与艺术,体现了他对西方人文主义美学思想传统的追求。"希腊文化理想"(Hellenism),是马克思这一时期美学思想的主要价值观念。第二个时期,是马克思美学思想的成熟期。从《德意志意识形态》的发表到《1844 年经济学—哲学手稿》的完成,马克思不仅奠定了美学的唯物论思想基础,而且确立了自由劳动与异化劳动观念,人的本质力量与自我确证等思想。第三个时期,是马克思人类学美学的发展与扩展时期。从经济生活与政治生活出发来讨论美学,马克思把经济生活与政治生活的自由看作美学的根本保证。通过写作《资本论》和《剩余价值理论》,通过人类学笔记和历史学笔记,马克思建立了博大精深的思想体系,解释了人类生活不平等与不自由的社会文化根源,并且为人类的解放与资本主义革命指明了正确的方向。从根本上说,马克思美学不仅有关于美的艺术的丰富体验,更为重要的是,马克思的哲学和经济学思想奠

---

① 柏拉威尔:《马克思与世界文学》,梅绍武等译,生活·读书·新知三联书店 1980 年版,第 584 页。

② 董学文:《马克思与美学问题》,北京大学出版社 1981 年版,第 120—150 页。

定了其美学思想的牢固基础,他把美学与人的现实生活与自由结合起来,把美学与人的解放联系起来。因此,马克思美学的革命性贡献在于:他能从经济学出发,对人的现实物质生产活动与精神生产活动形成深刻的认识。①

从中外学者对马克思文艺思想和美学思想的理解来看,马克思美学确有自己的价值体系,要想对这一问题形成真正的认识,就要突破那种狭隘的美学观念,即美学只是关于审美的学问。实际上,审美活动从本质意义上说,也是人的生命存在活动,涉及人的生命价值体验和评判;对马克思美学来说,揭示社会存在和人的本质,比对具体的艺术欣赏更为重要,与此同时,马克思美学对人类伟大艺术作品的理解也极为深刻。事实上,真正的美学思想创造性工作,大多是由思想家担任的,他们不一定专门讨论美的形式与美的创造问题,但他们的思想构造蕴含并揭示了所有美学问题的基础。"美学"从根本意义上说,是关于自然与艺术的审美观念系统,是关于自由的学说,是关于人性完善的学说,是关于人的自我解放的学说,也是关于生命与文明的自由本质的科学。只要明白了这几点,我们便会从马克思的非美学著作中看到美学问题的出色表述,从他有关美学与其他学科的多维联系的论述中,看到美学问题在其思想发展过程中的重要性。

事实上,美学问题与哲学问题、伦理问题、神学问题和劳动生产问题,在许多方面具有统一性,并不存在截然对立的矛盾冲突。基于此,我们就必须框正当代马克思主义美学的两种倾向:一是从逻辑形式主义出发,把马克思主义美学抽象为美的本质论、美感论、艺术论和美育论。事实上,这种美学构造往往只是摘录马克思美学的只言片语,并综合东西方美学思想的基本形态扩展而成,绝对不是具有独创性的马克思美学价值形态本身。应该说,这种简单化的思想倾向,对理解马克思美学和推进马克思

---

① 哈贝马斯:《公共领域的结构转型》,曹卫东等译,学林出版社 1999 年版,第 140—146 页。

美学的发展为害不浅。二是从保守主义出发,把马克思美学解释成对现有的政治文化制度的辩护术,将艺术为政治服务的思想看作是马克思美学思想的核心,这种倾向也是不可取的。从根本上说,马克思美学的出现,是与整个西方资本主义制度相对抗的,是与一切专制主义和愚昧主义相对抗的。马克思主义以叛逆的姿态出现,力图彻底摧毁资本主义社会价值形态,并为无产阶级在政治和思想上的解放鸣锣开道。这种极富独创性和革命性的思想,竟然在现代错误的理论解释中成了保守主义的象征,这不能不说是反马克思美学的思想倾向。马克思是激进的,马克思主义的美学,在历史实践中也总是以激进的面目出现,事实上,西方马克思主义学派,虽未完全继承马克思的思想,但他们的激进主义和文化反抗主义显然是忠实于马克思的。[①] 马克思美学的自由主义精神与马克思美学的社会批判精神,应被视作马克思主义美学发展的主要特征与根本指向。

因此,诘问马克思有没有美学体系是个多余的问题,那么,对于马克思主义美学思想价值形态,我们又该如何理解呢?

从学科解释形态而言,马克思美学可以区分为:哲学解释形态和文艺学解释形态,它们代表了东西方美学的两种理论形态,是当代文艺美学价值形态复杂性的集中表现。在德国文化传统中,它们既和康德美学相通,又与黑格尔美学相联系,从本质上说,马克思美学在形式构造上,类似黑格尔美学价值形态,即具有从一般到特殊的建构过程。[②] 但是,必须指出的是,马克思美学的主导精神与黑格尔的美学思想有根本性的对立。黑格尔从精神现象学出发,把审美看成是对最高理念的追求,即对神的皈依;从劳动出发,马克思分析了工人阶级的异化劳动处境和从异化劳动中解放出来的必要性,指明了共产主义与人的自由解放才是人类的最高审

---

① 难怪法兰克福学派把马克思和弗洛伊德调和,试图解决现代资本主义工业社会面临的新问题。马尔库塞和弗洛姆的美学思想都有这种倾向,参见马尔库塞:《爱欲与文明》,黄勇等译,上海译文出版社 1987 年版,第 126—143 页;弗洛姆:《健全的社会》,孙恺详译,贵州人民出版社 1994 年版,第 53—61 页。

② 黑格尔:《美学》第 1 卷,朱光潜译,商务印书馆 1984 年版,第 8—10 页。

美理想,因此,马克思是在反异化论美学的根基上重建新美学。如果没有哲学和艺术两方面的探究,马克思美学的思想价值形态,是不会如此深刻并充满生机的。马克思美学既是审美哲学,又是文艺美学,它预示着文艺美学自由发展的前景。

由于马克思美学遵循特殊的方法,因而,这种美学方法所具有的实际意义也就不容忽视。一是现实主义方法。马克思美学最突出的特点是:关心现实社会生活中工人阶级的处境和地位,其现实主义意义极其关键,这正是一切虚假美学所缺少的坚实的理论根基,也是马克思美学的独创性。二是历史主义方法。马克思美学总能站在历史的维度上认识现实社会,重视人类历史中的一切优秀文化成果。例如,马克思致力于西方经典艺术作品的理解,他对荷马、但丁、莎士比亚和歌德的理解,极具历史主义的美学解释和批判眼光,深刻地把握了这些艺术作品的历史文化与精神价值。三是辩证法的方法。马克思看到了存在与意识、自由与必然、感性与理性、现实与超越之间的辩证联系。正是坚持历史唯物主义的辩证法,马克思才充分看到了生命存在与精神超越之间的审美意义,马克思主义美学正是以此与一切唯心主义美学划清了界限。①

从价值解释形态而言,马克思美学体现为对人的价值与美的价值的关注。马克思的哲学和经济学思想是理解马克思美学思想的关键,在探讨马克思美学问题时,我们的主要思想依据便是《1844 年经济学—哲学手稿》。② 这部手稿由三个部分构成:第一部分有关"异化劳动"的阐释,对于理解人的社会活动的本质具有直接的意义。第二部分关于私有制的论述,对于理解人性的本质富有理论价值。第三部分有关人的本质和社会存在的论述,特别是人的本质力量对象化与工业生产的历史,在人的主体性活动中具有重要意义。在这部手稿中,处处可以看到马克思美学思想的闪光点,这部手稿对黑格尔辩证法和整个哲学的批判,体现了马克思

---

① 哈贝马斯:《认识与兴趣》,郭官义等译,学林出版社 1999 年版,第 20—36 页。
② 《马克思恩格斯全集》第 42 卷,人民出版社 1979 年版,第 43—181 页。

对人的生命本质力量的崭新理解。此外,马克思的人类学笔记、历史学笔记、他的博士论文中关于伊壁鸠鲁和德谟克利特的自然哲学和幸福哲学之探讨以及有关书信,都显出马克思对美学和艺术问题的深入理解。马克思并未设想建一个高大全式的美学价值体系,而是力图解决人在劳动中的异化处境,人如何从异化劳动中解放,人如何在劳动中确证自我的本质力量以及创造美的价值等问题。如果将马克思主义美学价值形态抽象成一些理论教条或范畴组合,那么,马克思主义美学的真正价值就会被抹杀。不可否认,马克思主义美学与东西方传统美学存在内在的统一性,但没有必要在探讨任何价值形态的构造时都从零点开始,只要建立在一般美学探索的基础上,就能创造性地发展人类美学思想,正是本着这样的精神,我们来分析马克思主义美学的独创性发展问题。

特别值得重视的是,马克思美学始终关注全人类的命运与无产阶级的解放。马克思对拉法格说的那句话——"我是一个世界公民",显然极富力量。由于马克思既从事无产阶级革命实践,又从事无产阶级文化理论的探索,因此,他站在历史唯物主义的高度重新探讨哲学问题和艺术实践问题,就具有特别重要的意义。马克思不仅对审美理论有其独创性解释,而且对艺术创作有真正的体验,这种双重的实践决定了马克思对美学问题和艺术问题的双重贡献,因而马克思美学也就必然呈现两种形态,即哲学解释形态和文艺学解释形态。这就是说,马克思既从一般意义上探讨了人类审美活动的真谛,又从特殊意义上总结了艺术生产的精神特性,并预见到人类艺术的自由本质。与此同时,他充分评价了荷马、莎士比亚的文学所具有的深刻性和人文主义精神理想所具有的审美价值。① 马克思美学的方法与德国古典美学的方法具有一致性,站在今天的立场上,也不应把现代哲学方法与马克思美学方法对立起来,因为马克思不可能充分预见未来的美学方法论,因此,必须结合现象学的方法、解释学的方法、语言分析的方法来理解和发展马克思主义美学。唯有如此才能真正理解

---

① 李咏吟:《价值论美学》,浙江大学出版社 2008 年版,第 200—201 页。

马克思主义美学,给予马克思美学以独创性地位,并致力于发展这种独创性,决不能在综合的前提下抛弃这种独创性,马克思美学需要开拓更为广泛的哲学视域。当然,阐释马克思的美学,决不能变成解释者自我的美学,即借着马克思的招牌,为自己的思想鸣锣开道。这是一些学者的惯用伎俩,完全脱离马克思的文本,那不是应有的科学态度。只有循着马克思美学思想的实际出发,实事求是地探讨马克思美学的科学命题,才能真正有助于推动马克思美学的发展。这种美学发展的前提,是为了保证科学性和独创性,而不是违背其理念宗旨,马克思美学的理论地位是不能轻易被忽视的。

　　过去,人们在探讨马克思的审美哲学时,总是从主体与客体的关系入手,强调实践在主体与客体的审美关系中的重要性。笔者想撇开这类惯有的命题,力图从马克思美学的独创性出发,做出客观的分析和评价。马克思与其他美学家的不同之处在于:他是社会活动家、革命家、思想家,这就使他的审美胸襟超越了一般的书斋式美学家,他能高瞻远瞩,洞察到审美活动的内在秘密。从资本主义经济和社会矛盾的分析中,马克思看到了审美的目的论重建的真正意义所在,这种目的论具有真正的人类学意义,即工人阶级必须从异化劳动中解放,无产阶级必须砸碎资产阶级的锁链,从而彻底解放自己。只有实现了自由的劳动,才真正实现了审美的目的,当然,社会的残酷现实并不只是资本家残酷榨取剩余价值的结果,不只是由资本家的狡诈、残忍决定的。更关键的还在于:人的私欲和原欲的膨胀,使人类生活逐渐背离自由主义的文化本质,而使人类生活步入异化之途。共产主义社会,之所以必须扬弃私有制,就是因为人的私欲必须得到有效改变或克服。① 扬弃私有制,削弱私欲,不是仅靠法律手段能完成的,审美的手段也非常重要,借助审美的手段可以达成自由与审美的目的的统一。马克思美学立足于现实,又超越现实,并改变现实,这正是马克思美学的独创性。马克思借此表达了他对人的生命的关怀,所以生命的

①　《马克思恩格斯全集》第 42 卷,人民出版社 1979 年版,第 124 页。

自由表现和人的本质力量在马克思美学中具有十分重要的意义。

2. 马克思对异化劳动与自由劳动的强调

通常,美学的基本入手处是从自然美与艺术美出发,所以深入探讨美的自然与美的艺术之生命价值及文化价值,在马克思美学中也具有重要地位。但是,对待这一问题,古典美学基本上是从人类的纯粹精神生活要求出发,构造人类精神生活的自由,与人的现实生活境遇的改善无关,属于静止的生命美学价值理解。马克思的美学则从人的生产活动出发,探讨人的异化劳动与自由劳动的本质区别,并由不同的劳动所创造的美来看人的生命本质对象化。相对于人的闲暇而言,人类最主要的生产活动就是劳动,只有在劳动中,才能更好地理解生命自由与生命美感,也只有在劳动中,才能更好地评价人类生活的真正价值。

马克思美学以劳动作为出发点,以人的本质力量对象化和生命的自由表现作为理论核心,以人的自由解放作为审美归宿,相对于一切主观主义美学或浪漫派美学而言,马克思美学的深刻性和独创性就在于此。这种美学思想的独特性,根源于马克思对人类起源、劳动起源和资本主义文化本质的深刻理解。更为重要的是,马克思的政治理论和关于共产主义、无产阶级解放的理论,鲜明地体现了审美自由论和审美目的论思想的现实意义。在这里,马克思对劳动的分析,是理解马克思美学的关键环节,我们甚至可以说,离开了劳动问题,就无法真正理解马克思美学。马克思美学、经济学和哲学,对劳动本身所做的深刻理解,具有十分重要的意义,甚至可以被视作一场深刻的思想革命。从劳动出发来探讨美学问题,马克思美学显然与一切学院美学划清了界限,在马克思那里,美学不应首先关心什么是美的问题,而是要首先关心美是如何生成的问题。"劳动创造了美",马克思科学地发现了美的诞生秘密,"劳动",只有在劳动中,才能真正理解美的价值和意义。① "劳动"一般分为物质劳动和精神劳动,在

---

① 李咏吟:《价值论美学》,浙江大学出版社 2008 年版,第 182—183 页。

西方古典传统中,美学家认为只有主体性的精神自由活动,才能创造美。例如,康德提出"天才为艺术立法",对艺术的精神独创性给予特别的强调,仿佛只有精神的贵族才是美的缔造者,马克思则看到物质生产劳动和人类的一切劳动,皆可以有审美的创造。

事实上,从今天的眼光看,真正的美的创造是文明的基本动力,也是人类活动创造性、丰富性的体现。美的艺术,不只是经典音乐、绘画和诗歌,美的艺术渗透在民族文化的方方面面,只有具备整体性美的特征的民族,才是美的民族;美的特性,是个文明的民族所具备的重要特征。如果一个民族没有丰富而多样性的创造,就不可能具有美的精神风范,同样,如果一个追求美的民族,没有基本的审美价值形态和审美文化风尚,也无法预见本民族自由精神和美丽灵魂。显然,马克思从物质劳动和精神劳动的双重意义上来看待审美问题,这不仅扩大了审美对象的范围,而且揭示了人类审美活动的本质。美在劳动中创造出来,这就使人类的一般劳动具有了特殊的价值和意义。在马克思的审美目的论中,艺术创造和物质创造具有同等的美学价值,这显然打破了黑格尔的"美是艺术"的片面论断。马克思看到了物质劳动和精神劳动中审美创造的意义,这实质上是从生命出发,确证了生命创造的意义、价值和尊严,当然,黑格尔很早就认识到:"创造,是一个很难从人们心目中排除的字眼。"劳动,从自由的维度来看,在于确证人的幸福与欢乐的想象与理想;异化劳动,则确证人在痛苦与压抑中的自由想象与美好向往。所以在马克思看来,审美的终极目的正是为了实现自由劳动,只有在自由劳动中,人的本质力量才能真正对象化,生命的感性才能自由地显现。

在资本主义生产条件和社会制度下,人必然从事异化劳动。所谓异化劳动,是指人在劳动过程中不仅没有快乐,相反,劳动还对生命本身构成强大的压迫,因而,在社会生活中,"异化劳动"导致人与社会的疏离,人与人的疏离,人与物的疏离,人与自身的疏离。① 人在异化劳动中,自己

---

① 《马克思恩格斯全集》第42卷,人民出版社1979年版,第102—103页。

也为自己的变化而感到吃惊,完全不能主宰自己,不断受到外在的异己力量的驱使。这种疏离必然导致人的物化,人变成机器,就失去了生命的自由与想象,丧失了自由创造的能力。这种异化体验在后现代主义文化中表现得十分强烈。"人在江湖,身不由己"的民谚,已经成为普遍性自谓,这种"身不由己"就是异化状态,本原的素朴的生命,在异化环境中被彻底异化。异化加剧了社会的苦难,与自由理想完全背离,人背负沉重的负担,创造着不属于自己的审美作品。尽管如此,在异化劳动中,人还是千方百计地"对象化"自己的本质力量,"戴着脚镣跳舞",在限制中求自由。因而,异化劳动也能创造奇异的美,甚至崇高的美,尤其是在建筑艺术之中。然而,异化劳动尽管创造了美,但这种美外在于人,与人再次发生分离,即美的创造者,在审美创造中得到的,不是肯定与荣耀,而是奴役与付出。人在审美创造中,可以忘记一切,把内心最自由的企盼与想象在对象化世界中创造出来,但这些美的创造留不下艺术家的身份符号。在异化劳动中的审美创造者,大多是民间艺术家或无名艺术家,不可能得到真正的尊重。只有在自由劳动中,人才能自由地表现生命的个性,创造生命的美。自由劳动创造的美,不仅不与人发生分离,而且与人成为一体,成为生命的象征,道德理性的象征,至善的象征。自由劳动中的审美创造,是人为了人自身而创造,是发自内心的创造,在创造过程中,艺术家不仅确证个体生命的创造力量,而且可以享受艺术创造本身带来的欢乐和荣耀,所以马克思看到了"劳动创造了美",但没有忘记补充一句,"却使人变成了畸形"。马克思早就深刻地认识到了劳动与美的生成关系,极力否定异化劳动,"工人把自己的生命投入对象,但现在这个生命已不再属于他而属于对象了","工人同自己劳动产品的关系就是与一个异己的对象的关系"。① 这些看法深刻地揭示人了在异化劳动境遇下的生命处境。

为什么要实现自由劳动?为什么要创造美?马克思做出了科学的回答。马克思认为,"劳动这种生命活动,这种生产生活本身对人来说不过

---

① 《马克思恩格斯全集》第 42 卷,人民出版社 1979 年版,第 89—102 页。

是满足他的需要,即维持肉体生存需要的手段",而"一个人的全部特性、种类特性就在于生命活动的性质,而人类的特性恰恰就是自由的自觉的活动"。"动物和它的生命活动是直接同一的。动物不把自己同自己的生命活动区别开来。它就是这种生命活动。人则使自己的生命活动本身变成自己的意志和意志的对象。"①仅仅由于这一点,人的活动才是自由的活动。从审美实践的历史中,可以看到:"异化劳动"把这种关系颠倒过来,以致人因为自己是有意识的存在物,才把自己的生命活动、自己的本质变成仅仅维持自己生存的手段。

通过比较人的活动和动物的活动,马克思深刻地提出自由劳动的重要性或自由劳动中审美的重要性:"动物只是按照它所属的那个种的尺度和需要来建造,而人却懂得按照任何一个种的尺度来进行生产,并且懂得怎样处处都把内在的尺度运用到对象上去,因此,人也按照美的规律来建造。"②马克思还指出:"社会是人同自然界的完成了的本质的统一,是自然界的真正复活,是人的实现了的自然主义和自然界的实现了的人道主义。"因此,人以全面的方式,也就是说,作为一个完整的人,占有自己的全面的本质。人同世界上任何人的关系,总是通过自己的对象性关系而占有对象,所以,"私有财产的扬弃,是人的一切感觉和特性的彻底解放,但这种扬弃之所以是这种解放,正是因为这些感觉和特性无论在主体上还是在客体上都变成人的"③。因此,"对象如何对他说来成为他的对象,这取决于对象的性质以及与之相适应的本质力量的性质;因为正是这种关系的规定性形成特殊的、现实的肯定方式。""每一本质力量的独特性,恰好就是这种本质力量的独特本质,因而也是它的对象化的独特方式,它的对象性的、现实的、活生生的存在的独特方式。"④人不仅通过思维,而且以全部感觉在对象世界中肯定自己,这正是审美之本质所在。与此同时,

---

① 《马克思恩格斯全集》第 42 卷,人民出版社 1979 年版,第 96—97 页。
② 《马克思恩格斯全集》第 42 卷,人民出版社 1979 年版,第 96—97 页。
③ 《马克思恩格斯全集》第 42 卷,人民出版社 1979 年版,第 124—125 页。
④ 《马克思恩格斯全集》第 42 卷,人民出版社 1979 年版,第 96—97 页。

马克思还指出："任何一个对象对我的意义都以我的感觉所及的程度为限。因为，不仅五官感觉，感觉的人性，都只是由于它的对象的存在，由于人化的自然界，才产生出来的。五官感觉的形成是以往全部世界历史的产物。"所以，一方面，为了使人的感觉成为人自身的，另一方面，为了创造同人的本质、自然界的本质的全部丰富性相适应的人的感觉。无论从理论方面来说，还是从实践方面来说，人的本质力量的对象化都是必要的。人的本质力量的对象化，只有在自由劳动的前提下才能实现；本质力量的对象化和自由劳动，正是审美的极致。马克思还指出："人作为对象性的、感性的存在物，是一个受动的存在物，因为它感到自己是受动的，所以是一个有激情的存在物。激情、热情是人的强烈追求自己的对象的本质力量。"①由此可见，马克思的审美哲学归根结底都落实在生命哲学或人的自由解放哲学上。

马克思的美学试图恢复人健全的人格，保证劳动的自由和自由的劳动，自然的人化和人化的自然，充分体现了生命创造的价值。生命是自觉自由的，生命创造是自由的，只有解放人的全部感性，才能创造出生命的和谐美。马克思抵抗一切违背生命的行为，与一切压抑生命的活动势不两立，因而马克思的审美哲学所探讨的"自由"，既是个体的自由，也是人类的自由。现代存在主义哲学强调个体的自由而忽视了人的自由和社会的自由，这显然是片面的。弗洛伊德也主张解放人的个性，让潜意识从压抑中解放出来，弗洛伊德所强调的"原欲"，实质上正是由于人的全部感性没有充分对象化，因此，现代马克思主义者把马克思和弗洛伊德调和起来，考虑到了个人与群体的统一、审美与人的全面解放之关系。在现代哲学变革中，马克思主义与弗洛伊德主义的调和，是以马克思主义理论为根本，以弗洛伊德主义理论为补充，从而获得对现代审美活动的深刻解释，因此，马克思的审美哲学，实质上是关于人的解放和生命自由的学说。从这个意义上说，马克思美学以劳动为中心的现代思想价值形态，确实具有

---

① 《马克思恩格斯全集》第 42 卷，人民出版社 1979 年版，第 169 页。

十分重要的启示意义。

3. 马克思的艺术生产与艺术价值观确立

按照惯例,人们习惯于把马克思的审美哲学和文艺学思想区分开来,仿佛马克思有两种美学思想价值形态,这种分析显然是狭隘的美学观和诗学观的表现。从文艺美学价值形态而言,马克思主义文艺学是马克思的审美哲学之必然延伸。马克思美学的文艺学形态,不仅以审美哲学为基础,而且与马克思的审美哲学的目的论相统一。马克思美学作为相对完整的思想价值形态,既从一般意义上探讨美学的特质,又从特殊意义上分析了艺术的特质。因此,马克思以劳动为中心的审美哲学,可以看作是马克思从哲学高度对审美活动的思想证明,而马克思的文艺评论与文艺思想则可以被视为对具体的生命艺术的审美理解。前者是理论的思辨的、具有普遍意义的,后者则是具体的、特殊的、立足于文学艺术本身的。在马克思的审美哲学中,有对具体艺术的评价分析,在马克思的文艺学中,则有对审美本质的反思。相对而言,马克思的文艺学思想与审美本身有着更为紧密的联系,因为它主要是"对艺术的反思",而不是对人类全部审美活动的反思。马克思的审美哲学与文艺学,是马克思美学思想的两翼,缺一不可,这种开放的文艺美学价值形态观,对于认识马克思美学的科学性具有十分重要的意义。

马克思美学的文艺学形态,不再从抽象的劳动出发,而是从艺术生产出发去探讨艺术的内在规律。因此,国内有的学者从艺术生产的角度建构马克思美学的文艺学形态,我觉得这一探索十分贴近马克思美学的实际。"艺术是生产",从人类社会的劳动观念出发,这一思想的生成与发展,都具有特殊的意义。[①] 不仅如此,从艺术生产去看待艺术,与马克思从经济入手去分析人类的一切活动也很有关系,马克思的艺术生产论,实质上是马克思的艺术实践观的通俗化。正如前面所言,"劳动"可分为物

---

① 何国瑞:《艺术生产原理》,人民文学出版社 1989 年版,第 9—12 页。

质劳动和精神劳动,两者只是相对的区分,不能截然分开。马克思主要从经济的角度考察物质生产劳动,而不仅仅是从哲学、美学角度考察人的精神劳动。在《政治经济学批判》导言中,在讲到政治经济学的方法问题时,马克思提出了艺术的掌握世界方式的思想。他指出:"当它在头脑中用它所专有的方式掌握世界,而这种方式是不同于对世界的艺术的、宗教的、实践精神的掌握的。"①把艺术看作是掌握世界的方式,是马克思美学中关于美是人的本质力量之对象化这一思想的进一步发展,马克思把艺术创作看作是艺术生产方式,这是从艺术生产的角度来看待艺术创造。马克思深刻地揭示了资本主义艺术或现代艺术的本质的存在特性,人类的一切活动皆服务于生产和消费,而生产与消费本身又是为了生命的更好的存在,但是,在艺术生产背后,有重要的物质中介物,这就是金钱。金钱成了一切生产追求的目标,只不过有的艺术生产能够更好地实现其经济价值,而有的艺术则很难实现其经济价值,这在很大程度上取决于人们的需要;只要艺术能够最大限度地满足人们的需要,就能最大限度地实现其经济价值和文化价值。经济是一切物质生产与精神生产活动的基础,虽然不是一切活动的最终目的,但是,它是生产活动追求的直接目的,因为这是人的活动与需要发展的必然结果。显然,这也是从政治经济学的角度去考察艺术活动。②

根据上述这个思想,所谓艺术生产就包括这样几个方面的含义。其一,艺术生产只是在历史发展的一定阶段才可能出现;其二,艺术生产作为精神生产的一个部门,要受物质生产的制约和支配;其三,艺术生产作为生产方式,在一定程度上要受生产一般规律的支配。我们知道,正是在具体分析的基础上,马克思还提出了物质生产的发展同艺术生产的不平衡关系问题。在《政治经济学批判导言》中,马克思写道:"关于艺术,大家知道,它的一定的繁荣时期绝不是同社会的一般发展成比例的,因而也绝

---

① 《马克思恩格斯选集》第 2 卷,人民出版社 1977 年版,第 104 页。
② 何国瑞:《艺术生产原理》,人民文学出版社 1989 年版,第 21—35 页。

不是同仿佛是社会组织的骨骼的物质基础的一般发展成比例的。"艺术生产同物质生产,一般是同步发展的,用恩格斯的话说,它们是两条平行线,但是艺术的发展本身是一条曲线,它并不是在每一个阶段上都同物质生产的发展保持平衡的。它的中轴线,只是在时间愈长、范畴愈广的条件下,才同经济发展的轴线平行前进。

马克思指出了这种不平衡性或不成比例的两种表现:一是在艺术领域内,在不同艺术种类中,某些有重大意义的艺术形式,只有在不发达的社会阶段才可能出现。二是在整个艺术领域同社会一般发展的前提下,社会生产力发展水平高,并不意味着艺术生产水平比过去高。艺术本身的规律,最主要的还是它的相对独立性和历史继承性。在艺术生产和物质生产的关系上,艺术生产要受物质生产的制约,这是原本的、必然的方面,艺术的不平衡规律则是它历史的、现实的表现。马克思认为,物质生产的生产方式制约着整个社会生活、政治生活和精神生活的过程,这一基本原理,辩证地分析和解释了物质生产与艺术生产的关系。马克思通过卢梭、康德、席勒、黑格尔,特别是亚当·斯密和大卫·李嘉图以及空想社会主义学家们的思想,进一步考察了艺术在资本主义条件下的状况。他指出,在资本主义社会里,作家可以成为资本家的雇佣劳动者,作家的创作劳动,也可以变成资本家的增殖资本,同时再刺激艺术生产劳动。他还提出,在资本主义社会中,由于艺术被商品化了,所以各种需要都可以拥有相应的艺术作品,哪怕是畸形的需要,比如犯罪。这种情况实际上并不限于资本主义社会,因为艺术生产是同商品的社会交换关系联系在一起的。满足人的需要,从经济学上说是艺术生产的基本动力所在;但艺术又不能简单直接地或庸俗地满足人的需要,因而,艺术生产本身还承载着许多重要的精神使命与文化社会使命。

在资本主义商品生产的条件下,艺术生产作为商品服务于人的经济生活需要,服务于富人阶层的精神需要,与此同时,艺术的非物质享受性,使艺术的价值在物质生产价值面前受到了极大贬损,结果,"资本主义生产,就同某些精神生产部门如艺术和诗歌相敌对"。马克思不仅揭露了商品如何侵蚀了文艺,而且论述了文艺如何揭露、描绘金钱拜物教,如何刻划资本的人格化和人格化的资本。从古代的索福克勒斯、文艺复兴时期的莎士比亚和塞万提斯到18世纪的巴尔扎克,马克思在经济学或哲学研究中,都做了广泛的引证。所以马克思能够看到物质生产的某些一般规律,也适用于精神生产,适用于文艺。"生产不仅为需要提供材料,而且它也是为材料提供需要。""生产不仅为主体生产对象,而且也为对象生产主体。"基于这些分析,马克思提出了"艺术生产"概念。他提出:"当艺术生产一旦作为艺术生产出现,它们就再也不能以那种在世界史上划时代的、古典的形式创造出来。"这正是他从政治经济学的角度研究文学的总体思想的一部分,为文艺研究开辟了新领域。马克思把文艺从自身的封闭状态中引出来,置于开放的整个社会结构之中,落实到现实根基之上,从而导致了文艺学的真正革命,这样,文艺学与娱乐、游戏、趣味等划清了界限。①

　　笔者倾向于探求马克思美学的文艺学形态所具有的独立性意义,不赞成从科学的文艺学基本原理入手,把马克思美学的独创性思想削平。马克思的艺术生产理论,正是他在美学思想方法上所具有的独创性,也是前马克思美学时期从未出现过的概念,从艺术生产出发,不会把作家和一般人孤立开来,仿佛作家可以不食人间烟火。"艺术生产"是作家在社会生产中所选择的职业方式,不再是个人的孤芳自赏,它必然进入流通之中,因而,它必然要受到反思评价和判断,必须估定其商品价值,艺术生产与艺术消费因而能统一起来。一方面,艺术生产出于独创性生产,重视自我精神的表达,另一方面,艺术生产又屈从于社会需要。若忠实于前者,可能为社会所认同,也可能为社会所漠视,尤其是孤独的艺术家就更不易为人所重视。若忠实于艺术生产的商品规律,实质上就是屈从机械复制时代的社会商品生产规律,那么艺术生产本身的审美规律就容易被忽视,

---

　　①　柏拉威尔:《马克思与世界文学》,梅绍武等译,生活·读书·新知三联书店1980年版,第417—421页。

这样很容易导致艺术在商品时代的悲剧命运,即艺术高度重复,无独创性,思想贫乏,艺术只能以微不足道的悲喜剧方式来激发人的眼泪或以性的艺术形式吸引读者。马克思在一般意义上确定了物质生产与艺术生产的关系,确立了艺术生产的社会制约性,同时又非常强调艺术生产的特殊性。一些理论工作者在强调艺术生产的社会特性和一般特性时,恰好忽略了艺术生产的特殊性,这显然有悖于马克思主义美学的科学精神和辩证法思想原则。艺术生产,如不是出自自我需要而生产,实质上就是异化劳动,艺术生产只有是自由劳动,才能自由地显示出艺术创造的思想价值。马克思艺术生产理论,并没有将艺术的独创性和自由抒情与灵性体验等问题完全抛弃不顾,因为在资本主义生产条件下,这种自我沉思的艺术观和美学观,仍然有一定的审美价值。艺术生产如果忽视这些问题,只忠实于社会需要,那么艺术就不可能具有超越精神,因为心灵艺术,毕竟不可能完全自由交流。马克思的艺术生产理论,预示了工业时代到来文学的困境,因为他当时就看到了资本主义文艺的内在困境,所以,必须看到艺术生产理论所具有的独创性和积极意义。①

对于马克思美学的文艺形态的建构,笔者既不主张卡冈式的建构,也不主张目前流行的"文学原理"式的建构。这种建构的出发点,必须是建立在艺术综合基础上,而艺术综合必须充分体现独立自主性,需要"收拾精神,自作主宰",而不能依托某种理论,试图包罗万象。那种试图借马克思主义文艺美学价值形态包罗古今中外的所有理论的努力,必然导致思想的大杂烩。卡冈的美学,不如斯托洛维奇有独创性,也正是因为他从一般价值形态出发而较少从独创性问题入手来解释马克思美学或艺术思想。目前流行的文艺学原理更是如此,将文学理论分解成本质论、创作论、作品论和批评论四大板块构造,是文学理论教科书中的一般结构。因此,真正独创性的马克思美学价值形态的建立,必须从独创性出发,马克思的文艺学,应该从艺术生产出发,探讨艺术生产、艺术消费、艺术批评、

---

① 何国瑞:《艺术生产原理》,人民文学出版社 1989 年版,第 175—178 页。

艺术创作、艺术传播之内在过程。我们既要看到文学的审美本性，也应看到文学的商品属性，以前过于强调文艺的意识形态特性，其实并不是马克思文艺学的初衷。马克思美学的文艺学形态，到底应以什么面目出现？事实已经做出了回答：只有充分体现其独创性原则，才有希望诞生深刻的现实主义文艺学理论和美学思想。

4. 马克思美学与艺术文化遗产的继承

马克思美学思想体现了鲜明的艺术历史发展观，在这一点上，马克思美学与黑格尔美学有其一致性，事实上，在研读黑格尔美学时，马克思无疑会充分理解美学的历史的观点。马克思美学的形成，既是马克思向人类一切优秀艺术遗产自觉学习与反思的结果，也是马克思从哲学经济学出发对人类的艺术活动与人类掌握世界的具体方式进行深刻反思的结果。马克思美学的真正形成，是历史发展的过程，是不断与美学史上一切优秀思想自由交流的结果，也是与德国当时最有影响的哲学美学思想直接对话的结果。马克思的美学思想，在批判中建构，在建构中批判，与德国思想界和西方思想界有着深刻的联系。[①]

第一，马克思美学高度重视希腊文学艺术在西方人的精神生活中乃至在世界人民的精神生活中的重要地位。在理解摩尔根的《古代社会》时，马克思也没有忽视世界上其他古老民族的远古艺术遗产的重要价值。对他来说，神话是人类精神生活中最重要的领域，但它只能是人类在童年时期才有的精神想象方式。在人类童年时期过去之后，我们可以怀念古老的艺术文化遗产，但不能重新复制这些艺术遗产，更为重要的是：要在这些人类艺术遗产中继承自由的人类艺术精神。艺术总是人类精神发展到一定阶段的产物，而且是它所处的历史时代的必然产物。马克思对希腊艺术的重视是从三个层面展开的。第一个层面是从荷马史诗出发，重视古典神话在人类精神生活中的重要作用。马克思充分肯定希腊神话是

---

① 李泽厚：《美学三书》，天津社会科学出版社 2003 年版，第 409 页。

人类童年时期的思维方式的证明,神话充满了想象力,生动地展示了希腊人的精神想象力。马克思也看到,这是希腊人在科学不发达的情况下,对人类生活的自由想象,"神话"从艺术意义上说具有特别的力量。虽然与马克思同时代的尼采,也充分肯定神话在人类精神生活中的作用,但是马克思关注希腊神话中的叛逆者形象,特别是普罗米修斯盗火的形象与反叛精神。第二个层面则是从德谟克里特和伊壁鸠鲁的自然观念出发,探索希腊的唯物主义思想,对希腊艺术的幸福观和自然观做了形象生动的阐释。第三个层面是从希腊雕塑出发,着重解释了希腊人的生命观念与生命表现的意义。应该说,马克思的希腊思想艺术观是受德国古典学思想影响的直接结果,它代表了马克思的早期思想追求。马克思指出:"古代人的前提是自然界的活动,而现代人的前提则是精神的活动。古代人的斗争只有在可见的天国、生活实体的联系,政治生活和宗教生活的吸引力被打破的时候才得以告终,因为要达到精神在自己内部的统一,自然就不得不被打碎。希腊人创作雕像,用赫淮斯托斯的艺术锤子把自然打碎;罗马人把自己的宝剑直接刺入自己的心脏,这两个民族都灭亡了。"①由此,柏拉威尔看到了古希腊神话艺术对马克思思想的深入影响。

第二,马克思美学对西方近代著名作家进行了深刻的理解与分析。在这方面,马克思特别谈到了莎士比亚与歌德的重要意义,马克思对莎士比亚的欣赏,主要表现在艺术家对金钱本质、社会本质和人性本质的形象生动的想象和说明。马克思的丰富艺术实践活动说明他相当关注艺术的社会文化内涵。相对而言,马克思对歌德的浮士德形象的重视,是因为浮士德代表了人对生命价值的追求,而且这一形象深刻地揭示了意志在人的社会存在中的决定性影响。马克思不是抽象的思想家,他十分重视伟大的思想家对人类精神生活与社会生活的自由想象。柏拉威尔指出:"从1835 到 1841 年间,马克思有以下几方面的表现:他所怀有的那种从事文学创作的欲望,本国有才具的人没有哪个在这方面比得上他;他倾向于批

---

① 《马克思恩格斯论艺术》第 2 卷,中国社会科学出版社 1982 年版,第 45—46 页。

判别人对待生活和学识的态度,从而在这过程中建立起自己在这方面的态度。他对于文学作品的影响、对于它所体现作者意图和时代的方式感到兴趣;他把文学批评的术语转用到人类活动其他领域去的那种爱好逐渐增长。"①这些评价符合马克思的文学艺术解释倾向。

第三,马克思美学特别重视激进主义诗人与诗歌的中心地位。马克思对海涅充满了欣赏和理解,这是因为海涅不仅是革命的诗人,而且也是德意志民间诗人,他通过诗歌表达了德意志人民的伟大精神意志,这是人民的力量,也是劳动者的力量。他不仅关注民间的歌声,而且也重视民间的文化精神,十分有趣的是:作为两位思想迥异的伟大哲学家,马克思与尼采都表达了对海涅的欣赏。在尼采看来,海涅是德国抒情诗人中最伟大的诗人,他以生动而迷人的民间诗歌诠释真正的德意志理想;马克思则特别肯定海涅的革命精神、批判精神以及对德国文化的深刻认识,与此同时,海涅对工人阶级的同情也引起了马克思的重视。柏拉威尔指出:"这种交往无疑都对他俩发生影响,一方面鼓励了海涅把他的讽刺政治诗写得比以往更激进,一方面促使马克思继续阅读海涅的作品,以致使他自己的文体在某种程度上留下使人觉得出的影响痕迹。"②应该说,这个评价是比较公允的。

第四,马克思美学对艺术中的反抗者形象充满深刻的理解和认识。例如,普罗米修斯形象在马克思的诗歌创作和文学理解中,具有重要的象征意义。马克思是人类思想史上的伟大批评者,他深刻地认识到了资本主义文化的本质,也看到了这一文化所赖以存在的私有制基础。马克思毕生反抗资产阶级的社会文化制度,试图创造崭新的共和国,让全世界无产阶级和劳动人民真正获得自由和解放,真正能够获得幸福。他阅读了大量的文学,对为了人类的幸福且富有牺牲精神的英雄形象极力歌颂。

---

①　柏拉威尔:《马克思与世界文学》,梅绍武等译,生活·读书·新知三联书店 1980 年版,第 42 页。

②　柏拉威尔:《马克思与世界文学》,梅绍武等译,生活·读书·新知三联书店 1980 年版,第 91 页。

对于希腊作品,马克思说:"在埃斯库罗斯的《被缚的普罗米修斯》里已经悲剧式地受到一次致命伤的希腊神,还在琉善的《对话》中喜剧式重死一次。历史为什么是这样的呢?这是为了人类能够愉快地和自己的过去诀别,我们现在为德国当局争取的也是这样一个愉快的历史结局。"这是马克思通过分析艺术形象表达对艺术价值的伟大理解。在马克思的毕生活动中,他还没有充裕的时间去领略和理解人类的全部的艺术遗产,特别是东方的艺术文化遗产,但是在马克思的美学价值取向中,可以看到马克思重视古老的神话艺术,重视人文主义价值的艺术,重视具有反抗精神的艺术和形象。由此,我们不难理解马克思对人类艺术遗产的批判性继承态度。马克思重视民间的艺术,重视真正的人文主义的艺术,重视具有自由反抗精神的艺术,认为自由反抗精神代表了人类艺术的价值方向。马克思对人类艺术文化遗产的自觉继承告诉我们:美学应该创造富有自由精神的形象,创造伟大的叛逆者形象,艺术家应为无产者和劳动人民而创作,对民间文化中的自由精神进行歌颂,马克思充分肯定伟大艺术家对人类社会本质和人性本质的深刻理解。

5. 马克思美学与马克思主义美学学派

马克思美学的形成,是历史的过程,但马克思美学的发展,则是不断阐释的过程。马克思主义美学,是由马克思开创,经过无数马克思主义理论家不断推进、发展而形成的审美理论价值形态。这一价值形态不同于东西方传统的美学价值形态,更不同于经院主义美学价值形态。东方传统美学强调审美与伦理,审美与礼教,审美与人性之间的关联,把仁、礼、义等人格精神充实到审美理论之中,并把礼和乐,把静和养气作为美的最高境界。这种美学精神注重从现实生活中逃离,只是自我平衡的精神学说,至于如何改变现实社会,减弱异化劳动,反抗专制社会,这种美学表现得比较消极。传统的西方美学与之不同,它更强调审美与认识,审美与意志,审美与神学之间的关联,因而审美理论中蕴含着科学主义精神和宗教主义精神,虽然也有伦理主义倾向,但其主导精神强调"审美对人的解放作用"。至于现当代经院主义美学价值形态,虽然有不少人标榜为马克思主义美学,但是,由于他们背离了马克思美学的基本精神,实质上是反马克思美学的。马克思美学和文艺学自成一派,与西方美学和东方美学价值形态相对抗,成为"第三大美学价值形态"。正是由于马克思美学的独创性,同时由于无产阶级的革命政治力量的推动,在当代中国,马克思主义美学研究被确定为美学思想的中心任务,极大地推进了马克思美学在中国的发展,它与东方传统美学、西方现代美学构成多元话语系统。从根本上说,马克思美学之所以自成一派,主要是因为马克思美学自身所具有的独创性。马克思站在政治经济学立场上,站在社会学立场上,站在唯物主义立场上对美和艺术问题的讨论,确实具有划时代意义。[1] 他使美学这门超越性的、心灵性的、精神性的科学,成为人类生活现实中不可缺少的生命哲学和实践哲学,这种美学所具有的重大现实性意义,怎么高估都不会太过。

　　一些权威的马克思主义者,过分强调马克思美学的正统性,这就导致一些关于马克思的美学阐释常被认作是非马克思主义的,仿佛马克思主义"只此一家,别无分店"。这种情况在西方也时有发生,例如,卢卡契曾被看作是反马克思主义者,法兰克福学派、法国存在主义和结构主义的马克思主义学者,也常受到正统马克思主义者的攻击。我国也出现过这种情况,一些人认为只有"我的阐释"是合乎马克思主义的,一些新的解释被视作反马克思主义的。异化问题、人道主义问题的讨论,就是典型事例,这种理论的保守性必然导致解释的单一性,而解释的停滞必然导致思想的重复和封闭。当代学术界关于马克思主义美学之争,实质上是正统与非正统之争,没有必要把马克思美学看作神圣不变的思想价值体系。马克思美学不是宗教神学,只有在中世纪,才会发生攻击神学被送上绞架的专制性悲剧。对于马克思理论,特别是美学思想的发展,需要多方理解和

---

① 　李咏吟:《价值论美学》,浙江大学出版社 2008 年版,第 182—183 页。

阐释,这样,必然使马克思主义美学呈现为自由开放的系统。① 真正的马克思主义美学的发展,必然要容纳诸多学派,与不同的思想形成对话,因为笔者始终以为,马克思美学有其他美学思想所无法取代的独创性和社会价值,而且马克思美学所具有的革命性是划时代的,超越了所有的纯粹美学理论价值形态的思想价值。因此,笔者不主张把马克思美学的哲学形态仅仅理解成历史唯物主义实践美学,也不主张只讨论"美是人的本质力量对象化"这一确定性的论断。马克思美学在无产阶级革命的推动下,在全世界形成一股新思潮,它的力量极其巨大。马克思美学在当初以崭新的面目出现,它所具有的特殊的叛逆性被许多人视为洪水猛兽,在 20世纪的教条主义研究中,马克思主义美学竟然成了价值形态僵化的保守哲学,这的确是真正反马克思主义的解释。马克思美学必须得到发展,苏联、中国以及东欧美学界曾经确立了马克思美学价值形态的不可动摇的神圣地位,但马克思主义美学仍须进行新的阐释,得到"现代性言说"。马克思主义美学与存在主义的美学、精神分析学,还有语言哲学,包括东方美学,已开始形成多元对话,同时它还与存在哲学、精神分析学共同形成了文化思潮,马克思美学得到了新的发展,展示出新的魅力。

马克思主义美学的建立离不开马克思,同时,也离不开恩格斯的深刻探索,它也离不开列宁、卢卡契、毛泽东、阿多诺、阿尔都塞、萨特、哈贝马斯、卢那察尔斯基、马尔库塞、本雅明等人的不懈探索,从而形成多元的马克思主义美学观念和理论思潮。马克思主义美学,在世界范围内已成为相当引人注目的美学现象。马克思主义美学的形成是历史的过程,也是现实的过程,它离不开无产阶级革命运动,同时也离不开社会文化思潮的推进。如今,富有开放性、综合性、多元性的马克思主义美学价值形态正在形成,这正是马克思主义美学的独创性发展道路。马克思主义美学的形成,并不等于马克思美学的定型。许多论者在研究马克思美学时带着先天的成见,仿佛马克思美学就是一本"圣经",是不可随意解释的。任何

---

① 李泽厚:《美学三书》,天津社会科学出版社 2003 年版,第 413 页。

思想一旦不开放解释的通道,必然会窒息死亡。马克思主义美学,必须不断地融入新的内容,必须不断地面对现实生活,对现实生活形成文化批判,从而真正建构起人类生命本体论意义的自由美学和实践美学。① 马克思美学价值形态的独创性理论奠定了这一学派的基础,它是问题的开端,并不等于问题的终结。因此,应该容忍关于马克思美学的不同阐释,从而形成交流对话的语境,不能简单地以非马克思主义和反马克思主义的大帽子来阻碍和否定关于马克思的理论研究。过去,在这一问题上,我们有很深的经验教训。事实上,那些被否定被批判的非正统的马克思主义美学家,在一定的历史时期内,却真正发展了马克思主义理论,相反,那些"正统的"马克思主义美学家,却并未留下任何富有启示的东西,这在苏俄马克思主义美学研究中留下了特别深刻的历史教训。马克思主义美学的独创性,如果不能得到真正的重视,那么,这种独创性的思想就可能在封闭的观念系统中窒息死亡。

马克思主义美学的形成,是历史发展的过程,马克思主义美学的发展,也是历史发展的过程。这一历史过程,有其开端,而不会有终结,它是开放性的历史文化生成过程,作为富有创造性的美学思想价值形态,它是不断面向未来的。正是从这种观念出发,可以看到马克思主义美学的历史行程,这一行程在不同的语言、不同的国家、不同的政治意识形态、不同的文化中展开,从而产生了世界性的马克思主义思潮。为了科学地解释这一思潮,笔者试图从马克思主义美学的不同语言学派的角度来分析马克思主义美学的真正发展。马克思主义美学是存在不同学派的,这种学派的形成,与经济、政治、文化、语言等紧密相关,根据这几个基本特征,可以把马克思主义美学分成德语学派、俄语学派、汉语学派、法语学派和英语学派。

马克思主义美学中的"德语学派"很有特点。马克思的美学和文艺学思想著作主要是用德语写成,译成其他语种则是此后的事,因此德语学派

---

① 李泽厚:《美学三书》,天津社会科学出版社 2003 年版,第 416 页。

的理论较有特色。梅林是早期马克思主义学派的理论权威,但他的思想在 19 世纪后期影响并不大。可以说,马克思美学在德国诞生之后,一开始并没有找到出色的阐释者和思想继承者,在德国有一个相当长的时期,没有天才的马克思主义审美理论家出现,直到法兰克福学派的兴起,才极大地推动了德语学派的马克思主义哲学和美学理论的研究。霍克海姆、阿多诺、哈贝马斯和本雅明等是强有力的中坚人物,他们提供的许多思想,就是对马克思美学的推进和发展。弗洛姆和马尔库塞也是较有力的继承者,法兰克福学派,发展了马克思主义的美学理论。① 他们的主要特点是:具体联系德国现代实际,突出了交往性、主体间性、否定性和机械复制性等内涵,充实了马克思主义美学的当代性内容,他们从异化、物化、工具理性、技术理性出发,抵制后现代主义思潮。他们把马克思和弗洛伊德调和起来,强调新感性,主张把单向度的人改造成和谐审美的自由人,达成感性的审美解放。在德语学派中,卢卡契是位杰出的思想者,他对马克思美学的最大发展,正是在于他对审美反映理论的系统深入的研究,卢卡契的三大卷美学著作《审美特性》,是对马克思主义美学的强有力的创造性阐释。卢卡契从模仿、巫术、文化、思维等多维度,揭示审美意识形态形成的特征。② 卢卡契的本体论哲学、历史与阶级意识论,尤其是对物化和扬弃物化的研究,直接揭示了马克思主义美学的诸多现代问题。

在马克思主义美学的形成和发展过程中,"俄语学派"发挥了最关键的作用。列宁、斯大林、普列汉诺夫、卢那察尔斯基、卡冈、斯托洛维奇和巴赫金,不仅把马克思美学和政治问题结合在一起,而且还揭示了它与认识论、文化学、精神心理学、历史学、符号学、价值哲学之间的复杂关系。他们最突出的特点在于:不仅把美当作认识,更重要的是"把美当作价值",而且是在社会实践和艺术交往中展开这种价值,其革命性意义不容低估,但俄语学派在马克思主义美学的定型和凝固化方面也起了很大作

---

① 魏格豪斯:《法兰克福学派史》,孟登迎等译,上海人民出版社 2010 年版,第 7—9 页。
② 卢卡契:《审美特性》第 1 卷,徐恒醇译,中国社会科学出版社 1986 年版,第 3—8 页。

用,马克思主义美学的发展也因此显得极为迫切。

在马克思主义美学发展过程中,"汉语学派"的形成,直接得益于"俄语学派"。早期无产阶级革命家李大钊、瞿秋白、鲁迅、冯雪峰等对于马克思主义美学中国学派的形成起了关键作用。毛泽东、蔡仪和周扬在文学与政治、文学反映与现实主义等一些关键问题上做出了适合中国国情的独创性阐释。马克思主义美学的汉语学派的发展受俄语学派影响太大,因而,汉语学派并未诞生像卢卡契、卢那察尔斯基、卡冈式的美学家,这可以进一步说明,在当代中国提倡马克思美学的多元化是何等重要。严格说来,汉语学派的马克思主义美学主要以翻译为重心,只有毛泽东把马克思哲学与中国革命相结合,创造性地提出了一些新的思想和理论。20世纪80年代以来,中国马克思主义研究者一方面继续翻译马克思与恩格斯全集中新出的德文著作,另一方面则大力译介西方马克思主义的新学说,在推进马克思美学现代化方面,有着积极的贡献。值得提出的是,李泽厚的马克思主义美学解释,例如,"自然的人化"与"人化的自然"以及"人的本质力量对象化"等解释,显示了汉语学派的重要贡献。①

"法语学派"在马克思主义美学发展过程中也具有十分重要的意义。法国是诞生革命性理论的地方,法国的哲学几乎大都以政治叛逆性姿态出现,尤其是现当代法国哲学几乎是以石破天惊的新思维方式与真正的思想革命面世。马克思主义在法国的发展极为独特,在法国,不少思想家对马克思理论充满热情,但较少有彻底的马克思主义理论家,他们大都选择站在与马克思进行对话的立场,因此在某些问题上发展了马克思理论,又在某些问题上否定了马克思理论。例如,萨特、列斐伏尔、阿尔都塞、福科、拉康、德里达,都与马克思美学有一定的关联,但他们从本位文化立场和本位话语立场出发,在思想探索上过于强调文化性和现代性精神,恰恰缺乏对社会政治经济和文化的深切关怀,因而,他们的理论极具主体意

---

① 李泽厚:《美学三书》,天津社会科学出版社2003年版,第468—471页。

识,并构成马克思主义美学的现代景观。① 除此之外,马克思美学在斯拉夫语国家、意大利语和日本语中都有不同程度的推进。马克思主义美学在英美也得到了极大发展,"英语学派"的马克思主义理论非常引人注目。考德威尔、伊格尔顿、詹姆逊等是现代最有影响力的马克思主义美学思想的变革者。他们的思想立足于后现代主义文化立场,将马克思美学、哲学和文化学理论与现时代的人类精神状况密切联系在一起,提出了不少有创造性的美学思想。②

从全球文化交流的眼光来看,马克思主义文艺美学学派是极富影响力的理论学派。马克思主义美学是反虚无主义的美学,是反抗资本主义的批判理论,它既是社会批判理论,也是文化批判理论,因为马克思美学始终从现实问题出发,守卫现实主义批判原则。马克思主义美学之所以获得新的发展,因为真正的美学就在于这种批判性继承,而不是以宗教的虔敬和不可动摇的姿态去守护理论。从这个意义上说,马克思主义美学价值形态,具有无限的开放性,它的生命力必然是强大的,现代西方的各种美学理论不可能真正取代马克思主义美学。对于我们来说,马克思美学的根本意义在于:它是中国现代政治意识形态的核心,在政治意识形态的巨大影响力之下,马克思主义美学必定在相当长的时间内作为现代中国美学的主导性思想资源。应该说,立足马克思,回到马克思,具有十分重要的意义。我们可以重温马克思的一段话:"由于分工,艺术天才完全集中在个别人身上,因而,广大群众的艺术天才受到压抑。即使在一定的社会关系里每一个人都能成为出色的画家,但是,这决不排斥每一个人也成为独创的画家的可能性。""在共产主义社会组织中,完全由分工造成的艺术家屈从于地方局限性的现象无论如何会消失掉,个人局限于某一艺术领域,仅仅当一个画家、雕刻家等等,因而只用他的活动的一种称呼就

---

① 高宣扬:《当代法国思想五十年》,中国人民大学出版社 2005 年版,第 5—12 页。

② 考德威尔:《考德威尔文学论文集》,陆建德等译,百花洲文艺出版社 1995 年版,第 243—275 页。

是以表明人的职业发展的局限性和他对分工的依赖这一现象,也会消失掉。在共产主义社会里,没有单纯的画家,只有把绘画作为自己多种活动中的一项活动的人们。"①在将来的共产主义社会里,作为专家的艺术家和诗人将被全方面发展的人完全取代,这样的人既从事社会实践活动,又是创造艺术作品的艺术家。我们只要不是对马克思美学采取经学的诠释态度,而是采取开放的解释学态度,那么,未来中国的美学思想有可能在多元并存中显出自身的独特个性。只要思想论争不受压制,美学必将在论争中获得生机与活力,这正是通往美学真理的根本动力。文艺美学在当代中国的发展,特别离不开对马克思美学思想的新的理解,因而,马克思美学思想的当代论争,直接促进了当代中国文艺美学的发展。事实上,我们以东方美学、西方美学和马克思主义美学作为文艺美学的三大发展基点,并在此基础上深入理解审美活动和文学艺术的本质,就一定能开创文艺美学思想崭新的话语途径,为当代中国思想和美学的发展注入新的活力。

第三节　实践美学与超越实践美学的意义

1. 实践论与现代中国的实践论美学

从词义上说,"实践美学"这一概念是讲不通的,"超越实践美学"也只有在语义约定的条件下才成立,从语法学意义上说,"实践"是动词,直接支配"美学"这个名词,就成了美学的实践活动。严格说来,"实践美学"应该是"实践论美学"。不过,我们在标新立异地提出实践论美学概念时,很少有人认真地建构过实践论美学,虽然有人以实践论美学为题而著述,但系统地论证实践论观念和美学思想的研究还相当缺乏,相当多的当代美学研究著作,重点还在于讨论实践美学的几个观点与立场,特别是有关李

---

① 《马克思恩格斯全集》第 3 卷,人民出版社 1973 年版,第 460 页。

泽厚美学的讨论,未能对实践论美学的全部丰富内涵进行系统建构。①
实践论思想的讨论,是现代中国哲学的重要成就之一,也是现代中国哲
学、中国古典哲学和马克思理论相结合形成的重要思想成果。实践论思
想的形成,既与马克思对实践的重视有关,也与中国传统的实学思想有
关,所以实践论哲学有其中西思想传统。具体说来,实践论在马克思主义
哲学语境中有其特殊的规定:首先,实践论是与认识论相对的概念,即人
从生产实践活动中获取了生活的经验,这些经验作用于人的认识,在人的
认识的理性指导下,我们形成对客观事物规律的正确认识,反过来,认识
直接指导人的现实生活实践。其次,实践论体现了鲜明的唯物主义思想
色彩,强调人类生产实践活动的优先意义,把人类认识自然和改造自然的
活动,看作是实践活动的基本目的,这与希腊意义上偏重于人的道德理性
活动的"实践论"有显著的区别。"实践"离不开人的生命活动或生存活
动,从希腊意义上说,实践主要指人的道德理性活动,即在现实生活中,坚
守实践理性的目标与原则,在美德伦理方面,表现人的正义、勇敢、忠诚、
宽厚、仁慈、友爱等精神品质。② 从马克思哲学意义上说,实践主要是人
的现实生命实践活动,既包括物质生产活动,又包括精神生产活动,通过
人与自然和文化关系的建构,不断确证人的自我本质力量,使人的自由本
质力量在创造性的生命对象化活动中得到确证和表达。

　　在马克思看来,"实践"不是原始经验本身,不是感觉经验,但实践活
动必须以人的感觉经验为基础,通过"实践—认识活动"形成正确的思想
价值观念,达到理性生活的科学目的。实践概念本身,包含对经验进行理
论反思和理性指导生活实际两方面的内容;这就是说,实践是感性与理性
相统一的现实活动,从实践到认识,从认识到实践,即"实践—认识—再实
践—再认识",循环往复,以至无穷。事实上,人的实践既包含前人的经
验,又包含个体经验的获得;实践论强调的是:人的认识是在现实生活中

---

① 李泽厚:《美学三书》,天津社会科学出版社 2003 年版,第 416—418 页。
② 亚里士多德:《尼各马可伦理学》,廖申白译,商务印书馆 2003 年版,第 10—15 页。

不断获取的,是认识活动与实践活动相互促进、不断提高的现实历史文化过程。这是实践活动的首要特征,即强调个体经验与理性反思的首要地位,与此同时,实践论也强调理性反思在现实生活活动中的重要地位,没有理性的指导,就不可能有实践的自觉。当然,理性或经验在实践中的指导作用,对于人的认识与生产来说,既有指导作用,又有阻碍作用。个体经验与人类经验之间,存在不可克服的矛盾:一方面人必须遵守历史经验,否认历史经验的作用,人可能永远在原地爬行,另一方面,人如果始终坚守历史经验,不敢逾越历史经验,就可能永远不会进步。实践论特别强调认识与实践的辩证关系,个人经验与人类经验的辩证关系;正是通过实践活动本身,人类能够达成理性的共识,形成科学的理性判断,建立理性的法则,确立理性的尊严,为人类的精神生活立法。①

在我们看来,马克思主义强调的实践论,重在从实践中形成理论和认识,然后通过理论和认识指导实际。其实,西方思想的传统对于实践的理解,偏重于要求人的道德行动符合普遍的价值准则,即实践智慧是实践的根本目的。实践本身就是为了确证人的正确的伦理行为,建立人与人、人与世界之间和谐理性的生命关系;从道德意义上说,实践是人的理性自律,不是科学认识的活动,而是伦理的活动或道德的活动。在这一点上,西方的实践论传统,不同于中国的实践论传统,西方的实践论传统是在亚里士多德那里奠基的。在《尼各马可伦理学》中,亚里士多德首倡实践理性,他强调人的智慧决定了人的理性自律。这个智慧是如何来的?它既可能源自生命直观,也可能源自神的启示,还可能源自人的生命活动的经验积累,总之,智慧是生活实践或道德实践的重要保证。正是从智慧出发,人们的行为才能够符合普遍意义上的理性立法。

在智慧的引导下,人们愿意过有价值有意义的伦理生活,亚里士多德设想了道德的基本准则,例如:明智、正义、至善、勇敢、乐观,等等。显然,

---

① 哈贝马斯:《在事实与规范之间》,童世骏译,生活・读书・新知三联书店 2003 年版,第 597—598 页。

这里既没有涉及科学认识问题,也没有涉及真理判断问题;这就是说,实践是对确定性的价值公理的维护,不需要个体经验的感性自觉,而是每个人出自理性的要求对生命价值立法与社会文化法则的自觉遵守。所以,西方的实践论,最初就是为了建立公民的公共伦理信念,即作为共和国的公民必须遵守城邦的道德,必须遵守城邦的共同价值立法。有了古典实践论的支持,科学认识与价值真理的探索,只是理性的必然结果,同时,也可看到,拥有理性的支撑,科学与真理就是人类生活追求的重要目标。实践理性不需要强调任何个人的标准,更没有人为的标准,但它与个人的基本价值标准并不矛盾,理性的至上尊严必然以保证每个人的生命价值为出发点。① 从西方实践论思想的历史发展过程来看,康德的实践理性,就是进一步强调生命道德的理性实践原理的共通性意义。真理的标准,在西方不只是实践检验的问题,而且是理性证明与科学证明的问题,更是神圣信仰追寻的终极目标。在实践理性的指导下,求真与真理是自然而然的事情,他们把一切限定在人类生活的理性领域。② 至于神秘的信仰问题,他们虽然也强调理性与信仰之间的必然关联,但并不是强调在信仰领域的实践检验问题,而是强调信仰的本源性与必然性,即不许怀疑,只能信仰与实践。

中国的科学与思想认知,一开始就有对"圣人言"的敬畏,后来,则有对经典与帝王的敬畏,于是,理性对真理的求索往往变成"对权威和权力的屈服";权力与权威支配一切,思想与科学探索的自由没有了,于是,人们总在简单的问题上做语言游戏。我们的实践论思想,其实只是"格物致知"和"反躬自省"的代名词,强调体验与良知的互动关系,强调"行胜于言"的重要意义。马克思主义中国化之后,毛泽东提出的"实践—认识—再实践—再认识"的科学认识论,显然比较强调经验的至上地位,没有给理性以神圣地位。毛泽东对历史认识活动的概括是正确的,但它容易给

---

① 哈贝马斯:《包容他者》,曹卫东译,上海人民出版社 2002 年版,第 59—69 页。
② 哈贝马斯:《认识与兴趣》,郭官义等译,学林出版社 1999 年版,第 194—198 页。

人们造成假象,即以为思想永远没有确定性,人们永远不可能掌握真理。因此,在认识中忽视了理性的作用,历史理性与实践理性的合法地位皆未建立。我们强调生产实践的第一意义,这本来是常识,但是,在遵从圣人与权力的条件下,这个简单的事实就变成了对权力的屈从,所以人们始终不敢讲真话,把讲真话看作是实践与再实践活动所求证的目标。其实,如果没有权力与刑罚的作用,对真理的追求和认识就是公开的,是透明的;基于理性的价值共识应尽早建立,它是对自然的纯粹研究,是对真理的纯粹探索。

因此,西方的实践论对理性的保护,对公共价值伦理的守护,对人的道德信仰的坚守本身,就是对人的自由的保护,也是对社会公正的保护。如果保护了公正,保护了自由,保护了理性,那么,还有什么真理在人这里变得遥不可及。科学的真理、社会的正义、自由与进步,不需要实践认识的反复验证;信仰与神秘,不是因为人们不能认识真理,而是宗教权力和世俗王权阻止人们认识真理。我们要从实践论的迷茫中惊醒,不能再停留在实践论与认识论的简单关系论证之上,要充分认识到实践论实际上就是对理性、对自由、对正义的坚守问题。① 坚守了理性、自由、正义,人类的真理就呈现出来了,当然,神的真理不在这个讨论范围之内,因为它是神学的问题,不是哲学与美学的问题。因此,要回归实践论本来所具有的伦理道德实践这一意义上来。马克思的“实践—改造世界理论”的提出,使西方思想中的实践论由道德领域转向生命存在与现实生活领域。马克思不仅重视人对世界的认识,而且重视人对生活世界与自然世界的改造,这样,生产—劳动—实践观念的提出,使实践论具有了崭新的内容。从马克思主义的实践论思想延伸出来的现代中国实践论美学,始终处在实践论与认识论的思想缠绕下,真正的意义并没有得到澄清。李泽厚美学与反李泽厚美学之争,实际上就是对实践论美学何为的论争,显然,考察这一问题,对于中国美学思想具有决定性意义。

---

① 哈贝马斯:《包容他者》,曹卫东译,上海人民出版社 2002 年版,第 102—104 页。

2. 实践论美学之争：从三个层面展开

中国的实践美学之争，实际上涉及三个问题：一是对马克思主义美学的本质和发展如何做出新解释，二是如何通过实践美学给人的现实生命活动以恰当的价值定位，三是如何获得在中国现代美学思想中的主导话语权。至于如何通过实践美学的讨论，触及审美与道德问题的本质关系，或者，通过实践论美学之争确立理性立法的中心地位，则是很少为人注意的问题；这就是说，德性实践与审美和谐这一古老的实践美学问题，恰好在实践美学之争中处于失位状态。从现代中国美学思想史的事实来说，实践美学观念是在马克思主义美学的探索过程中形成的，俄苏实践论美学思想直接推动了中国实践论美学思想的建立，毛泽东将马克思主义的实践观念赋予中国化内容，使得马克思的实践观念与中国本有道德实践观念结合在一起。朱光潜通过对《1844 年经济学—哲学手稿》的解读，从主客体关系入手，赋予实践论观念在现代中国美学的核心地位，强调实践对生活与世界的改造与审美创造意义。不过，真正使实践论美学在中国现代美学探索过程中发挥重大影响的是李泽厚，他把马克思主义美学与康德美学的实践论思想有机地结合在一起，使得实践论美学思想在中国思想、西方思想和马克思主义学说中获得了内在的融通。有关实践美学的讨论，最为中心的环节往往离不开李泽厚的有关思想，所以，实践论美学的论争，就是对李泽厚有关马克思主义美学的解释或对中西美学的解释"是否深刻地理解了美的本质"这一问题的论争。

这直接关系到我们对马克思美学思想的理解。马克思的思想显然具有实践论的解释意向，事实上，实践论的解释最具科学理性色彩，较少政治意识形态色彩，因而，抓住了科学实践、社会实践和生活实践的思想，也就把握了美学的实质。比起其他美学意识形态取向，李泽厚对马克思美学实践论的解释显然更具哲学意味。事实上，美学解释显然不能以政治意识形态作为基本选择，当然，李泽厚的马克思美学解释，也不是对政治意识形态的直接解构。应该说，李泽厚的美学解释适应了意识形态的主题要求,但不是政治意识形态的僵死而无创建的重复,而是从中国的历史现实出发,对马克思的美学做了合乎中国需要的历史意识形态解释。①李泽厚游走于意识形态与非意识态之间:如果说他的思想是叛逆与自由的,又看不出他对意识形态的真正清算;如果说他的思想是保守与世俗的,又看不出他对意识形态的简单图解。李泽厚的美学解释的价值就在于:他综合东西方美学包括马克思美学的思想精华,对现代中国社会实践进行了创造性的解释。李泽厚的美学解释,实际上就在于他的包容性与不确定性,就在于他对社会问题与个人价值的关注以及对中国古典美学思想的一些诗性发挥。李泽厚思想的这种不确定性,表明他是一位极其聪明的解释者,同时也表明他不是一位真正的哲学家,因为在他思想的多维游动中,失去了对思想确定性的把握,他的思想始终缺乏坚实的思想地基。应该说,李泽厚的早期实践论美学,非常重视生产实践活动对自然的改造,即"自然的人化"和"人化的自然";后期的实践论美学思想,则重视人的感性体验与生命欲望的自由表达。实践论美学在李泽厚那里有很大的延伸空间,也是很有意义的思想探索,尽管李泽厚并没有明显地提及这一主题词作为自己的思想纲领。从李泽厚的实践论美学思想,也可看出他并没有把理性立法或实践智慧视作美学的根本问题,而是更多地集中在人的"对象化活动"这一问题上。②

在对现代美学价值形态的反思中,人们始终困惑于应该如何解决生命存在的复杂现实问题与精神问题,与此同时,如何给予作为个体审美的人以合法性的自由地位,日益成为当代美学的核心问题。"群己之辩"在中国美学史上是十分重要的问题,也是涉及实践论本身的问题。个人的自由、原欲、权力、审美想象、个性解放,是西方美学史上的基本问题,因此,如何理解个人主体性、人的存在状况、人的自由在当代美学价值形态

---

① 李泽厚:《美学三书》,天津社会科学出版社 2003 年版,第 414—416 页。
② 李泽厚:《美学三书》,天津社会科学出版社 2003 年版,第 417 页。

之辩中显得尤为关键。①

在这些基本问题上,李泽厚的美学观点因为具有一定的开拓性,所以不断引发批判和论争,这一持续了几年的争辩总使人想起 20 世纪 50 年代和 80 年代的美学论争。20 世纪 50 年代美学论争的中心问题是美的本质和美感的属性。20 世纪 80 年代以来的论争,则主要集中在个体自由与社会实践的关系上,即个体解放与社会理性之间的冲突如何解决?这些论争从批判与重建的意义上而言,还未从真正意义上超越李泽厚的美学构想,因为他们立足于"批判",而未落实到真正的美学建构上。中国现代美学批判,始终局限于美学基本立场的申述,这使得美学批判与阐释缺乏创造性,人们似乎太热衷于共通性理论话题,因此,很有必要形成新的对话策略,这对于真正的文艺美学价值形态的建构非常有意义。事实上,我们的美学论争依然局限在对人的理解和对人的权力的基本规范上,还没有把美看作是人类实践活动的基本目标和文明发展的内在动力。"自然的人化",强调人在生产劳动实践中也可以创造美,或者说,是按照美的规律的生产活动;"感性生命的解放",强调人不应受到道德理性的过分束缚,要让生命感性冲破思想的牢笼,为人的欲望意志正名。这说明在实践论美学之上总有某种东西约束着人,政治意识形态的思想权威总是影响着特定时期的美学思想,这种源于政治意识形态权威的思想,始终支配着人们对美学观念的认知。因此,不同的美学思想观念常常很难自由地交锋,结果两种意见之间的交锋,常识性的生命价值观念需要以极端的方式获得自己的合法性。李泽厚的实践论美学并不是真正的原创,但是,他从马克思主义经典出发,从人的生活实践出发,确立了生命常识性观念的合法性,为人的基本权利而呐喊,这显然是有意义的。

之所以说 20 世纪 80 年代以来的美学论争,并未从真正意义上超越

---

① 20 世纪 90 年代以来,在中国美学界,关于实践美学的争辩是最引人注目的事件,《学术月刊》杂志自 1995 年至今,特别注重发表这一问题的美学专栏文章。这一美学争辩的实质,主要集中在对李泽厚美学思想的评价上。

李泽厚的美学构想,是基于以下三个基本理由。

第一,实践问题并没有得到真正说明。实践论思想的形成,主要基于人的生存活动的反思:古典哲学中的实践观比较关注精神层面的问题,所以,实践的道德指向成为第一位的问题;马克思主义的哲学观,比较关注现实生活与科学理性问题,所以,改造世界与人的本质力量对象化成为第一位的问题。作为现实生活意义上的实践观念,与美学理解与创造中的实践观念,应该具有明确的区分。李泽厚从唯物论思想出发,其早期的实践论思想,比较重视人的社会现实活动的价值创造,未能充分考虑个人的生存境遇和生存需要,这显然是有欠缺的。论争者往往未能充分意识到:改造社会生活与人的本质力量的自由确证,是当时社会的主导取向,即重视社会群体而轻视个体。李泽厚的实践论美学强调社会性与个人性的统一,显然考虑到社会价值观念和民族文化对审美的影响,而不是简单地在主观与客观问题上争辩。争论者看到了早期李泽厚思想中重社会轻个人、重理性轻意志的主观倾向,但是,他们又走到了思想的另一极端,即重个人轻社会、重意志轻理性,这显然不足以真正否定李泽厚思想的价值,因而,从这个意义上说,实践论美学的争论只是两种不同立场的表达。其实,李泽厚的一些基本观点的提出都有其思想渊源,在他的美学观念中,可以发现俄苏社会学派的美学观、荣格的文化心理观、马克思主义的实践观、康德的主体论思想、皮亚杰的发生认识论观念,乃至福科的新历史观和存在主义的生存观的影子。① 这就是说,李泽厚美学力图综合多种思想,在现代性思想语境中,寻找美学思想的独创。在受制于特定时代的意识形态观念时,李泽厚总是力图提出一些新的看法来改变美学争辩的单声调,应该说这一努力具有切切实实的创建意义。他特别善于将创新性的西方思想观点和古代中国思想传统进行当代解释,显出当代性思想的创造性要求,但是,他的思想永远都在变化,即从不同思想路径出发,就会形成不同的思想价值观念,最后,作为整体的李泽厚美学思想显出不可调

① 李泽厚:《批判哲学的批判》,人民出版社 1984 年版,第 76 页。

和的矛盾。他的思想在具体问题的解释上富有创新性,而在整体上则陷入迷惘。事实上,李泽厚的一些思想的提出,比他的同代人至少要多两重背景:一是他尽力超越同代人的确定性观念,从中外思想史上获取新的文献来改变思想的单一与狭隘。二是他尽力把东西古今的历史审美观念,在多元整合中以马克思的思想精神为主导,寻求某种现实性的历史主义道路。正因为如此,他的思想视野,从一开始便与辩友形成本质性差异,这就使美学批判者在争辩过程中缺乏同情式理解。①

第二,对中国美学实践精神的理解不能全盘否定。李泽厚的实践论美学思想,具有多重理论根源,既有马克思的思想传统,又有中国古典哲学和近世变法思想的传统,还有西方近代自由主义思想和现代主义思想的传统。他的实践论思想本身,体现了综合与调和的思想包容意向。作为批判者,刘晓波只是简单地看到李泽厚在解释传统时的保守性特征,或者说,他不赞同李泽厚对儒家思想和道家思想的认同乃至诗性解释,所以刘晓波在批判李泽厚的实践论思想根源时,对其思想中的中国文化因素有强烈的敌视。刘晓波指出:"通过与李泽厚对话,我要说明:在中国,反封建在思想启蒙层次上的关键仍是鲁迅所提出的改造国民劣根性,特别是知识分子身上的国民劣根性。这种改造不仅是理论上的、学术上的,更重要的是实际生活中的。知识分子在理论上、生活中的自我批判和自我否定是反传统的思想启蒙能否持续下去的关键。而改造国民性在理论上所要做的,就是以鲁迅为起点,彻底否定支撑着传统文化的三大理论基础:民本思想、孔颜人格、天人合一。"②民族精神的重塑,或者说中国美学精神的重建,显然不只是民族劣根性批判的问题,"美学",在很大程度上,就是要建立民族的审美观念和自由信仰,以审美为动力,构造民族生活的自由文化精神,最后,通过对美的自由追求,构造自由而富有生机的文明。问题的根本,应是政治正义思想的确立,而不是民本思想、孔颜人格、天人

---

① 李泽厚:《美学三书》,天津社会科学出版社2003年版,第297—300页。
② 刘晓波:《选择的批判:与李泽厚对话》,上海人民出版社1988年版,第9—10页。

合一的理想的重提，因为在政治正义的基础上，任何民族传统的思想都可以优化成"美的思想"。在此，刘晓波显然把政治正义的基础与中国传统文化的和谐精神混淆或者说是对立起来了。应该看到，李泽厚对中国古典美学思想的理解并没有自觉的主体性选择，他更多的是在解释中国古典美学思想的丰富性，或者说，从辩证法的观点出发，充分肯定每一种思想的合理性。问题在于，与西方思想相比，中国古典思想传统并没有明确地确立人的平等与自由权利，没有确立感性生命意志的合法性，也没有把美看作是理性的文明生活的最高追求；失去了这几个价值基点，要想建立自由平等与自由创造意义上的美学思想自然不易。李泽厚更多的是汲取中国古典美学思想的精华，例如，儒家的仁爱礼乐与浩然正气观念，道家的宗法自然和"独与天地精神相往来"的思想，禅宗的佛禅明月之境，以及由这些思想延伸出来的具体的文学艺术作品中的放逸精神。① 他确实没有从根本上解决人的法权自由地位与独立平等正义的道德理想信念问题，因为所谓的古典审美智慧往往是在没有基本权利前提下的自我放纵。批判者的思想立场与价值取向，决定了他不可能理解中国古典美学的根源性意义。

　　第三，存在论的分析包含对个人价值和个人意志的重新肯定。李泽厚的实践论美学思想不是一维的，或者说，并不是确定不变的，也没有内在的统一性，而是从多维层面对美的各种属性的正视。在《关于主体性的第四个提纲》中，李泽厚提出了 10 个命题，即："人活着"是第一事实；"活着"比"为什么活着"更根本，因为它是既定的事实；"人活着"是什么意思；"人活着"的第一含义是人如何活着，即人如何衣食住行；那似乎无穷尽的、恒等的、公共的时间从而也是"第一义"的，它的普遍必然性实乃客观社会性，由此，历史和历史性才有客观的和必然的意义；语法、语言、逻辑、思维也是人"与他人共在"，亦即人类群体生存，在这世界中的需要、规范和律令；它与自然无关，因此，建构心理本体，特别是情感本体是必然的；

---

　　① 李泽厚：《美学三书》，天津社会科学出版社 2003 年版，第 249—253 页。

生命意义、人生意识不是凭空跳出来的,这也就是中国哲学的传统精神,以儒为主,儒道互补,以乐为美,以生生不已为要义和宇宙精神;人毕竟是个体性的,而所有这些都涉及普遍命运。① 从这种纲领性论述中可以看到,李泽厚的思想取向十分复杂,他并未找到自己的独创性话语系统,他试图在思想的历史语境中进行综合并提出新思路。这个提纲只能被看作是价值立场与思想倾向的表达,并未提供新的思想之可能,更没有对人的生命存在与美的文明创建意义形成深刻认识。

刘晓波从西方生命哲学和存在哲学乃至精神分析学的思想语境出发,并以此与李泽厚对话,因而在思想观念上合不到一起。李泽厚在思想的长途跋涉中深刻地体认到,任何思想都有其历史局限性,因为思想倾向决定了他在理论选择上的某种保守性。正因为人们无法找到坚定不移的思想,思想总是寻求新的发展道路,因此,思想本身始终处于激烈冲突之中,所以,李泽厚尽力把不同的思想"调和到一起",寻求其内在的合理性。问题在于,这两种极端的思想选择都不可能从根本上解决中国思想的法权地位,即都不能得到思想自由的法律保证,所以,美学论争到底还是不能脱离政治意识形态观念的权威约束。人们在受意识形态观念的支配时,就不能真正讨论美学的根本,也不能从根本上推进美学的真理探讨。不过,应该承认,李泽厚在包容多元美学价值观念时,他的实践论美学思想触及了人的感性解放与生命创造问题。

3. 中西思想交融与文化价值之争

李泽厚的美学思想之建立,不是孤立独行的发明,与现代德国美学家相似,李泽厚力图在哲学、文化学、心理学和历史学的多重背景下凸显美学自身的基本特点。李泽厚虽就美的本质、美感体验、形式论、审美积淀等理论,进行了纯粹观念上的演绎,但是他的主导精神另有其思想史的背景。他力图在中外思想的合流与互补中完善自己的理论表达,他的理论

---

① 李泽厚:《李泽厚十年集》第 2 卷,安徽文艺出版社 1994 年版,第 499—503 页。

不仅有其哲学根源,而且有其历史文化的依托。当然,他骨子里还是以中国文化慧命作为美学思想的根本价值依托,虽然他也经常引证西方自由思想作为内在价值支撑。他不是单一地探讨人性、情感、审美问题,而是综合地考察人的内在本性、文化约束力、精神制衡、传统的积淀等多重因素对于个体审美的影响。当他无法在中国文化语境中对个体予以科学阐释时,就试图以西方文化语境来充实个体创造与精神领悟的内蕴,这种两面讨好的姿态使李泽厚的美学思想显出深刻的矛盾,我们不应抓住一面来攻击其另一面。应该说,李泽厚对哲学、文化学、心理学的新思想的预见和评述,充分显示了他美学建构的复杂情形。

李泽厚在 20 世纪 80 年代初期提出的许多问题,在 20 世纪 80 年代后期乃至 20 世纪 90 年代初期仍发挥积极的作用,这说明他的研究确有纵深眼光,具有先锋性与预见力。[①] 他力图在东西古今的多方会谈中,找到一条合乎现实发展的可能性道路,他对主体性、心理学和文化学的提倡,确实具有一定的开创性和先锋性,更重要的是,他对中国思想史的个案分析和批判,显示了李泽厚思想的复杂视野。这种思想的互补使李泽厚的美学思想比较复杂,大多数批判者则较少在不同思想上做出李泽厚这样切实的努力,因此,批判与论争的悬空也是很自然的。关于实践论美学的论争,很多批判者往往没有真正形成自己的论题,而是抓住李泽厚的一些命题进行局部批判。其实,李泽厚关于美学的一些论题虽语出有据,但受制于特定时期的历史意识形态,而且没有真正通过本位话语予以表达,然而,20 世纪 80 年代他对新思想的借鉴和发明可谓开风气之先。在本位话语的表述上,李泽厚显然不及熊十力、冯友兰和牟宗三,但是,李泽厚在进行历史批判和阐释时,力图"六经注我",仍不失为有效的思想途径。因此,在 20 世纪 70 年代末期和 20 世纪 80 年代初期,李泽厚便开始重视皮亚杰、海德格尔乃至德里达、福科的思想,这些思想后来在中国引发了后现代主义思潮,这说明他在中西思想融合方面总有自己的预见性。

---

① 李泽厚:《李泽厚十年集》第 2 卷,安徽文艺出版社 1994 年版,第 459—474 页。

他对美学争辩的厌恶和对美学原典的重视,也显示了切实的思想实绩,这对于开拓美学新思维、超越一些僵死的命题,无疑是有突破性价值的。①大多数批判者则缺乏这样的魄力,较少从真正意义上提出一些新问题。由于批判者仅仅满足于对李泽厚的批判,结果导致美学论争的无谓重复,不管你的批判如何尖锐有力,缺乏本体意义上的建构和切实的历史阐释总是不能令人信服,所以李泽厚才特别称赏刘小枫,确实,刘小枫对美学的创建性贡献,真正超越了李泽厚式思维。尽管刘小枫目前所从事的神学研究和政治哲学研究乃至古典学研究还为许多人所误解,但随着思考的深入,相信会有越来越多的人来认同这一思路的合理性。20 世纪 80年代以来的这一美学论争实质上是一场"缺席的批判"。

尽管李泽厚颇失君子风度地攻击过刘晓波,但是李泽厚后来的无回应的沉默和对批判的放任的确是最好的策略,因为无聊的文字证实和证伪是极大的精力浪费。这一场"缺席的批判",一方面说明当代美学价值论争还停留在非中即西的双向思维上,另一方面也体现了当代美学在文化价值选择上的两难境遇。如果超越这些文字的辩驳,透视争辩的实质,那么,争辩的核心问题则极有意义。这一争辩的核心问题是:如何评价存在的意义? 如何确立个体自由的价值? 即个体在社会中的位置,个体在人类生活实践中的地位,应该成为思想者关注的焦点。作为个体的人的生活,在这个世界上有着特别艰难的选择。

从现代文化价值立场出发,作为个体的人的生活,在社会现实中,必须满足基本的生存欲望,因为人是具有欲望和意志的生物。在《第四提纲》中,李泽厚把"人活着,这是一个基本的事实"作为首要问题。人活着就有其基本的欲望,吃穿住用乃至一切生命行为,都应获得哲学式的关怀。在此,笔者要重申希腊智者之辩,在希腊人看来,生命欲望是人性中的"费西斯"(Physis,自然、本能)。人性中自然的本能因素,必须获得基本的满足,否则人便会感到生存的压抑。在先秦哲学中,人性有善有恶之

---

① 李泽厚:《美学三书》,天津社会科学出版社 2003 年版,第 464—472 页。

辩,所要说明的基本问题也是如何解决"费西斯"问题。人的原欲中的一些因素得不到合理的疏导,就会构成潜在的危害,因此,为了限制和调节"费西斯",作为社会的人便设想和规定出一些"诺摩斯"原则。"诺摩斯"(Nomos),即习俗、规范,后引申为未成文法,"诺摩斯"完全可以使人性中的一些原欲因素得以控制,同时,又构成对"费西斯"的压迫和束缚。于是,"费西斯"和"诺摩斯"之间的争辩,才成为希腊智者持久争辩的问题,这正如中国传统文化中关于人性的论辩及其对策。在西方文化中,"费西斯"的人性因素较好地得到放纵,而在中国文化中,情欲的、本能的东西,总是受到理性和礼教的束缚和控制,因此,中国文化中的个性解放,比在西方文化中显得更为迫切。当代学者在卢梭、康德、尼采、马克思、弗洛伊德、海德格尔、马尔库塞所提供的文化语境中,力图对这一问题进行现代性解释。① 因此,当代美学中关于个体归宿的争辩,超越了"积淀说"和"突破说"这种强硬的规定,获得了现实意义。

在中国文化语境中,实践论美学的核心,不仅要解决生产实践与人的本质力量对象化问题,而且要解决个性解放与生命自由问题。实际上,在民主与自由的前提下,实践论美学更为重要的是要解决道德自律与文明的审美律法问题,因为个性解放与生命自由是法律已经解决的问题,倒是"道德自律"与"文明求美"需要个体的自觉认同。这可能是中西文化冲突的核心所在,即我们还没有真正从政治法律制度上解决自由、平等、正义等问题,社会的不公与社会的等级差异以及社会的权力高于法律等,始终制约着我们文明的美的法则的建立。作为个体的人,在情理冲突中如何实现自由解放,是我们的美学论争的实质内容,其实,这多少是对现实无能为力而选择的精神超越策略。基于生命现实与生命自由之间的矛盾,基于感性与理性之间的矛盾,基于宗教信仰与科学理性的矛盾,有人提出和谐原则,有人提出冲突原则,这是两种不同的实现自由的策略。前者以顺应和妥协达成和解,求得心理上的和谐;后者则以反抗与斗争达成自

---

① 　李泽厚:《美学三书》,天津社会科学出版社 2003 年版,第 448 页。

由,求得个体的解放。李泽厚与刘晓波的冲突在于:李泽厚试图以和谐之境达成个性解放与自由,颇似魏晋人物,或者说,根本没有超越儒家人格规范;刘晓波则试图以反叛、对抗、斗争、破坏等策略,达成个性的解放与自由。显然,李泽厚的现实策略与中国文化的内在精神相一致,而刘晓波的现实策略则带有西方自由主义的意味,这是根本无法和解的思想冲突。如果看不到这一点,当代的美学争辩也就失去了意义,一旦关注这一点,当代的美学争辩就会具有现实的积极意义。纯粹学院意义上的名实之争与权威姿态,在美学争辩中已可终结,必须建构自己的本位话语。

如何建立真正的实践论美学? 福柯对历史与思想史的理解,对我们颇有启示作用。他说,"文献过去一直被看作是无声的语言,它的印迹虽已微乎其微,但还是可以有幸辨出来的。然而,历史通过某种并非始于今日,但显然尚未完成的变化改变了它相对于文献的位置。历史的首要任务已不是解释文献、确定它的真伪及其表述的价值,而是研究文献的内涵和制订文献,即:历史对文献进行组织、分割、分配、安排、划分层次、建立价值形态,从不合理的因素中提炼合理的因素,测定各种成分,确定各种单位,描述各种关系。因此,对历史说来,文献不再是这样无生气的材料,即:历史试图通过它重建前人的所作所言,重建过去所发生而如今仅留下印迹的事情;历史力图在文献自身的构成中确定某些单位、某些整体、某些价值形态和某些关联"。他还提到:"应当使历史脱离它那种长期自鸣得意的形象,历史正以此证明自己是一门人类学,即历史是上千年的和集体的记忆的明证,这种记忆依赖于物质的文献以重新获得对自己的过去事情的新鲜感。历史乃是对文献的物质性的研究和使用,这种物质性无时不在地在整个社会中以某些自发的形式或是由记忆暂留构成的形式表现出来。对于自身也许享有充分记忆优势的历史来说,文献不是一件得心应手的工具;就一个社会而言,历史是赋予它与之不能分离的众多的文献以某种地位并对它们进行制订的方法。"① 福柯对待历史的特殊理解,

---

① 福柯:《知识考古学》,谢强等译,生活·读书·新知三联书店1998年版,第6—7页。

应该引起现代中国美学批判者的反思,我们必须从历史文献进入思想的本源之思中去,与此同时,更应从中外文明的现实比较中,找到真正通往自由与和谐的思想道路。

4. 个性解放的吁请与魏晋风度认同

在中国文化语境中,发出一声狂歌殊属不易,刘晓波的批判并非如有人描述的那样,"只出于单纯的名利考虑"。出名虽不失为学术策略,但从根本意义上说,思想取向乃人格精神使然。刘晓波的狂歌乃人格精神的表现,四平八稳的性格是很难发出狮子吼的,刘晓波对权威的挑战,之所以为人称赏,并非由于他的学术观点,而是因为这一姿态本身。笔者对刘晓波的美学思想之认识,也经历了思想内在的历史性转变。初喜其思想的批判力,继而发现刘晓波思想中的逻辑混乱,我们必须看到理性与逻辑乃思想严密的基本保证,仅有感性的思想情感表达是不够的。就实践论美学而言,如何赋予个体生命的自由地位,并不是简单的问题,因为个体的自由,一方面要保证自我的权利,另一方面又要遵循文明的共同美学法则。个体如何在社会文化中自由创造,如何在对象化世界中确证自我的本质力量,如何显示崇高的人格风范,显然需要美学的思想智慧启迪。李泽厚到底有无给予个体生命以理性地位,到底有无承认现代存在境遇下的意志欲望与荒诞选择的合法性?应该说,李泽厚比较充分地重视个性的自我解放问题,这在他的美学历史评述中是最典型的倾向,显然,他不是文化保守主义者和狭隘的传统主义者。在中国文化语境中,李泽厚也属于狂歌者。如果说,刘晓波是尼采式的狂歌者,那么,李泽厚可以说是陶渊明式、阮籍式的狂歌者。也许因为李泽厚不能成为嵇康式的狂歌者,还有些中庸保守温和的成分,刘晓波才那么激烈地否定他。刘晓波真正理解鲁迅,所以对其一往情深,刘晓波欣赏的是鲁迅式、嵇康式的狂歌者和刚烈者,因而,这种情感上的因素决定了他对李泽厚的不满,事实上,他对李泽厚的态度是由钦佩到不满的。① 李泽厚与刘晓波的狂歌,不在同一个层级上,但同样富有反抗精神,我们不妨把李泽厚从文化保守主义阵营中拉出来。

就实践美学与后实践美学的争论而言,其显著的标志在于:是否承认个性解放与存在意志的合法地位? 李泽厚的实践美学思想在这一问题上并不保守。大多数人拘泥于李泽厚的观点表述,而较少考虑李泽厚的狂狷性情,其实,这种狂狷对于李泽厚思想的形成是有决定性影响的。也许正因为狂狷姿态,李泽厚才两面不讨好,常受两面夹击,李泽厚的狂狷性格,源于他的个人命运。他天赋卓异,对于哲学问题怀有浓厚的兴趣,这是他在美学上有所作为的关键,但是,如果他的个人命运像钱锺书那样,也许其思想或学术可能转向他途。他幼年丧父,这就使他对人生问题有独到的领悟,事实上,个人命运对于思想家价值观的形成具有决定性影响。思想成长若与个人命运漠不相关,绝不会有独异的思想。李泽厚对鲁迅小说杂文的早年兴趣,就源于这种人生体验的升华,他那孤独的性格,使他不可能像顺境中的人那样去判断世事,加之在他思想形成之关键的大学时期,因为肝病被隔离,这对他的思想成长也是至关重要的,这就使他更少受到世俗的影响。例如,大家不约而同地听苏俄专家讲"马克思主义"时,他则独立地研读原典,同时,由于他选定近代思想家作为研究对象,这就使得他更关心救国救民的社会实践问题。② 特殊的经历,特定的命运,特殊的思想背景,决定了李泽厚能科学地运用马克思主义思想来解释康有为、梁启超等人的思想学说,他对中国近代革命思潮的思考,使他对社会实践哲学还抱有现实的兴趣。

在实践论美学的基本框架内,他的美学转向一方面得益于他的亲历性思考,另一方面得益于他的艺术评鉴眼光,这样,他涉足美学问题时,既有现实主义的态度,又有历史主义的眼光。李泽厚在天性上不是彻底的

---

① 刘小波:《选择的批判:与李泽厚对话》,上海人民出版社 1988 年版,第 1—2 页。
② 李泽厚:《李泽厚十年集》第 4 卷,安徽文艺出版社 1994 年版,第 13—33 页。

孤独主义者和理性主义者,而是释放情感与表现个性的自由主义者。这一方面决定了他的孤独傲世,另一方面又决定了他的逞才纵情,因而,他的思想有魏晋自由主义特质,甚至可以说,魏晋人格精神成了他的某种精神选择。熊十力与他不同,熊十力较少受到情的干扰,而执着于先秦理性精神和儒佛的统合,从而呼唤理性主义的大生命哲学和忧患哲学的建立。牟宗三也与李泽厚不同,牟宗三真正把宋儒人格精神和康德道德理性主义融合在一起,有执着坚定的道德理想主义追求。李泽厚有宗白华的才情,但没有宗白华的超脱;李泽厚有冯友兰的综合精神,却又比冯友兰恣意。因此,李泽厚与现代意识形态话语不远不近,若即若离,又与西方哲学并不一致,他的思想是以魏晋人格精神为根本而形成的中西文化综合的理论学说。应该说,他与冯友兰的哲学思想精神有比较深刻的契合,不过,李泽厚与冯友兰,虽同尊魏晋,但李泽厚对魏晋自然主义有审美式的同情和理解,在情感上李泽厚表现得更为自由,而冯友兰则认真执着得多。①

因此,在李泽厚的思想深处,对待有关他的思想批判,多少有些玩世不恭的态度。他在个人著作的前言后记中,在给他人所写的前言中,嬉笑怒骂,调侃讽刺,少有庄严姿态,多少都有些轻薄的反讽口吻。例如,他在《批判哲学的批判》之后记中,引龚自珍的诗自嘲与嘲他,在话语表达中,他有自傲、庆幸与蔑视共在的混杂情感,在《走我自己的路》中,对"左"倾思潮的嘲弄,使他树敌甚多。他少有正儿八经的序言,或者说,他根本不对写序的著作进行严肃的评论,而是就个人情绪发挥并申述一些哲学基本立场,他在自己的著作中,反复引证自己的观点,也表明了他的这种狂狷态度。他的狂歌部分源于他天性中的敏锐和执着,部分源于这种玩世不恭的才思敏悟,这是李泽厚之为李泽厚之处,在他的思想深处,似乎总有些长不大的顽童式感觉。也许正是由于这点尚存的童心,使他把世上的一切看得不至于过分严肃,他在思想创建过程中,不时综合性地改造和

---

① 冯友兰:《贞元六书》(上),华东师范大学出版社 1996 年版,第 115—117 页。

发挥新的思想,显得总能"与时俱进",当然,他的"与时俱进"是与新思想同步,与自由主义立场同步。有人指出李泽厚的思想是一贯的,并以李泽厚的申述为证,其实,李泽厚的狂狷性格和自由个性精神,不可能保持他的思想之一贯性。他总是以新的体悟和发现来充实过去的思想,以新的综合来表达他当前的思想命题。他那过于浓重的历史主义意向,使他不可能"吾手写吾口",而总是借他人之言来解个人心中之块垒,他的思想著述,充分体现了他的这种魏晋式自由主义人格精神。①

这种以魏晋风度为根本的思想,决定了李泽厚实践论美学的基本特质,在不违背社会一般规范的前提下,他总是倡导应最大限度地扩张个人的自由理想。在感性与理性、情感与逻辑、体验与认识之间,李泽厚总是倾向于认同前者,在《山水花鸟的美》一文中,他就充分表达了这种抒情的意趣,才情获得了充分的表露。他论庄子,谈屈原,评陶潜,述李白,讲苏轼,写明清浪漫洪流,他的才情和深心,把时代的审美精神做了极致的发挥,因此,可以说,李泽厚是深得魏晋风度之美的。李泽厚不是以理性,不是以逻辑,不是以抽象原则来处理美学问题,相反,他是以诗情,以玄心,以生命慧悟来对待美学问题。李泽厚以诗人的执着和质朴表达了他对生命、人性的信念,根本不存在那么多可批判的思想。从实践论美学意义上说,李泽厚思想的多元化选择,实际上真实地体现了实践论美学对人性解放和思想自由的要求。也就是说,李泽厚的实践论美学思想,在感性自由与自由意志方面,比较多地强调了自然本性的流露,恰恰比较少地探讨理性律法与自由意志间的关系,真正的自由正义与道德自律问题。事实上,善的力量与理性至上原则,在他的美学中很少被强调。如果说,他的实践论美学思想有其不足,应该说正是体现在这一方面。后实践美学,继续在个体解放、主体性与主体间性、生命意志等方面,对李泽厚的实践论美学思想进行批判,实际上并没有击中其要害。只有从道德伦理和精神信仰入手,寻找超越李泽厚美学思想的道路,才是对李泽厚美学思想的真正超

---

① 李泽厚:《美学三书》,天津社会科学出版社 2003 年版,第 78—97 页。

越。特别是正义论的思想，在李泽厚的实践论美学中长期付诸阙如，才是对他的致命打击，因为单纯的个性解放源于李泽厚在精神深处对魏晋自然主义这种特定人格的追求。① 他在思想上有所放纵，在人生体悟中经常能说出一两句真话，因而，他的思想才能契合年轻人的心。他是少数能以诗情表述自然主义和自由主义思想的现代哲学家，这种文艺美学价值形态带有强烈的性灵主义特色，从而使思想的逻辑建构不彻底。李泽厚以评述他人的思想表达自己的哲学思想，而不像新儒家那样以中西哲学观念独立建构其哲学价值形态，例如，他近年来只能重注《论语》的礼乐精神与诗思趣味，然后与青年学者进行学术对话，这正表明他在思想建构上的惰性。②

　　由于李泽厚以这种特定的魏晋风度和人格精神作为人生哲学和美学的基本取向，因而，在辩驳这一思想时，运用理性主义的尺度，运用逻辑主义的尺度，运用生命哲学和弗洛伊德主义的尺度与之进行论辩和批判，就难免发生冲突。李泽厚的审美思想特质，事实上表达了中国士人生存的基本信念，对于士人来说，改革现实制度，变革中国社会秩序似乎总是幻想。因而，大多数士人对于国家民族的命运虽不时表现出愤激忧患之情，但大多采取消极避世的态度。无可奈何，随它去，较少士人能够直面现实，参与中国社会政治文化变革，推动中国社会的自由发展进程。也许缺乏这种力量，更多的士人放纵自我情感，或抒情吟唱，或谈玄论道，而与经国济世之大道漠不相干。"审美"成了个人自由主义的逃逸方式，人们只是企图在审美快感的放纵中获得本真的生命乐趣。李泽厚的思想虽综合了中西文化精神，但在骨子里并未超越这一生存意向，他那诗性体悟和自然表达，充分凸显了这一思想精神。那种细腻的情感体现和诗性判断，使李泽厚的思想、文字灵动飞扬，呈现诗情的质朴与自由，他那敏锐的眼光和诗性表达相融合，显示了他独有的才情。也许正是凭借这种才情，李泽

---

①　李泽厚:《美学三书》，天津社会科学出版社 2003 年版，第 381—384 页。

②　李泽厚:《论语今读》，生活·读书·新知三联书店 2004 年版，第 3—5 页。

厚兴起而作,随兴发挥,在美学表述中夹杂大量的抒情咏叹,从而使他的思想激越飞扬,获得自由思想的某些特质。李泽厚特定的个人经历和特定的思想取向,决定了他的美学思想的基本特质,他的美学思想源于生命体认,归于魏晋传统,他无法超越这种思想局限和思想定式。① 必须承认,李泽厚的美学思想创造,代表了 20 世纪中国美学的重要成就,他在中西美学的综合中寻求创新,显示了他的美学思想的包容力。李泽厚美学的启蒙意义在于:通过马克思美学的阐释,寻求生命自由存在的现实可能性;通过中国古典美学的阐释,寻求精神自由的可能性;通过康德主义美学的阐释,寻求理性生活的道德价值。在政治美学与艺术美学之间,在古典美学与现代美学之间,在中国美学与西方美学之间,在启蒙思想与自由原则之间,李泽厚美学展示了各种可能性,但是,他并没有将某种美学思想坚守始终,而是充分显示了理论的综合性与调和性,通过实践概念与生存概念,他为我们提供了审美的启示,为未来中国美学的发展奠定了重要的思想基础。

关于李泽厚思想的批判,尤其是对实践美学的探讨应该有新的思想价值根基,任何批判都不足以消灭或改变李泽厚的个人性话语所具有的历史性价值,因为他的思想与中国现代思潮息息相关。这并不等于说,他的思想不存在局限性,不存在可否定和批判之处,只是,任何思想的形成都有其特定的精神指向,因为批判本身必须形成新的思想观念,才足以与之形成根本性对抗。先秦诸子百家之间的批判,都不是就文字论辩形成的,而是以本位话语的建构和表达形成真正的对抗。因此,针对李泽厚的狂歌,只有唱出新的狂歌,像刘小枫那样在美学与神学、美学与社会学之间探索,在思想的现代性探索中才有可能真正消解李泽厚思想的影响,克服李泽厚思想的精神局限和内在矛盾,并与之形成真正的对话与对抗。

---

① 李泽厚之成为李泽厚,是这一本性使然,他既不想做社会的清道夫,也不想成为学术的霸主,尽管他在对话中不时流露出个人优越感,在近作中,李泽厚的话语表白,可以被视作其思想衰退的表征(参见李泽厚:《世纪新梦》,安徽文艺出版社 1998 年版),他的思想表达和思想影响是自然形成的。

面对个体的归属、个体的生命困惑,对于思想者来说,必须形成真正独立的本位话语。长期纠缠于李泽厚的一些思想命题和理论判断,就无法走出美学困境,无法走出李泽厚实践论美学思想的阴影,也无法建构起真正意义上的未来美学。

5. 超越实践美学与回归生活诗性确证

实践美学与超越实践美学之争,不应是关于概念的争论,也不应是关于美学前途的争论,而应是关于文明与人的价值的思考,这样来看,当代中国的许多美学争论并没有涉及美学的根本问题,李泽厚美学思想的内在困境,其实,他自身也深刻体认到了。现在,我们可以讨论这样的问题,即:在东西方美学思想的历史语境中,李泽厚的美学思想处于什么样的地位呢? 在他自己看来,其思想也是极其矛盾的,他在不断的冲撞中寻求自身思想的合理解决,他的理论轨迹正是这种心灵冲突的表征。如果硬要以所谓"积淀说"来概括他的思想也是极其困难的,因为任何简化了的思想观念都不可避免地带来许多新问题。因此,无论是"实践美学"与"后实践美学"之争,还是"积淀说"与"突破说"之争,都不足以真正把握李泽厚美学的内在实质。许多有识之士已经看到:李泽厚的美学与哲学达成了他自身的圆满和完善,同时,又形成"思想的终结"。虽然古今思想家皆然,但李泽厚的本位话语之缺乏,使这种思想的封闭性更加突出。

李泽厚面临思想的转向:可能转向自身思想的反面,而达成新的途径,也可能转向自身思想的重复,继续形成"分裂性困境"。他晚年发表的《我的哲学提纲》和《第四提纲》,似乎仍在思想综合中寻求生存话语的表达,因而,从总体上看,李泽厚的思想已成定式,难有根本性转折。基于这一点,对李泽厚思想的阐释与批判也应深入,而不应满足于外在的概念和命题争辩。无论是李泽厚的近期思想,还是先前的思想,都呈现多重分裂性困境,这一方面展示了思想的真实和思想家的真实,另一方面也反映了时代的哲学和美学正处于分裂状态之中,我们必须寻求解决问题的新的途径。当代思想确实处于剧烈冲突之中,不同话语之间的交流特别困难,在西方文化语境中,马克思主义与存在主义、弗洛伊德主义的融合,对交往、解释和实践的重视,正预示着一条现代性实践哲学的道路。① 英美分析哲学愈来愈背离罗素与维特根斯坦的初衷,而陷入烦琐主义和形式主义之中,存在主义、解释学与神学的融合,正走向语言的存在之思的道路,天地神人,在想象中获得了乌托邦式的存在阐释,解构主义与新历史主义,则正颠覆着传统形而上学和逻各斯中心论,改写着思想史,书写着新的历史。从边缘走向中心,中心又不得不被放逐,解构主义和新历史主义所预设的"在无底的棋盘上游戏",事实上只是在边缘游戏,人们正期待着重新回到"逻各斯中心论"。这种返回不会是简单的重复,必定是新的创造,所有的理论偏向和理论困惑,归根结底,是人的困惑和个体归属的困惑。

在东方文化语境中,一方面必须面对西方后现代主义话语的冲击,另一方面又必须在传统文化中寻求某种内在依据,于是,儒家、道家文化得以重估,文化保守主义和文化自由主义正在形成气候。在中国,西方话语系统和东方话语系统使当代中国学人承受潜在的压力。对于李泽厚来说,他承受三重压力:一是马克思主义理论话语的压力,二是中国古典理论话语的压力,三是西方现代理论话语的压力,这三种不同的话语,在三种不同的文化语境中形成。李泽厚的基本立场,是试图以马克思主义美学话语为主导,包容西方现代美学话语和中国古典美学话语,从而形成综合性的当代美学话语创造,这样,三大话语系统的冲突构成了李泽厚美学话语的分裂性困境。李泽厚一方面必须面对三大话语系统极其复杂的观念问题,另一方面则必须面对个体生存问题,个体生存问题的解决如何借助理论话语予以表达,是哲学家与美学家的当前课题。面对个体生存问题,面对美学的分裂性困境,李泽厚选择了分裂性表达策略,他早期的美学思想,基本上是以马克思主义美学话语为主导来解释审美本质属性,从

---

① 刘小枫对此颇为重视,在《审美主义与现代性》中,他做了新的阐释。参见刘小枫:《现代性社会理论绪论》,上海三联书店 1998 年版,第 299—350 页。

而确立个体之归属。在李泽厚看来,"美是美感的客观现实基础","美感的矛盾二重性,简单说来,就是美感的个人心理的主观直觉和社会生活的客观功利性质,即主观直觉性和客观功利性。美感的这两种特性是互相对立矛盾着的,但它们又相互依存不可分割地形成美感的统一体"。① 正是基于此,李泽厚既强调美感的社会历史性质,又强调美感的心理特质,反对把美感看作是与一切社会生活根本无关的本能式心理活动,在此基础上,他提出了"美是人的本质力量对象化""自然的人化""人化的自然"等美学命题。客观地说,李泽厚这些美学观点的辩证法特色,体现了马克思历史唯物主义美学的一般要求。也许由于这种理论上的确定性,导致李泽厚再也不可能对马克思主义美学做出新的富有创造性的阐释,也无法超越同时代的一般理论水平和意识形态局限。于是,他转向中国古典美学话语的探讨。

其实,中国古典美学的话语表达,无法真正与马克思主义美学话语融通,因此,李泽厚中晚期的美学思想,摇摆于西方现代美学话语和中国古典美学话语之间。当他关注个体的解放和自由时,他看到了西方美学话语的合理性,他不仅崇尚卢梭的自然主义、自由主义,也崇尚康德、席勒的主体性理论,不仅崇尚皮亚杰的发生认识论,也赞同福科的新历史主义,把压抑了的历史话语系统重新释放出来,恢复个人快乐,让个体欲望得到满足,崇尚个性解放与个人自由的合法地位。人的个性、人的潜在欲望得不到释放,势必构成对理性的反叛,因此,李泽厚虽未特别赞赏尼采、叔本华、柏格森、狄尔泰的生命哲学精神,但他看到了生命哲学精神的合理之处,因而,他才高唱个性解放万岁。同时,存在哲学对个体生存的困境,对个体存在心理的关注,也就特别合乎李泽厚的理论取向,在他早期美学中所忽略的忧、烦、荒诞、丑、焦虑、怪异、异化等问题,在他中晚期美学中都得到了高度重视。李泽厚指出:"人类学本体论的哲学(主体性实践哲学)在探讨心理本体中,当然要对'生'、'性'、'死'与'语言'以充分的开放,这

---

① 李泽厚:《美学论集》,上海人民出版社 1983 年版,第 1 页。

样才能了解现代的人生之诗。"在这一前提下的美学,便也属于人的现代存在的哲学,它关心的远不止是艺术,而是涉及整个人类、个体心灵、自然环境,它不是艺术科学,而是人的哲学。由这个角度谈美,主题便不是审美对象的精细描述,而将是对美的本质的直观把握;由这个角度去谈美感,主题便不是审美经验的科学解剖,而将是提出陶冶性情、塑造人性、建立新感性;由这个角度来谈艺术,主题便不是语词分析、批评原理或艺术历史,而将是使艺术本体归结为心理本体,艺术本体论变为人性情感作为本体的生成的哲学。[①] 这一话语表达与他早期的美学话语存在冲突,对这一观念的强调,无法在理性主义与非理性主义之间求得和解,因此,针对这一美学话语的非理性主义归依,他又不得不转向东方情感主义与神秘主义传统。在《华夏美学》中,他以儒家精神为主导而展开论述,对于中国美学文化中的礼乐传统、孔门仁学精神,对于中国美学对生命的反思和形而上学式体悟,李泽厚以充满乐观主义精神的理解方式进行诠释。可以说,通过回归中国美学话语,李泽厚美学才得到了"内在的逍遥",因此,面对群己之辩,面对情理冲突,面对身心困境,李泽厚逐渐认同并接受了"天人合一"的智慧。个体的心灵放纵与快适,个体对社会使命和忧患意识的消解,在李泽厚所体悟到的"逍遥游"式审美人生态度中获得了升华,然而,他也知道,中国文明的礼乐本质,不可能把中国人领向自由之路,而只能沉溺于古典礼乐的精神传统中。[②] 这种意义上的审美精神,是与西方审美精神根本背离的,于是,李泽厚在这种思想综合和美学综合中不断面临分裂性困境。这不只是中国文化与西方文化的分裂,也不只是马克思主义与传统主义、自由主义之间的分裂,还是身心分裂、价值分裂、思想分裂。

李泽厚无法获得思想的坚定性,他徘徊在这种思想的三重性中,在分裂中言说,这是李泽厚的聪明选择。面对思想的分裂,李泽厚在本质上不

---

① 李泽厚:《李泽厚十年集》第 1 卷,安徽文艺出版社 1994 年版,第 453 页。
② 李泽厚:《李泽厚十年集》第 1 卷,安徽文艺出版社 1994 年版,第 211—245 页。

是采取西方哲学家式的批判思维,而是选择了中国哲学家式的妥协思维。西方哲学家往往在分裂中做出极端的选择,开辟一条新的生路,而李泽厚则力图弥补分裂,在分裂性话语的并存中领略个体生存的智慧,领略个体生命的快乐之道。有论者指出:"他坚持的是彻底的发生主义。文化系统是生成的,这一点是人们都可以认可的。但不仅如此,他进一步认为像逻辑式语言的深层结构也是实践的,甚至人类智力的生理形式的形成也与实践密切相关。对于李泽厚来说,实践就像是转换的结构,外在的、偶然的、自然的东西经由实践而转换成内在的、普遍必然的、观念的东西,同时,动物的、被动的构架经过转换成为人类的、主动的心理形式。"①从这一分析中,可以看到李泽厚总是把复杂的问题从实践方面加以简化。在李泽厚看来,分裂是必然的,所要做的是如何弥合分裂,正因为李泽厚美学所选择的是这种折中道路,他与其他美学家就必然形成尖锐性对抗,所以,我们大可不必纠缠于李泽厚美学。纠缠于李泽厚美学是不会有新美学诞生的,这一美学也无法真正被消解,它有自身的合理性与圆满性,只有绕过李泽厚,才有可能开拓新的美学。唯其如此,美学争辩不会拘泥于字面句法和理论判断,而是回到美学的根本问题上来,为人自身找到一条通往现实的合法的审美道路。神或可以被消解,但个体不会泯灭;神的问题可以终结,但人的问题永不会终结,这预示着美学的未来道路,为个体寻找某种归属,这是当前美学的任务。

　　当代文艺美学价值形态的建构,必须以个体的自由为本,当代文艺美学价值形态的重建,必须超越李泽厚所代表的美学观念价值形态。在东西方美学系统的相互冲突中,寻求调和、抵抗和创造,面对现实社会中人的生存困境,文艺美学价值形态就会表现出真正的人文精神。这里,不妨引用一下德布尔(Theo de Boer)的话:"我在论述中将不厌其烦地针对胡塞尔的批判者和解释者来为他辩护。胡塞尔对那些肤浅解释的抱怨不是

---

　　①　赵汀阳:《美学和未来美学:批评与展望》,中国社会科学出版社 1990 年版,第 123—124 页。

没有理由的,他曾尖刻地评论说:除非你已经弄懂了批判对象的直接含义,否则不要轻言批判。"①同样,关于实践美学的讨论和批判,显然需要当代美学工作者进行更为深刻、更为本质的价值反思。实践美学,实际上就是要为生活现实提供智慧,就是要为人类认识自然改造自然提供精神自由,就是要为文明发展提供内在思想动力。李泽厚的实践美学解释,奠基于马克思的美学立场,看到了人的社会实践的意义,因为人的物质实践活动体现了人的实践创造力和技术创造力,这在社会发展过程中是无法回避的因素;当李泽厚基于中国儒家和道家立场时,他对自由生命和伦理和谐的强调,消解了儒学的冷峻和道家的享乐倾向,而使礼乐和谐精神与自然生命理想观念获得了统一,这无疑肯定了中国古代实践美学思想的合理性。李泽厚的美学解释中充满了对价值感和生命自由意识的崇拜,但是,当他面对基于商业文明的审美文化时,只能哑然失语了,因为他看不到其中的价值感与社会共同归属感,只有纯粹的个人欲望与自由主义,所以,他的实践美学也无法面对这一转变。②

那么,新实践美学与后实践美学如何面对这一困境,如何对审美时尚文化进行实践美学的解释? 新实践美学或后实践美学,要么回到马克思,要么消解马克思,并最终认同经济学的艺术动力论。应该说,后实践美学问题不是崭新的问题,马克思当时就面临经济技术主义对艺术与审美的挑战,所以他提出了艺术生产与艺术消费的观念。问题在于,马克思的实践美学思想的主旨,不是对商品艺术论和艺术商品论的妥协和认同,相反,是对艺术商品论和商品艺术论的反对与挑战。因此,后实践美学如果回到马克思,必须超越李泽厚的实践论美学已有的合理解释;如果消解马克思,只能是对后现代主义思想的进一步屈服。有无新的道路好走,后实践论美学也经受着考验,因为我们的价值观念毕竟无法解释基于商业冲动的艺术生产与艺术消费时尚,虽然这种基于肉身的生活美学比实践智

---

① 德布尔:《胡塞尔思想的发展》,李河译,生活·读书·新知三联书店 1995 年版,第 11 页。
② 李泽厚:《实用理性与乐感文化》,生活·读书·新知三联书店 2007 年版,第 27—36 页。

慧和道德自律对人们更具吸引力。回归生活意义的诗性确证,不能只是基于个体的需要,更为重要的是,我们要把文明的美学要求看作是所有的共同价值目标,这种文明生活的诗性美丽,不是对人的感性的压迫,也不是对人的感性的放纵,而是让人在充分的创造与享受中得到文明的自由与和谐。自然也应被看作是实践论美学与后实践论美学的最终目的所在,因为实践论美学与后实践论美学,从其承担的文明重建的思想任务来说,就是要构建自由美丽的社会,让每一个体在其中感受到自由,让每一个体的生命创造力能够得到自由发挥。

第四节　文艺美学的解释学转向及其根源

1. 文艺美学的解释学转向及其思想必然

文艺美学的解释学转向,是时代思想的必然要求,任何解释形态在获得了解释的经典地位之后,都会限制思想的自由创造,人们必须寻找新的思想路径。回顾 20 世纪 70 年代末期以来中国文艺美学的发展历程,可以发现,现代中国文艺美学,不断经历着历史性的转型:这种历史转型,不仅是从政治诗学和时尚政治美学向文化诗学和存在论美学的转换,而且也是从狭隘的意识形态理论向开放的世界文明理论的转型。当代中国文艺美学的转型,既有价值形态之间的转型,又有思想观念的转型,既有美学方法之间的转型,又有艺术风尚的转型。[①] 文艺美学的转型,既显出现代中国思想的活跃,也显出中国现代思想的不确定性,这种历史转型的时代意义和文化意义,必须充分肯定。中国文化与思想的进步,在近 20 年来,表现得特别明显,同时,也呈现出混乱和无序局面,思想文化转型的混乱与无序,特别值得我们重视。这一方面与主流的价值形态与实际生活的价值取向之间的分裂有关,另一方面则与后现代主义的解构性与破坏

---

① 　王元骧:《论美与人的生存》,浙江大学出版社 2010 年版,第 38—46 页。

性影响有关。经典性、民族性价值原则,还未成为现实生活的普遍价值信仰,倒是实用性、享乐性生活原则,成了现实生活的强力信仰。现在该是建立相对确定的审美价值形态的时候了!

探讨文艺美学的解释学转向,必须先设定文艺美学解释的经典形态,当然,经典形态必须以美学名著或美学思想的经典论述为代表。西方文艺美学的经典解释学形态,可以通过温克尔曼的《古代艺术史》、莱辛的《拉奥孔》、黑格尔的《美学》、谢林的《艺术哲学》、维柯的《新科学》、许莱格尔的《雅典娜神庙》等来确立;中国文艺美学的经典解释形态,则可以通过刘勰的《文心雕龙》、钟嵘的《诗品》、严羽的《沧浪诗话》、石涛的《画语录》等来确立,相对而言,中国具体的艺术学理论的形成比西方要早,而且保留下来的内容更为丰富。对于现代中国文艺美学的探索者而言,文艺美学的转向:一是由中国文艺美学的经典范式向西方文艺美学的经典范式转变;二是由以毛泽东思想为代表的文艺美学向五四时期的文艺美学的转变;三是由经典文艺美学向现代后现代文艺美学思想的转变。应该说,这些文艺美学思想,表面上是由经典形态向现代形态转向,实质上则是由经典思想向现实生活及其享乐转变,由政治意识形态向非政治意识形态的转变,即艺术的肉身化需要超过了艺术的精神理想需要,艺术的思想自由超越了艺术的政治限制。因此,从价值取向意义上说,现代中国文艺美学形成了双重思想转向:一是由占统治地位的政治意识形态话语向非意识形态话语的转变;二是由纯粹美学理论向生活实践的转变,特别是向以肉身享乐为中心的现代生活时尚的转变。它类似于西方现代文艺美学的转向,但从根本上说,又不同于西方文艺美学的转向,两者最大的区别在于:中国思想的潮流,总是一元的或单一的价值形态,而西方思想的潮流始终是多元的或包容性的价值形态。在当代中国文化境遇中,人们已经形成了思想定势,即以为新的就是好的,而不是在科学理性支配下继续捍卫个人的自由理想信念。

笔者之所以不得不采用"现代"这一提法,是因为考虑论述的方便,在历史的长河中,当前停驻的时间与未来的时间之间,永远是历史与当前的关系。因此,以"现代"这一观念去表征历史的状态总是面临某种危险。古代、近代、现代都只是一个相对的界定,实质上都是历史存在的描述,那么,如何评价现代文艺美学呢?这里,首先必须对"现代"这一概念形成基本的约定。从学术语境而言,大多数人把1949年以来的历史称之为"当代",现在也有人把1978年以来的历史称之为"当代"。这种界定充分说明了"当代性"的不确定性,本节对现代文艺美学转向的评述,限定在1978年以来的学术语境中。这30多年来,中国文艺美学价值形态,经过了几次大的转换,解构与建构,批判与重建,显示了现代中国文艺美学的艰难步伐。从文艺美学价值形态批判的大处入手,从文艺美学的历史实际立足,对现代文艺美学思想的批判性反思是有意义的。对现代文艺美学的总体评价,既要看到其思想成就也要看到其理论缺陷,在中国美学的历史时空中,20世纪80年代以来的文艺美学探索是一次真正的转型,我们可以把这一时期的美学探索称之为"现代中国文艺美学的复兴"。复兴的意义何在?复兴总是相对中断与衰落而言的,如果没有萧条、单一、衰败,就谈不上复兴。西方古典人文精神在黑暗威权的中世纪被抑制,因而,意大利的人文主义运动,才被称为"文艺复兴"。[1] 布克哈特指出:"文化一旦摆脱中世纪空想的桎梏,也不能立刻在没有帮助的情况下找到理解这个物质的和精神的世界的途径。它需要一个向导,并在古代文明的身上找到这个向导,因为古代文明在每一使人感到兴趣的精神事业上具有丰富的真理和知识。人们以赞羡和感激的心情采用了这种文明的形式和内容,它成了这个时代的文明的主要部分。"[2]

中国现代文艺美学的复兴与这一情形有些类似,在1966年至1978年之间,由于政治上的原因,我国学者基本上没有对中国古典文艺美学和外国文艺美学思想进行科学的研究,因此,1978年之后普遍兴起的文艺

---

①　加林:《意大利人文主义》,李玉成译,生活·读书·新知三联书店1998年版,第11—13页。

②　布克哈特:《意大利文艺复兴时期的文化》,何新译,商务印书馆1979年版,第170—171页。

美学探索才称得上"复兴",但"复兴"绝非是突如其来的。"复兴"意味着历史的继承,这就是说,不论是中国的,还是外国的,不论是本土的,还是异域的,只要有助于推进人类思想的进步,都必须历史地继承。唯有在继承的前提下,才谈得上发展。"复兴"还意味着思想的自由解放,文艺美学的思想探索,不再是空洞的政治观念的图解,而是回归人的问题上来,从审美自由出发,确证人的权利和人的现实思想境遇需要得到重视。"复兴"的主导趋向,当然是积极进步的,其中不可避免地存在消极的东西,但应肯定,"复兴"意味着思想的相对自主和自由。现代中国文艺美学的历史评述,完全应在这样的自由语境中展开,具体说来,现代文艺美学的复兴,直接促进了现代中国美学的繁荣和进步。

从历史的维度看,现代文艺美学的复兴,不仅继承了过去文艺美学的方法论,而且接续了以前的文艺美学基本问题。1978 年以来的文艺美学复兴运动,特别表现为对 20 世纪 50 年代美学论争的继续。论争者主要是第一次美学大论争中仍健在的中老年学者,例如,朱光潜、蔡仪、李泽厚、高尔泰、洪毅然、蒋孔阳、刘纲纪、王朝闻、宗白华等,在这一时期,他们纷纷撰写文章,重新探讨 20 世纪 50 年代以来沿留下来的有关美学问题。旧作的修订与新作的发表,汇聚成美学讨论的热潮,在这场文艺美学的思想论争中,文艺美学价值形态之争,特别是文艺美学的意识形态前提之争是这一时期尖锐、突出的问题之一。这一论争尽管没有广泛而又自由的哲学背景,但是几乎所有的论争者都没有回避审美主体与审美客体的关系问题。这实际上是唯物论与唯心论之争在美学中的残余影响,因为在当时,美学论争如果不确立一个基本的立场,就不能批判争辩对方的观点。这种思维方式限制了美学论争的深入,佛克玛和易布思则站在异域文化价值的立场上,对中国文艺理论与美学论争做了洞若观火的客观分析。① 这就是说,20 世纪 50 年代的美学论争大都无法超越意识形态的认

---

① 佛克玛等:《二十世纪文学理论》,林书武等译,生活·读书·新知三联书店 1988 年版,第 115—127 页。

识局限,而新时期的美学论争,无论是观点,还是方法,都有一个逐步解放
思想的过程。在这次文艺美学复兴过程中,论争者将 20 世纪 50 年代美
学讨论的观点进一步明确化,确定了各自基本的美学立场,这些不同的立
场,又是在主观与客观的关系中展开。基于此,朱光潜被称为主客观主义
美学观的代表,李泽厚则被称为主体性与社会性相统一的美学观之代表,
蔡仪被称为客观派美学观的代表,高尔泰则被称为主观性美学思想的代
表。学派之争,实质上就是价值形态之争,严格说来,这些学派的观念之
争,只是基本立场的差别,并无实质性的思想冲突,他们思想的基本构架
都是从马克思主义美学中延伸出来的。这是一门多派之争,并不是多门
多派之争,所以他们的美学思想,都具体地表现为对美的本质和美感本质
的基本界定上。

　　这一审美意识形态与文艺美学解释形态之争,立足于对马克思主义
美学价值形态的阐释,非常强调"实践问题"和"主体性问题"的现实意义。
在具体的美学观点上,他们存在较大分歧,而在美学价值形态上,他们则
有共通的逻辑基础和范畴系统,基本上超越了 20 世纪 50 年代的唯物论
和唯心论之争,返回到主客体关系的论述中,这就奠定了现代中国美学思
想价值形态的基本格局。这一格局是现代中国美学以实践活动为纲,以
主客体关系作为思维方式,建构起美的本质、美感本质论、艺术本质论和
审美教育等基本思想框架的美学价值形态。从美学价值形态来看,现代
美学讨论的问题相对比较集中,论争也比较深入,是对 20 世纪 50 年代美
学论争的一个系统总结。在这一时期,李泽厚已不满足于申述个人的基
本美学立场,他通过组织译介西方美学,探究中国古典美学问题,开辟了
新的美学研究领域,例如,他对审美心理的强调,对中国古典美学精神的
阐释和把握,已显示了新的美学内涵。20 世纪 80 年代的文艺美学复兴,
在很大程度上可以看作是朱光潜、李泽厚和刘小枫所引导的现代文艺美
学探索向西方近现代美学和中国古典美学的思想转向。20 世纪 80 年代
中期,人们不再热衷于美的本质的思想论争,他们试图探究一些新的美学
问题。一些人试图重构现代美学价值形态,一些人则干脆另辟蹊径,建构

无价值形态的美学,或者说交叉性美学。这里,有成功者,也有不成功者。杨春时从系统论出发,建构了《系统美学》,黄海澄从信息论控制论出发,建构了《信息论控制论美学》,林同华建构了大系统的文化美学,还有学者建构了《模糊美学》,等等,这几种美学建构受到新方法论的影响。新方法论,当时主要表现为科学方法论,即用现代科学思维建构现代美学价值形态。在美的根本观念上,他们并没有做出根本性改变,只是在结构上给人新异之感,他们认同美论、美感论和艺术论这一模式,这种"价值形态性建构"曾经引起很大的轰动,但事过境迁,人们普遍认为这种尝试并不成功。现代美学探索的真正收获,表现在中国传统美学思想的阐释上,这一点可以从两方面来看:一是国内学者对中国古典文艺美学思想的阐释,二是中国港台地区乃至欧美新儒家的著作荣归故里。这些卓有成效的工作给予人们许多启示,也直接说明:扎根于民族文化精神之中的美学是有生命力的美学;中国古典美学的现代阐释,不仅显示了中国思想的深邃与博大,而且显示了古典美学思想现代转化的历史可能性,因为从这一维度上,最能体会到中国古典美学的真正魅力。具体说来,这是由今向古的转型,由内向外的转型,即在古今东西的四维精神视野中,具有原创性的思想得以成为现代中国美学的重要思想资源。

先看国内学者的古典美学阐释,最有影响者首推李泽厚。李泽厚以中国古代、近代思想研究起家,他在20世纪50年代虽然写有大量美学论文,但毕竟陷入意识形态与价值形态之争,而少有宏大的思想依托。自20世纪80年代以来,李泽厚对中国古代思想的宏观研究,加之他对艺术的精到感悟,决定了他对中国古典美学阐释的独特性。他的《美的历程》以艺术发展的线索从艺术现象中窥见艺术的时代精神,进而以这种时代精神去把握中国古典美学的精髓,给人以丰富性启悟。他的《华夏美学》则把艺术精神和审美范畴融贯在一起,显示庄禅美学与儒家美学的互补性。他对中国古代思想的阐释,由于体现了审美的基本精神,或者说,显示了富有民族文化精神的美学眼光,因而极具美学的思想性力量。叶朗的《中国美学史大纲》,论证虽不特别完整、严密,但由于他发掘了许多经典材料,并独具慧眼地洞悉了一些审美范畴的重要性,因而很有新意。蒋孔阳的《先秦音乐美学思想论稿》很值得重视,因为先秦中国思想十分复杂,也极具原创性,蒋孔阳的这一著作克服了政治意识形态阐释的影响,其分析与结论很有参考价值。他对音乐哲学和美学这一较生僻的领域所做的创造性阐释,打破了美学的价值形态的束缚,让思想本身与人会面,他就音乐的社会功能、文化功能所做的阐释别开生面。真正领悟了中国古典美学精神的,当推宗白华,他是一位以非主流意识形态观念,或者说以生命阐释艺术的美学家,可以说,他以生命体验为根本,注重艺术的审美领悟。当然,非意识形态解释并非无根底的思想解释,而是扎根中国艺术深处,真正领悟了中国艺术的精神的生命之思。他的美学之立足点是古典生命哲学,特别是中国易学精神,他把空灵与充实的中国艺术和浪漫沉思的德国文化精神融会在一起,把握了艺术的生命精神和体验精神,从而构成诗性的超越。

如果把美学理解成美学史的言说,那么,20世纪80年代以来的中国美学出现了一些有价值的思想著作,李泽厚与宗白华的艺术引导,在这次文艺美学复兴运动中具有重要意义。他们的美学探索本身说明:越是深刻地理解中国古代生命哲学精髓,越能深刻地把握中国古典美学的审美自由精神。从现代中国文艺美学的实际成就来看,对美学做出具有启发性解释的思想者,不一定是美学家,也可能是哲学家和哲学史家,所以现代中国美学的复兴离不开中国哲学的复兴。如果没有以中国古典哲学的深刻阐释和方法论作为前提,现代美学就不会取得这样的进步。新儒家哲学和美学,代表着中国美学的新方向,因为新儒家美学既是对中国民族文化精神的创作性的阐释,也是中西思想对话的现代性形式。事实上,从真正的创造性意义而言,新儒家美学与马克思主义美学、西方美学一道形成鼎足三立的中国美学格局;中国美学,在世界美学格局中,也因此真正有了自己的地位,新儒家美学标志着现代中国美学探索的大成就。严格说来,新儒家美学就是以中国古典生命哲学为根基,以审美与道德的交融为目的的人格教化美学,是对中国文化的伟大生命精神的诗性发挥。不过,评价新儒家美学,必须联系中国港台学者的美学探索来谈。

中国港台学者的古典美学阐释,最有影响力的当推牟宗三和徐复观的美学思想。牟宗三并非以美学为志业,他主要以新儒家哲学的现代重建为使命。事实上,他的《才性与玄理》《佛性与般若》《心体与性体》和《圆善论》等,以中国哲学的历史精神阐释,对古典生命与价值观念形成了新的系统解释,他的《历史哲学》《政道与治道》等则对中国文化进行了独特的历史现实主义解释,他重视发掘中国思想的内在生命价值信仰。在《历史哲学》中,他就平等与主体自由三态进行了有意义的分析,他说,"中国所缺者为国家政治法律一面的主体自由","中国所具备的道德的主体自由与艺术性的主体自由","以上所言之两种主体自由,即显示中国社会为一人格世界,为个体人格之彻底透露之独体世界,道德的自由为道德的主体的彻底透露,美的自由为艺术性的主体之彻底透露"。"呈露道德主体者,一悟必透至天而贯通于人,此为'理的神足漏尽';呈露艺术性的主体者,一发必充其极而为无界限之整合,此为'气的神足漏尽'。"[1]这些论述对中国古典美学的生命智慧认识相当深刻。在《中国艺术精神》《中国文学精神》《中国人性论史》等大量著作中,徐复观对中国古典生命价值观既有深刻的哲学分析,又有相当深入的美学把握。他从孔孟思想出发,把礼乐文明看作是中国美学思想的重要价值来源,同时,从老庄思想出发,把逍遥游和心斋看作是中国美学的至深的自由思想追求,他的美学解释显示了现代中国美学的博大精深的思想力量。与此同时,方东美、钱穆、余英时、唐君毅等,皆对中国美学的现代理解做出了重要贡献。在港台学术界,还有不少学者从西方现代美学思想或从中国古典文学艺术作品出发,对中国美学的思想进行了创造性阐释。这些思想家不仅对古典中国美学的自由思想进行了诗性理解,而且,对西方审美思想与生命哲学进行了富有新意的现代性发挥。

从总体上看,现代中国美学的审美价值形态有了基本的建构,中国古

---

① 牟宗三:《历史哲学》,广西师范大学出版社 2007 年版,第 72—73 页。

典美学有了深度的阐释，外国美学也有了系统的译介，所以 20 世纪 80 年代以来的现代中国美学的确可以称之为一场美学复兴运动。无论是从广度还是从深度上看，现代中国美学的思想成就大大超越了五四时期的美学探索，超越了 20 世纪 50 年代的美学探索，也超越了 20 世纪 60 年代的美学探索，显出生机与活力，我们理应从积极的意义上评价这一文艺美学复兴运动。这场深刻而热烈的文艺美学复兴运动，实际上就是文艺美学思想探索的自由转型的历史过程。人们从审美或生命出发，从中国古典传统或西方现代思潮出发，无论是古典的思想，还是西方的思想，其实都具有新鲜感，因为它改变了当代中国美学的政治意识形态的单一性价值取向，使文艺美学思想显出从未有过的思想力量。

2. 美学解释作为现代思想的自由展开

现代文艺美学所取得的这些成就，平心而论，如果纳入现代世界美学系统中，就会看到不小的差距。特别值得提出的是，思想者的独创性意识和批判意识极其缺乏，我们习惯于重复那些共同性论题或古典思想传统，这是现代美学不能获得根本性突破的深层原因。中国古典美学，既是自足的美学系统，又是开放的美学系统，它不仅有其本位话语，而且能吸收异域民族的文化精华，从而改造并推进中国美学的发展。魏晋时期的文化转换，就在于接纳了印度的佛教思想，秦前的中国思想，至晋唐时代，分化为儒、佛、道三个支脉，这三种思想的矛盾冲突与精神互补，在唐代已经形成多元文化调和的思想繁盛局面。① 就民族文化传统而言，中国美学的易学精神、儒道佛互补的文化精神，奠定了中国美学思想的基本格局。五四以来，激烈的反传统和反中国文化倾向，使中国传统美学精神受到一定的抑制。尽管如此，中国思想界对中国传统思想的阐释从未真正停止，可以看到，既有西学基础，又有国学功底的现代哲学家和美学家，以西方哲学方法来改造中国古典哲学和美学，使现代美学呈现出中西对话和中

---

① 谢和耐：《中国社会史》，耿昇译，江苏人民出版社 1995 年版，第 24—26 页。

西会通的基本格局。在这一方面,胡适、冯友兰有开创之功,熊十力、梁漱溟、方东美、徐复观、宗白华、牟宗三、唐君毅,之所以成为"一代大家",都得益于这种中西对话和中西会通的思维方法。前面已谈到,中国现当代美学,在新儒家美学中达到了新的思想高峰,与此同时,马克思主义美学和中国美学的融合,在鲁迅、瞿秋白、毛泽东、冯雪峰等的理论探索中,也逐步形成自己的特色,随之而来的是,马克思主义文化运动占据了中国现代思想的主导地位。中国思想始终在寻求变革,却一直未能建立具有恒定性的思想价值理想与基于生命本身的自由价值学说。其实,源于生命自身的思想,最终总得回归生命,这种思想变革的内在要求,如果不是受到特殊历史时期政治因素的干扰,那么,一定会极大地推进中国思想的发展和中国思想传统的现代化进程。由于不正确的思想指导,现代中国文艺美学,曾经在相当长的时期内完全排斥外国美学思想,同时,错误地检讨和批判了中国古典美学思想,因而从 20 世纪 50 年代至 20 世纪 80 年代,现代中国美学陷入一个单调和封闭的时期。政治意识形态批判代替了美学的自由思想,佛克玛等对此做了深入的分析。① 美学的多元并存有利于美学的发展,而美学的封闭则只能阻碍美学的发展。现代文艺美学的繁荣就在于:多元化美学的复兴,新儒家美学得到深刻的评价,马克思主义美学进一步拓展了理论视野,古典美学阐释有了现代理论背景,西方美学得到深入的研究和阐释,中国美学发展获得了全新的思想文化基础。

美学的评价尺度,不应仅从"复兴"角度予以探讨,而应从"美学发展"的角度予以判断。自然,现代中国美学的发展和进步,必须寻求深度模式,即从真正意义上探究美学的文化逻辑和内在精神。只有赋予现代中国美学以生命品格,启悟中国人的心灵,美学才能成为中国人生生不已、自强不息的精神依托。这就是说,美学思想探索,既要有严密的逻辑科学

---

① 佛克玛等:《二十世纪文学理论》,林书武等译,生活·读书·新知三联书店 1988 年版,第 122—126 页。

结构，又要有充满创造的生命精神，只有这样，现代中国美学才能在世界美学语境中找到自己的真正位置。对于世界而言，只有那些富于创造性的思想，才能获得生命力。任何政治意识形态话语只不过是过眼云烟，因为受制于具体政治思想取向，政治意识形态话语总是带有自身特殊的价值立场。这种特殊的价值立场，不利于普遍意义上的生命哲学和生命美学的探索，因此，美学必须深深植根于人类历史文化之中，植根于人类思想的深处，从更广阔的生命文化意义上，为现代中国美学的发展寻求新的思想空间与途径。①

　　就现代中国美学思想的转型而言，思想的选择与思想的争论，既有理论性的，也有创作实践性的。关于具体艺术形态本身的论争，主要表现在创作领域，而没有成为理论界的主流，这实际上是现代文艺美学思想转型过程中最致命的缺陷。这就是说，中国画、印象画、荒诞剧、现代书法、现代音乐、现代主义诗歌等实际的创作倾向，只是单纯的创作意念的表达，艺术家不可能深入地思考艺术探索的思想价值，而缺乏深入的理论思考，就使得文艺美学的思想转型，在具体的艺术实践中得不到体现。世界美学语境是多种多样的，在东西古今的多维美学时空中，以西方美学思想、中国美学思想和印度美学思想最具特色。在中国美学与西方美学的比较视野中，现代美学的思想脉络逐渐呈现出来，从美学的思想价值形态的建构方式出发，我们可以对中国现代美学的价值形态与西方美学思想的价值形态做一比较。西方美学思想有其独立的思想系统，有体系的美学家与无体系的美学家共同构成了西方美学思想的复杂性。因此，对美学的评价和判断，不能仅从有无理论体系入手，还必须从思想的启示性和深刻性乃至内在矛盾入手，唯其如此，才能窥见西方美学的真正面目。有的美学家主张以新的艺术创作思想来指导艺术创作实践，有的美学家则满足于从哲学高度对艺术的创作可能性进行理论展望，这都是不够的。

---

　　①　方东美：《生命理想与文化类型——方东美新儒学论著辑要》，蒋国保、周亚洲编，中国广播电视出版社 1992 年版，第 64—84 页。

西方美学的思想价值形态的建构,与西方逻辑科学的发展和哲学的发展有十分密切的关系。早在古希腊时期,西方美学就发展到了一定的水平。塔塔科维兹指出:希腊美学可以分成两个连续的阶段,即古风时期和古典时期。古风时期,包括公元前六世纪和前五世纪上半期;古典时期,则包括公元前五世纪后半期开始到公元前四世纪。当希腊人首先开始思考美学问题时,他们的文化已经经历了一段混乱而复杂的历史。柏拉图美学,就产生于三种关于美的理论的传统之中:毕达哥拉斯学派的数学理论,即美依赖于尺寸、比例、秩序的和谐;智者学派的主观主义理论,即美依赖于有目的的愉悦;苏格拉底的功用理论,即事物的美存在于它们用于实现其作用的合适性之中。此时,美学家们已经将躯体美和灵魂美加以对照,将绝对美和相对美加以对照,塔塔科维兹认为西方美学在柏拉图那里,才迈出了关键的一步。柏拉图虽没有提供某种美学大全和基本原理或思想著作,但他不自觉地从多个方面涉及了美学的全部问题。他的形而上理论和伦理学影响了他的美学,他的存在论和认识论反映在他的审美观念之中,只有与他的相论、灵魂论和道德论相联系,人们才可能真正理解柏拉图美学。故而,塔塔科维兹认为,柏拉图是著名的"真善美"三位一体理论的创造者。[①] 他把美置于和其他最高价值相同的层次上,而不是高于它们。在柏拉图看来,最高的美存在于理念当中,它是独一无二的纯粹的美,与之相比,亚里士多德则是西方思想史上第一位有严密思想体系的文艺美学家,这特别表现在他的诗学和伦理美学上。在亚里士多德之前,没有人系统地研究过诗歌与戏剧的美学,正是亚里士多德把文艺美学的探索导向了一条可靠的道路。但是,亚里士多德没有把自己限制在审美问题的普遍的演绎之中,而是研究特殊的对象,特别是史诗和悲剧的美学价值与意义。可以说,亚里士多德是一位分类大师,他极大地推进了文学艺术理论的形成与发展。正是通过亚里士多德,诗学才成为一

---

① W. Tatakiewicz, *The History of Aesthetics* (1),Mouton,1970,pp. 41-167;另参见塔塔科维兹:《古代美学》,杨力等译,中国社会科学出版社1990年版,第151页。

门解释性科学,而且,他的模仿说对西方文艺美学产生了重大影响。亚里士多德的美学观念,具体体现在他的伦理学著作中,亚里士多德建构了希腊戏剧的艺术美学价值形态,却未能建构美感体验的审美哲学价值形态。当然,他的伦理学与政治学思想蕴含极有价值的美感思想,事实上,即使是对《诗学》的理解,也必须联系他的伦理学和政治学来思考。亚里士多德所开创的美学和诗学,在中世纪未获得真正突破,奥古斯丁和阿奎那都是在神学中涉及审美问题,并未建构起完整的美学价值形态。美学作为一门科学而获得独立,与德国美学家鲍姆加登有关,但鲍姆加登也没有建构起完整的美学价值形态。

　　从哲学高度和文艺美学意义上说,真正建立了系统的现代美学与文艺美学的,应是康德和黑格尔。康德继承了柏拉图的传统,建构了真正的哲学美学价值形态;黑格尔继承了亚里士多德的传统,建构了真正的艺术美学价值形态。[①] 希腊时期存在的两大美学价值形态观,在德国美学中获得了真正的回应,自此之后才有真正的美学思想价值形态之争。康德美学价值形态,作为他整个哲学价值形态的一部分,充分体现了他的对美的本质、真的本质和善的本质三者关系的理解;康德真正建构了真善美相统一的思想体系,确立真善美三维结构在人类精神生活价值系统中的不同地位。大多数美学史家都接受了康德的说法,即把美学看作是知识通往伦理的一座桥梁,让美学处于思想的中介地位。随着康德思想的发展,他的人类学美学构想开始被重视,人们已经打破了美学作为桥梁的成见,重新认识到真善美的真正地位。在康德的思想构想中,他一开始关注知识问题,继而关注道德问题,在精神探索的历史过程中,他发现知识无法与道德直接关联起来,因为两者具有根本不相容的特质。或者说,知识不能直接过渡到道德,人类对生活本身的认识与人类对生活意义的反思,还处于分裂状态,于是,他设想通过审美达成知识与道德之间的沟通,所以,他把审美视作这种知识学过渡到道德学的思想桥梁,大多数研究美学的

---

① 鲍桑葵:《美学史》,张今译,广西师范大学出版社 2001 年版,第 238—241 页。

人也默认了美学的这一作用。其实,只要认真反思一下这个问题,就会发现审美不可能达成知识与道德之间的沟通,也就是说,美学所起的作用不是"桥梁作用",而是"统合作用"。审美作为感性的认识,具有原初的生命本质特性,在人类心理结构中,审美实际上起到了统摄性和弥合性作用。美学不是为了达成认识与道德之间的过渡,而是为了人类心灵的和谐与安宁,在晚期的人类学探索中,康德已经修正了他在批判时期的美学观念。[1] 美学不只是一座桥梁,不只是起过渡作用,而且是在人类思想系统中起着统合和调节作用,显然,康德美学的价值形态学意义更值得人们的重视。

正是在康德美学的地基上,席勒和叔本华才对文艺美学思想有了创造性发现。通过对感性冲动与理性冲动的考察,席勒发现游戏冲动可以弥合感性与理性的对立,使人的感性与理性统一在合目的的审美自由王国之中。席勒认识到:只有在自由中人才游戏,只有在游戏中人才自由,因而,审美就是为克服存在的内在分裂,使生命保持它的纯朴性。叔本华则强调个体性原理是现代审美思想的基础,即通过肯定个体的意志,肯定个体的创造,达到人性的完善与生命的完善。康德虽然是一位致力于体系性建构的美学家,但是,他不是为了体系而忽视美学之内在矛盾的人,相反,他的分析处处展示了审美的内在矛盾和美学的真正困难。在美的分析中,他的纯粹美学观念始终处于矛盾之中。在审美与道德的关联中,康德看到崇高的内在矛盾,感性与理性的冲突,想象力与知性的和谐,以及想象力与理性的冲突,充分展示了审美的复杂性,与此同时,他还看到了纯粹美与依存美之间的关联与差异。[2] 正是受到康德的启发,席勒把审美教养和人的道德,把审美教养和人的自由,把审美教养和人的进步关联在一起,使审美体验和审美活动与生命的阐释联系,自由的价值与审美的价值得到真正的重视。这些美学思想虽有一定的内在思想结构,但往

---

[1] 康德:《实用人类学》,邓晓芒译,重庆出版社 1987 年版,第 125—150 页。

[2] Kant, *The Critique of Judgment*, Chicago, 1952, pp. 531-536.

往不受制于固定的思想价值形态,一般不会为了体系而附会历史。

黑格尔的审美思想价值形态,虽然从历史出发对人类的文艺美学发展史进行高度的理论总结,从表面上看,具有相当的历史客观性,而实际上,黑格尔的文艺美学思想价值形态带有很强的主观性,他的审美思想价值形态,既是演绎的,又是归纳的。他在面对艺术的历史时,并不是客观地描述历史,而是根据自己对艺术史的美学理解,从主观精神或理念的发展中论及艺术史的精神变迁,结果,艺术史成了精神理念发展史的缩影。艺术史变成了理性精神发展的历史,从简单到复杂的精神变化的历史,由于在历史系统中构筑价值形态,他常常为了一般而牺牲了个别,故而,他关于美学的历史阐释,带有很强的主观随意性和不确定性。① 这样的美学价值形态,往往因为艺术的特例而被摧毁,正因为价值形态的构造如此困难,所以改造美学价值形态和摧毁美学价值形态的努力,成了现代西方美学的中心问题。尼采率先举起反价值形态的大旗,使这一美学问题更显得突出,桑塔耶纳、克罗齐、德里达、海德格尔、杜夫海纳、伽达默尔等,不再从价值形态出发去建构美学,而是从美学出发去探究思想自身。文艺美学的思想价值形态性与非价值形态之争,使西方美学的发展既展示存在论的实质性突破,又显示出根本性的思想困难。

现代中国文艺美学,由于意识形态的特殊作用致使迷恋单一的美学思想体系的倾向过于明显,而非价值形态性的创新意识始终处于被抑制状态,因此,文艺美学思想创造始终缺乏充满活力的新鲜思想材料。我们过于匆忙地阐释西方现代美学思想和中国古典美学思想,过于推崇西方现代思想与中国古典思想的权威性,却缺乏对思想本身的真正创造性理解。非体系并不等于非逻辑,非逻辑与现代文化精神是根本相矛盾的。非体系性的审美经验,往往使理论问题本身真正突出,而体系性的思想,则往往为了确立思想价值形态的系统性而使问题本身被遮蔽,结果,只有

---

① 在《黑格尔与艺术史》中,贡布里希对此做了出色分析,参见中国社会科学院哲学研究所西方哲学史研究室编:《国外黑格尔哲学新论》,中国社会科学出版社 1982 年版,第 405—424 页。

空洞的思想价值形态框架。许多人是在教科书的理论框架中探究美学问题,仿佛美学问题都在教科书中被规定了,不可改变。就教学而论,对于美学入门者而言,的确需要一些相对简单而确定的论述,但这种思想与美学学科本身是相抵触的。美学是为了探究人安身立命、心灵自由和审美超越的科学,是为了探索艺术与文明、生命与自由的科学,不是为教科书而存在的,因此,现代中国文艺美学思想的教科书式重复,只能被视为"虚假的繁荣"。重复是美学发展的天敌,重复是美学的丧钟;要淡化美学的思想价值形态的历史建构,要强化美学的非思想体系的感性自由表达;只有深刻地阐释美学中的根本问题,才能推进美学的发展。

文艺美学思想的历史转型,从根本上说是通过反思意识并不断回到存在本身与艺术历史本身的思想过程。从方法论上说,文艺美学的转型离不开逻辑学与认识论的发展;从价值论上说,文艺美学的转型离不开伦理学与宗教学的精神支撑。文艺美学的思想转型,不是人们的主观感受与主观喜好的表达,而是不断回到存在深处的思想历程,思想有其自身的逻辑,这种逻辑的发展过程,实质上就是思想的演化和深入的过程。海德格尔的前期美学思想,还具有很强的体系性意识,而在后期哲学和诗学阐释中,则从根本上放弃了体系性,不断凸显存在问题的重要地位。关于存在之领悟与存在之诗思,在现象的描述和历史的阐释中展开,从而使思、史、诗具有高度的启示性,海德格尔思想立足于西方思想传统,又处处突破了思想传统。笔者特别关注他与希腊思想之关系,正是通过他对希腊思想的现代解释,古老的存在论问题才具有特别深邃的思想境界。① 海德格尔的早期思想探索,实际上是比较混乱的,从靳希平对海德格尔早期思想的描述中可以看到,海德格尔早期是心理主义者,存在问题还没有真正获得思想地位,他思想的突进与布伦塔诺的亚里士多德研究有关。从对布伦塔诺研究的关注开始,海德格尔一面到希腊思想中去做存在论探源工作,一面则与康德、荷尔德林、谢林、尼采进行深刻的精神对话,因此,

---

① 马里翁:《还原与给予》,方向红译,上海译文出版社 2009 年版,第 223—226 页。

他的思想既扎根在历史中,又处处对历史进行现代性解释。施太格缪勒说:"海德格尔的著作,为哲学提供了真正的无限丰富的新起点。只有随着时间的推移才能认识这些新起点的充分意义,或许只有当精神气氛和生活感情都发生了变化,而人们也认识到海德格尔不只是对处在自己存在的困境之中的人谈话时,才会有这种认识。"①西方思想家的精神探索之道,应该对美学解释学工作产生直接的影响。西方思想史上不乏独创性思想家,例如,维特根斯坦就是一位彻底的反形而上学的哲学家,他的分析哲学观对现代美学的重建具有一定的启示性。

因此,现代美学必须深入地讨论一些基本的美学问题,这些基本的问题不是美的本质或美感的本质之类问题。首先,美学所应关心的问题是人的存在、诗性体验、终极观念、荣耀美学、生存悖论等。艺术生产、艺术实践和审美超越,无疑可看作是这一问题的延伸。其次,美学应该拓展和规范一些审美观念的内涵,例如,审美体验、礼乐与审美、生生之德、心性情理、象征与隐喻等。最后,美学不应被视作孤立的学科。如果说心理学的独立有科学技术的支撑,有实验的必要,那么,美学作为一门精神科学,应从根本上与自然科学分离。自然科学中所涉及的美、美感问题,是关涉形式抽象和主体体验的,与科学技术实际上没有关系,或关系不大,这就是说,科学式思维不应被植入美学领域,美学不可能与哲学、文化学、宗教学、艺术学、诗学根本分离,美学往往处于与这些精神学科的相互关联中。所以,美学的探究,必须遵循人文科学的方法论,必须以哲学作为根基,联系文化学、宗教学、艺术学和诗学乃至心灵学,唯有如此才能真正显示出美学的独创性和内在魅力。在当今世界美学语境中,人们所看到的正是这种交叉性美学探索带来的特殊成就。

3. 寻求生命、文化和存在的本质理解

现代美学思想者已经充分认识到:必须从世界美学的交流语境中寻

---

① 施太格缪勒:《当代哲学主流》(上),王炳文等译,商务印书馆 1986 年版,第 225 页。

找现代中国美学的出路,不应再致力于教科书式的美学价值形态的构造,也不应再固守单一的美学话语系统。人们普遍要求东西方美学进行深刻的对话,也认同美学和其他人文科学之间的深刻关联,因此,许多美学工作者纷纷转向人文科学解释的新文化视野,专攻西方美学的人,转而求助于古典中国哲学和美学精神的阐释;专攻马克思主义美学的人,转而扩大理论视域,向心理学、文化学、哲学、社会学等多方面开拓;专攻中国古典美学的人,则转向东西方美学的比较探索。因此,新儒家的思想理路在现代获得了合法的延伸,西方美学思维的方法论也在现代中国找到了思想同道。① 更为重要的是,一些精通东西方文化的学者,吹响了东西方美学对话的号角,他们寻找现代中国美学的本位话语,寻求现代中国美学的逻辑方法,寻找现代中国美学的文化历史依托,寻求现代中国美学的超越之路。从这种转向和对话中,不仅应看到未来中国美学的曙光,而且还要看到 21 世纪中国美学的理论雏形。正是由于这种精神意向的作用,他们创造性地融合东西古今美学的思想精华,寻找 21 世纪中国美学的坚实基础,拓展中国美学的精神结构,并且取得了重要的成果,这值得我们予以客观、公正的评价。

相对而言,美学的转型有几种情况可以作为动力:一是既定的解释形态,不再适应人们日益多样化的思想要求,必须寻求新的变革。二是冲破既定的意识形态阻力,回归到美学最本真的问题上来,即关注人的生命存在与精神自由。三是开拓新的思想视域和寻求理论的创新。应该说,这几种情况直接推动了中国美学的现代转型。

在现代中国美学的思想转型过程中,刘小枫发挥了十分关键的作用。第一,他通过组织翻译现代美学经典以及西方哲学宗教经典,直接呈现西方美学思想的经典风貌。第二,他通过对德国古典美学,特别是对浪漫派的美学思想的考察,把生命与体验、存在与诗意问题直接呈现在我们面前,让我们对精神生活的自由有直接的认识。第三,他使人们对中国古典美学

---

① 倪梁康:《面对事实本身:现象学经典文选》,东方出版社 2000 年版,第 16—19 页。

思想和西方古典美学思想,特别是对古希腊罗马美学和诗学产生新认识。第四,他关注宗教信仰的自由体验和政治浪漫派的存在意识,把人类生命存在的诗性与复杂性做了特殊的再现。刘小枫的美学探索之价值就在于:超越了习见的时尚性而把握了艺术的文化精神,窥见了古老中国的独立探索与兼收并蓄的文化精神。以希腊和德国美学、诗学思想为中心,深刻地把握了西方浪漫派文化和席勒人文主义思想传统的核心,与此同时,他站在新儒家美学的立场上,将中国古典生命哲学美学与西方生命哲学美学有机地结合在一起,开辟了现代文明的浪漫主义与自由主义的思想道路。刘小枫扎根于经典与历史传统的美学思考更具转向性意义,因为他的学术转向是指向具体的生命价值形态的,带有古典性意味。①

在现代中国文化建设中,刘小枫是一位具有开创性精神的学者,他的学术思想大致经历了四次转变:第一次是由美学向文化哲学的转变,第二次是由比较文化学向宗教神学方面的转变,第三次则是由宗教神学向现代政治社会学的转变,第四次则是由政治社会学向西方古典学,特别是古典政治哲学的转变。② 目前,他以政治浪漫主义关怀为目的,融合美学、诗学、神学、文化学、哲学和社会学,以古典思想阐释为己任,力图以全新的观念来丰富中国文化,建构新的中国文化精神。从总体上来说,他的思想是多元的,不断发展的,他的思想工作主要表现为建设性的,而不是破坏性的。他对中国思想的反思和重估,都以重建为根本目的,因而,他的学术思想在现代中国产生了较为深远的影响。他没有明确的政治理想,或者说,他并不急于解决人的生命自由权利之获得,并不关注人的不平等现实境遇,也并不关注中国现代政治制度所存在的非理性与特权问题,他只是"诗性的思想者",对人类生活的自由与美丽充满想象,或者说,给人类自由美丽的生活提供想象性材料。他不是现实主义者,而是浪漫主义者,他所推进的文艺美学思想转型,不是向现实的转型,而是向内心的转

---

① 刘小枫:《重启古典诗学》,华夏出版社 2009 年版,第 8—12 页。
② 刘小枫:《施特劳斯的路标》,华夏出版社 2011 年版,第 3—5 页。

型,是向精神自由的无限可能性的展望。从这个意义上说,刘小枫所引导的文艺美学转型是不彻底的,但他的这一思想转型正是中国社会通过美学想象生活自由的经典方式。刘小枫并不太在意现实生活的平等与自由理想的追求,而更在意精神生活的诗意与梦想。①

在现代思想文化视野中,我们应该肯定刘小枫的思想探索所起到的积极作用。自 20 世纪 80 年代中期以来,他先致力于德国浪漫派美学的研究,开启了中德思想会通之门。此后,他又结合现代主义文学和哲学,批判性地分析了一些诗人哲学家与思想家的思想价值,把存在问题置于特殊的观照点上,在这一时期,他徘徊于新儒学和德国浪漫派之间。由于精神上的困惑得不到解决,他转向基督教神学思想的研究,美学、伦理学和诗化哲学的眼光,使他的基督教神学思想充满浪漫之思。如何重新评价宗教在现代社会生活中的地位,这些问题引发了他对神学和社会学的关注。他认为:"在汉语思想界流行已久的审美与宗教之对立,诗与宗教之对立的论调,应该终止了。西方文化艺术中的神圣魅力已经证明了这种论调实际上站不住脚。西方文化艺术中的审美品质以及生活形态中的审美品质之神性质素,已经有力地驳斥了以审美代替宗教的论调。在文化艺术形态和生活形态中,缺乏的不正是那种至美的荣耀之光——爱的激情、爱的受难、爱的奉献、爱的牺牲、爱的分享和爱的终极肯定吗,然而,神圣之爱作为普遍绝对的言说,是对所有个人,为所有个人说的,因为,凡人都无一例外地置身于生存的悲剧性悖论和受苦之中。"②在这种思想支配下,刘小枫的美学思想和神学思想,具有了特殊的现实意义。尽管不少人对刘小枫的这一立场不以为然,但刘小枫的创造性工作所具有的现代性意义绝对不应被漠视。刘小枫把美与善、美与爱、美与自由结合在一起,通过诗思进行感性体验与理性判断,使现代中国美学具有新的思想,对美与爱、传统与现代、生命与信仰进行了生动的诠释。

---

① 刘小枫:《拣尽寒枝》,华夏出版社 2007 年版,第 11—15 页。
② 刘小枫:《走向十字架的真》,上海三联书店 1995 年版,第 409 页。

　　在探索现代美学的思想转型方面,《诗化哲学》标志着新的开端,这部著作是刘小枫在其硕士论文的基础上扩充而成的,更为重要的是,这是被一批富有新思想的学者共同激活的。他对诗与哲学之关系的探讨,虽以德国浪漫主义历史为线索,但他所提出的一些问题,涉及了存在哲学的根本问题,表现在主题上就是对审美、自由、感性、理性、神秘主义、浪漫主义、诗性体验的关怀,在思想方法上则体现出东西方对话的潜在的努力。他把个体的生存自由和感性超越,提升到生命哲学的高度予以考虑,显然具有新儒家的眼光,事实上正是如此,在这一时期,刘小枫完成并组织了新儒家诗化哲学著作的介绍。文化哲学和诗化哲学的眼光虽然使刘小枫摆脱了美学的时尚化,而遁入诗思的栖居地,但是,这种诗性理想并未使刘小枫感到乐观。他在一部个人论集的自序中表白:"自己并不满意这一时期的美学探索。"①从拯救与逍遥的角度,他反思屈原、李白、鲁迅、曹雪芹、陀思妥耶夫斯基、加缪的诗性形象与思想,发现所谓的革命、进步性、否定性、破坏性、激进性并不足以真正解决存在问题,认识到人的生存本身处于无限的轮回之中。因此,宇宙境界、天人之际、生存信念、终极价值等问题,在和解性、认同性、静观默想和宗教体验中,获得了新的解决途径,在他看来,即便是审美的自由对人的救赎,也不是最终的救赎。在基督教神学中,他看到了这样得救的启示,他之转向神学是顺理成章的事,他不是直奔宗教的,而是由美学奔向宗教的,因此,他既不主张以美育代替宗教,也不主张以宗教代替美育,而是主张宗教与美育的共存性。② 与此同时,他不仅发现了文化的诗性,而且发现了诗性的文化,因此,他主持编译的《二十世纪西方宗教哲学文选》《人类困境中的审美精神》,开拓了现代中国美学的新视域,他的《走向十字架的真》和《这一代人的怕与爱》,也具有特别的思想史意义。他从神学的高度所分析的荣耀之美,可以视作他救渡人生的最后目的,这一审美目的论具有一定的理论意义。作为

---

①　刘小枫:《个体信仰与文化理论》,四川人民出版社 1997 年版,第 3 页。

②　刘小枫:《沉重的肉身》,华夏出版社 2007 年版,第 15—19 页。

神性的存在和神的荣耀之美,是人们不可能真正忽视的,你可以不相信它,但又无法真正取消它,这是辉煌的终极梦想。

在具体的美学问题上,刘小枫并没有太大的思想推进,但他的美学方法论和美学思维观念无疑具有启示性,他建构的是大美学观,也是文化美学观,或文明美学观,具有人文主义精神和人类自由主义精神的审美体验意向。刘小枫善于开风气之先,他的思想走到了宗教这一维度,似乎也到了极点,他面临真正的自我挑战,走到了他思想的彼岸和有限的终点。他只有超越这一终点,才有可能开拓新的精神空间,这是应寄予希望的。好在他始终以人的生命存在为出发点,通过诗思拓展人文精神科学的思想空间,因而,他总能从中西古典思想或浪漫主义诗思中,找到生命美学或文明美学的源头活水。在相当长的时期内,刘小枫所提供的文明美学思考方式,他所组织译介的西方美学哲学和神学著作,成了现代中国美学不可忽视的精神财富。刘小枫并没有明确的美学指向,也没有坚定不移的审美价值取向,但是,他所开拓的生命美学思想与文明美学思想将持久地激发中国美学的深沉探索。与此同时,我们也应看到,刘小枫涉及的思想领域甚多,个人思想取向不断转变,为什么他的思想并没有让人感到其内在的分裂?这与他坚守生命的浪漫性与神圣性,坚守西方思想的古典性与浪漫性有紧密的联系,他始终把文明的浪漫与自由追求作为其思想的根本价值追求,所以,尽管不断地进行思想转向,但其思想的根本价值具有内在的统一性。①

现代美学思想由认识论的思想视野转向本体论的思想视野,也是最重要的转变之一。关注存在论问题,就是对生存的直接关注,生存的体验是美学最本体的问题。虽然本体论是古老的哲学问题,但真正促使人们关注本体论问题的,是我们对存在主义美学和现象学美学的回应。海德格尔对存在问题的心理学分析,使人们对忧烦、焦虑和诗性存在有了特别的理解;更为重要的是,胡塞尔对体验问题和体验流的哲学关注,直接为

① 刘小枫:《这一代人的怕与爱》,生活·读书·新知三联书店 1996 年版,第 23—29 页。

美学的现代转型提供了方法论的启示。就现代中国美学而言，有人主张：从现象学美学观念出发，现代美学应该更彻底地转向对艺术和艺术经验的分析。在《美学和未来美学》的导言中，赵汀阳就表明了这样的立场："本书所施行的批判是对整个美学困境的批判，主要是针对一些美学偏见的立场和基本假设的批判，而没有对其理论观点逐个反驳。因为立场和基本假设的错误已经决定整个理论的错误。"①在他看来，批判只是起点，目的是建立新的美学。他认为，现在所面临的任务是合理地展望未来的美学，为新的美学树立可靠的路标。他不再从一般的美学习见出发，不再把美学看作是无限延伸和渗透的学科，更不把美学看作是普遍性基础学科。他认为，美学不应再承担不属于它的研究领域，美学应承担揭示艺术文明的智慧本质的任务，美学研究始终必须坚持面向艺术本身的原则。正因为如此，赵汀阳认为：美学研究的方法，一是要把寻找原始现象作为基本的方法。在他看来，胡塞尔的悬搁方法和维特根斯坦的"不再想，去看吧"的方法，是寻找原始现象的两种同归的殊途。二是要寻求理想的归纳法。这是思想性的归纳法，即把诸原始现象的纯粹含义或绝对的内容加以分析并加以归纳。三是坚持哲学的历史性方法。历史性方法，能够使思维保持现实感而避免幻象。从这种努力中，我们可以看到赵汀阳力图把现象学和分析哲学作为"两把剃刀"，还原美学的本来面目。由于他的探索追求哲学的严格性，因而，他的美学思考应该被视作当代美学的一声号角，事实上，近几年来他已放弃有关美学问题的讨论，而转入哲学、伦理学和政治学的探究。他对哲学本身和哲学技术的分析，无疑为未来美学的重建开辟了新的道路，他的伦理学与政治学思考，使美学问题有可能获得更加深刻的解决方法。②

　　赵汀阳所指明的这种文艺美学解释的思想转向，陈述了基本的艺术

---

　　①　赵汀阳：《美学和未来美学：批评与展望》，中国社会科学出版社 1990 年版，第 5 页。

　　②　赵汀阳：《坏世界研究：作为第一哲学的政治哲学》，中国人民大学出版社 2009 年版，第 5—8 页。

事实,即文艺美学不能过于关注哲学的论证,文艺美学更应回到艺术生活和艺术作品自身。这自然可以在艺术家那里获得回应,然而,诗学、美学乃至艺术学,都成了专门的理论性或历史性学科,这种转向是不可能的。问题在于:我们的文艺美学思考,如何能够扎根于现代艺术的活生生的情境中,让我们的文艺美学本身能够充满生命的气息? 从艺术出发来形成新的文艺美学,正是我们所期待的,但我们依然离不开哲学的思考,没有哲学的思考,艺术分析就失去了力量,这就需要从东西方广阔的思想文化视野中,重新理解艺术、生命和存在的意义。对于中国人来说,完全抛开本位话语,就中国哲学问题与西方人对话,仍不是理想的目标。西方哲学和美学把复杂的思想问题逻辑化、现象化,却依然不能真正解决世界和心灵的无序性、无限性和神秘性。 只要这种无序、无限和神秘的领域存在,超验的思想领域就仍有它的思想地盘,形而上学的思维也就不可能真正得到克服。形而上学的大厦虽已推倒,但形而上学的地基上仍有可能重建新的哲学,这是赵汀阳所面临的根本问题。① 旧哲学的顽固性和强大性,绝不像新哲学家们乐观地认为的那样,是可以消解的,事实上,很多人对德里达和福科的思想已不再感兴趣,作为时尚性思想产品,不少人开始离弃它们。因此,在听到这些新美学的号角时,对于传统的美学观念仍不能不加以深刻的研究,这些思想的成型能够直接推动中国美学思想的现代发展。转向文明的诗性浪漫性,转向艺术现象与艺术存在的意义探索,并不是崭新的美学思想道路,但是,这一转向的真正意义是:逃离意识形态美学解释的空洞性,逃避美学理论与审美实践的分离趋向,转向对生命与存在的真正关注。这是文艺美学的古典传统,也是现代文艺美学应该坚守的真正的价值信仰。

4. 转向日常生活的审美创造与文化解释

现代中国美学的真正解释学转向,通过许多人对"日常生活审美"和

---

① 赵汀阳:《一个或所有问题》,江西教育出版社 1998 年,第 9—12 页。

"审美文化"的探讨获得了充分的呈现。特别值得指出的是,他们并没有表现出对经典形态的尊重,而是彻底转向了对日常生活审美的解释,尽管这一领域没有显著的学术著作,但是,从事这一转向的学者和著作是最多的。我们不能不承认,这是现代美学解释学转向的最显著标志,事实上,它已构成一股思想潮流。随着这种新美学观的建立,未来的中国美学,将会超越20世纪50年代和80年代的美学论争模式,使美学问题本身有新的依托。许多问题在新的美学观念中已得到澄清,现代美学正不断地拓展"美学的边界",使之能够与其他学科形成交流对话,从而使美学问题的解决有新的文化语境。美学的单一思维模式被瓦解,经典命题有了新的解释,跨文化的、无边界的、反价值形态的美学正在生成,这可能也是世界美学的现代趋势。① 现代中国美学的传统价值阐释,与西方后现代美学的对话语境,是美学发展的两种基本趋向,由此看来,建构美学价值形态和反美学价值形态之间的对抗,暂时还不会有胜负评判,这种对抗有可能激活现代美学的发展,推进美学的进步。唯有借助这种对抗,才能超越现代美学的虚假性价值形态构造,从而显示美学自身的创造性活力。美学转型是容易的,因为它只要有开风气之先的人物引领即可,在当代语境中,从多语种的外国哲学美学思想或后现代主义思想文献中,不难找到这种美学解释学转型的思想动力,但是,美学的真正转型,应该是真理问题的进一步凸显,应该是富有深度的经典性美学解释学著作的形成。

转向日常审美生活,是现代美学最重要的转变,应该说,这一转变也是对僵化的美学思想的最大反抗。以往我们过分轻视日常生活,实际上日常生活的审美揭示是美学最为重要的任务。不错,真正的美学应该立基于日常生活,日常生活的审美文化理想最能体现美的自由本质,最能体现民族审美文化的本质。一切日常生活的审美文化,皆能体现美的自由本质,但日常生活的审美化,不是随心所欲的结果,而是文化存在者对共同的审美理想维护的结果,特别是充满生命力量的传统审美文化理想的

---

① 哈贝马斯:《现代性的哲学话语》,曹卫东等译,译林出版社2007年版,第345—375页。

结果。在一切审美文化背后,都应该有适度的问题,"适度"就是追求美的可持续发展。日常生活的美的发展,需要一定的物质基础,甚至可以说,物质生活的创造,就是为实践人们日常生活的审美价值理想。在西方文化传统中,人们对日常生活审美化的理解是:在建筑上,要追求民族的美学风格,体现文化对美与信仰和生活的真正理解。建筑总是与自然和谐一体,既有人的几何图形与色彩的理解,又有对文化的整体性美感的理解,所以西方的建筑与宗教信仰、个人自由有关,他们追求个人的独立空间,对美的共同理解,风格的一致性与协调性,这一切在建筑文化中体现得相当充分。他们的建筑注重整洁与雅致,注重保护环境与尊重自然,与自然和谐相处,这就是他们所理解的典雅的日常生活,生活充满了诗意和美。与之相关,他们重视公共活动空间和公共艺术的建筑的自由美感,一切是如此和谐完美,人们也相当自我克制,没有人攀比财富,但人们会在意谁的居所更美,他们用花草、用色彩装饰生活,他们用音乐、草地、广场来构建诗意的生活空间。在现代美学视野中,这种向生活的美学转变,向自然的审美回归,被称为生态美学或环境美学,这种骤变极具时代意义。

日常生活的审美,特别体现在音乐和舞蹈上,在日常生活中与音乐、阳光相伴被视为生活的根本目的。国人虽然也倡导"美是生活",提倡审美要转向日常生活,但是,我们在传播真正的日常生活审美理念时,过于重视物质生活的享受,即通常仅通过建筑材料和建筑设计,建造自己的诗意生活空间,但是,我们往往不在意别人的生活空间。人们通过炫耀自己的日常审美,显示个体的优越性,以显示个人的艺术创造力强于别人,而不是为了与邻人、与自然和谐相处。我们的建筑场所,不平等状况体现得特别明显,更为重要的是,由于土地资源的狭小,我们往往不注意建筑的艺术形式美,也不注重建筑的环境美,而是一味地强调屋室的内部空间扩大。在建筑文化环境设计中,外在的空间极其狭小,没有公共自由空间,没有对自然的真正亲近。这实际上是不健康的日常审美文化,只是从表面上模仿发达国家的个体审美环境与私人空间的生活快乐,但没有考虑到社区和大多数人的共同幸福,因此,这种日常生活的审美不能从根本上影响人的正义自由理想,价值理想应该渗透到日常生活的点点滴滴之中。由于我们没有真正实现仁慈和博爱原则,因而中国的日常生活审美文化,依然在充满矛盾的现实文化中前行。这样的日常生活不符合真正的自由原则。在中国的日常生活审美文化中,人们相当重视狂欢化原则。中国民间的狂欢原则与形式,体现了中国人民对生命与美的理解,由于物质生活的不发达,我们的日常审美文化喜欢热闹,而不重视宁静与雅致,实际上,古代士大夫的日常生活理想,是通过庭院式建筑得到体现。美源于富裕,美源于清洁,美源于公正、平等与自由,只有富裕的生活才能创造真正的美,但我们未能解决全民富裕的问题,没有解决所有人的平等自由问题,因而,在美的日常生活理解上就充满了不平等。[①]

我们对音乐的日常生活理解则更狭隘,以为娱乐厅的自由演唱就是日常的音乐审美,其实,这只是日常音乐审美活动的一方面。更为重要的是,日常生活的审美应该是生活中到处充满音乐,是人们自觉地参与到音乐表演中,即让生活中的一切充满音乐体验。如果说人类对视觉的美的追求和理解体现在建筑上,那么,我们对听觉的美的理解,应该体现在音乐创造和欣赏上。我们的审美喜欢构造狂欢效果,更多的是喜欢追求公开炫耀,结果,我们的个人日常生活审美文化常常干扰了他人的日常生活审美。我们的日常生活审美文化,缺乏对他人的尊重,尤其是在城市生活中,许多人的审美表现直接干扰了他人的审美生活,所以,转向日常生活的审美文化并没有错,但是,由于自由平等博爱思想与价值理想的缺乏,我们的日常生活充满了危险,这是应该加以重视的。[②] 美学的现代思想转型,未必都是积极进步的,在世界范围内只有那些积极张扬本民族的审美价值理想,优化民族的审美意识,从根本上建立平等自由正义仁爱的审美价值理想,才是我们的美学应该崇尚的现代思想目标。

只注重放纵肉身之欢愉,而不注重心灵的宁静与环境的幽静,这显然

---

① 　德沃金:《原则问题》,张国清译,江苏人民出版社 2005 年版,第 216 页。

② 　牟宗三:《才性与玄理》,广西师范大学出版社 2006 年版,第 313—315 页。

不是对日常生活审美化的正确理解。为何我们只是从肉身放纵的角度去理解日常生活审美化？这可能与我们的文化经济发展现状有关,贫乏的经济生活使得精神生活追求显得奢侈,相反,肉身化的享受能让贫穷的生活立即显出幸福感与满足感。我们重视肉身化幸福的实在性和现实价值,却忽视乃至鄙夷精神信仰或自由理想的价值,所以,我们的审美文化在相当长的时期显出单一化思想取向,即只重视肉身的快乐,精神生活的自由价值则被贬损。在革命年代,我们贬低肉身幸福,尝尽生存的艰难与苦痛;在相对自由的时代,又只满足于肉身的享乐,生命的自由价值信仰被放逐。这是生命的两难,唯有把精神幸福与肉身幸福共同作为文明的自由价值追求,美才会在文明中闪光,这需要政治自由主义与宗教伦理主义思想及审美现实主义的共同支撑。①

　　转向日常审美文化生活与转向民族历史文化生活,有着天然内在的联系,现代中国美学的真正转型,从实际生活意义上说,就是转向文化自身,转向生命存在的现实文化语境,转向对人类文明和民族文明的独特美学风貌的内在精神审视。它既有对外来的文化的认同,又有对新的文化时尚的追逐,既有对现代文化精神的追求,又有对古典文化的浓厚兴趣。现代中国美学的文化转向或文艺美学的历史文化转型,是思想自由发展的必然结果,因为人们在追求深厚的文化趣味的时候,必然转向古典文化,当人们追求全新文化时尚的时候,则会转向西方文化。在以享乐为根本的文化时尚中,现代中国人的日常生活美学趣味越来越西化。西方文化以美学的方式侵入我们的生活,并获得了巨大的成功,当人们开始厌倦西方文化的审美时尚,日常生活美学又面临根本性的变化,这就是中国古老的思想文化的复活。不过,文艺美学的日常生活文化转向,虽然充满活力,但同时也是极其危险的,因为我们的日常生活美学过于感官,缺乏深刻的思想。没有宗教与道德的调节,日常生活之审美化,最终将会像洪水猛兽一样,冲垮我们的道德底线与文化生命底线,那将会是中国文化的

---

① 刘小枫:《沉重的肉身》,华夏出版社 2004 年版,第 37—45 页。

巨大危机。① 就现代中国文艺美学的转向,我想说的是,我们既不能只停留在纯粹的思想领域,通过美学思想价值形态的转换来完成美学的建设,也不能无原则地投身日常审美文化享受之中,寻求感性的彻底解放,达到生命欲望的满足。此时此刻,我们更希望建立文明的内在秩序,通过文明的内在秩序来构建文明生活的内在美,这才是根本性的文艺美学转型,即让美学回归民族文化生活的自由价值秩序的重建上来,让我们的文明生活真正发挥美的思想力量。只有认识到这一点,我们的文艺美学论争和现代文艺美学转型,才富有真正的生命文化意义,这也是对"美是生命与文明自由跃动的力量"这一价值立场的真正捍卫。

---

① 霍克海默等:《启蒙辩证法》,梁敬东等译,上海人民出版社 2006 年版,第 139—142 页。

第六章　文艺美学活动的解释学重构

第一节　交往对话与文艺美学的话语传统

1. 交往对话：中西美学传统与现代创造

我们的当代美学虽然使用汉语，但其本质思想观念与美学原则乃至解释系统，却与西方思想传统有着十分深刻的联系。相对于西方人对中国思想与艺术的认识而言，在现代文化语境中，我们对他们的认同与理解的意愿要强烈得多，这在很大程度上源于我们的政治、经济与军事的相对落后。由于政治、经济与军事的落后，近代以来中华民族遭受了列强的侵犯和杀戮，为了寻求富强之路，我们对本民族的人文价值信念和思想传统产生强烈怀疑是很自然的事。政治正义与自由法律制度，如果最终没有完全建立，审美的自信就很难建立，只有当每个人成为真正意义上的自由人，我们对民族美学的创造性理解才会变得坚定。对于中国人来说，"美学传统"，不仅意味着本民族的思想传统，而且意味着外来的思想传统，不过，在现代化的文化否定过程中，我们已经相当认同西方的美学传统，并且将西方的美学视为主导性的审美价值传统。事实上，大多数国民的审美思想资源，不是来自"中国民间"，就是来自"西方传统"，由于很长一段时间内主导的价值秩序是西方的思想资源，因而在美学建构中，中国传统经典思想资源长期处于被忽视的地位。这种忽视直接导致现代中国美学思想创造的惰性,即以译介西方思想代替自己民族的思想创造。①

　　基于中西美学的传统,如何寻求民族思想的原创性表达,就成了重要问题。寻求中国美学的现代性,其重要的任务是:古典中国美学的现代性如何可能? 与此同时,还应追问:在古典中国美学的现代性探索中,如何借鉴和吸收西方文艺美学的优秀思想遗产? 这是同一个问题的两个方面。对于西方人来说,他们各有其民族的传统,而其共同的传统则指向古希腊和罗马,在西方文明中,往往以古典传统作为他们共同的价值目标。他们的人文主义解释的重心,不是为了否定古典传统,而是为了追寻古典价值所在:"如何像古希腊罗马人一样思考?"因此,他们的思想即使有其内在矛盾,但在回归古典的过程中,仍找到了思想的确定性。现代中国人关注的问题则是:"如何像西方人一样思考"? 实际上,我们通常又不愿意放弃本民族的历史文化中形成的等级制度与极端个人主义思想,于是,在表面的西化过程中,放逐并否定民族文化传统的核心价值,而在现代化的盲动中,又不能不寻找本民族的精神价值范式作为重新找回自信的思想基础。崇拜西方而又不肯真正接受其思想价值范式,贬斥民族文化传统却不肯放弃民族的等级观念和负面价值思想,结果,我们的现代思想文化价值重建就处于混乱无序与矛盾冲突之中。现在,我们必须采取的思想途径是如何综合中西方的优秀价值传统,在审美艺术思想的综合中,捍卫既是民族的又是世界的真正自由的生命价值理想,这是我们必须面对的"中国现代性思想问题"。

　　人文科学与自然科学的最大不同在于:前者的解释对象与解释目的,是民族艺术与民族文化精神,所谓"越是民族的就越是世界的"就是这个道理;后者的解释对象与解释目的,则不具有民族特性,只有共同的科学特性。基于这一认识,文艺美学的建构必须重视"本位话语"(National Discourses)的历史文化地位。本位话语是文明发展到一定阶段之后,思想建构过程中的必然性事件。人与植物一样,在什么样的土地上生长,就

---

　　① 胡适:《中国的文艺复兴》,外语教学与研究出版社 2001 年版,第 474 页。

会带有什么样的土地特性;人总是有文化归属的,你不在这种文化中生活,必然在另一种文化中生活,我们还未看到没有文化归属却能自由思考的人,当然,这种文化归属性是从整体文化意义上说的。本位话语立场是思想创造的关键,也是民族思想的独创性所在,但是在世界美学视野中,中国当代文艺美学工作者的处境相当尴尬,因为西方学者对中国美学的认同,基本上以中国古典美学为范本,而对于当代中国思想者的美学探索则知之甚少。① 与之相反,中国美学界对于西方美学的认知,无论是古代、现代的成果,还是当代的发展,则都有意识地去了解并充满好奇心,从文化思潮接受意义上说,能跟上西方美学的"当前步伐"。不过,我们也应看到,文艺美学的创建者,对于本土文化思想价值学说,仍缺乏起码的自信,长此以往,中国文化谈何自信,谈何重建? 中国文化精神的生命价值,难道真的在近代就已经终结? 自五四以来,特别是自 1949 年以来,本位话语确实面临价值缺失的问题,这在很大程度上是受单一的价值形态取向所决定,同时也是对民族文化遗产的"深刻自贬倾向"造成的。全面否定中国文化传统,全面追求所谓现代化或西方化,文艺美学的本土价值资源就被人为地割裂了。

为什么会造成这种状况? 这就是因为文化冲突之后形成的文化自贬倾向。"文化自贬",在表面上看是由于我们的文化无法与外来的文化相抗衡。实际上,就是因为我们的政治文化理念在追求自由平等、在最大限度地解放人的自由创造力方面相对滞后;改造民族文化,不是改造民族话语的问题,而是要改造话语背后的人的存在状况和等级化的社会文化秩序问题。当然,"既有的话语"所承载的古老思想,包含等级制的专制文化思想因素,但是,这并不是可以完全抛弃本位话语的理由。针对这种现实的忧思状态,面对新儒家思想的启示,当代中国学者开始自觉地思考民族文化的命运,开始自觉地思考这个民族的美学哲学理论话语的重建问题。

---

① 据一些访苏的学者介绍,俄罗斯学者对当代中国美学缺乏起码的了解,参见凌继尧:《美学和文化学》,上海人民出版社 1990 年版,第 2—15 页。

在这一前提下,"本位话语"观应运而生,这一理论的提出也与西方话语理论有关,但是,其思考方式却是中国的。因为立足于翻译的文学观念置换已使人感到厌倦,同时,复兴中国古典美学观念的研究又使人感到:"美学阐释"只是停留在范畴的解释层面上,所以,必须进入"思想与存在的内部",而不是停留在美学价值观念的外部,这是每个美学研究者必须认真面对的问题。

从本位话语这一问题出发,可以与当代文艺美学的锐意批判者一道寻求本位话语建立的真正道路,基于此,应该恢复文艺学所本有的历史文化使命,寻求在东西方文化中的自我定位和价值立场。"本位话语观",即要求文艺美学的"阐释者",站在交流语境的立场上,对文艺美学问题进行独特反思和理性选择,从而形成民族精神的独创性话语表述。"本位话语",不是自言自语,更不是痴人呓语,因为本位话语,既是承继思想历史话语的现代言说,又是对文艺美学问题的独创性和当代性解说。① 离开历史的交流语境,"本位话语"就是无根的私人话语,这种话语,或者因其神秘无人可以理解,或者因其浅白不值一提。拘泥于历史语境的本位话语,是无心的话语,不过是死者留下的"活口"。既立足于历史的交流语境,又进行话语的独创性阐释,这才是本位话语的真谛。本位话语必须强调话语创造的民族性与世界性、古典性与现代性的辩证统一。正因为存在这些困难,本位话语使许多人有了误解,不少人以为本位话语只是历史话语系统的花样翻新,或者只是后现代话语范畴的重构,显然,这是偏见,但是,这种偏见在当代文艺美学中影响甚深。"理论对话"离不开概念和范畴,离不开概念和范畴的界定与划界,但是,思想对话是关于问题的对话,不只是范畴的解释和沟通。如果对话本着各自的语言哲学所言,就不可能进入思想的内部,达成存在的真正理解,只能永远处在问题之外。"概念范畴的澄清",离不开对问题的解释,只有在澄清问题和确认基本问

---

① 这是一个"照着讲"和"接着讲"相统一的文艺美学话语系统,在《魏晋美学与魏晋文化》一文中,我对此做了具体论述,参见《杭州大学学报》1996 年第 1 期。

题的过程中,才能真正澄清概念的内涵,形成真正的对话。柏拉图的对话,呈现了原初的思想活动过程及其创造性价值,很有必要对其进行深入的思考。事实上,柏拉图意义上的"对话",应该构成当前美学对话的理论启示,如果是游离于问题之外或外在于问题本身的思想对话,即使概念条分缕析,依然无济于事。因此,本位话语的建立,概念和范畴的界定,不是首要问题,对文艺美学理论问题本身的接近,才是本位话语重建的关键。

一旦明确了文艺学的根本问题,包括文艺美学的历史问题和当代问题,"本位话语"就不再外在于文艺美学本身,而是成了文艺美学问题的某种谈论或表达方式,这是文艺美学对话的前提和基础。因为其目的是切入问题而不是游离方式中心,所以,本位话语的创造性意蕴便能凸显出来。① "本位话语",虽建立在交流语境的基础上,但它不再是传统观念或外来观念的解释,而是对文艺学问题本身的独创性言说。本位话语的首要条件是"本位的",必须承认"本位"是以我为主的思想方式,"本位"实质上就是"主位"意识的外显。"本位"不是偏向于他人的方式,"本位"决定了自我的言说方式和自我的理解方式。"本位"必须有主见,"主见"不是"偏见",也不是"私见",而是在交流语境的基础上所进行的一种"创见"。唯有创见,才能推动文艺美学的发展,创见是有心的,不是盲从,更不是对时尚的妥协,而是接近真理、追寻真理的固执姿态。"历史"就是因为具有这种创见的头脑而变得丰富多彩,心灵的秘密和自然的秘密,就是因为这种创见而趋向于科学的认识。人类因为这些具有创见的头脑,而不再盲目和愚昧,因此,提倡本位话语,就应该提倡独创的思想表达方式,应该追寻独创的思想话语系统,这样就具有吞吐东西文艺美学话语的思想器量和胃口,就有可能澄清文艺美学问题,纠正一些偏颇和错误。这种本位话语,绝不是唯一的,而是多元的,不过,虽然是多元的本位话语系统,但是,由于在文艺美学问题的理解上具有一致性,因而,就形成了"观照"文艺的不同视角,这样就易于形成对文艺美学的立体思维,而且有可能最大限度

---

① 唐力权:《周易与怀德海之间》,辽宁大学出版社 1991 年版,第 28 页。

地克服个体的狭隘与偏见,在共同的文艺美学问题上,形成不同的文艺美学话语。这与自然科学确有很大区别,但这种多元并存的"本位话语",才是对文学本质和人的本质以及生命本质的真正接近。在现代文化视野中不可能形成单一性的话语系统,多元的话语系统存在特殊的免疫力,它能够克服话语系统内部的疾患,从而不影响对文艺美学的总体认识,所以本位话语不仅是独创性话语的思想呈现,而且是多元并存的交流话语的思想共振;文艺美学,不仅是革命性思想话语,而且是反权威性的思想话语,本位话语的言说方式,绝不是表层的引经据典,而是对历史话语的深层把握和对外来话语的内在理解。只有形成这样的言说方式,才不至于成为文艺美学思想的简单的照搬者。本位话语必须是本质的深层的内在的言说,绝不是概念的发现和演绎,只有紧紧把握文艺美学问题,才不至于丢失自己的"本位话语"。

2. 民族价值观念与美学创造的本土经验

本位话语,就个体而言,是独创性话语,也是接近本源的直观话语,而从语言种属来看,又是民族性话语,是具有原创性思想意义的民族话语。民族性话语,建立在集体独创性言说基础之上,是内在精神和内在价值观念的和谐统一,绝不是外在范畴和概念的雷同。正因为从内在精神入手,从思维本质入手,东西方本位话语才有可能形成"交流语境",那种在范畴概念入手去建构和比较东西方本位话语的"思想企图",是比较美学和比较诗学的"文化歧途",极端地否定民族的传统价值观念是极其可怕的事。① 必须承认,基于意识形态的权威话语形态,不可能最大限度地解放人的审美创造力和思想创造力,但是,历史的思想从来就是无限复杂的,有主导性思想,也有非主导性思想。对于现代人来说,不要只循着既定的思路去理解民族传统,也要循着自由的思想传统去理解中国思想,事实上,中国古典思想蕴含许多有价值的道德伦理美学思想,因此,完全应该

---

①　蔡元培:《蔡元培选集》,沈善洪等编,浙江教育出版社 1992 年版,第 353—354 页。

在民族激进思想传统的基础上重建民族美学观念。①

从文艺美学思想话语意义上说,古代文艺美学的"重复现象"与现当代文艺美学的"重复现象",具有本质上的惊人类似,虽然分属两大不同的文化系统,但是,本位话语的创造,必须战胜这种惰性,必须战胜现实存在原则,必须战胜时尚的价值原则。如果不能超越这些戒律而直达本质,中国当代本位话语的重建必然遥遥无期,与这种重复性话语思维接近的,还有崇洋思维倾向。这一思维倾向力图处处抗拒中国古典思维观念,不断地引入全新的西方思维观念,但是,这种全新的西方思维观念,又不是以创造性为前提,因而,成了"另类重复方式"。其实,重复模仿洋人的方式,与前面谈到的重复中国古典思维观念并无二致,因此,交流语境是历史性存在的,但当代文艺美学并未真正从这种交流语境中生发"本位话语"。当代文艺美学的"本位话语"建立也与另一重因素相关,那便是文艺理论史与文艺理论两大领域的混淆,即将"美学史"与"美学"两类概念完全混淆甚至等同。不错,黑格尔说过,哲学史即哲学本身,这一论述本身包含着深义,即哲学的重大问题总是蕴含在哲学的历史中,但这并不意味着哲学创造只是"对哲学史的解说"。哲学解释离不开哲学的历史语境,需要与哲学史上已有的声音和智慧进行交锋,这种对话和交锋是为了发展,而不是为了重复,是为了真理,而不是为了观念本身。文艺理论史是历史的话语系统,文艺理论才是本位话语系统,文艺理论离不开文艺理论史,但文艺理论绝不等同于文艺理论史,同样,美学建构离不开"美学史",但美学史不能代替"美学"建构。②

---

① "本位话语",不仅是个体文艺美学工作者的价值创造依据,也是民族文艺美学创造的价值依据,只有真正开发了心灵奥秘和文化奥秘的本位话语,才有可能给世界提供启示,巴赫金的文艺美学独创便是明证,参见《巴赫金全集》第 2 卷,河北教育出版社 1998 年版,第 386—475 页。对心灵产生无穷启示的本位话语,必将获得世界的认同。中国人惯有的思维观念、价值原则和现实取向,阻碍了中国人的本位话语的独创,中国人过于依赖传统和圣贤的思维方式,决定了本位话语的非独创性和高度重复性。

② 克罗齐:《美学或艺术和语言哲学》,黄文捷译,中国社会科学出版社 1992 年版,第 27—39 页。

　　在本土思想经验中,能否建立真正自由的能够解放人的理论话语,这本身是有疑问的。在现代思想中,任何本土经验,皆是在全球文化的比较观照范围之内形成的自我认知,所以普遍性的价值准则是必须遵守的,不必人为地寻找中国本土的普遍性准则,但是,对于普遍性准则,应该有中国自己的理解。事实上,在本土经验中,解决人生与自由问题,解决幸福与苦难问题,皆有许多独特的智慧,回到复杂的民族文化语境中去,从普遍性价值准则出发,去寻找中华民族的独特表达,这种思想过程是富有意义的。就文艺美学而言,"回归美学史",由美学史引出构建当代文艺美学的新思想,就成了理所当然的重要选择。回避美学史的丰富复杂性,文艺美学建构只能处于思想的贫困状态。

　　"美学史"是历史话语系统,而"美学"才是本位话语系统。本位话语既需要以历史话语为根基,又需要个体的独创,尽管在思想观念上,当代学者把文艺美学和文学批评思想史截然分开,也把美学思想和美学思想史分开,事实上,这两者的界限并未划清,这也是本位话语无法真正建立的一大困境。对文艺理论思想史和美学史的深入研究和批评,是文艺理论发展的前提和基础;文艺理论独创性话语的建立,应被看作是文艺理论思想史研究和批评的目的和归依。只有形成这样的认识,才能为本位话语的建立清除障碍,这就涉及对东西方历史话语的深度把握和深度阐释的问题。近代以来,中国古典本位话语一直处于被放逐的境地,或者说,对古典本位话语的解说,仅仅局限于经典本文或经典命题的文字解释或语言文字的音、形、义的诠释上,始终上升不到理论层次。我们可以看到,在寻求古典文艺美学话语的现代转换过程中,王国维、鲁迅、胡适都有其特殊贡献,而在中国古典诗学领域中,郭绍虞对中国古典本位话语的系统诠释,则奠定了现代中国文艺美学的思想史基础。郭绍虞的探索,首先是对历史话语与经典诗学本文的系统整理,他试图恢复历史话语的本来面貌,这是理解古典本位话语的前提;其次,是对历史话语系统进行方法论、范畴论、观念论的解释,他对中国古典思想家的本位话语进行系统梳理,同时又从观念论入手,将所有的本位话语纳入问题意识之中。这是"史学的诠释",还不能说是郭绍虞自己的本位话语,但是,他为现代中国本位话语的创造提供了历史交流语境。后来者中还少有人站在这一历史高度进行本位话语的独创,因而,"六经注我"的方式,便成为当代本位话语的言说方式,自我被淹没在历史之中,只留下些微的踪迹和虚弱的回音。

不能站在历史话语上进行当代本位话语的创造,这是中国文艺美学的最大悲剧。中国现当代文艺美学研究,仍存在这样的主导倾向,即对中国古典文论的"不断再阐释",这些阐释无论是在方法论上,还是在话语意义层面上,皆没有真正超越郭绍虞,顶多是理出一些范畴,丰富了一些命题。事实上,这种阐释对于具有一定思想功夫的理论工作者而言,都是可能的,因为阐释的依据,是将原有的文艺理论话语重新选择,组合成新的话语方式问题。① 同样,关于古典文论中的气、神韵、风骨、韵味的阐释,总是游离于本位话语之外,现代新儒家哲学的本位话语重建,则打破了这种壁垒,而这种壁垒在文艺理论史研究中始终存在。我们对西方文艺美学思想的阐释亦如此,几十年来少有深度发掘,并且未能形成与西方文艺理论界真正对话的"本位话语"。历史话语是始终存在的,我们仿佛只能走入历史话语,却走不出历史话语,因为缺乏西方思想家那种独创性精神,以及对本位话语的真理性与超越性追求。休谟、康德、胡塞尔、维特根斯坦、海德格尔等人,不仅能进入历史话语,而且能把握思想问题本身。他们对认识论问题、本体论问题和语言论问题本身的兴趣,超越了对历史话语的重新编排之兴趣,他们以问题为根本,以交流语境为立场,才创造了各自独创性的本位话语。② 这是思维观念问题,更是价值观念问题,因此,现代学者把本位话语归结为思维观念的变革,只迈出了思想创造的第

① 换汤不换药,老调子重弹,这就是《文心雕龙》和《诗品》被不断地言说,而出不了新意的根本原因,因为不是从问题出发,而是从话语的表层构造出发,从语言文字出发,回归文学经典本文的文献学和语言学认知上来,所以,这种关于历史话语的言语,只能称之为"语言重组"或"范畴建构",根本谈不上独创;海德格尔论巴门尼德、康德、谢林,每每能够道出新意,就是因为他重视思想本身的探索,而不重视话语还原。参见孙周兴编:《海德格尔选集》,上海三联书店1996年版,第81—134页。

② 赵一凡:《西方文论讲稿》,生活·读书·新知三联书店2007年版,第8—12页。

一步,还需要在价值观念上进行变革。只有形成超越功利思想而献身于真理本身的价值观念,才能真正形成当代中国的本位话语,显然,这也需要超越意识形态批评的单一视角。

3. 本位话语的诗意追求与民族价值体验

如果把美学看作是文明发展的动力,那么,就会真正理解美学解释的意义。在中国古典性民族思想话语中,有许多美学思想充满了民族的独特精神智慧,特别是对生命的诗意追求,这是中国古典美学的精华所在。他们不仅强调积极地生活,而且强调正大光明地生活,生命中只有充满仁爱,才符合天道。我们对生命的诗意理解,影响了传统的民族美学价值观,特别是审美与道德、生命与正义、审美与人生之间的联系,使我们的美学能够保全自我的真性,而且能使我们的艺术创造充满美的自由超越精神。基于此,本位话语的建构,一方面召唤深度的美学思想批评,另一方面,又吁请学者独立思考和深入探索。我们总是预先接受“思想正误”的评判模式,然后,以这种思想评判模式去建立本位话语,这样,从一开始就失去了与历史话语系统进行全面对话的“思想文化语境”,只能陷入偏见与错觉,要形成独立的“本位话语”,必须冲破这种思想的樊篱,正视历史话语本身。文艺美学的历史话语,绝不等同于科学话语,因为文艺美学的历史话语必然要涉及政治、法律、文化的各个方面,并带有一定的思想倾向性,因而,也就意味着多重障碍。过去,文艺美学思想较多地受制于政治,今天,则可以站在与政治平行的思想起点上思考文艺美学问题本身。本位话语虽与政治、法律、文化相关联,但是,从根本上说,又是独立的具有自身思想价值的科学系统,所以不必完全受制于意识形态视角,而可以把问题拓展得更宽。

只有坚持这种独立的立场,才能形成文艺美学真正的问题意识,在历史交流语境中,必须形成对话思维、立体思维和人类思维,必须切入审美与政治问题中去。流于观念表层结构,热衷于时尚性问题的简单判断,加之学者思想态度的偏向,导致问题解决的形式化和政治化,导致问题解决的封闭性、霸权性和时尚性。问题的发现和问题的解决,必须以科学的精神去对待,因为只有科学的精神,才能真正切入问题的本质。理论话语总是有一定的阶段性,事实上,理论话语也有休克的过程,甚至有假想性死亡的过程。文艺美学的真正问题却不会死亡,问题总是常新的,例如,"存在问题",古希腊时期对其有解释,罗马时期对其也有解释,哲学对这一问题的思考总是具有时代特征。当人们把存在问题做形而上学处理时,海德格尔却有自己独特性的解释,他不再把存在与主体对立起来,而是消解主体,确证"人在世界中"。他从尼采的思想、荷尔德林、里尔克和彼特拉克的诗,从凡·高的绘画出发,通过诗性体验来讨论存在问题。[①] 作为哲学的存在问题,在不同历史时期有其独特的理论话语,文艺美学也是如此,问题是存在的,关于文艺美学问题的阐释也存在不同的本位话语。西方文艺基本问题的发现,在亚里士多德那里早已奠定了基础,西方文论的主要问题是艺术与世界的关系问题,由此形成三个相关的基本问题:模仿、表现、形式。这三个基本问题,还有再现、主体、客体、语言、想象力、趣味和天才等相关问题,构成文艺美学思想的内在旋转轴心。西方文论不同时期的历史话语,都是关于这些基本问题的展开,抓住了这些基本问题,也就掌握了西方文艺美学的谈论方式,由此所形成的不同的本位话语,皆富有积极意义。通过这些本位话语的构建,可以促进文艺美学的发展和思想的进步,事实上,关于这些基本问题,西方文艺美学的本位话语并不是平行的,而是有所侧重的。在特定时期,摹仿论及其相关观念占有思想优势,而在另一个时期,则是表现论和形式论占主导趋势。对这些本位问题的探讨,实质上是对文学艺术本性的"重新发现"和"重新阐释",因而,亚里士多德、康德、尼采、巴赫金、巴尔特、德里达在本位话语的建构中,总能获得新的阐释和谈论方式。因为这些问题意识始终悬在理论家面前,他可以通过本位话语表达的方式,做出属于个体独创性的解释,基

---

① 马克·费罗芒—默里斯:《海德格尔诗学》,冯尚译,上海译文出版社 2005 年版,第 3—5 页。

于此,才显出思想创造的可能性。历史的话语可以借助新的形式复活,而现代的文艺观念又可以在批判性分析中被不断证伪。本位话语,总是关于文艺美学问题的阐释,因而,本位话语的独创性,不仅表现在学科建设之中,而且表现在多学科的交互渗透之中。

中国文艺美学中的本位话语,虽然没有西方文论那么系统,但文艺美学的问题意识还是明确的,中国文论的本位话语,带有泛价值论和泛道德主义的倾向,同时又具有唯灵论和神秘主义倾向。从前一种思路出发,中国理论家对文艺本性有着独特界定,这便是"言志"和"缘情"问题,"言志"与"载道"相关,"缘情"与"体物"相关。这种文艺本性观虽一直占主导地位,但是在中国文艺美学本位话语中,似乎一直是外在于文学本身的。中国人在根底上倾向于从神思、神韵、韵味、风骨等方面来讨论文艺问题,这种生命化的批评,显示了中国人对生命本身的关怀。① 一切文学艺术活动,最终都服务于生命本身,生命问题与存在智慧才是艺术的根本问题。至于言志、载道,并不是艺术家所真正关怀的问题,更谈不上他们对艺术与生活的美学关系、人与世界的认识关系的探求,由此可见,东西方文艺美学的本位话语有其根本差异,这是两种不同的世界观。认识论和价值观的差异,导致东西方文艺美学的真正分裂,因而,中西文论的本位话语有着根本差异。不管立足于东方话语,或立足于西方话语,皆可以在民族文化和诗学中虚构出一套相似的话语价值形态,但是,在价值理想与美学目的论上却有着根本性冲突,这种冲突给当代文艺美学"本位话语"的重建提出了根本性难题。

当代中国文艺美学呼唤本位话语,始终面临这种思想的冲突问题。从客观历史情况来看,五四以来,中国文艺美学的主导倾向是受西方话语系统主宰的。20 世纪 50 年代以前,苏俄马克思主义文艺美学和英美德法文艺美学思想在中国处于多元并存的格局。20 世纪 70 年代,中国文艺美学以马克思主义文艺话语系统为主导,特别是以毛泽东的"政治决定

---

① 　徐复观:《中国文学精神》,上海书店出版社 2005 年版,第 11—17 页。

文学,文学服务于政治"的思想原则为价值核心。20 世纪 80 年代以后,又形成多元并存的格局,中国古典文论的重要性,得以重新被反思与重建。在相当长的时期内,中国古典文论一直处于受冷落的境地,在中国现代文艺美学话语的现代性追求过程中,人们不自觉地以西方文论的话语系统和言说方式,代替中国本土文艺美学。这就是说,作为本土的中国古典文艺美学话语,实质上处于"半休克状态";作为当前本位话语的文艺美学,严格说来是一整套西方话语系统,这种漠视本土的本位话语情况,日益引起人们的重视,因此,呼唤本位话语的建立,直接目的就是复活和振兴这种本土的本位话语系统。

前文已经谈到,东西方文艺美学理论话语,是两套根本不相容的话语系统,人为设置的本位话语以及对"问题意识"的关注,只能是中国的或西方的,亦中亦西的本位话语目前是不存在的。因此,从中国本根的本位话语出发,可以形成对西方文论的"东方认识";同样,从西方的本位话语立场出发,也可以构建对中国文论的"西方认识"。刘若愚的《中国诗学》就是站在西方文化认识的立场上构建中国诗学话语,这其中有不少创造性成分,但是,与真正的中国诗学仍有很大距离。当代中国文艺美学的本位话语,就是站在西方本位话语立场上,通过本文解读与价值反思所形成的对中国文论的"西方认识"。这种"西方认识"外在于中国人的生命观念,外在于中国人的内在生命意识和价值原则,要实现真正的融合很困难,这也是这种"西方认识"的失败征兆。有的学者主张全面革新中国人的思维观念,这种想法不太符合实际,因为思维观念的形成,不仅是主观的产物,而且是由历史、文化、风土、地域、集团意识、文化遗传等十分复杂的民族意识和生命意识所决定。我们可以学习和训练西方式思维,但在大多数人的思维深处,依然不得不坚持东方式思维原则。[1] 思维观念和思维方式是历史文化造就的宿命,无法从根本上得到克服,因而,东西方本位话语,也就显得水火不容,在这一点上,人文科学与自然科学有着重大区别。

---

[1] 胡适:《中国的文艺复兴》,外语教学与研究出版社 2001 年版,第 170—173 页。

自然科学是发展性的科学,越是思想学术前沿的越是最好的,过去相对现在而言总是落后的,故而,对科学历史的超越,是自然科学发展的前提。人文科学则不然,古老的思想不会死去,它永远给人以生命的启示,而现代性思想如果缺乏真正的历史感,迟早会死去。事实上,现代性思想已成为明日黄花,单一的思维方式的转换,只能形成对中国文论的"西方认识",只有正视思维本身,在问题意识上有新的创见和突破,才能真正形成中国文论的"本位话语"。

文艺美学的本位话语,必须是以中国文化为本根的本位话语。在这种本位话语观念下,重建中国文艺美学的问题意识,才有可能确立真正具有民族性的美学和诗学理论系统。

既然当代文艺美学的本位话语的本位观,必须是中国本根式的,那么,如何以这种本位话语来讨论中国文艺美学的"问题意识"? 这里仍充满悖论。因为这种谈论方式依然是"西方认识",而不是"东方认识",但是,无论如何,文艺美学的问题意识应有别于西方诗学。在东西方话语系统中,钱锺书的本位话语代表了中国文艺美学创新的可能性,代表了古典性向现代性转换的文艺美学的"问题意识"。钱锺书不仅对中国文学的认识是"中国认识",对西方文学的认识也是"中国认识",这是立场的根本转换,例如,钱锺书指出,"人之较量事物,复每以共言、众言为真,而独言、寡言者为妄,觉众共之可信恃,优于旁独",在这种情况下,"造艺须一反寻常知见之道方中",认识"迴向真知",也"当旋转日常注意"。① 看来,这种本位话语观,与中国文艺美学特有的问题意识的开发和建构,绝不是轻易可以造就的。在当前思想状况下,如果说哲学本位话语的重建,是如何消化熊十力、梁漱溟、牟宗三、冯友兰等人的思想的问题,那么,文艺美学本位话语和问题意识的确立,就是如何消化王国维、梁启超、鲁迅、钱穆、陈寅恪、朱光潜、闻一多、吴宓、钱锺书等人的思想的问题,至少在目前,少有人不将此视为畏途。我们现在所理解的本位话语和问题意识,实质上完全

---

① 钱锺书:《管锥编》第 2 册,中华书局 1996 年版,第 36 页。

受制于"西方认识","中国认识"则被大多数人所放弃。从这种现状来看，钱锺书诗学思想被学术界重估，应该说是件意义非常重大的事情，"西方认识"在目前处于主宰地位，不知是幸，还是不幸？这是许多人在 20 世纪初选定的道路，直到 20 世纪末才有人提出怀疑。胡适、冯友兰、牟宗三、李泽厚等人的思想实践，都是这种西方认识与东方认识合流的理论实践。以"西方认识"来改造中国文化，从而达成与西方文艺美学的对话，这种对话实质上是以东方迎合西方的对话方式，是舍本逐末的方式，因此，"文化保守主义""文化复古主义"在今天又有了新的价值与意义。

事实上，年轻一代已经不大可能以中国文化为本进行本位话语创造，或进行本位问题研究，我们差不多完全习惯了以"西方认识"来整理中国文化，代替本根性的本位话语，因此，关于文艺美学的问题意识，已不可能回避本根性的本位话语。处于这种思想的十字路口，当代文艺理论工作者的内心困惑和精神困惑是必然的，我们可能从内心抗拒西方的本位话语，但实际上却只能接受西方的本位话语。实质上这已预示了深刻的精神危机，因为借助西方文化，我们并未真正改变中国文化，所以，从中国文化自身开刀，寻求自身的文化拯救策略，便上升为根本性的焦点问题。当代文艺美学的"问题意识"中被特别强调的理论问题有：大众文化问题，大众接受问题，当代性语言问题，无意识与自动意识问题，超验思维与怪异思维问题等。这些问题都是建立在"西方认识"基础上的。我们不可能以表层的中国文化，改造这种"西方认识"和"西方思维"，同时，又不可能把西方认识和中国生命观念真正统合起来。

问题展开至此，亦不是笔者当初想象得那么简单，也不是某些学者所选择的变革方式那样，寻求本根的本位话语就必须放弃西方认识、西方立场，以"中国认识"代替"西方认识"，这样，重建本根的本位话语，必须从头接受训练。世界文化虽日趋走向自由交流与自由对话，但西方文化的霸权地位和主宰机制，已漫无边际地渗透到中国文化的深处，一百多年的渗透造就了今天的文化。寻找本根的本位话语似乎茫茫无期，因此，只能选择"西方认识"来重构中国文艺美学的"本位话语"，显然，这是为五四一代学者所开拓的现代道路之必然延伸,也是人们所认同的新儒家美学价值形态的当代价值。问题是:在此之后,中国文艺美学探索如何才能真正赢得西方学者的尊敬和重视,中国学者的文艺美学观念如何才能提供属于民族的独创性智慧? 看来,问题远未像人们想象的那么简单,本位话语的建构应成为必然,这需要付出极其艰辛的努力。

4. 当代美学:继承和发扬五四传统

当代中国文艺美学为什么要回到五四传统? 这是个令人不解的问题。不少学者发现,就现代学者对西方哲学、美学与诗学的翻译与解释水平而言,早就超过了五四那一代学者,因为五四时期最优秀的学者对西方著作的翻译和理解皆是有限的,而自1950年以来现当代学者对西方思想的理解要深入得多,当然,"文革"十年阻碍了中国人对西方思想的真正学习。尽管如此,从思想建设成就而言,从重要的思想成果而言,当代学者依然比不过五四那一代学者的创造,这特别表现在对民族文化传统的理解上。当代学者可能对西方思想的翻译与理解超越了五四的学者,但是,对民族思想传统的理解则显然不如他们。从本位话语传统和本土文化经验而言,思想的创造极其重要,所以,"回到五四",就是要重估"五四传统"。①"五四传统",不只是新文化运动传统,也是对民族精神捍卫的传统,不只是民主自由科学的传统,也是寻找民族文化自信力的传统,它是在民族面临生死存亡,在民族价值需要自由重建时形成的新与旧、激进与保守相冲突的特殊思想形态。我们所说的五四,不只是指人们对激进思潮的肯定,而且也是指那个特定时期多元思想的交锋,人们为中华民族的未来寻找出路的诸般努力。

五四时期激进的文化思潮,自然是有价值的,但其对民族文化传统的极端否定,也产生了不良后果,即不尊重民族文化传统,恣意破坏民族文化传统,在很大程度上预示了后来的文化灾难。事实上,百年来中国文化

---

① 王元化:《清园近思录》,中国社会科学出版社1998年版,第53页。

的大破坏是极其严重的,文化的破坏并没有带来真正的政治制度变革,这说明思想革命与政治革命完全可以兼容并包,即让新旧思想并存,全面形成思想共识,在政治经济方面,以普遍性价值为中心,在民族文化与艺术上,则要保存自己的民族文化精神传统,事实上,这两者并不必然矛盾。新文化与新时代的创建,并不必然要破坏传统的文化遗产,特别是建筑遗产和宗教遗产,而以民族文化与民族传统精神价值的极大破坏为代价,换来的思想革新与经济的繁荣是值得反思的,在经济复兴的时候,我们更怀念民族文化,更期望民族的现代化成果能够不被破坏,这就需要文艺美学创造为民族的精神生活与信仰提供支撑。

五四新文化运动,从审美语言意义上说,确实对中国文化传统形成了根本性的变革,这一变革意义重大。人生活在话语的世界中,必然受制于话语,现代汉语是通行的话语方式。语言的现代化,是因为话语交流的实际需要,五四以来的现代汉语言方式和文学理论变革,是以"我手写我口"为原则,这一原则决定了思想者话语表达的实用化倾向。有些复杂的精神问题不是口头话语能够表达的,口头话语易懂,易于交流,但是,对于复杂隐晦的思想表达,却有其内在困难。① 再说,思想有其历史连贯性,思想有其文化的根、历史的根,在相当长的时期内,古代汉语与现代汉语是断裂的。在大多数人看来,古代汉语只是思想的外在装饰,一切以现代汉语表达为准则,仿佛文章写得愈通俗明白,愈接近口语,就愈好,于是,古代汉语及其所承载的人文精神也一起被遗弃了,这种接近口语的现代汉语表达,对于科技文章的写作具有实际的意义,清晰明白,论述完整。这种语言的实用化倾向,标志着科学表达的进步,而且,这种口语化的现代汉语,在思想表达过程中,曾带来文化的清新之风。例如,毛泽东的理论话语,不仅表达了具体的革命思想问题,而且这种晓畅易懂的话语表达,能够指导中国的政治革命和文化革命。这说明,现代汉语的精粹简练表

---

① 张承志的《系在语言上的绳子》一文,有助于我们理解这一问题,参见张承志:《聋子的耳朵》河南文艺出版社 2007 年版,第 195—200 页。

达,有利于思想的传播,但是,与古代汉语的隔离,就是与古典思想的隔离,因此,恢复本位话语,意味着对民族的全部文化遗产的充分重视。

对于五四那一代学者而言,他们都有深厚的古代汉语修养,因此,当他们用现代汉语表达自己的思想时,既具有现代思想的韵律,又带有古代汉语的灵性,朱光潜、俞平伯、宗白华都是成功的范例,他们的文艺美学话语表达,具有比较浓郁的民族文化精神。现代汉语创造,在他们那里,自由而且具有生命力,对于没有古代汉语修养的新一代学者来说,现代汉语表达失去了思想根基,因此,在思想表达过程中,语言所负载的信息和思想容量大大地减退了。事实上,为了拉长篇幅,许多人不惜用浮词赘句,这在文艺理论与批评中,也是十分流行的倾向。批评是粗糙的,批评的话语也是粗浅的,这种倾向是现代汉语口语化、平面化、大众化对思想表达的损害。为了弥补这一思想表达的缺陷,现代汉语表达又形成了欧化语言风。本来,现代汉语语法的建立,是以欧美语言为基础的,从语法结构上可以看出两种语言的不同特性,大多数语言学家、文学家和思想家,由于对这两类不同语言有真切的体悟,因而找到了一条现代汉语欧化的可能途径。现代汉语的欧化,使思想本身负载的信息容量加大,与此同时,语言的可读性也降低了。欧化语言带来的效果是:有时人们读了一大段现代汉语,却理不出内在的思想头绪。这种欧化汉语,不只使思想表达晦涩难懂,同时,它还使现代汉语表达者在思想上也认同西方传统,并以西方思想原则作为衡量中国文化的标准。当初的语言革新者和文化革命的先驱,是想剪断古代汉语束缚中国人思想表达的绳索,其反叛行为本身完全可以理解。许多人正是站在思想解放和文化进步的立场上看待现代汉语的诞生,但是,人们并未真正理解这些变革者的用心,他们虽反对"信古"与"仿古",但从来就没有表示过"弃古"。[①]鲁迅、胡适的思想话语,是对中国文化乃至西方现代文化话语的创造性表达,但是,他们的话语表

---

① 鲁迅在评价高本汉《中国语和中国文》一书时,写过《中国文与中国人》予以讽刺。参见《鲁迅全集》第5卷,人民文学出版社1981年版,第363—364页。

达,既有古典汉语的韵律,又有现代语言的创新。在鲁迅、胡适、梁实秋、俞平伯、冯友兰、朱光潜、宗白华那里,人们真正体味到现代汉语的精华,看到了古代汉语新生的希望,我们对那些坚持中国古典传统的学人,也应持"同情之理解"。

从总体上说,五四那一代学者对古今汉语的现代转换,进行了艰难而又成功的尝试,而当代学者则未能坚持五四学术传统,这就致使今天的学者们普遍感到本位话语的丧失,进而深刻地体认到本位话语的丧失而带来的中国古典人文精神的丧失,因此,呼唤本位话语观的建立,呼唤人文精神的归来,确实是迫在眉睫的一件大事。时代的转折,中西文化的交流,我们已认清了形势,当代学者中已有相当多的人开始重视"国学研究",开始意识到找回真正的五四文化精神的重要性,开始重估王国维、熊十力、梁漱溟、陈寅恪、冯友兰、牟宗三、方东美、汤用彤、闻一多、朱自清等一代文化大师的思想成就。"魂兮归来",当代学术精神和文化精神已发生根本性转变,这是十分可喜的现象,现代文艺美学价值形态的重建又找到了希望。语言不是外在于思想的,它就是思想本身,因此,本位话语的提出,绝不是一件可有可无的事。现代文艺美学价值形态的本位话语,在语言表达方式上,应以中国古典语言为根基,以现代汉语为表述形式,融古代汉语与现代汉语为一体,这不仅可以使人文精神获得内在的贯通,而且可以使现代语汇拥有广阔的选择域。语汇的丰富,必然带来思想表达的自由,事实上,五四那一代学者,就是坚持这样的本位话语观。非汉语话语在转译成现代汉语的过程中,一旦以整体的中国语言作背景,思想的传达和创造,不仅自由,而且充实。现代文艺美学价值形态的重新建构,就不能仅因西方经典著作的汉译而满足。从现代思想价值重建与审美价值重建的意义上说,文艺美学的话语革命只是思想的表象,现代思想价值重建与中国古典价值观重估才是我们的根本性问题。从文艺美学意义上说,自由思想重建与生命价值重建,是现代思想的重要任务,事实上,现代文艺美学价值形态的平面化、简单化,实质上就根源于这种思想价值的单一化。如果从中国文化语汇中去捕捉那些表达美及其审美体验的语汇,再与西方美学价值形态进行对话,在此基础上,创造属于当代中国的美学思想,那么,现代文艺美学思想就会显示本位话语的力量。胡适、宗白华、方东美的美学创新都得益于此,思想的话语流得以激活,这种话语流又有其丰厚的积淀,由此开导出的现代文艺美学话语必然充满创造力。① 思想问题的探索十分艰难,任何话语表达方式总有局限性,而同一个问题的不同话语表达则是无限的。现代文艺美学一旦把古代美学话语和现代美学话语融通合一,就会找到思想表达的广阔途径。语言是思想的表达,在找到了语言创造的可能性前提之后,还必须找到思想的纵深道路,这与思维方式有关。中国人的思维倾向,要么是直观思维,要么是神秘思维,这种直观思维表现为思想的平面化,"眼见为实",以个人经验作为衡量思想的尺度,一旦他者的思想超出个人思维的限度,超出个人经验的限度,对于不理解的事物,或者与个人现实经验相冲突的新生事物,不少论者往往就以为错误。这种自以为是的作风,难免使自己的思想受到过多的局限,而那种神秘思维,则把一些深刻的问题用神秘、含糊而又笼统的概念加以表达,例如,"有无之辩",仅局限"有"与"无"这两个范畴,"天人合一"这一思想命题,则只忙于解释"天"和"人"的语义内涵。表面上,思想在这种概念辨析中留存,实质上,则在概念的条分缕析中消逝。

　　人们习惯于以终极的圆满与总体的和谐来消解矛盾,抽离问题的全部复杂细节,这两种思维皆不利于未来中国美学价值形态的重建。精神的问题,必须通过现象的深刻解剖来解决,任何解决方式都不可能是圆满的。人不是神,人观察问题总有其个人局限性,这种个人局限性,常常也带来个体的独创性。现代文艺美学价值形态,不是某个人能建成的,它需要无数人的智慧构成合力,就笔者而言,以生命哲学作为基点来探讨文艺美学思想,展示了无限自由的可能性。生命具有多重意义,生物学意义上的生命需要吃、穿、性、繁衍,这种生命是通过血液循环、新陈代谢来维持。人的生命毕竟不只是生物化运动,它还是社会化、精神化的运动。从整体

---

　　①　吴宓:《论新文化运动》,参见《吴宓集》,上海文艺出版社 1998 年版,第 11—13 页。

的自由的人性出发,生命哲学涵盖了生命的全部本质,中国文化的多维性,可以视作生命哲学的不同展开方式;只有把生命的生物性和生命的社会性和精神性统一起来,才能真正揭示生命的意义。① 生命躯体的每一个机能的正常运行,保证了思维的自由、记忆的自由和思想的自由;中国古典生命哲学,不是从某一方面去理解生命活动,而是从整体出发,从多方面去探究生命的真理,基于此,自由而美丽的生命美学思想完全可以加以理性与逻辑地展开。

　　继承五四思想传统,如果从文艺美学出发,通过诗歌、音乐、哲学、宗教等的自由综合,对生命做出深刻的美学阐释,从生理、修身、养气、运动等意义上去理解生命,那么,就可以赋予文艺美学以新的思想解释。心理学意义上的"生命",只关注意识活动,审美活动中的美感体验虽与生命活动相关,但又独立于生命活动。中国人从生命本体论意义上给美学提供了最丰富的思想,例如,气、力、神、韵、生生、易、实践、功夫、体验等,相反,在意识活动方面的理解则略显不足,一些常用的范畴,如心、性、情、理、志等解释得过于简单笼统。西方美学思想在这一方面极富创造力,且不说冯特、艾宾浩斯、弗洛伊德、荣格的出色解释,单说胡塞尔、杜夫海纳的现象学阐释就极具意趣,这种心理本体论和生命本体论的和谐,能够解决十分复杂的审美问题。中国文艺美学只可能寻找"综合创造之路",即一方面承继中国儒家道家思想传统,开辟现代中国美学的新型话语形式,以中国传统生命哲学和审美道德论作为重要的价值支撑,另一方面又必须承继西方思想的优秀传统,强调对文艺美学的知识分析与本体阐释的内在统一。这是五四那一代学者走过并且取得了思想实绩的道路,今天我们必须重新评估其真正的价值,即不要太集中于对传统思想的批判,因为传统思想的"劣质成分",可以通过"冷处理"让其自动淘汰,而不必以批判传统思想的劣质部分为根本目的。只有张扬了本民族的优秀价值传统,才能使民族的优秀思想与文化得以发扬光大,如果还没有看到自贬自抑本

---

① 钱穆:《中国文化史导论》,商务印书馆 1994 年版,第 173 页。

民族的文化传统所带来的深刻精神危机,那么,就无法正视那些经典美学思想,特别是生命哲学思想对于民族思想价值走向强大的根本意义。我们需要的,不是正视民族的劣质文化,而是要充分正视本民族的优秀文化,这是美学的根本方法论与目的论之前提。①

从五四文化传统对人的自由与生命,对国家的民主与自由建设的重视上看,在解决了中国美学的原创性与现代性问题之后,如何建构基于中西生命哲学传统和审美道德论传统的现代中国美学,就成了我们的首要问题。"文艺美学"的首要任务,自然是要系统地考察审美活动的过程、审美活动的本质、审美活动的功能价值和意义。文艺美学始终要面对精神的丰富复杂性、生命的感性体验与自由想象问题,把审美与生命紧密关联,揭示其内在的过程,这是文艺美学的根本目的。美学价值形态的重建,可以有各种各样的思路,最值得关切的问题是:什么是现代美学价值形态重建的现实思路? 重复只能导致美学的倒退,任何价值形态都必须获得新的发展,因此,现在学者们乐于采取文化调和与文化综合的方法,"调和与综合"似乎是当前的唯一选择。无论是新儒家美学价值形态,还是德国生命美学价值形态,皆标志着时代的美学思想水平,虽然新儒家美学是当前值得效法的目标,但是,最终必须形成根本性超越,所以,人们试图从文化调和与文化综合的立场上,去讨论未来文艺美学价值形态的建构问题。正如黑格尔所言:"创造,是很难从人们心目中排除的一个字眼。"创造实质上是摧毁与建构的统一,美学理论创造亦然,对传统的和现行的美学价值形态进行怀疑和批判,选择新的观念和立场,选择新的方法,重建文艺美学,这就是"创造"。事实上,谁也无法保证自己的美学建构具有绝对的权威性,只有关于问题的思考和问题的悖论本身,能激起人们的探索兴致。因此,任何美学创造,只能被视为历史环节或历史的中间物,为美学走向未来开路,这种思想文化背景决定了对传统美学的历史性认识。经典性美学奠定了未来美学的可能出发点,与此同时,经典性美学

---

① 钱穆:《中国文化史导论》,商务印书馆 1994 年版,第 7 页。

需要在整体思维背景下进行重估,因此,现行美学价值形态必然成了直接怀疑的对象。

现行美学价值形态呈现两种结构:一是把美学理解成确定性的知识价值形态,它以逻辑作为思维起点和终点,以概念作为思想动力,因而,这种美学结构被抽象为单调的知识价值形态,从实际效果来看,这种思想逻辑是线性思维,它抛开了问题的全部复杂性。二是把美学理解成社会价值形态和文化价值形态的翻版,正因为如此,它以描述当代审美现象为主,冲破了美学的知识结构,而代之以大众美学话语价值形态,由关心中心到关心边缘,由关心本质到关心现象,由关心历史到关心思潮。这种社会文化价值形态的美学结构,虽也可被视作现代性价值形态,但这种泛化实质上是对世俗的投降,而失却了对美学问题思考的全部深度,以深度模式的丧失来唤起现象描述的狂欢,这就必然引发"回到事物本身"的问题。未来的文艺美学,应该在文化价值形态和精神价值形态的维度上重建,这种重建工作,可以被视作文艺美学发展的导引,它一方面植根于历史,另一方面又面对现实,把人的内在精神和内心过程,置于生命哲学探索的重要的维度上,与"拆解深度模式"的后现代主义思潮相抗衡,使美学恢复它本有的庄严性和深邃性。在后现代主义文化取得暂时性胜利的今天,这种重建工作显得特别必要,它进一步强化并恢复审美主体的"主体间性",创建自由与美好的思想"交流语境",在哲学、宗教、心理学、文化学和艺术学的深远视野中,恢复"美学的尊严"。如何确立生命在审美活动中的核心地位,如何确立生命活动本身的审美意义,就成了文艺美学的中心问题,因为生命问题,不论在中国美学中,还是在外国美学中,皆具有中心性地位。①"美是生活","美是生命自由的象征","美是生命的自由创造",这些命题无不在讨论生命在美学中的地位,显然,这是文艺美学的目的所在,也是捍卫中国本位话语思想传统的积极价值所在。

---

① 李泽厚:《美学三书》,天津社会科学出版社 2003 年版,第 279 页。

第二节　艺术类型与文艺美学的感性世界

1. 艺术类型与艺术划界的基本依据

艺术类型的形成,从艺术生成意义上说,一方面与人的生命活动有关,即人们在自然生命活动中,顺着生命的自由意志,运用人自身的天赋,歌唱与舞蹈,言语与描绘,促成了音乐、舞蹈、诗歌和绘画等艺术的生成,另一方面则与人的生命需要有关,即当人们面对自然世界时,内心充满畏惧和疑惑,又充满意志与力量,于是,渴望歌唱与舞蹈、倾听与观赏,这样,艺术就在人们的原始生命需要中不断得到发展。最初的艺术皆与生命活动相关,但是,在人类生命的自由发展过程中,人们对艺术的要求越来越高,于是,形成了专业的艺术家与专门的艺术形式。① 人类的艺术可以停留在原初的表现方式上,它属于"民间艺术",民间艺术永远保持它的原始创造性与民间质朴性。与民间艺术相对的"人文艺术",则是人类艺术的成熟形态,它超越了民间艺术的简陋和质朴,具有丰富多彩的思想形式与文化内容。因而,真正的人文艺术需要不断地被解释,虽然它在艺术的功能上可能不如民间艺术那样有影响力。

艺术的分类,一直是很复杂的问题,从本体形态而言,可以分成:语言的艺术,造型的艺术,声音的艺术,影像的艺术;在每一艺术类型的内部,又可以分出若干变形种类。在这里,我们一方面要强调艺术自身的多样性与共同性,另一方面也要强调每一种艺术自身的审美独特性。最早的艺术类型,是诗乐舞一体,即身体的艺术或生命的艺术,它具有本源性,没有过多的艺术变化,但之后每一种艺术类型都获得了独立的发展道路。语言、声音和造型,源自生命本身,在最早阶段密不可分,艺术家强调艺术

---

① 　在《荷马与口头诗学问题》中,纳吉提出了十个概念,并且列举了十种用法,颇有价值。参见纳吉:《荷马诸问题》,巴莫曲布嫫译,广西师范大学出版社 2008 年版,第 21—35 页。

之间的关联,以诗为中心,故而,诗与音乐,诗与戏剧,诗与舞蹈,诗与美术造型,构成了内在的和谐统一。应该看到,艺术的分化是艺术进步与职业分工的必然结果。艺术类型有两种解释方法:一是从艺术的历史中确立类型,二是从逻辑的归纳中确立类型。艺术历史中的文艺类型,主要强调事实的归类,不求相关性;逻辑归纳中的文艺类型,则强调划界的标准与审美的统一。这两种分类方法都有很好的解释效果,因此,在文艺美学解释中,皆被广泛运用。从艺术史上看,不同的需要与不同的艺术活动方式,造就了不同的艺术类型。

人们从日常生活出发,可以发现最本源和最常见的艺术类型是诗歌、舞蹈、音乐、绘画,但是,在每一大类的艺术中,皆可以区分出许多小的艺术类型,例如,诗歌可以区分为史诗、抒情诗和剧诗,舞蹈可以区分为民族舞、现代舞和交际舞等,音乐则可以区分为声乐、器乐、现代音乐和古典音乐等。人类艺术类型,大致可以区分出几个基本的类型,就这一问题,黑格尔与卡冈在其美学著述中有过专门讨论。黑格尔从艺术的自然种类出发,分别探讨了建筑、雕刻、绘画、音乐、诗歌,在探讨建筑和雕刻时,他从象征型、古典型和浪漫型三种形态出发考察具体的艺术类型,但是,在探讨绘画、音乐和诗歌时,他则只探讨浪漫型,在标准上很不一样。[1] 卡冈则将艺术分成时间的艺术、空间的艺术和空间时间的艺术三类,在此基础上,他分析再现和非再现的艺术,单功能和多功能的艺术,他充分考虑到了艺术的丰富复杂性。[2] 显然,卡冈注重逻辑的归纳分析,但是在实际的解释中,还是黑格尔式的约定俗成的传统解释,例如建筑、雕塑、绘画、音乐和诗歌等分类观念,更容易让人理解。

这至少说明两个问题:一是艺术的类型众多,我们不可能穷尽所有的艺术类型,很难根据艺术的逻辑关联原则给予严格的分类,二是艺术的归

---

① 黑格尔:《美学》第 3 卷(下),朱光潜译,商务印书馆 1981 年版,第 2—5 页。

② 卡冈:《艺术形态学》,凌继尧等译,生活·读书·新知三联书店 1986 年版,第 277—330 页。

类方法皆有其合理性,但在解释活动中,自然归类或传统归类方法更容易解释艺术自身。在这里,笔者采取折中的办法,不寻求对艺术的"无穷归类",而是强调传统的主导性艺术的核心地位。次要的艺术,虽然也有很大的价值,但是,由于其接受者少,因此,我们只能着重讨论主要的艺术类型,适当地兼顾次要的艺术类型。这样,问题就变得比较明晰,即我们的文艺美学,主要偏重于纯粹精神类的艺术的解释,相对忽略实用性艺术的解释,在此,我们就不能像黑格尔那样系统地研究建筑和雕刻,只能集中力量研究语言艺术、视觉艺术、听觉艺术和视听艺术,更具体地说,就是研究文学、音乐、绘画、戏剧和影视剧。没有一种分类方法是完美无缺的,每种分类方法,都有其不可避免的缺陷。黑格尔的艺术分类方法的价值在于其艺术历史的归纳性,而缺乏逻辑分析的有效性;卡冈的分类方法的缺陷在于时间、空间艺术分类不清。至于视觉、听觉分类方法,易于把握艺术的外在规律和艺术的审美方式,因为人类的视觉听觉感官早就存在,也是审美活动的最基本的感官。[①] 基于综合的方法,我们主要讨论文学艺术、绘画艺术、音乐艺术和戏剧艺术这四大类型。

　　文艺美学的最突出特点,就是通过具体的艺术作品和艺术类型讨论艺术的审美特点,所以谈艺录、诗论、画论和乐论就是最典型的文艺美学表达方式。它们不是某一类艺术的经验之谈,而是所有艺术的综合,我们的文艺美学思考,既要兼顾每一种艺术类型,又要综合每一种艺术类型。艺术有许多类型,艺术本身与日常生活的审美需要密切相关,它通常有"民间艺术"与"经典艺术"这两种表现形式。艺术源于生活,源于人的生命需要,正如前文所言,最初的艺术类型,与生命自身紧密相关,或者说,立足于生命本身。这些艺术包括歌唱的艺术、舞蹈的艺术、诗歌的艺术、雕塑的艺术、建筑的艺术、戏剧的艺术。艺术只要具有这些本源的形式,就获得了民间和经典这两种道路:经典艺术,是具有高度艺术智慧的个人

---

　　① 　卡冈:《艺术形态学》,凌继尧等译,生活·读书·新知三联书店 1986 年版,第 332—390 页。

性民族性艺术,它被广泛地认同;民间艺术,则立足于民间和地方,在它特殊的表现范围内,维持着古老而质朴的艺术生命力。纯粹艺术的观念,要求艺术具有超越性作用,它不能直接作用于人的日常生活,成为日常生活的实用工具。具有实用性的艺术,则是工艺美术,例如,建筑与陶瓷,与生活密切相关,它的实用性要求永远是第一位的,在实用性要求的前提下,它也要最大限度地具有审美的形式。严格说来,如果要真正地解释文艺美学的审美特性,那么,文艺美学就不能过分强调其理论性,相反,更应该强调其应用性。因此,如何理解具体的艺术种类的美学特点,是文艺美学的核心问题。

2. 造型艺术的创造及文明沉积作用

在造型艺术中,建筑艺术具有最重要的地位。建筑艺术,是实用的艺术,而不是优美的艺术(Fine Arts)。在当前的历史文化语境中,建筑艺术在造型艺术中的重要性,受到了前所未有的重视,因为它集中了雕塑艺术、绘画艺术和舞台艺术的诸多特点,而且建筑艺术在人们的生活或人的生命存在中具有决定性影响,它是人们须臾不可离开的文化生活环境,是人的物质生活与精神生活的居所。在现代审美意识中,艺术家通过建筑艺术可以塑造如梦如幻的诗性自由想象的空间。建筑从真正意义上构造了人的生活,它具备艺术的想象特性,更具备艺术的本质特征。"美是生活"与"艺术就是生活"的信念,在建筑艺术理念中得到了最好的体现。相对绘画而言,建筑实在太重要了,过去我们没有充分意识到这一点。建筑,就是最伟大的艺术之一,它是公共的艺术,也是我们每个人皆可分享的艺术,建筑鲜明地体现了民族的特色,是对文化传统的最好继承与直接证明。在建筑艺术中,艺术家有时具有极大的自由,有时只有限制性的自由,因为一个城市或者一个小镇,它的基本美学风格已经在约定俗成中形成了,它是几百年乃至上千年的文化继承的结果。先人已经确立了建筑的风格与基调,以及建筑的色彩和式样,这些都是人们共同的民族美学风范的具体表现,不仅展现了审美的意向,而且体现了人民的集体智慧。建筑与我们的生活相关,它可以是民居,也可以是广场,可以是宫殿,也可以是宗教圣地。从建筑的发展史中,我们可以看到,宗教与美学对建筑产生了决定性影响。越是具有民族性的建筑智慧,越能赢得世界的尊敬,应该说"建筑"关乎民族与国家的美学形象。①

建筑从来不是孤立的事件,它与民族的生命哲学、自然哲学和环境哲学密切相连,与此同时,建筑也与民族的审美崇尚和审美要求相关。它是政治文化精神的具体表现,是宗教精神的审美寄托,一切因为建筑而具有别样的意义。中国本土的建筑文化遗产有其民族的特色,但是,在西化的强风吹拂下,民族的建筑渐渐失去了特色,我们对西方的建筑产生了迷狂的崇拜。我们必须反思:中国建筑与西方建筑,在民族精神深处有哪些区别呢? 我们如何欣赏建筑的美呢? 这对我们的生活与未来极其重要,也是文艺美学特别需要关注和反思的事情。文艺美学研究,就是要让我们投身于感性的生命世界之中去。感性的生命艺术世界,就是活生生的艺术世界,从建筑意义上说,我们时时刻刻置身于美的生活中,"建筑的美",是文明的生活要求与美学要求。西方文明中的建筑与宗教有着密切的关系,例如,希腊的古代建筑与希腊多神教传统有关,如果没有古老的宗教,就没有希腊建筑,最初人们总是把最好的建筑献给神,让神在最美丽的神殿中栖居,以此保护人类的生活幸福与安宁。他们崇拜什么样的神,就献给神什么样的建筑。希腊建筑的美学要求特别体现在对石材的选择上,神庙的建筑大多用巨型的大理石来筑成,高贵而富有尊严,留给今天的人们最伟大的惊叹。② 西方流传至今的建筑,既有民用建筑,又有宗教建筑,还有许多公共建筑,这些建筑体现了鲜明的宗教特点与民族特点,这源于他们对上帝与生命的敬畏与想象。基督教文化不仅影响了西方的精神文明,也影响了西方人的物质文明,越是典范的宗教建筑,越能体现西

---

① 罗丹:《法国大教堂》,啸声译,广西师范大学出版社2002年版,第5—8页。

② 罗兰·马丁:《希腊建筑》,张似赞、张军英译,中国建筑工业出版社1999年版,第36—57页。

方人对神圣事物的伟大想象。几何图式与宗教象征,是西方建筑的伟大审美特性。

中国古典建筑,特别体现在宗教建筑和皇家建筑上,当然,也体现在富裕阶层的地缘文化建筑上。中国宗教建筑的伟大成就,特别体现在道家的建筑和佛家的建筑两方面,它们皆依山而建,地势峻秀,青砖黛瓦,安详神秘。中国的皇家建筑,有着自己的鲜明特点,不许模仿,体现了中心与四方的等级关系。"龙凤呈祥"是皇家建筑的基本符号图式。宫殿形式显示了周易文化的鲜明特点,也显示中国文化中的独特风水观。中国古典建筑具有鲜明的颜色特征和布局形式,构图意象取决于对天地的感应,在天地感应中创造出神圣的建筑象征符号:风水效果、漏窗、室内洞天、松竹梅兰图案,狮子与蟾蜍守护家园。在建筑材料上,则选用部分石材和大量木材,以木材结构为主体,而建筑格局,以长方形为主体,而建筑主体图式,以山的形状为主,其中,屋脊为山顶,往南北方向或东西方向分水。中国古典建筑的透光效果都不是太好,偏于阴暗,从总体上看,中国民间建筑,象征了中国人严谨朴实的心灵旨趣。① 中国文化本来少有节日的喧闹,更多四时的宁静,也许中国人太渴望喧闹了,在工业现代化进程中,我们的生活早就失去了宁静,这在很大程度上背离了文明的安宁本质。中国人对古典建筑的自我否定,在现代文化中达到了极点,我们现在已经完全认同了西方的公共建筑文化,当然,并没有接受西方的宗教建筑文化,更没有接受西方建筑文化的精神。这就使得我们的现代建筑文化更多只是形式的堆积,事实上,少数建筑批评家总在呐喊:我们的建筑文化,正毁灭在对西方后现代建筑文化的形式追求之中。民族文化中的建筑美,是一个民族对美的最自由和最直观的想象方式,只有"建筑"民族的美与民族的文化,才能对异乡人产生巨大的吸引力和感召力,我们应该在民族建筑文化的衰败中觉醒。

"建筑"是一个民族最重要的艺术文化景观,它本身是美的精神信念

① 梁思成:《中国建筑史》,百花文艺出版社 2007 年版,第 37—58 页。

的重要象征,也是民族生活对美的追求与理解,更是民族的文化生活与经济发展的象征。理解一个民族的文化,就需要理解它的建筑,因为建筑构造了一个民族的精神灵魂。在当代中国,我们一方面渴望美的建筑,另一方面又沉溺于西方后现代建筑之中,这是两难的境遇,因为现代国家空间日益狭小,人们越来越集中在大都市,这就使得人们的居住生活空前地复杂起来。摩天大楼越来越多,街道越来越复杂,人们的生活空间越来越远离自然。人们依赖都市,多半是因为经济原因,其实,城市的致命疾病,在中国现代化大都市建设中表现得更为突出。我们的生活过于拥挤,我们的人口过于稠密,这都使我们对城市建筑文明的想象变得恐慌起来。其实,那些古老的乡镇建筑,可能更能表达人们对生活本质和建筑文化的理解,但是,人们不愿意生活在这些小地方,为了生活富裕与现代风尚奔向都市,当然,这可能与权力中心话语和城市权力象征有关,因为我们的生活中心皆集中于大都市。① 在美学的思考中,笔者更希望现代的建筑充满美的想象力,让森林、绿地、流水和山峦能与都市相伴,在吸收民族传统的美学范式时,更要强调综合性美学创造。从本原意义上说,建筑直接服务于人的生活,但是,在人类生活的发展过程中,在人类生活的审美追求中,建筑的美学创造就成了存在者的基本追求。建筑的美学,不仅体现在形式想象上,而且体现在审美快感上,建筑给人带来的愉悦是无限的。像徽派建筑与江南庭院,不仅与自然生活保持亲密的联系,而且让人的生活充满美感与闲情逸致。建筑的石材或木材,建筑的空间与形式,可以让存在者产生无限的美感想象,建筑升华了人们的生活,建筑提供了生命的神圣快乐,这就是建筑美学的根本追求。

如果说文学的美是语言的美,那么,造型艺术的美则是直观形象的美。造型艺术通过材料与图像将生活的美进行自由表现。黑格尔把诗画乐全部看作是"主体性的自由的形象美",这是很有道理的。造型艺术具有多样化特征,例如舞台造型、平面视觉造型、建筑造型、雕塑造型,在此,

---

① 萨迪奇:《权力与建筑》,王晓刚、张秀芳译,重庆出版社 2007 年版,第 8—12 页。

我们主要讨论绘画艺术和建筑艺术,我们不可能穷尽所有的艺术,因为文艺美学致力于讨论自由的艺术,即最能表现自由生命文化精神的艺术。绘画艺术与自然紧密相连,自然的色彩与图形直接决定了绘画的形象创造。一切具有生命的事物,皆可成为绘画表现的对象;绘画不是用语言来表现生命,而是直接用色彩和图形来表达生命。传统的画论,在造型艺术美学中,依然具有重要的地位,它是自由艺术发展的基础,无论新艺术如何具有现代电子技术的复制性特征,其实,越是具有复制性,艺术对技术的依赖就愈强,这正如电影艺术对技术的依赖一样。绘画有其内在的意志,在西方有着悠久的传统,对西方人来说,绘画就是为了博物馆和贵族家庭而作,因为只有这两个地方可以收藏画作,文明也通过这种方式保存艺术。绘画艺术与财富密切相关,许多人通过收藏画作而积累财富,因为艺术品的收藏可以通过美学和财富进行双重评价,只有在公共博物馆展出,它才可能成为公众的共同财产。绘画艺术,不仅意味着需要财富才能收藏,而且也意味着需要财富才能维持创作,但是,绘画艺术创作,毕竟取决于艺术家的天才,它是艺术家感悟自然生命的视觉图像与精神实在。绘画艺术有其悠久的审美自由精神传统,它自由地表达着艺术家对心灵和身体的理解。马蒂斯谈道:"我的目的是传达自己的情感。在我周围的并在我身上引起的客观事物(从地平线到我本人,其中也包括我本人)造成了这种心境。由于频繁地把自我放到画中,我了解存在于我心里的是什么。我那么自然地表现那里的空间和物体,好像在我面前只有天空和海洋,也就是说,世上最单纯的事物。这让人了解到体现在我画中的统一感,不论多么复杂,我获得它并不困难,因为它自然而然地来到我这里。我想的只是传达自己的情感。对一位美术家来说,极常见的难处,就是他不了解自己情感的性质,而他的理智又把情感引向歧路。他应当只把理智用于控制。"[①]在这里,马蒂斯强调自我与对象世界的审美关联或感性联系,并不强调理智的作用。

---

① 弗拉姆:《马蒂斯论艺术》,欧阳英译,山东画报出版社 2004 年版,第 12—13 页。

造型艺术多种多样,传统的造型艺术主要是绘画,如今绘画更多表现为平面设计,即通过电脑设计出新形象,通过技术战胜人的技艺。在现代人的感性生活中,视觉艺术的伟大胜利,使得视觉艺术在我们日常生活中的地位得到极大提高。一方面,视觉艺术表征着我们的时代文化,另一方面,视觉艺术又摧毁着我们的精神文化。视觉艺术的文化传播,使得视觉艺术的民族特性日渐消除,它构成巨大的文化压力,也造成了全世界的图像文化狂欢。视觉艺术早就失去它的宁静特性,表现得过于张扬,而且,它和商业社会粘连得过紧,它在沉积文明或掀动文明的波澜的同时,又破坏着文明的深沉韵律。绘画艺术,依然保持着私人空间活动的特性,尽管它也在公共空间展出,但主要依赖私人收藏。绘画的生命表现特性,更多地被它的收藏功能所制约,人们能够看到的往往是图片,而远离真正的艺术品,好在现代社会注重美术馆的建设,让艺术品能构成生活世界的重要部分,但毕竟有太多的人看不到这些作品的"美术展览"。美术走向日常生活装饰,走向工业生产装饰,是它的必然性转变,尽管人们将之称为"工艺美术"或"工业美术",但是,它的包装和广告功能已显出自身的威力。文艺美学在很大程度上必须反对艺术走向工业,但是,这一动向又是我们阻止不了的发展趋势,因为艺术越来越被经济利益所统治,即使是纯粹的美术,也受制于市场经济。这就是艺术的两难,它主要为了表达生命,提供美感,却又不能不考虑市场,我们的艺术欣赏本身,也不能不在这种两难中徘徊。

3. 文学语言艺术与抒情叙事的想象

语言艺术作品,最初与音乐关联密切,因为诗都是为了歌唱而创作的,故事叙述或神话叙述,则是叙述性文学的最早起源,诗的形象与神话的形象是文学艺术古老而自由的力量。语言艺术的真正形成,与书面语言的确立有关,最初的语言艺术是口头的艺术,后来变成了书面的文本,自此,真正的文学艺术以书面文本为主,口头创作不再重要,或者说,口头创作不再被认可为"文学的形式"。其实,口头文学永远具有自己的魅力,只是它主要表现在儿童文学与民间文学中,通过口头传播,与儿童和没有受过多少教育的听众保持着紧密的联系。书面文学,有诗歌、小说和剧本三种形式。从文学意义上说,语言艺术的美学特点是什么呢？一般说来,可以归纳为三点:一是语言的形象性,二是本文的语言抒情性,三是语言世界与生活世界的关联。具体说来,诗歌、散文、小说是文学艺术的最基本表达方式或文学类型,戏剧艺术则不再在文学中讨论,因为文学中所讨论的"剧本",可以在诗歌中讨论,即"诗剧问题"。不同文体,其审美特点各有不同,相对而言,诗歌的审美特点是:节奏韵律美、诗情形象美、神话意象美、自然意境美、人格精神美;小说的审美特点是:故事情节美、形象个性化、生活的具象性、世界的陌生化;散文的审美特点则是:情感真实性、表达直接性、生命情调性、短章抒情性。文学艺术是语言的艺术,它以日常语言为基础,以文学语言的自由创造为中心,通过语言激活意象思维和形象思维,诗人或作家,在语言的创造性体验和想象中,重新构造经验的世界。①

"诗"在文学艺术中处于最核心的地位,真正的诗歌观念是异常丰富复杂的,例如,史诗、抒情诗和剧诗,在三种诗歌文体观念中,抒情诗最为复杂。抒情诗,可以分成颂诗、哀歌、讽刺诗、哲理诗等。诗歌是最原初的艺术,生命的区别就是通过"诗歌"呈现的,人的生命的原始状态,即"无诗状态"。人类有了诗歌,文明的曙光就出现了,所以在文艺美学中我们应给予诗歌以特殊地位。在当代诗歌的衰落中,"重提诗歌"具有重要的意义,或者说,如何真正恢复诗歌的本源性概念极其重要。现代人特别应该正视诗歌的多元性,在许多人的理解中,诗歌即抒情诗,结果,史诗和剧诗没有地位,诗歌的广泛创作领域受到限制。与此同时,抒情诗的观念也缺乏丰富性内涵,仿佛抒情诗只是单调的个人抒情。其实,颂歌、哀歌、笛歌、琴歌、十四行诗、律诗、自由体诗、杂言体诗、哲理诗、情歌、讽刺诗,等

---

① 在《纯表现和其他所谓表现》中,克罗齐系统地论述了诗与散文的审美表现特性,参见克罗齐:《美学或艺术和语言哲学》,黄文捷译,中国社会科学出版社 1992 年版,第 71—97 页。

等,都是抒情诗,这就是说,抒情诗在诗歌中最复杂。[1]　当前诗歌发展的障碍就在于:诗歌观念不断被窄化,结果,诗歌只有走向死亡,事实上,只有走向丰富与自由的诗歌,才能显示诗歌创作广阔的发展前景。

从生命抒情意义上说,诗歌的美感在于"诗与歌的关联",诗歌的显著标志,就是诗与歌的联系,诗不能与歌分离,诗不能完全无歌,但又不能受歌的限制。歌最重要的特性,就在于"曲调",也就是说,歌的成功不在于吟诵,因为吟诵是歌的末路。歌必须唱,唱就需要旋律和节奏,而歌词在歌声中传扬,值得重视的是:歌唱使歌词优美。诗歌需要韵律,但又不能受制于韵律,因为诗歌最重要的是创造自由的形象与思想,只有具备自由而神奇的"形象与思想",诗歌才能像歌声一样插上翅膀。诗歌的节奏与韵律,只是诗歌的基本语言美感规定,诗歌最重要的还在于:"形象的优美"与"思想的深邃"。事实上,这不仅是诗与歌的分界,而且也是诗与歌的最大区别。最自由的诗歌,就在于诗中呈现了一个民族的自由神话,然后,让诗歌洋溢着独特而激昂的生命精神,"诗歌",就是自由的思想的最自由飞翔。[2]

只有强调诗歌与思想之间的紧密关联,才能将诗歌从语言游戏和无病呻吟中拯救出来。诗歌的自由与思想的自由,有着最直接的联系,诗歌最能显示个体思想的创造性。诗歌需要自由的生命情调,诗人要为人民而歌,为人民提供最自由而美好的形象与思想。诗歌的领域是无限广阔的,人们渴望爱情、坚强、勇敢、英雄精神,人们渴望神话、自由、浪漫、反抗、战斗,因而,诗歌中需要这些自由的思想表达。最深刻的诗歌就是表达了生命意志的诗歌,就是表达了人民的自由力量的诗歌,就是表达了自由奋进的诗歌,也是表达了博爱思想的神圣诗歌。诗歌不可以低俗,诗的歌声与美感形象,应该在人民的心中自由翱翔,为了诗的自由价值显现,对于我们来说,最重要的是要恢复诗歌的丰富性。诗歌具有超越的生命

---

[1]　王力:《汉语诗律学》,上海教育出版社 1979 年版,第 1—5 页。

[2]　闻一多:《神话与诗》,武汉大学出版社 2009 年版,第 3—5 页。

文化精神，当诗歌变得自由时，思想就是自由的，人类需要自由而丰富的思想，诗歌能够照亮黑暗，为一切优美的事物而歌唱。当然，诗歌也表达神圣与真理，当诗歌过分地与世俗的生活保持紧密联系时，一切就显得狭隘。在诗论中，人们过多地讨论诗的形式、诗的语言、诗的韵律，其实，更重要的是，我们要讨论"诗的思想"与"生命的意义"，因此，诗歌的美学观照，应致力于思想与生命之间的自由感通。诗歌应该就生命自由而想象与歌唱，就神圣与崇高发言，只有这样，"诗的美学"才能放射自由的光芒。生命自由与生命美感，是诗歌最原初的本质，因此，诗歌应该坚持这一美学理想。散文艺术，在不同的民族中也是极重要的文学样式，它真实而自由地抒发思想感情，记录历史的生命瞬间。诗歌与散文，有着内在的联系，因为好的散文，就是"散文诗"，散文诗中有情境，有情调，有声音，有歌唱。在自由的叙述与抒情中，生命有着自由的形象与韵律。小说艺术，虽然与诗歌有密切的联系，但是，小说更主要的是展示自由的生活形象，通过情节叙述，将生活的歌声与历史生命状态表达出来。"形象"在自由的抒情中，具有真正感人的力量，民族的真实形象，不是通过诗歌来表达的，诗歌表达的是自由的民族思想与精神，小说塑造的是动人的生活形象，只有自由的形象，才能使生命充满美丽和神奇。文学的美感就在于通过文学的独特审美形式，表达自由的生命精神，创造自由而丰富的生命形象。文学的自由生活形象，主要展示在小说艺术之中，因为小说最自由地展示了民族生活的韵律，它使民族生活中的自由歌声在形象中得到表现。①文学的美学思想，就应在自由形象与自由精神的表达上达成共识，在此基础上可以展示生活的丰富性与审美的丰富性。

　　文学艺术的诗性特征，使文学依然具有巨大的力量，至今，文学艺术仍然是影响最大的艺术样式，因为它不受时空条件的限制，也不受电子技术的控制，只要它成为纸面艺术作品，就可以最大限度地反复传播。它可以随时中断，也可以随时继续，文学作为语言的艺术，它的抽象符号与间

---

① 李希凡：《论中国古典小说的艺术形象》，上海文艺出版社 1962 年版，第 13—18 页。

接形象唤醒力,保证了它在接受过程中的无限可能性。小说和戏剧等叙述性作品的地位依然强大,散文在生活中也处于重要地位,只是诗歌的地位受到极大挑战。越来越多的人远离了诗歌,也许只有少数经典诗歌还活跃在人们中间,在当前的境遇下,诗歌最难成为艺术品,提供给人的美感也远不及小说和散文。但是,一个民族少了诗歌,缺少诗人,将是极其不幸的事,缺少诗人与诗歌,不仅使民族没有真正自由的歌声,而且使民族的文学品质趋向低俗。真正的诗人与诗歌,能够保证高贵的生命拥有自由的精神,因而,我们要重新理解文学,恢复文学的自由品质,特别是恢复诗性想象与诗性精神在文学中的重要地位。也许,我们时代的文学过于低俗,使得文学本身变得缺少诗意,而缺少诗意的文学,自然不可能给予人们无限的想象性美感。诗歌、小说和散文的三维语言叙述,可以保证文学的美感魅力,在这三种基本的文学语言艺术中,应特别强调诗歌所具有的美感力量与美感地位。

4. 声音艺术与生命的本能表现力量

一切艺术,皆源于"自然",音乐艺术,也源于"自然",而源于自然的艺术,是人类最本源的艺术。从声音层面上说,音乐最初就是对自然声音的倾听,所谓天籁地籁人籁是也。从创作意义上说,音乐最初也是对自然的模仿,通过模仿自然,人类的艺术具有自身的生命特性。器乐艺术、声乐艺术、作曲艺术,构成了音乐艺术的多维艺术时空,在人类艺术中,音乐艺术作为最本源的艺术,它关乎生命本身。音乐是最少受限制的艺术,也是最具心灵特性的艺术,它使生命自由,精神振奋,只要热爱生命,你就能感受到音乐的力量,越是具有生命活力的艺术,越能以自然的方式进入我们的心灵。[①]

对声音的倾听,在我们的日常生活中极为平凡,所以我们可能不重视

---

① 罗曼·罗兰:《罗曼·罗兰音乐散文集》,冷杉、代红译,中国文联出版公司 1999 年版,第 316—317 页。

它的存在价值,但是,假如这个世界突然没有了和谐的自然之声,我们就可能遭遇巨大的打击。"自然之声",是一切音乐的伟大母亲;自然的声音之美,是任何艺术家都无法穷尽的,它的地位绝对不在艺术美之下。在理解了"自然之声"的美感之后,我们最要重视的是"人之声",人的各种声音,是"音乐之声"的另一个想象基础。人们通过声音的情感传递信息与美感,人的声音充满了意义的象征,充满了意义理解的必然性,"歌声",在很大程度上,就是传播"人之声"的情感,唤醒内心深处的柔情。音乐家的音乐美感创造,是在"自然之声"与"人类之声"的基础上构造具有美感的欢乐,它由作曲、作词、演奏和歌唱组成,通过音乐艺术家的充分合作,共同构造出美感音乐的世界。音乐的美感是最伟大的,没有音乐的世界是不可思议的,因为有了音乐,生命深处就有歌声,生活世界就有快乐,美的歌声象征着自由与快乐。

音乐艺术是最神秘的。人为什么发明音乐艺术,或者说,音乐是如何产生的?这是个极有意思的问题。音乐源自"倾听",来自各种声音作用于人的快感体验与审美反应,人的生命是靠声音影响的,也是靠声音安慰的。一切声音皆与音乐密切相关,自然本身的"众多和声",就是天地的音乐大合奏,但是,人类的音乐,不是自然声音的记录,而是人类通过音乐的表现方式对美的声音的再现,是对自然与生命之声的重新构建。声音的倾听与声音的模仿,导致声音的音乐美感发现与创造,人类用发声器官创造了"美的音乐",因为人的发声器官可以说话,更可以歌唱,歌唱就是美丽的生命之花的绽放,说话可能有美与不美,主要是为了交流和表达,歌唱则纯粹是为了生命的快乐与内心情感的宣泄。音乐艺术由"声乐"和"器乐"两部分组成,人们为了声乐和器乐,发明了作词作曲的艺术。声乐是歌唱表演的艺术,器乐是乐器表演的艺术,无论是歌唱表演,还是器乐表演,都离不开音乐家的创造。作曲家是音乐歌唱表演与器乐表演的关键,也是用音符和旋律创造音乐世界的人,他们用关于自然的声音体验和人类的情感,使音乐艺术具有人类表演的基础,也使音乐艺术成为独立的艺术。① 作曲家在音乐艺术中具有特别重要的地位,但是,在中国传统艺术中,我们给予作曲家的地位不够高,这严重影响了中国的作曲艺术。一个伟大的音乐国度,必定是诞生许多伟大作曲家的国度,有了伟大的作曲家,音乐就有了坚实的基础。人类的音乐需要感受自然、历史、社会、文化与生命,作曲家要用无声的音符构造有声的旋律世界,当然,作曲家也需要演奏,但是,他(她)的演奏,毕竟不是职业意义上的,不过,他(她)的演奏必定精通音乐表演。

作曲家构造的世界是音符的世界,这个音符的世界,能够表现生活和感受,能够呈现声音的记忆,能够表达季节轮转与生命情感。作曲家奠定了音乐的基础,他们可以是声乐表演艺术家,也可以是器乐表演艺术家,但这种兼有的音乐家毕竟不是太多。他们更多的时候是借助某一器乐,或通过别的表演艺术家来表演,不过,许多伟大的德国和奥地利作曲家都是出色的钢琴艺术家。作曲家的曲目,有即兴的歌曲,有改编自诗歌的配乐曲,但伟大的作曲家往往是通过协奏曲和交响曲确立自己的地位。他们还可以通过歌剧来显示自己伟大的创造,作曲家的曲目往往是音乐史上的经典,让后来者流连忘返,音乐曲谱作为经典,显示了人类艺术的悠久传统和音乐思想的丰富。在我们自己创造的文化史中,人类永远有自己的音乐传统,永远有先人创造的音乐作品,所以,即使没有新的音乐艺术创造,音乐表演永远有自身的伟大作品可以继承与表演,但是,人类不满足于简单地重复古人,他们渴望有源于时代的伟大创造。任何时代皆需要新的创造,作曲家永远需要时代的激情,当然,经典作曲家的文本,永远是表演艺术家的思想源泉。

表演艺术家也同样需要天赋,他们生来就具有音乐的天赋,一方面,他们可以自己创造音乐,另一方面,也可以继承前人的音乐传统。对于表演艺术家来说,他们首要的任务不是作曲,而是如何将乐曲完美地表演出来,他们的职业分工是"为了自由的表演"。没有好的表演者,最美丽的作

---

① 索森:《美国黑人音乐史》,袁华清译,人民音乐出版社 1983 年版,第 506—510 页。

品都无法自动呈现其美感,歌唱艺术的美丽,在现实生活中经常压倒了作曲家的伟大创造,其实,只有歌唱家知道作曲家的重要性,但人们更愿意把掌声献给歌唱艺术家和器乐艺术家。歌唱艺术家能够传达曲目的无限美丽,可以达到作曲家无法设想的境界,歌唱家具有天赋的才能,但是,这些天赋的才能不是自然生长的,同样需要职业训练。歌声与自然之声一样,给予人类的无限美感简直无法言说,"一曲美丽的歌唱"常令我们忘记一切,令我们的生命快乐无比,美丽的声音是疗救生命的良方。

在人类艺术史上,有许多伟大的作品,我们的时代不断有新的音乐作品给予我们以快感体验。对于我们来说,永难忘记那些优美动人的时代歌曲传达的美丽声音与思想情感,也忘记不了西方经典音乐的深邃思想情感与生命的神圣美丽。歌唱的艺术给予人类生命无限的美感,当然,并不是所有的歌唱皆可以带来快感,经常有许多歌唱会给我们带来痛苦。"声音的美",需要倾听与选择:有的歌唱很简单,它出自天然,如流行歌曲;有的歌唱很难,如意大利歌剧,不同的歌唱有不同的美丽。我们既不能为了高贵美丽的音乐艺术而贬低流行音乐的美丽,也不能为了通俗的流行音乐而排斥经典音乐的美丽,总之,必须保持艺术的多元性和永远的多重创造性。①

器乐艺术也一样,它所传达的美丽精神具有别样的风情。歌唱艺术表演,往往离不开器乐表演艺术家的配合,同时,器乐表演艺术家也有自身的独立性。每个民族皆有自身独立的器乐表演艺术形式,但是,在全球化进程中,西洋音乐日渐对整个世界文化产生了决定性的影响,西洋器乐和东方器乐开始合奏,但西洋器乐在现代音乐形式中始终占据主导,例如,钢琴、管风琴、小提琴、大提琴、大号,等等。器乐艺术,是独立的表演艺术形式。每样器乐都能造就伟大的器乐表演艺术家,当然,在现代音乐文化中,钢琴表演艺术家与小提琴表演艺术家,占据着最为核心的地位,因为这两种器乐音色纯美且需要高超的技艺。音乐有自己的形式,自己

---

① 玛采尔:《论旋律》,孙静云译,人民音乐出版社1958年版,第308页。

的力量,它是作曲家与表演家的合奏,是生命的伟大创造与表达。音乐的美丽,既接近自然,也接近生命,它包含生命的神秘,又伴随着生命的纯粹感动。音乐艺术的美,具有治疗性效果,具有伟大的净化心灵之功能,"音乐",是最接近宇宙之神秘的艺术,是最能进入心灵的艺术,也是最不受民族语言制约的艺术形式,甚至可以说,音乐运用的是全世界人民共同的语言。伟大的音乐,是自然对人类的恩赐,当然它也会因人类生活的变化而发生巨大的变化。

5. 戏剧影像创造:科技和艺术互动

在现代社会文化生活中,影像艺术具有如此重要的地位,其根本原因就在于:这一艺术形式能最生动地记录和还原人的本真的生命情感与思想状态。影像艺术使生命历史中的一切景象重新鲜活地显现在我们的面前,电影电视艺术的发展特点是现代艺术的最典型特征。剧本的审美特点是:剧情生动性、剧本形式美、对话的性格美、抒情的思想美。影像艺术需要人们的广泛参与,它通过电子技术将形象的实体虚拟化,最终使艺术充满独特的生命文化精神。人类的戏剧表演,很早就形成了基本的风格与美感形式,从发生学意义上说,戏剧最初与宗教祭祀密切相关。从古代文明的发展历史中,我们可以看到,戏剧舞蹈是为了娱神,同时,戏剧的表演也是人类的伟大艺术行为。在天地之间进行神圣的节日表演,人们得到了无限的快乐,它和诗歌、音乐、舞蹈一起,成为生命的快乐力量与源泉。正是在这种忘我表演中,人们看到了戏剧表演的伟大价值,然后,他们发明了舞台,让艺术家在舞台上重新表演人的生活,通过情感交流让人们感动。① 影像艺术以生命的自由表演为基础,形象生动地再现了生命存在的历史画面,构造了生命的未来景观,它可以与生命存在者形成最强烈的情感交流和精神对话。

从接受意义上说,戏剧表演让人们感受到了生命的快乐,这快乐源自

_____

① 余秋雨:《戏剧理论史稿》,上海文艺出版社1983年版,第3—9页。

演员通过造型设计和艺术表现,在时间—空间艺术中虚拟对象的生命,他(她)在艺术中变成了另一个人。他(她)越是沉醉其中,他(她)的表演越具有魅力,戏剧离不开舞台,也离不开编剧,编剧家的地位,等同于作曲家的地位,没有作曲家,就没有人类真正独立的音乐,同样,没有编剧家,就没有真正的戏剧与影视。在现代艺术传播中,事实上,编剧家的地位显然不如导演和演员,这是根本上的艺术错位。没有真正的编剧,就没有真正的戏剧与影视,但是,我们的导演和制片,在艺术的创作中往往权力过大,他们以资本投入控制着艺术的创造,所以戏剧与影视艺术面临巨大的危机。许多编剧要么抄袭历史故事或改编历史故事,要么从小说家那里取材,将小说改编成电影和电视。小说艺术虽然与戏剧影视艺术有亲缘关系,但是,毕竟不是戏剧和影视,因此,我们应强调真正的编剧家的地位。有了编剧,自然需要导演,当然,更需要投资人与制作人,没有金钱的支撑,就不会有大型的戏剧与影视艺术,这是影视艺术自身的独特性。导演与编剧合作,有时导演甚至就变成了编剧,他们要在电影中展示整个艺术的图景。导演不仅要控制演员,还要控制技术制作,控制整个作品的最后剪辑配音合成,所以一个完整的戏剧与影视艺术作品是无数人合作的产物,在此,导演和演员发挥着最核心的作用。

表演与制作构成戏剧与影视艺术的两大根本力量,表演是伟大的,因为一切都需要通过演员的形象来传达,所以演员的形象成了历史文化和民族性格的伟大象征。演员本身的外在美感或丑感形象,构成了艺术接受的动力,特别是美感艺术形象,正是影视艺术的最大魅力所在。制作也是神奇的,布景与动作,已经成了影视艺术的伟大力量所在,神奇的虚拟力量与科学技术的力量构成了奇特的统一。许多艺术是反对科学技术的,但戏剧与影视艺术,因为种种原因,借助科学技术而变得更加神奇。一切完成之后,戏剧与影视艺术具有自己的神奇表达效果;人们不再关心具体的艺术功能,而是关心整体的艺术形象创造。① 艺术形象是由多重

---

① 巴拉兹:《电影美学》,何力译,中国电影出版社 2003 年版,第 12 页。

意义的形象关系或人物关系所构成的,视觉艺术与图像艺术,成了戏剧与影视艺术的根本。戏剧和影视艺术具有伟大的模拟力量,一切皆可在影视与戏剧艺术中获得实现,它使人们的想象变得自由而实在。形象的想象变成了具象的实体,它与我们的想象形成了亲密的交流;戏剧与影视艺术,将人们的想象具象化之后,生命获得了奇妙的象征形式。我们通过戏剧和影视艺术,更好地理解了生命的丰富性与复杂性,既能从中感受到生命的无限美好,走出我们的生命想象与经验视域,又可以获得新的生命感受,获得新的从未经历过的生命体验。生命因想象而无限美丽,戏剧和影视艺术将整个世界的丰富与复杂呈现在我们的面前,人类因为戏剧和影视艺术变得熟悉而不再陌生。影像艺术成了人类最直接的学习方式,它让人类彼此学会爱、释放奔放的生命情感,理解存在者的自由意志与欲望表达的正义方式,形成永久的生命启示。好的影像形象,不仅可以温暖人心并抚慰情感,而且可以形成真正的生命价值观念,让正义与勇敢等美德成为生命存在的自由信仰。

6. 诗意的创造:艺术相关性与开放性

艺术的类型丰富复杂,但是,这些艺术类型不是抽象和思辨的,而是具有生命美感力量和感性的。文艺美学不只是抽象的思辨,也是直面艺术作品和感性生命世界的精神反思活动。直面感性、丰富、生动的艺术世界是文艺美学的核心任务,文艺美学就是要立足于具体的艺术,讨论具体艺术的审美特性与生命力量。考察艺术的生成发展与变化,既要承认艺术的先锋文化意识,又要承认艺术的传统审美文化趣味。艺术是独立的,又是彼此密切关联的,文艺美学,涉及具体的艺术作品和艺术类型。艺术是多种多样的,每一艺术皆有自己的美学特色,如果要穷尽每一艺术的美学特点,那么,没有任何人可以承担此一重任。文艺美学只能探讨主要的艺术或核心的艺术,因为艺术具有内在的相通性,即使有些具体的艺术形式没有涉及,也不影响对它的欣赏与理解。①

艺术是彼此相关的,因为艺术具有共通性,艺术皆离不开创作者、创作对象、创作工具、艺术形式、艺术接受等环节。在文艺美学的研究中,我们要认识到:创作活动最为复杂,对于创作者而言,人们最关心的是创作者如何具有特别的创造力? 人的创造力到底是自然天赋还是文化熏染的结果? 应该说,两方面的因素都存在,缺少任何一个方面,创造者都不可能具有真正的创造力。天赋才能,是创造者内在的潜质,它由艺术感受力、艺术想象力、艺术创造力、艺术意志力几个因素构成。理解了艺术家的天赋才能,也就把握了文学艺术的美感特质,因为艺术美感特性,皆是作为艺术创造者的艺术家通过诗性智慧赋予艺术作品的,所以,有必要考察这些美感创造因素。文艺美学必须关注感受与创造,必须全方位地打开生命主体的想象力。

艺术感受力涉及自然感受和艺术感受两方面。艺术感受力有天赋的成分,但是,真正的艺术感受力是在艺术训练与艺术创造中形成和发展的,即天赋能力与艺术实践共同作用的结果。人天生有艺术表现的欲望,只不过在游戏中,人们很少注意到这一点。有人能从自然感受中形成创造力,无师自通,因为自然本身就是人的创造性导师,人的创造力直接源于对自然的模仿。如果说创造者在艺术接受中形成了创造力,那么,就可以说,艺术作品是艺术创造的中介,艺术家通过艺术作品与艺术传统保持最直接的精神联系,此时,人的天赋才能,被外在的创造形式和创造因素所激活,进而推动了艺术创造。艺术的感受力要求极其细腻,自然感受作为艺术家的记忆源泉,它沉积在艺术家的心灵深处,在艺术感受过程中,可能变成重要的感人的艺术形象素材。艺术感受永远是具体的,它针对艺术本身或自然生活景象本身,而且,艺术感受与艺术形式的美感密切相关,它通过艺术形式领悟艺术的意义,通过艺术意义回到生命本身,其中蕴含丰富的人生情感。当艺术家的艺术趣味形成之后,艺术感受力就无

---

① 罗丹:《罗丹艺术论》,沈琪译,人民美术出版社 1987 年版,第 49 页。

处不在,它时时冲击艺术家的心灵,作用于艺术家的感官,最终形成独特的审美创造力。

艺术想象力有规范想象力与非规范想象力两种。前者的想象力基于经验,基于生命的体验,带有现实性特征,后者的想象力则基于心灵的想象,基于生命的意志,带有个人的鲜明性特点,它甚至可能挑战传统,显出大胆创新的特征。当艺术创造者有了创作冲动,有了生命感受之后,他就会受艺术想象力的支配,自然而自由地想象和虚拟美丽的生命世界。它会沉醉在想象之中,与艺术的形象一同感受生命,赋予生命特殊的意义。艺术想象力往往要受到生活经验的制约,但它又能超越生活经验之上,使艺术自身具有独异的形式,这种想象力能够使生活变得新鲜、独特,或者能够使我们的历史生活重新回到我们眼前。艺术想象力就是使生命中的一切恢复其艺术力量,使一切生命景象自由复活,能够让我们置身其中的神奇体验过程。艺术想象力必然体现在艺术创造之中,艺术想象服务于艺术创造,只有当创造冲动被激发,真正的艺术想象力才具有美感效果。在造型艺术创造中,审美主体从自然中学习,获得想象的灵感,在形式的美感追求中确立独特的生命意味。在语言艺术创造中,通过语言构造心灵的时间与空间形象,在形象中获得生命的真正表达,没有想象力就没有形象的自由,没有形象的自由就没有想象力的快乐。

艺术创造力,有规范的形式创造力与不定形创造力两种。艺术的规范创造力,就是对艺术传统法则的坚守,对传统艺术的忠实继承与革新。艺术的不定形创造力,是创造出前无古人的艺术形式,它更能代表艺术的原初力量。这就是说,艺术的创造力由艺术的原创力与仿造力所构成,就艺术创造本身而言,形式把握与形式创造是最神奇的,它在艺术中的表现是如此成熟,如此自然,越是能够巧夺天工、出人意表,越能显示形式自由的魅力。真正自由的艺术形式,往往是相当质朴和自然的,它清新自由,简单深邃。艺术创造力,具有原始生命的冲动,按照席勒的说法,是"游戏冲动的自由表达",也是感性冲动与理性冲动"不可调和的产物"。艺术创造力,不仅可以通过艺术创造的数量来证明,而且可以通过艺术创造的质量来证明,真正伟大的创造,总可以通过伟大的艺术形象来获得证明,它是形式自由和生命意义的和谐统一。① 艺术创造就是寻求自我与自由的过程,艺术创造要求唯一性,越是具有形象的独特性,越能获得审美创造的价值。审美创造是学习与创造的统一,问题在于:创造式学习具有无限自由和无限广阔的领域,它不能有任何先定性,不能有任何经典的限制,不能有任何法则的约束。虽然真正的艺术创造者总是取法某种传统,受制于某种传统,并在传统的基础上推陈出新,但是,由于无限广阔而自由的传统,构造了艺术与生活的无限多样性,因此,取法不同的传统,完全可以构造独特的艺术形式,绝对不能以某种传统作为艺术法规,限制主体的创造并评价主体的创造。在创造者那里,创造伟大而感人的生命形象,才是最高的艺术目标,没有真正的自由生命形象的创造,就不可能产生真正的生命价值。

艺术意志力有基于感性的意志力与基于理性的意志力两种。意志力是主体性最自由的欲望表达,它受制于创造才能和现实生活法则,从根本上说,艺术家的意志力受制于个体的艺术才能以及反抗外在规则的内在思想强力。人的意志力在很大程度上,不仅决定了艺术创造的成就,而且决定了艺术的精神与形式,一个创造者的艺术意志越强大,其艺术成就可能越高。艺术意志力,不仅是作者对传统与文化的挑战,也是对自我的挑战,它需要创造者付出巨大的牺牲。生命意志,是保证艺术冲动和艺术超越的重要思想动力,没有强大意志力的艺术家,绝对不会创造出激动人心的艺术作品。意志力是对自我的挑战,也是对内在生命的正视;意志力不仅可以激活人的内在创造力,而且可以激励人们战胜苦难、超越自我。在艺术的自由与无力之间,在艺术的成功与失败之间,在艺术的成熟与衰落之间,意志力是艺术家自我确证的最重要动力。无论人们赋予生命创作以怎样的意义,都需要强大的内在意志力作保证,这意志力可以强大而直接,也可以柔韧而持久,只有在强大而持久的意志力的作用下,艺术才能

---

① 罗丹:《罗丹艺术论》,沈琪译,人民美术出版社 1985 年版,第 46 页。

显出绝代的光华。在艺术的主体性创造中，艺术意志力或主体的生命存在意志，在很大程度上决定了艺术的成就，决定了艺术的想象力，也决定了艺术的生命存在价值。艺术意志或生命意志，是显示主体的生命创造力最为根本的前提条件。

从创造者意义上说，这几种艺术的特性具有内在相关性，由于不同的创造者，在具体的创作特性上有差异，结果就造成了艺术的多样性价值。创造者的对象，不外乎自然与生活、历史与文化，生命在其中具有最为重要的意义。面对相似或共同的对象，人们却能创造出丰富多样的文艺样式，这说明人类的创造力异常强大，每个民族皆能参与艺术的原创之中。如果从民族艺术出发，人类的艺术可能数不胜数，事实上，人类的文化遗产，有精神遗产与非物质遗产之分，尽管传统形式可以有所不同，但是，艺术所传达的生命精神则有惊人的相似性。艺术形式可以分为经典形式与非经典形式两种，人类的艺术史，或者说人类的"艺术文明"，共同关注的往往是经典艺术形式，所以，诗歌、小说、音乐、绘画、舞蹈、建筑、戏剧、影视等艺术形式具有核心地位。人类艺术由不同语言、不同色彩、不同声音、不同形体所构成，体现了民族创造的审美风范与精神智慧。既然艺术是相似的，那么，艺术的精神就具有相通性，也应看到，不同艺术之间虽然有明确的划界，也有自身的规范，但这并不意味着艺术永远保持自身的独特性，永远排斥别的艺术。[①] 其实，艺术具有相通性与互渗性，艺术工具与艺术表现材料的变化，最终可能导致艺术的巨大变化，虽然基于现代电子传播媒介的艺术，还不能消解传统艺术，但是，电子艺术对传统艺术形式与艺术观念的巨大颠覆性是有目共睹的，未来社会的科学技术的变革会导致艺术怎样的革命，现在还无法预料。

[①] 在《诗，真理作品；文学，文明作品》一文中，克罗齐指出："鉴于人的寻魂是诗意的或音乐性的（随你怎么叫吧），并且感到和谐与美的魅力，于是，它就会在自身当中感到有必要日益扩大这一和谐与美的地基，取消和修改那些由于自身的存在而妨碍和谐与美、干扰和触犯和谐与美的东西。"参见克罗齐：《美学或艺术和语言哲学》，黄文捷译，中国社会科学出版社 1992 年版，第 103 页。

文艺美学,如果永远在抽象言说,它就永远与大众远离,因此,真正的文艺美学总是保持着艺术的感性特质,让感性生活世界直接作用于人们的感官,直接让人们在感性形态领域中体验快感。文艺美学永远以感性化的方式向我们敞开,只有感性化的体验,才能使我们在艺术中得到自由,所以,文艺美学必须把艺术的感性生命张扬出来,这是文艺美学的根本目的。艺术的相似性与精神相通性,使文艺之间的鸿沟不再显得那么重要,艺术处在不断综合中又在不断分解。文学艺术的形式与精神,通过美学的反思可以获得更生动的呈现,这本身对艺术创造和艺术接受具有启发性。与活生生的艺术相伴,与无数杰出的艺术家和艺术作品持久对话,在艺术的生命沉思中理解艺术的秘密,这就是"文艺美学的选择"。

第三节　审美活动与生命的主体性原则

1. 审美主体性:生命体验与审美体验

审美活动是周而复始的主体性的生命活动。从生命成长的意义上说,审美活动随着生命的成长而不断成熟,但不同时期的审美活动,并不能相互代替,因为每一个生命时段的审美皆独具特点;就具体的审美活动过程而言,审美皆富有思想与情感,它以快感与自由为目的,达成对人生的丰富性体验。"体验",是人最独异的生命活动,理解体验活动,就是对生命记忆与生命经验的重视;在审美活动中,之所以要重视审美主体的中心地位,是因为审美主体最能自由地构成完整的精神生活世界。从审美主体出发,可以发现"体验活动"有一个从生命体验到审美体验,又从审美体验回到生命体验的过程。这个思想转化过程,不是简单的思想活动,而是自由的创造性活动。如果说审美智慧是审美活动的思想前提,那么,审美体验则是审美活动的中心环节,正因为审美智慧是主体性审美认知的潜能,它本身也是需要开发的,所以,审美体验总是力图在审美活动中发现生命的无穷可能性和生命的无穷秘密,从而领悟生命存在的价值和意义。审美体验是主体的内在性活动,它以审美想象作为基础,以审美意志作为动力,以精神记忆作为依据,以审美目的作为归依。①"体验问题",在生命哲学与现象学视域中,一直被高度重视,它被视作领悟心灵秘密的"本体功夫",作为通向神秘的内在精神世界的唯一合法道路,更被理解成领悟存在、艺术、社会文化之内在机缘,它是领悟生命与文化的内在意义和精神价值的有效途径。正是体验的主体意向性打开了审美世界的大门,人们才从具体的审美对象进入奇妙的精神王国。

"审美体验"可以从多维层面去理解,事实上体验与时间性、精神性、存在性、人文性密切相关,这些特性揭示了审美体验活动的多重关系:"时间性"勾画出体验的历史性过程,"精神性"显出体验的内在丰富性,"存在性"则将体验与生活的澄明性予以正视,"人文性"则表明文明的内在自由本质。

先说审美体验的时间维度的重要性。时间维度通常是理解体验世界的有效途径。已过去的时间,作为本原的历史积淀,它储存着人的全部情感图像;随着这些复杂情感图像的浮现,审美主体重新构建历史的情景,并对情景中的自我和他人做出情感价值判断。"过去时",意味着历史的复杂性和情感的复杂性呈现,童年经验尤其具有特殊的体验意义,因而,这种体验本身实质上是重新唤醒遗忘了的存在,它使我们在这种分析中重新学会评价历史,领悟历史的悲喜剧和生命的秘密。人们对审美体验的分析,常选择一维分析,即只从历史时间的维度去分析审美心理,在过去、现在和未来的时空背景中展开体验的内在视域。现在看来,这种理解是不全面的,因为体验是由对象进入精神世界,由主体性在场与不在场的

---

① 胡塞尔指出:"在这种回忆中,基于这些视域意向,就可能出现某种我们称之为在回忆中,例如在对一个直达原初当下的更切近的过去的回忆中连续贯通的东西。这种最初是孤立地浮现出来的回忆可以'自由地'继续进行下去,我们朝着当下而向回忆视域挺进,我们连续地从回忆进向回忆。现在,所有在此浮现出来的回忆都是一个关联着的统一回忆之流动地相过渡的展开。"参见胡塞尔:《经验与判断》,邓晓芒等译,生活·读书·新知三联书店1999年版,第190页。

记忆转化,达成对本真生活情景的"回忆和想象"。① 审美体验是具有多维性的,它使人的体验内容变得丰富复杂而且深刻新异,这种对历史的重新唤醒,与审美者的现实经验相关,胡塞尔指出:"时间性一词所表示的一般体验的这个本质特性,不仅指普遍属于每个单一体验的东西,而且也是把体验与体验结合在一起的必然形式。每一现实的体验都必然是持续的体验。"这就是说,它必然有一个全面的、被无限充实的时间边缘域,或者说,时间性属于一个无限的体验流。"但是,体验流不可能有开始和结束。每一个作为时间性存在的体验,都是自我的体验。"②这种对时间与体验关系的理解,无疑是生动而深刻的,审美者的现实经验作为意向作用力,它引导审美主体与意向对象建立起精神联系,使人对存在产生本源的发现,面对现象,并能穿透现象。更为重要的是,审美体验,使审美者对现行价值观念、现行价值原则和现行审美价值取向保持高度的警惕,这种警惕源于深思和怀疑,于是,能透过现象把握本质,并对未来有了某种预见。这种时间维度的体验,使审美者置身于人类历史链条的一环中,不会因为现实而忘记过去,也不会因为现实而对未来绝望。在历史性的审视中,审美主体对人类的精神行程有了合乎理性的认识,在矛盾冲突与平息冲突之间,情感冲突总是主要的,它始终指向人类的精神危机,人类又总是在这种精神危机中获得生机。审美体验的时间维度,建构了审美主体的精神历史和心灵历史空间结构;审美体验的精神维度,则是其思想丰富性的本质构成,它让人认识到审美体验与宗教体验、审美体验与道德体验、审美体验与自然体验、审美体验与文化体验之间的内在沟通性。

另外,谈谈审美体验精神维度的丰富性。由于人们从不同维度理解生活,形成了不同的解释体系,具有不同的话语方式,故而,可以呈现精神生活的丰富性。审美体验与其他体验之间的内在关联性,也使人理解审美体验自身的独特性,它有助于调整其他体验的偏向。审美体验作为本

---

① 胡塞尔:《纯粹现象学通论》,李幼蒸译,商务印书馆 1992 年版,第 232—240 页。
② 胡塞尔:《纯粹现象学通论》,第 204—205 页。

源的体验,不必受制于某种精神理性的制约,例如,审美体验就不必受制
于宗教体验的内在虔敬性,也不必受制于道德体验的庄严性,但审美体验
并不是单纯的体验。审美体验的复杂性在于:它包含其他的所有体验,并
使其他体验走向审美的自由,因而,审美体验在人的精神维度中是极为根
本的。审美体验以直观的感悟的方式进入对象世界,它不同于宗教的庄
严肃穆和道德的价值自律。宗教和道德体验必须服务于理性,因为宗教
情感和道德情感与理性相和谐,它对抗卑下的情欲和个人的享乐,服务于
崇高的目的和神圣的观念。① 审美体验则是力图还原体验本身的全部复
杂性,在复杂的情感判断中,确立理性判断的反思性地位,这一理性判断
只服务于自由之目的,而与其他强制性目的相对抗,甚至对人的生命意志
和强力持肯定和赞美态度,对人的野性、恶、丑也能给予合理的情感阐释,
这就显示出审美体验的本源性和复杂性。

　　再说审美体验的存在维度的澄明性。由于审美体验必定是对自我存
在的自由意识,而这种意识常使人处于十分尴尬的地位,从生命理想和生
活现实的矛盾来看,人总是十分尴尬地生存,许多艺术家正是从审美体验
的存在维度来观照人生。审美体验的存在维度,一般分成存在的遗忘、存
在的异化、存在的亲在等几个方面。"存在的遗忘",是不关心自我的存
在,只要生存下去。"人生在世,吃喝二字",正是对存在的遗忘,许多人力
图守住最本己的东西,结果,许多有价值、有意义的东西被忽略,人的生命
几乎等同于"动物的存在"。这是最基本的生存理想,也是最本然的人类
处境。"存在的异在",也可以称之为异化,由于人充分意识到了自我的存
在处境,发现人与自身、人与自然、人与人、人与社会处于多维异化关系之
中。"人的本质力量对象化",不仅不能成为我的自由本质力量的对象化,
相反,它使我成为自身的奴隶,这种异化处境,是通过尴尬的生存、荒诞的
生存、荒谬的关系而加以体验的。在异化处境中,存在者处处体验到人的

---

　　①　舍勒:《舍勒选集》(上),倪梁康等译,刘小枫选编,上海三联书店 1999 年版,第 570—
571 页。

被动和无可奈何,受制于外在机器和政治机器的约束力。"存在的亲在",是存在者与存在的亲近,即通过领悟与体验,让生命存在过程中的体验内容自由地向我们的心灵敞开,诗意的生存与神性的生存成为存在的目的。相对而言,只有"存在的亲在",才是人的自由理想,正因为人是亲在的,所以,他与世界处于和谐关系之中,自然和对象物也就具有了浪漫主义气息,人类社会也就具有了和平气象。基于此,人类的家园意识、环境意识和宇宙意识也得到强化,因而,审美体验的存在维度,使人学会在世界中追求自由地栖居。①

最后说审美体验的道德性维度之人文价值。"体验",在道德原则的指引下,它可以从生命与人性出发进行人文性反思,从审美意义上说,反思体验,总是植根于人性的深刻体验之中。人性如何?古往今来,争论不休,所谓人性善、人性恶、人性有善有恶,就是三种不同的选择。人性源于本能,如果忠实于本能,而不接受社会规范或反抗社会规范,那么,这种人性实质上是本能的表现。尼采主张超越善与恶,这在道德领域是不可能的事,只有在审美领域中才有可能。② 人性有善有恶,但这种善恶,不是出于自觉,而是出于本能的良知。如果上升到本能的放纵,那便是恶,如果转化成本能的调控,那便是善,愚、恶、善是人性价值的三重维度。审美体验,如果能在混沌状态之中把握这三种人性,那么,就能还原生活的全部复杂性,例如,现代乡土小说的人性体验维度,是建立在这种复杂体验基础上的,乡民的质朴、放纵和善良,构成了乡土中国的原始生活画面。许多审美者善于通过表现愚昧、邪恶与善的冲突,来显示主体美德和高度自觉的自由意识,这是审美体验的依归。审美体验的人性维度的自由展开,有助于认识人的复杂性,在审美体验中,我们不能简单地把好人看作绝对的好人,把坏人看作绝对的坏人,而要在人性的体验中,看到"人的复杂性"。人性维度的体验,使审美活动具有了现代价值,它指向自由,超越

---

① 海德格尔:《林中路》,孙周兴译,上海译文出版社 1997 年版,第 283—284 页。

② Richard Schacht, *Nietzsche*, London, 1983, pp. 469-475。

愚昧,反抗邪恶。审美体验的人性维度,必须以现实生活中的直接体验作为依据,失去了现实生活的联系,这种人性维度的审美体验就会落空。在西方现代美学中,弗洛伊德主义者和西方马克思主义者在这一问题上,做了比较深入的探索。

审美体验存在多重维度,那种单维的体验无法把握存在问题与审美问题的复杂性,而多维体验事实上根源于文化比较的意识。只有在文化比较视野中,这种多维的审美体验才有可能。现行的美学结构,将美学抽象成纯粹的概念关联,这是有悖于美学问题之复杂性的,因此,通过比较的方法,在多维视野中展示审美体验的复杂性,建立审美科学与其他科学之间的相关性,可以使美学发展形成深刻的思想背景和多种可能性。这种多样性与统一性并不矛盾,不能在比较视野中淹没美学问题自身的独立性,相反,应在比较视野中实现审美科学自身的独特性。因此,审美体验必须建立多维的文化视野,同时也不能忽视体验本身的内在机制。体验的发生与生命意志有关,它植根于主体的内在之气,这种"气"使审美体验的自由空间之建立成为可能。审美体验,既具有正向价值,也具有负向价值,这种正价值与负价值的统一,正好说明体验问题本身的复杂性,故此人们从心理过程来看体验由外向内的过程,那也是十分必要的,例如,"应物""会心""畅神",将审美活动的全过程充分揭示出来,建构了心物之间的审美关系。① 审美的出发点和终点,都包含在体验问题之中,这有助于审美理解的完整性,而不至将审美体验割裂开来。

2. 审美创造即重构主体的生命世界

如果说审美的对象是普遍的人类生命活动,不只是关于艺术的理解与解释活动,那么,审美创造本身,也不能只停留在狭隘的艺术创造活动之中。只要把人类的生命创造活动都看作是美的对象,那么,美学就应被

---

① 朱子曾谈及"尽心"和"知性",他说:"尽其心者,由知其性也。先知得性之理,然后明得此心。知性由物格,尽心犹知至。"参见《朱子语类》(四),中华书局1986年版,第1422页。

视作是具有普遍意义的科学,而不应把它看作是关于美的科学,更不可只将它视为关于艺术的科学。美学与文艺学的混淆,是美学的不幸,也体现了美学自身的内在困境。由于美学与文艺学之间的亲缘关系,我们只能选择文艺美学的解释,这种认识上的混乱,根源于对审美创造的理解。许多人把审美创造和艺术创造完全等同起来,其实,这也是误解,审美创造并不限于艺术家,它属于每一个人,因而,对于审美创造,应视之为普遍意义上的创造活动。流行的美学比较强调审美创造或人的本质力量对象化这一方面,而实际上,审美创造不仅要在对象世界中确证人的自我本质力量,而且要在对象世界的创造中领悟生命,完善自身,使自我觉醒。人往往说了很多话以后,什么也不想说,同样,人往往在不断创造中,恰巧迷失了创造的方向。创造不是必然的,也并非总具有正价值或审美自由意义,如果是机械的复制,这种创造本身也就失去了意义。创造本身是有限的,也是无限的;创造的潜能,既是有限的,也是无限的。审美创造不仅取决于审美智慧,而且依赖审美体验,更依托审美目的。为了审美目的而创造,在创造中,不仅要对象化自我的本质力量,而且克服自我的本质异化,因此,创造具有十分普遍的意义。

从广泛的审美创造活动意义上说,或者从审美乃至人的生命本质力量对象化意义上说,生活创造、生产创造、科学创造与艺术创造,皆有审美的因素蕴含其中,它构成了审美创造的多维世界。从广义上来理解审美创造,更能理解美的本质,美本身就是生活的动力,追寻美就是文明的自由意志,也是每个人的内在意志。在生活世界中,每个人都追求美,它构成了文明发展与生命发展的内在动力,故而,审美构成了日常生活的诗意化活动。如果整个社会都追求美,那么,生活就充满了自由。① 美是文明最清洁的特性,也是文明的自由理想,美与自由不矛盾,当然,美的局部生活享受,不是美的本质的体现。从律法意义上说,"美"对所有的人皆是平

---

① 海德格尔说:"对于由西方决定的世界来说,存在者成了现实之物,而在存在者作为现实之物存在的方式中,隐蔽着美和真理的一种奇特的合流。"参见《林中路》,第 65 页。

等的,从制度与文明意义上说,"美"应该是所有人的共同价值追求。

从审美创造与审美追求的普遍意义上说,生活创造作为最本原、最直接的审美创造,应被提升到重要的地位上来。所谓生活创造,是指人对自身生活环境和生活条件以及生活质量的创造,这种创造富有实在的自由意义。当每个人学会了这种生活创造,从某种意义上说,就把握了生命的本真意义,这也是为大多数人所信赖的真理。简要地说,生活创造是对衣、食、住、行的审美创造,是对个人生活方式的自由探索,也是现实生命目标的想象和实践过程。物质生活是日常生活审美的基本动力,我们既不可压抑这种肉身生存的自由,也不可夸大这种肉身享受的意义,应该说,日常生活的创造具有广泛的美学意义,它越来越为人们所强调。例如,"着装"所表现的社会规范、社会礼仪和视觉愉悦,常常表现出人健康的生活面貌和激昂的生活理想,这种通过外在生活的改善达到内在精神生活的调节之手段,是应被肯定的。日常生活中应该有美的理解,但不应是少数人享受的美,而应该是所有人能享受美的权利。"美食",是指饮食的美味创造,也是生活中不可或缺的方面,它使生活充满了乐趣,各种美味给人们带来生活的无限快乐。再如,"栖居"作为居室空间环境的创造,这是现代生活中审美创造的内容。在城乡之间,普遍兴起了居室美化、自然化、宁静化的趋向。建筑,作为生活审美的重要追求方式,它与风景、诗歌、音乐和绘画等关系极为密切,可以表现生活的自由与诗意,因此,建筑的外在风格与内在风格的变化,正是个人日常生活审美创造的表现。生活创造,不仅表现为外在精神创造,也表现为内在精神的改善,故而,健美、练功、闲情逸趣、养花种草,乃至各种动物的培育,都表现出这种日常生活的审美创造意趣。这种日常生活的创造,使许多人体味到生命的无穷乐趣。日常生活的审美创造,必须依托公共的自由价值准则,也就是说,只有真正解决了政治平等与法权平等问题,美的生活享受才得以可能,合法的美的生活享受是我们必须捍卫的价值准则。如果只把艺术创造视作审美创造的唯一方式,那么,日常生活中的审美活动和审美意识就会被忽视,其实,重视日常生活的审美方式更具普遍意义,只不过艺术创造是人类生命活动与审美活动的最高表现形式,也是最自由的表现形式,所以,不应把日常生活创造与艺术审美创造隔离开来,而应看到两者之间的生命互动。①

审美创造的多样化,在工业生产中有许多具体的表现形式。工业创造是社会化的审美创造,在社会化生产中,需要各种各样的工农业生产产品,它们也要遵循美的原则,"劳动美学"要解决的,不仅是劳动产品的审美问题,更重要的是,要解决工业劳动生产过程中的环境美感问题,即只有当生产劳动在自由的环境下,才能真正理解工业产品的美学意义。劳动环境的改善,是服务于人的,所以源于人的美感要求,必须是自由的,不损害人的。由于社会分工不同,出现了不同的职业,不同的行当,在社会的良性循环中,工业生产创造属于审美创造的物质技术建构方面。生产创造体现了人类的无穷的审美智慧,忽视生产创造,往往正是对人的社会化审美创造的某种漠视。农民耕种,有其生产创造的审美属性,在这种生产创造中,农民获得创造的乐趣,例如,插秧、植棉、种树、摘果,在与大自然的天然亲近中创造欢乐,同样,工人在生产中也能获得审美的快乐。生产创造是物化的活动,对象以物的形式肯定人的创造,这种生产创造,既充分体现了个体的智慧和力量,又充分体现了集体的智慧和力量。生产创造并不是在任何条件下都是审美的,尤其在剥削性的工业生产劳动中,人的生产环境极度恶化,人成了"生产机器",在高强度、长时间的异化劳动中,存在者失去了审美的灵性,这就谈不上审美创造。马克思所极力反对的,正是"异化劳动",因此,生产创造中的审美问题,往往成为十分现实的问题。工人阶级的解放,就是从这种异化劳动中解放出来,生产劳动创造的美,不仅体现在产品的形式构造中,而且也体现在主体的创造性体验之中。在产品的审美中,更多的是从人类的角度予以把握,而较少从物种

---

① 海德格尔指出:"在一场名副其实的漫游之后,诗人带着一颗宝石来到命运女神的渊源处。宝石的来源不得而知,诗人径直把它握在手中。"参见《在通向语言的途中》,孙周兴译,商务印书馆 1997 年版,第 191 页。

的角度予以把握,这正是生产创造过程中的审美特点。劳动产品转化成审美对象和艺术对象,就是这种审美创造的必然结果。①

在高度复杂和充满智慧的人类精神创造或科学技术创造活动中,审美创造的自由与科学技术创造的自由也能获得一致。科学创造是高度发达的审美创造,不少科学家充分理解了这一点,例如,毕达哥拉斯发现:"数"是审美的基点,这是从天文学的创造性探索中获得的美的体验;他认为,"美是宇宙的和谐",正是从天文学出发来观照科学中的审美问题。在科学技术创造与科学审美活动中,高度抽象往往也意味高度的审美简化,而高度简化往往意味着抽象的美,几何图式、数学结构,甚至计算机的图形设计,最大限度地追求这种和谐秩序和科学中的美。科学中的审美追求,以求真为最高目的,同时,科学不是为了美而追求美,而是为了求真而表现美。科学家严谨的求真精神,不只体现在自然科学中,也体验在社会科学中。富有灵性的心灵,会发现美真是无处不在,即使是在达尔文的进化论方面的生物学著作中,你也会发现,在语言表达上,他极力追求美学效果,同时,他对动物生命快感的解释也富有审美意义。在科学技术的创造活动中,关于美的感知,既有原初的生命体验,又有职业的社会化的体验。前者作为感知的共同基础,审美易于形成沟通,这是艺术创造的契机;后者表现出不同的审美目的和审美趣味,构成了审美智慧的独特表现。人类科学在科学技术的历史创造过程中形成了不同知识之后,科学之间形成了学科内部固有的封闭或保守意识,并且,不自觉地与其他科学构成天然的对抗。科学创造中的审美是抽象的美,是理性的实践,一旦这样去理解审美创造活动,就可能打破因为职业分工带来的人与人之间的敌视和误解。其实,在职业化过程中,不同的人具有不同的审美创造精神,享受不同的审美自由。

---

　　①　海德格尔说:"艺术作品以自己的方式开启存在者之存在。这种开启,即解蔽(Entbergen),亦即存在者之真理,是在作品中发生的。在艺术作品中,存在者已真理自行设置于作品。艺术就是自行设置于作品的真理。"参见《林中路》,第 23 页。

　　从生命快乐与生命的自由意义上说,只有艺术创造最能体现审美创造的自由意义。艺术创造,并没有实用的目的,它的创造只是为了精神生活的自由,尽管作为精神生活创造的方式,它也需要付出巨大的体力和精力,但是艺术创造的非实用性,使得艺术创造能保持最自由的想象空间和最自由的想象精神。应该说,艺术创造是最自由也最具表现力的审美创造形式。艺术创造可分成精英艺术和民间艺术两大类,同时,它又可分成诗、小说、戏剧、舞蹈、音乐、绘画、雕塑等多种多样的艺术形式。这些不同类型的艺术形式之间,在外在形式上较少共通性,而在内在精神方面则有情感与心理沟通的可能性。艺术创造,作为最自由的形式,通常需要进行专门的训练,这种训练因艺术才能的差异而显示出巨大差别。在当今的艺术创造中,小说、电视、电影、舞蹈、音乐、美术是最喜闻乐见的艺术形式。艺术创造源于心灵创造,尽管千差万别,但是,每一种艺术都有其内在规定性和艺术本性的表现方式。艺术家的独创,一方面源于法则,另一方面又超越法则,这正是"至法无法"。艺术创造通常有其特殊的艺术媒介,因而,很难获得统一性的美学尺度,从"艺术品"这一概念的复杂变化和不定性中,即可见一斑。① 艺术创造是审美创造的最高形式,也是审美创造的最自由的领域,它可以不受时空的限制,不受客观法则的限制。艺术创造体现了审美创造的最大自由和最高境界,借助艺术创造这种独特的审美创造形式,人类创造了无数审美奇迹。在科学不发达的时代,"嫦娥奔月"是可能的,"女娲补天"是可能的,"牛郎织女"也是可能的,它们展示了人类审美创造的最自由、最本质的心灵特性。艺术创造是审美活动的根本,因为任何别的审美创造,皆有功利性或实用性要求,只有艺术创造,才能最大可能地超越实用性之上,所以,在表现生活时,艺术要给予"生活自由"更广阔的理解,它要让人们能够自由地观照我们的日常生活

---

　　① 海德格尔指出:"作品回归之处,作品在这种自身回归中让其出现的东西,我们曾称之为大地。大地是呈现着——庇护着的东西。大地是无所返促的无碍无累、不屈不挠的东西。立于大地之上并在大地之中,历史性的人类建立了他们在世界之中的栖居。"参见《林中路》,第30页。

世界。

多向性的审美创造,创造了时代生活的神奇,人们正是通过这种审美创造,强化了审美体验的内容,确证了审美智慧的独创性。正是借助于种种多向性的审美创造,人类世界发生了巨大的变化,而且,正是借助于多向性的审美创造,人类文明显示了智慧创造的奇迹。且不说荷马史诗、莎士比亚戏剧、唐诗宋词、明清小说、意大利绘画,单说长城、金字塔、哥特式建筑,就会理解人类创造的价值和意义。在与大自然的对抗与和解中,人们创造了无穷的审美奇迹,那些对于大自然之奇光异彩无限倾心的绘画和神性诗篇,那种对大自然的创造性征服过程,都可以显示这种创造的意义。在这种审美创造中,审美本身展示了人类心灵世界的神奇,创造艺术化作品,也创造了主体的自由,表现了精神世界的神奇,更表现出人类的价值尊严。但是,我们必须看到,审美创造在疯狂膨胀的同时,也在破坏这个世界;这个世界已变得光怪陆离,艺术使这个世界充满矛盾,更使这个世界充满危机,因为杂多的艺术生命观念彼此之间相互瓦解,相互冲突。创造意味着奇迹,同时也意味着灾难,因而,这种创造本身,不能放任人类野性之欲望膨胀,审美主体应该学会限制这种力量,在创造中,理应看到人的本质力量对象化与生命的创造性破坏二者之间的"和解"。在审美自由主义高涨的时候,也应保持理性自由主义的立场,这种和解,只能植根于审美目的之探索中。

3. 理性的尊严:审美目的与生命目的

任何事物都有其内在目的,目的论哲学,由于它所具有的形而上学特性,长期以来被忽略,这不能不说是思想界的灾难。在西方文化中,自然目的论、神学目的论、道德目的论和审美目的论,展示了人类生命的真正意义。目的论(Teleology)分析,可以使审美的目的得以真正彰显,所以,笔者在研究康德美学时,开始并不明白审美判断与目的论判断之关系,后来,在探讨康德的自然目的论、审美目的论和道德目的论的精神关系的过程中,找到了审美自由的真实含义。从《判断力批判》中,我们可以发现:

康德反对的是神学目的论,而自然目的论、道德目的论和审美目的论,可以构成"内在的和谐"。① 康德指出,世界存在的终极目的在于"创造本身",这种审美目的论的思考,将"康德问题"充分展开,在知识、道德和审美这三者中,康德认为,审美可以达成知识向道德的过渡,而且审美可以成为"道德的自由象征"。审美目的只是人类目的之一,因为目的是人类生活的理性设计,也是人的自由生活价值之方向。人的目的,曾被理解成"神的目的",在神学目的论那里,"神"是人生的唯一目的,成仙得道是东方人生命的最高目的,进入天国则是基督徒的人生目的。人的目的,只有合乎神的目的,才可能实现最后的圆满,康德看到了神的目的之不可证明性,因而,从自然目的论出发,他建构了人的目的和文化的目的之间的自由沟通机制。通过对有机体的考察和对自然目的的分析,康德看到自然处处给予人好意,这样,自然的目的,也就是人的目的,最后"自然向文化生成",因此,人的目的之证明,获得了内在可能性,从而与神学目的论形成尖锐的对抗。康德拼命确证人的目的、文化的目的,最终正是为了肯定人的生存之价值,道德目的或善的目的才是人的最高目的,因而,美是道德的象征就获得了合理的解释。审美目的的多元性,也因此可以获得充分的展开。

审美目的,是人的目的之必然延伸,但是,通向这个人生幸福目的的道路,并不是一帆风顺的。审美目的,既是为了精神的自我提升,也是为了最大限度地解放肉身,使生命得到快乐体验。具体说来,"情欲需要"是审美目的的原初表现和直接需求。人们审美,并非始终为了高尚的目的,它最初是为了满足人的全部情感和欲望需求,情感需要是主观需要,它带着原始的野性和质朴的生理欲望,这是无可辩驳的。审美目的,并非只服务于理性,也直接服务于感性,否则,它就是非人的。审美目的,在审美创造过程中,既显示为确定的主观目的,又显示为不确定的非主观目的。这种审美目的,具有无限包容性,它不可能是单一的,因此,它在服务于最高

---

① Kant, *The Critique of Judgment*, Chicago, 1952, p. 559。

目的的同时,也服务于原始的感官目的。例如,小说中的"性描写",它是对社会与文化生活的重现,是对原欲的表现或对爱情的赞颂,但它又是本能欲望的直接满足,在审美创造中,不存在确定的目的,这正是艺术功能多样化的深刻原因。再如,《红楼梦》《西游记》在不同的读者那里会有不同的认识,但情欲的目的是艺术最直接最本能的目的。情欲需要,既是正向目的,又是负向目的,人往往以自私的羞耻心实践着这种审美目的。正因为审美目的具有多层次性,因而,人类社会不可能单一化,它总是带着满身的伤疤和一腔热血行走在迷途中。有善,也有恶,审美目的自身无法克服这种复杂的目的性。事实上,不少人正是通过审美创造纵容这种情欲的目的,达成感官的享乐和生命的欢悦,所以从生命渴望与生命享受的意义上说,"情欲需求"正是审美的原初目的。①

　　然而,仅有情欲目的还不够,人需要通过艺术认识更为复杂的人生世界与历史文化世界,这也是审美的目的论要求。认识需要,是审美目的的理性表现,因而,人们在审美过程中,往往借助于直观的方式,达成对生命本原和生命真理的认识。这是审美目的之合法性理解,它超越了情欲目的而具有理性的成分,人们不仅要认识美的本源,而且力图探究生命意识的本源。柏拉图对灵魂的分析和探究,就是服务于这种审美目的,他认为,"美的事物"具有"美的理念",人们对美的认识、对心灵的认识是通过"回忆"实现的,这种心灵的回忆,在遭遇到审美问题时,仿佛有神灵附体。② 审美的目的,正是为了认识生命的这种本源现象,理解生命的神圣性。在中国美学中,庄子认为,"天地有大美而不言",所以,人要达到审美境界,悟到审美的真谛,必须"弃聪明",陷入无知无识之中。在这种本原的生命状态中,人才能真正领悟到生命的真谛,只有不受外在观念的干扰和破坏,才能获得大智慧。正因为审美的目的需要达成这种认识的途径,

---

① 克拉克:《人体艺术论——理想形态研究》,彭小剑译,四川美术出版社1991年版,第23页。

② Paul Fried, *Plato*(2), Princeton University Press, 1977, p. 282。

因而,体验在美学中显得非常关键,也是审美者非常重要的修养功夫。美需要认识,心灵需要认识,意识本身也需要澄清,只有清扫这种混乱的局面,关于美的澄澈的认识才会出现,人才不会陷入感官的迷乱,更不会为美的表象所迷惑,如此才能实现艺术的最高目的。

从情感需要到审美发生,从认识需要到理性反思,从精神需要到德性追求,"审美目的之多维追求"得以丰富性呈现。在审美精神的发展系列中,美德需要可以被看作审美目的之自由价值的最集中体现,所以审美必然关涉道德问题,它是人类生活自我反思的必然要求,这是古典文化传统中最重要的思想价值意向,只是在现代主义文化思潮中,哲学家们对传统的看法提出了挑战,例如,尼采和萨特把审美和道德视作不和谐的对立,这与尼采、萨特对流行的社会道德规范的厌恶有关。他们追求本原的生命的东西,而厌恶一切通过外在约束而表现出来的虚假性东西,他们常发现在道德的外衣下人性中潜藏着的狡诈之目的,因而,他们主张摧毁一切文明的道德规范。① 在他们看来,人的异化和荒诞处境,多少与这种道德的顺从有关。"道德自由",即意志自律,势必要求人们克服情欲、野性和罪性,而社会势力恰恰信奉强力与隐恶原则,因此,在历史真实中,尼采看到了这种恶所具有的社会推动作用,波德莱尔也曾为这种"恶"唱赞歌。事实上,"恶"推动着历史,又毁灭着人类,恶往往通过极端的方式,宣告人类的精神危机和人的生存危机。其实,古典价值观并非轻易即可摧毁,现代主义的存在观念,只是对传统道德观之异化部分的有力校正,同时,也是对现实生活的强力法则的正视和承认。从今天的立场来看,亚里士多德的美德观和孔门儒家的美德观,仍具有崇高的地位,那种圣贤人生观,正是对人的主体性和人的价值尊严的真正理解,这种价值观和主体观,正是崇高之美和牺牲之美诞生的基石。美德是审美目的,它服务于人性的完善,表现为人性的自律,正是为了这一目的,艺术净化人的灵魂,使人的心灵变得圣洁而崇高。因此,这种审美目的,在未来的美学中仍应弘扬,

---

① 尼采:《不合时宜的沉思》,李秋零译,华东师范大学出版社 2007 年版,第 212—213 页。

所以我们应站在人类文化的立场上来看人生的审美目的,而不能单纯地站在生命意志的立场上来看,前者是高远的,后者是近视的。尼采的生命哲学立场所表现出来的极端性,只有在理性主义主宰一切的前提下,才具有革命性意义。在生命主义和感觉主义占主导的情况下,再谈生命意志,只可能导致思想的大混乱和价值秩序的大崩溃。

我们必须从理性反思与人性考量的意义上重新确立"自由"与"正义"的地位,把人性的自由与人的自由看作审美的崇高目的,事实上,自由是审美目的之最高表现。人在审美活动和审美创造中,最深处的精神追求所要实现的真正目的便是"人的自由":这不仅是感性的自由,也是理性的自由,这不仅是精神的自由,也是现实的自由,"自由"是人的最后目的。①人们之所以热衷于浮士德和孙悟空等典型形象,就在于他们追求最高的自由。如果说,孙悟空的自由多少带有儿童的戏谑性质,那么,浮士德的自由则是庄严、崇高的,因为他充分体味了人类的自由本质与存在价值。在浮士德那里,书斋生活不过是思想的自由,生活现实中的不自由与书斋生活的自由根本脱节。爱情生活只不过是感官自由,它不能满足一个崇高心灵的渴求;政治权力生活也不过是虚假的自由,因为现实的政治阴谋与妥协往往阻碍着崇高心灵的理想追求。只有亲身参与自然改造和社会变革,在征服自然、改造自然的主体性创造中,他才感到真正的自由,所以,当他听到掘墓声,欣然说出:"真美啊,请停一下!"这不是与魔鬼交换灵魂的原初动机,不是欲望的胜利,而是道德的胜利与生命正义的胜利。在诗人那里,这个美丽的瞬间被描述成审美的自由,这里虽有悲剧性意味,但是,这种悲剧感很快就被诗人那种特有的宗教意识消解了。这种错觉的自由感,被天上的仙乐所真正具有的灵魂超升感和崇高感所冲淡。对自由的需要,在人类审美创造中是何等重要,因为自由信念支配着美学

① 雅斯贝尔思指出:"人,作为自由的可能性,就必定要么成为自由的真正实现,要么成为自由的颠倒,但在自由的颠倒中,他永远得不到安宁。陷于自由的颠倒中的人,其枯萎起自根部。"参见雅斯贝尔思:《时代的精神状况》,王德峰译,上海译文出版社 1997 年版,第 155 页。

的价值。如果美学不能给予人们以自由的启示,那么,这种美学的价值便大可怀疑了,因此,在审美目的之确立过程中,必须将自由视作人类审美的最高价值追求。自由不是空洞的字眼,它与人的权利、人的牺牲、人的尊严紧密地联系在一起。

从生活与艺术自身出发,审美目的虽然是人自身设定的目的,但是,它不仅合乎自然的必然要求,而且必定合乎人类历史的必然要求。审美目的与自然目的之间,有着天然的亲密关系;审美目的与宗教目的,既有相抗衡的一面,也有相融通的一面;审美目的与道德目的之间,显然有其内在的可沟通性,但在方式上可能是根本对立的,因为道德目的是通过感化和教谕实现的,而审美目的则是通过创造性的审美体验实现的。审美目的,不是人的外在目的,而是人的内在目的,只有服务于这种目的,才构成审美的可靠依据。"头顶上的星空,在我心中的道德律",这既是康德的人生目的,也是他的审美目的,这种科学探索的目的和社会伦理目的,完全服务于他的人生最高目的。没有目的之人生是危险的,欧洲的精神危机,在胡塞尔看来,正是因为"失去了对人的直接关怀"。审美目的,是主观与客观的统一,是自然的合目的性和人的主观能动性的统一;审美目的潜存于人心之中,它并不直接表现出来,往往通过审美体验和审美创造具体化。在审美体验和审美创造中,只要具有正确的审美目的,就会获得前进的方向。在后现代主义文化中,笔者依然高呼人的目的性,这正是基于对未来美学重建的信心和希望,更是审美理想的自由表达。美学的合理重建,并非一帆风顺,建构自由的具有创造性的多元化美学,必须反对那种肤浅而狭隘的应用美学取向。这种建构本身必须服务于人生的高远目的,即人类精神科学的目标,最终总是服务于人的自由与崇高理想的生活追求。哲学、伦理学、宗教学有其合法的地位,美学应被看作是具有普通意义的科学,从生命自由追求意义上说,只有把握了美学的精神,才能全面地把握现代人类生活的精神实质。在艺术生产的时代,这种美学的合理重建显得更有必要。① 审美目的应该借助对精神科学的深刻洞察和内在把握,重建审美意识领域的内在复杂性,揭示人类审美意识的真谛。"人是世界的目的",基于此,审美的目的就是为了人的自由与自由的人生,它不仅可以通过文明本身显示出来,而且可以通过艺术表示出来,人类生活就在于保护这些文明的艺术的成果,由此构建属于我们的美丽世界。

4. 审美智慧生成与审美主体的自由

从根本上说,审美活动的主体性历程,也是人类审美智慧发展的历程,因为审美活动的主体性根源于审美智慧的自由发展。现行的美学价值形态,不是从美的本质出发,就是从审美感知出发,这在美学价值形态建构中,无疑设置了一个前提,即审美必须以审美意识作为出发点,主体是一个完整的主体,但是主体的意识存在某种偏向性。认识主体、审美主体、道德主体,乃是同一个主体,但是,主体的内在偏向决定了主体意识的不同。完整的主体性取决于审美主体的和合性,人不可能同时处理精神方面所有的问题,但在处理某一问题时,总是以其他方面的认识和智慧作为参照系,由此可见,在探讨美学的人生目的与文化目的时,要确立审美智慧的优先性。审美活动是感性的自由活动,也是理性的反思活动,但是,通过理性的反思活动来指导感性的审美自由活动,并不是一件简单的事。相反,感性的自由审美活动,常常代替理性的反思活动在生活实践中的地位,这就使得人的审美活动常常停留在感官或肉身享受之上。问题在于:感官或肉身的审美享乐,虽然是审美活动的根本出发点,但是,如果没有理性反思意识的自由指导,感性的审美活动就有可能走向生命自由的反面。当然,理性反思意识不能通过强制的律法来约束感性的审美活

---

① 海德格尔说:"无论对艺术享受还是对艺术创作来说,体验都是决定性的源泉。一切都是体验。但也许体验却是艺术死于其中的因素,这种死发生得如此缓慢,以至于它需要经历数个世纪之久。"参见《林中路》,第63页。

动,所以,审美智慧的协调在审美活动中具有重要地位。① 审美智慧虽然依托理性的反思意识,但是,它并不具有律法性作用,只是思想主观性经验的智慧表达,它总是内在地影响与引导人的感性自由活动,同时,又与人的感性审美活动形成内在的和谐,审美智慧实际上是人的内在主体性的自由综合作用。

在强调审美主体性的时候,我们之所以强调审美智慧的优先地位,就是为了说明:人类的审美活动是累积性的思想过程,在人类的精神发展过程中,不同时期的审美趣味与审美创造力凝聚成审美的艺术,这其中充满了民族的思想精华与审美智慧。审美智慧问题,实质上联系着人的全部思想的自由发展,决定着主体选择性、偏向性地把握审美对象,理解审美对象的精神实质与生命意蕴。没有一定的审美智慧,审美对象就外在于人,并且无法进入人的视野,审美智慧所具有的特殊的价值在于:自觉自由地建构起审美主体和审美对象的交互性关系。审美智慧与审美意识概念,既有联系又有区别:"审美意识",是主体关于审美活动的复杂心理呈现;"审美智慧",则特指主体关于审美活动的优化意识,它排斥一切浮泛的意识活动,使审美主体直接走向审美对象,并能对审美对象获得本质直观。因此,审美智慧总是以人类审美意识为基础,它不关心审美意识的发生和发展过程,在古老的思想信念中,哲学源于惊讶,生于"爱智",因为"智慧"明确了世界的复杂性和人自身的超越性。事实上,智慧不只是生存策略,它还是关于自然、社会、文化的独特领悟和合理解释,智慧的累积与智慧的明心见性,创造着人类的文明,然而,智慧并非没有障碍,它受制于人的智能、阅历、心灵、文化水准。智慧是对自我生命的人生经验与心智完善的反思及其进化过程,随着对世界的认识之深刻和文化接受的精神贯通,这种智慧就易于臻至极点,因此,审美智慧在美学活动结构中,处

---

① 海德格尔说:"欲望作为欲望使自己经受先后相继,并非作为它自身的某个他者,而是作为它所包含的东西。欲望所要求的东西服从于时间的顺序。多样之物并不是与欲望格格不入的东西,欲望就是这些多样之物本身。"参见海德格尔:《路标》,孙周兴译,商务印书馆2000年版,第108页。

于非常重要的地位。① 也就是说,在探究美学问题时,我们必须优先考虑审美智慧的复杂性。

从审美实践意义上说,审美智慧强调生命审美的学习性,因为人不是突然就会审美的,也不是只有某一方式的审美,显然,审美具有无限多样性。它源于个体性,也源于文明性,所以,从古今中外的审美文化存在中,从经典与民间生活中学习审美,吸收人类一切优秀的审美文化遗产,就根源于智慧的累积与迸发。"智慧",源于人的全部优化意识,是成熟的思维活动,它带有一定的指向性、策略性和方法性。审美智慧本身,决定了审美主体不是单一纯粹的主体性精神存在,它必然在整体思维活动中,显出个体的独创性和差异性。审美智慧的高低,取决于审美意识的发展程度,审美智慧的灵活性与多变性,也取决于审美主体的复杂经验。康德之所以特别强调"天才(Genius)的诸心意能力"和"天才为艺术立法"的重要性,就是因为审美主体的智慧性在审美活动中具有创造性与本源性作用。② 审美智慧,体现为诸多审美价值观的自由综合,具有自觉自由的特性,并指导着主体的审美体验和审美创造。审美智慧保证审美主体可以实现主体的审美自由与道德自觉的目标,所以,在人的审美活动中,审美智慧占据着关键的位置。

从个体出发与从文明出发,可以看作审美活动发生并发展的双重路径,审美智慧是个体心性与民族精神的统一。个体的审美智慧是有限的,但无数个体的审美智慧就易于构成合力,这些个体的智慧带动了群体智慧;群体智慧之间,则呈现为互主体性或主体间性,即个体智慧,不是封闭的价值形态,而是个体与个体之间的开放价值形态。例如,服装、建筑、绘画艺术等,只有在交流语境中,才构成互主体性关系。服装审美,是人类的审美活动,它服务于美观,表现个性,不同的个体由于智慧不同,其服装设计和着装选择也很不相同,可谓千姿百态、仪态万方,但是,个体的智慧

---

① 维柯:《新科学》,朱光潜译,人民文学出版社 1987 年版,第 155—176 页。

② Kant, *The Critique of Judgment*, Chicago, 1952, pp. 528-531.

又呈现出一定的平均值,所以,这种着装的标准美感形态,慢慢就形成了民族的审美智慧。建筑也是如此,不同民族、不同时代,有不同的建筑风格,充分显示了个体差别;现代社会对石料、结构、颜色、外在构造和内部设施,又形成基本的形式美感认识与建筑功能认识。绘画的个体差别很大,但从绘画类型来看,无论是用笔,还是着色,都有历史渊源,表现出个体优势与民族优势的统一性。审美智慧通常在个体与社会、文化与文明之间进行调节,导致审美活动的创造性质变,所以,审美主体的智慧性,就在于能够综合人类已有的全部审美经验而形成创造性发明。

从意向性作用来看,审美智慧是存在意识与自由意识的统一,相对于人的生命本源性审美活动而言,审美智慧直接来源于存在意识。生存意识是人所具有的本源意识,这是人类生存不可改变的客观规律,人只有顺天应人,生命才能欢畅。这一点在中国古典美学思想中体现得最为充分,"天行健,君子以自强不息","地势坤,君子以厚德载物",即在自然生命中,时刻呈现美丽的德性与光辉,人的审美就应效法自然的光辉和生生不息的审美德性。① 艺术中的"比德",诗歌中的"言志",皆源于生命意识的自然德性存在,因而,审美智慧是高度自觉的生存意识。正因为人具有高度自觉的生存意识,他必然具有自由意识,所以,人总是用自己的智慧来装饰生活,改变生活。这种自由意识显示了人所独有的匠心,例如,当代人对居室、对生存环境的布置正出于这样的自由意识,人利用自然改变人的生存状况,就是出于自然的生命智慧。在中国文化中,这种审美智慧高度发达,例如,气论和道论,意象论和体验论,等等。古老的审美智慧,有许多相通之处,甚至超越了民族文化的局限,例如,周易中的审美智慧与毕拉哥拉斯的美感理论,都倾向于认为审美源于宇宙的和谐,即把自然的伟大生命与人的生命价值理想自由地综合在一起,形成生命与美感的自

---

① 朱子在回答"乾者天之性情"这一问题时说:"此是以乾之刚健取义,健而不息,便是天之性情。此性如人之气质。健之体,便是天之性,健之用,便是天之情。"参见《朱子语录》(五),中华书局 1986 年版,第 1687 页。

由感通,达成精神生活的自由和谐,这就是"智慧的象征"。① 存在意识是
人对自然社会的认识过程和感知过程,是本源的直观意识,源于人的具体
的生命感觉,这是人类智慧形成的直接基础。如果只有存在意识,而缺乏
自由意识,那么,人就不能成为完整的人;人的自由意识,正是对存在意识
的超越,人因为具有自由意识,才使审美智慧高度发达。审美主体的和合
性,能够充分地使人领悟存在的本真意义和生命的真正价值。

　　从多学科认知与多学科交叉意义上说,审美智慧就是人类精神科学
之间的"秘响旁通",所以审美智慧绝不是单一思想的直接呈现。从人文
社会科学与自然科学的发展中,我们可以发现,人类有多少智慧,相应地
就建立了多少科学思想形态。智慧源于感性认识,而成于理性认识,人类
的精神科学之形成,正是人类智慧发达的结果。哲学、宗教学、社会学、心
理学、文化学、历史学与美学之间,已经形成了多元文化关系,正是由于不
同的精神科学具有自己的特殊指向性,因而对审美科学具有特殊的启示
性。例如,哲学对本源问题的思索,宗教对人与神、神与人关系的探讨,社
会学对人与人之关系的美学分析和社会矛盾的分析,心理学对人的内在
理性的科学判断和精神分析,都足以影响人的审美智慧的形成与思想的
提升。这样,人就不是站在单纯的审美立场上,而是站在哲学、文化、宗
教、心理、历史等多维立场上来反思人的审美活动,于是,人文精神科学之
间便形成内在沟通。② 这使人内在地领悟到世界文化的秘密,对人的精
神实质也就有了全面的判断,从而为实现人的目的,理解自然的目的,奠
定了美学思想的牢固基础,因而,审美智慧是人类开启自然、社会、文化之
秘密的钥匙。审美智慧全面而和谐地调节着人类精神科学之间的平衡,
这种调节本身建构了主体的文化心理结构和审美结构,使美学活动的内
在展开有了自由根据。审美主体的和合性,在于把多种智慧有机地融合
在一起,发挥共同的创造力。

―――――――――――

　① 　刘纲纪:《周易美学》,湖南教育出版社 1992 年版,第 91—94 页。
　② 　帕思卡尔:《思想录》,何兆武译,商务印书馆 1985 年版,第 41 页。

从审美解释意义上说,审美智慧是开创新的美学方法论的契机,在近现代美学的发展历史中,新的美学学科的建立,其方法论并不是立足于美学本身,美学方法往往是其他学科方法的必然延伸和科学建构。从根本意义上说,美学最本源的方法是"艺术史方法"和"诗性综合方法",前一种方法重视历史的客观描述,后一种方法则重视诗性思想的自由呈现。由于审美智慧的参与,人们打开了审美领域探究的多重大门,这种吸收、转借和构建,正是审美智慧的产物。从西方现代美学发展的路向来看,现象学美学方法,出自胡塞尔的现象学哲学;精神分析的美学方法,出自弗洛伊德的精神分析学;解释学的方法,出自狄尔泰、海德格尔和伽达默尔的解释学;语言分析的方法,出自维特根斯坦开创的语言哲学;社会学的方法,出自马克思与韦伯的社会分析理论。这就是说,美学的建构方法往往受到其他学科的影响,这种美学建构正是审美智慧的表现。美学研究方法的不同,往往决定了不同的美学建构,20 世纪影响最大的三大美学流派,现象学与存在主义美学、心理学美学、语言分析与解释学美学,皆是审美主体的和合性思想高度发达的产物,这也进一步证明审美科学与其他人文科学的内在联系。许多人曾尝试以传统的文化学方法建构美学,也有人试图以价值论的社会学方法建构美学,运用不同的美学研究方法,就会建构出不同的美学。笔者所展望的"美学",在方法论上不是单一的,而是综合的,笔者认为,未来美学必然体现出这种综合性的审美智慧,势必形成"开放性的美学精神结构"。

从审美本体论意义上说,审美智慧是对天道和人道的诗意领悟。文艺美学的审美之思,必须与人文价值的最高准则相联系,或者说审美之思关涉存在的本质之思,也是文学艺术的超验价值之思,故而,道、梵(Brahman)、逻各斯(Logos)这三个相关范畴,不仅在三大文明形态中的哲学领域,而且在其艺术文明领域,皆处于最高地位,艺术与审美最后与哲学相通。站在中国文化的立场上说,审美智慧是对天道和人道的领悟,这种领悟本身是照亮心灵秘密王国的一束强光,它使人洞悉人类神秘世界,洞悉人的内在精神世界,这种领悟是智慧,而这种智慧本身必然决定人的行动和生命实践方向。审美智慧使文明重新确立人的终极目的,尽管审美智慧并非关涉实际的生存利益,但是,由于审美智慧展示了生存自由与精神自由的可能性,所以它直接开启了人类生活的幸福之门,特别值得说明的是:庄子的思想之所以被视作绝妙的美学思想,就因为他提供了反异化而追求本然自由的审美智慧。寻求审美主体的和合性智慧表达,没有高度的审美智慧,是无法创造出奇特的审美境界的。作为人类的诗性智慧,审美智慧是主体的自由想象与理性反思活动的内在和谐,它是审美发生、审美活动的根本性动力。① 审美智慧之间存在着差异,正因为审美智慧具有多元性和差异性,因而,审美活动本身也不可能是平行的。只有具备高度的审美智慧,审美体验和审美创造才有保证,或者说,只有具备高度的审美智慧,才能真正实现审美的目的。现代生活的危机,要求我们必须重新评判审美智慧,在审美智慧的视野中,重建审美主体与审美对象的关系,审美个性与审美共性的关系,审美精神与审美结构的关系,审美活动与审美本质的关系,审美科学与人文科学的关系,只有充分认识到审美智慧的复杂性,才会将审美主体性原则看作这种审美智慧表达的根本。人类生命的主体性原则,在审美智慧的自由表现中得到了最生动的呈现,事实上,审美智慧的文化累积,使人类能够永远行走在自由与美的道路上。基于此,从审美活动出发,根据生命的主体性原则,在审美体验、审美创造、审美目的和审美智慧的多维文化视野中,我们就可以把握审美活动的完整心理活动过程。

第四节　文艺活动与自由意志的审美表达

1. 文艺活动与主体的自由意志

文学艺术在生命自由感受与创造过程中,有其内在的审美转换机制,

---

① 维柯:《新科学》,朱光潜译,人民文学出版社 1987 年版,第 23—38 页。

在文艺实践活动中,每个艺术环节实际上是彼此关联的。我们先将文艺实践活动的每个环节进行现象学的描述,然后,对每个环节之间的内在联系进行清晰的分析,这样,文艺实践活动的整体过程,就会得到深刻的呈现。文艺实践活动的内在环节,从心理发生学上来说,是由审美感受、审美体验、审美想象、审美创造、审美形象、审美接受和审美反思这样几个环节组成的;就创作本体而言,艺术语言、艺术形式、艺术想象、艺术体验、艺术形象、艺术接受、艺术存在,就构成了文艺思想自身的逻辑构造。值得注意的现象是:文学艺术语言与文学艺术形式,构成了文艺实践活动的本体,一切皆围绕它们而展开,内部形象与内部语言,内在意志与主观心理,皆通过语言和形式获得表现,与此同时,创作者的独特精神与思想意图,皆通过外部语言和艺术形式获得充分表达。①

正如前文已经说明的那样,探讨文学艺术的审美独特性,就是文艺美学的根本任务,要想对文学艺术的审美特性进行深刻理解,就离不开对文艺活动的诗性考察。在文艺活动中,最能体现艺术家审美创造性的,就是"艺术家的自由意志",因而,探讨艺术家的审美创造活动和艺术家的自由意志间的联系,就成了极具浪漫性的心灵探险。由于我们把文艺美学理解成美学与文艺学的综合性、交叉性学科,那么,在解决了"美学应如何"的问题之后,"文艺学应如何"的问题,自然也成为我们思考的基本问题。从文艺学意义上说,"文艺美学"的重点,就是要详细考察文学艺术的创作与接受活动,探究文艺活动的内在心理过程与生命特性。越是具体地解释诗歌、音乐、绘画和戏剧的内在审美过程,文艺美学的解释就越具有诗性意义,其解释学功能就越能得到具体的体现。文学艺术创作和接受,作为独特的审美活动方式,具有鲜明的生命文化价值特性,事实上,只有将文艺作为生命活动的独特方式,才能使之区别于其他的活动,而且,还可

---

① 海德格尔说:"深思语言意味着:以某种方式通达语言之说,从而说便发生而为那种允诺终有一死的人的本质以居留之所的东西。"参见海德格尔:《在通向语言的途中》,孙周兴译,商务印书馆1997年版,第3页。

以由此更深刻地理解文艺活动的生命文化本质。"文艺活动论"的思维方式,在实践中具有重要的意义,但是,在理论自身的建设中,似乎一直未能给予文艺活动论以重要地位,自从中国学者引入俄罗斯理论家斯托洛维奇的审美活动理论以来,"文艺活动论"便获得了真正的回应。文艺美学的自由解释,在很大程度上就是要从文艺活动论出发,通过描述文艺活动的心理过程与实践过程,总结文艺活动的独特美学规律与价值创造意识,使主体性文艺活动的奥秘得以被揭示。

如何理解主体性的文艺活动或审美活动? 在不同的文艺美学语境中,皆有不同的言说,言说的方向不同,价值取向不同,文艺美学的言说系统与言说重点也就不同。一般说来,文艺美学的解释,始终面临着话语变革问题,新的时代与新的文化,必定需要新的话语和话语方式,而传统的文艺理论思维和文艺理论解释结构,总要受到先锋文艺理论的巨大冲击。是否新的话语就是好的? 文学理论的自由价值形态到底应该如何重建? 文学理论的自由美学价值形态的重建,不能以简单的反传统和否定传统为代价,必须寻求传统的与先锋的、本土的与外来的理论之间的深层对话,只有这样,才有助于理论自身的健康发展,因为每一种理论都有其自身的合理性。中国古典文论和西方文艺理论,作为汉语话语世界两大不同的理论系统,包含十分复杂的文学观念,中国古典诗论、文论、曲论、词论和小说论,具有无穷的审美创造智慧。相对说来,中国古典文论偏重于鉴赏和感悟,往往是三言两语,直指本心,那些高明的鉴赏家,以生命意象作喻,揭示了诗心和艺术的神秘意趣,在简洁而又深邃的语言中,包含独特的思想。[①] 西方文艺美学理论系统,由于以认识论作为支撑,往往把审美想象、体验、灵感、天才做了精到的发挥。在现当代文艺美学理论中,形式主义文学观,精神分析学的文艺观,生命哲学的文艺观,结构主义和解构主义文学观,皆就叙事学理论和创作心理学做了系统而又新异的发挥。总体上说,在汉语诗学话语中,古代文论以诗论最为发达,而现当代文论

---

① 钱锺书:《七缀集》,上海古籍出版社 1985 年版,第 33 页。

则以小说叙事学最为发达。面对马克思主义文艺学、东方古典文艺学和西方现当代文艺学,如何建构中国未来的文艺理论?人们已经充分意识到,要充分调和这三大不同系统的文艺理论,文艺理论的创建从根本上说,就必须以文艺思想与文艺方法的创造为始点。文艺理论的创新,应从文艺活动本身出发,通过寻找一些根本性的文学理论问题,重建具有创造性和开放性的文艺理论学说,这些新学说可能是有价值形态性的,也可能是非价值形态性的。无论如何,通过文艺活动的考察,特别是通过主体性审美创造活动的解释与说明,我们试图把价值形态性与非价值形态性诗学,进行创造性转化,使之成为既能指导文学创作和批评,又能促进文学理解的一门新科学。作为文学的基本理论,必然要涉及文学语言、文学创作、文学批评和文学存在等根本性问题,或者说,这些问题必须在中西文艺美学的价值形态中展开。就其根本性而言,考察审美创造者的主体性意志或自由意志最为重要,它是文艺活动"一切秘密的秘密"。

对于文艺创作者而言,主体的生命意志体现在生命的艺术创作之中,它包含了人的现实生命意志,并且必须考察个体的生命存在意志。个体的生命存在意志,直接表现在顽强的生命实践活动之中,这就是勇敢与不畏困难,就是坚强和不向邪恶低头。个体生命存在的美德体现在主体的勇敢与正义之中,体现在坚强的生命实践之中,在生命存在中,个体生命意志的力量与正义感,是存在者的生存价值体现,这是艺术家观照的对象,没有个体的强大生命存在意志,就没有艺术家的主体形象创造。对于艺术家来说,艺术家的意志就是创造的意志,即如何通过个体生命存在意志的探索,并通过自由的艺术形式,创造真正的生命形象,给予存在者以自由的生命启示,这是艺术家主体意志的根本价值所在。在文艺活动中,艺术家的自由意志处于最重要的地位,那么,什么是自由意志?它就是艺术家的主观意志,即最不受约束的自由思想与情感。人的意志具有本能性与社会性、心灵性与外在性的双重特征,按照人的自我本能和内心欲望,人的自我意志相当强大,但是,人的自我意志并不是完全顺从本能和内在意愿,意志还具有自我调节的功能,即当外在意志过于强大时,人的主体意志会做出趋利避害的选择。意志不只是情感的、欲望的,它还受到理性自身的支配,强大的意志是理性与原始力量的高度结合,而衰弱的意志则是理性与原始力量的分离。自我意志的内在选择极其重要,价值选择、生命选择、事业选择莫不与自我意志有关,意志是强大的不受压迫的力量,它是原发性的,受内心的主体性力量主宰。意志是原发性的,它可能与遗传相关,是生命内在的积极力量,没有意志,人的生命力就会变得相当脆弱,当人受到内在意志力量的影响时,就会选择内在的力量表现方式。① 意志具有定向性特征,人一生会向着自我的价值目标奋进,没有任何其他选择比自我选择更有力量,人积蓄自我的全部力量,为内在的目标而反抗一切外在的力量。意志具有心理与行动的矛盾性,即人可能在行动时表现得谦恭,但在表现内心时,他会变得相当狂放,因为人在表现内心生活时几乎不受任何限制。人的意志还具有反抗性,即当人的自我意志与外在意志相冲突时,它可能表现得极具反抗性,不畏惧外在力量的强大或可怕。人的自我意志,还具有理想性与神圣性,即人的意志决定它不是按照流俗的价值选择,而是顺从内在的意愿和生命的需要,表现得极富理想性与牺牲性。人的自由意志,主要表现在内在与外在两个方面,它既有原发性,又具有反思性,既具有冲击力,又具有理想性,既具有野蛮性,又具有交互性。

文学艺术创作,在很大程度上,就是艺术家的自由意志的主体性表现。第一,文学创作本身就是出自艺术家的内在意愿或自由意志。从创作发生学意义上说,并非每个人皆能创作,创作实际上是主体性自由意志的自我选择与自我追求的必然结果,它顺从内在的兴趣和主体生命意志,创作意志与创作冲动本身,就是巨大意志力的表现。第二,艺术表现对象与艺术体裁,也是艺术家自由意志的表现。他喜欢什么或不喜欢什么,完全出自内在的意愿,不应受人支配,只有最大限度地体现个体的生命意志与审美意志,艺术创作本身才能成为艺术家创造能力的自由发挥,当艺术

---

① 尼采:《权力意志》,孙周兴译,商务印书馆 2007 年版,第 609 页。

家的自由意志与艺术家的想象天才真正结合时,才有自由的艺术作品诞生。第三,从个体生命意志出发去理解生活,也从个体生命意志入手去创造他心目中的人物形象,无论是善良的形象,还是罪恶的形象,都是艺术家创造的自由。第四,语言意志与思想形象,在艺术家的创作中得到具体呈现。艺术家怎样理解生活的形象,试图创造怎样的艺术形象来理解生活,除遵循生活形象的真实性之外,更需要表现艺术形象的伟大思想综合力。第五,艺术家并不在乎接受者的意志,但接受者的意志决定了文学的命运,与此同时,接受者的自由意志也决定了艺术的市场前景。当然,更重要的是,艺术家与接受者意志间的较量,具有特别的意义,它构成了文学史独特的认知道路。当艺术家的意志比接受者的意志强大时,接受者就受制于艺术家,反之,则是接受者反抗艺术家。① 如果接受者对艺术家的创作普遍表现冷漠,那么,创作者的自由意志就得不到自由传播。

艺术家的自由意志,在自由表现过程中,时时受到无形的巨大约束,例如,语言自身也具有意志,当艺术家不能自由地运用语言时,艺术家的自由意志就不能支配语言,语言不听命于艺术家。艺术家的意志在表现生活时,也受到生活的挑战,受到艺术家的内在思想与才能的挑战,当艺术家不能挑战自我时,艺术本身就处于失败状态。意志从来就不是单维的,它往往受到各种各样的挑战,艺术家只有强大的意志,才能使艺术听命于自我。这种强大的意志是生命创造才能的象征,即只有具备自由的艺术才能时,艺术意志才能真正变得自由。艺术意志永远处在自我挑战之中,没有孤立的自我意志,没有独来独往的意志,所有强大的意志皆源自于创作主体自身力量的强大,即只有当个体自身拥有强大力量,能够放射出自由之光时,艺术意志才变得自由而强大,相反,无论你内心意志如何强大,皆不会变成真正自由的力量。在内心想象中,每个人都是巨人,但是,当这种强大的巨人之意志,不能通过自由而强大的创造力量表现出来时,这种内在的强大永远是虚假的强大。只有当内心强大的力量可以

---

① 尼采:《权力意志》,张念东等译,商务印书馆 1990 年版,第 1412—1413 页。

通过自我力量加以对象化确证时,它才会变成天才的力量,才能转变成真正伟大的创造力量。文学艺术活动是这种真正强大力量的证明方式,即无论你多么富有野心,多么强大孤傲,你必须通过你的内在自由力量创造出自由的艺术作品,通过自由的艺术作品来证明你的内心所具有的伟大的力量,只有在真正的艺术家那里,生命意志与创作自由才能获得内在统一。

2. 创作者的自由意志与语言的形象化

从文艺活动的发生来看,审美感受与审美想象应该处于优先位置,但是,从创作实践论意义上说,人的全部美感体验与自由想象,皆是创作主体内心的活动,是艺术家自由意志的充分而自由的表达。要想将心灵的活动或内部语言、内部形象转化成外部语言或外部形象,就必须通过具体的语言形式将内在的审美形象对象化,因而,语言认知与语言表现,在文艺活动论的构成中具有最为优先的地位。从根本上说,语言表达既是艺术家创作应具有的自我本质力量,又是艺术家创作的自由意志表达的工具。语言问题是文艺学建构的先在前提,所以,语言的重要性已越来越为有识之士所强调。[①] 从文学创作意义上说,语言创作与语言体验过程极其复杂。我们降生于世,就在语言的河流或语言的海洋中,严格地说,就是生活在民族语言的河流中,生活在乡土语言的家乡中。语言承载着思想、精神与记忆,承载着想象与情感,只有语言,才能让人产生如此敏感特殊而又强烈自由的情感反应。语言是生命的全部,日常生活语言是最琐碎的,也是最丰富多彩的。民间语言艺术家,说着最生动的形象语言,传达着最日常的生活情感,这个话语流或乡音流支配着人们整个的生活。在日常语言之外,还有巨大的语言库,那是民族语言创作与各民族语言思想文化的大宝库。语言的历史化,呈现为语言本文化的作品,而语言的日常化,呈现为语言的口头性。口头语言与历史语言,共同作用于人类生活

---

① 克罗齐:《美学或艺术和语言哲学》,黄文捷译,中国社会科学出版社 1992 年版,第 49 页。

的美妙世界,让我们的思想与情感、想象与精神,通过形象化的语言,引发人们的无限想象,又通过对语言本文的理解,构造生动的民族文化的精神形象。语言就是生命,语言的生命构造自由的形象,形象又通过语言的生命得以传承。

在创作者那里,如何通过语言最大限度地实现个体生命意志? 这是文艺美学必须关注的问题。通过语言来表达个体生命意志,首先必须认知语言,理解语言,学习语言,让语言化作艺术家的灵魂和血液,使语言变成艺术家触手可及的生动形象,简单地说,就是让艺术家生活在语言的清澈河流中,让语言变成艺术家心灵与生命的重要组成部分。语言的创作意义,可以通过语言学获得审美的理解,具体说来,语言学是一个大家族,它包含语音学、语法学等。语言学有其生物学、社会学、文化学方面的机制,几乎渗透到人类的每一学科领域。索绪尔指出:"语言学的任务是:(1)对一切能够得到的语言进行描写并整理它们的历史,那就是整理各语系的历史,尽可能重建每个语系的母语;(2)寻求在一切语言中永恒地普遍地起作用的力量,整理出能够概括一切历史特殊现象的一般规律;(3)确定自己的界限和定义。"[1]显然,文学语言学的研究,必须有人类语言学的视野,如果没有宏阔的历史比较视野,关于文学语言的研究也就不可能走向深刻,特别值得提出的是,关于活态语言的考察,是文学理论解释的任务之一。

文学语言的生命,首先在于它是活着的、有意义的。人们在日常生活中离不开"语言交往",他们用语言表达自己的思想、情感,实现自己的目的和潜在欲望,文学的活态语言最有个性,也是最有魅力的。应该说,语言学者的工作,值得文艺学研究者借鉴,他们的方言调查直接针对活态语言本身。恢复活态语言的历史地位,对于文学解释极有意义,因为文学的活态语言,来自不同的地域,要充分显示其方言特色,只有在特定的文化共同体中才能实现。土声土调,特殊的民谣,特殊的生活语汇,甚至特殊

---

① 索绪尔:《普通语言学教程》,高名凯译,商务印书馆 1980 年版,第 5—12 页。

的打情骂俏方式,都显示出独有的魅力,乡村与都市不同,南方与北方有异。出身不同的人,通过语言即可辨识其个性特色,它体现了个人的修养、风度、气质、个性、习惯、性格,因而,也就产生不同的文学表现效果。其实,民间早就将这种活态语言做了出色表现,声音、语调、语气,皆具有特殊的审美特性,说唱、演唱和表演艺术,将这种声音的美与个性差异发挥到了极致。[①] 创作主体的语言意志,就是通过语言的自我探索,最大限度地穷尽主体的语言极限,实现语言的自由,构造主体的心灵形象。每个艺术主体皆希望超越自我的极限,实现主体的语言自由,但是,由于主体的语言自由受制于主体的感受力与创造力,因此,主体的审美创造存在巨大的差异。主体的语言意志受制于主体的语言天赋,每一个创作主体的语言力量各不相同,而且,主体语言能力是不断发展、不断成熟的,因此,艺术主体可以通过语言的自由,最大限度地确证个体生命意志,只要个体语言能力存在差异,那么,主体的生命创造意志就会存在差异。

作家生活在语言的海洋之中,他每天都使用着活态语言,吮吸着语言的蜜汁,体味着语言创造的玄机。文学语言能够充分地体现创作者的自由意志,创作者总是有意识地选择自己喜欢的语言,通过自己的语言方式表达思想与情感。当然,创作者的语言可能不会直接符合主体的意志,相对说来,主体的语言意志要高于语言实际表现的效果,只有在伟大的作家或成熟的作家那里,语言才会顺从创作者的内在意志。当语言符合创作者的自由意志时,主体性的欢乐是无限的,语言具有无限可能性,尤其是活态语言,它更是变化多端,奇妙而复杂。一个作家不注重吸收活态语言,就不会有文学的独创性,而吸收活态语言需要无穷的智慧和艺术表现力;一个有成就的作家,往往也是具有独创性的语言大师,语言的艺术性

---

① 　不同的时代,语言又具有鲜明的时代效果和喜剧效果,例如,五四时期的文学语言,带有从古典语言中解放的痕迹,"文化大革命"时期的文学语言带有一定的荒诞特色,这些不同时期的语言,就是历史的活化石。例如,在写"文化大革命"时代 100 个人的命运时,冯骥才将人物的个性语言做了极具时代性的描写,很有意味。

显示出文学独有的气质与个性。① 考察活态语言,投入沸腾的生活中去,去谛听,去交谈,甚至去偷听,作家必有收获。民间的语言大师们能以特殊的方式、特殊的声调、特殊的意念作用,影响人们的行为,语言所具有的奇异魔力不容忽视。文学语言的精神鼓动性,往往就是语言的某种极致,可见活态语言的力量是无穷的。从活态语言到书面语言有不小的困难,它尤其需要作家的智慧,因为活态语言的传神、传音、传情效果,往往形之于"思想与形象"的自由表达。书面语言是静穆的存在,这种静穆的存在,只向那些具有相同灵性的人开放,没有达到一定的灵性,是无法攀缘书面语言的音阶的。

书面语言,符合语言规则的逻辑句法与思想秩序,是录音效果的理性再加工,它需要具有灵性的人去重建、去复活,而复活的程度不同,其感染力则不一样。同一部作品,会具有千差万别的活态效果;同一部作品,语言艺术家的朗诵可能极具感染力,一般人读来可能索然无味,书面语言自身的无穷组合正是活态语言的张力所在。书面语言与口头语言,并不是完全同构的,它有独立的句法、词法、章法。静穆的语言是书面的文本或存在,但在作家的心头,它永远是活跃的,作家的审美记忆和审美图像,极具戏剧性和情景性;在语言的生命意志表达中,作家把全部鲜活的情景记忆,投射到这种具有张力性的语言结构之中。在作家心目中,创作的语言,永远是鲜活如初的,它伴随着图像、声音、情感、意义,由此可见,"活态语言"在文学语言中是第一位的。创作可以是口头的语言创作,也可以是本文的创作,相对而言,口头的创作由于受制于各种媒介条件,不如本文创作那样具有如此大的影响力,从语言的生命创造意志来说,也不如本文创作那样具有如此强大的形象想象力。"口头创作",作用于人的听觉记忆,"本文创作",作用于人们的视觉记忆。本文语言创作,有自己的生命结构,能更深刻地理解生活,更复杂地表现生活,生活的意义在本文表达

---

① 弗莱:《神力的语言——"圣经与文学"研究续编》,吴持哲译,社会科学文献出版社2004年版,第71页。

中,可以更形象、更深刻、更生动。

　　从本文创作意义上说,历史语言的考察是文学语言解释的核心任务之一。语言总会成为历史,逝去的语言就是历史的语言,书面的语言就是历史的语言,它属于过去,更面向未来。由于科学的发达,录音和录像发展成为新的语言记载方式,但对人来说,历史语言的主要形式仍是书面语言。书面语言首先是秩序,它有词法规则、句法规则,遵循语言的内在生命律动。历史语言有它特殊的词汇和意义,对于历史语言和民族语言来说,必须借助意义来理解,或者直接去探索历史语言本身。"谁都知道语言是可变的,即使是同一代、同一地,说一模一样的方言,在同一社会圈子上活动的人,他们说话的习惯也永远不会是雷同的,仔细考察一下每个人的言语,就会发现无数细节上的差别,存在于词的选择,句子的构造,词的某些形式或某些组合的相对使用频率,某些元音、辅音,或二者合并时发音等方面,也存在于快慢、轻重、高低等给口语以生命方面。"①文学语言,有大量的民族文本和历史文本,通过这些文本,不仅可以看到作家语言的形成过程,而且可以看到作家语言的定型状态。不同的作家,其文本语言有极大差异;这种差异只能被内在地感觉到,而很难从形式句法结构的分析方面获得直观认识。历史语言,既有个人文本语言,又有历史文体语言,特别值得重视的是,诗语言之间有着极大差异,小说语言之间有着极大差异,戏剧语言之间也有极大差异,不同文体之间的语言差异更是大量存在,这种差异的存在,与杂多的语言并存,显示了文学语言的巨大历史空间。在一切语言之中,体现了无数语言创作者的内在精神意志,因而,文学语言的历史考察,其任务极其艰巨,其意义又极其重大,一个人献身于这样的事业,是无比高尚的。所有人构成语言艺术的文化创造合力,进而显出民族语言和人类语言的复杂、深刻和博大。作家采撷语言,提炼语言,表现语言,通过语言建构生活世界和意义世界,由于语言艺术自身处处体现了创作主体的生命意志,故而,语言艺术的个性化对民族语言的创

---

　　① 萨丕尔:《语言论》,陆卓元译,商务印书馆1987年版,第92页。

造有着巨大贡献。文艺学解释,应考虑到作家语言的文化贡献,事实上,但丁对意大利民族语言的贡献,歌德对德意志语言的贡献,曹雪芹对汉民族语言的贡献,皆无法估量,有些作家的贡献甚至具有奠基性意义。情感语言的体味,是文学理论解释的重要对象之一,因为语言是可以体味的,中国人就很强调语言的"言外之意""象外之象""味外之味",也感受到言不尽意、言有尽而意无穷的神秘。语言需要个人体味,因为语言是社会行为,也是个人行为;社会共同的语言,需要个人去独立品味,这就是关于语言的情感体验。情感语言具有极大的价值,它通常能唤醒生动的记忆,也能带给人狂欢,它能把生命情景唤醒,在过去的时光中沉醉,体会到生命的神奇、生命的神圣和复杂性,在情感语言的体验中,接受者往往能够获得巨大的精神满足。

　　语言创作的最大意义,是在于它的"诗思性"与"诗意化"。"诗意"就是对日常生活的超越,即将日常生活中的美好事物无限放大,使日常生活的自由梦想在艺术生活中获得自由实现。"诗意",就是构想自由的生存世界,就是通过艺术化的语言将个体生命的自由意志艺术化和对象化。这个世界,鸟语花香,春光明媚,人在其中生活如同在音乐和绘画的世界中徜徉,在诗意化世界中,人的生活自由而美丽。爱情生活是诗意世界最激动人心的事件,它让人最大胆地思,最大胆地渴望,最美妙地想象。语言的诗思,有助于文学理论的深入解释,因为语言作为语言,是感性的,也是知性的,但这感性和知性的语言的意义、价值、深意,是需要进行沉思的。洪堡特指出,"对一个民族的真正本质,对具体语言的内在联系的认识","完全取决于对整个精神特性的考察","语言的所有最为纤细的根基,生长在民族精神力量之中","语言与精神力量一道成长起来,受到同一些原因的限制,同时,语言构成了精神力量生动的兴奋原则","我们不应把语言视为僵死制成品,而必须在更大的程度上将它看作是创造过程","语言就其真实的本质来看,是某种持续的、每时每刻都在向前发展的东西"。① 这些描述相当深刻又生动,语言实际上是精神自身不断重复的活动,它使分节音得以成为思想的表达,语言的真正材料,一方面是语音,另一方面则是全部的感觉印象和自觉的精神运动,"语言在每一个人身上产生的变异,体现出人对语言所施加的强力"。在对民族语言的诗意考察中,洪堡特发现了语言所体现的民族文化精神。民族语言的价值,不仅在于它的交际功能,更为重要的是它的文化功能和精神价值,也可以说,在民族语言艺术中,其文化功能和精神价值最大限度地体现了民族语言的内在精神和意志。

应该说,语言的诗思有着十分悠久的思想传统,在德国,洪堡特、赫尔德、席勒使语言之思臻于一个时代极点,近代以来,在欧洲文化语境中,尼采、海德格尔、伽达默尔、利科、德里达构成了一个思想系列,维特根斯坦、奎因、石里克则构成另一个思想系列。语言的诗思,沿着浪漫主义和科学主义两个方向运动,给文学语言学的思考提供了广阔的思想背景。② 在维特根斯坦看来,想象语言,就是想象生活的形式;在海德格尔看来,寻找语言,便是寻找家园。诗、语言、思,极为天然地关联在一起,文学语言学具有深刻的思想渊源,既有西方渊源,又有东方渊源。文学研究,在历史学、心理学、人类学、文化学、哲学、语言学、文艺学的广泛关注中行进,它拥有对人类精神的内在语言形式的最直观把握,由此可见,"语言的意志",不仅是感性生命的审美意志与情感意志,而且是理性生命的文化意志与精神意志。关于文学语言学的这种普遍意义和特殊意义的思考,必须视作当代文艺学合理重建的前提与基础,故而,从语言出发来谈论创作、批评、历史,就有了内在合理性。文学基本原理的解释,在现代结构中,通常是从文学本质出发来解释文学;理论家们往往把文学的本质视作意识形态,对文学语言的关注就显得不够深入,从本质出发,这本身就是

---

① 洪堡特:《论人类语言结构的差异及其对人类精神发展的影响》,姚小平译,商务印书馆 2008 年版,第 153—158 页。

② 姚小平:《洪堡特:人文研究和语言研究》,外语教学与研究出版社 1995 年版,第 5 页。

基于抽象而形成的误解,在无法真正面对对象时,"本质之思"只具有空洞形式,所谓"文学是意识形态"的理论判断,也就显得十分普通和抽象。

从文学语言出发,寻找文学的内在精神形式和文学的内在精神价值,文艺学探索便会获得强有力的思想出发点。对文学语言的考察,绝对不会过时,它是无限伸展的,因为不关心文学语言的理论,就无法展示其创造性活力,文学语言的探索是文艺学理论价值形态建构的关键。语言的力量,是艺术家的自由意志的最强大的确证方式,正如前文所述,语言有日常语言与艺术语言之分,有历史语言与诗性语言之分,还有认知语言与科学语言之分。在文学创作之中,艺术家的语言必须具有情感的、思想的力量,必须具有燃烧的力量。语言是外在的,它就在艺术家的面前,但是,这些语言是"死语言",或者说是别人的语言,这些语言承载的是别人的思想、情感和意志。要想让语言承载你的思想与情感,你就必须使语言听命于你,这时文学的诗性语言给艺术家提出了巨大的思想与意志挑战。艺术家必须从生命深处呼唤语言,让语言听从自我意志的驱使,即语言听命于艺术家,它只为表达艺术家的思想与情感服务,而且具有艺术家鲜明的思想烙印。语言是自我学习的过程,也是自我创造的过程,你必须沉浸在语言的深处,游弋在语言的海洋里,然后,你才能真正享受到语言的丰富与自由。语言的过程是意志自由的过程,是自我意志不断自我征服的过程。语言就是艺术家的自我搏斗,当语言自由之时,就是艺术家的意志自由之时,而要获得这种内心的自由,就要去征服语言的不自由,接受语言不自由的挑战。[①] 在文学语言的体验与创造过程中,没有无缘无故的自由,也没有纯粹的自由,语言自由完全依靠生命的自我搏击,只有通过搏击,才能真正找到属于艺术家的语言自由与思想意志自由。

3. 创作者的自由意志与母语文学生成

在文学创作中,除了语言的自由之外,还有许多地方需要创作者自由

---

① 海德格尔:《在通向语言的途中》,孙周兴译,商务印书馆 2004 年版,第 143—144 页。

意志的参与，或者说文学创作的全部活动，皆需要创造者自由意志的参
与，创作者越是具有强大的生命意志与自由意志，就越能创造出自由而美
丽的语言艺术形象。相对而言，语言艺术形象创作是艺术家对生活形象
的意志征服过程。生活中有无数形象，作为艺术家应该创造什么样的形
象？为什么要创造这样的形象？所创造的形象有怎样的生命意义？这都
是主体性的生命创作过程中必须接受的思想挑战。如何理解生活现实？
如何超越生活现实？这需要主体性意志的自由战斗。首先，文学文体是
艺术家的意志需要挑战的，因为文学虽有几种基本的文体形式，但人们并
不知道自己能够真正操纵哪种或哪几种文体，因而，需要进行文体的实
验。只有当艺术家在某一种文体中获得最大自由时，才能说艺术家的个
体自由意志征服了文体，否则，艺术家只能受制于文体，没有真正的自由。
每一种文体皆有自己的生命特性，皆有自己不可轻视的尊严，艺术家必须
真正沉醉在文体之中，才能真正在文体中获得自由。艺术的情节与思想
构造，也是对创作意志的最大挑战，构造什么样的情节与思想，通过什么
样的方式完成自我思想与情感的表达，这都是对艺术的巨大考验和挑战。
创作意志，无时不受到巨大挑战，就看你如何接受挑战？如何赋予艺术语
言的思想情感和形象以最大的自由？"自由意志"，永远处在艺术家与对
象世界的搏斗中，事实上意志就是人与人之间的较量，就是人与自然之间
的较量，就是人与对象世界之间无尽的思想较量，就是人与历史及文明的
惯性之间无尽的较量，也是人与艺术史、文明史之间的持久较量。谁能在
较量中获胜，谁的主体性意志就能获得更大的自由。

　　语言形式，是所有的艺术共有的外部特征，它是艺术的客观现实，是
艺术创作中最具优先性的问题。正如笔者在前文中谈到的，艺术体验与
艺术想象，在文艺活动中具有源发性地位，因为它不仅具有内部语言和内
部形象特征，而且具有艺术实践的不确定性，所以在文艺美学中次于艺术
语言的优先地位。通过艺术语言和艺术形式，解释者可以最大限度地还
原文艺创作中艺术想象的共性与个性，也就是说，创作解释学或创作心理
学，在文艺学中的特殊地位和重要意义应该获得充分重视。中国文论几

乎就是对文艺创作学的探讨,这不仅因为创作是文学活动中最重要的一环,而且,因为创作本身有无穷的机密和充分的自由个性等待被揭示。①从某种意义上说,创作学的探讨水平,代表着文艺学的最高规范,而创作学的这种特殊价值绝不是偶然形成的,因为创作学不仅是理解创作和文学的重要途径,而且是确立文学的审美规范和形式定律的最佳途径。不理解创作,就无法理解文本;不理解创作,更无法进行批评。文学创作论,不仅力图将创作心理进行还原,而且力图将作家的记忆、生命体验、生命创造、价值取向予以心理学和本体论的阐释。更为关键的是,创作学就是对文学的独创性、文学的形式意味、文学的语言法则、文学的隐喻和象征意义进行美学的阐释,这就等于说,创作解释建构了立体的作家心理世界。20 世纪 80 年代中期中国理论界在创作学方面取得了比较多的成就,那种联系文本的艺术世界分析和作家的心理世界分析,无疑能够极大地开启人的心灵,并指引人们前进的道路,因此,对文学创作解释的展开,也能顺着自然的逻辑的思维路线前进。

正如前文所述,语言与创作的关系是极重要的问题,因为作家与普通人一样,都是在语言的习得过程中获得对世界的直观理解;作家的全部精神记忆,皆可以用语言来同构心灵的意象。离开了语言,作家心中丰沛的生命形象就无法进行艺术表达,可见语言思维在作家那里是极为关键的;文学创作解释,必须重视作家语言的研究,这一点应不同于语言学家的工作,布龙菲尔德指出:"文学,不论是口语形式,还是我们现在习用的书写形式,总是由优美的或者其他出色的话语构成。研究文学的人,细心研究某些人的话语,只关心其内容和异乎寻常的形式特点。语文学家的兴趣更广些,因此,他涉及他所阅读的材料的文化意义和背景。语言学家可不然,他一视同仁地研究所有人的语言。一个伟大作家的个人语言特点,有别于他同时同地的普通言语,这对语言学家来说,并不比任何个人的言语

---

① 宇文所安:《中国文论:英译与评论》,王柏华等译,上海社会科学出版社 2003 年版,第 248—249 页。

特点更饶有兴趣。"①作家的语言思维是内部的形式,这种思维的内部形式和深层结构,必须转化为语言的外部形式和表层结构,因为语言的运动贯彻在作家的整个心灵活动过程之中。

"语言意志"不仅涉及艺术形象的自由表达,而且涉及思想价值的自由呈现,没有强大的语言意志,艺术家丰富的生命形象就会受到压抑,同样,没有强大的语言意志,艺术家的思想表达也不可能显示存在的深度与精神的隐秘。语言建构起作家的全部思维空间,激活了作家的全部生命记忆,富有生命的内心情感形象喷薄而出。语言的激烈冲撞,构成内在的激情,而内在的激情,又等待语言来加以宣泄,大有势不可挡、雷霆万钧之势。作家与生活,作家与历史,作家与人民,作家与经验的全部关系,皆表现为生活与艺术、生活与语言的关系,因而,维特根斯坦提出"语言的界限就是世界的界线",他的"想象语言,就是想象生活形式"等观点无疑具有现实意义。作家对人生的全部理解,通过语言感知,通过语言来表达,因而,语言对于作家来说是极为关键、极为根本的。它不仅能体现作家的内在才情和作家的巨大创造性,而且能体现作家的情感观念、生命意识、精神判断和价值取向,作家因而获得对生活和生命的理解,进一步说,作家因语言的自由而获得了文学的生命创造价值。语言的组合、语言的创造,在创作的自由阶段是呼之欲出的东西,它是生命的自由,而不是语言的拼接。作家的内心活动能够把握语词的全部情感含义,揭示它所蕴含的象征意义和神秘意义,语言找到了它的特殊通道,就变得驯服、乖巧、灵性,它不再是僵硬的、孤独的、冷漠的、无言的字句。它与人亲切地交流,成为生命的重要构成部分,将人的全部本质力量对象化,在对象世界中确证自身,表现自我,获得自由。因此,创作的自由是语言的自由,创作的痛苦,往往也是语言的痛苦,只有掌握语言机密,创作的价值和意义在文学中所表达的美,才会获得充分的理解。

语言的自由流动,构造了形象和思想,意境与故事,最后显出文体的

---

① 布龙菲尔德:《语言论》,袁家骅等译,商务印书馆 1985 年版,第 23 页。

特性,从文学语言创作意义上说,文体创造与突变,显得非常重要。在僵硬的文艺学结构中,文体是以体裁论出现的,这种看法外在于作家,外在于批评,其实是对文学自身深刻的误解。在真实的文学艺术创作中,文学创作离不开文体创造,因为文体是整体的、充满生机的艺术生命体,它不再是孤立的、断片的语言,而是有机的生命整体。它是语言创造的结晶体,也是文学的具体形式的抽象,更是在语言的高度综合和全部把握之后呈现出来的生命形态。"文体的独立性"往往是独立的生命形式的表现,因此,每一种文体都有独立的特性。从文体的类型来看,诗、小说、剧本各有其精神独立性,它带有基本的语言特性,这种文体本性是历史形成的,也是历史存在,它与人的内在生命结构相沟通。诗是感悟的爆破,它直观地悟透世界和人生;小说则是生命的历史记忆,犹如奔腾的江河有其开端,也有其终端,在整体行程中显得波澜壮阔;剧本则是诗与小说的结合,在特定的空间中,通过形象来强化生命冲突的意义,并着重突出悲喜剧所具有的现实意义;散文则是生活的随意感受、生命的某种断片领悟和历史的个我手记,文学文体中积淀了无数生动的形象,体现了艺术家的"无限自由意志"与"美感意志"。①

从文体本性来说,这些基本的文学文体规范又具有各种变体,但是在本性上,它们是统一的,这种历史地形成的文体,经过了无数代人的丰富和改造,终于形成多元化的文体时代。西方诗学习惯于从文学的本质特性出发来界定文体,把抒情文学、叙事文学和戏剧文学看作是文学文体的三大类型,这是从文学本质出发所做的界定,而不是从文体的外在结构与内在灵性的统一来界定的。因此,在创作和批评中,中国人乐于采取"四分法",因为它坚持了事物的本性,保持了事物的原貌,当然,对本质的透视也是文体区分的关键。笔者之所以反复强调"文体的意义",不仅因为文体具有独立的形式特征和文本特征,而且因为文体决定并制约着作家的想象,作家对文体的掌握,是出自对潜在的生命本性的偏爱。由于文体

---

① 李咏吟:《诗学解释学》,上海人民出版社 2003 年版,第 58—67 页。

涉及具体的语言、话语方式、隐喻、叙述者、抒情主体、体验流,同时还表现为意象的构造、意境的创造、情节的构造。这些具体的文学元素,成为文学不可缺少的有机组成部分,所以文体永远表现为主体性语言的生命历史记忆与生命情感表达,它需要作家表现潜在的无穷智慧。没有这些元素的独创,就不会有文体的独创、情节的独创;没有语言的独创、情景的独创、意象的独创、情节的独创、意义的独创,就不会有文体的生机与活力。文体是变化的、流动的、发展着的生命形式,作家的全部情感、思想都围绕文体而展开,表现文体的特性,这也是语言发展的必然结果。

在生命的创造活动中,在艺术语言的创造过程中,形象生成和意义生成是文学创作意志表达的最核心内容。文学创作,从基本表现方式来看,是语言的自由流动,而从精神体验来看,则是形象的构造和意义的建构。在作家的内在精神体验过程中,文学更是活态的图像:"图像记忆"先于"语言记忆","图像记忆"优于"语言记忆"。画家直接将图像记忆转变成视觉图像,而作家则必须将图像记忆转变成语言符号;语言所具有的二重性,唤醒声音图像,唤醒概念意义,彰显这种具有生命启示性的神秘的图像所具有的力量。图像记忆转变成语言符号,绝不是简单的过程,它需要作家整体地赋予对象声音、语言、对话、动作、心理、活动、历史,通过语言形象复活存在对象的生命,复活生命存在者的生命情感与意志,作家所构造的形象是通过语言一点一滴逐步完成的。语言构造形象也并非十分困难,在语言思维过程中,人类早就学会了用词语将具体对象抽象化,通过词语唤醒对象。因而,文学创作、语言与图像之间,是天然地联系在一起的:形象在时间进展中完成,在语言对话中完成,在内心独白中完成,在行动本身中完成,在意识流中完成,在旁白和叙述中完成,在情感抒发中完成。语言形象的创造,特别离不开时间与空间的设置,人物关系和社会冲突的表现,内心独白与情感表达的和谐,人与事、人与物、人与词、人与心灵构成了艺术的生命空间。① 艺术形象,作为创作者的自由意志体现的生命形象,就是艺术的秘密所在,也是艺术的无穷力量所在。

透过文字语言的表层结构,向意义与思想层面攀缘,便会把握到主体性的内在的空灵的实体,意义往往就在于形象本身。通过构造形象,并将形象本身交给读者评判,这是文学意义的实现;通过构造形象,并将形象本身的生命活动、生命感受直接呈现出来,这是文学的意义。创造艺术,便是创造理解世界的方式;创造意义,便是构造生命形象,它通过形象启示来说话,通过整体思维来领悟,通过文学的精神整合来确证天道、人道和生命的不朽意义及永恒的价值规范。此时,真、善、美便落实到具体的形象构造之中,爱、恨、丑便落实到具体的形象运动之中,形象表达全部的意义,成为文学异于其他精神科学的独有的创造方式。借助语言来进行生命的探索,生命可以有具体的感受,它由具体的欲望和要求,具体的希望和理想,具体的活动与精神原则所构成,但是,生命的本质意义,不在于外在生活表象本身,也不在于作家对生活的语言还原和情景还原,而是必须通过形象体现作家的主观意图。母语文学的自由意志,既是个体的生命意志体现,又是共同体的生命意志体现,从母语文学的整体来看,母语文学显示了整个民族的生命意志。这就是说,它既是个体自由意志的呈现,又是民族共同体的美善意志的共同体现。

文学文本的诞生,是神秘、感性、具体而又复杂的艺术过程,它是母语创作者认知生命、想象历史、回忆往事的过程,也是母语创作者情感与生存意志的自由体现。生命的意义并不直接写在书中,它通过形象来表达;作家对生命的理解,通过语言形式来展示,过于强调写作方式对于创作的意义,是极不可取的;生命的思索,不是技法能把握的,它需要对人生有深刻的领悟,需要作家与其他的人类精神科学相沟通,因而,语言创造本身

---

① 帕思卡在谈到"想象"时说道:"这种高傲的力量,这位理性的敌人,是喜欢驾驭理性并统治理性的;它为了显示自己是何等万能,就为人类奠定了一种第二天性。它使人幸福,使人不幸,使人健康,使人患病,使人富有,使人贫困;它使人信仰、怀疑和否认理性;它可以断绝感官,也可以使之感受;它有它的愚蠢和明智。"参见《思想录》,第41页。

不是孤立的精神活动,而是有广阔的历史语言和思想话语空间。① 语言的思索是生命在场的思索,是想象在场的思索,也是贯通历史现实的思索,这就使文学创造具有理性的精神意义。它绝对不是简单的形象和现象还原,必须借助思想来虚拟,来假定,来创造,那么,人类世界的现实和未来如何可能? 具体的生命存在如何可能? 生命的幸福和自由如何可能? 生命的喜剧和悲剧如何可能? 这就需要作家进行深度探索。于是,艺术符号和文学形式,往往也就展示了巨大的历史想象空间,它是无定性的,面向未来的,作家的全部开放视野和开放精神,也就展示在这种历史的假定中。文学创作必然是深邃无限的,富有创造力的文艺理论价值形态必须对创作论和主体创作意志有深刻而独到的发挥。

4. 形象的生存意志与批评的主体意志

艺术家的自由意志要面对历史文化的挑战,当艺术家的自由意志对象化之后,经常还要受到批评家的评价。艺术创作者不断地创造新的艺术作品,在艺术品中,生动而具体的历史文化形象呈现出独特的生命历史文化意识。艺术形象与生活形象,艺术形象与生命象征,让接受者能够感悟生活的意义与生命的价值,艺术形象与艺术作品,艺术形象与艺术语言成了文学艺术的本体。在艺术活动的整体运行过程中,通过艺术作品的中介,艺术家和读者联系在一起,艺术家和批评家联系在一起,批评家作为文学艺术活动中的另一个重要环节,自然要对文学作品形成综合而深入的评价。批评家的自由意志是"思想的意志",是文学理想传达的意志,不全是现实创作的意志,因而,批评家的意志可能变得毫无道理,它要求艺术家"必须如何",否则就对艺术家没有好的评价。批评家的意志,可能会影响艺术家的意志,也可能影响不了艺术家的意志,从根本上说,批评

---

① 海德格尔说:"在命运提供出语言来命名(nennen)和创建(stiften)存在者,从而使存在者存在并且作为存在者熠熠生辉之处,是找不到表示语词的词语的。表示词语的词语,虽说是一份宝藏,但决不能为诗人之疆域所赢获。"参见《在通向语言的途中》,第159页。

家影响不了作家的意志,他的评论只是对文学创作具有潜在的影响。当艺术家处于学徒期时,可能受到批评家意志的影响,但是,当艺术家走向成熟之后,批评家就不能影响"作家的意志"。作家永远按照自己的本性创作,他只害怕读者,并不畏惧批评家的思想意志,但是,批评家的自由意志能够影响作家在文学史上的地位。批评家决定不了艺术家的意志,但是,批评的文艺形象解释与文艺价值反思,让艺术形象的价值得到不同程度的证明。在文艺活动中,批评家的意志与艺术家的意志不是互动的、平等的,而是两条道上的意志,他们在各自的思想意志中完成"自我的生命价值确证"。语言的意志与创作的意志,最终必须体现在艺术形象的创造之上,艺术形象是艺术生命力最为集中的体现,正是通过艺术形象的生命意志,主体性的生命意志才可以获得情感共鸣。

文学批评活动不同于创作活动,但它必然是创作活动的延伸,因为没有文学,没有创作,批评也就不可能存在,而批评就是判断,不是指手画脚,更不是打棍子、扣帽子。托多洛夫说:"批评探索的真理与文学探索的真理,是有共同属性的,即事物的而不是事实的真理,揭示的而不是相符的真理。"①文艺解释学的价值形态,必须重视批评的特殊地位。"批评作为判断",是面向文学自身的判断,这种面向文学自身的判断,既是独立的文体判断,又是历史的比较判断。判断一部作品的价值,必须在历史维度中进行,没有历史维度的观照,批评必然是盲目的。这种历史维度的观照,不仅涉及东西方文学、不同民族间的文学,而且涉及文学历史自身的结构,涉及整个人类的文学历史和具体民族的文学历史。它面向历史,必定有着历史文本自身没有的元素,这就必须有预见的眼光,能发现并创造新的质素、新的艺术空间和思维向度。这种面向文学自身的判断,是文学史的判断,是内部规律的判断,是创作心理学还原的判断,是艺术形式的审美价值的综合判断。仅有这种价值判断还不够,还必须有更为广阔的文化社会学判断,甚至是人类学、哲学的判断。

---

① 托多洛夫:《批评的批评》,王东亮等译,生活·读书·新知三联书店 1988 年版,第 180 页。

批评家的意志,不是创作意志,不是通过语言表现生活存在或生命价值的强力意志,而是通过文学反思和文学理性标准评价文学作品的"强力意志",是源于意识形态权威信念或个体审美理想的思想意志。批评家在心中设定了艺术的价值规范,设定了艺术形象的生命意义,进而以个体审美趣味和审美理想去评价文学作品的内在思想意志。基于此,批评家在遇到共鸣性艺术作品时,往往意气风发,评价极高,相反,在遇到相逆性艺术作品时,往往横加指责,粗暴否定,批评家的这种个体自由思想意志,在很大程度上影响了人们对文学作品的评价与判断。从文学批评史出发,我们可以看到,批评家有时是对的,有时则是错的,正是批评家正读与误读的历史,构成了批评者自由意志的独特表达,它是批评家的内在思想意志的语言对象化。从批评本身来看,批评家对文学本质的思考,原道论、言志说、载道说、意识形态观念,皆是基于这样的内在思考。这种思考不是独立的,它根源于文学批评,面对文学批评,如果缺乏这一方面的判断,显然是不深刻的。人们惯常把文学理论和文学评论作为两个独立的专业部门来划分,这种划分是人为地设置栅栏,阻挡了批评的深度发展。文学的功能实现,必然要求把文学和社会传播联系起来;文学功能的实现,是通过传播和接受实现的,它的功能必然是广阔的、多元的。① 由于个人价值判断不同,观念不同,生命原则不同,对待同一客体,有人吸收好的,有人吸收坏的,但文学多少能起到移情与净化的作用,同时,文学也可能从消极方面起到教唆犯罪的作用。文学的功能,既有正向的又有负向的,这是因为人的精神需求和生命欲望存在内在矛盾,作家对生活和生命的理解也会显出这种矛盾性。

文学的价值,既有文学自身的价值,又有文学的外在价值,因此,文学既有现实价值,又有历史价值。文学的价值,通常很难定位,在文学的历史判断过程中,能够得到全面的深入阐发,这就涉及对文学本性的思考。这既要联系文学的客体,又要联系文学的主体来谈:从文学客体而言,文

---

① 钱锺书:《谈艺录》,中华书局1984年版,第12—18页。

学的本性是语言;从文学主体而言,文学则是作家的情感思想的表现,是作家的本质力量之对象化。过去我们单一地思考文学的本性,结果入了死胡同,把文学的本性和文学的功能、价值相混淆。文学判断必然是对人类文明和人类精神的重建,必然要服务于人性与民族精神的重建,因而,从这种最高价值规范出发,真、善、美、正义、自由、平等便获得了崇高的意义。从文学批评意义上说,文学作为人文精神科学,必须服务于人类精神重建的总目标,必然要涉及人性改造和民族改造的问题。过去,人们错误地把这种最高精神判断让位于政治判断,结果,文学观念和文学价值被弄得支离破碎。社会作为无穷生命共在的复杂社会共同体,作家在其中是通过生命形式与生命形象来整体把握的,绝对不是从某一集团的政治意愿去判断,如果以某一集团的意愿去判断,这种批评本身就不是独立和自由的。最高的批评规范,必须来自人类文明重建的正价值原则,因此,文学判断是由具体走向抽象的复杂的过程,由感性到理性的反思过程,它绝对不是感性的冲动。这种判断的思想视野和思想渊源,通常也是十分广阔的,正如作家必须思考人的问题那样,批评的思想意志绝对不可能是孤立的,我们必须学会思考其他人文科学家所关心的生命存在问题。文学家思考人,要比社会学者更为具体和全面,它是复杂的生命思考,如果没有这种复杂思考,批评就只能局限于文本形式本身,虽然这种批评家可称为内部的批评,但这种批评本身的价值是大可怀疑的。作家的思想愈广阔,视野愈开阔,批评的深度就愈有保证,很难想象不通宗教秘仪和神圣原则的人,能恰当地判断《古兰经》和《圣经》的文学价值和思想价值,同样,缺乏历史眼光和社会学眼光、哲学眼光的人,不可能恰当地评价《红楼梦》。评价荷马、但丁、莎士比亚、庄子、陶渊明、李白、王维、吴承恩、曹雪芹、鲁迅等伟大文学家,需要多维的文化视野。文学批评解释与其他人文科学隔膜是不行的,必须去理解哲学、宗教学、精神心理学、社会文化学、民俗学、伦理学、历史学,只有在这种人文科学精神的多向辐射下,批评家的思想意志与思想文本才会呈现出深度文化模式,表现复杂而又深邃的生命哲学精神。批评家的自由思想意志,必然要受到人文精神科学的影响,他不可能完全按照自我意志进行批评,相反,批评家的自由意志可能受到哲学家和思想家的深刻影响,因此,批评家的思想往往是历史思想意志的体现,不可能是单一的主体性思想意志的自由表现。①

文学批评需要判断,需要思想,同时,也需要具体的方法。文学批评的方法,曾经被极大地误解,许多人以为套用方法就可以进行文学批评,这种批评显然不可能是出自生命的深度自觉的批评,它外在于人,是无心的批评。批评方法在判断与思想中会自然地成熟,或恰如其分地理解方法的思想意义。此时方法的使用出自生命的需要,它与生命思考相重合,成为生命不可分割的一部分,因此,批评的方法就不是形式,而是生命价值立场的显现。文学批评方法的选择,取决于批评家站在哪一立场上,我们至少有三种立场,正如前文所述,"文学史的立场""文学本质的立场"和"人文精神的立场",站在不同的立场上,就会有不同的方法选择。例如,文学史批评家立足于文体、文学形式、文学比较、文学历史考古、文学鉴赏来进行审美判断,本质论批评家则倾向于从文学本质上对文学的社会性、文化性、审美性、政治性进行批判,站在人类文明高度的批评家,则着重于最高人类价值规范的诗思和阐发。

批评家的兴趣和修养必须是多方面的,例如,巴赫金的批评从人与人际关系出发,从风俗文化出发,从对话原则出发;弗莱则从神话认识出发,所以,不同的批评家体现了不同的思想意志,而不同的思想意志,最终建构了不同的批评解释模式。托多洛夫指出:"以不断扩展的螺旋式运动来说明罗思诺普·弗莱(Northrop Frye)漫长的精神历程是再确切不过的了,这一运动,对包括弗莱在内的所有与维柯匹敌的人来说,都不是陌生的;它的中心内容,是在保持旋转轴不变的情况下,经常对新的领域进行不断开拓。""在他的作品与作品之间,可能没有矛盾存在,但这却不能使他的每一部作品都摆脱掉一切矛盾。"②从批评史和批评家的思想意志来

---

①　李咏吟:《文学批评学》,浙江大学出版社 2010 年版,第 413—425 页。
②　托多洛夫:《批评的批评》,王东亮等译,三联书店 1988 年版,第 96—97 页。

说,弗莱的这个兴趣和修养,偏重于神话学和文化学方面,因而,他的批评意志很好地体现了文化批评方法的广泛包容性。批评家的人生经验和人际遭遇,批评家自身的生命体验是批评的关键,有不同遭际的人会获得不同的体验,因而,批判的判断和价值取向就会有极大差异,这虽然不是完全等同的,但是从本质上说是具有决定论倾向的。例如,历经"文化大革命"的批评家,其批评原则和方向不同于四五运动以来的知青批评家,更不同于后现代主义先锋批评家。生命体验和生命遭际,对个人的批评特色之形成十分关键,例如,车尔尼雪夫斯基和卢那察尔斯基、高尔泰和李泽厚,其批评立场与方法有很大不同。批评方法有外在的方法和内在的方法:外在的方法,如形式主义批评、现象学与解释学批评、结构主义批评与后结构主义批评等;内在的方法,如生命哲学的批评、理性心理学的批评和体验论的批评等,这些内在的批评方法和外在的批评方法,共同构成了当代文艺学的理论奇观。在开放的文学理论价值形态中,文学批评学对于批评家的具体实践,具有很强的理论指导性,在此需要特别指出的是:批评家的思想意志,不仅取决于个体生命体验与生命价值立场,而且取决于人类思想的普遍原则和人文精神科学的"内在价值立法"。

5. 艺术自由意志与存在者的自由意志

在传统文艺学中,文学存在的问题一直被视为不值得讨论的问题,在文艺学的重建工作中,笔者将文学存在置于文艺学的最后环节,试图以此探讨文学艺术的生命存在方式,寻求对文学的历史性理解。这一发现本身对于理解文学的意义和价值非常重要,文学存在是思想发展的历史过程,这是毋庸置疑的。文学存在的这种历史,就是要考察文学艺术作品是如何保存、如何传播、如何新生、如何承继的?从今天的文学存在方式来看,文学最悠久的存在形式是书面文学形式,没有这种文字性记载,无法理解远古的文学历史。最早的文字记载几乎都刻在碑石上,记在竹帛上,不少民族的文学,最早都是通过口传,书面语并不发达,结果,他们保留了大量的民族史诗。这种口传文学,虽然易于因传播者的死亡而消失,但是,只要民族生活中永远有自己的口头传播者,这种口传文学也就不会消亡。文学总要寻求其物化的存在方式,石头是不朽的,文学是不朽的。文学的主要存在方式,是书面文献的方式,中国人最早发明了造纸术,文学作品保存在古代文学典籍中,就找到合适的形式,此前,文学作品被保存在石头上、竹简上、木板上,在传播技术的不断发展过程中,从线装书到平装书,再到精装书和缩微技术,文学找到了越来越可靠的保存方式。① 中国人特别重视书的保存,因而,老书如果破旧了,损坏了,用新的方式将文学文本传承保存下来,一代又一代人做出了艰辛的努力,因而,文学文献学的一项重要工作,便是这种古籍的整理。每个时代总要创造一些思想与艺术的奇迹,专制的君王永远烧不完那些美丽的心灵创作的艺术作品,人们通过口头语言与书面语言的方式保存文学,使文学形成口头文本和书面文本,这就是文学保存的强大生命意志。人们创造自由的艺术作品需要伟大的生命意志力,同时,保存民族心灵的语言艺术作品,也需要伟大而坚韧的生命意志,正是这双重的生命意志保护了民族文学的传统及其价值。

文学的书面存在是客观存在,它寄身在图书馆里、家庭的书橱中,只要它在那里,它就活着,并向每一颗需要的心灵开放。如果没有人去阅读这些民族语言文本,它只能等待读者,从阅读中显示文学创作的生命,此刻古老的生命之声与心性智慧,从文字符号中醒来。图书馆藏有大量"这样的死书",我们都愿意相信,只要有深刻智慧的书,不管它曾经如何沉寂,只要它作为文本存在,就一定会"活"过来,它只有走向接受者的心灵,活在接受者心中,才能成为真正的生命体。同一文学本文,可以向无数人开放,这正是文学存在的得天独厚之处,它不同于绘画,当有钱人收藏时,穷人就无法看到它。文学由这种书籍的存在走向接受者心灵的存在,从这个意义上说,"文学史"就是接受者的历史,因而,只要这些书存在,人们就会去读它,解释它,当然,作者不见了,作者不在场,只有书面文献,作者

---

① 钱穆:《中国文化史导论》,商务印书馆 1994 年版,第 168—169 页。

活在他/她的文学作品之中。"文学史"是大量文体的存在历史,这是客观的文献的历史,但文学史毕竟也是活态的历史,因为批评家的阐释,这些文本材料变得有序了,因而,文学的历史成了文学批评家解释的历史。通常意义上的"文学史",虽然说是文学作家与文学作品的历史,但是,从客观上说,它是文学批评家批评解释的历史,是文学批评家建构历史文学形象和文学经典文本价值的历史,这就是说,它是批评家思想意志选择和解放的历史。在文学的存在中,批评家和文学史家具有重要意义,文学史是批评家建构的,而不是作家建构的,因而,文学史是客观文献汇编的历史,也是主体选择的历史,文献的历史只能被视为"原始的文学史"。有选择的文献史,才是真正活着的、充满时代特性的文学史;文学史,必须永远面对原始的活态的历史,失去了这一根基,文学史便成为片面的历史、选择的历史,而不是真正的历史,甚至很可能是边缘的历史。在边缘与中心之间,虽然在不断地运动,但真正的中心始终是存在的,因而,这是人类艺术的最高创造原则。文学存在的意义,就在于形象的启示与语言的阐释,我们不能忽视这种历史性解释活动,但是,更要重视文学的价值确证过程和文学价值确证的历史。①

　　文学存在最终必须通往心灵存在,因为书面文献毕竟不是一条直接的途径;相对而言,直接的途径是口头文学、讲唱文学、说书、评弹、背诵、吟咏,这种文学存在方式,只是"非书面"的文学存在方式。口头方式和民间方式,是最广泛的文学存在方式,从这个意义上说,所有人皆可以被称为"文学爱好者"。谁都无法抗拒这种口头文学存在的方式,这是祖先的遗留方式,这种存在方式是文学创作的不尽源泉,民间文学、儿童文学、说唱文学的巨大魅力就在于这种口头化、记忆化的形式,它直接通往人的心灵,且最具民族特性,与外民族绝缘,却学会了该民族文学母语的人除外。中国文学因这种口头化、记忆化,具有广泛的群众基础和强大的生命力,例如,"四大名著",即《三国演义》《水浒传》《西游记》和《红楼梦》,由于通

---

　　① 　吴宓:《吴宓集》,徐葆耕编选,上海文艺出版社 1998 年版,第 221 页。

俗而自由的传播方式,并且,由于说书人的讲唱,早已深入民间,深入人心,化作中华文明智慧的一部分;唐诗与宋词中的一些小调,也因这种方式进入人心,它质朴,纯粹,有力,直观而强烈,具有广泛的生机和无限的生命力,直指人心;故事、传说、神话、民歌、歌谣、儿童曲、小调,都是文学的广泛表现形式,它影响着人们的表达,反映了人们的感情与思想,表现了民众的狂欢、愤怒和意志。这种口头文学的存在,带有方言和母语特点,是文学永不熄灭的火种,由于它深藏在人们的记忆中,不见于文字,所以专制的统治者对极具生命力的文学存在形式总是无可奈何。

　　文学的心灵存在,是任何暴力和国家机器都摧毁不了的,它也预示着文学的未来,正因为这种方式的广泛影响,一些通俗作家和畅销书作家,充分利用这一形式创造"民众的狂欢"。文学存在,只有为数不多的经典形式,这种经典形式表现了一个民族最纯洁最深刻的智慧,也体现了民族的信仰、信心和勇气。无论文学选择哪种存在方式,文学的最高存在形式必然是心灵形式,这种心灵形式看不到,摸不着,来去无踪,只有在情感交流中爆发,在生命的关键时刻发挥作用。文学的心灵存在,已经成为人的生命的有机组成部分,成了人的心灵智慧,成了人的潜在信仰、质朴坚定的生命原则、求生的意志和决心。文学以这种潜在的方式支配着人的心灵,支配着民族的灵魂。在世界文学视野中,比较好地发挥这种存在功能的作品,有《古兰经》和《圣经》等,它们既有外在约束力和主观强化性,又有人们内心虔敬的投入,这些经典比较合乎人的内在生命精神,它使人走向圣洁和崇高。在中国人心目中,只有"牛郎织女"、《西游记》、《水浒传》之类的民间故事和文学文本,深入人心,它们拓宽人的自由想象,表达人的自由理想,但在引渡并教育人走向圣洁和崇高方面,却缺乏宗教的震撼力。对于没有宗教信仰的民族,文学中只有生命主义的东西,反生命主义的宗教抒情,则变成极为残酷的文学事件,所以,中国人的心灵似乎很容易在后现代主义文化中被放逐,找不到信仰的依据。文学存在依然具有永久的意义,它给予人以启示,抚慰人的心灵,征服人的灵魂;文学存在是人类精神的必然存在方式,维柯说过:"实践智慧本身是洞察合适东西的能力,智者借此在每个新情境中言行都适合于最恰当的考虑,因此,智者长期广泛地经历高尚而有用的东西,从中培养了敏锐的心灵,在这个过程中,他获得了对于新事物的清晰而精确的概念,这使他在一切问题上都能言行自如而又高贵,并能处变不惊。"①必须承认,文学应是培养这种实践智慧的最佳途径。

文学作为心灵的艺术,通过语言创作与批评,通过阅读和传播而得以保存,或永远存在,历久弥新。文学的存在是历史的过程,永远不会瓦解和终结,只要有人存在,文学就会存在。为了维护文学的存在,许多人献出了鲜血和生命;为了文学的存在,一个团体、一个民族、一个国家代代相传;只要文学存在,人类精神就永在,通过对文学存在的考察,我们更能理解文学语言、文学创作、文学批评的意义。新的文艺学价值形态,很可能就在这条思想道路上获得重建,黎明到来时,我们将会看到灿烂的朝阳,那是充满幸福、自由和狂欢的时刻。因此,文学基本理论的解释,看起来是一些基本的理论,而且离不开演绎和归纳,事实上它深深根植于东西方文化语境中,深深根植于文学史中,它既需要东西方诗学的交流语境,又需要东西方文化的再度创造和变革。充满生命力的文学理论价值形态,必定是向东西古今多维文化视野开放的话语系统,必定是无数自由的审美意志与生命意志的思想综合。

人的意志何为? 我们共同的意志如何? 人的命运如何? 人在宇宙中的地位如何? 这是哲学意义上的自我生命意志的确证问题。"自由意志"是人的渴望,但它永远把人置于痛苦和绝望之中。文学就是为了人的存在而存在的,人的存在是最复杂的问题,它不是简单地生活,不只是活着,因为人有思想与情感,希望与寄托。"自由意志"支配了我们的生活,人的存在有诸多困难,情感就需要诸多寄托,生命就需要有自由想象和自由精神的表达。没有精神的寄托和精神的表达,人就成了没有思想与情感的动物,文学必须为了解决人的存在问题而生,只有这样,它才能进入存在

---

① 维柯:《维柯著作选》,陆晓禾译,庞帕编,商务印书馆 1997 年版,第 98 页。

者的心灵深处。① 源于存在,向着存在,走进存在者的心灵,这正是文学艺术的自由思想力量。在文学艺术的自由表达中,或者说,在探讨生命存在问题时,意志的疯狂与意志的坚忍,是最有意思的问题,生命自由意志使人成就伟业,同时,它也使人类面临悲剧与痛苦,"意志的文学"与"文学的意志",通过形象的自由作用,启示着人类的心灵生活与意志生活,基于此,可以发现"文学的不朽",就是因为文学永远面对生命存在与自由意志这类基本的问题。

这就是文艺美学解释学重构的初步构想,即通过东西古今文艺美学的对话,从文学艺术的基本形态出发,深入研究文学艺术的审美特性,把握文学艺术的审美精神。从审美活动出发,突出审美主体性原则在文艺美学创造中的重要地位,并且通过对文艺活动主体的审美创造意志的考察,探索主体的生命意志与审美意志、审美意志与语言意志、语言意志与形象意志、形象意志与生存意志的内在联系,确证文学艺术的审美目的,建立自由的社会秩序与文化秩序,构造自由而美好的现实政治生活与艺术生活,最终寻求人类生活与文化的自由和谐之境。这是美学的理想追求,也是美学的现实追求,美学的理想性昭示美学的未来性,从这个意义上说,"形象论诗学"与"文明论美学"是文艺美学的重要理论走向。综观中西美学史,可以发现,黑格尔的《美学》、斯宾格勒的《西方的没落》,已经建构了文艺美学与文明生活的经典理论秩序,因此,如何在黑格尔美学与斯宾格勒美学的基础上融入新的生命体验内容,开拓新的生命想象空间,赋予文艺美学以新的时代旋律,把握人类文明生活的审美自由精神,探索人类文明生活的历史可能性,无疑是极有价值的思想任务。最终,文艺美学必须对人类艺术生活与文明生活的历史走向进行真正的理论指引。

---

① 罗曼·罗兰:《罗曼·罗兰音乐散文集》,冷杉等译,中国文联出版公司 1999 年版,第 60—61 页。

参考文献

一、中文文献

1. 阿多尔诺. 美学理论[M]. 王柯平, 译. 成都:四川人民出版社,1998.

2. 柏拉图. 理想国[M]. 郭斌和,张竹明,译. 北京:商务印书馆,1986.

3. 鲍桑葵. 美学史[M]. 张今,译. 北京:商务印书馆,1985.

4. 鲍桑葵. 关于国家的哲学理论[M]. 汪淑钧,译. 北京:商务印书馆,1996.

5. 贝尔. 资本主义文化矛盾[M]. 严蓓雯,译. 南京:江苏人民出版社,2007.

6. 贝尔,等. 艺术[M]. 周金环,译. 北京:中国文联出版公司,1984.

7. 克罗齐. 美学或艺术和语言哲学[M]. 黄文捷,译. 北京:中国社会科学出版社,1992.

8. 陈嘉映. 海德格尔哲学概论[M]. 北京:生活·读书·新知三联书店,1995.

9. 陈寅恪. 金明馆丛稿初编[M]. 北京:生活·读书·新知三联书店,2001.

10. 陈寅恪. 柳如是别传[M]. 北京:生活·读书·新知三联书店,2001.

11. 陈寅恪. 元白诗笺证稿[M]. 北京:生活·读书·新知三联书店,2001.

12.慈继伟.正义的两面[M].北京:生活・读书・新知三联书店,2001.

13.德沃金.至上的美德[M].冯克利,译.南京:江苏人民出版社,2003.

14.邓晓芒.康德哲学诸问题[M].北京:生活・读书・新知三联书店,2006.

15.邓晓芒.冥河的摆渡者[M].昆明:云南人民出版社,1997.

16.狄尔泰.体验与诗[M].胡其鼎,译.北京:生活・读书・新知三联书店,2003.

17.杜夫海纳.审美经验现象学[M].韩树站,译.北京:文化艺术出版社,1996.

18.冯友兰.贞元六书[M].上海:华东师范大学出版社,1996.

19.冯友兰.中国哲学史[M].上海:华东师范大学出版社,2000.

20.伽达默尔.诠释学:真理与方法[M].洪汉鼎,译.北京:商务印书馆,2010.

21.郭绍虞.照隅室古典文学论集[M].上海:上海古籍出版社,1983.

22.郭绍虞.中国文学批评史[M].上海:上海古籍出版社,1979.

23.哈贝马斯.现代性的哲学话语[M].曹卫东,译.上海:上海译文出版社,2004.

24.哈贝马斯.在事实与规范之间[M].童世骏,译.北京:生活・读书・新知三联书店,2003.

25.哈贝马斯.后民族结构[M].曹卫东,译.上海:上海人民出版社,2002.

26.哈贝马斯.理论与实践[M].郭官义,李黎,译.北京:社会科学文献出版社,2010.

27.海德格尔.存在与时间[M].陈嘉映,等,译.北京:生活・读书・新知三联书店,2006.

28.海德格尔.荷尔德林诗的阐释[M].孙周兴,译.北京:商务印书馆,2000.

29. 海德格尔. 林中路[M]. 孙周兴,译. 上海:上海译文出版社,1997.

30. 海德格尔. 时间概念史导论[M]. 欧东明,译. 北京:商务印书馆,2009.

31. 海德格尔. 形而上学导论[M]. 熊伟,等,译. 北京:商务印书馆,1996.

32. 海德格尔. 在通向语言的途中[M]. 孙周兴,译. 北京:商务印书馆,2004.

33. 海德格尔. 海德格尔选集(上、下)[M]. 孙周兴,译. 上海:上海三联书店,1996.

34. 黑格尔. 美学(1—3)[M]. 朱光潜,译. 北京:商务印书馆,1981.

35. 洪堡特. 论人类语言结构的差异及其对人类精神发展的影响[M]. 姚小平,译. 北京:商务印书馆,1999.

36. 胡经之. 文艺美学[M]. 北京:北京大学出版社,1989.

37. 胡塞尔. 纯粹现象学通论[M]. 李幼蒸,译. 北京:商务印书馆,1992.

38. 胡塞尔. 经验与判断——逻辑谱系学研究[M]. 邓晓芒,等,译. 北京:生活·读书·新知三联书店,1999.

39. 胡塞尔. 胡塞尔选集(上、下)[M]. 倪梁康,等,译. 上海:上海三联书店,1997.

40. 霍克海默,等. 启蒙辩证法[M]. 渠敬东,等,译. 上海:上海人民出版社,2006.

41. 姜义华,张荣华. 康有为全集(1—12)[M]. 北京:中国人民大学出版社,2007.

42. 蒋孔阳. 德国古典美学[M]. 北京:商务印书馆,1980.

43. 蒋孔阳. 美学新论[M]. 北京:人民文学出版社,2006.

44. 蒋孔阳. 先秦音乐美学思想论稿[M]. 北京:人民文学出版社,1986.

45. 今道友信. 东方的美学[M]. 蒋寅,等,译. 北京:生活·读书·新知三联书店,1991.

46. 今道友信. 美的相位与艺术[M]. 周谢平,译. 北京:中国文联出版公司,1988.

47. 今道友信. 美学方法论[M]. 李心峰,等,译. 北京:文化艺术出版社,1990.

48. 居友. 天义务无制裁的道德概论[M]. 余涌,译. 北京:中国社会科学出版社,1994.

49. 卡冈. 艺术形态学[M]. 凌继尧,等,译. 上海:学林出版社,1986.

50. 卡莱尔. 文明的忧思[M]. 宁小银,译. 北京:中国档案出版社,1999.

51. 康德. 纯粹理性批判[M]. 邓晓芒,译. 北京:人民出版社,2004.

52. 康德. 判断力批判[M]. 邓晓芒,译. 北京:人民出版社,2002.

53. 康德. 实践理性批判[M]. 邓晓芒,译. 北京:人民出版社,2003.

54. 康定斯基. 论艺术的精神[M]. 查立,译. 北京:中国社会科学出版社,1987.

55. 克罗齐. 美学原理[M]. 朱光潜,译. 北京:商务印书馆,2012.

56. 克罗齐. 美学的历史[M]. 王天清,译. 北京:中国社会科学出版社,1984.

57. 席勒. 审美教育书简[M]. 冯至,等,译. 北京:北京大学出版社,1985.

58. 康德. 康德著作全集(1—9)[M]. 李秋零,译. 北京:中国人民大学出版社,2013.

59. 黎德靖. 朱子语类(1—6)[M]. 北京:中华书局,1986.

60. 李森. 美国黑人音乐史[M]. 吉华清,译. 北京:人民音乐出版社,1983.

61. 李咏吟. 价值论美学[M]. 杭州:浙江大学出版社,2008.

62. 李咏吟. 美善和谐论[M]. 杭州:浙江大学出版社,2012.

63. 李咏吟. 文艺美学论[M]. 杭州:浙江大学出版社,2011.

64. 李幼蒸. 仁学解释学[M]. 北京:中国人民大学出版社,2004.

65. 李泽厚. 华夏美学[M]. 天津:天津社会科学院出版社,2001.

66. 李泽厚. 美的历程[M]. 北京:文物出版社,1981.

67. 李泽厚. 美学三书[M]. 天津:天津社会科学院出版社,2003.

68. 李泽厚. 批判哲学的批判[M]. 北京:人民出版社,1992.

69. 李泽厚. 中国古代思想史论[M]. 北京:人民出版社,1986.

70. 李泽厚. 中国近代思想史论[M]. 北京:人民出版社,1979.

71. 李泽厚. 中国现代思想史论[M]. 北京:人民出版社,1987.

72. 梁思成. 中国建筑艺术图集[M]. 天津:百花文艺出版社,1999.

73. 刘纲纪. 周易美学[M]. 长沙:湖南教育出版社,1992.

74. 刘小枫. 重启古典诗学[M]. 北京:华夏出版社,2013.

75. 刘小枫. 拣尽寒枝[M]. 北京:华夏出版社,2007.

76. 刘小枫. 现代性中的审美精神:经典美学文选[M]. 上海:学林出版社,1997.

77. 刘小枫. 德语美学文选[M]. 上海:华东师范大学出版社,2006.

78. 刘小枫. 诗化哲学[M]. 上海:华东师范大学出版社,2011.

79. 刘小枫. 这一代人的怕与爱[M]. 北京:华夏出版社,2007.

80. 刘小枫. 拯救与逍遥[M]. 上海:华东师范大学出版社,2007.

81. 罗丹. 法国大教堂[M]. 啸声,译. 桂林:广西师范大学出版社,2002.

82. 罗丹. 罗丹艺术论[M]. 沈琪,译. 北京:人民美术出版社,1987.

83. 玛采尔. 论旋律[M]. 孙静云,译. 北京:人民音乐出版社,1958.

84. 苗力田. 亚里士多德全集(1—10)[M]北京:中国人民大学出版社,1997.

85. 默里斯. 海德格尔诗学[M]. 冯尚,译. 上海:上海译文出版社,2005.

86. 马克思,恩格斯. 马克思恩格斯全集:第 42 卷[M]. 北京:人民出版社,1979.

87.尼采.悲剧的诞生[M].周国平,译.北京:生活·读书·新知三联书店,1993.

88.尼采.查拉图斯特拉如是说[M].孙周兴,译.北京:商务印书馆,2007.

89.尼采.权力意志[M].孙周兴,译.北京:商务印书馆,2007.

90.钱穆.国史大纲(上、下)[M].北京:商务印书馆,1996.

91.钱穆.老庄通辨[M].北京:生活·读书·新知三联书店,2002.

92.钱穆.先秦诸子系年[M].北京:商务印书馆,2005.

93.钱穆.中国文化史导论[M].北京:商务印书馆,1994.

94.钱锺书.管锥编[M].北京:中华书局,1996.

95.钱锺书.七缀集[M].上海:上海古籍出版社,1986.

96.钱锺书.谈艺录[M].北京:中华书局,1984.

97.钱锺书.写在人生边上[M].北京:中国社会科学出版社,1990.

98.萨丕尔.语言论[M].陆卓元,译.北京:商务印书馆,1985.

99.叔本华.作为意志与表象的世界[M].石冲白,译.北京:商务印书馆,1982.

100.索绪尔.普通语言学教程[M].高名凯,译.北京:商务印书馆,2009.

101.塔塔科维兹.古代美学[M].杨力,等,译.北京:中国社会科学出版社,1990.

102.泰戈尔.人生的亲证[M].宫静,译.北京:商务印书馆,1992.

103.泰勒.柏拉国:生平及其著作[M].谢随知,等,译.济南:山东人民出版社,1991.

104.汤一介.儒道释与内在超越问题[M].南昌:江西人民出版社,1991.

105.汤一介.郭象与魏晋哲学[M].北京:北京大学出版社,2009.

106.唐力权.周易与怀德海之间[M].沈阳:辽宁大学出版社,1991.

107. 托克维尔. 论美国的民主[M]. 董果良,译. 北京:商务印书馆,1988.

108. 汪子嵩,等. 希腊哲学史[M]. 北京:人民出版社,2014.

109. 王伯敏. 中国绘画史[M]. 上海:上海人民美术出版社,1982.

110. 王伯敏. 中国少数民族美术史[M]. 福州:福建美术出版社,1995.

111. 王力. 汉语诗律学[M]. 上海:上海教育出版社,1979.

112. 王世襄. 锦灰二堆[M]. 北京:生活·读书·新知三联书店,2003.

113. 王世襄. 明式家具研究[M]. 北京:生活·读书·新知三联书店,2013.

114. 王元化. 清园论学集[M]. 上海:上海古籍出版社,1994.

115. 王元骧. 论美与人的生存[M]. 杭州:浙江大学出版社,2010.

116. 王元骧. 审美反映与艺术创造[M]. 杭州:杭州大学出版社,1992.

117. 王元骧. 审美超越与艺术精神[M]. 杭州:浙江大学出版社,2006.

118. 王岳川. 后现代主义文化与美学[M]. 北京:北京大学出版社,1992.

119. 王岳川. 艺术本体论[M]. 上海:上海三联书店,1994.

120. 维柯. 新科学[M]. 朱光潜,译. 北京:人民文学出版社,1987.

121. 徐复观. 中国人性论史[M]. 上海:华东师范大学出版社,2005.

122. 徐复观. 中国文学论集[M]. 北京:九州出版社,2014.

123. 徐复观. 中国艺术精神[M]. 沈阳:春风文艺出版社,2014.

124. 熊十力. 熊十力全集[M]. 萧萐夫,编. 武汉:湖北教育出版社,2001.

125. 亚里士多德. 诗学[M]. 陈中梅,译注. 北京:商务印书馆,1996.

126. 亚里士多德. 尼各马可伦理学[M]. 廖申白,译. 北京:商务印书馆,2010.

127. 亚里士多德. 政治学[M]. 吴寿彭,译. 北京:商务印书馆,1965.

128. 杨品兴. 梁启超全集(1—8)[M]. 北京:北京出版社,1999.

129. 杨春时. 系统美学[M]. 北京:中国文联出版公司,1987.

130. 杨春时. 美学[M]. 北京:高等教育出版社,2004.

131. 叶朗. 美在意象[M]. 北京:北京大学出版社,2010.

132. 叶朗. 中国美学史大纲[M]. 上海:上海人民出版社,1985.

133. 叶朗. 中国小说美学[M]. 北京:北京大学出版社,1982.

134. 余秋雨. 戏剧理论史稿[M]. 上海:上海文艺出版社,1983.

135. 曾繁仁. 中国文艺美学学术史[M]. 吉林:长春出版社,2010.

136. 曾繁仁. 文艺美学教程[M]. 北京:高等教育出版社,2005.

137. 张君劢. 新儒家思想史[M]. 北京:中国人民大学出版社,2009.

138. 张炜. 楚辞笔记[M]. 上海:上海三联书店,2006.

139. 赵汀阳. 坏世界研究:作为第一哲学的政治哲学[M]. 北京:中国人民大学出版社,2009.

140. 赵汀阳. 论可能生活[M]. 北京:生活·读书·新知三联书店,1994.

141. 赵汀阳. 美学与未来美学:批评与展望[M]. 北京:中国社会科学出版社,1990.

142. 赵汀阳. 走出哲学的危机[M]. 北京:中国社会科学出版社,1990.

143. 赵一凡. 西方文论讲稿[M]. 北京:生活·读书·新知三联书店,2009.

144. 赵一凡. 西方文论讲稿续编[M]. 北京:生活·读书·新知三联书店,2009.

145. 周来祥. 论美是和谐[M]. 贵阳:贵州人民出版社,1984.

146. 朱光潜. 悲剧心理学[M]. 北京:中华书局,2012.

147. 朱光潜. 诗论[M]. 北京:中华书局,2012.

148. 朱光潜. 西方美学史[M]. 北京：人民文学出版社，1979.

149. 朱光潜. 朱光潜全集（1—20）[M]. 合肥：安徽教育出版社，1987.

150. 朱立元. 黑格尔美学引论[M]. 天津：天津教育出版社，2013.

151. 朱立元. 接受美学导论[M]. 合肥：安徽教育出版社，2004.

152. 宗白华. 美学散步[M]. 上海：上海人民出版社，1981.

153. 宗白华. 艺境[M]. 北京：北京大学出版社，1987.

二、外文文献

1. Platon，*Samtlich Werke*（1—3）[M]. Verlag Lambert Schneider，Heidelberg，1957.

2. Platon，*Samtlich Dialoge*（1—6）[M]. Herausgegeben von Otto Apelt，Felix Meiner Verlag，Hamburg，2004.

3. Platon，*Samtlich Werke*（1—2）[M]. Phaidon Verlag GmbH，Essen，2002.

4. Plato（1—12）[M]. Harvard University Press，2006.

5. Plato，*Republic*[M]. China Social Sciences Publishing House，1999.

6. Aristoteles，*Philosophische Schriften*（1—6）[M]. Felix Meiner Verlag，Hamburg，1995.

7. Aristotle（I—XVIII）[M]. Harvard University Press，2006.

8. Edited by Johnthan Barnes，*The Complete Works of Aristotle*[M]. Princeton University Press，1984

9. Herausgegeben von Wilhelm Weischedel，*Immanuel Kant Werks*（1—12）[M]. Buchclub Ex Libris Zürich，1977.

10. Immanuel Kant，*Kritik der Praktischen Vernunft*[M]. Felix Meiner Verlag，Hamburg，2003.

11. Immanuel Kant，*Kritik der Urteilskraft*[M]. Felix Meiner Verlag，Hamburg，2003.

12. Immanuel Kant, *Kritik der reinen Vernunft* [M]. Felix Meiner Verlag, Hamburg, 2003.

13. Immanuel Kant, *Critique of Pure Reason* [M]. China Social Sciences Publishing House, 1999.

14. Immanuel Kant, *Critique of Judgment* [M]. China Social Sciences Publishing House, 1999.

15. Immanuel Kant, *Critique of Practical Reason* [M]. China Social Sciences Publishing House, 1999.

16. Friedrich Schiller, *Theoretische Schriften* [M]. Konemann, 1999.

17. G. W. F. Hegel, *Hauptwerke* in Seches Bänden [M]. Felix Meiner Verlag, Hamburg, 1981.

18. G. W. F. Hegel, *Phänomenologe des Geistes* [M]. Könemann Verlagsgesellschaft mbH, köln, 2000.

19. Georg Wilhelm Friedrich Hegel, *Ästhetik*, (Band Ⅰ—Ⅱ) [M]. Westberlin, 1985.

20. Arthur Schopenhauer, *Die Welt als Wille und Vorstellung* [M]. Konemann, 1997.

21. Schleiermacher, *Hermeneutics and Criticism and Other Writings* [M]. Edited by Andrew Bowie, Cambridge University Press, 1998.

22. Wilhelm von Humboldt, *Uber die Verschiedenheit des menschlichen Sprachbaues* [M]. Fourierverlag, 2003.

23. T. W. Adorno, *Aesthetic Theory* [M]. Translated by C. Lenhardt, Routledge Kegan Paul, London, 1984.

24. Friedrich Nietzsche, *Werke* (1—3) [M]. Consortium AG, Zurich, 1974.

25. F. Nietzsche, *Thus Spake Zarathustra* [M]. China Social

Sciences Publishing House, 1999.

26. Kommentiert von Frich Trunz, *Goethes Faust*[M]. Der Tragödie erster und zweiter Teil, Christian Wegner Verlag, Hamburg, 1963.

27. Edmund Husserl, *Logische Untersuchngen*(Ⅰ—Ⅱ)[M]. Max Niemeyer Verlag Tübingen, 1980.

28. Edmund Husserl, *Ideen zu einer reiner Phänomenologie und phänomenologischen Philosophie*[M]. Max Niemeyer Verlag Tübingen, 1993.

29. Edmund Husserl, *Ideas: General Introduction to Pure Phenomenology*[M]. China Social Sciences Publishing House, 1999.

30. Martin Heidegger, *Gesamtausgabe*[M]. Vittorio Klostermann GmbH, Frankfurt am Main 1998.

31. Martin Heidegger, *Sein und Zeit*[M]. Max Niemeyer Verlag Tübingen, 2006.

32. Martin Heidegger, *Der Ursprung des Kunsterwerkes*[M]. Philipp Reclam jun. Stuttgart 1960.

33. Martin Heidegger, *Die Grundbegriffe der Metaphysik*[M]. Vittorio Klostermann GmbH, Frankfurt am Main 1983.

34. Martin Heidegger, *Wegmarken*[M]. Vittorio Klostermann GmbH, Frankfurt am Main 1976.

34. Martin Heidegger, *Die Grundprobleme der Phänomenologie*[M]. Vittorio Klostermann GmbH, Frankfurt am Main 1975.

35. Hans-Georg Gadamer, *Gesammelte Werke*(1—10)[M]. J. C. B. Mohr(Pual Siebeck)Tübingen, 1991.

36. Hans-Georg Gadamer, *The Beginning of Knowledge*[M]. Translated by Rod Coltman, Continuum, 2003.

37. Hans-Georg Gadamer, *Truth and Method*[M]. China Social Sciences Publishing House, 1999.

索 引

A

爱欲

C

陈寅恪

创作迷狂

D

德性（Arete）

雕塑

对象化

F

费西斯（Physis）

G

伽达默尔

H

海德格尔

和谐

黑格尔

胡塞尔

画中诗

怀疑主义

绘画

J

建筑艺术

交往对话

解释学

解释学转向

K

康德

L

浪漫派

刘小枫

刘勰

M

马克思美学

美是生活

美是文明

美学

美学传统

美学对话

美学解释学

美学批判

N

尼采

诺摩斯（Nomos）

P

评价意志

Q

钱穆

钱锺书

情理之辩

S

审美创造

审美价值

审美解放

审美体验

审美智慧

生存论

生存意志

生活美学

生活世界

生命美学

生命意志

生命哲学

生生之德

生态哲学

生态美学

诗史互证

诗书画一体

诗思

诗思综合解释

诗性

诗学话语

诗中画

实践美学

世界公民

书法

书画同源

叔本华

T

体验

W

魏晋风度

文明

文学理论

文学文本

文艺美学

文艺学

物象

X

希腊

席勒

戏剧

现象学

形式

形式美学

形象

形象化

徐复观

Y

亚里士多德

艺术

艺术价值

艺术类型

艺术理论

艺术划界

艺术趣味

艺术生产

艺术形象

异化劳动

音乐

语言意志

Z

赵汀阳

正义

政治哲学

朱光潜

主体性

自然之道

自我解放

自我意志

自由劳动

自由意志

宗白华

后　记

　　人生须时时反省，才知道自己过去与未来的道路。修正过去，迎接未来，这是最有意义的事情。回顾自己在美学探索中所走过的道路，有许多感慨，也有许多领悟。最初，我对美学的热爱是被许多前贤的美学撰述所吸引，以为跟随他们指引或开辟的道路，就能走向"美学的坦途"。朱光潜与宗白华，熊十力与徐复观，陈寅恪与钱穆，钱锺书与李泽厚，刘小枫与赵汀阳，柏拉图与亚里士多德，康德与黑格尔，叔本华与尼采，胡塞尔与海德格尔，等等，不断激发我的思想热情。在进入美学的圣殿之后，才发现各种美学思想之间充满了矛盾与对抗，我一时迷惘了。到底哪一条是我该选择的美学道路？到底正确的美学道路是怎样的一条路？到底什么才是我们能够认识的美学真理？我有时倾向于此，有时又倾向于彼，心中并无坚定的意向。20世纪90年代我花了很大力气探索各种各样的美学思想，力图评价这些美学思想的是非得失，试图从中找到正确的思想道路，于是，就有了本书包含的一些理论篇章。它们最初皆随性而为，并无严格的理论规范，亦无坚定的思想目标，但是，在这样自由而多元的探索中，充分显示了美学的多元化与美学的综合性。在不断反思与修正中，"综合与包容"最终成为我个人美学探索的自觉选择。

　　这种综合与包容精神，第一，体现在文艺美学的理论构造与思想基础上，例如，文艺学与美学的综合，艺术学与哲学、心理学和宗教学的综合，古典哲学与现代哲学的综合；第二，体现在中国美学的综合与包容上，例如，生命哲学意义上的美学原则，诗性体验意义上的审美自由境界，文学艺术意义上的自由符号象征，甚至包括生活美学意义上的自由实践；第三,体现在对西方美学传统与现代思想的自由综合之上,例如,希腊的政治美学、城邦观念、宗教神话与自然意识,基督教意义上的宗教观念、神圣体验、上帝形象,文艺复兴时期的身体解放、人文主义,近代以来的理性主义观念、经验主义意识、生命的自由意志,这些美学思想在综合与包容精神中展示了无限自由的生命之思;第四,体现在方法论的诗思综合之上,例如,诗歌与哲学、体验与反思、神性与诗性,在现象学与生命哲学的审美体验中展示无限自由的美感;第五,体现在现代中国美学的自由综合探索之上,例如,文艺美学的多种流派,马克思美学的指引,实践美学与超越实践美学的努力,古典美学与现代美学的交融,中国美学与西方美学的对话,传统美学与马克思美学的现实碰撞,展示了美学的多元化思想综合;第六,体现在文艺美学的创造性综合之上,例如,生活美学与文明美学,政治美学与艺术美学,艺术类型与审美创造,审美主体与自由意志,艺术传统与生活传统,政治传统与文明传统,展示了文艺美学的现实力量与创造力量。这种批判性反思是美学创造或寻求美学自由之路的实践路径。基于此,全书分成六章,第一章讨论文艺美学的学科定位及其哲学思想基础;第二章讨论中国文艺美学解释的独特思路,并将生生之德、诗意之思与诗书画一体视作中国文艺美学的根本选择;第三章则讨论西方文艺美学解释的独特思路,并将情理之辩、创作迷狂、形式美学和美是生活视作西方文艺美学的关键问题;第四章则讨论文艺美学的方法,将诗与哲学的综合解释方法视作文艺美学思想的根本选择;第五章则对当代文艺美学的论争进行具体评论,围绕文艺美学解释、马克思美学、实践美学和文艺美学转向等问题集中讨论;第六章则展望文艺美学体系建构的逻辑可能性与现实可能性。

　　正是在这种探索过程中,我先后完成了《走向比较美学》《思想的智慧:文艺美学体系论》《文艺美学》,并在此基础上重新建构了《价值论美学》《文艺美学论》《美善和谐论》。思想与写作的过程,就是不断寻求真知的过程。由于我的教学与科研工作皆围绕生存美学问题而展开,故而,我深情地热爱这门学科。虽然曾经受到“美学是伪科学”这一论调的戏弄,但是,在探索过程中,我越来越感到美学思想建设的理论与实践的重要性,希望把美学的探索伸展到生命自由存在的方方面面。为此,我探索了中国美学历史重建的可能,西方美学历史重建的可能,寻求美学与生活的关联、美学与伦理学的关联、美学与政治学的关联、美学与文明学的关联、美学与艺术学的关联,特别关注美学与建筑、美学与音乐、美学与绘画、美学与戏剧、美学与诗歌等具体艺术形式的内在联系。正是凭借这种自由之思,美学的历史地图与美学的现实地图在我的理性想象中得到了充分展开,由此充分明确了美学的目标与任务、美学的价值与思想地位。

对于我来说,美学的知识之思与美学的价值之思,是美学探索最为重要的两个方面。《文艺美学综论》既可以被看作是美学的历史批判与展望,也可以被看作是美学的思想地图,正是通过这一"思想地图"的指引,我的美学创造意图得到了具体展开:通过《文艺美学综论》展示美学的多元性与综合性,通过《价值论美学》展示美学比较的多重理论视域,确立美学的生命价值原则,通过《美善和谐论》展示审美与道德之间的内在联系,确证美善之间的自由联系。在未来的岁月里,我希望通过"美学解释学"与"新美学原理"展示美学的基本问题域,寻求对美学基本问题的历史与现实言说;通过"美学与政治""美学与生活""美学与文明""美学与艺术",展示美学的现实可能性与生命价值的自由确证;通过周易与儒道之思,展示中国美学的真正生命精神;通过希腊之思,展示西方美学的内在思想力量;通过康德与黑格尔,寻求审美哲学与文艺美学思想的真正理解。这条道路也许会异常漫长,也许并不能真正达到"真理的目标",但是,建构美好的生活世界,寻求自由的生活秩序,探索心性的自由理想,创造艺术的美感价值,展示生命的无限创造力,寻求思想的真正自由与智慧,这些都是美学的重要思想任务。

广阔的理论视野与具体的理论实践,现实的美学创造与理性的思想批判,是美学探索必须具备的基本品格。我希望自己能够寻求真理,能够自由地获得真知,这是一个不断自我否定与自我肯定的生命探索之旅。巴门尼德关于"真理之路"与"意见之路"的哲学隐喻,也许只有在艰难的思想探索中,才能让主体真正理解。对于我来说,生命存在的意义在美学思想的自由探索中得到了价值确证与精神安慰。对于美学研究者来说,能够真正阅读经典是必要的学术能力,能够真正进行思想独创是根本的学术宗旨。我希望自己具备能够真正阅读经典和真正理解经典的能力,同时,也希望自己具备现实的美学思想创造力与真正的理论创造力,并真正理解美学的生活意义与自由意义,寻求审美的政治解放、生命解放与艺术解放价值。美学的"知识学"与美学的"价值学",是美学工作者必须构建的两大基本思想领域。我愿意尽心地、自由地探索,穷尽生命的力量。这本书是我多次修订而成的著作,它显示了我个人艰辛的美学探索历程。较之此前的《思想的智慧:文艺美学体系论》《文艺美学》《文艺美学论》等相关著作,《文艺美学综论》可能更加名副其实。这是我对此书的最后一次修订,因为在有生之年,我无法在已有的框架中真正超越自己,我的基本思想意图已经在本书的反复修订中得到了确证。本书能修订完成并能最终出版,我必须感谢浙江大学出版社宋旭华编辑的大力支持,没有他的帮助,我的学术事业可能处于零简断篇状态,是他让我有机会把自己的思想与学术探索不断系统化与规范化,真诚地感谢这位好友。我也要感谢那些在我学术旅途中一直给予我关爱的师长和朋友们,正是由于你们,我才无怨无悔地从事这一纯粹的精神事业。我还要感谢听过我美学课程的年轻的浙大学子们,他们的自由探索精神与审慎的批评意见,是我修订此书的思想动力。感恩生活,面向未来,这是我的美学态度!

2015 年夏日于浙江大学紫金文苑

图书在版编目(CIP)数据

文艺美学综论 / 李咏吟著. —杭州：浙江大学出版社，2016.10
ISBN 978-7-308-15259-4

Ⅰ.①文… Ⅱ.①李… Ⅲ.①文艺美学－研究 Ⅳ.①I01

中国版本图书馆 CIP 数据核字(2015)第 248828 号

文艺美学综论

李咏吟　著

责任编辑	宋旭华
文字编辑	唐妙琴
责任校对	杨利军　周语眠
封面设计	孙豫苏
出版发行	浙江大学出版社
	（杭州市天目山路 148 号　邮政编码 310007）
	（网址：http://www.zjupress.com）
排　　版	浙江时代出版服务有限公司
印　　刷	杭州杭新印务有限公司
开　　本	710mm×1000mm　1/16
印　　张	34
字　　数	473 千
版 印 次	2016 年 10 月第 1 版　2016 年 10 月第 1 次印刷
书　　号	ISBN 978-7-308-15259-4
定　　价	68.00 元